오 늘

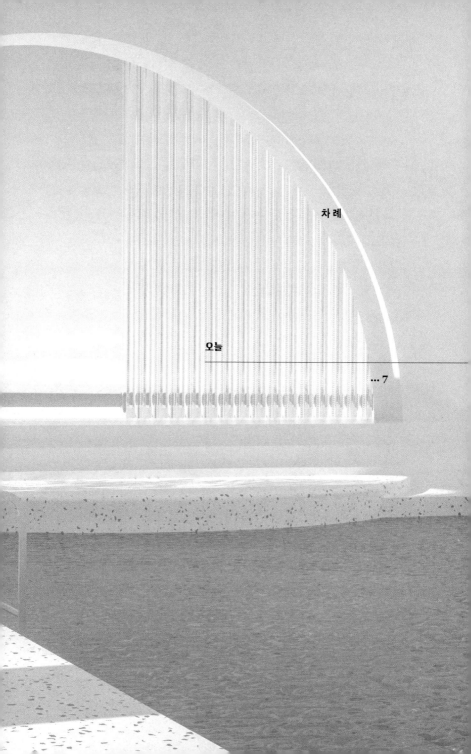

차 례

***

    요트는 피우미치노 항구에 정박했다. 내 여자의 대역은 아직 배에 있었다. 그녀의 임무는 간단하다. 배에 그대로 머무르는 것이다.

    "라우라를 차에 태워서 이쪽으로 보내."

    나는 도메니코가 전화를 받자마자 말했다. 그는 지금 로마에 있었다.

    "다행이네. 라우라 때문에 슬슬 짜증이 나던 참이었어."

    도메니코는 전화기 너머에서 한숨을 쉬었다. 이내 문을 닫는 소리가 들렸다.

    "라우라가 형은 어디 있냐고 계속 물어봐."

    나는 그의 말을 무시하고 말을 이었다.

    "라우라랑 같이 오지는 마. 베니스에서 만나자. 넌 그동안 쉬고 있어."

오늘

하지만 도메니코는 그냥 넘어가지 않았다. 그의 목소리에 재미있어하는 기색이 감돌았다.

"라우라가 뭐라고 했는지 궁금하지 않아?"

"내가 궁금해해야 하나?"

나는 단호하게 대꾸했지만, 속으로는 그녀가 무슨 이야기를 했는지 알고 싶어 죽을 것 같았다.

"형이 보고 싶대."

순간 속이 울렁였다.

"그럴 거라고 생각은 했어."

"라우라를 보낼 테니 잘 도착하는지 확인해."

나는 전화를 끊고서 바다를 바라보았다.

그녀를 생각하니 겁이 났다. 또다시. 대체 어디서부터 비롯되었는지 알 수 없는 이질적인 감정이 억제할 수 없이 몰려왔다.

***

라우라의 대역을 맡았던 여자를 내보내며 요트에서 가까운 곳에서 대기하라고 명령했다. 이 여자가 다시 필요해질까. 모르겠다. 만약 마토스가 알아 온 정보가 정확하다면, 내가 쏜 총에 손을 맞은 플라비오는 섬으로 돌아갔다. 지금까지는 모든 일이 조용하게 흘러갔다. 노스트로에서 그런 대참사가 전혀 벌어지지 않았다는 듯이. 보고받은 단편적인 정보만으로는 충분하지 않아서 나는 부하들을 내보내 더 많은 정보를 긁어모았고, 그들은 마토스가 제공한 정보가 옳다고 확인해주었다.

　점심시간에는 미국 쪽과 전화로 회의를 했다. 그들이 베니스영화제에 오는지 확인하기 위해서였다. 직접 얼굴을 보고 이야기해야 할 필요가 있었다. 중동에서 거래를 계속하려면 무기를 사야 하는데, 그러려면 직접 얼굴을 내비쳐야 했다.

　"돈 토리첼리."

　문틈으로 파비오가 고개를 들이밀며 불렀다. 나는 손을 들어 잠깐 기다리라고 한 다음 전화를 끊었다.

　"비엘님이 승선하셨습니다."

　"출발하지."

　나는 일어서며 지시했다.

　계단을 타고 갑판으로 올라가서 주위를 둘러보았다. 그녀가 보였다. 10대 소녀 같은 옷차림이었다. 나도 모르게 주먹이 쥐어지더니 이가 다물어졌다. 다리를 다 드러낸 숏팬츠와 헐벗은 거나 마찬가지인 블라우스. 시칠리아 마피아 가주의 애인이 입을 만한 옷은 아니었다.

　"이번엔 또 뭘 입고 온 거지? 지금 꼴이 마치―"

　나는 말을 끝까지 잇지 못했다. 이미 반이나 빈 샴페인 병이 보였다.

　라우라는 뒤돌아보다가 나와 부딪혔다. 상반신에 닿았던 그녀의 몸이 반동으로 소파에 쓰러졌다. 또 *취했군.*

　"내 옷차림이 어떻든 당신이 무슨 상관인데요."

　팔을 마구 휘저으며 투덜대는 그녀의 어설픈 동작에 그만 슬며시 웃고 말았다. "말도 없이 떠나고 날 내킬 때마다 가지고 노는 인형처럼 대하면서."

라우라는 손가락을 뻗어 나를 가리키면서 다시 일어나려 했다.

"하지만 말이죠. 오늘 그 인형께서는 혼자 있고 싶거든요?"

그녀가 앞으로 휘청이다가 넘어지는 바람에 신발 한 짝이 벗겨졌다.

"라우라!"

나는 웃으며 그녀의 이름을 불렀다. 더는 즐거운 기색을 감출 수가 없었다.

"이런 제길, 라우라!"

하지만 웃음도 잠시, 그녀가 방향을 홱 틀고서 요트 난간으로 위험하게 가까이 다가가는 모습을 보자 신음이 새어나왔다. 나는 소리치며 그 뒤를 재빨리 따라갔다.

"거기 서!"

하지만 내 말이 안 들렸는지, 아니면 안 듣기로 마음먹은 건지 그녀는 멈추지 않았다. 그러다 갑자기 미끄러지면서 샴페인 병이 손에서 떨어지나 싶더니, 잠시 후 그녀는 난간에 부딪혀 바다로 풍덩 빠져버렸다.

"아, 이런, 망할……."

나는 빠르게 달려가 신발을 벗자마자 그녀를 따라 바다로 몸을 던졌다. 운 좋게도 타이탄이 최저 속력으로 움직이고 있었고, 라우라는 엔진 쪽이 아니라 우현으로 떨어졌다.

잠시 후, 그녀는 내 품에 안겼다.

다행히 이 상황을 전부 지켜보던 파비오가 즉시 요트를 멈추고 구명 밧줄을 던져 우리를 요트로 건져 올렸다.

그러나 라우라는 숨을 쉬지 않았다. 나는 정신없이 심폐소생술을 시작했지만 아무리 심장을 누르고 인공호흡을 해도 소용이 없었다.

"숨 쉬어봐. 이 망할 여자야!"

이 여자를 세상에서 떠나보내고 있다. 안 돼. 그녀의 가슴을 더 세게 누르고 빠르게 폐에 공기를 불어넣었다.

"숨 쉬어!"

나는 영어로 말했다. 그녀가 알아들을 수 있는 말로 부탁한다면 들어줄지도 모른다는 비이성적인 생각에서. 그때 갑자기, 라우라가 숨을 몰아쉬더니 짠물을 토해냈다.

나는 그녀의 뺨을 쓰다듬으며 반쯤 정신이 나간 채로 애써 내 얼굴에 초점을 맞추려고 하는 그 눈동자를 바라봤다. 그러고는 라우라를 일으켜 팔에 안아 올리고 선실로 향했다.

"의사를 부를까요?"

파비오가 물었다.

"그래. 헬기를 띄워."

일단 라우라를 아래층으로 데려가서 괜찮은지 확인해야 했다. 그녀를 침대에 눕힌 후, 얼굴에서 시선을 떼지 않으면서 정말로 괜찮은지 샅샅이 살폈다.

"어떻게 된 거죠?"

속삭임이 들려왔다. 미칠 지경이었다. 머리가 지끈대고, 심장이 무시무시하게 뛰었다. 나는 침대 옆에 무릎을 꿇고서 놀란 심신을 애써 진정시켰다.

"갑판에서 바다로 떨어졌어. 천만다행으로 배를 빨리 몰고 있지 않았고, 넌 배 옆으로 떨어져서 살았지만 까딱했다간 물에 빠져죽을 뻔했다고. 제길, 라우라, 솔직히 지금 널 내 손으로 죽이고 싶어. 그런데 동시에 네가 살아 있어서 너무 기뻐."

나는 이를 악문 채 고개를 떨궜다. 어마어마한 두통이 몰려와 생각을 제대로 할 수가 없었다.

라우라가 손가락으로 나긋나긋하게 내 뺨을 어루만지더니 고개를 올렸다. 나는 그녀와 눈을 마주했다.

"당신이 날 구했어요?"

"내가 가까이 있어서 다행이었어. 안 그랬다면 무슨 일이 벌어졌을지 생각하고 싶지도 않아. 왜 이렇게 고집을 부리는 거야? 왜 내 말을 안 듣지?"

그렇게 말하며 드는 두려움은 생전 처음 느끼는 감정이었다. 그 누구에게도 이런 감정은 느껴본 적이 없었는데.

"샤워하고 싶어요."

라우라의 말에 그만 웃음이 터질 뻔했다. 하마터면 죽을 뻔했으면서, 신경 쓴다는 게 몸에 묻은 소금기라니. 믿을 수가 없군. 하지만 기운이 빠진 나머지 싸울 마음도 들지 않았다. 중요한 건 지금 그녀가 곁에 있다는 것이다. 그래서 입 맞추며 달래고 세상으로부터 보호할 수 있다는 것이다. 만약 요트가 더 빠르게 달리고 있었다면 무슨 일이 벌어졌을까……

나는 무심코 그녀를 씻겨주겠다 했고, 그녀는 저항하지 않았다. 욕실에 들어가 물을 튼 다음 다시 방으로 와서 라우라가 옷을 벗도록 도와주었다. 씻겨야겠다는 생각에 집중해서였는지, 앞으로 뭘 보게 될지 별 생각이 들지 않았다. 한참 후에야 라우라가 벗은 채 이 방 침대에 누워 있다는 사실을 깨달은 순간, 놀라고 말았다. 지금까지 예상한 것과는 아주 다른 기분이군. 중요한 건 그녀가 살아 있다는 것이다.

라우라를 일으켜 욕실로 데려갔다. 물은 뜨거웠다. 라우라가 내 가슴에 등을 기대자, 나는 얼굴을 그녀의 머리카락에 묻었다. 화가 나고 무서웠지만⋯⋯ 고마운 마음도 적지 않았다.

지금은 아무런 말도 필요하지 않았다. 싸우고 싶은 마음도 전혀 없었다. 단지 그녀의 존재를 오롯이 느낄 뿐이었다. 내가 무슨 생각을 하는지도 모른 채, 라우라는 내 몸에 뺨을 댔다. 그녀는 지난 며칠간 일어난 온갖 일이 자기 때문에 일어났다는 걸 전혀 모르고 있다. 반면 난 그동안 앞으로 모든 게 바뀌리란 점을 서서히 깨달았다. 적들이 벌써 내 약점을 알아버렸으니 사업은 한층 어려워지겠지. 내 품에 안겨 있는 이 자그마한 여자가 내 약점이다. 하지만 난 그 약점을 어떻게 다뤄야 할지 전혀 준비가 되어 있지 않았고, 미래를 어떻게 대비해야 할지 알 방법 역시 없었다.

천천히, 말없이, 나는 그녀를 씻겼다. 하지만 발기하지는 않았다. 그 점에 라우라는 놀라워했다. 심지어 그녀에게 야릇한 느낌을 줄 수 있는 손짓도 전혀 하지 않았다.

수건으로 그녀의 머리를 말려준 다음 침대에 눕히고 이마에 부드럽게 키스했다. 입술이 채 떨어지기도 전에 라우라는 잠에 빠져들었다. 혹시나 다시 의식을 잃었을까 봐 덜컥 무서운 마음이 들어 맥박을 확인했다. 다행히도 안정적이었다.

나는 한동안 그 자리에 가만히 서서 라우라를 지켜보았다. 이윽고 헬리콥터가 다가오는 소리가 들렸다. 순간 의아해졌다가, 이내 우리가 해안에서 멀리 떨어져 있지 않았다는 사실이 떠올랐다.

***

라우라의 진료 기록을 읽어본 의사는 그녀의 생명이 위험하지는 않다고 알려주었다. 나는 그에게 고마움을 표하고는 내 방으로 돌아왔다.

그 밤은 따스하고 고요했다. 고요함이야말로 지금 내게 가장 필요한 것이었다. 약을 조금 흡입한 다음 좋아하는 술을 한 잔 들고서 김이 모락모락 나는 뜨거운 자쿠지에 들어갔다. 주변 직원들에게 눈에 보이지 않는 곳으로 물러가라고 지시한 다음 긴장을 풀고 혼자만의 시간을 즐겼다. 아무 생각도 떠오르지 않았다. 주변은 그저 고요했다. 적어도 나의 머릿속은 고요했다.

그런데 한 2분쯤 지났을까. 어둠 속에서 무언가가 보였다. 라우라였다.

그녀는 여전히 하얀 목욕 가운을 걸친 채 갑판을 둘러보고 있었다. 그 모습을 보자 기분이 좋았다. 잠에서 깨어났다면, 몸이 회복됐다는 뜻일 테니.

"잘 잤어?"

내 목소리에 그녀는 깜짝 놀랐다.

"좀 나아진 것 같네. 와서 같이 앉을래?"

라우라는 나에게서 눈길을 떼지 않은 채로 잠시 생각했다. 어떻게 할지 고민하는 것 같지는 않았다. 목욕 가운이 곧 흘러내려 바닥에 떨어지리라는 걸, 그녀도 알고 있었다.

알몸이 된 그녀는 내 맞은편에 앉았다. 나는 칵테일을 마시며 그녀의 모습을 가만히 바라봤다. 이 순간 어떤 말도 필요 없었다. 그저 라우라의 얼굴을 응시하면 그뿐. 조금은 피곤해 보이지만 아름다운 얼굴. 흐트러진 머리카락과 살짝 부어오른 입술.

그 순간, 라우라가 움직이는 바람에 놀라고 말았다. 그녀가 내 무릎에 앉고서 두 팔로 나를 그러안았다. 곧바로 페니스가 발기했다.

라우라가 이로 나의 아랫입술을 물자 정신이 아득해졌다. 이제 그녀는 내 페니스에 클리토리스를 문지르며 몸을 붙여오기 시작했다. 이 순간이 어디로 흘러가게 될지는 모른다. 하지만 지금은 라우라의 게임에 참여할 기분이 아니었다.

오늘은 안 돼. 하마터면 이 여자를 잃을 뻔한 날이었잖아.

라우라의 혀가 내 입을 파고들었다. 나는 본능적으로 그녀의 엉덩이를 세게 움켜잡았다.

"보고 싶었어요."

그녀가 속삭였다.

그 짧은 말이 나를 뒤흔들었다. 온몸이 뻣뻣해졌다. 어째서 내 몸이 이런 식으로 반응하는지 이유를 모르겠다. 나는 몸을 젖히고 그녀의 얼굴을 바라보았다. 라우라는 진지했지만 그녀가 내 약점이 뭔지 눈치채도록 놔둘 수는 없다. 아직은 마음을 열 준비가 되지 않았다. 앞으로 무슨 일이 일어날지 모르는 상황에서는 더더욱.

"이게 보고 싶었다는 말을 하는 방식인가? 목숨을 구해줘서 고맙다고 말하고 싶은 거라면, 이런 식의 감사 따위 받지 않을 거야, 베이비걸. 네가 정말로 원할 때까지는 하지 않을 거니까."

그렇게 말하면 라우라가 물러서길 바랐다. 이 불편한 느낌이 사라지길 바랐다. 그녀가 비난으로 가득한 눈빛을 보냈는데도 불편한 느낌은 사라지지 않았다. 오히려 점점 강렬해질 뿐. *이게 대체 무슨 일이지?* 라우라가 자쿠지에서 벌떡 일어나 목욕 가운을 움켜쥔 채 갑판을 달려가는 모습을 보며 나는 멍하니 생각했다.

'멍청한 새끼. 지금 대체 뭐 하는 거야?'

나는 스스로에게 성질을 내며 일어섰다.

"처음부터 원해왔던 걸 드디어 얻게 될 순간에 거부하다니."

나는 이탈리아어로 중얼대며 라우라의 젖은 발자국을 따라갔다.

심장이 쿵쿵 뛰었다. 그녀를 찾아내면 결국 무슨 일이 일어날지, 마음 깊은 곳에서 알고 있었다. 내 방으로 들어가는 라우라를 보자 미소가 나왔다. 우연이 아니로군. 안으로 들어가보니 그녀가 등을 보인 채로 전등 스위치를 찾고 있었다.

갑자기 불이 켜지자 깜짝 놀란 라우라가 뒤돌았다. 나는 문을 힘껏 닫았고, 쾅 소리에 그녀는 몸이 굳어버렸다. 그녀도 따라온 게 나라는 걸 알고 있었다. 나는 불을 끄고 그녀에게 다가가 목욕 가운을 단번에 풀어 바닥에 스르르 떨구었다. 그러고는 참을성 있게 기다렸다. 지금 우리가 뭘 하고 있는 건지 확신이 필요했다. 생전 처음으로 아무런 생각이 없어진 상태라 해도.

라우라에게 키스하자, 그녀도 열정적으로 받아들였다.

품에 안고 침대로 데려가 눕힌 그녀의 완벽한 몸매 위로 희미한 불빛이 아른거렸다.

여전히 나는, 신호가 오기만을 기다렸다.

이윽고 기다리던 순간이 왔다. 라우라가 두 팔을 들고서 머리 위에서 손목을 교차한 채 미소 지었다. 어서 들어오라는 듯이.

"지금 시작하면 멈추지 않을 거야. 그건 알고 있겠지? 지금 이 선을 넘으면, 네가 좋든 싫든 너와 섹스할 거야."

"그래요. 어서 나를 가져요."

라우라는 일어나 앉아서 내가 꼼짝 못 하는 커다란 눈망울로 나를 응시했다.

"넌 이제 내 여자야. 널 영원히 지킬 거야."

나는 그녀 위로 더 바짝 다가가며 이탈리아어로 나지막하게 중얼거렸다.

라우라의 눈빛이 한층 짙어졌다. 이 가녀린 몸을 찢고 욕망이 분출되려는 순간이었다. 그녀의 손이 내 엉덩이를 쥐더니, 나를 가까이 끌어당겼다.

나는 미소를 지었다. 그녀도 간절히 원해서 어쩔 줄 모르는구나.

"내 머리에 손을 얹어요. 그리고 내게 벌을 줘요."

라우라의 말을 듣자 숨이 턱 막혔다. 내 아이의 엄마가 되었으면 하는 여자가 이토록 음란하게 굴고 있다니. 이런 식으로 자신을 내게 바치고 싶어 하다니. 믿을 수가 없었다. 기쁜 동시에 무서웠다. 이 얼마나 완벽한 여자인가. 끔찍할 정도다.

"매춘부처럼 대하라는 거야? 그걸 바라?"

"네, 돈 마시모."

그녀의 나지막한 말과 순종적인 자세에 내 안의 악마가 깨어났다. 온몸의 근육이 빠듯하게 긴장했다. 그래도 차분함을 유지하며, 나 자신을 통제했다. 하지만 라우라가 그저 나답게 굴어달라고 요구하던 순간, 불필요한 감정은 하릴없이 사라졌다. 느릿느릿하게, 동시에 확실하게, 나는 그녀의 입속으로 페니스를 밀어 넣었고, 눈이 마주친 순간 그만 사정할 뻔했다. 목구멍에 닿는 느낌이 났지만, 멈추지 않고 더 깊이 들어갔다. 그 압박감이 마음에 들었다. 희열이 이런 것인가. 끝까지 삼킨 라우라가 대견했다. 엉덩이를 조금씩 찔러가며 그녀가 얼마나 감당할 수 있는지 살폈다. 그녀는 굉장했다. 날 끝까지 삼켰다.

"시작하기 전에 알아둬. 즐기지 못하는 순간이 오면, 바로 말해. 네가 나를 놀리는 게 아니란 걸 확실히 알려줘."

그녀는 저항하지 않았다. 나에게 온전히 자신을 바치고 있었다.

"나도 마찬가지예요. 좋지 않으면 꼭 말해요."

그녀는 잠시 페니스에서 입을 떼고서 대답했다.

다시 그 입술이 페니스를 감싸더니 속도가 빨라졌다. 날 가지고 놀면서 즐기다니. 나에게 증명해 보이려 하다니. 음란하고 도발적이었다. 목구멍 깊숙이 몸을 찔러 넣자, 그녀는 더욱 나를 원했다. 그걸 느끼자 쾌락의 끝까지 올라가고 말았다. 어떻게든 라우라의 속도를 늦추려 했지만, 소용없었다.

절정이 파도처럼 온몸을 덮쳤지만 아직은 느끼고 싶지 않았다. 지금, 이렇게 빨리 가는 건 원치 않았다. 나는 그녀를 밀치고 숨을 몰아쉬며 사정을 애써 막았다. 라우라는 의기양양하게 웃었다. 이거였군. 나는 그녀를 거칠게 침대에 눕히고 몸을 돌렸다. 차마 그녀를 볼 수 없었다. 처음만큼은 그럴 수 없다. 이토록 빠르게 사정해서는 안 된다. 라우라의 얼굴에 나타난 절정을 봐야 하니까.

두 손가락을 그녀의 몸에 넣자 체액이 뚝뚝 떨어질 정도로 젖어 있어서 만족스러웠다. 라우라가 신음을 흘리며 아래에서 꿈틀대자 나는 다시 이성을 잃었다. 페니스를 움켜쥐고 라우라의 좁은 안으로 천천히 밀어 넣었다. 뜨겁게 젖은, 나의 여자. 섹스를 갈망하던 그녀의 성기가 구석구석 느껴졌다. 나는 끝까지 밀어 넣고 그녀를 끌어안은 채 그대로 굳었다. 이 순간을 오롯이 만끽하고 싶었다.

잠시 후 나는 몸을 뺀 다음 이번에는 더 세게 다시 밀어 넣었다. 그녀는 더 크게 신음하며 점점 조급해했다. 계속해주기를 바라고 있다. 더 세차게, 더 빠르게. 나의 하반신이 점점 속력을 내면서 그녀의 몸을 쳤다. 온 힘을 다해서 세차게 밀어 넣었건만, 그녀는 여전히 더 많은 걸 바랐다. 라우라는 비명을 질렀지만, 그래봤자 숨이 더 가빠질 뿐이다.

천천히 라우라의 엉덩이를 들어 올렸다. 아름답기 그지없는 나의 것을 보고 싶었다. 그녀의 등이 휘면서 검은 구멍이 눈에 들어왔다. 난 그만 참지 못하고 엄지손가락을 핥은 다음 엉덩이 사이를 쓸었다.

"돈……."

순간 그녀는 겁에 질린 신음을 흘렸지만, 몸은 조금도 움직이지 않았다.

난 웃었다.

"걱정하지 마, 베이비걸. 언젠가는 거기로도 하겠지만, 오늘 밤은 아니야."

라우라는 저항하지 않았다. 내가 방금 얼마나 활짝 웃었는지 그녀가 볼 수 없어서 다행이었다. 이 얼마나 완벽한가.

나는 심호흡을 하고서 라우라의 엉덩이를 움켜쥐고 깊숙이 밀어넣었다. 또다시 멈추지 않고 이어지는 움직임이 무자비하리만큼 세차게 그녀를 파고들었다. 몸을 숙여 클리토리스를 어루만지자, 잠시 후 내벽이 꽉 조여왔다. 라우라는 베개에 얼굴을 파묻고 알아들을 수 없는 비명을 질렀지만 나는 더 세차게 몰아붙여 그녀를 절정으로 내몰았다.

라우라의 얼굴을 못 보니 참을 수가 없었다. 오르가슴에 도달하는 얼굴을 봐야 했다. 쾌락에 풀려가는 그 눈동자를 보고 싶었다. 라우라를 돌려서 두 팔로 그러안고 사정없이 꿰뚫었다. 이윽고 그녀의 몸이 리드미컬하게 경련을 일으켰고, 반들거리던 눈망울에 초점이 사라졌다. 입술이 벌어졌지만 흘러나오는 소리는 없었다. 그렇게 라우라는 오랫동안 절정을 느꼈고, 나의 몸은 그 속에서 으스러지리만큼 압박당했다.

이윽고 그녀의 몸이 축 늘어지더니 매트리스에 털썩 쓰러졌다. 나는 천천히 속도를 줄이면서 부드럽게 피스톤 운동을 계속한 뒤 그녀의 손목을 잡으려고 손을 뻗었다. 라우라는 기진맥진해진 상태였다. 나는 그녀의 팔을 머리 위로 눌렀지만 라우라는 저항했다.

"배 위에 해요. 보고 싶어."

그녀는 빈쯤 정신을 잃은 채, 거친 목소리로 애원했다.

"싫어."

나는 슬쩍 웃으며 대답하고는 다시 그녀 안으로 파고들었다.

그렇게 몸을 풀었다.

파도처럼 여자의 몸 속으로 밀려가는 정액이 느껴졌다.

오늘은 임신하기에 완벽한 날이다. 마치 온 우주가 바라는 것 같지 않은가. 그녀는 나를 밀치려고 발버둥쳤지만 내 힘을 이기기에는 약했다. 잠시 후 나는 온몸에 뜨거운 땀을 흘린 채로 라우라의 몸 위에 쓰러졌다.

"마시모, 이게 대체 무슨 짓이에요? 내가 피임약 안 먹는다는 거 알잖아!"

그녀는 소리치며 내 품에서 벗어나려 했다. 만족감을 감출 수가 없었다.

"맞아. 피임약 같은 건 믿을 수 없지. 네 몸에는 이미 피임용 임플란트가 심어져 있어. 여길 봐."

나는 손가락으로 그녀의 팔을 두드렸다. 내가 이식하라고 명령한 위치추적기는 안나가 몸에 심었던 피임용 임플란트 크기와 비슷했다. 라우라가 속아 넘어가리라는 건 이미 알고 있었다.

"첫날 네가 자고 있을 때 이식하라고 명령했어. 어떤 위험도 감수하고 싶지 않았거든. 피임 효과는 3년이겠지만 1년 뒤에는 제거

하면 돼."

오늘 밤 이후로 내 아이가 이 몸에서 자랄 거라 생각하자, 어쩔 수 없이 웃음이 나왔다.

"이제 좀 떨어지지 그래요?"

그녀는 화난 어투로 내뱉었다.

나는 그 말을 듣지 않았다.

"안타깝게도 당분간은 그럴 수 없을 것 같아. 거리를 두고는 네 속에 들어가기 힘드니까."

나는 그녀의 이마에서 머리카락을 쓸어주며 말을 이어갔다.

"네 얼굴을 처음 봤을 때부터 널 갖고 싶었던 건 아니었어. 처음에는 자꾸 나타나는 환상이 무섭기만 했지. 하지만 시간이 지나고 저택 어디에나 네 초상화를 걸어두고 바라보면서, 나는 네 영혼의 세세한 부분까지 느끼기 시작했어. 그 그림들이 너와 얼마나 똑같았는지 넌 모르겠지. 너와 나는 너무 닮았어, 라우라."

나라는 사람도 사랑을 할 수 있다면, 지금 이 순간에야말로 침대에 올라 내 밑에 누운 이 여자와 사랑에 빠진 거겠지. 나는 가슴속에서 무언가가 변하는 느낌을 받으며 라우라를 바라보았다.

"널 데려왔던 첫날, 해가 뜰 때까지 밤새 널 지켜봤어. 네 향기와 몸의 열기를 느낄 수 있었어. 넌 살아 있는 존재였지. 현실이었어. 내 바로 옆에 있었고. 믿을 수가 없었어. 잠시 자리를 비웠다가 돌아오면 네가 사라져버릴 것 같은, 비이성적인 두려움이 들었지."

왜 이런 말을 하는 거지. 스스로도 알 수 없었다. 다만 라우라가 모든 것을 알아야 한다고 느꼈을 뿐. 나의 목소리에는 두려움이 서려 있었다.

이 여자가 나를 두려워하기를 바랐지만 동시에 진실을 알려주고
싶었다.

CHAPTER 1

사방이 조용해졌다.

눈을 질끈 감자 내가 방금 무슨 말을 내뱉은 건지 실감이 났다. 속으로만 생각한다는 게 실수로 입밖에 뱉어버렸구나. 또 이런 실수를 저지르다니.

"다시 말해봐."

마시모는 내 턱을 치켜들며 차분하게 명령했다.

그를 바라보자 눈물이 핑 돌았다.

"임신했어요, 마시모. 우리 아기가 태어날 거예요."

마시모가 눈을 휘둥그레 뜨더니 바닥에 무릎을 꿇었다. 그러고는 내 셔츠를 들어 올리고 배에 부드럽게 입을 맞추며 이탈리아어로 무어라 속삭였다. 무슨 상황인지 모르겠지만 그의 얼굴을 두 손으로 감싸자 뺨에 흘러내리는 눈물이 만져졌다. 이토록 강하고 위압적인 남자가, 위험한 남자가 내 앞에서 무릎을 꿇고 울고 있다니. 감정이 복받쳐 그만 나도 눈물을 흘리고 말았다. 우리는 꼼짝 못 한 채 한동안 새롭게 펼쳐진 현실을 그저 받아들였다.

이윽고 마시모는 천천히 일어서서 내게 열정적으로 키스했다.

"탱크를 사줄게. 그걸로 부족하다면 직접 참호를 파줄게. 목숨을 버리는 한이 있다 해도 너희 둘을 반드시 지킬 거야."

방금 '너희 둘'이라고 말했어. 그러자 복받치는 감정을 제어할 수 없었다.

"자, 베이비걸. 괜찮아."

나는 옷소매로 눈물을 닦았다.

"기뻐서 우는 거예요."

이윽고 나는 화장실로 가며 덧붙였다.

"잠깐만 기다려요."

다시 방으로 돌아오자, 마시모는 팬티 차림으로 침대에 앉아 있었다. 그는 일어서서 다가와 내 이마에 입 맞추었다.

"샤워하고 올 테니, 어디 가지 말고 있어."

나는 침대에 누워 베개에 기댄 채로 조금 전을 세세히 돌이켜보았다. 마시모가 울 줄 아는 사람이라고는 상상도 못 했는데. 게다가 기쁨의 눈물이라니.

잠시 후 욕실 문이 열리고 마시모가 나왔다. 그는 물이 뚝뚝 떨어지는 나체로 천천히 침대로 다가오며 그 모습을 한껏 만끽하게 해준 다음 내 옆에 누웠다.

"언제 알았어?"

"월요일에 혈액 검사 하면서요."

"그런데 왜 이제야 말하는 거야?"

"출장 갔다 오면 알려주고 싶었어요. 나도 상황을 받아들이려면 마음의 준비가 필요했고요."

"올가도 알아?"

"네, 그리고 당신 동생도 알아요."

마시모는 눈살을 찌푸리더니 등을 돌려 나를 바라보고 누웠다.

"왜 도메니코와 형제라고 말하지 않았어요?"

내가 묻자 그는 입술을 깨물며 잠시 생각에 잠겼다.

"너에게 친구를 만들어주고 싶었어. 믿을 만한 가까운 사람으로. 도메니코가 내 동생인 줄 알았다면, 걔에게 허물없이 대하지는 못했겠지. 도메니코는 네가 나에게 얼마나 소중한 사람인지 알아. 내가 곁에 없을 때 널 맡아 돌봐줄 사람은 도메니코뿐이야."

그건 이해가 되었기에 화나지도, 억하심정이 들지도 않았다.

"그럼…… 우리 결혼식은 연기되나요?"

나는 마시모를 바라보며 물었다.

그러자 마시모는 다시 내 쪽으로 돌아눕더니 몸을 맞대왔다.

"농담하는 거야? 이 아이에겐 완벽한 가족이 있어야 해. 가족이란 적어도 세 사람이 이루는 거라고 네가 말하지 않았어?"

그는 내게 입 맞추기 시작했다. 아주 부드러운 입맞춤이었다.

"의사가 뭐래? 혹시 물어봤나? 우리가 할 수 있는지……."

나는 웃으면서 그의 입속을 혀로 파고들었다. 그는 신음을 흘리며 격정적으로 내 입술을 문질렀다.

그는 내게서 몸을 떼고 거친 목소리로 중얼거렸다.

"그래…… 괜찮다는 뜻으로 받아들이지. 하지만 부드럽게 할게.

약속해."

마시모는 협탁으로 손을 뻗어 TV를 껐다. 이제 방은 완전히 어두워졌다. 그의 손이 내 몸을 덮은 이불을 휙 낚아채 던지더니, 블라우스 아래로 미끄러져 들어와 옷을 벗겼다. 마시모는 두 손으로 내 몸을 부드럽게 어루만졌다. 얼굴을 쓰다듬던 손은 아래로 내려와 가슴을 쥐더니 손아귀를 조였다. 손에 이어 그의 머리가 내려오더니, 이빨로 내 유두를 살짝 깨물고 입술로 빨았다. 순간 묘한 느낌이 온몸에 퍼졌다. 다른 남자에게서는 한 번도 느껴본 적 없는 순수한 황홀감.

마시모는 서두르지 않고 여유롭게 다른 부분을 맛보았다. 입술이 차례대로 양쪽 유두를 빨다가 간간이 올라와 입술에 다시 열렬한 입맞춤을 퍼부었다. 그가 움직일 때마다 페니스가 천천히 부풀어오르며 나를 문지르는 게 느껴졌다. 이윽고 조급함이 밀려들었다. 내게 집중하는 그의 몸에 달아오르고 굶주린 채, 결국 나는 주도적으로 움직이기 시작했다. 이 남자를 갖고 싶어. 당장.

그래서 몸을 살짝 들었지만, 마시모는 내 움직임을 예측하고 침대에 내 어깨를 눌렀다.

"들어와요."

나는 그의 몸 아래에서 꿈틀대며 속삭였다.

보지 않아도 그가 의기양양하게 웃었다는 걸 알 수 있었다. 내가 얼마나 자신을 원하는지, 그는 알고 있었다.

"이제 시작일 뿐이야, 베이비걸."

마시모의 입술이 내 살갗 위를 천천히 움직여갔다. 목덜미부터 시작해 가슴을 누르고 배를 거쳐 마침내 그곳, 처음부터 건드렸어야 했을 곳에 이르렀다. 그는 나의 얇은 레이스 팬티 위에 입 맞추고 맥동하는 클리토리스를 핥았다. 그러고는 천천히 팬티를 벗겨 옆으로 던졌다.

난 다리를 벌렸다. 무엇이 이어질지 알고 있었다. 실크 시트 위로 엉덩이가 멈추지 않고 계속해서 섬세하게 움직였다. 다리 사이에서 그의 숨결이 느껴짐에 따라 욕망이 물결처럼 덮쳐왔다. 마시모는 천천히 혀를 내 안에 넣고서 신음했다.

"너무 젖었어, 라우라…… 임신해서인지, 내가 그리워서인지는 모르겠지만."

그가 나직하게 속삭였지만 나는 그의 머리를 누르고 거칠게 대답했다.

"입 다물고, 마시모. 어서 느끼게 해줘요."

나의 명령에 그의 내면에 잠들어 있던 짐승이 깨어났다. 그는 두 손으로 내 허벅지를 꽉 쥐고 아래쪽으로 끌어내린 다음, 베개를 내 등에 괴어주고 아까 던져버렸던 이불 위에 무릎을 꿇었다. 호흡이 한층 빨라졌다. 뭘 하려는지, 곧 알게 되겠지.

마시모는 손가락 두 개를 내 안에 넣는 동시에 엄지로 클리토리스 주위를 둥글게 어루만졌다. 온몸의 근육이 뻣뻣하게 긴장하면서 신음이 터졌다. 바로 그때 그가 손바닥을 뒤집은 다음 엄지 대신 혀로 클리토리스를 빨기 시작했다.

"좀 도와줘, 베이비걸."

어떻게 하라는 건지 단박에 깨달았다. 나는 한 손으로 음부를 펼

처서 그가 가장 예민한 부분에 잘 들어갈 수 있게 벌려주었다. 그의 혀가 리드미컬하게 클리토리스에 닿자, 내가 오래 못 버티리라는 게 느껴졌다. 마시모의 손가락이 계속 내 안에서 속도를 높여갔고 압박은 더 격해졌다. 더는 참을 수가 없었다. 그가 나를 처음 만졌을 때부터 절정이 거대한 구름처럼 내 몸을 감돌고 있었다.

결국 나는 길고 날카로운 비명을 지르며 한껏 느낀 뒤 베개에 털썩 몸을 떨어뜨렸다.

"한 번 더 할게. 최근에 너에게 소홀했으니, 베이비."

마시모는 입술로 클리토리스를 문 채 속삭였다.

처음에는 농담인 줄 알았건만 아니었다. 그의 손가락이 다시금 빨라지더니 방금 전 클리토리스를 갖고 놀던 엄지가 엉덩이 사이로 다가갔다.

"힘 빼, 내 사랑."

나는 시키는 대로 힘을 뺐다. 이미 한층 더 절정에 다가가고 있었다. 마침내 그의 손가락이 살그머니 내 엉덩이로 들어오자, 벌써 두 번째 절정이 다가오는 느낌이 들었다. 마시모는 어떻게 하면 내 몸이 그가 원하는 대로 반응할지 완벽하게 알고 있었다. 그의 손가락은 나의 구멍을 꿰뚫고, 혀와 입술은 민감한 지점을 자극했다. 절정이 파도처럼 또다시 나를 덮치고, 이번에는 여러 차례 이어졌다.

결국 쾌락이 격하다 못해 고통스러울 지경에 이르자 나는 그의 목을 할퀴었고 숨이 모자라 헐떡이며 베개 위로 쓰러졌다.

이윽고 마시모는 나를 뒤집어 침대 위쪽으로 끌어 올리고는 다리를 벌렸다. 나는 무릎이 어깨에 닿을 만큼 온몸을 벌린 자세가 되었다. 그는 완전히 발기한 성기를 드러내며 내 사이에 무릎을 꿇었다.

"아프면 말해."

그는 나직하게 말하며 내가 무어라 반응하기도 전에 몸을 밀어 넣었다.

툭 불거진 굵은 성기가 깊숙이 파고들었다. 끝까지 들어온 마시모는 하반신의 움직임을 멈추었다. 내가 무슨 말이라도 해주길 기다리는 것처럼.

"날 가져요, 돈 마시모."

나는 그의 목을 그러안으며 말했다.

두 번 말할 필요는 없었다. 마치 기관총이 반동하듯 그의 몸이 내 안에서 폭발했다. 그는 빠르고 세차게 나를 가졌다. 우리 둘 다 좋아하는 방식이었다.

잠시 후 마시모는 움직임을 멈추고 두 손으로 나를 엎드리게 한 다음 다시 뒤에서 밀어붙였다. 언제나처럼 거친 몸짓이 마음에 들었다.

그가 점점 절정으로 치닫는 게 느껴졌지만 어떻게 할지 아직 마음을 정하지 못한 모양이었다.

잠시 후 마시모는 다시 몸을 빼더니 나를 원래대로 돌려 눕혔다. 그러고는 손을 뻗어 협탁을 더듬었다. 리모컨을 찾아 불을 켜자 침실에 부드러운 빛이 가득 찼다. 그는 무릎으로 내 허벅지를 벌리더니 나를 바라보며 젖은 음부에 천천히 들어왔다. 그러고는 몸을 숙여 나를 끌어안았다. 그의 입술이 내 입술 바로 위에 머물렀다. 온통 내게 꽂힌 그 눈빛을 보자 알 수 있었다. 지금 그는 강렬한 쾌락에 떨고 있다. 그의 하반신이 세차게 요동치며 내 몸에 박혔다. 그의 등줄기에 땀이 흘렀다.

마시모는 오랫동안 절정을 느꼈지만 눈빛은 흔들리지 않았다. 평생 이처럼 섹시한 장면은 처음이었다.

"빼고 싶지 않아."

그는 쉰 목소리로 속삭였다. 나는 웃으면서 손가락으로 그의 머리카락을 헤집었다.

"어서 빼요. 당신이 지금 우리 딸을 압박하고 있어요."

마시모는 나를 단단히 끌어안고 몸을 굴렸다. 이제는 내가 위에 올라탄 자세가 되었다. 그는 한 손으로 이불을 끌어당겨 내 등을 덮어주었다.

"딸이라고?"

그는 내 머리를 쓰다듬으며 물었다.

"딸이었으면 좋겠어요. 하지만 운이 나쁘면 아들일 수도 있겠죠. 그 애가 당신의 뒤를 이으면 걱정이 끊이지 않을 것 같네요."

마시모는 크게 웃으면서 내 목덜미에 머리를 대었다.

"내 아들은 원하는 건 뭐든지 하게 될 거야. 꿈꾸는 게 있다면 뭐든 반드시 이루어주겠어."

"그 이야기는 나중에 하긴 해야겠지만, 지금은 생각하지 마요."

마시모는 잠시 아무 말도 하지 않은 채 다만 나를 품에 꼭 안았다가 명령했다.

"일단은 좀 자."

그렇게 얼마나 잤을까. 나는 눈을 뜨자마자 제일 먼저 휴대폰을 집어 들었다.

세상에, 벌써 정오라니. 대체 누가 한낮까지 잠을 자지? 고개를 돌려 마시모를 찾았지만, 침대 옆자리는 비어 있었다. 왜 아니겠어……. 잠시 나는 침대에 누워 천천히 잠기운을 털어낸 다음 일어나 욕실로 갔다. 만약 마시모가 돌아온다면 최대한 아름다워 보이고 싶었다. 적어도 지난 이틀보다는 괜찮은 모습이어야 해. 물론 공들여 단장한 티가 나서는 안 되는 법이다. 깨어날 때부터 예뻤다고 생각하게 해야지. 나는 눈매를 살짝 강조하고 새로 자른 머리를 빗었다. 옷장을 뒤져보니 데님 반바지와 한쪽 어깨가 드러나는 밝은색 스웨터, 베이지색 이뮤 부츠 한 켤레가 나왔다. 아직 배가 나오지 않아 몸매가 드러나는 옷을 입을 수 있고, 바깥 날씨도 따뜻하니 입고 싶은 대로 입어도 괜찮다.

복도에 나가니 도메니코가 있었다.

"아, 안녕! 혹시 올가 어디 있는지 알아?"

"올가는 조금 전에 일어났어. 방금 아침을 주문한 참이야. 아니, 지금 먹으면 점심이라 봐야겠네."

"마시모는 어디 있어?"

"아침 일찍 나갔어. 지금쯤 돌아올 때가 됐어. 기분은 좀 어때?"

나는 문가에 기대에 장난스레 미소를 지었다.

"아, 그냥 뭐, 완벽하고도…… 환상적이야."

도메니코는 손을 들어 내 말을 막았다.

"굳이 쓸데없는 말 안 해도 돼. 형도 기분이 좋아 보여서 대충 눈치챘거든. 난 어디 아픈 데는 없냐고 물은 거야. 심장 전문의 예약을 다시 잡아놨어. 산부인과도. 그러니 3시까지 병원에 가야 해."

"고마워, 도메니코."

나는 도메니코를 남겨두고 정원으로 나갔다.

날씨는 따스했고, 태양은 구름 사이에서 빛났다. 올가는 테이블에 앉아 신문을 읽고 있었다. 나는 그 옆을 지나면서 올가의 머리에 키스해준 다음 소파에 앉았다.

"일어났구나, 나쁜 계집애."

올가는 나를 반기며 선글라스를 낀 채로 슬쩍 이쪽을 바라보더니 덧붙였다.

"왜 그렇게 또 기분 좋은 얼굴이야? 너도 내가 먹은 약 먹었어? 나 어제 완전히 기절해서 이제야 겨우 일어났어. 혹시 그 약 의사한테 더 달라고 하면 줄까?"

"약보다 더 좋은 걸 먹었지."

나는 눈썹을 치켜뜨며 의미심장한 미소를 지었다.

올가는 선글라스를 벗고서 신문을 내려놓더니, 내 뒤에 있는 무언가를 빤히 바라보았다.

"좋아, 다 죽었네! 마시모가 돌아왔어."

소파에서 몸을 돌리자 마시모가 문에서 우리에게 다가오는 모습이 보였다. 갑자기 온몸이 화끈거렸다. 그는 회색 면바지에 새카만 스웨터 차림이었다. 스웨터 안에 받쳐 입은 하얀 셔츠 깃이 선명했다. 한 손을 주머니에 넣고 다른 손으로 휴대폰을 귀에 댄 자태가 숨이 멎을 듯했다. 신이 지상에 강림한 것 같네. 무엇보다도 중요한 사실은 저 남자가 내 것이라는 점이다.

올가는 정원 끝에 서서 바다를 바라보며 통화하는 마시모를 유심히 바라보았다.

"저 남자는 섹스할 때 여자를 천국에 보내주겠지. 분명해."

그녀는 고개를 절레절레 저으며 멍하니 말했다. 나는 차를 입에 대면서 계속 마시모를 바라보았다.

"얼마나 잘하는지 알려줘?"

"그럴 필요 없어. 네 표정만 봐도 알 것 같으니까. 게다가 저렇게 잘생기면 만족은 보장돼 있지, 안 그래?"

올가의 평소 유머 감각이 되돌아와 다행이었다. 어제 있었던 일을 이야기하지 않기로 마음먹어준 것도 기뻤다. 나 역시 그 생각을 하지 말아야 한다. 그렇지 않으면 미쳐버릴 테니까.

마시모는 통화를 마치고 딱딱한 표정으로 테이블에 다가왔다.

"다시 봐서 반갑군요, 올가."

"초대해주셔서 고마워요, 돈 마시모. 라우라의 결혼식에 참석할 수 있게 해주신 것도 정말 고맙고요."

마시모는 얼굴을 찌푸렸다. 나는 테이블 아래로 올가의 다리를 걷어찼다.

"왜 차고 그래? 솔직히 나한테는 영광 아니야? 너희 부모님도 여기 못 왔잖아?"

올가는 진심으로 의아해하면서 숨을 들이쉬고 말을 이으려고 했지만, 순간 나를 놀래키면 안 된다는 걸 기억했는지 입을 다물었다.

"우리 엄마랑 딸은 잘 있었나?"

마시모는 화제를 바꾸고 몸을 숙여 내 배에 키스한 다음 내 입술에도 입을 맞추었다.

올가는 그 모습에 불쑥 폴란드어로 말했다.

"너 말했어? 네 남편 방금 돌아온 거 아니었어?"

"응, 말했어. 이이는 어젯밤에 돌아왔어."

"음, 그렇구나. 이제야 네가 왜 이토록 기분이 좋은지 알겠네. 끝내주는 섹스만큼 좋은 건 없지. 특히 신경안정제를 한 통이나 먹고 난 다음엔 더더욱."

올가는 알겠다는 듯 고개를 끄덕이고는 다시 신문을 훑어보기 시작했다.

마시모는 테이블 상석에 앉은 다음 나를 보았다.

"우리는 몇 시에 병원에 가지?"

"우리라니, 무슨 소리예요?"

"나도 병원에 갈 거야."

그가 나와 함께 산부인과 진료실에 들어간다고 생각하니 눈살이 찌푸려졌다.

"별로 좋은 생각 같지 않은데요. 산부인과 의사는 남자예요. 난 그분이 일찍 죽기를 바라지 않는다고요. 산부인과 진료 의자가 어떻게 생겼는지는 알기나 해요?"

올가가 커피를 뿜었다.

"도메니코가 고른 의사라면 그 분야 최고겠지. 네가 원한다면 밖에서 기다릴 거야."

그러자 올가가 신문을 내려놓고 끼어들었다.

"그럴 필요 없어요, 마시모. 특별 가림막이 있으니까요. 인생 최고의 순간을 놓치면 안 되죠.”

“또 발로 차이고 싶어? 어디 더 말해봐.”

내가 폴란드어로 올가를 위협하자 마시모가 나지막히 화냈다.

“둘 다 영어로 말해줄 수 없나? 폴란드어로 말할 때마다 비웃는 것 같아서 말이야.”

그때 도메니코가 불쑥 나타났다. 분위기를 누그러뜨리려는 의도였나 보다. 그는 빈 의자에 앉았다.

“올가, 나를 좀 도와주면 좋겠는데요. 같이 가실까요?”

나는 눈썹을 치켜뜨고 도메니코를 바라보았다.

“뭐야? 내가 모르는 비밀이라도 있어?”

“아니, 없어.”

올가는 이렇게 대꾸하고는 도메니코에게 말했다.

“그럴게요. 우리 다정한 한 쌍께서 병원에 가는 동안 나는 별달리 할 일도 없으니까요.”

도메니코는 마시모를 보았다.

“형, 이제 공식적으로 축하해도 될까?”

마시모의 험한 눈초리가 천천히 누그러지더니 이윽고 얼굴에 슬쩍 미소가 빛났다.

도메니코는 일어서서 형에게 다가가 이탈리아어로 말했다. 두 남자는 서로의 등을 토닥이며 포옹했다. 처음 보는 새롭고도 다정한 광경이었다.

마시모는 다시 자리에 앉아 커피를 한 모금 마셨다. 그러고는 테이블에 자그마한 검은 상자를 올려놓으며 말했다.

"줄 게 있어, 베이비걸. 이번 선물로는 사고날 일이 없었으면 해."

나는 궁금하다는 눈으로 그를 보며 작은 상자를 집어 들었다. 뚜껑을 여는 순간 놀라 의자에 주저앉고 말았다. 올가는 내 뒤로 다가와 어깨 너머로 보더니 감탄했다는 듯 휘파람을 불었다.

"벤틀리네. 끝내준다. 혹시 이런 상자 또 있으면 나도 하나만."

나는 차 키를 보다가 마시모에게 눈길을 던졌다.

"처음엔 차를 선물하고 싶지 않았어. 하지만 네가 어딜 가든 불안하게만 생각하면서 살 수는 없겠지. 그리고 사고 전말을 조사할 만큼 해봤어. 더는 위험한 일 없을 거야."

"뭐라고요? 그게 무슨 말이에요?"

"오전에 경찰에 심어둔 부하를 만나고 왔어. 고속도로 CCTV 영상을 봤는데 네가 탄 차를 친 차에는 사람이 한 명밖에 없었어. 화면으로 누군지 알아볼 수는 없었지만. 스파에서도 CCTV 영상을 받아두었는데 거기서도 누군지는 밝혀지지 않았어. 운전자는 야구모자에 후드를 뒤집어쓰고 있었거든. 어쨌든 용의선상에서 몇 명은 제외할 수 있었어. 운전자는 아주 정신없이 행동했어. 널 치고 싶어 한 사람이 누군지는 모르겠지만 차를 제대로 들이받는 법도 모르더군. 만약 프로였다면 너희 둘은 지금쯤 죽었을 거야. 그러니 이번 일은 우연히 일어난 사고거나, 적어도 우리 가족 사업과 연관된 사람의 소행은 아니라는 뜻이지."

그 말에 올가는 눈을 흘기며 키득키득 웃었다.

"그렇군요. 어제 우린 세상에서 제일 운 좋은 여자들이었군요. 하지만 그렇다고 기분이 한결 나아지지는 않네요. 언젠가 라우라를 당신에게 남겨두고 떠나야겠지만, 내가 없는 동안 라우라가 무사하기를 바랄게요. 안 그랬다간 부하들이 몇이든 당신을 가만두지 않을 테니 각오해요."

마시모는 올가의 말을 듣더니 대놓고 웃었다. 하지만 도메니코는 올가를 바라보며 어이없다는 표정을 짓더니 한마디 던졌다.

"불같은 성질은 폴란드 여자 특징인가 봐, 마시모."

나는 올가의 뺨에 키스한 다음 머리카락을 쓰다듬으며 웃었다.

테이블에는 온갖 맛있는 음식이 가득했다. 우리 넷은 식사를 시작했다. 오늘 나는 평소답지 않게 식욕이 왕성했고 구역질도 나지 않았다.

식사가 끝난 뒤 이윽고 포크를 내려놓으며 입을 열었다.

"자, 남자분들, 이제 두 분이 형제라는 사실에 대해 말 좀 해보실래요? 내 앞에서 보스와 부하 놀이를 하니 재미있었나요?"

형제는 각자 먼저 입을 떼지 못하고 서로를 슬쩍 쳐다보기만 했다. 그러다 도메니코가 먼저 말했다.

"솔직히 말하자면 숨기려던 건 아니야. 마시모는 가주이니 나한테는 보스가 맞아. 당연히 그에 앞서 형이고 가족이지만 '돈' 칭호가 붙는 사람이니 가족애 이상의 존경심을 형에게 품고 있어."

도메니코는 테이블에 팔꿈치를 괴고서 몸을 숙이더니 덧붙였다.

"게다가, 우리가 형제임을 알게 된 건 불과 몇 년 전이야. 아버지가 돌아가시고서야 알았어."

마시모가 도메니코의 이야기를 이어받았다.

"내가 총에 맞았을 때 수혈을 받아야 했는데, 혈액검사 결과를 보고서야 우리가 유전적으로 연결되어 있다는 걸 알았어. 회복하고 나서 어떻게 된 일인지 알아보기로 마음먹었고, 결국 우리가 이복형제라는 걸 알아냈지. 도메니코의 어머니는 우리 어머니와 자매였어. 아버지는 같고."

올가가 끼어들었다.

"잠깐만요, 그러면 당신 아버지가 자매 둘과 떡 쳤단 말인가요?"

그러자 형제들은 비슷한 표정으로 얼굴을 찌푸렸다. 마시모는 건조한 말투로 말했다.

"세간에 떠도는 단어를 써서 말한다면, 그렇다고 할 수 있겠지."

우리 넷 주위로 어색한 침묵이 흘렀다.

"또 알고 싶은 건 없나, 라우라?"

마시모는 올가에게서 눈을 떼지 않은 채로 내게 물었다.

"이제 우리는 가족이니까, 분위기도 전환할 겸 아기 이름을 골라보는 거 어때요?"

그러자 올가가 냅다 말했다.

"헨리크! 어때? 예쁜 이름이지? 왕의 이름이잖아!"

마시모와 도메니코는 폴란드 이름을 발음해보았고 도메니코가 눈살을 찌푸렸다. 나는 고개를 저었다.

"마음에 안 들어. 그리고 난 얘가 딸이라고 굳게 믿고 있거든."

정확히 3초 지났는데 다시 말싸움이 벌어지고 말았다. 아, 애초에 내가 왜 화제를 돌렸을까. 정말 후회되네. 올가는 소리를 지르고, 마시모는 차분하게 올가의 말을 하나하나 받아쳤다. 얼핏 보면 내가 사라져줘도 될 것 같았다.

하지만 주거니 받거니 하는 말다툼을 보고 있다가 문득 깨달았다. 올가는 내가 행복하고 안전하다고 생각될 때까지 마시모와 싸울 작정이구나. 그래서 계속 마시모를 자극하고 반응을 살펴보는 거야.

나는 일어서서 올가의 머리에 키스했다.

"사랑해."

올가는 내 말에 언성을 낮추더니 조용해졌다. 그다음 나는 맞은편 마시모에게 길고 열정적인 키스를 했다.

"사랑해요. 우리 아기도 사랑한대요. 자, 이제 병원에 가야겠어요. 늦고 싶지 않거든요."

나는 검은 상자를 테이블에서 집어 들고 자리를 떴다.

마시모도 일어서겠다고 말한 다음 쫓아와 내 어깨를 감쌌다.

"차가 어디 있는지도 모르면서 혼자 가게? 이 집에서 보물찾기라도 할 참이었어?"

나는 그의 배를 팔꿈치로 가볍게 찌르고서 웃었다. 마시모는 전에 한 번도 가본 적 없는 정원 저편으로 데려갔다. 저택 뒤편에 있는 정원은 그늘이 드리워져 있고 바다도 보이지 않았기에 이제껏 가볼 생각이 전혀 없었다.

그런데 막상 가보니, 산 중턱에 1층 건물이 서 있었다. 문이 열리자 산 안에 파놓은 차고가 보였다. 아니, 차고가 아니라 격납고라고 해야겠지. 안에는 자동차가 수십 대나 있었다. 너무 놀라 그 자리에 멍하니 섰다. *세상에, 이렇게 많은 차를 다 어디다 쓰려고 샀지?*

"당신이 이걸 다 운전하나요?"

"적어도 한 번씩은 해봤어. 차 수집이 아버지 취미였거든."

나는 벽에 줄지어 선 오토바이를 유심히 바라보다가 천천히 다가갔다.

"이거 정말 마음에 드네요. 4기통에 6단 기어, 토크가 미쳤네!"

나는 스즈키 하야부사 오토바이의 미끈한 곡선을 손으로 쓸면서 감탄사를 뱉었다.

"하야부사는 일본어로 '송골매'라는 뜻이래요. 세상에서 제일 빠른 동물이죠. 너무 멋있네."

마시모는 한 발짝 뒤에서 따라오며 놀란 눈빛으로 듣다가 말을 마치기가 무섭게 나를 문 쪽으로 잡아끌며 소리쳤다.

"오토바이는 꿈도 꾸지 마. 절대로 타면 안 돼. 평생. 진지하게 말하는 거야."

나는 그의 손을 뿌리치며 노려보았다.

"당신이 뭔데 그걸 결정해요?"

마시모는 두 손으로 내 고개를 돌려 얼굴을 쥐며 똑바로 바라보았다.

"넌 내 아이를 가졌어. 내 아이의 엄마가 되는 거야."

그는 나를 응시하면서 '내'라는 단어를 강조했다.

"너를, 아니 너희 둘을 잃어버리는 상황은 절대로 만들지 않아. 미안하지만, 간섭할 수밖에."

마시모는 손가락으로 오토바이를 가리켰다.

"저 오토바이들은 없앨 거야. 네가 아무리 조심해서 탄다 해도 상관없어. 도로에 나가면 백 퍼센트 안전할 수는 없어. 사고는 언제든 일어날 수 있어."

나도 그 말에 동의했다. 마음에 안 들지만 마시모가 옳다. 내 한 몸만 지키면 되는 시절은 끝났다.

나는 냉정한 그의 눈빛을 마주한 채 배를 부드럽게 쓸었다. 그 모습을 보자 마시모의 분노가 가라앉는 듯했다. 그는 배를 감싼 내 손 위에 손을 얹고 나와 이마를 맞댔다. 난 아무 말도 하지 않았다. 말없이 그를 이해했다. 마시모 역시 내 기분과 생각을 알고 있었다.

"제발 고집부리지 마, 라우라. 고집부리더라도 그럴 만한 이유가 있을 때 부려. 내가 너희 둘을 지키게 해줘. 이제 가자."

문 옆에 검은 벤틀리 콘티넨털 쿠페가 주차되어 있었다. 우람한 디자인의 쿠페는 지난번 몰아본 덩치 큰 포르셰와는 전혀 달랐다.

"스포츠카 안 사준다면서요."

"마음을 바꿨어. 속도 제한 장치를 달 생각이야."

나는 잠시 의아해져서 그를 조심스레 바라보았다.

"농담이죠?"

마시모는 나를 보며 빙긋 웃더니, 즐거운 기색으로 눈썹을 치켜 뜨며 말했다.

"물론 농담이지. 벤틀리는 그런 옵션을 제공하지 않지만 아주 안전하고도 빨라. 좀…… 따져보고 나서 널 위해 골랐어. 포르셰보다 단순하지만 훨씬 우아하지. 내부도 넓어서 배가 불러도 문제없어. 맘에 들어?"

"난 하야부사 오토바이가 좋은데."

나는 입을 삐죽 내밀며 투덜댔다.

마시모는 다시금 경고하듯 노려본 다음 운전석 문을 열었다. 그가 내게 운전석을 양보해서, 나는 안으로 들어갔다. 꿀과 아몬드 빛깔로 맞춘 아름다운 대시보드가 보였다. 우아하고 단순하면서도 세련된 디자인이었다. 좌석과 문은 원목으로 마감했고 일부는 누빔 가죽으로 처리했다.

시동을 걸자 이 차가 일반적인 쿠페가 아니라는 걸 알 수 있었다. 이건 커다란 4인승 차였다. 여전히 실내를 둘러보며 화려하기 그지없는 내부에 정신이 멍해져 있는데, 마시모가 조수석에 편안히 앉는 소리가 들렸다.

"마음에 들어?"

"음, 여기서 살라고 해도 살 수 있을 것 같네요."

나는 빈정거리듯 대답했다.

병원에 가는 동안 마시모는 차의 다양한 기능을 속성으로 알려주었다. 20분쯤 지나자 나는 벤틀리 운전 전문가가 되었다.

진료실에 함께 들어간 마시모는 차분하고 절제력 있는 태도를 유지했다. 산부인과 의사의 말을 듣고 한 질문들은 합리적이고 통찰력 있었다. 검사가 진행되는 동안 내가 최대한 편안하게 있으면 좋겠다며 진료실에서 나갔다. 예상대로 어제 사고 때문에 내 건강에 이상이 생기지는 않았고 배 속 아이도 무사했다.

심장 전문의도 현 상황을 고려하면 내 심장이 더할 나위 없이 좋은 상태라며, 몸이 안 좋을 때를 대비해 약을 처방해주었다.

두 시간 뒤 우리는 다시 집으로 돌아갔다. 이번에는 마시모에게 운전해달라고 부탁했다. 병원을 방문한 뒤 신경이 약간 곤두선 상태라 쓸데없이 위험을 무릅쓰고 싶지 않았다.

"루카 어때."

마시모는 운전 도중 길에서 눈을 떼지도 않은 채 불쑥 말했다.

"내 아들이 할아버지의 이름을 물려받았으면 좋겠어. 훌륭하고 현명한 시칠리아 분이셨지. 너도 뵈었다면 좋아했을 거야. 지적이고 매력적일 뿐 아니라 시대를 앞서가신 위인이셨어. 내가 총을 갖고 놀지 않고 대학에 간 것도 그분 생각이셨으니."

나는 한동안 곰곰이 생각하다가 괜찮겠다고 결정했다. 지금 내게 중요한 건 아이가 건강하고 정상적인 어린 시절을 보내는 것이었다.

"분명히 여자애가 태어날 거예요. 두고 봐요."

마시모는 수줍게 웃으며 한 손을 내 무릎에 얹었다.

"그러면 엘레노어 클레어라고 이름을 붙여야겠군. 양가 어머니 이름을 따서 말이야."

"여기에 내 발언권이 있기는 해요?"

"아니, 없어. 네가 출산 후 회복하는 동안 내가 알아서 출생신고 할 거라서."

나는 매서운 눈초리를 하고 마시모의 어깨를 주먹으로 때렸지만 그는 그저 웃었다.

"왜 이래? 그게 전통이야! 가장이 결정하는 게 당연하지. 난 이미 마음먹었어."

"아, 그래요? 그렇다면 폴란드 전통도 좀 알아두는 게 어때요? 일단 우리는 첫 아들이 태어나면 남편을 거세해버리죠. 그래야 아내를 두고 바람을 안 피우거든요."

"그렇다면 당분간 내연녀들을 계속 데리고 있어도 되겠군. 네 말대로라면 우리 첫째는 딸일 테니까."

"정말 한마디도 안 지네요. 지긋지긋해라."

나는 고개를 절레절레 저었다.

우리는 느긋하게 고속도로를 달렸다. 나는 연기 기둥을 왕관처럼 높이 뿜어대는 에트나산의 아름다운 광경을 감상했다. 그때 마시모의 휴대폰이 울리면서 차의 스피커폰이 켜졌다. 마시모는 나를 바라보며 말했다.

"받아야 해. 마리오라서."

고문인 마리오는 은밀한 순간마다 우리를 방해하는 버릇이 있었지만, 가족 사업이 마시모에게 얼마나 중요한지 잘 알기에 마음 쓰지 않았다. 난 그에게 알아서 하라는 듯 손을 저었다.

마시모의 이탈리아어를 듣고 있으면 기분이 좋았다. 섹시해서 들을 때마다 달아올랐다. 하지만 대화가 몇 분이나 이어지자 점점 지루해졌는데, 문득 좋은 생각이 떠올랐다.

마시모의 허벅지에 손을 얹고서 사타구니 쪽으로 천천히 쓰다듬어 올라갔다. 이어서 손가락을 바지 앞섶에 슬며시 댔다. 하지만 마시모는 내 손길에 전혀 반응이 없었다. 그렇다면 한발 더 나가볼까. 지퍼를 열자 속옷도 입지 않은 몸이 보였다. 나는 낮게 신음하며 입술을 핥은 다음 지퍼 사이로 페니스를 꺼냈다.

마시모는 나를 슬쩍 내려다보았지만 대화를 멈추지 않았다. 무관심한 척하다니, 도발하는 거야? 나는 안전벨트를 푼 다음 버클에서 찰칵 소리가 나도록 제자리에 밀어 넣었다. 안전벨트 경고음이 울려서 운전에 방해가 되지 않도록. 마시모는 차선을 바꾸고 속도를 줄였다. 그러고는 왼손으로 핸들을 움켜쥔 채 오른손으로 조수석을 감쌌다. 내가 들어올 공간을 만들어주는 것이다. 몸을 숙여 입에 그의 페니스를 머금자 그는 숨을 훅 들이켰다. 나는 고개를 들고 귓가에 속삭여주었다.

"조용히 할게요. 당신은 계속 통화해요. 내가 하는 일을 방해만 하지 말아요."

나는 그의 뺨에 키스한 다음 그를 갖고 놀기 시작했다. 입안에서 그가 점점 커질 때마다 태연한 목소리를 내기 힘들어하는 게 보였다. 난 점점 속도를 높이며 손까지 쓰기 시작했다. 잠시 후 마시모가 손을 내 머리에 얹더니 더 깊이 삼키도록 꾹 눌렀다.

이제껏 내가 했던 오럴 중 단연 최고였다. 하반신을 부르르 떤 마시모는 한층 거칠게 숨을 쉬었다. 이젠 누가 봐도 상관없었다. 어서 그를 만족시키고 싶었을 뿐, 다른 건 중요하지 않았다. 이윽고 마시모가 인사를 하고 전화를 끊자마자 차가 급히 도로에서 벗어나 멈춰 서는 바람에 타이어에서 끼익 소리가 났다.

마시모는 안전벨트를 풀고 내 머리를 힘껏 움켜잡더니 페니스를 내 목 끝까지 찔렀다. 그러고는 크게 신음을 흘리며 하반신을 쳤다.

"매춘부 같은 짓거리를 하는군. 하지만 네가 몸을 바치는 남자는 나뿐이어야 해."

상스러운 말에 그만 달아올랐다. 마시모의 이런 사악한 면이 좋다. 침대에서 나타나는 어두운 면이 이렇게 매력적이라니. 나는 신

46

음을 흘리며 입술로 페니스를 조였고, 그가 내 입을 장난감처럼 갖고 놀게 해주었다. 입술의 조임을 느낀 마시모는 더 크게 신음했다. 잠시 후 정액이 목구멍으로 물결쳐 흘렀다. 나는 한 방울도 남김없이 삼켰다. 사정이 끝나고 그의 것을 깨끗하게 핥은 다음 바지 속에 넣고 지퍼를 올려주었다. 그러고는 조수석에 앉아 옷소매로 입을 닦았다.

"운전 안 할 거예요?"

나는 태연한 표정으로 물었다.

마시모는 잠시 동안 눈을 감고 머리받이에 머리를 기댄 채 가만히 앉아 있다가, 고개를 돌려 욕망에 굴복한 눈빛으로 나를 바라보며 물었다.

"이건 벌이야? 아니면 포상이었어?"

"그냥 하고 싶어서 한 건데요. 심심해서요."

그는 눈썹을 치켜뜨며 미소를 짓더니 믿을 수 없다는 기색으로 고개를 저으며 액셀을 밟고 고속도로를 달리기 시작했다.

"정말 완벽한 여자야. 너 때문에 가끔 미칠 것처럼 화가 나지만, 너 말고 다른 여자와 산다는 건 상상도 안 돼."

"그거 잘됐네요. 우리는 앞으로 50년은 함께 살아야 할 테니까."

CHAPTER 2

저택에 도착해보니 도메니코의 차도 마침 도착해서 우리 옆에
주차하고 있었다. 올가는 눈에 띄게 흥분한 표정으로 활짝 웃으며
차에서 내렸다. 마시모는 내가 내리도록 조수석 문을 열었고, 넷은
진입로에 마주 서게 되었다.

"그쪽 바지에 뭐 묻었네요."

올가는 마시모의 사타구니를 가리키며 말했다. 나도 보았다.

정말로 작은 얼룩이 나 있었다.

"아이스크림 먹었거든."

나는 바보 같은 미소를 지으며 설명했다. 올가는 키득키득 웃으
며 집으로 향하는 길에 나에게 슬쩍 말했다.

"아이스크림이 아니라 네가 뭘 먹긴 했겠지."

나는 눈을 흘기면서 고개를 끄덕이고는 올가를 따라갔다. 잠시
후, 우리는 침실에 올라가 거대한 침대에 풀썩 누웠다.

올가는 솔직하게 푸념을 늘어놓았다.

"지금 당장 자고 싶어 죽겠어. 도메니코를 보면 더 미치겠다니까. 어쩜 그렇게 매력적이니……."

그녀는 잠시 말을 잇지 못하고 무어라 표현해야 할지 생각하는 것 같았다.

"이탈리아 남자라는 말이 딱 맞아. 게다가 그 늘씬한 엉덩이 하며…… 난 저렇게 생긴 엉덩이 좋아하거든."

나는 잠시 생각해보다가 마침내 결론을 내렸다. 난 도메니코를 그런 눈으로 바라본 적이 한 번도 없었다.

"그러니. 난 모르겠어……. 하지만 도메니코도 침대에서 형만큼 한다면 후회하지 않을 거야."

나는 그 점을 확신하며 고개를 끄덕였다. 그동안 올가는 안절부절못하고 편안한 자세를 찾아 뒤척이다가 매트리스에서 벌떡 일어나 꺅 소리를 질렀다.

"나한테 그게 할 소리니! 너만 즐거운 꼴을 보고 있자니…… 하나도 재미없어! 나도 좀 즐기고 싶어. 관심이 필요하다고."

"여성들의 가장 좋은 친구 바이브레이터가 있잖아."

올가는 다시 침대에 털썩 누웠다.

"내가 바이브레이터까지 챙겨왔을 것 같아? 망할! 난 마피아들이 네 목을 따버리는 줄 알고 헐레벌떡 달려왔다고! 널 구하려고 목숨을 걸고 싸우러 오는 길에 딜도를 들고 왔겠니?"

"그것참 안타깝게 됐구나. 딜도도 없고 살인사건도 없으니 이를 어째."

올가는 말없이 생각에 잠겼다. 필사적으로 머리를 굴리는 모양이었다. 그러다 갑자기 얼굴이 밝아진 올가는 활짝 미소를 지었다. 대체 또 무슨 끈적한 생각을 해냈나 궁금해진 나는 베개에서 고개를 들고 헤드보드에 기댔다.

"내가 무슨 생각 했게?"

"말해봐."

"따져보면 내일이 결혼식이니까 오늘 브라이덜샤워를 해야 하잖아. 그래서 말인데……."

올가는 잠시 머뭇대다 말했다.

"……혹시 외출 가능해? 알잖아……. 좀 놀자. 춤도 추고. 어때?"

"그래. 난 내일 정신은 말짱해도 기진맥진하고 얼굴 퉁퉁 부은 신부가 되겠네. 임신까지 한 채로. 정말 재미있겠지만 사양할래."

시무룩해진 올가는 다시 내 옆에 털썩 앉았다.

"여기 올 때만 해도 새 남자를 잔뜩 안을 줄 알았는데."

그 순간 문이 열렸다. 마시모였다.

"바지 갈아입으셨네요. 얼룩이 별로였나 보죠? 하긴, 아이스크림을 흘리면 짜증 나는 법이죠."

올가는 씩 웃으며 말했다. 나는 팔꿈치로 올가의 배를 툭 치고 일어서서 마시모에게 다가갔다. 그동안 올가는 침대에 누워서 마시모를 반항적으로 쏘아보았다. 다시 말싸움할 기회만 노리고 있구나. 하지만 마시모는 그래봤자 좋을 게 하나도 없다는 걸 알고 무시했다.

나는 마시모의 뺨에 키스한 다음 그의 지혜로움과 초연함에 내심 고마워했다. 마시모는 올가를 계속 쳐다보며 말했다.

"난 그쪽이 마음에 듭니다. 유머 감각이 이상하긴 해도……."

마시모는 말을 다 잇지 않고 나를 바라보았다.

"자, 이제 짐을 싸. 한 시간 후에 떠날 거야. 부두로 나와."

그는 내 이마에 키스하고는 다시 밖으로 사라졌다.

"우리 배 타?"

올가가 물었지만 나는 어깨를 으쓱였다.

"나한테 묻지 마. 나도 모르니까. 나도 너만큼 놀랐어."

"근데 무슨 배를 타는 거야? 혹시 노 젓는 배야? 그럼 뭐 입어? 수영복 입어?"

도메니코와 통화했지만, 그는 우리가 집에서 저녁을 들지 않을 거라고만 할 뿐 아무것도 알려주지 않았다. 그는 자꾸만 말을 빙빙 돌리다가 결국 회의가 있다며 전화를 끊었다.

뭐야, 무례하게. 난 기분이 조금 상한 채 올가에게 돌아갔다. 오늘 밤 무슨 일정이 있는지는 전혀 모르겠지만, 오늘은 공식적인 나의 브라이덜 샤워였기 때문에 마음먹고 한껏 차려입기로 했다.

드레스룸에서 20분 동안 머문 끝에, 각자 제일 잘 어울리는 옷을 골랐다. 우아하고 고급스러운 옷차림을 하면 마시모가 좋아한다는 걸 알기에 나는 샤넬을 골랐다. 회색 원피스는 사실 옷이라기보단 온갖 재료를 정신없이 한데 뭉쳐놓은 천 조각처럼 보였지만, 입으니 아주 섬세하고 감각적이었다. 가릴 데는 가려주면서 드러낼 데는 한껏 드러내는 옷이었다. 아무리 배를 탄다고 해도 앞코가 뾰족하고 반짝이는 블랙 스틸레토를 포기할 수는 없었다. 마지막으로 넓은 블랙 에르메스 팔찌로 완성한 모습은 눈부시게 화려했다. 아

오늘

름다운 예비 엄마네. 임신했지만 여전히 날씬하고 예뻐.

올가는 언제나처럼 섹시한 스타일로 입었다. 화려한 돌체 앤 가바나 튜닉 아래로 엉덩이가 드러나 있었다. *반바지를 꼭 입어야 하는 옷인데 아무것도 안 입었네. 뭐, 맘대로 하라지.* 우리는 발 치수가 같았기에 올가는 내 드레스룸에서 신발을 고르며 무척 행복해했다.

10분 후 올가는 터무니없이 높은 하이힐과 그에 어울리는 핸드백을 골랐다. 그러고는 손목시계를 슬쩍 보고선 비명을 질렀다.

"이런! 15분밖에 안 남았잖아."

잠시 어쩔 줄 모르던 올가는 이내 정신을 차리고 차분하게 결론을 내렸다.

"내가 왜 마시모 말을 들어야 해? 세상 어떤 남자도 나한테 이래라저래라 할 수 없어. 우리는 준비할 거 다 하고 출발하자."

난 올가의 말에 웃음을 터뜨리며 그녀를 끌고 욕실로 들어갔다. 화장과 머리 손질은 오래 걸리긴 했어도 그럭저럭 때맞춰 끝낼 수 있었다. 빨간 립밤을 바르고 검은 아이라이너로 눈매를 풍성하게 강조하자 마피아 보스의 우아한 아내 스타일이 완벽하게 마무리되었다.

욕실을 나오자 도메니코가 침대 옆에서 기다리고 있었다. 평상시보다 훨씬 세련되고 화려한 차림새였다. 검은 슈트에 검은 셔츠까지 받쳐 입은 그는 오늘따라 한층 형과 닮아 보였다. 검은 머리카락을 뒤로 넘긴 얼굴은 도톰한 입술과 소년미를 두드러지게 했다.

내 뒤에서 올가가 우뚝 멈추더니 귓가에 폴란드어로 속삭였다.

"와, 너도 봤지? 반드시 저 남자 앞에 무릎 꿇고야 말겠어."

도메니코는 폴란드어로 이야기하는 우리를 재밌다는 듯 관찰했지만 우리가 말을 걸지 않자 씩 웃더니 입을 열었다.

"둘 다 뭐 하고 있나 보러 왔어. 그럼 갈까? 이러다 날 새겠어."

나는 올가의 손을 잡았다. 올가는 하도 높은 힐을 신어서 제대로 서지도 못하고 흔들거리고 있었다. 우리는 무심히 계단을 내려가 정원으로 나온 다음에 신발을 벗고 부두로 향했다.

저 멀리 타이탄의 몸체가 보이자 마시모와 보냈던 첫날밤이 떠올랐다. 순간 몸에 열기가 느껴졌다. 걸음을 멈추자 올가는 내가 멈춰선 줄도 모르고 걷다가 나와 부딪혔다.

"왜 그래?"

올가가 눈을 치켜뜨고 불안한 듯 묻자 나는 요트를 가리켰다.

"저거야."

"거사가 일어난 곳이구나."

복잡한 감정이 밀려들며 심장이 뛰었다. 지금 드는 생각이라고는 오로지 마시모를 찾아야겠다는 것뿐이었다. 당장.

"숙녀분들 먼저 올라가시죠."

도메니코는 모터보트를 가리키며 내게 손을 내밀었다.

우리는 푹신한 하얀색 가죽 시트에 앉았다. 잠시 후 보트가 물살을 가르며 어마어마하게 커다란 요트로 향했다. 내가 그날 밤을 생각하는 동안 도메니코와 올가는 관심 없는 척 서로를 힐끔힐끔 훔쳐보았다.

나도 모르게 손가락이 입으로 올라가고 말았다. 잠시 후 열기가 다시금 올라왔다. 마시모를 원해. 볼 수도 향기를 맡을 수도 만질 수도 없는 상황인데도. 그날의 기억만으로도 미칠 것 같았다. 이러다 온몸이 폭발하는 건 아닐까.

"그만 좀 해, 라우라. 그 손가락으로 뭘 하는지 다 보여. 무슨 생각 하는지 안 물어봐도 알겠어."

올가가 핀잔을 주었다. 나는 미소를 지으며 어깨를 으쓱이고는 하얀색 가죽 시트 위에 손을 내렸다.

이윽고 모터보트는 거대한 요트로 천천히 다가가 정박했다. 왜 바보처럼 하이힐을 신고 왔을까. 이 구두만 아니었다면, 당장 갑판으로 뛰어내려 마시모에게 달려갔을 텐데.

먼저 내린 도메니코는 우리가 배에서 내리도록 도와주었다. 눈길을 들자 계단 위에 선 마시모가 보였다. 회색 싱글 브레스티드 슈트 안에 흰 셔츠를 입고 맨 위 단추를 풀어놓은 그는 숨이 멎을 정도로 아름다웠다. 하지만 그가 피에로 복장을 하고 서 있었더라도 난 감탄했을 것이다. 그만큼 그를 원했다.

하지만 지금은 맡은 역할에 충실하기로 마음먹고 천천히 그에게 다가갔다. 흔들림 없이 연습했던 아름다운 걸음걸이로. 나는 마시모에게서 시선을 떼지 않았다. 이윽고 거리가 좁혀지자, 그는 내게 말없이 손을 내밀어 천천히 테이블로 데려갔다. 올가와 도메니코도 잠시 후 뒤를 따랐다.

웨이터가 우리에게 와인을 따라주자 몇 분 지나지 않아 우리는 대화에 빠져들었지만 여전히 내 머릿속에는 그 생각뿐이었다. 말을 듣지 않는 머리를 제어하려 해도 소용이 없었다. *대체 왜 이러*

지? 속으로 되뇌며 대체 이유가 뭘지 생각했지만 15분쯤 지나자 결국 조급해지고 짜증만 일었다. 지금이야 열심히 듣는 척하고 있지만 이대로 가다간 다들 알아차리겠지.

머릿속엔 어떻게 하면 마시모를 데리고 테이블에서 일어날 수 있을까 하는 생각뿐이었다. 속이 메스꺼운 척해볼까. 하지만 그러면 마시모는 걱정할 테고, 섹스는 물 건너가겠지. 무언가 속상한 듯 자리에서 일어나볼까. 아니야. 그러면 올가가 따라올 거야. 이것도 안 된다. 그렇다면 남은 선택지는 하나뿐이다.

"마시모, 잠깐 나 좀 봐요."

나는 불쑥 말하며 테이블에서 일어서서 아래층 갑판으로 이어지는 계단으로 향했다.

마시모는 천천히 자리에서 일어나 나를 따라왔다. 물론 나는 일부러 길을 잘못 들어서 미로 같은 복도를 헤맸다.

"뭘 하려는 건지 알 것 같군."

마시모는 슬쩍 웃었다. 그러고는 내 옆을 지나 방문을 열고서 나를 들어가게 한 다음 문을 잠갔다. 몇 주 전에 있었던 비슷한 일을 떠올리자 절로 심호흡하게 되었다.

"어떻게 해주길 바라지, 라우라? 대화하려고 부른 게 아닌 건 확실히 알겠어."

나는 거실로 들어가 탁자 위에 엎드리고는 짧은 원피스를 끌어올리며 마시모에게 유혹적인 눈길을 던졌다. 그는 내 모습을 바라보며 천천히 다가왔다.

"나랑 해요, 당장! 빠르고 세게. 당신을 느껴야겠어!"

가까이 다가온 마시모는 갑자기 내 목덜미를 움켜잡고 탁자에 눌렀다. 이어서 두 손이 내 목을 졸랐다.

"입 벌려."

명령이 떨어졌고 그런 다음 내 입술 사이에 손가락 두 개가 들어왔다.

이윽고 마시모는 손가락을 내 입에서 빼낸 다음 팬티 레이스 아래로 넣어 음순을 문질렀다. 아, 맙소사, 너무 좋아. 이 손길이 필요했었다. 아까 타이탄 요트를 본 순간부터. 나는 등을 한껏 휘면서 엉덩이를 들었다. 그가 들어오기를 애타게 바라면서.

"손."

그는 내 안으로 손가락을 부드럽게 움직이며 말했다.

내가 손을 내밀자 그가 바지 지퍼를 여는 소리가 들렸다. 잠시 후 나의 손가락이 그의 성기를 감쌌다. 시시각각 커지는 페니스는 손길을 갈망하고 있었다. 마시모야말로 준비되기를 기다리고 있었구나.

"이제 됐어."

마시모는 거친 목소리로 말하며 내 팬티를 옆으로 당겼다.

그가 미끄러져 들어오자 몸이 빳빳하게 긴장했다. 그는 내 엉덩이를 잡고 기계처럼 나를 꿰뚫는 동안 숨을 몰아쉬며 이탈리아어를 속삭였다.

2분, 아니 3분쯤 지났나. 나는 절정에 이르렀다. 그 후로도 두 번 더 오르가슴이 밀려왔다. 이제 됐다고 생각한 마시모가 움직임을 그치자 내 몸은 탁자에 축 늘어졌다. 그는 내 몸에서 빠져나왔다.

"무릎 꿇어."

그는 한 손으로 페니스를 잡으며 나지막하게 명령했다.

나는 탁자에서 스르륵 내려와 무릎을 꿇었다. 마시모는 페니스를 내 입에 넣고 다시 힘차게 밀고 들어왔다. 잠시 후 그는 아무런 소리 없이 맹렬한 절정을 맞았다. 그러고는 차분해진 채 두 손으로 탁자 끝을 잡았다.

"이제 만족해?"

바닥에 앉아 입을 닦는 나에게 마시모가 물었다.

나는 기분 좋은 티를 고스란히 내며 고개를 힘차게 끄덕인 다음 눈을 감았다. 이 즐거움이 영원히 지속될 수 있을까? 몇 년 후에도 이런 마법 같은 감정이 여전히 올까? 이토록 마시모를 원하는 마음이 언제까지나 변치 않을까?

마시모는 옷매무새를 가다듬고 옆에 있는 안락의자에 기대어 바지 지퍼를 올렸다. 나는 그를 바라보며 미소를 지었다.

"여기서 내가 임신한 건가요?"

내가 묻자, 그는 잠시 말없이 방을 둘러보았다.

"그런 것 같아. 그게 아니라도 이곳에서 하고 싶긴 했어."

나는 눈길을 돌려 천장을 바라보았다. 그러시겠지. 모든 건 항상 이 남자가 원하는 대로 이루어지니까. 예외가 없다 해서 이상할 건 아니겠지.

일어서서 원피스를 매만지는 내 모습을 마시모는 가만히 앉아 지켜보았다.

"이제 갈까요?"

내가 묻자 그는 말없이 일어서서 문으로 향했다.

바깥에는 해가 지고 있었다. 올가와 도메니코는 우리가 없어도 아주 잘 노는 중이었다.

"와! 라우라! 저기 봐! 돌고래야!"

올가의 탄성이 들렸다.

천천히 바다를 항해하는 요트 양쪽에 웅장한 돌고래 떼가 보였다. 나는 구두를 벗고 난간 가까이 다가갔다. 적어도 열두어 마리는 돼 보이는 돌고래들이 수면 위로 뛰어오르며 노니는 중이었다. 마시모가 나를 끌어안고 목 뒤에 입을 맞추었다. 마치 마술 쇼를 보는 소녀가 된 기분이었다.

"브라이덜샤워 때 친구들과 잔뜩 취해서 스트립쇼를 즐기고 싶었을 마음은 알아. 하지만 대신 요트를 타고 돌고래를 보여주었으니 아쉬운 마음이 조금이나마 달래졌으면 좋겠군."

나는 몸을 돌려 무슨 말이냐는 표정으로 마시모를 보았다.

"아쉬운 마음이라뇨? 지금 백 미터 크기의 요트를 타고 시중을 받아가며 맛있는 음식을 먹고 있는데. 게다가 당신이 있잖아요. 이보다 더 완벽할 수는 없어요."

나는 믿을 수 없다는 눈으로 이런 말에도 꿈쩍하지 않는 마시모를 쳐다보다가 입술에 긴 키스를 남겼다.

"게다가 10분 전 섹스 같은 걸 누가 또 해주겠어요? 친구들이랑 술 마시면서 벗은 남자들을 보는 것보다 이 편이 훨씬 좋다고요."

마시모는 어디 한번 더 칭찬해보라는 듯 즐거운 눈빛으로 바라보았다. 하지만 이쯤 하면 됐다. 이미 이 남자의 자신감은 한껏 부풀어 있는걸. 고개를 돌리고 타이탄을 따라 달리는 돌고래를 바라보았다가 얼마 되지 않아 또 다른 생각에 사로잡히고 말았다.

딱 봐도 올가와 도메니코는 서로 좋아하고 있었다. 나는 걱정스러운 마음에 마시모를 바라보며 물었다.

"에미랑 도메니코는 무슨 사이예요? 연인 맞죠?"

마시모는 난간에 몸을 기댄 채 활짝 미소 짓고는 머리를 쓸어 올리며 대답했다.

"연인? 그렇게 생각하진 않아. 굳이 무슨 사이냐고 묻는다면, 엄밀하게 말해서 아무 사이도 아니야. 하지만 '보수적인' 폴란드인인 네가 보기에는 그런 사이라면 당연히 연인으로 보이겠지. 좀 구식이지만 말이야."

나는 얼굴을 찌푸리며 무슨 뜻인지 생각해보았지만 아무래도 감이 잡히지 않았다. 그래서 그냥 대놓고 물어보기로 했다.

"그럼 둘은 서로를 뭐라고 생각하는데요?"

"정말 모르겠어? 뻔한 걸 묻는군. 섹스 파트너잖아. 둘 사이에 있는 건 그뿐이야. 그게 사랑이라고 생각했어?"

마시모는 쿡쿡 웃으며 나를 안았다. 두려움이 몰려들었다. 에미와 도메니코가 진짜 연인이었다면 올가는 안전했을 텐데 그게 아니라니. 올가가 짝짓기 춤을 추는 새처럼 도메니코의 손가락을 감싸는 모습이 보였다. 올가는 남자를 유혹하는 데 타고난 여자였고 도메니코는 그녀가 바라는 대로 반응하고 있었다. 올가는 도메니코를 원했고, 한번 눈독 들인 대상은 반드시 가졌다. 그런 점에서 올가는 마시모와 무척 닮았다.

타이탄을 타기 전에 올가와 마지막으로 나눈 대화를 떠올렸다. 그리고 오늘 밤 저 둘이 어떻게 될지 눈치채고 말았다.

"마시모, 저 둘이 한 침대에 눕지 않을 가능성은 없을까요?"

"동생이 올가를 점찍었다면, 다른 결과가 일어날 가능성은 없어. 하지만 두 사람 다 자기 앞가림은 하는 성인이니 알아서 하겠지. 나에게 묻는대도 우리 알 바가 아니야."

우리 알 바가 아니라니. 올가가 무언가를 원할 때 어떻게 변하는지 몰라서 이러는구나.

순간 올가의 목소리에 정신이 번쩍 들었다.

"수영하러 가자!"

나는 폴란드어로 버럭 소리쳤다.

"너 미쳤어? 지금 뭐 하는 거야? 너도 나처럼 시궁창에 빠지고 싶어?"

그 말에 올가는 걸음을 우뚝 멈추고 어리둥절한 표정을 지었다.

"네가 어떻게 하려는 건지 알아. 도메니코랑 자는 건 그렇다 쳐. 하지만 이걸 게임으로 생각하고 달려들면 어쩌자는 거야? 그건 완전히 다른 이야기야."

올가는 잠시 말이 없다가 갑자기 웃음을 터뜨리며 나를 꼭 끌어안았다.

"라우라, 널 어쩌면 좋을까. 네가 좋든 싫든 나는 쟤랑 잘 거야. 하지만 너는 그냥 아무것도 걱정 말고 있어."

나는 고개를 저으며 올가를 주의 깊게 바라보았다. 친구는 늘 자기가 무슨 짓을 하는지 아주 잘 알았다. 행동 하나하나가 다 계산된 것이었으니까. *뭐, 얘가 바보짓을 해도 난 항상 그냥 내버려두곤 했잖아.* 올가가 남자를 갖고 모험하는 게 처음은 아니지만, 언제나처럼 후회하게 되겠지. 올가는 실연의 아픔으로 괴로워하는 부류의 여자는 아니었지만 시간을 두고 충분히 즐기지 못한 걸 뺏기면 분해서라도 종종 울곤 했다.

"디저트 먹을까?"

도메니코가 테이블을 가리키며 내게 말을 거는 바람에 꼬리에 꼬리를 물던 생각은 끊어졌다.

"정말 재미없는 파티야."

올가는 도메니코를 바라보며 투덜거렸다.

"애 딸린 부모랑 파티를 하려면 어쩔 수 없단다."

나는 혀를 쏙 내밀며 쏘아붙였다.

우리는 자리에 앉았다. 나는 갓 구운 폭신폭신한 라즈베리 디저트를 마구 먹어치웠다. 세 접시를 먹자 기분 좋게 배가 불렀다.

도메니코는 바지 주머니에서 작은 비닐봉지를 꺼내 탁자에 툭 던졌다.

"당연히 너한테는 안 줄 거야, 라우라. 하지만 오늘은 결혼식 전날 밤이니, 좀 즐겨야……."

그는 말을 잇다 말았다. 나는 하얀 가루가 든 봉지를 슬쩍 본 다음 마시모를 바라보고 그게 뭔지 대번에 눈치챘고, 지난번 마시모가 코카인을 흡입했을 때 무슨 일이 일어났는지 선명하게 기억이 났다. 하지만 뺏는다고 해서 달라질 건 없겠지. 그는 결국 하고 싶은 대로 할 테니까.

도메니코는 자리를 떴다가 잠시 후 자그마한 거울을 가지고 돌아왔다. 그러고는 거울 위에 봉지 속 가루를 쏟고서 한 줄씩 잘게 나누었다. 나는 마시모의 귓가에 속삭였다.

"명심해요. 조금이라도 들이마셨다간 절대로 나랑 잘 수 없어요. 자고 싶지 않아서가 아니라, 약을 하면 정액을 통해 성분이 나한테 온다고요. 아이한테 마약을 주고 싶은 건 아니겠죠?"

이렇게 말하고서 나는 다시 자리에 앉아 무알코올 와인을 한 모금 더 마셨다. 알코올이 없어도 술맛은 똑같이 좋았다.

마시모는 잠시 생각하다가 도메니코가 거울을 건네자 손을 저었다. 도메니코는 대놓고 놀라워하더니 마시모와 몇 마디 이탈리아어로 대화를 나누었다. 나는 마시모의 무표정한 얼굴을 가만히 바라보았다. 그들은 대화를 마치고는 둘 다 웃음을 터뜨렸다. 뭐가 그리 우스운지 모르겠지만, 지금 중요한 건 그게 아니다. 마시모가 코카인을 거절했다는 게 중요하지.

올가는 적극적으로 거절하지 않았다. 테이블에 고개를 숙이고는 이렇게 외쳤으니까.

"콧구멍에 불 좀 넣어볼까!"

이윽고 올가는 재빨리 코카인을 두 줄 연달아 흡입하고는 고개를 뒤로 젖히고 코를 막아 약 기운을 만끽했다.

갑자기 나는 이 파티가 지루해졌다. 이다음에 무슨 일이 벌어질지 지켜보고 싶지 않았다.

"피곤해요. 오늘은 여기서 자요? 아니면 집으로 돌아가나요?"

마시모를 슬쩍 보자, 그는 내 뺨을 쓰다듬고 머리에 입 맞추었다.

"가자. 내가 재워줄게."

올가는 얼굴을 찌푸리며 웨이터에게 샴페인을 따라달라 손짓하더니, 나에게 입을 삐죽 내밀며 투덜댔다.

"너 진짜 재미없다, 나쁜 계집애."

나는 고개를 돌리고 친구에게 가운뎃손가락을 들어 보이며 똑같이 투덜댔다.

"난 임신했거든."

마시모는 나를 방으로 데려간 다음 문을 잠갔다. 솔직히 섹스할 기분은 아니었지만 방 안을 보자, 또 문을 잠그는 소리가 들리자 등줄기가 오싹해졌다. 마시모는 재킷을 벗어 옷걸이에 걸고는 내 원피스 지퍼를 내렸다. 그는 원피스가 스르르 바닥에 떨어지게 둔 다음 무릎을 꿇고 이번에는 섬세한 손길로 내 구두를 벗겼다. 그런 뒤 욕실에 가서 어두운색의 부드러운 목욕 가운을 가져와 내 몸을 감쌌다. 그렇다면 섹스하지 않는 거구나. 이건 내게 사랑과 존중을 보여주는 그의 방식이었다.

우리는 함께 30분쯤 샤워한 다음 꼭 껴안고 침대에 누웠다.

나는 마시모의 가슴을 어루만지며 물었다.

"혹시 나한테 점점 질리지는 않아요? 내가 나타나기 전에는 훨씬 더 재미있게 살았을 것 같은데."

마시모는 아무 대답이 없었다. 나는 고개를 들어 그를 바라보았다. 방 안은 그저 캄캄했지만 그가 웃고 있다는 건 알 수 있었다.

"글쎄…… 지루하게 살지는 않았지. 하고 싶은 것도 마음껏 했고. 네가 납치당했다는 걸 벌써 잊었어?"

그는 내 정수리에 키스하고서 나를 꼭 끌어안고 손가락으로 머리카락을 쓰다듬으며 나를 꼭 끌어안고 말을 이어갔다.

"널 만나기 전의 삶으로 돌아가고 싶은 건지 궁금하다면, 대답은 '아니오'야."

"그럼 이제 평생 나 하나만 보고 산다는 거…… 진심이에요?"

마시모는 몸을 돌려 나를 더욱 세게 껴안았다.

"설마 내가 한번에 두 여자랑 섹스하고서 아침에 혼자 일어나는 삶을 더 좋아할 거라고 생각한 거야? 돈 버는 데서 재미를 못 느낀 지도 한참 됐어. 이제 내게 남은 일은 가족을 만드는 것뿐이야."

그는 한숨을 쉬더니 말을 이었다.

"하지만 너도 알다시피 매일 똑같은 하루가 되풀이되고 있었어. 날 위해 그렇게 해줄 사람이 없었으니까. 매일 밤 다른 여자와 자고 마약과 술로 점철된 파티를 하고 나면 다음 날 숙취에 시달리는 삶이었어. 듣기에 따라선 재미있을지도 모르지만, 그게 과연 얼마나 가겠어? 이제 그만둘까 하다가도 한편으로는 '뭐 하러?'라는 생각이 이어지지. 누군가 소중한 사람을 위해서가 아니라면 그만둘 이유도 확신도 없었고."

마시모는 또 한숨을 쉬었다.

"하지만 총에 맞아 죽을 고비를 넘기고 나서 난 변했어. 갑자기 인생에 다른 목적이 생긴 거야."

나는 그의 귓가에 키스하며 속삭였다.

"난 당신 세상을 모르겠어요."

"모르는 게 당연해. 알았다면 오히려 놀랍겠지. 네가 원하든 원치 않든 네 삶의 모든 건 변할 거야. 내가 무슨 일을 어떤 방식으로 하는지 너도 이제 알게 되겠지. 하지만 네가 위험해질 만큼 알려주진 않을 거야. 절대로."

마시모는 손가락을 내 등을 쓸며 말을 이었다.

"게다가 알게 된 사실을 이야기할 사람도 없을 거야. 구체적으로 설명해주자면, 우리 세계엔 '오메르타'라는 말이 있어. 시칠리아 마피아의 불문율이지. 사업과 조력자에 대해서 외부에 발설하면 안 된다는 법이야. 간단한 법이지만 그 법을 고수하는 한 가족은 굳건하게 유지되지."

"그럼 도메니코는 이 가족에서 어떤 역할인가요?"

마시모는 웃으면서 몸을 돌렸다.

"결혼식 전날 밤에 이런 화제를 꺼내다니, 진심으로 알고 싶어?"

"그럼 뭐 달리 할 게 있나요?"

나는 갑자기 짜증이 났다. 마시모는 다시 내 어깨를 감싸 안았다.

"알았어, 내 사랑. 내 동생은 지부장이야. 설명하자면……."

그는 잠시 말을 멈추고 생각하다가 말했다.

"도메니코는 중간관리자로서 아랫사람들에게 명령을 내려서…… 일을 처리하지."

"예를 들면 나를 구출하라는 명령을요?"

"그렇지. 지부장들은 남들 보기에 그다지 좋지 않은 일도 맡아서 하지만 그것까지 알 필요는 없어. 요약하자면 나에게 돈을 벌어다 주고 내 클럽과 레스토랑을 감독하지."

나는 말없이 이야기를 들었다. 내가 알고 있는 도메니코와 마시모가 설명하는 도메니코는 정말 다르구나. 내가 아는 도메니코는 믿음직한 친구이자 날 지지해주는 사람인데……. 옷도 골라주고 말이지. 한동안 그가 게이라고 생각했었다. 솔직히 말해서 위험한 조직폭력배보다는 게이라고 생각하는 게 훨씬 편했다.

"그래서, 도메니코도 악당이라 이건가요?"

마시모는 코웃음을 치더니 키들키들 떨며 웃었다.

"뭐? 악당?"

그는 한동안 웃음을 참지 못하다가 겨우 정신을 차리고 키득키득 웃으며 대답했다.

"베이비걸, 우리는 시칠리아 마피아야! 모두 악당이지. 도메니코가 위험한 사람이냐고 묻는다면, 그래, 맞아. 위험하고 예측 불가능한 인물이야. 필요하다면 무자비하고 단호하게 행동할 수 있지. 그래서 조직의 상부에 있는 거야. 나는 도메니코에게 여러 번 목숨을 맡겼어. 이제는 네 목숨도 지켜달라고 맡겼고. 그 애는 항상 성실함과 신념을 다해 자기 임무를 수행하니까."

"난 도메니코가 게이인 줄 알았어요."

내 말을 들은 마시모는 다시금 웃음을 참지 못하고 터뜨리더니 불을 켜면서 말했다.

"오늘 대단한 말만 골라서 하는군, 내 사랑. 네가 너무 좋지만 그만 웃어야겠어. 이러다간 잠을 못 잘 것 같으니까."

그는 베개에 털썩 눕더니 두 손으로 얼굴을 가렸다.

"맙소사! 도메니코가 게이라니! 네 앞에서 점잖은 척을 심하게 했나 봐! 그래, 도메니코는 패션에 관심이 많고 남들보다 잘 알지만 이탈리아 남자들은 그 정도는 해. 게이라니, 얼토당토않은 말이야."

나는 눈살을 찌푸리고 입을 삐죽 내밀었다.

"폴란드에는 패션감각 있는 남자가 별로 없단 말이에요. 적어도 이성애자 중에는 드물어요."

나는 몸을 굴려 마시모 위에 올라타 그를 심각한 얼굴로 바라보았다.

"그래도…… 올가에게는 아무 짓 안 하겠죠?"

마시모는 마른침을 삼키더니 눈썹을 지그시 모으고 날 빤히 응시했다.

"베이비걸, 도메니코는 가족을 위협하는 자들은 가만두지 않는 놈이지만 여자를 대할 때는…… 이미 봐서 알겠지만, 내 동생은 너를 아끼고 보호하는 사람이었잖아."

마시모는 이해해달라는 눈빛으로 나를 탐색했다.

"최악의 경우, 네 친구랑 자겠지. 자, 이제 그만 자자."

마시모는 내 이마에 입을 맞추고 불을 껐다.

***

얼마나 오래 잠들었던 걸까. 일어나자마자 걱정이 밀려들었다. 옆자리를 더듬어보자 마시모가 곤히 잠들어 있었다.

밖은 아직도 어두웠다. 나는 침대에서 몰래 빠져나와 목욕 가운을 입었다. 마시모는 여전히 움직이지 않았다. 흥분과 동시에 공포가 느껴졌지만, 이유는 금방 알 수 있었다. 큰일을 앞두고 느껴지는 불안감, 말하자면 무대 공포증일 뿐이다. 나는 문손잡이를 가만히 돌려 방에서 나섰다. 다시 잠을 청해봤자 자기는 글렀다. 밖으로 나가서 긴장을 가라앉히는 편이 나았다. 목욕 가운만 입고 맨발로 계단을 오르는데 맨 위층 갑판에서 소리가 들려왔다. 신음소리였다. 아직도 파티가 안 끝났나?

몇 계단 올라간 순간, 나는 그 자리에 우뚝 멈춰 서고 말았다. 그러고는 황급히 구석 벽에 등을 대고 몸을 숨겼다.

"망할, 어떻게 이런 일이."

나는 고개를 절레절레 저으며 혼잣말을 속삭였다.

혹시나 잘못 본 것은 아닌가 싶어 다시 고개를 빼꼼 내밀어보았다. 테이블 위에 드러누운 올가와 도메니코는 사납게 섹스 중이었다. 둘 다 완전히 벌거벗었고, 약에 취한 채였다. 차마 못 볼 광경이었지만 놀란 나머지 눈을 뗄 수가 없었다. 도메니코는 지친 기색 하나 없었다. 혐오감이 드는 와중에 이런 생각이 들었다. 올가는 내일 개운하고 기분 좋게 일어나겠네.

순간 누군가의 손이 내 입을 덥석 막았다.

"쉿."

마시모가 내 뒤에서 불쑥 나타났다. 그는 손을 내리고 물었다.

"저 장면이 마음에 들어, 라우라?"

처음에는 무서웠지만 이윽고 부끄러움이 무서움을 몰아냈다. 나는 모퉁이에서 고개를 돌려 다시 구석으로 숨으면서 마시모와 마주 보고 섰다.

"그냥…… 바다가 보고 싶어 나와봤어요. 잠이 안 와서요. 그러다가…… 우연히 본 거고요!"

나는 말을 더듬으며 팔을 벌렸다.

"그런데 우연히 본 광경이 마음에 들었어? 그래서 숨어서 자세히 보기로 한 거야? 보니까 흥분돼?"

나는 눈을 휘둥그레 떴다. 필사적으로 숨을 죽이려 한 순간, 마시모가 재빨리 나를 벽에 밀어붙이고 키스하며 입을 막았다. 그의 손이 목욕 가운 속으로 슬며시 들어와 나를 어루만졌다.

위층의 신음은 점점 크게 들려왔다. 이 상황 때문에 달아오른 걸까, 아니면 불안해진 걸까. 알 수 없어진 나는 마시모를 밀쳤다.

"그만둬요!"

나는 나직하게 쏘아붙이고서 계단을 내려갔다.

마시모는 웃으며 나를 따라왔다. 잠시 후 나는 방으로 돌아와 침대에 누웠다.

"따뜻한 우유를 갖다달라고 말해놨어. 왜 그래, 베이비걸? 기분이 안 좋아?"

그는 협탁에 우유가 담긴 잔을 놓으며 물었다.

"결혼식 때문에 스트레스받아서 그래요."

나는 우유를 한 모금 마시며 대꾸한 다음 손가락으로 위층 갑판을 가리켰다.

"그리고 저 위쪽 때문에도요. 저걸 봤는데 불안하지 않을 수가 있겠어요?"

마시모는 나를 슬쩍 보더니 눈살을 찌푸리고는 무어라 말하려다가 입을 다물었다. 나는 궁금함을 참지 못하고 물었다.

"마시모? 왜 그래요?"

그는 대답 대신 머리를 쓸어 올리더니 슬며시 다가와 이불을 걷고서 내 다리 사이로 고개를 숙이고 얇은 레이스 팬티를 끌어 내렸다. 클리토리스에 닿은 혀가 이리저리 원을 그리기 시작했지만 궁금한 나머지 집중할 수가 없었다.

"그만, 뭐가 문제인지 먼저 말해요!"

나는 소리를 지르며 이불을 걷어차고 몸을 뒤로 뺀 뒤 팔짱을 낀 채로 마시모를 노려보았지만 그는 집요하게도 그만두지 않고 눈을 들어 나를 마주 보았다.

그 순간, 마시모는 내 팬티를 끝까지 내리고 발목을 잡아 다리를 벌린 채 자기 쪽으로 끌어당겼다. 난 포기하고 말았다. 그가 주는 쾌락에 저항하기란 쉽지 않다. 움직임 하나하나가 짜릿한데 어떻게 거부할까.

"우리는 내일 결혼식 끝나고 피로연을 할 거야."

문득 그가 내 아래에서 움직임을 멈추더니 조용히 말했다. 처음에는 무슨 뜻인지 못 알아듣다가 몇 초 후에야 깨달았다. 벌떡 일어서려 했지만 마시모는 내 허벅지를 꽉 잡고 매트리스에 눌렀다. 그 와중에도 혀는 계속 움직였다. 손가락까지 합세하자, 그 손길에 하릴없이 항복하는 수밖에 없었다.

이윽고 내가 절정에 이르자 마시모는 위로 올라와 페니스를 무지막지하게 밀어 넣었다. 그는 두 손으로 내 양 손목을 단단히 잡은 채로 피스톤 운동을 시작하며 속삭였다.

"손님은 2백 명이야. 원래는 내일 올가가 너에게 말해주기로 되어 있었어. 그래야 네가 오늘 밤 불안해하지 않을 테니까. 사실 피로연이라기보다는 비즈니스라고 봐야겠지만, 어쩔 수 없지."

하지만 집중해서 들을 수가 없었다. 그가 내 안을 들락날락하는 동안에는 다른 곳에 정신을 팔 수가 없었다.

마시모는 계속 말했다.

"피로연은 멋질 거야. 올가가 도메니코와 대부분을 엄선해서 준비했어. 네 마음에 들 거라고 하더군."

그는 무언가 묻는 눈빛으로 나를 바라보았지만 지금은 대화할 때가 아니었다. 나는 두 손으로 그의 엉덩이를 잡고 끌어당겼다.

마시모는 미소를 짓더니 내 아랫입술을 부드럽게 깨물었다.

"반대하지 않아서 다행이야. 그럼 대화는 여기까지. 지금은 제대로 하고 싶으니까."

블라인드 사이로 비치는 햇살에 잠에서 깼다. 휴대폰을 보자 신음이 절로 나왔다. 벌써 오전 10시라니. 결혼식은 오후 4시에 열릴 예정이었다. 그래도 준비할 시간은 있네. 마시모는 평소처럼 사라지고 없었기 때문에 나는 벌떡 일어나 목욕 가운을 입고서 위층 갑판으로 올라갔다.

테이블에는 음식이 풍성하게 차려져 있었다. 올가는 의자에 앉아서 휴대폰을 보는 중이었다. 나는 그 옆에 앉아 찻잔을 들고 한 모금 들이켰다.

"토할 것 같아."

"어머, 불쌍한 내 친구. 또 구역질 나?"

"조금. 게다가 네가 어젯밤 섹스한 테이블에서 밥 먹으려니 더."

내 말에 올가는 코웃음을 치더니 휴대폰을 내려놓았다.

"음, 그러면 너 자쿠지랑 라운지 소파에도 못 가겠네."

"너 진짜 구제 불능이다."

고개를 저으며 투덜대자 올가는 환하게 웃으며 대꾸했다.

"응, 내가 좀 그렇지? 어쨌든 네 말이 맞던데. 형제가 타고났어. 내 평생 그런 밤은 처음이야. 끝나질 않더라니까. 분위기 장난 아니었어. 게다가 거긴 또 얼마나 큰데!"

"됐어, 그만해. 계속 들었다간 진짜 토할 것 같으니까."

잠시 후 도메니코가 테이블에 다가왔다. 오늘 아침에는 캐주얼한 조거팬츠와 검은 티셔츠 차림이었다. 머리카락을 내린 모습이 마치 방금 일어난 사람 같았다. 그는 차를 한잔 따르고는 선글라스 쓴 얼굴로 말했다.

"12시에 헤어 디자이너 예약이 되어 있어. 그다음에는 메이크업. 끝나면 저택에서 출발할 예정이야. 드레스는 네 방에 이미 준비해 놨어. 에미가 2시 45분에 와서 드레스 입는 걸 도와줄 거야. 그동안 나는 정신을 좀 차려야겠어. 숙취가 어마어마하거든."

도메니코는 주머니에서 자그마한 비닐봉지를 꺼내서는 접시에 하얀 가루를 부었다. 그러고는 그 가루를 재빨리 두 줄로 만든 뒤, 큰 소리를 내며 흡입했다. 이윽고 의자에 다시 기대앉은 그는 두 손으로 머리를 받치며 말했다.

"이제 한결 낫군."

이 상황이 그저 놀랍기만 했다. 둘은 어젯밤 그런 일을 벌여놓고 어떻게 아무 일 없었다는 듯 태연하게 앉아 있지? 올가는 다시 휴대폰을 들여다보고, 도메니코는 느긋하게 아침을 즐기며 기운을 회복할 뿐이었다.

"나한테 피로연 이야기는 왜 안 했어? 언제 하려고 했는데?"

내가 불쑥 묻자 올가는 눈을 흘기더니 어깨를 으쓱이면서 도메니코를 슬쩍 바라보았다.

도메니코는 팔을 펴고 올가를 가리키며 질문을 회피했다.

"올가가 말하기로 되어 있었어. 내 잘못은 아니야. 올가가 질질 끌어서 그렇지."

"넌 언제부터 알고 있었는데?"

나는 도메니코에게 쏘아붙였다.

"네가 마시모에게 청혼을 받았던 날부터 알긴 했지만……."

나는 그만 입 다물라고 두 손을 내젓고는 얼굴을 가렸다. 올가는 내 머리카락을 쓰다듬으며 날 달랬다.

"재밌을 거야, 라우라. 두고 봐. 완벽한 피로연이 될 거야. 꽃이랑 하얀 비둘기도 준비했고, 화려한 조명에다가…… 딱 네가 원하는 대로 꾸몄어."

"그래, 갱들이 총을 들고 오겠지. 마피아들이 코카인을 들이마실 거고! 진짜 끝내주게 완벽하겠네!"

도메니코는 건배하듯 접시를 들어 올리고는 코카인을 한 줄 더 흡입한 뒤 코를 문지르며 대꾸했다.

"걱정하지 마. 교회에서 열리는 결혼식에 참석하는 사람은 얼마 안 돼. 두세 명씩만 오라고 했으니까 가문의 수장과 최측근만 참석할 거야. 게다가 마돈나 델라 로카 성당은 작아. 그러니 붐빌 리 없어. 이젠 어서 뭘 좀 먹어."

나는 테이블을 바라보며 얼굴을 찌푸렸다. 긴장한 나머지 식욕이 돌지 않았다. 배가 그저 꽉 뭉칠 뿐.

"마시모는 어딨어?"

내 말에 도메니코는 대꾸했다.

"성당으로 곧장 올 거야. 먼저 끝내야 할 일이 좀 있어서. 우리끼리만 있으니까 하는 말인데, 형도 잔뜩 긴장했더라고."

그는 내게 윙크하더니 눈썹을 치켜뜨고는 미소를 지었다.

"형은 새벽 6시에 일어났어. 우리 둘이서 이야기를 좀 했지. 그러더니 먼저 배를 타고 갔어."

한 시간 뒤 나는 저택의 내 방에 앉아서 웨딩드레스가 든 커다란 상자를 노려보는 중이었다. 나 오늘 결혼하는구나. 휴대폰을 들고 엄마에게 전화하려니 눈물이 하염없이 솟았다. 전부 잘못됐어! 몇 초 뒤 엄마의 목소리가 전화기 너머로 들려왔다. 엄마는 내가 잘 지내는지, 일은 어떤지 물었다. 나는 진실을 이야기하는 대신 거짓말을 했다. 마시모랑 잘 지내고 있느냐고 물었을 때에야 유일하게 진실을 대답할 수 있었다. 나는 모든 게 너무 좋다고 대답했다.

이어서 엄마가 집에서 벌어진 시시콜콜한 이야기를 해주었다. 아빠는 언제나 일만 한다는 이야기도 빠지지 않았다. 새로울 것 없는 이야기였지만 그 몇 마디 대화가 어찌나 소중하던지. 전화를 끊고 나자 벌써 정오였다. 올가는 방으로 왈칵 뛰어들더니 소리쳤다.

"아니, 지금 뭐 하는 거야? 아직 샤워도 안 했으면 어떡해!"

나는 휴대폰을 손에 그대로 켠 채로 무릎을 털썩 꿇고 눈물을 터뜨렸다.

"나 안 할래, 올가! 엄마가 여기 왔어야 해. 아빠가 나랑 같이 행진해 신랑한테 데려다줘야 할 거 아냐! 오빠가 신랑 들러리를 섰어야 했어! 그런데 이게 다 뭐야! 잘못돼도 한참 잘못됐어!"

나는 흐느끼다 못해 울부짖으며 올가의 다리를 끌어안았다.

"도망가자! 차 타고 같이 도망가자. 잠깐이라도."

하지만 내가 겁에 질렸다 한들 올가는 꿈쩍도 하지 않았다. 눈썹을 치켜뜨며 나를 못마땅한 눈초리로 쳐다보았을 뿐이다.

"지랄 그만하고 어서 일어나. 지금 공황에 빠져서 그래. 숨이나 제대로 쉬어봐. 그런 다음 샤워하러 가. 조금 있으면 다들 올 거야."

올가가 쏘아붙였지만 나는 움직이지 않고 오히려 올가의 다리를 더 꼭 붙잡았다.

"라우라."

올가는 부드러운 목소리로 나를 부르며 옆에 앉았다.

"넌 마시모를 사랑하잖아. 마시모는 널 사랑하고. 맞지? 결혼식은 열릴 거야. 게다가 이건 그냥 형식적인 절차일 뿐이야. 내일 자고 일어나도 변할 건 아무것도 없어. 그리고 내가 여기 있잖아. 평소 같았으면 너랑 어디론가 가서 코가 삐뚤어지도록 마셨겠지만, 지금은 그럴 수도 없어. 안 그래? 그러니까 오늘은 내가 너 대신 취할 거란 점을 알아두고 기운 좀 내."

하지만 올가의 말을 들어도 별 소용이 없었다. 나는 바닥에 쓰러져서 흐느끼며 짐을 싸서 도망치고 싶다는 말만 되풀이했다.

"진짜 너 때문에 너무 짜증 나, 라우라!"

올가는 갑자기 버럭 소리를 지르면서 내 발목을 잡고 벌떡 일어나 나를 욕실로 끌고 가기 시작했다. 몸을 빼려 했지만 올가는 나보다 훨씬 더 힘이 셌다. 그녀는 나를 샤워기 아래로 밀치더니 물을 틀었다. 나는 옷도 벗지 못한 채로 얼음장처럼 차가운 물을 고스란히 맞았다. 깜짝 놀라 일어선 이 순간만큼은 친구를 죽여버리고 싶었다.

"어이구, 이제 정신이 들어? 일어선 김에 직접 씻어. 그동안 나는 무알코올 술 갖고 올 테니까 끝나면 마셔."

올가는 빙글 돌려 욕실을 나갔다.

샤워를 마치고 몸을 닦은 다음 머리에 수건을 감싸고 나와 목욕 가운을 입었다. 그러자 기분이 한결 나아지고 두려움이 가셨다. 하지만 방으로 돌아오자 싹 변해 있는 광경에 다시 몸이 경직되고 말았다. 샤워하는 동안 내 방은 미용실로 탈바꿈해 있었다. 미용실 의자 두 개가 나란히 놓였고 그 앞에 커다란 거울까지 설치되었다. 조명이 찬란한 가운데 몇 톤은 돼 보이는 화장품과 수백 개의 빗, 헤어드라이어들과 고데기가 놓여 있었고 열 명이나 되는 사람들이 부동자세로 서서 나를 기다리고 있었다.

"어서 와. 앉아서 술 좀 마셔."

올가는 이미 의자에 앉아 옆자리를 가리키며 말했다.

화장을 끝내고 일어섰을 때는 벌써 2시가 넘었다. 가만히 앉아 있었는데도 이렇게 지친 적은 처음이었다. 짧았던 머리는 붙임머리가 온갖 솜씨로 잔뜩 연결되어 커다란 업스타일로 재탄생했다. 평소 스타일과 다르지 않도록 뒷머리를 뒤통수 부분에 커다랗고 맵시있게 말아 올렸고, 나머지는 매끈하게 묶어서 눈과 얼굴을 가리지 않게 했다. 우아하고 멋있지만 지나치게 꾸민 티는 나지 않게끔. 결혼식에 딱 맞는 스타일이네. 도메니코는 최고의 헤어 디자이

너들을 데려왔고 그들은 임무를 대단히 성공적으로 수행했다. 눈에는 초콜릿색 마스카라를 짙게 칠하고 입술에는 섬세하게 색조를 주었다. 나는 생기 넘치고 반짝반짝 빛났다.

숱 많고 기다란 인조 속눈썹을 붙이자 메이크업이 완성되었다. 파운데이션과 파우더, 블러셔를 층층이 덮어 칠한 끝에 나는 완전히 다른 모습이 되었다. 뭐, 아예 다른 사람이라고 볼 수는 없어도 평소와는 확연히 달랐다. 한마디로 광채가 났다.

내 모습에 넋이 나가 거울을 봐도봐도 멈출 수 없었다. 이렇게 내가 예뻐 보인 적은 처음이야. 베니스 영화제 때 화장과는 비교할 수 없는 수준이었다.

여전히 거울 속 모습에 감탄하고 있는데, 에미가 갑자기 방에 들이닥쳤다. 올가는 움찔했지만 계속 휴대폰을 들여다보는 척했다.

에미는 내 뺨에 입 맞춰 인사하고 웨딩드레스의 포장을 풀었다.

"아가씨들, 작업을 시작하실까요?"

그녀는 드레스를 쥐고 말했다.

등에 달린 지퍼를 올리느라 애를 먹으며 현실을 깨닫고 말았다. 나 살쪘구나. 아니면 드레스가 그동안 줄어들었든가 둘 중 하나겠지. 올가까지 합세하여 셋이서 어찌어찌 드레스 지퍼를 올리고 난 다음 에미가 베일을 씌워주었다.

3시 몇 분 전, 모든 준비가 끝났다. 이제는 심장이 쿵쿵 뛰기 시작했다.

올가는 내 옆에서 서서 손을 꼭 잡아주었다. 올가 역시 눈물이 글썽글썽한 참이었지만 울면 화장이 망가질까 봐 겨우 참고 있었다.

"내가 널 위해 첫날밤 짐을 싸뒀어. 욕실 옆에 가방이 있는데 안에는 화장품이랑 란제리가 들어 있어."

"침대 옆 옷장에서 분홍색 파우치 좀 갖다가 넣어줄래?"

올가는 옷장에 가서 자그마한 파우치를 집어 들더니 어안이 벙벙해진 채 물었다.

"아니, 대체 첫날밤에 바이브레이터는 왜 가져가고 난리야? 혹시 무슨 문제 있어?"

나는 올가를 바라보며 눈썹을 치켜떴다.

"전혀 없어. 그냥 남편을 위한 깜짝쇼를 계획 중이라서."

"정신이 썩었네. 끝내주게 변태적이야. 내가 이래서 너를 좋아해. 아, 나 립밤 좀 챙기고. 잠깐만 기다려."

올가가 문을 나서는데 잠시 후 아래층에서 비명이 들렸다.

"나가요! 결혼식 전에 신부를 보면 재수가 나빠!"

뒤를 돌아보자 숨 막힐 정도로 근사한 나의 남편이 보였다. 그는 나를 바라본 순간 그대로 굳고 말았다. 나는 애써 침착함을 유지했고 우리는 그렇게 서로를 바라보았다.

마침내 마시모는 한 발짝 떼어 내게 다가오기 시작했다.

"결혼식 미신 따윈 개나 줘. 보고 싶어서 더는 기다릴 수 없었어."

그는 나의 베일을 걷으며 속삭였다.

마시모가 상스러운 말을 하는 건 침대에서뿐이었는데. 아니면 정말 화났을 때나.

"나 무서워요."

나는 나직하게 속삭이며 그의 눈동자를 바라보았다. 그는 두 손으로 내 얼굴을 잡고 살짝 키스한 다음 한 발짝 물러서서 나를 다시 바라보며 부드럽게 말했다.

"내가 옆에 있잖아, 베이비걸. 지금 넌 천사처럼 아름다워……."

마시모는 눈을 감고 이마를 맞댔다.

"널 내 여자로 만들고 싶어. 사랑해, 라우라."

그 말이 어찌나 감미롭던지, 믿을 수 없을 만큼 큰 행복이 파도처럼 밀려들었다. 말로는 표현할 수 없다. 다가가기조차 어렵고 비인간적이며 무자비하던 남자가 내게 이런 애정을 보여준다. 이 순간이 영원하다면, 아무 데도 가지 않아도 되고 다른 누구도 신경 쓸 필요가 없다면 얼마나 좋을까. 오롯이 둘만의 순간이 소중했다.

아래층에서 도메니코와 올가의 목소리가 들렸지만, 두 사람은 감히 방해할 엄두를 내지 못했다. 이윽고 마시모는 눈을 뜨고 내 입술에 키스했다.

"이제 갈 시간이야, 베이비걸. 기다리고 있을게. 서둘러."

그는 돌아서서 아래층으로 내려갔다. 나는 넋을 잃은 채 마시모의 뒷모습을 바라보았다. 세련된 다크블루 턱시도를 입고서, 하얀 셔츠 위로 턱시도와 똑같은 색 보타이를 맨 내 남자. 내 드레스와 같은 색의 우아한 꽃장식이 옷깃에 달려 있었다. 마치 아르마니 쇼의 모델 같았다.

올가가 계단을 올라오는 소리가 들렸다. 그녀는 다가와 내 베일을 다시 정리해주고 자기 드레스 자락 양쪽을 매만지면서 호들갑스럽게 투덜댔다.

"망할 드레스가 너무 꽉 끼어. 계단을 오르기는커녕 제대로 걸을 수도 없네. 자, 준비됐어?"

나는 고개를 끄덕이며 올가의 손을 잡았다.

마돈나 델라 로카 성당은 타오르미나의 정상 비탈에 자리 잡고 있었다. 12세기부터 그 자리를 지킨 아름다운 성당은 1640년에 재건된 이후로 마을을 쭉 내려다보아온 유적이었다. 몇십 미터 아래에 고성이 있고, 비탈을 좀 더 내려가면 푸른 바다가 이어졌다.

차에서 내려다보니 섬세하게 꽃 장식을 해놓은 하얀 카펫이 성당 입구까지 깔려 있었다. 완벽한 꽃길이었지만, 검은 슈트를 입은 덩치 큰 남자들이 성당 입구를 지키고 섰다는 게 유일한 흠이었다.

이 성당은 타오르미나 마을의 주요 관광지였다. 이곳에 가려면 계단을 수천 개나 올라야 하지만, 마음을 굳게 먹은 관광객들은 굴하지 않고 꿋꿋이 올라가곤 했다.

"안에서 기다리고 있을게. 사랑해."

올가가 속삭이고는 마지막으로 안아주었다.

나는 어쩔 줄 몰라 멈춰선 채 주위를 둘러보았다. 숨을 쉴 수 없었던 순간, 어디선가 도메니코가 불쑥 나타나더니 내 팔짱을 꼈다.

"지금 네 팔짱을 끼고 들어가는 사람이 나여선 안 된다는 거 알지만, 그래도 나에겐 더없는 영광이야, 라우라."

다리가 후들거렸다. 나는 버려진 아이처럼 어쩔 수 없이 몸을 휘청였다.

"우리 왜 안 가? 지금 뭘 기다리는데?"

참지 못하고 묻는 순간 어디선가 음악이 울려 퍼지더니 '아베 마리아'를 부르는 여자의 낭랑한 음성이 들려왔다.

도메니코는 눈썹을 치커뜨며 부드럽게 미소 지었다.

"이 노래를 기다리고 있었어. 자, 가자."

도메니코는 나를 앞으로 밀었다. 우리는 입구를 향해 걷기 시작했다. 등 뒤로 엄청나게 긴 드레스 자락이 스르르 끌렸다. 계단은 무장 경호원들이 지키고 서 있어서 수십 명의 관광객이 뚫고 들어올 수 없었다. 성당으로 다가가자 구경하던 관광객들이 손뼉을 쳤다. 불안하면서도 동시에 묘하게 차분했다. 너무 두렵지만 동시에 행복하달까. 거대한 성당 문에 다가갈수록 심장이 더욱 빠르게 뛰었다.

드디어 성당 문으로 들어서자 노랫소리가 더욱 커졌다. 목소리는 나를 폭 에워쌌다. 제단으로 가는 길 양옆에 줄지어 앉은 사람들은 모두 말이 없었다. 나는 고개를 들고 앞을 똑바로 바라보았다. 제단 옆에는 걸어가는 나를 바라보며 환한 미소를 짓는 수려한 미남이, 바로 내 남편이 될 남자가 서 있었다. 도메니코는 제단 앞까지 나를 데리고 가서 신랑 옆에 세운 다음 올가 옆에 섰다.

제단 앞에 서자 마시모는 내 손바닥에 가만히 입 맞춘 다음 손을 꼭 잡았다. 사제는 예식을 시작했고 나는 마시모를 바라보고 싶은 마음을 끊임없이 억눌렀다. 이 남자는 내 거야! 조금 있으면 운명에 도장을 찍고 서로의 삶을 영원히 합치는 거야.

예식은 얼마 가지 않아 끝났다. 모든 순서는 영어로 진행되었다. 솔직히 말하자면 영어였는데도 내용이 하나도 기억나지 않았다. 너무 떨려서 결혼식이 어서 끝나기만을 조용히 기도했을 뿐.

드디어 결혼식이 끝나자 결혼 서류에 서명하기 위해 장소를 옮겼다. 성당에서 나가는 길에야 비로소 주변을 둘러볼 기회가 생겼다. 하객들은 성당 의자에 다닥다닥 붙어 앉은 채였다. 마피아의 결혼식은 어떤 모습일까 떠올려본다면 이런 광경이겠지. 남자들은 엄숙한 표정으로 식을 지켜보며 나지막하게 대화를 나누었고, 그들과 동행한 한껏 멋 부린 여자들은 지루한 표정을 역력히 드러내며 눈치껏 휴대폰 화면을 슬쩍 보곤 했다.

결혼 서류에 서명하는 공식 절차는 예상보다 시간이 걸렸고, 성당을 나섰을 때는 놀랍게도 하객들이 모두 자리를 뜬 상태였다.

나는 성당 앞에 멈춰 서서 도시와 바다를 바라보았다. 관광객들이 내 사진을 찍으려 했지만 당연히 경호원들이 막아섰다. 나는 전혀 걱정하지 않았다.

손가락에 낀 플래티넘 결혼반지에 자꾸만 손길이 갔다. 바로 옆 손가락에 낀 약혼반지와 완벽하리만큼 어울렸다.

"반지가 거슬리나 보네요, 토리첼리 부인?"

마시모가 내 어깨를 팔로 감싸며 물었다. 나는 미소를 지으며 그를 올려다보았다.

"아직도 믿을 수가 없어서 그래요."

마시모가 몸을 숙여 내게 키스했다. 길고 진한, 열정적인 입맞춤이었다. 그 광경을 본 관광객들이 큰 소리로 환호하며 휘파람을 불고 손뼉을 쳤지만 우리는 아랑곳하지 않았다. 마침내 우리는 서로를 놓아주었다. 마시모는 내 손을 잡고 하얀 카펫 위를 걸어 대기 중인 차로 에스코트했다. 나는 관광객들에게 손을 흔들며 카펫 위를 걸었고, 우리가 떠나자 그들은 마침내 성당 안으로 들어갈 수 있었다.

웨딩드레스를 입고 차에 타기란 쉬운 일이 아니었지만 어찌어찌 해냈다. 차는 리무진이 아니라 하얀 메르세데스 벤츠 SLS AMG였다. 한마디로 동급 최고로 호화로운 차였다.

마시모가 운전석에 앉아 시동을 걸고 차를 몰면서 입을 열었다.

"이제 가장 어려운 부분이 남았어. 내가 시키는 대로 예의 바르게 행동해줬으면 해. 어떤 식으로든 반항하는 언사나 행동을 하지 말아줘. 피로연이 끝날 때까지 그래줄 수 있겠어?"

나는 완전히 얼이 빠져서 짜증스레 물었다.

"그러니까 얌전하게 굴라 이건가요?"

"내 부탁은 별게 아니야. 넌 지금 소개받을 사람들 앞에서 어떻게 행동해야 하는지 모르고 있어. 나 역시 너에게 이제껏 조언해줄 시간이 없었고. 이건 사업이야. 우리는 가문의 이미지를 보여주어야 해, 베이비걸. 우리 사이가 실제로 어떤가와는 전혀 상관이 없어. 마피아 가문의 두목 중엔 강경한 갱들이 많아. 여자의 행동거지에 대해 아주 보수적인 가치관을 따르지. 그자들은 쉽사리 화를 내고, 네가 전혀 잘못했다고 생각하지 않을 일에도 쉽게 모욕을 느낄 거야. 그러면 내 권위에 타격이 갈 거고."

마시모는 내 무릎에 손을 얹고 설명을 이어갔다.

"다행스러운 점은 그들이 대부분 영어를 못 한다는 거야. 그렇긴 해도 다들 관찰력이 대단히 뛰어나니 네 태도를 지켜볼 거야."

"결혼한 지 겨우 20분밖에 안 됐는데, 벌써 나에게 이래라저래라 하는군요."

내가 불평하자 마시모는 한숨을 쉬더니 두 손으로 운전대를 내리치며 고함을 질렀다.

"내 말이 무슨 뜻인지 정말 모르겠어? 바로 이러지 말라는 거야! 나한테 말대꾸하지 말라고!"

순간 몸이 싹 굳으며 놀라는 동시에 화가 났다. 나는 창문을 노려보며 곰곰이 생각했다. 벌써 이 짓에 장단 맞추기 싫어졌는데, 피로연은 아직 시작도 하지 않았다니.

"트로피 와이프처럼 굴 테니, 한 가지 조건이 있어요."

"트로피 와이프라니?"

마시모는 얼굴을 찌푸렸다.

"그래요, 돈 마시모. 내가 트로피 와이프가 아니면 뭔가요? 모두에게 과시하려는 하찮은 존재 말이죠. 난 그저 당신이 얼마나 대단한 우두머리인지 사방에 증명해줄 여자잖아요. 기꺼이 트로피 와이프가 되어줄 테니, 그 뒤로 24시간 동안 내 노예가 되어줘요."

마시모는 몸을 숙이더니 잠시 무표정한 얼굴로 앞을 응시했다.

"네가 임신만 하지 않았다면 곧바로 차를 세웠을 거야. 그리고 네 예쁘장한 엉덩이를 때리면서 전에 한 짓을 실컷 했을 텐데."

그는 고개를 돌려 분노 어린 시선을 던지며 말을 이었다.

"하지만 지금은 건드리면 안 되는 몸이니, 대신 협상을 하지. 한 시간 동안 노예가 되어줄게."

"24시간이어야 해요."

나는 물러서지 않았다.

"주제넘게 굴지 마, 아가씨. 한 시간이야. 그리고 밤에 해. 난 위험을 무릅쓸 마음 없어."

나는 그 제안을 곰곰이 생각했다. 이미 머릿속엔 교활한 계획이
구체적으로 피어오르고 있었다.

"좋아요, 마시모. 밤에 한 시간. 하지만 거부하면 안 돼요."

그는 내가 그 한 시간을 최대한 활용하리라는 점을 잘 알았다.
제아무리 짧은 시간이라도 주도권을 넘긴다는 게 전혀 달갑지 않
은 기색이었다. 하지만 거부하기에는 너무 늦었다.

"좋아. 그렇다면 트로피 와이프님, 오늘은 내가 하라는 대로 얌
전히 굴도록 하시지."

잠시 후 우리는 고풍스러운 호텔 앞에 멈췄다. 호텔 진입로는 검
은색 SUV 두 대와 검은 슈트를 입은 우락부락한 남자 열두 명으로
둘러싸여 있었다.

"이게 다 뭐예요?"

주변을 둘러보며 묻자 마시모는 웃다가 눈썹을 지그시 모으고
진지한 얼굴이 되었다.

"우리의 결혼 피로연이지."

눈앞의 광경에 머리가 어지러워지면서 속이 뒤틀렸다. 수십 명
의 무장 경호원과 탱크처럼 보이는 차들에 둘러싸인 피로연이라
니. 나는 좌석에 머리를 댄 뒤 눈을 감고 차분하게 숨을 골랐다.

마시모는 내 손목을 잡고 맥박을 확인한 다음 시계를 보았다.

"괜찮아. 네 맥은 잘 뛰고 있어, 베이비걸. 어디 아파? 약 줄까?
심장이 안 좋아?"

나는 고개를 저으며 그를 바라보았다.

"꼭 이렇게까지 해야 해요?"

그는 계속 심각한 표정을 짓고는 시계를 보며 내 심장 박동수를 셌다.

"시칠리아 마피아의 수장들이 모두 와 있어. 유럽과 미국의 협력사들도 왔고. 저 안에 들어가서 사진을 찍을 수만 있다면 가진 걸 전부 포기할 사람들이 많아. 경찰은 말할 것도 없지. 이쯤 됐으면 너도 경호에 익숙해졌을 줄 알았는데."

불안을 누그러뜨리려 최선을 다해도 무장 경호원이 어찌나 많은지 압도되고 말았다. 몸이 굳어버리더니 이번에도 습격받으면 어찌나 하는 생각으로 머릿속이 빙빙 돌았다. 누가 내 목숨을 노리면 어떡하지? 아니면 마시모의 목숨을?

"그래요, 익숙해지긴 했어요. 하지만 지금은 수가 너무 많아요. 왜 이런 거예요?"

마시모는 내 손을 쓰다듬었다.

"각 가문에서 자기 경호팀을 데려왔기 때문이지. 혹시 너무 많아서 신경이 쓰인다면, 그럴 필요 없어. 너는 아주 안전해. 아무도 널 해칠 수 없어. 여기 나와 함께 있는 한."

그는 내 손을 들어 입 맞추며 내내 나를 지켜보았다.

"갈 준비됐어?"

아니, 되지 않았다. 차에서 내리고 싶지 않았다. 무서워서 눈물이 터질 것만 같았지만 엄연한 현실도 알고 있었다. 도망갈 길은 없다. 그래서 마지못해 고개를 끄덕였다.

마시모는 차 문을 열고서 내가 내리도록 도와주었다. 우리는 입구로 향했다. 어디론가 사라지고 싶었다. 아니면 최소한 베일이라도 쓰고 싶었다. 그러면 아무도 내 얼굴을 못 볼 테니까.

커다란 홀로 들어가자 온통 박수갈채가 쏟아졌다. 마시모는 걸음을 멈추고 간단한 동작으로 인사했다. 너무나 무표정한 얼굴이었다. 그러고는 뻣뻣하게 선 채 다리를 약간 벌리고 한쪽 팔로 내 허리를 감싼 다음 다른 쪽 손은 주머니에 넣었다. 누군가가 마이크를 가져오자, 마시모는 이탈리아어로 연설을 시작했다. 하나도 알아들을 수 없었지만 걱정되지는 않았다. 그가 태연하고 자신만만하게 말하는 소리를 듣자 다리가 풀렸다. 그는 잠시 후 연설을 끝내고 마이크를 돌려준 다음 연회장의 반대편에 있는 테이블로 나를 데려갔다. 올가가 이미 앉아 있는 모습을 보자 안심이 되었다.

주빈석에 앉자 얼마 후 도메니코가 나타나 내 귓가에 속삭였다.

"무알코올 와인은 오른편에 있어. 웨이터는 네가 그것만 마신다는 걸 알고 있으니까 걱정하지 마."

"걱정을 어떻게 안 해? 이놈의 망할 쇼를 다 끝낸 다음에 침대에 올라가야 걱정을 안 하지."

올가는 활짝 웃으며 내게 다가와 말했다.

"이 미친 인간들 보여? 이토록 많은 깡패랑 콜걸을 보기는 처음이야. 평범하게 생긴 놈이 하나도 없어! 오른편에 있는 할아버지는 못해도 90은 넘은 것 같은데, 더듬고 있는 여자는 분명 우리보다 어릴걸. 으, 징그러워. 아무리 나라도 못 참겠네. 그리고 저기 두 테이블 너머 까만 옷 입은 남자 말이야……."

올가는 눈을 가늘게 뜨고 재밌다는 기색으로 말했다. 올가는 어떤 상황에서도 날 웃게 만드는 재주가 있어서 좋았다. 난 피식 웃었다. 마시모가 천천히 고개를 돌리고 이쪽을 보았지만 나는 억지 미소를 지어 보이고는 다시 올가를 바라보았다.

"저기 있는 콜걸 보여? 빅토리아 시크릿 엔젤처럼 생겼어. 맘에 드네."

올가가 재잘대는 소리에 문득 묘한 불안감이 들어 그 테이블을 슬쩍 보았다. 반대편에 아름다운 검은 레이스 드레스를 입은 여자가 앉아 있었다. 마시모를 빼앗아가려 했던 그 여자, 안나였다.

나는 주먹을 불끈 쥐고 으르렁거렸다.

"저 여자가 여기 왜 왔대? 내가 말했지? 리도에 갔을 때 마시모가 갑자기 사라진 적 있었다고."

올가는 고개를 끄덕였다.

"그때 저 여자 때문에 하마터면 마시모가 죽을 뻔했어."

나는 분노로 전율을 느끼며 내뱉고는 자리에서 일어섰다. 빨리 걸을 수 있게 드레스 자락을 살짝 들고 안나 쪽으로 향했다. 내 결혼식 피로연에 저 여자가 들어오다니, 절대 있어서는 안 되는 일이야. 총이 있다면 보자마자 쐈을 텐데. 마시모의 진심을 의심하며 눈물로 지새웠던 순간은 다 저 여자 때문이었다.

나를 바라보는 사람들의 시선이 느껴졌지만 상관없었다. 오늘은 내 결혼식이고 여긴 내 피로연이야. 테이블에 다가서자 복수하고 싶다는 적개심이 끝까지 치달아 올랐다. 그런데 그 순간, 누군가 내 팔을 잡더니 안나 옆을 스치며 끌고 갔다. 고개를 홱 돌리자 나의 신랑이 댄스 플로어로 날 데려가고 있었다.

"왈츠를 추지."

그가 속삭이며 오케스트라에 고개를 끄덕이자 우리에게 박수가 쏟아졌다.

지금은 춤출 기분이 아니었다. 머릿속엔 온통 살인 충동뿐이었지만 마시모의 단단한 손아귀에서 벗어날 수가 없었다. 왈츠의 첫 음이 울려 퍼지자 나도 모르게 다리가 저절로 움직였다.

"대체 무슨 생각이야?"

마시모는 댄스 플로어를 우아하게 가로지르고 리드하면서 못마땅한 투로 속삭였다.

나는 가짜 미소를 얼굴에 덕지덕지 붙인 채 자세를 잡으면서 맞받아쳤다.

"당신이야말로 대체 무슨 생각이죠? 저 여자가 여기 대체 왜 왔는지 당장 말해요!"

우리 사이의 공기가 험악해졌다. 간신히 분노를 참으며 노려보았다. 지금은 왈츠가 아니라 파소 도블레나 탱고를 추어야 할 것 같았다.

"사업이라고 했잖아, 라우라. 가문끼리 휴전을 했어. 널 안전하게 지키기 위해서. 각 집안이 평소처럼 문제없이 돌아가야 하니까. 내 말 믿어. 나도 안나가 여기 있는 게 마음에 안 들어. 하지만 나랑 차 안에서 약속하지 않았어? 벌써 잊은 건 아니겠지?"

그가 말을 마치고 내 몸을 한껏 젖히는 바람에 머리가 바닥에 닿을 뻔했다. 귀가 먹먹해질 정도로 커다란 박수 소리가 우리를 덮었다. 마시모가 입술로 내 목덜미를 부드럽게 쓸면서 몸을 한 바퀴 돌리고 나서야 나는 다시 일어설 수 있었다.

"난 임신 중이고 화가 난 상태예요. 감정 조절을 잘할 거라고 기대하지 말아요."

"잠시 혼자 있으면서 마음을 추스르고 싶다면, 기꺼이 그렇게 해주지."

"지금 내가 하고픈 건 저 여자를 총으로 쏘아 죽이는 거예요."

마시모가 함박웃음을 짓고는 길고 격정적인 키스로 왈츠를 마무리하더니, 나를 자랑스러워하는 표정으로 대꾸했다.

"너도 시칠리아 사람 같은 성깔이 있다는 건 진작 알았지. 우리 아들은 대단한 남자가 될 거야."

"딸 낳을 거라니까요!"

나는 쏘아붙였다.

두어 번 인사하고서 우리는 다시 테이블로 돌아왔다. 안나가 죽일 듯이 이쪽을 쏘아보았지만 싹 무시하고 올가 옆에 앉아서 새로 따라놓은 와인을 단번에 들이켰다. 무알코올이 이 기분을 풀어줄 거라는 듯이.

"네가 원한다면 저년 얼굴을 때려서 이를 뽑아줄게. 아니면 눈알을 파내줄까?"

올가가 천진난만한 얼굴로 물었다. 나는 웃으면서 내 접시에 놓인 고기에 칼을 꽂았다.

"괜찮아. 내가 알아서 할게. 하지만 오늘은 아니야. 마시모랑 약속했거든."

고기를 한 점 씹는 순간 곧바로 구역질이 올라왔다. 밀려드는 메스꺼움을 참으며 억지로 고기를 삼켰다.

"왜 그래?"

올가는 걱정스러운 표정으로 물으며 내 손을 잡았다.

"토할 것 같아."

나는 있는 그대로 말하며 자리에서 일어났다. 내가 테이블에서 떠나자마자 마시모가 벌떡 일어섰지만 올가는 그를 자리에 앉히고는 나를 따라왔다.

임신은 너무 싫다. 나는 입술을 닦으며 변기 물을 내렸다. 계속 토할 것 같은 느낌과 어지러움을 견뎌야 하는 게 지긋지긋하다. 게다가 이런 구역질은 아침에나 나는 줄 알았는데 아니었다니. 문손잡이를 잡고서 칸막이에서 나왔다.

올가는 벽에 등을 대고 서서 히죽 웃으며 나를 바라보았다.

"왜, 네가 먹고 싶은 남자 거기가 아니라서 토했어?"

올가는 손을 씻는 나를 놀리듯 물었다.

"닥쳐. 웃을 기분 아니야."

눈을 들어 거울에 비친 내 모습을 보았다. 창백한 얼굴 위로 화장이 번져 있었다.

"혹시 마스카라 있어?"

"내 가방에 있어. 잠깐만 기다려. 가져올게."

올가는 대답을 남기고 떠났다.

커다란 화장실 한쪽에 멋진 디자인의 하얀 가죽 소파가 있었다. 거기 앉아 올가를 기다리는데 잠시 후 문이 열려 고개를 들었다. 그곳에 들어온 건 내 친구가 아니었다. 바로 안나였다.

"감히 여기에 나타나다니 배짱이 대단하네."

나는 살벌하게 안나를 노려보며 으르렁댔다. 그녀는 날 무시한 채 거울 앞에 섰다.

"처음에는 날 위협했고, 다음에는 내 남편을 죽이려고 하더니, 이제는 감히 내 결혼식 피로연에 발을 들여? 스스로 민망한 짓은 그만하지 그래?"

나는 일어서서 그녀에게 다가갔지만 안나는 움직이지 않았다. 다만 거울에 비친 내 모습을 주시했을 뿐이다.

나는 이제 평정심을 되찾고 차분해졌다. 마시모가 봤다면 좋아했겠지. 솔직히 마음 같아서는 저 여자의 머리채를 잡고서 대리석 개수대에 꽂아버리고 싶었지만, 참았다.

"네가 이겼다고 생각하니?"

안나가 물었지만 나는 거칠게 웃었다. 올가가 돌아온 게 보였다.

"애초에 이기고 지고 따윈 없었어. 식사는 제대로 했기를 바라. 넌 곧 자리를 떠야 할 테니까."

올가는 문을 열고서 안나에게 나가라고 손짓했다.

"우린 다시 만나게 될 거야."

그녀는 위협적인 목소리로 내뱉고는 핸드백을 어깨에 휙 걸치고 밖으로 나갔다.

"네 장례식에서나 다시 보게 될걸!"

나는 턱을 반항적으로 치켜들고는 뒤에다 대고 소리쳤다.

안나는 고개를 휙 돌려 쏘아보더니 사라졌다.

다시 우리 둘만 남자, 나는 소파에 털썩 주저앉아 두 손으로 얼굴을 가렸다. 올가가 다가와 등을 토닥여주었다.

"너 벌써 조폭 마누라가 다 되었구나. 장례식에서 다시 보잔 말 마음에 들더라."

"그 여자 무서운 사람이야, 올가. 뭔가 꿍꿍이가 있을 거야."

나는 한숨을 쉬었다.

"그거야 두고 봐야지."

순간 화장실 문이 확 열리더니 도메니코가 불쑥 들어오고 그 뒤로 무장 경호원이 뒤따랐다. 우리는 어안이 벙벙해져 그들을 바라보았다.

"여긴 여자 화장실이에요, 여러분. 지랄 말고 나가요."

올가가 눈썹을 치켜뜨며 말했다.

하지만 도메니코와 경호원이 흥분한 듯 숨을 몰아쉬는 걸 보니 여기까지 뛰어온 게 분명했다. 두 남자는 서로 재빨리 시선을 교환한 뒤 걱정할 만한 상황은 아니라는 걸 확인하고 미안하다는 듯 고개를 끄덕이며 나갔다.

나는 팔짱을 끼고 고개를 푹 숙였다.

"여기 어딘가 나를 감시하는 카메라가 있나 봐. 위치 추적기를 단 거로는 모자라는지……."

나는 고개를 절레절레 저으며 생각했다. 대체 마시모는 날 어디까지 통제하려는 걸까? 저들은 누구를 구하러 온 걸까? 나? 아니면 안나? 조금 전의 상황에 무력으로 개입해야 한다는 판단은 또 어떻게 내린 거고? 논리적으로 설명이 되지 않았다.

결국 나는 거울 앞으로 다가가 화장을 수정했다. 다시 아름답고 생기 넘쳐 보여야 했다.

나는 피로연장으로 돌아와 남편 옆에 앉았다.

"몸은 좀 괜찮아, 베이비걸?"

"아이가 무알코올 와인을 좋아하지 않나 봐요."

"몸이 나아졌다면 몇 사람 소개해주고 싶군. 가자."

우리는 테이블을 돌아다니며 우울해 보이는 남자 수십 명과 인사했다. 조직폭력배라고 보기에는 너무 우울한 얼굴들이라 얼핏 봐서는 믿기 힘들다. 그러나 몸에 새겨진 흉터와 공허하고 차가운 눈빛을 보면 마피아가 분명했다. 마피아가 아니라고 할 수 없는 증거는 또 있었다. 다들 뒤에 경호원을 한둘씩 대동하고 있었다. 나는 최선을 다해 마시모가 시킨 대로 매력적이고 아름다운 여자 역을 수행했지만 마피아들은 드러내놓고 나를 무시했다.

그게 너무 싫었다. 딱 봐도 여기 있는 사람 중 나보다 똑똑한 사람은 많지 않을 것이다. 나의 지식과 재치로 이들을 단번에 얼빠지게 만들 수도 있을 것이다. 그러자 마시모에게 점점 감탄하게 되었다. 남편은 이 중에서 단연 돋보였다. 우선 여기 모인 남자들보다 훨씬 젊었고, 힘과 지능도 이들을 능가했다. 남자들이 마시모를 존경하고 그의 말을 경청하며 관심받고 싶어 하는 모습이 똑똑히 보였다.

얼마나 그러고 있었을까, 누군가 내 등에 손을 얹었다. 이어서 손을 엉덩이로 슬쩍 내려 나를 돌려세우더니 난데없이 입술에 키스했다. 나는 그를 밀어내고 손을 들어 뺨을 때리려 했지만, 물러선 남자의 얼굴을 보고 손을 든 채로 굳어버리고 말았다.

"안녕, 제수씨! 듣던 대로 아름답군요."

남자는 마시모와 똑같이 생긴 얼굴을 하고 있었다. 나는 한 걸음 물러서서 마시모의 품에 안겼다.

"저건 뭐예요?"

충격을 받은 나머지 그렇게 말해버렸다.

앞에 선 남자는 남편의 복제인간일까? 혹시 신기루는 아닐까? 그렇다면 왜 사라지지 않지? 마시모랑 닮아도 너무 닮았다. 키도 머리카락도 똑같았다. 나는 영문 모르고 입을 벌리고 멍하니 섰다.

"라우라. 인사해. 나의 형제 아드리아노야."

마시모가 말하자 그는 내게 손을 내밀었지만 나는 물러서다 남편에게 등을 부딪치고 말았다.

"설마 쌍둥이인가요. 이런 망할⋯⋯."

내가 작게 말하자 아드리아노는 웃음을 터뜨리며 내 손을 잡더니 손등에 입을 맞추었다.

"그래요. 쌍둥이죠."

나는 돌아서서 마시모를 노려보았다. 충격으로 정신이 아찔할 지경이었다. 마시모와 아드리아노의 얼굴을 비교해보았지만 아무리 봐도 똑같았다. 목소리 역시 구별할 수 없을 만큼 비슷했다.

"나 기절할 것 같아요."

난 비틀대며 속삭였다. 마시모는 아드리아노에게 이탈리아어로 두어 마디 한 다음 피로연장 끝에 있는 문으로 날 데려갔다. 이윽고 발코니가 딸린 방이 나왔다. 그곳은 사무실 같았다. 벽에는 책장이 가득 늘어섰지만 눈에 띄는 가구는 오래된 원목 책상과 커다란 소파뿐이었다. 나는 부드러운 소파에 앉았고 마시모는 내 앞에 무릎을 꿇었다.

"무서워서 그래요. 정말 무섭다고요, 마시모. 쌍둥이 형제가 있다는 거 왜 숨겼어요? 나한테 언제 말하려고 했어요?"

마시모는 얼굴을 구기며 머리카락을 쓸어 넘겼다.

"걔가 결혼식에 올 줄은 몰랐어. 오랫동안 고향을 떠나 있었거든. 아드리아노는 영국에 살아."

"내 질문에 대답해요. 난 방금 당신과 결혼했잖아요. 빌어먹을 아내가 되었잖아요!"

나는 소리치며 벌떡 일어섰다.

"난 당신 아이를 임신했는데! 그런데도 나한테 숨기는 게 있다니, 이게 다 뭐 하는 짓거리죠!"

그때 뒤에서 문이 열리는 소리가 들리더니 익숙한 목소리가 이어졌다.

"아이라고? 나의 형제가 드디어 아빠가 되는군. 축하해!"

방으로 들어온 아드리아노가 자신만만하게 웃었다. 그 모습을 보자 또 기절할 것만 같았다. 어쩜 이렇게 마시모와 외모도 행동도 똑같을까.

아드리아노는 이제 일어서 있는 마시모 앞에 멈춰 서더니 그의 이마에 입을 맞추었다. 그러고는 소파 옆 작은 탁자에 놓인 술병에서 위스키를 한 잔 따랐다.

"자, 마시모. 네가 바라던 게 모두 이루어졌네. 여자도 후계자도 생겼으니. 이젠 아버지가 무덤에서 두 발 뻗고 편히 잠드시겠어."

오늘

이 말에 마시모는 쌍둥이 형제를 바라보며 내가 못 알아듣는 욕설을 뱉었지만 아드리아노는 차분하게 대답했다.

"친애하는 형제, 라우라가 못 알아듣잖아. 아내를 위해서 영어로 이야기하는 게 어때?"

마시모는 화가 머리끝까지 나 턱 근육이 일정한 박자로 불끈거렸다.

"라우라, 당신도 알겠지만 우리 사회에서는 외부인과의 결혼을 적절하다고 생각하지 않아요. 아버지는 가장 아끼는 아들이 이런 결혼을 하길 원치 않으셨죠."

"그만! 내 아내를 모욕하지 마."

마시모는 아드리아노를 노려보며 버럭 소리쳤다.

아드리아노는 항복했다는 듯 두 손을 들고 문으로 다가가며 천진한 미소를 지어 보였다.

"죄송합니다, 돈 마시모."

그는 빈정거리듯 고개를 꾸벅 숙였다.

"또 보죠, 라우라."

아드리아노는 마지막으로 내게 고개를 끄덕이고서 나갔다.

다시 둘만 있게 되자 나는 발코니로 나가 난간에 손을 얹었다. 잠시 후 마시모가 다가왔다. 여전히 분이 풀리지 않은 모습이었다.

"어렸을 때, 아드리아노는 아버지가 나를 더 아낀다는 생각에 사로잡혀서 뭐든 나와 경쟁하려 들었어. 나와 그 애의 차이점이 있다면, 나는 가문의 수장이 되고픈 마음이 전혀 없었다는 거야. 반면에 아드리아노는 수장이 되고 싶어 했지. 그 애의 가장 큰 꿈이었어.

그래서 아버지가 돌아가시고 내가 차기 수장으로 선출되자, 아드리아노는 받아들이지 못했어. 내가 수장에 적합하다고 결정한 사람은 고문인 마리오였어. 그는 원래 아버지의 오른팔이었거든. 이 소식을 들은 아드리아노는 이탈리아를 떠나면서 다시는 돌아오지 않겠다고 했어. 그 후로 몇 년간 그 애를 보지 못했지. 그래서 너한테 말하지 않았던 거야."

"그런데 지금은 왜 돌아왔대요?"

"나도 너만큼이나 궁금해."

이걸 두고 마시모에게 화풀이를 하는 건 옳지 않았다. 대화는 여기서 끝났다.

"이제 사람들이랑 어울리러 가요."

나는 그의 손을 잡았다. 마시모는 내 손가락에 입을 맞춘 다음 나를 문으로 이끌었다.

우리는 테이블로 돌아왔다. 내가 자리에 앉자 마시모는 귓가에 속삭였다.

"이제 사람들과 이야기를 좀 해야겠어. 올가에게 널 맡기고 갈게. 무슨 일이 있으면 도메니코에게 말해."

이윽고 그는 일어서서 피로연장에서 나갔다. 몇 사람이 일어나 그의 뒤를 따랐다.

불안이 다시 가슴을 찔렀다. 아드리아노와 마시모, 아기 걱정이 계속 들었다. 안나가 손님들과 짜고 허튼수작을 벌이는 건 아닐까?

꼬리에 꼬리를 무는 생각은 올가의 목소리에 깨졌다. 그녀는 내 옆에 앉으며 입을 열었다.

"나 있잖아, 약간 흥분해서 도메니코랑 위층에 올라갔었다? 그래서 약을 두세 줄 했는데 말이야, 이탈리아 놈들이 코카인에다 뭘 섞었나 봐. 다시 여기로 내려오는데 이상한 헛것을 봤다니까. 금방 마시모를 본 것 같았는데, 곧바로 또 마시모랑 부딪친 거 있지? 그러니까, 마시모가 두 명이었다고. 첫 번째 마시모는 슈트를 입었는데, 두 번째 마시모는 턱시도를 입고 있었어."

올가는 의자에 등을 기대고 와인을 단번에 들이키더니 덧붙여 말했다.

"오늘 약을 너무 많이 했나 봐. 이젠 그만해야겠어."

"헛것 아니야. 마시모 두 명 맞아."

나는 침울하게 말했다. 올가는 얼굴을 찌푸리더니 잘못 들었다는 양 내게 다가왔다.

"뭐라고?"

"쌍둥이였어. 지금 우리 쪽으로 오고 있는 사람은 마시모가 아니야. 쌍둥이 형제지."

나는 다가오는 아드리아노를 노려보며 설명했다. 올가는 충격을 감추지 못한 채 새로 나타난 이탈리아 미남을 바라보고 입을 떡 벌리렸다. 그러다 간신히 말을 뱉었다.

"이게 무슨 지랄이야……."

"제수씨의 아름다운 친구분은 누구신가요? 표정이 참 특이하시군요."

아드리아노는 올가 옆에 앉더니 악수를 청했다.

"폴란드 여성분들이 다들 여러분처럼 아름답다면, 영국이 아니라 폴란드로 갈걸 그랬네요."

"진짜라고? 제길."

올가는 폴란드어로 중얼대며 아드리아노의 손을 잡았다.

이제껏 일어난 일에 기진맥진해진 나는 의자에 등을 기댄 채 아드리아노가 올가의 손을 쓰다듬으며 만족스럽게 미소를 짓는 모습을 관찰했다.

"안타깝게도 폴란드 여자들이 다 예쁜 건 아니에요. 지금 당신이 무슨 생각 하는지 알 것 같은데, 제발 내 생각이 틀렸기를 바라요."

올가는 아드리아노의 뺨을 쓰다듬으며 계속 중얼거렸다.

"세상에 어쩜, 둘이 빌어먹게 똑같이 생겼네."

아드리아노는 올가의 반응에 웃었다. 폴란드어를 전혀 알아듣지 못해도 무슨 말인지 대강 이해한 모양이었다.

"나 진짜 놀랐어, 라우라. 이 남자 정말……."

"당연히 빌어먹게 똑같이 생겼지. 말했잖아. 쌍둥이라고."

너무 놀란 올가는 아드리아노에게서 물러서더니 자세를 가다듬고 눈을 가늘게 뜬 채 바라보았다. 그러다 더없이 순진한 기색으로 내게 물었다.

"나 이 남자랑 섹스해도 돼?"

음흉한 미소마저 지으며. 대체 방금 무슨 말을 들은 건지 믿을 수가 없었지만, 놀라지 않기로 했다. 나는 일어서서 드레스 자락을 잡고 긴 천을 바닥에서 거칠게 들어 올렸다. 죄다 지겨워.

"나 이러다가 미쳐버릴 것 같아. 잠깐 혼자 있을래."

나는 이 말을 남기고 자리를 떴다.

피로연장 문에서 나가 오른쪽 모퉁이를 돌았다. 앞에 자그마한 통로가 보여서 그리로 들어가자 숨 막힐 듯 장엄한 바다가 보이는 아름다운 정원이 나왔다. 저녁 공기는 따스했고, 저물어가는 황금 빛 태양은 시칠리아 섬을 아름답게 비추었다. 나는 자그마한 벤치에 앉아서 고독을 오롯이 즐기며 상념에 잠겼다. 내가 아직 모르는 게 얼마나 많을까. 결국 모든 사실을 알게 되었을 때 받을 충격과 고통은 또 얼마나 클까. 엄마에게 전화하고 싶었다. 아니, 더 바라기로는 엄마와 함께 있고 싶었다. 엄마는 이 사람들과 온 세상에서 나를 보호해줄 텐데. 눈물이 차올랐다. 부모님이 알면 대체 뭐라고 생각하실까?

바다가 완전히 캄캄해지며 작은 등불 수십 개가 따스하게 빛날 때까지 풍경을 바라보았다. 문득 납치됐던 그날 밤이 떠올랐다. *세상에. 불과 몇 달 전이네. 그새 너무 많은 일이 일어났어.*

"그러다 감기 걸려."

도메니코가 불쑥 나타나더니 재킷을 덮어주고 옆에 앉았다.

"무슨 일 있어?"

나는 한숨을 쉬면서 도메니코를 바라보았다.

"왜 쌍둥이 형이 있다는 이야기를 안 했어? 정확히 말하자면 마시모에게 쌍둥이가 있다고 말했어야지."

도메니코는 어깨를 으쓱이더니 코카인 봉지를 꺼내 손바닥에 조금 붓고 두 번 들이켰다.

"말했잖아. 형이랑 네가 둘이서 직접 이야기해야 할 일이 있는 법이라고. 내가 왜 말을 하겠어? 나는 둘 사이에 얽히고 싶지 않아."

그가 다시 일어서더니 손에 묻은 코카인 가루를 핥았다.

"마시모가 널 데려오래."

나는 마약에 빠진 모습이 경멸스럽다는 표정을 숨김없이 드러내면서, 일어나 도메니코를 바라보며 말했다.

"넌 내 친구랑 자는 사이지만, 일단 나도 너희 둘 사이에 무슨 일이 있든 끼어들지 않을게. 하지만 올가를 돌이킬 수 없는 지경으로 끌고 간다면 두고 보진 않을 거야."

도메니코는 눈을 내리깔고는 발끝으로 돌멩이를 하릴없이 건드리더니 조용히 말했다.

"그럴 마음은 없지만 나도 어쩔 수가 없어. 올가가 그냥 좋아."

나는 웃음을 터뜨리며 그의 등을 토닥였다.

"이해해. 올가에게 푹 빠진 사람이 너만 있었던 건 아냐. 올가랑 자지 말란 말이 아니야. 코카인을 하지 말라는 거지. 제발 조심해줘. 올가는 유혹에 쉽게 빠진단 말이야."

도메니코는 복도를 여러 개 지나 꼭대기 층으로 나를 안내했다. 피로연 손님들이 들어올 수 없는 곳이었다. 그가 양쪽으로 열리는 커다란 문 앞에 서더니 문을 밀어젖혔다. 그러자 육중한 원목 문이 열리면서 거대한 테이블이 눈에 들어왔다. 상석에는 마시모가 앉아 있었다. 내가 들어가는데도 사람들은 하던 일을 멈추지 않았다. 마시모만이 차갑고 치명적인 눈빛으로 나를 빤히 바라보았을 뿐이다. 나는 방 안을 둘러보았다. 남자 몇은 반쯤 벗은 여자들을 더듬어대고, 나머지는 테이블 위에 놓인 코카인에 선을 그어 흡입하고 있었다. 나는 어깨를 쭉 편 채 당당하고 절도 있는 걸음으로 그 사이를 지나 남편에게 다가갔다. 등 뒤로 웨딩드레스 자락이 길게 끌려오는 모습이 의도했던 것보다 훨씬 더 초연한 분위기를 연출했다. 나는 모인 사람들을 한 바퀴 빙 둘러 마시모 뒤에 선 뒤 그의 어깨에 손을 얹었다. 마시모는 자세를 곧추세웠다. 그러고는 손을 들어 반지 긴 내 손가락을 매만졌다.

앉은 남자 중 한 명이 내게 말을 걸었다.

"시뇨라 토리첼리, 함께하시겠소?"

그는 테이블을 가리켰다. 위에는 단정하게 갈라놓은 코카인 가루가 기다란 평행선을 이루며 층층이 놓여 있었다. 나는 알맞은 대답이 무얼까 잠시 생각했다.

"돈 마시모께서는 내게 이런 식의 일탈을 허락하지 않으세요. 나는 남편의 뜻을 존중한답니다."

내 손을 잡았던 마시모의 손이 꾹 조여들었다. 내가 맞는 답을 했구나. 만족스러웠다.

"하지만 신사 여러분들은 즐거운 저녁 시간 보내시길 바랍니다."

나는 고개를 끄덕이고는 더없이 매력적인 미소를 지었다.

경호원이 내게 의자를 빼주었다. 나는 자리에 앉아서 동석한 남자들을 관찰했다. 겉으로야 초연한 표정을 지었지만, 속은 충격과 분노로 덜덜 떨려왔다. 늙고 추한 놈들이 여자를 더듬어대며 멧돼지처럼 콧김을 뿜어대질 않나, 마약을 들이마시며 내가 모를 이야기를 지껄이지를 않나. 대체 마시모는 왜 나를 여기 부른 거야? 뭔가 잘못되었다는 생각을 떨칠 수가 없었다. 나를 동료들에게 보란 듯이 전시하고 싶어서일까. 충직한 아내를 맞았다며 자랑하고 싶었던 걸까. 아니면 자신이 어떤 세계에 사는지 한두 가지 가르쳐주고 싶었을까? 지금 보는 광경은 「대부」에서 본 것과는 전혀 달랐다.

그래도 영화에서는 마피아들이 나름의 규칙을 갖고 살았단 말이야. 행동 규범이 있었다고. 규범까진 아니라도 그 비슷한 우아함을 보여주었는데. 이 자리엔 우아한 규칙 따윈 없었다.

몇 분 뒤 웨이터가 와인을 한 잔 갖다주었다. 마시모는 웨이터에게 손짓하고서 들리지 않게 그에게 무언가를 물었고 그 뒤에야 겨우 내가 술을 마시게 해주었다. 그 순간, 내가 정말 트로피 와이프라는 게 실감이 났다. 나는 그저 장식용이구나.

"지금 여기서 나가고 싶어요. 난 지쳤고, 저 남자들을 보면 토할 것 같다고요."

나는 마시모의 귓가에 속삭인 뒤 몸을 세우고 다시 미소를 지었다. 마시모는 마른침을 크게 삼키더니 마리오에게 손짓했다. 마리오는 휴대폰을 들고서 어디론가 전화했다. 도메니코가 잠시 후 문가에 나타났다.

일어서서 작별 인사를 하려는 순간이었다. 문득 귀에 익은 목소리가 들려왔다.

"축하합니다! 우리가 좀 늦었군요. 젊은 신랑신부가 행복하게 사시기를!"

뒤를 돌아보자 모니카와 카를로가 모두에게 인사하면서 이쪽으로 다가오는 모습이 보였다. 나는 두 사람을 꼭 안고 다정하게 입맞추었다. 이들을 다시 만나서 진심으로 기뻤다.

"마시모가 여러분이 온다는 말을 안 했어요."

모니카는 나를 오랫동안 바라보더니 다시 안아주었다.

"정말 아름답군요, 라우라. 그간 잘 있었나 보네요. 아기를 가졌는데도 얼굴이 하나도 상하지 않았어요."

그녀는 폴란드어로 말하며 윙크했다.

대체 누가 모니카에게 내가 임신했다고 알린 걸까. 하지만 마시모가 나의 임신을 모두에게 비밀에 부치지 않아서 다행이었다. 모니카는 내 손을 잡고서 문 쪽으로 데려갔다.

"여기는 당신이 있을 만한 곳이 아니에요."

그녀는 단호하게 말하며 나를 바깥으로 안내했다.

우리는 복도에서 도메니코를 기다렸다. 잠시 후 도메니코가 나에게 키를 주며 저 멀리 있는 문을 가리켰다.

"네 방은 이 복도 끝에 있어. 가방이랑 소지품은 테이블에 갖다 놨어. 와인도 한 병 주문해놨고. 혹시 먹고 싶은 게 있으면 나한테 전화해."

나는 그의 등을 토닥이고는 뺨에 감사 키스를 했다. 모니카를 데리고 방으로 향하며, 돌아서는 도메니코에게 외쳤다.

"올가에게 나 어디 있는지 알려줘!"

객실로 들어가자마자 나는 신발을 벗어 던졌다. 모니카는 도메니코가 갖다놓은 와인 병을 열고 잔에 따랐다.

"그거 무알코올이에요."

나는 어깨를 으쓱이며 말했다. 모니카는 놀란 눈초리로 날 바라보더니 술을 한 모금 마셨다.

"꽤 괜찮네요. 하지만 나는 알코올이 있는 편이 좋아요. 내가 마실 건 직접 주문할게요."

20분 후 올가가 방에 들어왔다. 좀 취한 채였다. 우리 셋은 이런
저런 이야기를 하기 시작했다. 모니카는 마피아와 살아온 긴 세월
을 이야기해주며 규칙과 금기가 무엇인지 알려주었다. 이런 식의
파티에 어떤 관습이 있는지 듣고 있자니, 이 세계에 살려면 여자의
위치와 가정에 대한 나의 가치관을 바꿀 수밖에 없겠다는 생각이
들었다. 올가는 모니카의 말에 하나하나 반박했지만 결국은 항복
하고 말았다. 시칠리아 마피아의 유서 깊은 전통을 우리가 바꾸는
건 불가능했으니까. 그렇게 두 시간 넘도록 우리는 바닥에 앉아서
수다를 떨었다.

그러다 갑자기 문이 벌컥 열렸다. 마시모였다. 재킷도 입지 않고
셔츠 맨 위 단추도 푼 채였다. 방에 켜놓은 촛불에 은은히 비친 그
의 모습은 매혹적이었다.

"잠시 우리 둘만 있을 수 있겠습니까?"

그는 친구들에게 밖으로 나가달라고 손짓했다.

어안이 벙벙해진 모니카와 올가는 일어서서 자리를 뜨면서도
등 뒤에서 얼굴을 찌푸렸다. 마시모는 문을 닫더니 다가와서 바닥
에 앉았다. 그러고는 손을 뻗어 내 입술을 어루만졌다. 뺨을 쓸던
손가락은 아래로 내려가더니 드레스 레이스에 닿았다. 몸을 더듬
는 그의 얼굴을 지그시 바라보다가, 나는 그가 내 남편이 아니라는
사실을 번뜩 깨달았다.

"이게 무슨 짓이에요, 아드리아노?"

나는 분노를 있는 대로 표출하며 허둥지둥 도망쳤지만 벽에 등

을 부딪히고 말았다.

"나인 줄 어떻게 알았죠?"

"나를 만질 때의 표정이 마시모와 달랐으니까."

"아, 그렇지. 마시모는 레이스에 흥분한다는 걸 잊었네요. 사소한 실수였어요. 하지만 그것 말고는 진짜로 마시모 같지 않았어요?"

그 순간 두번째로 문이 열리는 소리가 들렸다. 올려다보자 이번에는 진짜 남편이 서 있었다. 불을 켠 마시모는 가만히 우리 둘을 바라보았다. 두 눈은 분노로 순식간에 이글거렸다. 먼저 아드리아노를 쏘아본 마시모는 두 주먹을 불끈 쥔 다음 나를 쳐다보았다.

나는 벌떡 일어서서 팔짱을 끼고 있는 힘을 다해 당당한 목소리를 냈다.

"두 사람에게 부탁 하나 해도 될까요? 나한테 '누군지 맞춰봐' 놀이 시키지 마요. 둘이 나란히 서 있을 때가 아니면 다른 점을 못 찾겠으니까. 어쩔 수 없어요. 나는 관찰력이 그다지 좋지 못해서요."

솔직히 무척 화가 났지만 애써 내색하지 않으면서 문으로 다가갔다. 하지만 마시모가 능숙하게 두 팔로 내 허리를 껴안아 가지 못하게 막았다.

"여기 있어."

그는 나를 놓아준 다음 말했다.

"아드리아노, 나랑 이야기 좀 해. 지금 말고 내일 아침에. 지금은 아내와 시간을 보내야겠으니까."

마시모의 복제인간 같은 쌍둥이 미남은 문으로 다가갔다. 아드리아노는 떠나기 전에 내 이마에 입을 맞추었다. 나는 마시모를 노려보았다. 이 형제를 구별하는 법을 알아낼 수는 있을까?

마시모는 탁자로 걸어가서 술병을 들어 잔에 따랐다. 한 모금 들이킨 그는 재킷을 휙 벗었다.

"곧 우리의 차이를 알게 될 거야. 걱정하지 마."

"그러다 헷갈리면 어떡해요? 당신 쌍둥이는 분명히 그걸 노리고 있어요. 내가 자기를 얼마나 잘 알아보는지 확인하고 있다고요."

마시모는 다시금 술을 마시며 나를 계속 주시했다.

"분명히 그럴 마음이겠지만 문제를 일으키진 못할 거야. 내가 용납 못 할 행동을 하리라고는 생각하지 않아. 걱정할 필요 없어. 너만 구분하지 못했던 게 아니야. 보기만 해도 누가 누군지 아는 유일한 사람은 어머니였어. 물론 둘이 같은 공간에 있어야 알 수 있지만, 분명 우리는 달라. 머지않아 너도 알게 될 거야."

"당신이 벗고 있을 때만 구별할 수 있으면 어쩌나 걱정이 되네요. 당신 피부에 난 흉터는 속속들이 알고 있으니까."

나는 마시모에게 가까이 다가가 가슴에 손을 얹었다. 이어서 아래로 쭉 쓰다듬으며 바지 지퍼로 내려갔다. 뭐라도 반응이 있을 줄 알았건만, 그는 아무런 변화가 없었다. 짜증이 치민 나는 그의 사타구니를 움켜쥐었다. 그러나 마시모는 아랫입술을 살짝 깨문 것 외에는 여전히 무표정했다. 다만 나를 뚫어질 듯 쏘아보았을 뿐이다.

그의 반응이 답답했지만 한편으로는 이게 일종의 게임이란 것도 알고는 있었다. 어디 한번 더 적극적으로 굴어보라는 도발이었다.

좋아. 해보자 이거지? 그의 손에서 술잔을 뺏어서 탁자 위에 놓고 부드럽게 그를 벽으로 밀어붙였다. 계속 눈을 마주치며 무릎을

꿇고 바지 지퍼를 내리기 시작했다.

"나 오늘 얌전하게 굴었나요, 돈 마시모?"

"그래, 얌전했지."

마시모는 마침내 돌처럼 굳어 있던 얼굴을 풀었다. 시종일관 차갑던 낯빛 아래 드디어 감정이 드러났다.

"그럼 상을 주시겠어요?"

그는 반쯤 미소를 지으며 고개를 끄덕이고 손가락으로 내 뺨을 쓸었다.

마시모의 소매를 걷어 시계를 보았다. 새벽 1시 반이었다.

"그럼 시작할게요. 한 시간 후에 풀어주겠어요."

나는 속삭이면서 그의 바지를 거칠게 젖혔다.

마시모의 미소가 사라진 자리에 호기심이 드러났다. 본인은 애써 숨겼지만 내가 보기에는 공포인 게 분명한 감정 역시 나타나 있었다.

"내일 아침 일찍 일어나야 해. 떠나야 한다고. 정말로 지금 날 노예로 삼고 싶은 게 맞아?"

나는 음산하게 웃으면서 그의 팬티를 내렸다. 우람한 성기가 드러났다. 그 끝을 살짝 핥고서 코끝으로 슬쩍 밀었다.

"당연하죠. 지금처럼 뭘 해보고 싶다는 마음이 든 적은 없어요. 그럼 시작하기 전에 기본적인 규칙을 정하도록 해요. 한 시간 동안은 내가 하고픈 대로 해도 된다, 맞죠? 나나 당신 생명에 지장이 없는 한 무얼 하든 상관없죠?"

나는 펄떡펄떡 솟아오르는 그의 성기에 입을 맞추며 말했다.

마시모는 눈을 가늘게 뜨고 나를 주시하며 긴장했다.

"내가 걱정해야 하는 건가, 라우라?"

"걱정하고 싶으면 하시든지요. 맘대로 해요. 규칙엔 어긋나지 않으니까."

"그래, 맘대로 해. 하지만 명심해. 한 시간 동안 날 노예로 삼을 수는 있겠지만, 그 결과는 평생 감수해야 할 거야."

나는 미소를 지으며 한쪽 눈썹을 치켜뜨고 빨기 시작했다. 거칠고 빠르게. 하지만 사정하게 만들 의도는 없었기 때문에, 2분쯤 지나서 그가 완전히 마음을 놓았다는 느낌이 들자 멈췄다.

일어서서 마시모를 바라보았다. 두 손으로 그의 턱을 감싼 채 진한 키스를 했다. 내 혀가 그의 입속으로 파고들었다. 그의 손이 내 엉덩이를 쥐었지만, 몸을 흔들어 손길을 뿌리쳤다.

"만지지 마. 내가 만져도 된다고 할 때까지 기다려."

나는 쏘아붙였다. 이 남자가 아무것도 못 하는 수동적인 상태가 되기를 싫어한다는 걸 잘 알고 있다. 앞으로 일어날 일에 아무런 거부권이 없다니 참기 힘들겠지. 나는 천천히 그의 보타이를 풀고 셔츠 단추를 끌렀다. 그런 다음 셔츠를 벗겨내 바닥에 떨어뜨렸다. 그는 내 앞에 벗은 몸으로 양손을 늘어뜨린 채 가만히 서 있었다. 두 눈에는 욕망이 타올랐다. 나는 그의 손을 잡고서 방 한쪽에 있던 고풍스러운 소파로 데려갔다.

"저 소파를 탁자 옆으로 끌고 와. 그리고 거기에 앉아."

나는 탁자 옆 공간을 가리키며 말했다.

마시모가 소파에 앉자, 나는 올가가 챙겨준 가방을 열고서 분홍색 파우치를 꺼냈다. 그러고는 마시모를 바라보며 바이브레이터를 탁자 위에 놓았다.

그에게 등을 돌리며 명령했다.

"내 드레스를 벗겨. 나를 얼마나 원하지, 돈 마시모?"

"아주 많이."

그는 이렇게 속삭이며 드레스를 벗긴 뒤 레이스 속옷만을 남겨두었다.

드레스가 부드럽게 바닥으로 흘러내리자, 나는 돌아서서 천천히 스타킹을 벗었다. 한쪽씩, 차례대로. 그러고는 다시 무릎을 꿇고서 마시모를 입에 머금었다. 혀가 움직일 때마다 페니스가 불끈불끈 커지면서 혓바닥이 점점 아릿해졌다. 계속하지는 않았다. 이윽고 몸을 일으켜 아까 벗었던 얇은 스타킹을 가져와 마시모의 손목을 소파 팔걸이에 묶었다. 일어서서 탁자 끝에 앉아 그를 쳐다보자 겉보기엔 차분해도 그의 속은 불타고 있는 걸 알 수 있었다.

"시계 봐."

나는 턱짓으로 그가 찬 손목시계를 가리키며 소파 쿠션을 탁자로 던졌다.

팬티를 벗은 다음 마시모를 바라보며 탁자에 앉아 다리를 활짝 벌렸다. 바이브레이터의 전원 버튼을 눌렀다. 바이브레이터는 진동하며 회전을 시작했다. 두 발을 탁자 끝에 대고서 천천히 누워 쿠션에 머리를 댔다. 그러는 내내 마시모의 얼굴에서 눈을 떼지 않았다. 그는 날뛰는 욕망을 참으며 이를 악물었다.

"이걸 풀어주는 대로 복수하겠어."

그는 나지막한 소리로 위협했다.

하지만 나는 그의 말을 무시하고 세 갈래로 갈라진 분홍색 바이브레이터를 밀어 넣었다. 난 내 몸을 잘 알고 있다. 머지않아 절정에 이르겠지. 나는 바이브레이터가 깊숙이 들어올수록 온몸을 꿈틀대며 신음했다. 마시모는 이따금 이탈리아어를 몇 마디 내뱉었을 뿐, 내게서 눈을 떼지 못했다.

첫 번째 오르가슴이 오기가 무섭게 20초 후에 두 번째가 덮쳐왔다. 세 번째도 금방이었다. 나는 신음을 흘리며 비명을 질렀다. 다리를 버둥대고 몸을 활처럼 구부리며 팽팽한 긴장을 견뎠다. 잠시 움직임조차 멈춘 뒤에 마침내 바이브레이터를 빼냈다. 탁자 위에 다리를 축 늘어뜨렸다.

나는 마시모를 빤히 바라보며 바이브레이터에 묻은 액체를 탐욕스럽게 핥았다.

"풀어줘."

그의 말에 나는 한 발짝 다가가 시계를 보았다.

"아직 32분 남았어, 여보."

"당장 풀어, 라우라!"

난 조롱 어린 눈길로 웃으며 그의 분노를 무시했다.

하지만 마시모가 손을 어찌나 세게 잡아당겼던지, 팔걸이가 삐걱거리며 부서질 뻔했다.

더럭 겁이 나서 얼른 그를 풀어주었다. 두 손이 풀린 그는 벌떡 일어서더니 내 목덜미를 쥐고서는 탁자에 밀쳤다.

"다시는 이런 식으로 날 놀리지 마."

그는 으르렁대며 내게 삽입하기 시작했다. 나를 탁자 끝까지 당긴 다음 두 손으로 다리를 벌린 뒤 골반을 움켜쥔 채로 파고들었다. 진심으로 분노하는 모습을 보자, 솔직히 말해서 오히려 흥분되었다. 나는 손을 들어 그의 뺨을 때렸다. 그 순간 몸을 꿰뚫는 오르가슴이 느껴졌다. 등이 휘면서 손가락으로 하릴없이 탁자를 긁고 말았다.

"더 세게!"

나는 절정을 느끼며 소리쳤다.

몇 초 후 마시모 역시 큰 소리로 신음을 흘리며 사정했다. 그는 내 위로 쓰러져서 가슴에 머리를 대고 내 유두를 부드럽게 빨았다. 그는 여전히 젖은 질 속에서 고동치고 있었다.

나는 애써 호흡을 가라앉혔다.

"이걸로 끝났다고 생각하면 오산이야."

마시모는 속삭이더니 유두를 세차게 깨물었다.

난 고통스러운 비명을 지르며 그의 머리를 밀쳤지만 그는 내 손목을 잡아 탁자 위에 눌렀다. 이윽고 내 위로 올라온 마시모의 눈은 미쳐 있었다. 이젠 무섭지 않다. 이 남자를 도발하는 게 좋다. 나를 해치진 않을 테니까.

"완전히 지쳤어요. 내가 또 느낄 수 있다고 생각하진 말아요."

나는 빙긋 웃었지만 그 말이 끝나기가 무섭게 마시모의 눈빛이 변하는 게 보였다. 아, 내가 또 실수했구나.

그는 나를 단숨에 끌어내리더니 내 몸을 돌려 탁자 위에 엎드리도록 눌렀다. 그러고는 손목을 등 뒤로 꽉 움켜쥐어 옴짝달싹할 수 없게 만들었다.

허벅지 사이로 진하고 하얀 액체가 느릿느릿 흘러내렸다. 마시모는 그것을 나의 클리토리스에 천천히 문질렀다. 퉁퉁 부어 민감해진 상태라, 손놀림 하나하나가 실제보다 더욱 강렬하게 느껴졌다. 잠시 후엔 결국 다시 받아들일 준비가 되고 말았다.

나는 몸에서 긴장을 풀고 힘을 뺐다. 저항을 그만두었지만 마시모는 그래도 나를 놓아주지 않았다. 대신 스타킹으로 내 손목을 묶더니 무릎을 꿇고 내 엉덩이를 벌려서 핥기 시작했다.

"그건 싫어요."

나는 탁자에 얼굴이 짓눌린 채로 나지막하게 애원했다.

"날 믿어, 베이비걸."

그는 움직임을 멈추지 않고서 일어서서 분홍색 바이브레이터를 집어 들었다. 이윽고 바이브레이터가 진동하기 시작했다.

마시모는 젖은 질에 천천히 바이브레이터를 넣고 이따금 부드럽게 흔들어댔다. 그러면서 굵은 성기를 넣을 준비를 했다. 시시각각 자극을 받으면 받을수록 그를 느끼고 싶은 욕망이 솟아올랐다.

마침내 그가 엄지로 파고들자, 나는 신음을 흘리며 다리를 벌렸다. 무언의 초대였다. 마시모는 내 몸을 속속들이 알고 있었고, 그 반응을 쉽게 알아차렸으며, 나의 몸짓을 재빨리 해석할 줄 알았다. 마치 내 몸이 언제든 펴볼 수 있는 책인 것처럼, 내가 언제 무엇을 원하고 언제 다음 단계로 넘어가주길 바라는지 정확하게 파악했다. 이윽고 손가락이 빠지면서 미끌미끌한 그의 성기가 들어왔다. 파고드는 움직임은 빠르고도 섬세했다.

순간 나도 모르게 큰 소리로 욕설이 나오고 말았다. 그 선연한 느낌이 어쩌나 강렬하고 놀랍던지, 정말이지 처음이었다. 고통스럽지 않으면서 깊숙한 곳에서부터 솟아오르는 자극이라니. 정신적으로나 육체적으로나 너무나 강렬했다.

마시모의 하반신이 천천히 속도를 높여가며 움직이기 시작했다. 지금 유일하게 아쉬운 점은 그의 얼굴을 볼 수 없다는 것뿐이었다.

마시모는 내 귓가에 속삭였다.

"너는 엉덩이가 작고 좁아. 아주 마음에 들어. 네가 내 앞에서 음란하게 구는 게 좋아."

그의 말에 나는 또 달아오르고 있었다. 그는 오로지 침대에서만 이렇게 천박해진다. 그의 감정이 표출되는 유일한 순간에, 이내 다시 절정이 다가오고 있었다. 온몸에 힘이 들어가자 나는 이를 악물었다. 마시모는 재빨리 바이브레이터를 꺼냈다. 이어서 그의 손이 클리토리스를 어루만지기 시작했다.

이번 오르가슴은 너무나 강렬하고 거셌다. 문득 두려워졌다. 이러다 기절하지 않을까.

***

"우리 어디 가요?"

탈진한 나는 쿠션이 열 개 넘게 쌓인 거대한 침대에서 마시모의 품에 안긴 채 물었다.

그는 내 머리카락을 어루만지며 이따금 입 맞추었다.

"머리카락은 왜 이러는 거야? 짧아졌다가, 또 길어졌다가 다음 날엔 더 짧아지고…… 여자들은 머리카락을 가지고 왜 그러는지 이해할 수가 없어."

나는 그의 손을 잡고 시선을 들어 그를 마주 보았다.

"말 돌리지 말아요, 마시모."

그는 웃으면서 내 코끝에 입 맞추더니 내 위에 올라탔다.

"밤새 너랑 할 수 있어, 베이비걸. 너 때문에 너무 흥분돼."

이건 내 질문에 맞는 대답이 아니었다. 그를 밀치려 했지만 너무 무거웠다. 나는 포기하고서 한숨을 푹 쉬며 입을 뾰로통하게 내밀었다.

"난 지금 완전히 만족한 상태예요. 아까 탁자에서도 하고, 그다음에 욕실에서도 테라스에서도 했잖아요. 앞으로 몇 달 동안은 안 해도 잘 살 수 있을 것 같아요."

마시모는 키득키득 웃으며 나를 풀어준 다음 다시 등을 대고 누웠다. 이 남자가 행복해할 때가 좋았다. 둘만 있는 시간은 드물었는데, 마시모는 다른 사람 앞에서는 이런 행복을 절대로 드러내지 않았기 때문이다.

그러면서도 난 마시모의 온건함과 의연함을 높이 평가했고, 그 침착함과 절제력에 항상 감탄했다. 마시모는 두 개의 영혼을 품고 있었다. 첫 번째 영혼은 나만 아는 그의 본질이었다. 자상하게 나를 사랑하는 수호천사 같은 영혼. 그리고 두 번째는 모두가 두려워하는 냉정하고 무자비한 마피아의 아무 가치도 없다는 듯 사람을 죽이는 영혼이었다.

그를 끌어안고 침대에 누운 채로 지난 석 달 동안 일어났던 일들을 떠올려보았다. 다 지난 일이라고 생각하니 놀랍도록 흥미로운 이야기처럼 느껴졌다. 평생 기억할 가치가 있고 계속 탐험하고 싶고 언제나 새로운 무언가를, 매혹적인 면을 발견하는 모험. 이 남자에게 납치당했던 첫 순간에 어떤 기분이었는지 벌써 잊어버린 것이다. 이 놀라운 남자가 그땐 참 무서웠는데. 이런 게 전형적인 스톡홀름 증후군이구나. 새삼 깨달았다.

잠이 들락 말락 할 무렵, 몸이 붕 뜨더니 이불이 덮이는 느낌이 났지만 졸려서 눈을 뜰 수가 없었다. 목에서 나지막한 신음이 흘렀다. 부드러운 입술이 내 이마에 닿았다.

"계속 자, 베이비. 나야."

귀에 익은 부드러운 목소리를 들으며, 깊은 잠에 빠져들었다.

다시 눈을 떴을 땐 마시모가 옆에 있었다. 그가 팔다리로 나를 감싸고 있어서 움직일 수가 없었다. 그런데 이상한 소리가 들렸다. 끊임없이 윙윙대는 소리. 마치 엔진이 작동하는 소리처럼. 천천히 잠기운을 털어낸 순간, 무슨 상황인지 깨달은 나는 침대에서 벌떡 일어섰다. 나 때문에 마시모도 깨고 말았다. 그는 나만큼이나 급하게 몸을 일으켰다.

"우리 비행기 타고 있잖아요!"

비명이 흘러나왔다. 심장이 마구 뛰기 시작했다.

마시모는 재빨리 내게 다가와 몸을 끌어안았다.

그는 내 머리와 등을 쓰다듬으며 든든한 품에 나를 꼭 파묻었다.

"내가 있잖아, 베이비걸. 필요하다면 약을 더 줄게. 그러면 비행

내내 잘 수 있어."

난 잠시 생각해보았다. 그래, 그 편이 최선이겠어.

CHAPTER 4

그 뒤로 이어진 2주는 내 인생 최고로 아름다운 시간이었다. 카리브해는 숨 막힐 정도로 멋진 곳이었다. 우리는 돌고래 곁에서 수영하고, 맛있는 음식을 먹고, 다도해 전체를 범선을 타고 누볐다. 무엇보다도 둘이서 찰싹 붙어서 지냈다.

처음에는 마시모와 온종일 같이 있는 게 다소 걱정이 되었다. 이토록 오랜 시간 함께 있어본 적이 없었으니까. 게다가 나는 파트너와 함께 오랫동안 붙어 있기를 의식적으로 피하던 사람이었다. 연인이 내내 옆에 있으면 짜증을 참지 못했다. 파트너의 존재감이 내겐 그저 부담스러웠다.

그런데 이번에는 달랐다. 마시모와 같이 있으면 있을수록, 더 함께하고픈 마음만 커졌다. 이 남자와 더 많은 걸 경험하고 싶었다.

신혼여행이 끝나자 어쩔 수 없이 아쉬운 마음이 들었다. 그래도 올가가 아직 시칠리아에 머물고 있다는 소식을 듣자 살짝 기운이 났다. 가만히 생각하니 좀 놀랍기도 했다. 올가는 그동안 대체 뭘 하고 지냈을까?

공항에 내리자 경호원인 파올로가 우리를 차에 태우고 저택으로 향했다. 차로 이동하는 동안 새삼 놀랐다. 나, 이곳을 많이 그리워하고 있었구나.

이윽고 저택에 도착한 우리는 차에서 내렸다. 마시모는 경호원에게 무언가 묻고 나서 나를 정원으로 데려갔다. 정원 문에 들어서는 순간 나는 걸음을 우뚝 멈추고 말았다.

정원 소파에 앉은 도메니코의 무릎 위에 올라타 열정적인 키스를 퍼붓는 여자가 있었다. 바로 올가였다. 그들은 우리가 온 줄도 모르고 서로를 탐닉하느라 여념이 없었다. 도메니코는 두 팔로 올가를 안고 등을 쓰다듬으며 코를 비벼댔다. 올가는 깜찍하고 순수한 표정을 짓고 있었다.

한동안 나는 멍하니 바라보았을 뿐, 시선을 돌릴 생각조차 하지 못했다. 그러다 이 난장판을 정리하려면 저들의 시선을 끌어야겠다는 생각이 들었다. 나는 마시모의 손을 꼭 쥐고 정원으로 들어갔다. 내 하이힐이 또각대는 소리를 듣자, 사랑놀이에 푹 빠졌던 한 쌍은 현실로 돌아와 우리가 왔다는 걸 알아챘다.

"라우라!"

올가는 벌떡 일어서며 반갑게 외치고는 나를 두 팔 벌려 꼭 안았다. 나는 물러서서 올가의 얼굴을 두 손으로 잡고 살펴보았다.

"뭐야, 올가? 너 지금 뭐 하는 거야?"

나는 폴란드어로 의미심장하게 속삭였다.

하지만 올가는 어색하게 웃으며 어깨를 으쓱였을 뿐, 아무 말이 없었다. 마시모도 다가와 올가의 뺨에 입 맞추어 인사하고 동생에게 다가갔다. 나는 친구를 노려보며 대답이 나오기를 기다렸다.

올가는 풀밭에 주저앉으며 말했다.

"나 있지, 사랑에 빠졌어, 라우라. 어쩔 수 없어. 도메니코를 보면 설렌단 말이야!"

나는 핸드백을 풀밭에 던지고 올가 옆에 앉았다. 여름이 끝난 지 벌써 좀 되어서 전혀 덥지는 않았지만 따스했다.

풀밭은 아직도 축축했고 땅에는 잔열이 남아 있었지만, 타는 듯이 덥던 계절은 지났다. 뾰족이 솟은 풀잎을 손으로 쓸며 뭐라 말을 꺼낼까 고민하고 있노라니, 마시모의 그림자가 햇살을 가렸다.

그는 내 엉덩이 아래로 쿠션을 넣어준 다음 올가에게도 쿠션을 하나 던졌다.

"풀밭에 그냥 앉지 마. 나는 도메니코랑 두어 시간 일해야 해."

나는 짙은 그늘에 앉아 마시모를 바라보았다. 이토록 변화무쌍한 모습을 보면 여전히 신기하고 매력적이었다. 남편은 눈부시게 뛰어나고 거만한, 냉정하고 귀족적인 마피아 보스다. 하지만 둘만 있는 자리에서는 부드럽고 애정 넘치는 본모습으로 변하겠지. 내 속에서 그의 이미지를 불태울 시간을 주겠다는 듯, 마시모는 한동안 가만히 서 있다가 내 이마에 키스를 남겼다. 그러고는 동생을 데리고 자리를 떴다. 도메니코는 우리에게 슬쩍 손을 흔들고 저택 뒤로 사라졌다.

"근데 우리 왜 풀밭에 앉아 있는 거야?"

나는 얼굴을 찌푸리며 어리둥절한 듯 물었다.

"나도 모르겠어. 일단 테이블로 가자. 그간 있었던 일을 이야기해줄게. 들으면 까무러칠 정도로 놀랄걸!"

나는 테이블에 앉아서 크루아상을 세 개나 먹어치웠다. 올가는 알 만하다는 듯 고개를 끄덕였다.

"이제 입덧은 다 끝났구나?"

"응, 그러니 딴청 그만 피우고 빨리 무슨 일 있었는지 말해."

나는 따뜻한 우유를 홀짝이면서 올가를 빤히 바라보았다.

올가는 두 손으로 턱을 괴고 손바닥으로 얼굴을 가렸지만 그 사이로 나를 이상하게 쳐다보았다. 뭔가 안 좋은 이야기가 나올 것 같은데?

"결혼식 날, 나랑 모니카가 네 방에서 나왔을 때 있잖아, 마시모랑 마주쳤어. 당신이랑 똑같이 생긴 남자를 봤다고 말하니까 얼굴을 잔뜩 구기더라고. 자기 쌍둥이라는 걸 안 거지. 어쨌든, 마시모는 화가 머리끝까지 나서 네 방으로 달려갔어. 난 너한테 개떡 같은 일이 생기는 게 너무 지겨워서 도메니코를 찾으러 다녔거든? 찾다가 우연히 어떤 남자들이 가득한 방에 들어갔는데, 글쎄 거기 끝내주는 코카인이 있더라고."

올가는 말을 멈추더니 갑자기 머리를 테이블에 쿵 찧었다.

"정말 미안해, 라우라!"

올가는 고개를 들고 죄책감 어린 얼굴로 나를 보았다. 부끄러움을 가득 담은 눈빛을 보자 나는 그만 눈물이 찔끔 날 뻔했다.

말이 이어지기를 기다렸건만 올가는 나를 빤히 바라보기만 했다. 나는 의자에 기대어 다시 우유를 마셨다.

"네가 이상한 짓 벌였던 게 어디 한두 번이야? 무슨 일이든 내가 뭐 얼마나 놀라겠니. 그러니 어서 털어놔."

하지만 올가는 한숨을 푹 쉬면서 다시 이마를 테이블에 찧었다.

"들으면 날 죽이려고 할 거야. 하지만 조만간 다른 사람에게 듣게 될 테니, 차라리 나한테 지금 듣는 게 낫겠지. 어쨌든 난 그 방에 들어가서 나를 복도에서 꼬여낸 마피아 두 명과 함께 코카인을 한두 줄 들이켰어. 그자들은 네덜란드 사람이었던 것 같아. 그런데 그때 아드리아노가 들어왔어.

나는 그가 마시모가 아니란 걸 알아보았어. 아드리아노랑 마시모는 다른 슈트를 입고 있었으니까. 아드리아노가 무어라 말하자 마피아 두 명이 문을 닫고 자리를 떴어. 그러더니 아드리아노가 다가와서 내 몸을 일으켜 테이블에 앉히더라. 힘이 무지 셌어!"

올가는 다시 머리를 테이블에 찧으며 외쳤다.

"그가 날 테이블에 앉히니까 엄청나게 불안해지더라. 뭔가 바라는 게 있다 해도, 내가 뭘 할 수 있을 것 같지 않았거든."

나는 말을 끊었다.

"잠깐만. 너 정말 나머지 이야기를 계속할 생각이야?"

올가는 갑자기 입을 꾹 다물고 잠시 무언가를 생각하더니, 다시금 이마를 테이블에 찧어댔다.

"그놈이 날 덮치고 말았어, 라우라. 난 술도 잔뜩 마시고 약까지 한 상태였어. 그런 눈으로 날 보지 마."

내가 믿을 수 없다는 눈초리로 바라보자 올가는 못마땅한 신음을 흘렸다.

"넌 마시모랑 만난 지 석 달도 안 돼서 결혼했잖아. 그것도 멀쩡한 정신으로!"

나는 고개를 절레절레 저으며 우유 잔을 내려놓았다.

"그런데 그 일이랑 갑자기 도메니코랑 알콩달콩한 사이가 된 거랑 무슨 상관인데?"

"네가 떠난 다음 날, 나는 다시 깨어났어. 그 방에서 도망치려고 했는데 그럴 수가 없었어. 문이 잠겨 있었거든. 아드리아노 그 개새끼가 나한테 약을 더 먹이고 매춘부처럼 다뤘어. 내가 같이 약을 했던 마피아 두 놈이 알고 보니 그 새끼 부하더라고.

그 약도 아드리아노가 가져온 거였어. 내가 거기 들어간 것도 우연이 아니었고. 화가 나서 그 자식 얼굴을 때려줬어. 내 주먹에 맞고서 이가 좀 흔들렸을 거야. 그렇지만 그러지 말았어야 했어. 그 새끼가 날 때렸거든."

나는 화가 나서 눈을 부릅뜨고 벌떡 일어섰다.

"대체 무슨 지랄 맞은 소리야?"

나는 올가의 어깨를 잡고 거칠게 흔들었다.

올가는 스웨터의 한쪽 어깨를 끌어내리고 멍든 자국을 보여주었다. 나는 스웨터를 들어 올려 몸에 난 다른 흔적이 있나 찾았다.

"이게 다 뭐야? 응?"

올가는 옷을 다시 내리며 조용히 말했다.

"그만해. 이젠 아프지 않으니까. 너한테 말하지 말걸 그랬네. 하지만 결국 다른 사람이 알려줬겠지. 거짓말해도 소용없었을 테고. 어쨌든 그놈이 나를 흠씬 두들겨 팼지만 나도 그만큼 때려줬어. 스탠드랑 술병으로 그 자식 머리를 후려쳤거든. 여기서 바로 네 질문의 대답이 나오는데, 도메니코가 나를 밤새 찾아다녔대. 결국 그 악몽 같은 난장판을 끝낸 사람도 도메니코고. 문을 뚫고 들어와 아드리아노랑 싸웠는데, 그 개자식이 졌어. 놀랍지?"

올가는 만족스럽게 미소를 지었다.

"알고 보니 도메니코는 무술을 할 줄 알더라. 아드리아노 목숨이 붙어 있는 게 다행이야. 도메니코가 그 새끼를 흠씬 두들겨 팬 다음 나를 안고 병원에 가쳤어. 이제껏 도메니코가 한낱 수다쟁이인줄만 알았는데, 전혀 아니더라고."

올가는 어깨를 으쓱이고는 눈을 내리깔았다.

믿을 수가 없었다. 어떻게 내 남편의 형제가 이런 짓을 해? 순간 당혹스러운 생각이 들었다. 마시모도 시칠리아에 있던 올가에게 이런 일이 벌어졌다는 걸 알고 있었을까? 알면서도 나한테 말하지 않은 걸까? 벌떡 일어나 저택으로 향했다. 아드리아노 때문에 분노가 치밀어 견딜 수 없었다. 그 개자식을 죽이고 싶었다. 내가 그놈을 죽이도록 마시모가 허락해줄까? 심장이 쿵쿵 뛰었다. 배 속 아이를 생각해서라도 감정을 추슬러야 했지만 잘 되지 않았다.

"여기서 기다려."

나는 올가에게 말한 뒤 현관을 지나 반대편 복도로 걸어갔다. 마시모는 서재에 있을 터였다. 언제나 그곳에서 일하니까. 이 집에서 가장 경비가 삼엄한 곳도 서재였다. 나는 문을 열어젖히고 거침없이 들어갔다. 숨을 들이쉬며 소리를 지르려는데, 눈앞에 펼쳐진 광경을 보고 뇌가 정지했다. 방 저편 거대한 벽난로 앞에 마시모가 서 있고, 그 옆에는 아드리아노가 있었다.

분노와 증오심에 휩싸여 사리분별을 할 수 없었다. 게다가 둘 중 누가 그 개자식인지 알 길도 없었다. 그저 두 눈에 살기를 담아서 책이 가득한 책장 사이를 지나며 외쳤다.

"마시모!"

나는 두 남자가 어떤 반응을 보이나 지켜보았다.

"무슨 일이지, 베이비걸?"

벽에 가까이 있던 남자가 대답했다.

그 말로 충분히 대답이 되었다. 나는 목표물을 정한 뒤 두 번 생각하지 않고 돌진해서 아드리아노의 얼굴에 주먹을 날렸다. 한 번 더 때릴 생각으로 주먹을 움켜쥐었다.

"더 때려요. 난 맞을 만한 짓 했으니까."

아드리아노는 조용히 말하며 입술에 맺힌 피를 닦았다.

그 말에 나는 당황해서 맥없이 팔을 떨구고 말았다. 이게 대체 무슨 소리야?

"이 쓰레기 같은 새끼!"

고함을 지르자 마시모가 두 팔로 나를 감싸 안았다. 나는 그의 품을 파고들었다. 계속 소리치고 싶었지만 마시모가 나를 돌려세운 다음 키스를 퍼부었다. 그 품이 어찌나 따스하던지 완전히 몸을 기대고 말았다. 마시모의 혀가 차분하게 나의 입속을 헤집자 마음이 차츰 가라앉았다. 잠시 후 문이 닫히는 소리가 들려왔을 때에야 그 품에서 빠져나올 수 있었다.

"걱정하지 마, 베이비걸. 내가 다 알아서 처리하고 있어."

그의 말에 다시 분노가 치밀었다.

"저 개자식이 내 친구를 때리는 동안 뭘 알아서 했다는 거예요? 저 새끼는 그런 짓을 저질러놓고도 여기서 뭘 하는 거죠?"

버럭 소리를 질렀다. 다시금 차분함이 싹 날아가고 말았다.

"올가가 여기 있는데! 나도 여기 있는데! 당신 아이가 여기 있다고! 내 배 속에! 그런데 저 개자식이 왜 여기서 어슬렁거리냐고요!"

하지만 마시모는 소파에 앉으며 더없이 냉정한 태도로 말했다.

"내 말 들어, 라우라! 아드리아노는 충동조절장애가 있어. 코카인에 취하면 예측 불가능한 놈이 돼. 파티 동안 그 애에게 감시를 붙였지만 24시간 감시할 수는 없는 법이야. 침실에서 일어나는 일까지 간섭할 수는 없으니 바깥에서 기다렸지. 그 안에서 무슨 일이 벌어졌는지는 아무도 알 수 없었어."

나는 팔짱을 낀 채 맞받아쳤다.

"도메니코는 알았잖아요. 해결도 했고."

"아드리아노는 맨 정신인 상태에선 위험하지 않아. 이 사건 이후에 올가와 직접 통화했고 미안하다고 용서를 구했어. 별로 큰 의미는 없겠지만, 앞으로도 계속 사과할 거야. 올가는 나를 볼 때마다 아드리아노를 떠올릴 테니."

그는 잠시 말을 멈췄다가 이었다.

"아드리아노는 이 집에 머물지 않을 거야. 이미 팔레르모에 있는 아파트로 보내기로 결정했어. 네가 신변에 불안을 느끼기를 바라지 않으니까, 내 사랑. 그 앤 오늘 느지막이 이 섬을 떠날 거야. 벌써 비행기표도 예약해뒀어."

마시모는 나를 다시 안고 이마에 입을 맞추었다. 나는 고개를 들어 슬프고도 괴로운 눈빛으로 그를 보았다.

"어떻게 나한테 싹 숨길 생각을 했어요? 내 친구가 위험했는데."

마시모는 내 얼굴을 가슴에 묻은 채 깊은 한숨을 쉬고는 간단하게 대답했다.

"너한테 말한다고 상황이 달라지진 않았겠지만 우리 신혼여행은 엉망이 됐겠지. 네가 걱정할 게 뻔하잖아. 공황이 올까 봐 걱정도 됐고. 그래서 이렇게 처리하는 게 제일 좋겠다고 결정했어. 그점엔 올가도 동의했어."

마시모의 말은 옳았다. 그 소식을 듣는 순간 무기력해지고 마음이 무거워졌겠지.

나는 다시 올가가 누워 있는 하얀색 선베드로 돌아가 그 옆에 앉았다.

"있잖아, 기분은 좀 어때?"

올가는 고개를 돌리더니 어리둥절한 눈빛으로 날 보았다.

"기분? 좋아. 나쁠 건 또 뭐야?"

"나도 모르지! 강간당한 사람 기분을 내가 어떻게 알겠어?"

순간 올가는 배를 잡고 웃음을 터뜨렸다.

"뭘 당해? 강간? 아드리아노는 날 강간하지 않았어! 음, 다만…… 뭐라고 해야 하나…… 약을 먹여서 자신의 매력에 민감하게 반응하게 했다고 해야 할까. 약물은 데이트 강간에 쓰이는 게 아니라 엑스터시였어. 다 기억나. 솔직히 내가 딱히 저항한 것도 아니야. 맨 정신일 때보다 좀 더 적극적이긴 했지."

난 완전히 얼빠진 기분이었다. 이제 보니 상황을 제대로 파악하고 있지도 못했네. 그 생각이 고스란히 얼굴에도 드러난 듯했다.

"생각해봐. 마시모랑 똑같이 생긴 남자가 있다고 해. 그럼 넌 그 남자를 침대에서 쫓아낼 거니? 얼굴이랑 몸매만 생각하란 말이야. 얼마나 섹시하냐고. 마시모는 몸도 근사하고 거기도 대단하다며. 쌍둥이도 똑같았어. 그 새끼가 개차반이 아니고 네가 마시모랑 결혼하지 않았더라면 내가 그 남자를 가졌을걸. 이해돼?"

나는 가만히 앉아서 정원의 나무를 바라보았다. 단정하게 손질된 나무들이었다. 완벽하네. 내 주위의 모든 것이 완벽한 조화를 이룬 것만 같았다. 이 저택과 차, 정원…… 그리고 놀라우리만큼 대단한 남자 곁에 있는 나의 삶까지.

하지만 나는 계속 마음에 안 드는 것만 찾아대네. 왜 이러지?

"도메니코는 어떻게 된 거야?"

올가는 못마땅한 소리를 흘리며 선베드에 눕더니 소녀처럼 발장구를 쳤다.

"아, 도메니코는 백마 탄 왕자님이야. 그 백마에서 내릴 때마다 아주 짐승처럼 달려들지."

올가는 내 눈치를 슬쩍 보고는 어깨를 으쓱이며 말을 이었다.

"농담이야. 난 도메니코와 사랑에 빠졌어. 누군가와 사랑에 빠졌다는 말을 하게 될 줄은 몰랐지만, 그가 날 아껴주거나 용감하게 행동할 때면 너무 멋있어……. 그리고 굉장히 박식해! 도메니코가 미술사를 전공했다는 거 알고 있어? 그가 그린 그림 봤어? 정말 잘 그렸더라! 믿을 수가 없어! 상상해봐. 지난 2주 동안 그 남자랑 잠들었다가 아침에 일어났어. 저녁마다 배도 타고, 함께 해변을 걷고, 돌아와서 도메니코가 그림 그리는 모습을 지켜봤어. 라우라!"

올가는 내 앞에 무릎을 꿇고는 내 무릎에 머리를 댔다.

"넌 평생 다시없을 모험을 했잖아. 그런데 우연히 나도 그런 모험을 한 거야. 말도 안 되는 소리라는 거 알아. 어떻게 된 건지 모르겠지만 나 도메니코를 사랑하는 것 같아!"

나는 입을 딱 벌리고 올가를 빤히 바라보았다. 올가가 하는 말이 하나도 납득이 되지 않았다. 올가랑 난 아주 오랫동안 알고 지낸 사였다. 그래서 친구가 가끔 비이성적으로 구는 경향이 있다는 것도 잘 알고 있었지만 지금 하는 말은 전혀 올가답지 않았다.

결국 나는 머뭇거리며 대답했다.

"있잖아, 네가 행복하다니 나도 정말 좋아. 하지만 부탁이야. 부디 이 모든 일에 너무 흥분하지는 말아줘. 넌 이제껏 아무도 진심으로 사랑한 적 없었잖아. 그리고 내 말 명심해. 실망하는 것이야말로 세상에서 제일 힘들어. 가슴이 찢어지는 처지가 되느니 차라리 건강한 관점을 유지하다가, 나중에 안 좋은 일이 닥쳐도 많이 놀라지 않는 편이 낫다고."

하지만 올가는 얼굴을 찡그리며 몸을 뗐다. 나는 결국 포기했다.

"알았어. 맘대로 해. 그냥 어떻게 되는지 내버려두자. 자, 일어나. 점점 추워지네."

나는 저택으로 들어가다 문에서 나오던 도메니코와 마주쳤다. 그는 날 보고 멈춰서더니 복도로 한 걸음 물러섰다. 올가는 그의 볼에 입을 맞추고 가던 길을 계속 갔지만 나는 가만히 서서 도메니코의 밤색 눈동자를 지그시 응시했다.

"고마워, 도메니코."

나는 그의 가슴에 기대며 속삭였다. 그는 나를 안고서 등을 토닥였다.

"별일 아니었어, 라우라. 자, 마시모가 널 데려오라고 했어. 나랑 가자."

나는 올가에게 조금 있다가 가겠다고 소리친 다음 도메니코와 함께 방으로 들어갔다.

마시모는 거대한 나무 책상에 앉아서 노트북으로 일하고 있었다. 이윽고 문이 닫히자 그는 차가운 눈으로 의자에 기대어 앉아 싸늘하게 말했다.

"문제가 생겼어, 내 사랑. 우리가 오랫동안 집을 비우는 바람에 상황이 좀 통제 불능 상태에 빠졌어. 회의를 해야 해. 어려운 회의가 되겠지. 난 네가 그 자리에 있지 않았으면 좋겠어. 그동안 올가를 보고 싶어 했다는 걸 알아. 둘이서 하루 이틀 정도 멀리 가 있어. 여기서 몇십 킬로미터 거리에 내가 공동소유자인 호텔이 하나 있어. 객실을 예약해두었으니 가 있도록 해. 스파랑 미용실, 훌륭한 레스토랑을 갖춰놓은 곳이야. 무엇보다 평화롭고 조용하지. 오늘 거기로 출발해. 난 최대한 빨리 합류할게. 그다음에는 파리에 함께 갈 거야. 사흘 뒤에 보자."

나는 멍한 기분으로 자리에 서 있었다. 사랑 넘치던 내 남편은 어디 갔을까? 내가 지난 2주 동안 함께했던 남자는 어디 갔어?

"지금 이 결정에 내가 발언권이 있나요?"

난 책상에 팔을 뻗어 몸을 지탱하고 물었다.

마시모는 펜을 만지작거리며 무표정한 얼굴로 나를 빤히 바라보았다.

"당연히 발언권이 있지. 경호를 어떻게 받을지 세부사항을 결정할 수 있어."

"그렇다면 결정권이 없다는 소리군요."

나는 투덜대며 돌아섰다.

하지만 문으로 나가기도 전에 목덜미에 마시모의 뜨거운 숨결이 느껴졌다. 그의 손이 내 허리를 꽉 잡았다. 나를 돌려세워 원목 문에 밀쳤다. 문손잡이에 등이 부딪혀 아팠다. 그의 손바닥이 내 살갗 바로 위를 떠돌다 문득 가장 예민한 지점에 닿았다. 그의 입술이 내 입술 위를 덮었다.

마시모는 살짝 물러나 속삭였다.

"라우라, 가기 전에 저 책상에 널 눕히고 가져야겠어. 네가 좋아하는 대로 빠르고 세게."

그는 날 안아 들고 책상으로 갔다.

"첫날밤 이후로 이상하게 원목 가구가 좋아."

마시모는 그 말대로 날 가졌다. 거칠고 격렬한 섹스였지만 빠르지는 않았다. 오르가슴도 한 번으로 끝나지 않았다.

마시모는 섹스를 무척 좋아했다. 그걸 위해 만들어진 거나 마찬가지인 몸에, 쉽사리 만족할 줄도 몰랐다. 한마디로 완벽한 연인의 표본이지만 내가 마시모를 좋아하는 가장 큰 이유는 그가 자신의 만족만 추구하지 않는다는 점이다. 자신이 느낀 만큼 되돌려줄 줄 아는 남자다. 내가 침대에서 최고의 여자라는 확신을 세심하게 주었다. 내게 푹 빠졌다고, 내 몸짓 하나하나가 자기를 완벽하게 자극했다고, 그래서 내가 완벽한 여자라고 느끼게 해주었다. 물론 그게 전부 진실인지는 모를 일이지만 그와 함께 있으면 그런 느낌이 들었다. 이 남자에게 나는 포르노 스타다. 스스로를 억제하던 관념을 모두 내려놓고 마음껏 나를 다루도록 그에게 내주었다. 하지만 그럴수록 이 남자를 더 원하게 될 뿐이다.

남자란 어쩜 이리 여자와 다른지, 또 여자에게 얼마나 영향을 주는지. 참 이상하다. 이토록 쉽게 남자에게 휘둘린 적은 없다. 엄마는 내가 유행이나 통념에 휩쓸리지 않도록 키웠다. 이제껏 사귄 남자들과 이런저런 일이 있었지만 누구에게도 이토록 마음을 열어본 적은 없다. 하지만 마시모의 의연함과, 그가 언제든 내게 거리를 둘 수 있다는 사실 때문에 더욱 그를 갈망하게 된다. 가끔 보이는 위압적인 어조에도 의심 없이 따를 수밖에 없다. 심지어 그 명령이 예상보다 이상한 것이라 해도. 나는 마시모를 사랑하면서도 동시에 숭배했다.

"짐 싸자, 올가."

나는 올가가 묵는 방으로 들어가며 말했지만 노크를 먼저 했어야 했다. 내 실수였다.

문을 열었을 때 보인 광경 때문에 나는 멈춰서고 말았다. 물론 처음은 아니긴 했다. 올가는 나신으로 벽에 기대어 있었고 도메니코는 바지를 내린 채 뒤에서 올가를 안고 있었다. 내가 문을 열었다는 걸 눈치채자마자 도메니코는 올가의 머리카락에 얼굴을 파묻고 내가 나가기만을 기다렸다. 올가는 천천히 고개를 돌리고 날 보더니 웃었다.

"일 마치는 대로 짐 쌀게. 이제 그만 말하고 사라져줘."

나는 어색하게 손을 흔들고 돌아서며 도메니코에게 소리쳤다.

"엉덩이 예쁘다, 도메니코!"

이윽고 드레스룸으로 온 나는 소파에 앉아 여행 가방을 슬쩍 보았다. 카리브해에서부터 함께 날아온 것인데 아직 풀지도 못했다. 한숨이 절로 나왔다. 아직 시차 적응도 못 했는데 마시모는 다시 나를 떠나려고 하는구나.

침실로 가서 푹신한 하얀 카펫 위에 드러누워 두 팔로 머리를 괴었다. 그러고 있자니 내가 잃어버린 소소한 즐거움이 어찌나 사무치도록 그립던지. 주말에 늦잠을 자다가 침대에 누워 아침에 하는 TV프로그램을 보고, 트레이닝복 차림으로 뒹굴거리며 담요를 덮은 채로 책을 읽거나 음악을 듣고, 가끔은 머리도 안 빗고 며칠씩 거지꼴로 지내며 아무것도 신경 쓰지 않고 지냈던 나날들. 하지만 마시모와는 양립할 수 없는 삶이었다. 애초에 나는 그런 꼴을 마시모에게 보여줄 수 없다. 아늑한 보금자리에서 씻지도 않은 거지꼴로 살다니, 말도 안 돼. 게다가 그는 언제나 내가 이리저리 옮겨 다니도록 했다. 다음 날 어디서 일어날지, 누굴 만나게 될지 전혀 예측할 수 없었다. 이 남자와 사는 건 24시간 일하는 거나 마찬가지다. 언제나 최고의 모습을 보여야 하니까.

다시 한숨을 쉰 나는 마지못해 여행 가방 쪽으로 걸어갔다.

그리하여 한 시간 후 짐이 다시 꾸려졌다. 샤워를 마친 나는 섹시한 갈색 레깅스를 입었다. 임신한 티는 아직도 나지 않았다. 눈에 띄는 점이 있다면 급격하게 부풀어 오르는 가슴 정도. 음, 커진 가슴이 여전히 날씬하고 탄탄한 몸매와 잘 어울린다는 건 부정할 수 없었다. 솔직히 변한 몸매가 맘에 쏙 들었다.

레깅스 위에 한쪽 어깨가 드러나는 두꺼운 스웨터를 걸치고, 아끼는 지방시 부츠를 신고 프라다 핸드백을 들기로 했다.

무거운 여행가방을 끌고 복도로 나가자 올가가 다가와 완전히 지친 표정으로 계단에 털썩 주저앉았다.

"망할! 넌 방금 도착했는데 또 어딜 가라는 거야? 나 엉덩이도 아프고 온몸이 땀투성이야."

"괜찮아. 너 평소처럼 예뻐. 짐 다 쌌어?"

"짐 때문에 너무 정신없었어. 어디로 가는지 물어봐도 돼? 뭘 가져가야 할지 모르겠어."

"에트나산 반대편에 있는 호텔이야. 너랑 나만 가는 거야. 가서 스파도 하고, 맛있는 것도 잔뜩 먹고 요가도 할 거야. 미술관도 한두 군데 가고. 도메니코의 그림에서 뭔가 영감을 받았다니, 화산 폭발을 보면 얼마나 더 좋겠어. 여행에 또 필요한 거 있어?"

올가는 여전히 얼굴을 찡그린 채 가만히 앉아 있기만 했다. 나는 화가 나서 버럭 소리쳤다.

"올가, 대체 어딜 보고 앉아 있는 거야? 마시모가 나더러 사라지라는데 뭘 어떡하라고? 내가 그럼 싫다고 하겠니?"

"도메니코도 요즘 이상해. 아, 됐어. 다 좆까라 그래. 10분만 기다려줘."

얼마 후 우리는 집을 나섰다. 진입로에 벤틀리가 갈 준비를 마친 채 기다리고 있었다. 그 뒤에는 커다랗고 검은 SUV가 서 있었다. 우리를 본 파올로와 경호원 두 명이 나왔다. 나는 그들에게 손을 흔들었고 우리는 차에 올라탔다.

난 파올로가 좋았다. 그는 이제껏 만난 경호원 중에서 가장 똑똑하고 신중했다. 그의 곁에 있으면 정말로 안심이 되었다. 나는 시동을 걸고 내비게이션에 주소를 입력했다. 운전한 지 15분이 지나자 고속도로에 들어섰다.

마시모의 말대로 호텔은 별로 멀지 않았다. 우리는 한 시간도 되지 않아 호텔에 도착했다. 짐을 풀고 저녁을 먹은 다음, 내가 무알코올 샴페인을 마시는 동안 올가는 혼자서 도수 높은 샴페인 한 병을 다 비웠다. 세 시간 후에 잠이 들었다.

다음 날 아침에는 에트나산 관광을 갔다. 수려한 경치를 보고 있노라니 마시모가 예전에 말해준 어린 시절 이야기가 생각났다. 마시모도 같이 있었으면 좋았을 텐데. 그래도 올가가 옆에 있어서 괜찮았다.

오후에 호텔에 돌아오자 피곤하고 배가 고팠다. 우리는 점심을 주문했다. 올가는 의자에 앉아 기지개를 켜며 나른하게 말했다.

"나 지금 마사지 받고 싶어. 홀딱 벗은 근육질 남자한테 아주 길고 격한 마사지를 받고 싶다고."

나는 브레드스틱을 씹으면서 흥미로운 눈초리로 올가를 바라보다 대답했다.

"마사지사는 부를 수 있을 것 같긴 한데, 그 남자가 널 위해 옷을 벗어줄지는 모르겠다."

그때 내 휴대폰이 진동했다. 곧바로 문자를 읽었다.

보자마자 등줄기에 흥분이 흐르고 미소가 피어올랐다.

"무슨 내용일지 알겠다. 마시모가 사랑한다고 했지? 너랑 아이랑? 기쁨에 겨워서 온갖 예쁜 말 마구 늘어놓았겠지."

"비슷해. 내가 보고 싶대. 정확히 말하자면 '네가 보고 싶어, 베이비걸.'"

"어우, 시인 납셨네!"

올가는 피식 웃었다.

"이 문자가 얼마나 소중한지 알아? 만난 이후로 자그마치 세 번째로 받아보는 문자야. 너도 알겠지만……."

휴대폰을 물끄러미 들여다보며 그 짧은 말을 다시 읽자, 심장이 다시 뛰기 시작했다. 다른 여자라면 남자친구가 도시에서 가장 높은 고층빌딩에 거대한 현수막을 걸어 사랑을 표현할 때나 느낄 감정을 지금 이 문자에서 느끼고 있었다.

나는 휴대폰을 내려놓았다.

"있잖아, 나 좋은 생각이 났어. 마시모를 깜짝 놀라게 해줄래. 저녁에 집에 가서 회의실에서 마시모를 몰래 데리고 나오는 거야. 그런 다음 오럴 섹스를 해준 뒤 호텔로 돌아오려고."

"경호원이 따라붙을걸. 그럼 서프라이즈고 뭐고 없어, 바보야."

"그러니까 네가 좀 도와줘. 파올로의 주의를 끌어주면 몰래 나갈게. 차는 차고에 있고 경호원은 바깥에 있잖아. 게다가 우리가 자러 가면 경호원들도 자겠지. 여긴 감옥이 아니니까. 우리 옆방이 경호원들 방이야. 나는 자는 척할 테니 네가 내 몸이 안 좋다고 말해주면 돼. 그리고 밖에 나와서 내가 빠져나가게 도와줘."

올가는 얼굴을 찌푸리며 미심쩍은 눈초리로 날 보았다.

"간단히 정리하자면 이래. 파올로한테 가서 우린 몸이 찌뿌둥해서 자러 갈 거라고 해. 나도 잘 거라고 말하고. 내일 아침에는 쇼핑하러 가겠다고 하면 그들도 자러 가지 않겠어?"

"그래. 그렇겠지."

나는 손뼉을 쳤다. 서프라이즈 계획을 세우자 신이 났다. 편안하게 스파를 받는 와중에도 흥분은 가라앉지 않았다. 나는 스파 코스에서 제공되는 향수 중에서 가장 마음에 드는 걸 골랐다. 남편이 나를 보면 얼마나 놀라면서 달아오를까. 이 향기도 맡겠지? 올가와 함께 저녁 늦게까지 마사지를 받았다. 코스를 마치고 나니 드디어 때가 왔다.

나는 빨간 레이스 속옷을 입고서 헐렁하고 긴 카디건을 걸친 뒤 허리띠를 맸다. 얼핏 보기에는 별로 눈에 띄지 않는 차림이었지만, 벨트만 살짝 느슨하게 풀어도 도발적으로 변신할 수 있었다.

"나 괜찮아?"

나는 여학교 앞에 나타난 변태처럼 카디건을 활짝 펼쳐 보이며 이 방면의 전문가인 올가에게 물었다.

올가는 소파에 누운 채 TV 채널을 마구 돌려대며 대답했다.

"묻는다면 대답해주지. 그렇게 입고 가겠다니 머릿속이 참 더럽구나. 콜걸 같아. 하지만 네가 바라는 게 그거인 듯하니 괜찮겠지. 일 마치는 대로 전화해. 네가 돌아오기 전까지는 나도 못 잘 것 같으니까."

우리의 계획은 아주 성공적이었다. 20분 뒤 나는 차를 타고 집으로 돌아가고 있었다.

집으로 들어가기 전 휴대폰 위치추적 앱으로 마시모의 위치를 파악했다. 지금쯤 분명히 집에 있겠지? 이 앱은 SF영화에 나오는 추적 장치처럼 정교하진 않았지만, 마시모가 어디 있는지는 알 것 같았다. 공식적인 회의 때마다 그는 항상 서재에서 손님을 맞이했다. 내가 납치됐던 그날 밤, 마시모를 처음 만났던 바로 그 방 말이다. 난 그 방이 참 좋았다. 새롭고 알 수 없는 무언가를 상징하는 자극적인 공간이니까.

저택 정문을 여는 버튼을 눌렀다. 진입로에는 아무도 없었다. 집 앞에 못 보던 차 한 대가 있었지만 수상한 점은 없었다. 내가 호텔에서 나왔다는 걸 아무에게도 알리지 않았으니 들킬 가능성도 낮았다. 나는 저택으로 몰래 들어갔다.

저택 안은 어두웠다. 정원에서 누군가의 목소리가 들렸지만 내가 가야 할 곳은 거기가 아니다. 심장이 뛰는 가운데 복도를 살금살금 지나면서 미리 계획을 세웠다. 그 방에 마시모가 혼자 있지는 않겠지. 그러니 스웨터를 활짝 연 채로 덜컥 들어가서 책상이나 소파에서 나를 덮치게 할 수는 없었다. 손님들이 깜짝 놀랄 수도 있으니까. 먼저 안을 들여다보고 마시모가 있는지 확인한 다음 전화나 문자를 해야지. 어느 쪽이 좋을까.

어쨌든 연락을 받으면 마시모가 서재에서 나오겠지. 나는 밖에서 반쯤 벗은 채 온몸을 데우면서 그를 기다리는 거야. 앞으로 어떤 일이 일어날지 모르는 채로. 벌써 내 몸을 그에게 던진 뒤 다리로 그를 감싸는 상상이 떠올랐다. 마시모는 나를 안고 예전에 쓰던 방으로 가겠지. 그러고는 부드러운 카펫에서든 드레스룸에서든 나를 사정없이 탐하겠지.

손잡이를 잡고 천천히 아주 조심스럽게 돌렸다. 그 다음 간신히 안이 보일 만큼만 살짝 열었다. 방 안을 밝힌 건 벽난로 불빛뿐이었다. 아무런 말소리도 들리지 않았다. 문이 몇 센티미터 더 움직이면서 틈이 벌어졌다.

그 순간 세상이 무너져 내리고 말았다.

내 남편이, 육중한 책상 위에서 전 여자친구인 안나와 섹스하고 있었다. 나와 섹스한 지 24시간도 되지 않았는데, 내게 했던 행동을 똑같이 그녀에게 하고 있다니. 나는 숨도 못 쉬고 그 자리에 우뚝 서 있었다. 심장이 터질 것만 같아. 시간이 얼마나 지났는지도 모르겠어. 몇 초밖에 지나지 않았을까. 아니면 몇 분이나 흘렀을까.

속이 죄어들었다. 이윽고 나는 정신을 되찾고 돌아섰다. 다리에 힘이 들어가자마자 빠르게 걸음을 내딛으려던 순간, 안나가 고개를 슬쩍 뺐다. 그녀는 나를 똑바로 바라보더니 싱긋 웃으면서 마시모를 더욱 끌어당겼다.

나는 그 자리에서 도망쳤다.

CHAPTER 5

저택에서 있는 힘껏 달려 나왔다. 이곳에서 최대한 멀어져야 했다. 차에 올라탄 뒤 시동을 켰다. 눈물이 뺨 위로 하염없이 흘러내렸다. 타이어에서 커다란 끼익 소리가 났다. 차는 진입로를 빠져나왔다.

어느 정도 멀어져서 이제는 안전하다는 생각이 들자, 차를 세우고 핸드백을 뒤져 심장 약을 꺼냈다. 내 평생 이토록 약이 간절하게 필요했던 적이 또 있었을까. 호흡이 가빠오고 숨쉬기가 힘들었다. 잠시 약 기운이 돌기를 기다리며 생각했다.

이제 어쩌지? 난 그의 아이를 임신했는데. 그런데 남편이란 사람이 내게 거짓말을 하고 바람을 피우다니! 나를 저택에서 치워버리려고 수를 쓴 거야. 그년과 붙어먹으려고!

나는 운전대를 두 손으로 내리쳤다. 되돌아가서 둘 다 죽여버려야 하지 않을까. 그렇지만 솔직히 지금은 죽고 싶은 생각밖에 없었다. 배 속에 아이만 없었더라도 분명히 자살했을 것이다. 그러나 죄

없는 아이를 생각하자 힘이 났다. 내 딸을 위해서라도 용감해져야 해. 나는 다시 시동을 켜고 도로를 달렸다.

이어서 떠나야겠다는 생각이 서서히 또렷해졌다. 당장 떠나자. 하지만 어떻게? 나는 자유를 완전히 남김없이 박탈당한 처지였다. 그가 날 통제하도록 이제껏 내버려두었다니! 내가 어디서 뭘 하는 지 그는 다 알고 있다. 언제나 날 주시하고 있으니까.

나는 휴대폰을 꺼내 올가에게 전화했다.

스피커 너머로 올가의 지루한 목소리가 들려왔다.

"벌써 끝났어?"

"아무것도 묻지 말고 잠자코 들어. 우리 이 섬을 당장 떠나야 해. 노트북을 열고 바르샤바로 가는 제일 빠른 비행편을 알아봐. 티켓 가격은 상관없어. 그리고 꼭 가져가야 하는 짐만 챙겨. 내가 입을 트레이닝복 하나 챙겨주고. 한 시간 있다가 호텔로 갈 테니까 아무도 못 보게 몰래 빠져나와. 알았지?"

올가는 아무 말이 없었다. 대체 무슨 생각을 하고 있을까.

"내 말 알아듣겠어?"

"응."

나는 전화를 끊고서 액셀을 밟았다. 눈물이 멈추지 않았지만 굳이 참지도 않았다. 오히려 우니까 마음이 달래졌다. 내 평생 누군가를 이토록 미워한 적이 있었던가. 지금 마시모가 너무나도 미웠다. 그가 고통받는 걸 보고 싶어. 내가 느끼는 절망을 똑같이 느끼게 해 주고 싶어…… 내가 느끼는 괴로움을 그대로 돌려주고 싶어. 이제 껏 믿음이 중요하다고 해놓고, 사랑한다고 있는 대로 고백해놓고,

하느님 앞에서 맹세까지 해놓고 기회가 생기자마자 바람을 피우다니. 왜 그런 짓을 했는지는 중요하지 않다. 이젠 아무런 의미도 없으니까. 시칠리아에서 꿈꾸었던 모든 것은 너무나 아름다운 나머지 결국 사라질 운명이었구나. 그래도 이토록 빨리 끝날 줄이야. 이토록 순식간에 악몽으로 변할 줄이야.

나는 올가에게 전화한 다음 호텔 옆 주차장에 차를 세웠다. 어두운 곳에 숨어 있던 올가가 담뱃불을 켜서 내게 신호를 보냈다.

"대체 무슨 일이야, 라우라?"

올가가 차에 올라타며 물었지만 나는 대답 대신 소리쳤다.

"비행편은? 언제야?"

"두 시간 후에 카타니아에서 떠나. 우선 로마로 갔다가 아침 6시에 바르샤바로 갈 거야. 자, 어서 무슨 일인지 말해줄래?"

"네 말이 맞았어. 깜짝 서프라이즈, 정말 더러운 생각이었어."

내가 대꾸하자 올가는 조수석에 앉은 채로 나를 슬쩍 돌아보았을 뿐, 아무런 말이 없었다.

"마시모가 바람을 피웠어."

조용히 말해놓고 나자 다시 눈물이 터지고 말았다.

"차 세워. 내가 운전할게."

말싸움할 기분이 아니라서 올가가 하자는 대로 했다. 올가는 벨트를 차면서 욕을 퍼부어댔다.

"미친 새끼. 염병할 놈. 내가 말했잖아, 가지 말라고. 이젠 어떡해? 마시모가 널 찾을 텐데."

나는 멍한 기분으로 창밖을 응시하며 말했다.

"오면서 생각해봤어. 일단 폴란드에 가서 마시모의 아내로서 돈을 찾을 거야. 나한테 계좌를 줬거든. 한동안은 그 돈으로 근근이 살아야겠지. 일단 바르샤바에 가서 이 망할 놈의 위치 추적기를 떼어버릴 거야. 빨리 움직인다면 내일 아침까지는 우리가 없어진 줄 모를걸. 내 위치를 확인하기 전에 이 추적기를 없앨 거니까. 그런 다음에는 어디 멀리 가려고. 나를 찾지 못할 곳으로. 어디냐고는 묻지 마. 아직 나도 모르겠으니까."

올가는 초조하게 운전대를 두드렸다. 뭔가 생각하는 모양이다.

"그럼 이렇게 하자. 먼저 휴대폰을 버려. 휴대폰이 없으면 우리를 추적할 수 없을 거야. 그리고 내 차를 가져가자. 네 차엔 GPS가 달렸잖아. 그리고 부모님 댁에도 가면 안 돼. 마시모가 찾아올 거야. 넌 정말로 싹 사라져야 해."

올가는 잠시 생각하다가 말을 이었다.

"좋은 생각이 났어. 우리, 헝가리로 가자."

"우리라니? 너까지 나랑 같이 갈 필요는 없어. 이제껏 같이 있어준 것만으로도 충분해."

"그건 그렇지. 하지만 나도 달리 어쩔 수 없잖아. 안 그래? 그러니까 나도 끝까지 너랑 같이 갈래."

올가는 미소를 지으며 설명했다.

"자, 이제 닥치고 내 말 들어. 부다페스트에 내 전 남자친구가 있어. 이스트반이라고, 너한테 말한 적 있어."

"응, 한 5년 전이었던가. 근데 그동안 또 무슨 일이 있었어?"

"벌써 5년이나 됐나? 어쨌든 이스트반은 아직도 어쩌지 못하고 나를 사랑하거든. 적어도 일주일에 한 번은 전화를 꼬박꼬박 해. 자기한테 오라면서 말이야. 안됐지. 아무튼, 지금 이스트반에게 기회를 줘보려고. 게다가 그는 돈이 없지도 않거든. 자동차 공장 사장님이니, 우리가 가서 신세를 진다고 해서 부담스럽진 않을 거야. 너랑 난 친구잖아. 그러니까 이스트반도 기꺼이 널 도와줄 거야. 새 휴대폰을 사는 대로 그쪽에 전화할게."

하지만 나는 미심쩍은 기분으로 대답했다.

"제길, 헝가리는 폴란드랑 너무 가까워. 카나리아 제도로 가자. 란사로테에 있는 호텔에서 일하는 친구가 있어."

하지만 올가는 말도 안 된다는 눈빛으로 날 보았다.

"카나리아 제도? 라우라, 생각 좀 해! 우리는 신분증을 쓸 수 없어. 어딜 가든 자동차로 가는 수밖에 없어. 마시모가 어둠의 경로로 우리를 추적하지 못하게 하려면 그 길밖에 없어. 게다가 자꾸만 너혼자 잠적하려고 하는 것도 정말……."

올가는 고개를 저었다. 물론 올가 맞이 다 옳다. 지금 난 합리적인 생각이 불가능한 상태다. 아직도 마시모가 저지른 짓을 믿을 수 없었고, 앞으로 무슨 일이 일어날지도 상상이 되지 않았다.

"잘 들어, 라우라. 은행에서 돈을 많이 찾으려면, 그러니까 2만 달러 이상인가 그쯤부터는 미리 은행에 통보해야 해. 은행 측에 거액을 찾을 거라고 알려줘. 그쪽도 준비할 시간이 필요할 테니까. 그러니 지금 당장 전화해. 얼마가 필요한지, 또 어디서 돈을 찾을 건지 은행에 알려주라고."

나는 올가의 휴대폰을 받아 들고 인터넷에서 번호를 찾았다. 꼭 어린애가 된 기분이었다. 올가가 엄마처럼 나 대신 생각하면서 중요 세부사항을 일일이 챙겨주어서 고민할 필요가 없었다.

이윽고 공항에 도착하자, 나는 올가가 가져온 트레이닝복으로 갈아입었다. 새빨간 레이스 속옷을 보자 구역질이 치밀었다. 벤틀리를 공항 주차장에 놓고 열쇠를 안에 던져둔 다음, 우리는 터미널로 곧장 향했다.

***

비행시간은 짧았다. 우리는 그 시간 내내 휴대폰에 있던 전화번호를 종이에 옮겨 적었다. 이럴 수밖에 없었다. 기존 휴대폰을 사용해서 정보를 옮기는 건 해서는 안 될 일이었으니까.

아침 9시에 바르샤바 쇼팽 공항을 나와 택시를 타고 모코투프에 있는 내 집으로 갔다. 아래층에 있던 경비원이 여벌 키를 갖고 있었다. 우리가 떠난 뒤 도메니코가 가정부를 고용해두었기 때문이다.

나는 분홍색 트레이닝복을 갈아입어야 했다. 은행에 거액을 찾으러 갈 때 남편이 바람을 피워서 지친 임신부처럼 보이고 싶지 않았으니까. 하지만 문제는 은행에 입고 갈 만한 옷이 없다는 것이었다. 나는 택시 안에서 방금 세운 계획을 올가에게 말했다.

"일단 의사에게 가자. 그런 다음 쇼핑몰에 들러서 은행에 입고 갈 옷을 사는 거야. 그리고 은행에 가서……."

하지만 올가의 표정을 본 나는 말을 그만두었다.

"알았어. 그럼 먼저 집부터 가자. 넌 우리 짐을 싸고 있어. 일을 다 마친 다음에 내가 널 데리러 갈게."

올가는 고개를 끄덕였다. 잠시 뒤 우리는 집으로 올라가는 엘리베이터를 탔다. 나는 올가를 아파트에 데려다준 다음 빌라노프에 있는 병원으로 향했다.

파베우 오메 박사는 지금 병원에 있을까? 전화를 걸었더니 잠시 후 휴대폰 너머로 남자의 목소리가 들렸다.

"안녕하십니까, 라우라. 잘 지냈나요?"

"안녕하세요, 파베우. 전 그럭저럭 잘 지냈어요. 지금 병원에 계신가요?"

"네. 한 시간쯤 더 있을 예정입니다. 무슨 일이신지요?"

"당장 박사님을 봬야겠어요. 제가 15분 후에 갈게요."

"좋습니다. 그럼 그때 뵙죠."

안내데스크에서 절차를 재빠르게 처리해주었다. 오늘은 접수처 여자들이 정신을 팔 만한 이탈리아인 미남이 없었다. 나는 병동으로 안내받았고, 잠시 후 오메 박사의 진료실에 앉을 수 있었다. 그는 책상 앞에 앉아 내게 물었다.

"무슨 일이십니까?"

"저 임신했어요."

"오, 축하드립니다. 하지만 그건 제 전문 분야가 아닌데요."

"알아요. 오늘 방문한 이유는 따로 있어요. 임신 사실을 알려드린 건 혹시 치료받는 데 영향을 줄까 해서였어요."

나는 소매를 걷어붙이며 설명했다.

"제 팔에 임플란트가 있는데 당장 떼어내야겠어요. 박사님은 의사시고 또 제 친구시기도 하니까 드리는 말씀인데요, 묻고 싶은 게 있으시겠지만 아무것도 묻지 말아주세요."

파베우 오메 박사는 내 팔을 자세히 들여다보더니 피부 아래에 이식된 작은 튜브를 만지며 말했다.

"제가 당신이 일하는 호텔에서 파티를 했을 때도 아무것도 묻지 않으셨지요. 그러니 저도 같은 식으로 예의를 지키겠습니다. 저기 치료실 의자에 앉으세요. 임플란트가 꽤 얕은 부위에 이식된 것 같군요. 꺼내는 느낌도 없을 겁니다."

15분 뒤 나는 차에 타 쇼핑몰로 들어가는 중이었다. 이제…… 자유로구나. 어쩌면 모든 걸 잃었을지도 모르지만, 나를 얽매고 있던 목줄이 없어지고 나니 내면에서 오랫동안 느끼지 못했던 평화와 희망이 차올랐다.

주차장 꼭대기 층에 차를 대고 있는데 휴대폰이 울렸다. 마시모였다. 순간 배가 뭉쳐서 아파 심장이 덜컥 내려앉았다. 어떡하지? 오전이 훌쩍 지난 시간이니, 드디어 경호원들이 우리가 호텔에 없다는 걸 알아차린 것이다. 솔직히 마시모의 목소리가 듣고 싶었지만 동시에 여전히 그를 죽여버리고 싶었다. 나는 수신을 거부하고 차에서 내렸다.

우선 휴대폰 매장에 가서 스마트폰 두 개와 유심칩 두 개를 샀다. 계산은 현금으로 했다. 통신기기를 신용카드로 샀다가는 추적당할 수 있었다. 그런 다음 위층에 올라가서 곧바로 베르사체 매장으로 향했다.

분홍색 빅토리아 시크릿 트레이닝복 차림으로 값비싼 옷을 뒤적이는 내 모습을 매장 직원들이 경멸 어린 눈으로 지켜보았다. 핸드백 안에서 울리는 휴대폰 진동을 느끼며, 나는 걸린 옷을 뒤지다가 마침내 멋진 스커트와 크림색 셔츠 세트를 찾아냈다. 거기에 검은 가죽재킷과 검은색 펌프스도 골랐다. 이거면 될 거야. 충분히 부자처럼 보이겠지. 나는 계산대 위에 옷을 올려놓고 신용카드를 내밀며, 직원의 놀라는 눈초리를 즐겼다. 옷 정도는 카드로 사도 별문제가 없을 것이다. 마시모는 내가 폴란드에 있다는 걸 지금쯤 알고 있겠지. 하지만 그것만 알아서는 할 수 있는 게 없을 것이다. 금전등록기 화면에 표시된 어마어마한 숫자를 봐도 그다지 감흥이 느껴지지 않았다.

이건 마시모가 응당 받아야 하는 벌이다. 내게 이 정도는 해야지. 솔직히 몇천 달러쯤 계좌에서 없어진다 해도 그 남자가 눈치나 챌는지는 모르겠지만.

매장 직원의 눈이 휘둥그레지는 게 재밌었다. 저 얼굴을 휴대폰으로 찍은 뒤 슬플 때마다 보면 좋을 텐데 아깝네.

"고마워요."

나는 도도한 표정으로 말하고는 매장에서 나왔다.

화장실에서 옷을 갈아입은 다음 프라다 백에서 립밤을 꺼내 바르자 준비가 끝났다. 거울에 비친 모습은 불과 몇 시간 전만 해도 마음 아파 울던 여자가 아니었다. 나는 곧바로 BMW로 돌아갔다. 마시모는 나를 순순히 보내주지 않을 듯했다. 휴대폰 화면을 보자 부재중 통화가 37통이나 와 있었다. 차의 기어를 바꾸는 도중에 마시모에게서 또 전화가 걸려왔다. 이번에는 받기로 마음먹었다.

"이런 씨발! 라우라! 어디야? 대체 뭐 하는 거야?"

마시모는 미친 듯이 소리쳤다. 나한테 이런 식으로 말한 적은 한 번도 없었는데. 소리를 지른 적도 없고. 난 아무 말도 하지 않았다. 무슨 할 말이 있겠어? 머릿속이 텅 비어 있었다.

"잘 있어요, 마시모."

다시금 눈물이 왈칵 터져 볼을 타고 흘러내리던 순간, 나는 간신히 입을 열었다.

"내 비행기가 20분 후에 뜰 거야. 네가 폴란드에 있다는 거 알아. 찾아갈게."

나는 전화를 끊고 싶었지만 그럴 힘조차 없었다.

"제발 부탁이야, 나한테 이러지 마, 베이비걸."

마시모의 목소리에 절망이 서렸다. 고통으로 가슴이 무너진 목소리를 듣자, 그를 향한 동정심과 사랑이 압도적으로 덮쳐왔다. 그러나 의식적으로 그 감정을 밀어내야 했다. 머릿속으로 안나가 책상 위에 다리를 벌리고 누운 광경을 떠올리며 마음을 다잡았다. 심호흡을 하고 운전대를 세게 쥐었다.

"그 여자랑 계속 자고 싶었다면, 나를 당신 인생에 끌어들이지 말았어야죠. 당신은 나를 배신했어요. 난 용서할 수가 없어요. 다시는 날 보지 못할 줄 알아요. 나랑 당신 아이 둘 다. 우리를 찾지 말아요. 당신은 우리 인생에 들어올 가치가 없으니까. 잘 있어요, 돈 마시모."

나는 전화를 끊고 휴대폰 전원을 꺼버렸다. 그런 다음 휴대폰을 쇼핑몰 입구에 있는 쓰레기통에 버렸다.

"이제 다 끝났어."

나는 눈물을 닦으며 조용히 혼잣말했다.

도둑이 된 기분으로 은행에 갔다. 지금껏 본 갱스터 영화 장면이 죄다 눈앞으로 스쳐 갔다.

다만 차이가 있다면, 나는 복면도 안 쓰고 총도 들고 있지 않다는 거다. "손 들어! 가진 돈 다 내놔!" 같은 대사도 준비하지 않았다. 나는 이 돈을 쓸 권리가 충분히 있다. 마시모에게서 돈을 훔친다는 느낌을 떨칠 수가 없지만 별다른 선택지가 없었다.

임신만 하지 않았더라면 이런 짓은 안 했을 텐데. 나는 카운터로 걸어가 직원에게 필요한 현금 액수를 말했다. 그러자 직원이 이상한 표정을 짓더니 잠시 기다리라고 말한 다음 문 뒤로 사라졌다.

근처 소파에 앉아서 기다리는데 어떤 남자가 다가와서 말했다.

"안녕하십니까. 지점장 루카스 타바라고 합니다. 저를 따라오시지요."

나는 차분하고 침착한 태도로 그를 따라가 지점장실 소파에 앉았다.

"거액의 현금을 요구하셨던데요. 신분증을 볼 수 있겠습니까?"

그리하여 30분 뒤, 현금 다발이 내 앞에 쌓였다. 나는 돈을 넣으려고 산 가방에 현금을 전부 넣고서 지점장에게 작별 인사를 한 뒤 은행을 나섰다. 차에 앉아 가방을 조수석에 던져 넣고 문을 잠갔다. 현금이 얼마나 많은지 믿을 수가 없었다. *제길. 돈이 이렇게 많이 필요할까? 혹시 너무 많이 인출했나?*

온갖 생각이 머릿속을 스치는 와중에도 어서 돌아가서 모든 걸 단번에 돌려놓아야 한다는 생각이 들었다. 시계를 슬쩍 봤다가 등줄기가 오싹해졌다. 시시각각 다가오는 마시모의 모습이 생생했다. 이젠 떠날 시간이야.

내가 아파트에 들어가자마자 올가가 말했다.

"도메니코가 나한테 문자 보냈어. 페이스북으로 메시지를 보냈더라."

"듣고 싶지 않아. 나도 마시모와 통화했어. 말해야 할 건 다 말했어. 자, 이건 네가 쓸 휴대폰이야."

나는 올가에게 휴대폰 상자를 던져주며 대꾸했다.

"그 시칠리아 자식들 이야기는 앞으로 하지 마. 알았지? 그쪽이랑 더는 엮이고 싶지 않아. 그리고 명심해. 이제부터 SNS에 로그인하면 안 돼. 이메일도 마찬가지야. 벌써 마시모 일당이 오고 있어. 그러니 어서 떠나야 해."

"라우라, 제발 내 말 좀 들어! 도메니코가 그러는데, 마시모는 바람피운 게 아니랬어!"

올가의 말에 나는 목청껏 소리를 질렀다.

"당연히 안 피웠다고 하겠지! 순순히 인정하겠니? 우리가 듣고 싶어 하는 대로 말할 게 뻔하잖아. 나랑 연락하고 싶어서 아무 말이나 지껄이는 거라고. 원한다면 넌 그냥 여기에 있어. 하지만 똑똑히 말하는데, 앞으로 세 시간 후에 그놈들이 여기에 들이닥칠 거야. 난 마시모의 거짓말 따위 들을 마음 없어. 본 것만 믿을래."

올가는 이를 악물고 여행 가방 두 개를 들었다.

"차는 준비됐어. 가자."

나는 다시 트레이닝복으로 갈아입었다. 그런 다음 올가의 폭스바겐 투아렉에 짐을 실은 다음 길을 떠났다.

"누가 우리를 쫓아오고 있어."

갑자기 올가가 백미러를 슬쩍 바라보더니 말했다.

조심스레 뒤를 돌아보니, 정말로 유리창을 선팅한 검은색 파사트 한 대가 보였다.

"저 차 언제부터 있었어?"

"집에서 출발했을 때부터. 처음에는 우연이려니 싶었는데, 지금 보니 분명히 우리를 따라오고 있어."

"우리 자리 바꿔야겠다."

나는 냉정하게 말하며 주위를 둘러보았다. 어딘가 차를 세울 곳이 필요했다.

"여기서 우회전해. 저 앞에 있는 쇼핑몰 주차장으로 가자."

"제길, 라우라. 마시모는 아직 공항으로 가고 있다면서? 벌써 도착했을 리 없다며."

"내가 보기에 저들은 카롤의 부하야. 결혼식에서 봤던 모니카 기억나지? 모니카 남편이 카롤이야. 마시모가 카를로라고 부르던 사람 말이야. 저 차에는 폴란드 번호판이 붙어 있잖아. 그러니 분명 그쪽일 거야."

우리는 주차장 1층으로 차를 몬 다음 비어 있는 첫 번째 자리에 차를 댔다. 그러고선 내리지 않은 채 자리를 맞바꾸었다. 지난 몇 달간 나의 운전 실력이 여러 번 진가를 발휘했다. 운전을 완벽하게 가르쳐준 아빠에게 얼마나 감사한지. 아빠가 오빠와 나에게 알려준 모든 기술이 고마웠다.

나는 씩 웃으면서 말했다.

"좋아, 친구. 안전벨트 매. 네 말대로 아주 험난한 드라이브가 될 테니까."

시동을 건 다음 급히 출구로 운전대를 돌렸다. 뒤따라오던 파사트는 끼익 소리를 내며 속력을 높였지만, 주차장 앞에서 후진하는 차에 금방 막혀버리고 말았다. 나는 도로로 진입한 다음 대로를 향해 속력을 높였다. 그리고 신호를 죄다 무시한 채 모코투프를 질주했다. 이 차의 최대 속력이 그리 높지 않아 차의 성능만으로 추격을 완전히 따돌릴 수는 없었지만, 난 이 지역을 속속들이 알고 있다는 강점이 있었다. 백미러를 보니 파사트가 우리를 따라잡고 있었다. 다행히 교통이 혼잡해서 우리에게 유리했다.

"무섭니?"

올가는 천장의 보조 손잡이를 꽉 잡은 채로 물었다.

"무서워할 시간이 없어. 게다가 저들이 우리를 잡는다고 해도 해치지는 못해. 그러니 이건 탈출이라기보단 경주라고 봐야 해."

난 도로를 계속 주시하며 머릿속에 떠오른 거리를 찾으려 했다. 이름은 기억나지 않지만, 숨을 만한 곳이 있었다.

"저기 있다!"

나는 거리를 발견하고서 차를 휙 돌리며 외쳤다.

그 와중에 느려터진 폭스바겐이 반으로 부서질 뻔했지만, 다행히도 망가지지 않고 달려주었다. 우리는 아치형 통로를 지나 낡은 아파트의 뒤뜰로 들어갔다. 내가 다니던 미용실의 게이 미용사가 사는 곳이었다. 뒤뜰은 사면이 높다란 건물로 둘러싸여 있었다. 안에는 주차장이 있었다. 나는 차를 세우고 엔진을 끈 다음 올가에게 어깨를 으쓱여 보였다.

"여기서 잠깐 기다리자. 저 차는 당장은 우리를 지나치겠지만 다시 돌아와서 이 좁은 거리를 죄다 수색하겠지. 담배 피우고 싶으면 피워."

우리는 차에서 내렸다. 나는 담뱃불을 붙이는 올가에게 물었다.

"이스트반에게 전화했어?"

"응. 네가 옷 갈아입을 때 했어. 내 전화 받고 미친 듯이 기뻐하더라. 다뉴브강이 보이는 아파트에 살고 있대. 우리 방도 준비해놨대. 근데, 있잖아. 이스트반은 별로 젊지 않아."

올가는 나를 슬쩍 보더니 덧붙였다.

"솔직히 말하면, 우리 아빠뻘이야. 하지만 겉보기엔 안 그래."

나는 고개를 절레절레 저었다.

"넌 진짜 변태 같아. 알지?"

"어쩔 수 없어! 나이 든 남자가 좋은걸. 너도 일단 보면 알 거야. 헝가리 남자는 근사하고 예뻐. 이스트반은 검은 장발에 눈썹도 진하고 어깨도 딱 벌어졌어. 입술은 또 얼마나 완벽한데. 게다가 요리도 잘하고 차에 대해서도 일가견이 있어. 오토바이도 타고. 말하자면 섹시한 아저씨지. 게다가 등에 커다란 문신이 있고 음, 다른 것도 아주 커. 내 말 알겠지?"

올가는 방긋 웃었다.

나는 고개를 다시금 저었다.

"맙소사. 네 머리에는 섹스밖에 없니. 시도 때도 없이 이러지 마."

나는 차에 올라타며 올가에게 덧붙였다.

"넌 계속 담배 피우고 있어. 나는 엄마한테 전화 좀 해서 둘러대야겠어. 그러니까, 내가 휴대폰 번호를 바꿨잖아? 변명해줘야지."

하지만 엄마에게 또 거짓말을 늘어놓을 엄두가 나지 않았다. 그래서 엄마에게 전화하는 대신 다른 일에 몰두하며 마음을 가라앉혔다.

아까 종이에 적어둔 전화번호를 새 휴대폰에 모두 입력하는 데는 한 시간쯤 걸렸다. 그동안 올가는 라디오 채널을 이리저리 돌려가며 최신 가요를 찾았다. 나와는 정반대로 아주 활기가 넘치고 발랄한 친구는 그저 느긋해 보였다. 마치 이 애에겐 아무런 일도 일어나지 않은 것 같았다. 우리가 시칠리아 마피아를 피해 도망치고 있는데도 전혀 짜증나지 않는 모양이었다.

"자, 이만큼 기다렸으면 됐을 거야. 지금쯤 떠났겠지. 이 도시를 벗어나기 전까지는 내가 운전할게. 그다음에 교대하자."

이번에는 아무도 우리를 따라오지 않았다. 나는 바르샤바에서 나오자마자 운전석을 올가에게 넘겨주었다. 그리고 10분쯤 더 가다가 마침내 엄마에게 전화하기로 마음을 먹었다.

엄마는 금방 전화를 받았다. 나는 애써 명랑한 목소리로 말했다.

"엄마, 잘 있었어요?"

"얘, 이 번호는 뭐니?"

"아, 이거요. 휴대폰을 바꿨어요. 번호가 어디서 유출되었는지 모르겠는데, 온갖 사람이 다 전화하더라고요. 그래서 더는 못 참고 번호를 바꿨어요. 엄마도 아시죠……. 필요 없는 물건을 사라고 어찌나 광고 전화가 많이 오던지."

"그래, 어떻게 지내고 있어? 시칠리아는 지내기 괜찮아? 폴란드는 날씨가 아주 끔찍해졌단다. 춥고 비만 내려."

알아요, 엄마. 지금 보이거든요.

대화는 별 내용 없이 한동안 계속 이어졌다. 이제는 마시모가 날 찾으려고 부모님 댁에 찾아갈지 모른다고 말해야 했다.

"엄마, 있잖아요. 할 말이 있어요. 나 마시모랑 헤어졌어요."

나는 불쑥 화제를 바꾸었다.

"날 두고 바람을 피웠거든요. 좋은 남자가 아니었어요. 마시모를 안 보려고 다른 호텔로 일자리를 옮겨서 지금은 훨씬 좋아졌어요. 자유 시간도 많고 만족감도 커요."

그러자 엄마는 아무런 말이 없었다. 나는 계속 이야기를 했다.

"어쨌든, 호텔은 같은 브랜드인데 다만 시칠리아섬 반대편에 있어요. 지배인이 나더러 거기로 옮기라고 했거든요. 나한테는 꽤 좋은 결정이라고 봐야 해요. 그 호텔이 더 크고 급여도 많이 주거든요. 이탈리아어도 배우고 있어요. 조만간 올가를 초대할까 생각 중이에요."

나는 계속 말을 지껄이다가 이쯤에서 올가에게 윙크했다. 올가는 조용히 웃었다.

"모든 게 더할 나위 없이 완벽해요. 새 아파트도 구했어요. 전에 살던 데보다 훨씬 예뻐요. 너무 큰 건 아닌가 싶을 정도로……."

이때 엄마가 확신 없는 기색으로 말을 끊었다.

"애, 네가 행복하다면야, 그리고 네 앞길을 알아서 잘 개척한다면야 이 엄마는 널 말리지 않을 거란다. 너는 한곳에 오래 머무르는 법이 없잖니. 네가 또 이사 갔다는 게 이젠 놀랍지도 않구나. 하지만 명심해. 혹시라도 안 좋은 일이 생기면 언제든 우리가 있는 집으로 돌아와도 좋아."

"알아요, 엄마. 고마워요. 근데 내 번호는 아무에게도 알려주지 말아요. 부탁이에요. 이거 진짜 중요해요. 사람들한테 또 전화 받고 싶지 않거든요."

"정말 스팸 전화 때문이니?"

"응, 맞아요. 하지만 전 남친도 포함해서, 대화하고 싶지 않은 사람들이랑은 통화하고 싶지 않아서요. 아, 엄마, 이제 가야겠어요. 회의가 있거든요. 그럼 잘 지내요! 사랑해요!"

"나도 사랑해. 전화하고 싶을 때마다 자주 해줘."

나는 휴대폰을 내려놓았다. 다리를 꼬고 앉은 채 창밖을 내다보았다.

날씨는 춥고 비가 왔다. 지금쯤 시칠리아는 기분 좋게 따스하고 화창하겠지.

올가가 넌지시 말했다.

"너희 엄마가 그 말을 곧이곧대로 들으셨겠니? 그분 바보 아니셔. 알지?"

"그럼 내가 뭐라고 말해야 했는데? 안녕, 엄마. 있잖아요, 솔직하게 말할게요. 나 석 달 전에 납치가 됐었어요. 왜냐하면 어떤 남자가 계속 내 꿈을 꿔왔다고 해서요. 그런데 그 남자랑 사랑에 빠진 거 있죠? 하지만 걱정하지 마세요. 이건 스톡홀름 증후군일 뿐이니까요. 어쨌든, 그 남자는 이 지역 마피아 보스라서 먹고살려고 사람들을 죽여요. 근데 우리한테 아이가 생겨서요, 지금 결혼했거든요? 남편이 총질하고 마약 팔아서 번 돈을 흥청망청 쓰고 있었는데, 글쎄 남편이 바람을 피웠지 뭐예요. 그래서 지금 난 마피아를 피해서 헝가리로 도망쳐 숨으려고요, 이렇게 말하란 말이니?"

가만히 듣던 올가는 더 이상 참지 못하고 웃음을 터뜨렸다. 이대로라면 자칫 길에서 벗어날 것 같아 속력을 줄여야 했다. 시간이 꽤 지나고 나서야 그럭저럭 진정한 올가는 너무 웃어 눈가에 맺힌 눈물을 훔치며 말했다.

"그래. 그렇게 말할 수야 없지. 바보 같은 짓이니까. 그 말을 들으면 너희 엄마가 어떤 표정이 되셨을까. 네가 미쳤다고 생각하시겠지? 차라리 솔직하게 말씀드리지 그랬어. 어차피 안 믿으셨을걸."

올가의 가벼운 태도에 난 점점 언짢아지고 있었다. 하지만 동시에 내가 얼마나 불행하고 슬픈지 곱씹던 상태에서 벗어나게 되어 고맙기도 했다.

한참 운전하던 올가는 고속도로에서 벗어나며 말했다.

"저기서 기름 넣어야 해."

"잠깐 기다려. 현금 줄게."

나는 돈이 가득 든 가방에 손을 뻗었다. 이제 우리는 폴란드를 벗어나 있었다. 그러니 유로화 뭉치가 쓸모 있을 것이다.

올가는 가방을 슬쩍 바라보더니 얼굴을 찡그렸다.

"그거 백만 유로 맞아? 그보다 많을 줄 알았는데."

나는 가방 지퍼를 닫고서 올가에게 못마땅한 눈초리를 던졌다.

"그럼 내가 얼마를 뽑았어야 해? 이게 적은 돈 같니? 난 아이를 낳고 나면 다시 일자리를 찾을 거야. 이 돈은 출산할 때까지 우리 둘이 쓸 용도일 뿐이라고. 마시모의 돈으로 먹고살 생각은 없어. 최소한 시칠리아에서 귀족 행세하며 살았던 것처럼은 안 살 거야."

"그래서 네가 바보라는 거야, 라우라. 네가 누릴 수 있는 이점은 전혀 생각도 안 하고 있잖아. 생각해봐. 그놈은 너한테 동의도 구하지 않고 마음대로 널 임신시켰는데, 그 정도도 못 뽑아먹니?"

그 말에 내가 고개를 젓자 올가는 이어서 말했다.

"어휴, 그래, 임신 사실은 백번 양보해서 네가 알았다 쳐. 어쨌든 그놈 때문에 임신했어. 네 전 남자친구도 떼어버리고 자기랑 결혼까지 하게 했는데 널 두고 바람을 피웠잖아. 내가 너였다면 그 개자식을 톡톡히 벗겨 먹었을 거야. 돈 욕심이 나서가 아니라, 벌을 주는 의미로."

"있잖아, 헛소리 그만하고 그냥 가서 기름이나 넣자. 이제 내 카드는 쓸 수 없어. 마시모가 추적할 거야. 최소한 우리가 어디로 가는지는 알아내겠지. 그러니까 정신 똑바로 차려. 더는 현금 안 뽑을 거야. 알아둬."

남은 여정은 별 탈 없이 지나갔다. 약 열 시간 뒤, 우리는 목적지에 도착했다. 이스트반은 부다페스트 중심가 근처 강 서쪽에 있는 아름답고 고풍스러운 아파트에 살고 있었다.

"올가, 다시 만나서 정말 반가워! 우리 여신님께서 헝가리에 얼마 만에 오는 거였더라?"

이스트반은 계단에서 내려와 차로 다가오며 소리쳤다.

"별로 오랜만은 아니에요, 이스트반. 겨우 5년 만인걸요."

올가는 미소를 지으며 이스트반을 포옹하고 그의 엉덩이를 토닥였다. 그러고는 그를 밀어내더니 말을 이었다.

"자, 인사는 이쯤 해요. 이쪽은 라우라예요. 내 친자매나 다름없는 친구죠."

이스트반은 고개를 숙이고 내 손바닥에 입을 맞춰 인사했다.

"고생이 많다고 들었습니다. 덕분에 내 사랑이 돌아왔군요. 고마워요, 라우라. 앞길에 행운이 있기를. 당장은 아니더라도요."

올가의 말이 맞았다. 이스트반은 나이보다 훨씬 젊어 보이는 육감적인 미남으로, 짙은 색 피부에 러시아인의 이목구비를 지녔다. 눈빛은 냉정하고 동작은 신중하고도 초연했으며, 만사를 자기 뜻대로 이끌기 좋아하는 강하고 자신감 넘치는 남자였다. 가장 놀라운 점은…… 언뜻 봐도 좋은 사람처럼 보인다는 것이었다. 설명할 수는 없지만 그는 상대의 신뢰를 끌어내는 신비한 능력이 있었다.

"다소 특이한 관점이시군요. 하지만 고맙습니다."

나는 미소를 지으며 대답했다.

이스트반은 다시금 올가를 슬쩍 보더니 집 쪽으로 소리쳤다. 그러자 깜짝 놀랄 만큼 잘생긴 젊은이가 계단 위에 나타났다.

"내 아들 아틸라입니다. 기억하고 있지, 올가?"

이스트반의 말에 올가와 나는 어안이 벙벙해졌다. 앞에 선 젊은이를 멍하니 바라볼 수밖에 없었다. 아틸라는 운동을 무척 좋아하는 게 틀림없었다. 몸에 꼭 달라붙는 얇은 셔츠 아래로 울퉁불퉁하게 도드라진 근육에서 시선을 떼기가 어려웠다. 구릿빛 피부에 초록색 눈동자, 완벽한 치열을 자랑하는 새하얀 치아까지, 근사한 남자였다. 웃을 때마다 양쪽 뺨에 작은 보조개가 엿보였다. 사랑스럽고 귀여운 아이네. 숨 막힐 정도로 매력적이야.

"나 쟤 귀여워서 심장마비 걸릴 것 같아."

나는 바보같이 웃으면서 폴란드어로 중얼거렸다. 올가는 아직도 멍한 상태에서 헤어 나오지 못한 채 입을 꾹 다물고 있었다.

"안녕하세요. 아틸라입니다. 짐 들어 드릴까요? 무거워 보이시는데요."

아틸라가 말하자, 올가는 겨우 입을 열더니 폴란드어로 불쑥 물었다.

"대신 내 짐 들어줄래?"

아틸라는 짐을 들고 계단을 휘적휘적 올라 집으로 들어갔다. 우리는 한동안 입을 떡 벌리고 자리를 뜨지 못했다.

"라우라, 너 임신한 데다가 실연당해서 슬픈 거 아니었니?"

올가가 슬며시 웃으며 묻자 나는 쏘아붙였다.

"그러는 너는 도메니코랑 미친 사랑에 빠졌던 걸로 기억하는데? 게다가 쟤는 우리보다 어려도 한참 어려."

"그건 그렇지. 마지막으로 봤을 때는 어린애였는데. 그때 한 열다섯 살인가 그랬을 거야. 지금은 스무 살쯤 됐겠지."

올가는 세월을 따져보며 만족스럽게 고개를 끄덕였다.

"10대 때도 나름 예쁘장했는데, 와, 이젠 장난 아니네. 게다가 한 집에서 살게 되다니……."

올가는 조용히 신음을 흘렸다.

우리의 마지막 짐까지 다 들인 이스트반은 아래로 내려와 올가에게서 차 키를 받은 다음 지하 주차장으로 몰고 갔다. 올가와 아틸라 그리고 나는 현관으로 들어갔다.

집은 아름다웠다. 넓은 홀에 들어가자 고풍스럽고 웅장한 계단이 보였고, 계단을 올라가자 한 층 전체를 차지한 거대한 거실이 나왔다.

원목 가구와 마룻바닥에 더불어 석조 벽난로까지 설치한 인테리어는 고전적이었다. 따스하고 차분한 색조가 어우러진 거실은 무척 넓은데도 아늑한 느낌을 주었다. 바닥에는 동물 가죽 깔개가 깔려 있고, 이것저것 잡동사니와 소품이 많았지만 화분이 하나도 없었다. 남자들이 꾸민 티가 역력했다.

"시간이 늦었지만 한잔하시겠어요?"

아틸라는 술병을 따서 잔에 따르며 물었다.

그는 술을 한 모금 마신 뒤 그 커다란 초록색 눈망울로 나를 지그시 바라보았다. 그러자 마시모가 떠올랐다. 남자다운 시선과 입술 위를 야릇하게 움직이는 재빠른 혀가 그와 너무나 흡사했다.

"난 못 마셔. 임신했거든."

아이를 가졌다고 말하면 확실히 내게 다가오지는 않겠지.

그러자 아틸라는 진심으로 궁금한 듯이 물었다.

"아, 정말 축하드려요. 임신한 지는 얼마나 되셨어요? 일단 차와 저녁 식사를 주문할게요. 뭘 드시고 싶으세요? 가정부가 있어요. 이름은 보리예요. 집 안 전화기 아무거나 들어서 0번을 누르면 연결돼요. 보리는 우리랑 같이 산 지도 15년이나 됐고 요리를 정말 잘해요."

나는 배가 고프지 않았다. 다만 피곤하고 기진맥진한 상태였다. 지난 24시간이 참 힘들었으니까.

"미안하지만, 지금 난 피곤해서 죽을 것 같아서 말이야. 괜찮다면 자고 싶거든."

아틸라는 잔을 내려놓더니 내 손을 잡고 위층으로 데려갔다. 이런 식으로 불쑥 다가와 살짝 놀랐지만, 아틸라의 손길은 불쾌하지 않아서 나도 굳이 거부하지 않았다. 그는 나를 위층으로 데리고 가서 내가 쓸 방을 열더니 불을 켜며 말했다.

"여기에서 지내시면 돼요. 제가 돌봐드릴게요. 다 잘될 거예요, 라우라……."

그는 말꼬리를 흐리더니 나를 지그시 바라보며 뺨에 부드럽게 입을 맞추었다. 그러고는 한 걸음 물러서더니 내 볼을 손가락으로 쓸었다.

문득 불편한 마음에 몸이 부르르 떨렸다. 마시모를 두고 바람을 피우는 듯한 느낌이었다. 나는 한 발짝 물러서서 방으로 들어갔다.

"고마워. 잘 자."

나는 속삭임을 남기고 문을 닫았다.

***

다음 날, 잠에서 깬 나는 본능적으로 옆자리를 더듬어 남편을 찾았다.

"마시모……."

나지막하게 그의 이름을 부르자 눈물이 차올랐다. 엄마는 언젠가 임신부는 울면 안 된다고 하셨지. 그러면 배 속 아가도 나중에 커서 울보가 된다고. 하지만 지금은 그런 미신 따위 아무래도 상관없다. 나는 침대에서 몸을 뒤척이며 울었다. 피곤이 가시자 내가 처한 고통이 비로소 드러나기 시작했다. 고통이 서서히 덮쳐오자 현실이 뼈저리게 느껴졌다. 이게 진짜 현실이라니. 감당할 수 없을 정도로 압도적인 절망이었다. 배가 뒤틀렸다. 혼자가 되고 싶지 않아. 마시모 없이는 살 수 없어. 어떻게 그의 손길을 느끼지 못하고, 그의 향기를 맡지 못하고 산단 말이야? 그를 이토록 사랑하는데. 너무 힘들어.

나는 베개에 머리를 파묻고 상처 입은 짐승처럼 울었다. 마음 같아서는 세상에서 그저 사라져버리고 싶었다.

"눈물은 좋은 친구죠."

누군가의 목소리가 들려왔다. 이어서 두 팔이 내 허리를 감쌌다.

"무슨 일이 있었는지 올가가 말해줬어요. 당신도 알죠? 때로는 모르는 사람에게 마음을 솔직히 터놓기가 더 쉽다는 거."

베개에서 고개를 들자 아틸라가 보였다. 차 한 잔을 들고서 침대 끝에 앉은 그는 상의를 탈의한 채 트레이닝복 바지만 입고 있었다. 정말 사랑스럽고 자상하고 다정하네.

"우는 소리가 들려서 들어와봐야겠다고 생각했어요. 불편하시면 나갈게요. 하지만 내가 여기 있어도 된다면, 잠깐 같이 앉아만 있을게요."

말없이 아틸라를 바라보자 그는 미소를 지으며 차를 마셨다.

"우리 어머니가 항상 하셨던 말이 있어요. '인연은 또 생긴다'고요. 지금 임신하셔서 상황이 좀 복잡할 수도 있겠지만, 모든 일에는 다 이유가 있다는 거 기억하세요. 제가 너무 직설적으로 말하는 건지도 모르지만, 맞는 말이라는 것쯤은 아시겠죠."

나는 뺨에서 눈물을 닦아내고 몸을 일으켜 벽에 등을 기댔다. 그러고는 아틸라가 건네는 찻잔을 받아 한 모금 마셨다.

"나랑 취향이 같네. 나도 우유 넣은 차 좋아해."

"아뇨. 이건 올가가 당신 주라고 만든 거예요. 그런데 내가 조금 마셨어요. 벌써 오후 2시예요. 거의 열두 시간이나 주무셨다고요. 그래서 아빠가 걱정했어요. 산부인과 의사이신 아빠 친구분이 하는 병원을 예약해뒀어요. 준비되는 대로 병원에 모셔다드릴게요."

"고마워, 아틸라. 넌 나중에 좋은 남편이 될 것 같아. 너랑 결혼할 여자는 행복하겠네."

그러자 아틸라는 고개를 돌리더니 나를 묘한 눈빛으로 바라보다 잠시 후 살짝 미소 지으며 말했다.

"과연 그럴까요. 전 백 퍼센트 공인된 게이거든요."

나는 그만 눈이 휘둥그레졌고 내 표정이 이상했던지, 날 보던 아틸라는 크게 웃음을 터뜨렸다.

"맙소사. 네가 게이라니 세상 여자들한테 너무한 거 아니니!"

아틸라는 빙긋 웃었다.

"그런가요? 한때 여자를 만나본 적도 있는데, 전 양성애자는 아니더라고요. 여자에겐 관심이 생기지 않아요. 여자들은 예쁘고, 멋진 신발도 고를 줄 알지만 남자가 더 좋아요. 우람한 몸집에 근육질……."

"그래, 알았어. 이해했어."

내가 말을 자르자, 아틸라는 일어서서 장난스럽게 엉덩이를 흔들어 보였다.

"하지만 얼마든지 감상하셔도 괜찮아요. 자, 그럼 가시죠. 이제 나가자고요."

나는 세수를 하고 옷을 입은 다음 아래층으로 내려갔다. 올가는 주방 조리대 앞에 서서 이스트반에게 안겨 있었다. 두 사람은 내가 온 줄도 몰랐다. 올가는 애교 부리며 천천히 기지개를 켜더니 고개를 들고 목덜미를 드러냈다. 이스트반은 말없이 입술을 깨물었다.

"좋은 아침이에요."

내가 빈 잔을 싱크대에 넣으며 인사했지만 두 사람은 놀라는 기색도 없이 서로에게서 눈길을 떼지도 않은 채 나를 맞이했다.

"너 지금 뭐 하는 거니?"

나는 조리대에 있던 빵을 집어 들며 폴란드어로 올가에게 물었다. 이스트반은 폴란드어를 듣더니 미소를 지으며 우리를 두고 사라졌다.

"뭐 하냐니? 대화하고 있었지."

"몸으로 대화를 했니? 말없이?"

"대체 왜 또 지랄이야, 라우라?"

올가는 짜증스레 소리를 지르며 식탁에 앉았다.

"너 며칠 전만 해도 사랑에 빠져 있었잖아. 그새 잊었어?"

"지금은 상황이 완전히 달라졌잖아. 네가 마시모랑 같이 살지 않는 한, 난 더는 도메니코를 못 만나는 신세가 됐어. 나더러 어쩌라고? 평생 도메니코를 그리워하며 독수공방할까? 좋았던 옛날을 곱씹으면서?"

나는 고개를 푹 숙인 채 한숨을 쉬고 눈물을 참으며 말했다.

"미안해."

올가는 나를 껴안고 달래주었다.

"아, 라우라. 미안해하지 마. 네 잘못이 아니잖아. 마시모가 우리 인생을 다 망친 거지."

올가는 내 눈물을 닦아주며 말을 이어갔다.

"나는 영원히 고통받을 생각 없어. 가능한 한 하루빨리 잊고 싶어. 너도 그랬으면 좋겠고."

마침 아틸라가 들어와서 우리는 대화를 멈추었다. 그는 멜란지 그레이색 오버사이즈 트레이닝팬츠에 가슴선이 깊게 파인 베이지색 티셔츠를 입고 블랙 에어맥스 스니커즈를 신었다. 검은 가죽 재킷을 들고서 선글라스를 쓴 아틸라는 우리를 보고 환하게 웃었다. 완벽하고 하얀 치열이 돋보이는 미소였다.

"준비되셨나요?"

"설마 지금 가려고? 난 이 꼴로 외출 못 해! 5분만 기다려."

올가는 소리치면서 위층으로 달려갔다.

하지만 나는 옷을 갈아입을 마음이 없었다. 지금 신은 이뮤 신발에 스키니진과 헐렁한 오버사이즈 니트 스웨터가 마음에 들었다.

거기에 제일 좋아하는 스모키 렌즈 애비에이터 선글라스를 쓴 뒤 시계를 보았다.

순간, 배에 찌르는 듯한 통증이 느껴졌다. 나는 한 손으로 배를 움켜잡고 다른 손을 식탁에 뻗어 몸을 가누었다.

"왜 그래요, 라우라?"

아틸라가 가까이 다가와 내 팔꿈치를 잡고 일으키며 걱정 가득한 얼굴로 물었다. 나는 가냘픈 목소리로 대답했다.

"아무것도 아니야. 가끔 마시모를 생각하면 이상하게 아파. 아마 아이가 아버지를 그리워하는 모양이야. 바보 같은 소리라는 거 알지만."

나는 눈길을 들어 아틸라를 바라보았다.

"바보 같다는 생각 안 들어요. 나도 얼마 전에 사랑니를 뽑았거든요. 상처는 금방 아물었지만, 그 뒤로 몇 달 동안 뽑은 자리가 아프더라고요. 그런 걸 환상통이라고 한대요. 그러니 라우라가 아픈 것도 당연하죠."

나는 조리대 옆에 웅크리고 앉아 짧게 웃었다.

"그래, 나도 그런 거야."

"나 왔어!"

올가가 계단을 뛰어 내려오며 외쳤다.

헝가리의 가을은 폴란드보다 훨씬 아름답고 따스했다. 벌써 11월이 다 되어가는데도 섭씨 11도로 온화했다. 우리는 부다페스트 유적지의 다양한 건축 양식을 차창 너머로 즐겁게 바라보았다. 아틸라는 파란색 아우디 A5를 느리고 안전하게 몰았고, 우리는 편안히 앉아 부다페스트의 붐비는 거리를 우아하게 누볐다.

30분 만에 병원에 도착했다. 아틸라는 우리보다 앞서 걸으면서 직접 문을 열고 우리를 안내했다. 안으로 들어가자 젊은 여자 직원이 아틸라를 보고 자세를 고쳐 앉았다. 그녀는 그의 질문에 열심히 답하며 연신 방긋방긋 웃었다. 잠시 후, 우리는 산부인과 진료실로 들어갔다.

"별문제 없대?"

내가 진료실에서 나오자마자 올가가 벌떡 일어서서 소리쳤다.

"완전히 괜찮지는 않은 것 같아. 몇 가지 검사를 했는데 결과는 내일 나온대. 의사가 나한테 누워 있으라고 했어. 피곤한 일은 하지 말고, 불안한 상황을 만들지 말래. 망했어, 올가. 누워만 있다가는 미칠 텐데."

그러자 아틸라가 끼어들어 말했다.

"아무것도 걱정하지 마세요. 이제 가요. 제가 랑고쉬를 사드릴게요. 헝가리 대표 간식이죠. 그런 다음 집에 가요. 다 같이 누워 있자고요. 괜찮을 거예요."

그는 나를 안아주었다. 올가도 내 손을 잡았다.

"좋아. 우리 다 같이 누워 있자. 모두 너처럼 임신한 셈 치자고."

올가는 웃으면서 내 이마에 키스해준 다음 나를 차로 데려갔다.

랑고쉬는 치즈와 마늘을 넣은 납작한 빵으로, 믿을 수 없을 정도로 기름졌지만 그만큼 맛있었다. 그런 다음 집으로 돌아온 나는 트레이닝복으로 갈아입고 침대에 누웠다.

잠시 후 문이 열리더니 이스트반이 방으로 들어왔다. 그는 침대 옆 소파에 앉아 이야기를 꺼냈다.

"당신을 진료한 친구와 이야기해보았습니다. 진료 정보를 불쑥 물어 기분 나빴다면 미안하지만, 당신이 걱정되어 그랬습니다. 위험 부담이 큰 임신이라는 걸 알고 있으니, 당신이 여기 편안하게 머물 수 있도록 최선을 다할 겁니다. 그러니 아무것도 걱정하지 말아요. 오늘 폴란드 TV를 설치할 거고, 침대 옆에 있는 노트북에는 인터넷을 설치해두었으니 쓰셔도 좋습니다. 혹시 책이나 신문 같은 게 필요하다면 뭐든 알려줘요. 바로 구해올 겁니다."

나는 고마움을 한껏 담은 미소를 지었다.

"저에게 왜 이렇게 잘해주세요? 저랑 아는 사이도 아니시잖아요. 게다가 전 임신한 채로 시칠리아 마피아에게 쫓겨 다니다가 불쑥 나타났는데……. 이스트반 씨에게 폐만 끼치게 될 거예요."

"오, 이유는 간단하죠. 나는 당신 친구 올가를 사랑해요. 그리고 올가는 당신을 사랑하고요."

이스트반은 나의 팔을 가볍게 쓰다듬고는 일어서서 방을 나가다가 올가와 마주쳤다.

"깜짝 방문!"

올가는 소리치며 종종걸음으로 방에 들어와 침대 옆 협탁에 코코아 잔을 두었다.

"의사가 뭐라고 했는지 어서 말해봐."

"음, 가장 중요한 건 말이야, 아기가 벌써 사람의 형상을 띄기 시작했다는 거야. 지금은 설탕 한 스푼 정도 몸무게가 나간대. 그리고 내가 행복해하면 그 기분을 같이 느낀대. 내가 행복하면 몸에서 호르몬이 나와서 아기까지 행복해진대. 나쁜 소식은, 내가 화내면 아기도 같이 화를 낸다는 거야. 그래서 의사의 말에 따르면 나는 항상 행복하게 지내야 해. 그리고 또…… 아기에게 작은 손발이 생겼대. 길이가 몇 센티미터밖에 안 되는 인간인데도 말이야. 그리고 나는 고위험군 임신부라서, 의사가 매일 와서 초음파 검사 같은 걸 할 거래. 원래대로라면 내가 병원에 입원해야 하지만, 이스트반이 의사 선생님 친구라서 그냥 집에 있어도 된대."

나는 잠시 말을 멈추고 떠올렸다.

"근데 말이야, 이스트반이 너 사랑하는 건 알지? 몇 분 전에 그렇게 말하고 나갔어."

올가는 내 발치에 드러누워 두 손으로 얼굴을 가렸다.

"맙소사…… 알아. 하지만 신경 안 써. 난 도메니코를 사랑하거든. 물론 이스트반은 섹시하지. 자상하고, 잘생기고, 좋은 남자에다가 좆도 굉장하고……"

올가는 말꼬리를 흐리며 입술을 깨물었다.

"하지만 우리 사이에는 진한 끌림이 없어. 예전에는 있었는데. 이스트반을 처음 만났을 때가 아직도 기억나. 7월에 빌러턴 호수로 휴가를 갔을 때였어. 네가 하베우던가 하는 레스토랑 사장이랑 사귀고 있었을 때야. 너 그 남자한테 홀딱 빠졌었잖아. 기억나?

어쨌든, 시오포크에 있는 아파트를 숙소로 빌려놓고 놀던 어느 날 밤이었어. 그날따라 클럽을 아무리 돌아다녀도 마음에 드는 데가 없는 거야. 그래서 쫙 빼입은 옷차림으로 로제 와인 한 병이랑 담배를 사다가 길바닥에 앉아 빈둥거리며 지나가는 사람들을 구경

했어. 사람들은 분명 내가 콜걸인 줄 알았을 거야. 이스트반도 나를 그렇게 생각했거든. 아니면 만취한 건 아니더라도 기분 좋게 취해 보였거나.

여하튼, 이스트반은 친구들이랑 같이 걷다가 내 옆을 지나갔지. 그러다 나를 좀 더 자세히 보려고 돌아섰어. 그때 우리 눈이 마주쳤던 거야. 우리는 아주 오랫동안 서로를 바라보았어. 미친 사람들처럼. 그러다 이스트반이 어떤 남자와 부딪혔어. 그가 인파 속으로 사라졌을 때도 나는 자리에서 일어나지 않았는데, 몇 분 있다가 이스트반이 다시 돌아오더니 내 앞에 선 거야. 그때 처음으로 보이더라. 비싼 바이커 부츠 위로 찢어진 청바지 앞섶이 엄청나게 묵직하더라고. 거대한 그게⋯⋯."

올가는 다시금 꿈결 같은 표정을 지었다가 말을 이어갔다.

"그래서 난 눈을 들었지. 근육질 몸매와 사람을 최면에 걸리게 할 것만 같은 눈빛이 보였어. 이스트반은 내 입에서 담배를 빼더니 옆에 앉아서 피우기 시작했지. 그러고는 내 와인을 가져가서 한 모금 마시더니 벌떡 일어서서 가버리는 거 있지? 엄청 놀랐어. *대체 뭐지?* 싶었다니까. 가만히 앉아 있는데 5분쯤 있다가 이스트반이 다시 돌아왔어. 그러고는 다시 내 옆에 앉더니 자기가 가져온 와인을 바닥에 내려놓고 주머니칼로 병을 따더라.

그러더니 마개를 열고 이렇게 말했어. '헝가리에 와서 와인을 마셨던 추억을 나중에 떠올리려면, 좋은 와인을 마셔야죠. 하지만 와인 말고도 더 좋은 추억을 내가 만들어줄게요.'

그 순간 나는 이스트반의 여자가 되었어. 우리는 밤새 길바닥에 앉아서 이야기를 나누었고, 날이 새자 아침을 먹고 해변에 놀러 갔어. 놀랍게도, 우린 그 이상 선을 넘지 않았어. 다음 날 이스트반이 고른 레스토랑에 가서 저녁을 먹으면서 몇 시간 동안 대화를 했어. 그리고 헤어질 때가 되자, 난 멋진 이틀을 보내게 해줘서 고맙다고 말하고 도망쳤어.”

나는 깜짝 놀라서 물었다.

“잠깐만…… 뭐라고? 왜 그랬어?”

“너무 완벽한 남자라서. 완벽해도 너무 완벽해서. 게다가 난 그때 어렸어.”

올가는 슬픈 기색이었다. 좀처럼 볼 수 없는, 그녀답지 않은 표정이었다.

“난 스스로를 믿을 수가 없었어. 감정을 주체할 수가 없더라. 내가…… 이 남자를 사랑하게 될까 봐 무서웠어. 하지만 걱정 마. 이스트반은 나를 쉽게 포기하지 않았거든.”

올가는 고개를 들고서 내가 묻기 전에 대답했다.

“난 레스토랑에서 나와 몇 블록 거리에 있는 숙소로 향했어. 문앞에 도착했을 때 누군가 내 어깨에 손을 얹었어. 뒤돌아서자마자 그 손길이 나를 벽에 밀쳤고, 입술에 어떤 남자의 입술이 느껴졌어. 내 인생 최고의 키스였지. 이스트반이 키스가 끝난 뒤 물러서서 말했어. ‘작별 인사를 잊었잖아.’ 그러고는 돌아서서 떠나려고 하더라. 그럴 땐 어떡하겠니? 난 그를 뒤쫓아 가서 품에 안겼지. 그렇게 해서 우리는 그다음 주를 함께 보냈어. 서로를 품에 안고. 휴가가 끝난 다음 부다페스트로 같이 갔는데, 알고 보니 이스트반은 부유한 이혼남인 데다 아들도 있다는 거야. 그게 부담스러워서 난 또 도망쳤어. 이스트반은 다 이해한다고 했지. 하지만 나를 잊지도 않았고, 심지어 내가 더는 자신의 여자가 아니라는 사실도 받아들이지 않았어. 나한테 전화하고, 바르샤바로 두어 번 오기도 했고……."

나는 지금 들려주는 이야기에 그만 넋을 잃고 올가를 지그시 응시했다. 올가의 목소리에는 너무나 짙은 감정이, 열정이 가득 배어 있었다.

"왜 나한테 이제껏 아무 말도 안 했니? 너무 낭만적이다."

나는 미소를 지었다. 내 말투가 살짝 빈정대는 것 같았나 보다. 올가는 곧바로 베개를 들어 내 머리를 때려서 보복했다.

"이럴까 봐 말 안 한 거야, 나쁜 기지배야. 놀렸을 거잖아. 감정이 어쩌니 저쩌니 지껄이는 건 내 스타일이 아니니까. 하지만 같이 있던 일주일 동안 내가 이스트반의 거기를 어떻게 빨았는지는 얼마든지 말해줄 수 있어. 이것보다 더 끝내주는 이야기라고. 진짜로."

CHAPTER 6

그 뒤로 시간은 계속 흘렀다. 몇 시간이 아니라 며칠, 몇 주 동안 나는 침대에 누워서 지냈다. 올가와 아틸라는 나와 함께 있어주었고, 이스트반도 가끔 우리와 어울렸다. 우리는 게임을 하고, 책을 읽고, TV를 보지 않는 시간에는 놀면서 서로 친해졌다. 마치 삼남매처럼. 나의 검사 결과는 날이 갈수록 좋아지고 있었다. 마음도 전보다 차분해졌다. 물론 행복하다고 말할 수는 없었다. 하루도 마시모를 생각하지 않는 날이 없었으니까. 하지만 적어도 이젠 마시모 없이 살 수 있을 것 같았다. 나는 번호를 바꿔가며 엄마에게 전화했다. 고맙게도 내 전화기에는 발신번호 표시 차단 기능이 있어서, 엄마는 내가 번호를 바꾸는지도 몰랐다. 그리고 엄마가 나에게 먼저 전화를 거는 일도 없었다. 엄마는 항상 내가 전화하기를 기다렸다.

어느덧 가을이 지나고, 12월이 되었다. 나의 기분은 계속 저조해지기만 했다. 아직 배가 생각만큼 많이 나오지 않았는데도 몸이 불어서 옷이 맞지 않았다. 올가는 자신의 감정과 싸우고 있었고, 이스트반은 자꾸만 미적거리는 올가와 싸우고 있었다.

그러던 어느 날 아침, 이제껏 미뤄온 대화가 결국 나오고 말았다.

"라우라, 이제 우리 폴란드로 돌아가야겠어. 폴란드에 안 간다 해도, 어쨌든 여기서 떠나자."

내가 아침을 먹고 있는데 올가가 주방 식탁에 앉아서 말했다.

"아이도 이제 괜찮아졌고, 네 기분도 나아졌잖아. 아무도 우리를 추적하거나 찾지 않아. 거의 두 달이 다 되었어. 이제 돌아가자."

실은 올가가 먼저 제안해주어 기뻤다. 우리 둘 다 폴란드가 그리웠다. 부모님과 친구들이 보고 싶었다. 헝가리는 참 멋진 곳이지만, 우리는 이곳에서 그저 손님일 뿐이었다. 더는 호의에 기대 신세질 수 없었다.

"네 말이 맞아. 이스트반이랑은 이야기해봤어?"

"그래. 밤새 대화했어. 이스트반은 이해하더라. 무슨 일이 있어도 우리가 영원히 함께할 수는 없다고 내가 분명하게 이해시켜줬어. 그 점은 받아들인 것 같아."

그때 아틸라가 주방에 나타나서 나를 꼭 안아주고 이마에 입을 맞추었다. 이런 포옹이 이제는 습관이 되었다.

"내가 제일 좋아하는 아기 엄마는 오늘 기분이 어떠신가요?"

아틸라가 게이란 걸 알고 나니 대하기가 훨씬 수월했다. 내가 이제껏 본 남자 중에서 제일 잘생긴 축에 속하는 아이였지만, 어쨌든 게이는 게이라서 남동생 같았다.

"기분은 아주 좋아. 그래서 말인데 아틸라, 우리 이제 그만 떠나야 할 것 같아."

나는 그의 포옹에 화답하며 말했다.

아틸라는 깜짝 놀라 물러서더니, 갑자기 얼굴에 분노를 띠고서 다가왔다. 그러고는 주먹으로 식탁을 치며 소리 지르기 시작했다.

"갑자기 떠나다뇨? 날 여기 두고 가면 어떡하라고요? 게다가 떠나면 당신은 담당 의사도 바꿔야 하잖아요! 폴란드에서 더 아프기라도 하면 누가 당신을 돌봐주는데요? 절대로 용납 못 해요! 라우라, 당신은 아무 데도 갈 수 없어요."

그는 두 손으로 다시 식탁을 내려치며 나를 이글거리는 눈빛으로 노려보았다. 아틸라의 반응에 나는 할 말을 잃었다. 이제껏 그저 귀엽기만 하던 애가 대번에 독재자 같은 미치광이로 변해서 소유욕을 드러내다니, 어떻게 이럴 수가 있지?

그 순간 올가가 벌떡 일어서서 소리쳤다.

"바보같이 굴지 마, 아틸라! 우리한테 소리 지르지 마. 얼굴은 멀쩡하게 생긴 놈이 완전히 멍청이처럼 구는 것만큼 최악은 없어. 우리는 널 떠나는 게 아니야. 우리 나라로 돌아가려는 거지. 넌 언제든지 우릴 보러 올 수 있잖아. 우리가 무슨 바다 건너 캐나다에 사는 것도 아닌데. 원한다면 2주에 한 번씩 볼 수도 있어. 게다가 바르샤바에는 네가 좋아할 예쁘장한 남자애도 많아."

나는 일어서서 아틸라에게 다가가 그의 탄탄한 몸을 부드럽게 껴안은 다음 달래듯 말했다.

"자, 진정해, 덩치만 컸지 완전히 아기로구나. 화내지 말고. 원한다면 같이 가도 좋아. 하지만 우리는 고향으로 돌아가야 해."

나는 그의 등을 토닥여준 다음 위층으로 올라갔다. 예상대로 아틸라는 잠시 후 내 방으로 들어왔다. 그는 등 뒤로 문을 쾅 닫고서 굵은 팔로 내 목덜미를 잡더니 나를 벽으로 밀쳤다. 그러자 배에 익숙한 전율이 흘렀다. 나를 이런 식으로 대한 건 마시모뿐이었는데.

그때였다. 아틸라의 혀가 내 입속을 파고들더니 그가 몸으로 나를 눌렀다. 나는 눈을 감고서 과거로 돌아간 듯한 기분을 느꼈다. 우리의 혀가 입 안에서 얽히는 동안, 아틸라는 커다란 손으로 살며시 내 얼굴을 쥐었다. 뜨겁고 부드러운 입술이 열정적이고도 거칠게 내 입술 위로 달라붙었다.

크나큰 충격이었다. 나는 간신히 머리를 뒤로 젖히고 속삭였다.

"아틸라, 지금 뭐 하는 거야? 넌 분명히 게이라고……."

아틸라는 혀로 내 목덜미를 더듬어 내려가며 대답했다.

"그 말을 정말 믿었어요? 나는 보시다시피 이성애자예요, 라우라. 당신을 처음 봤을 때부터 갖고 싶었어요. 당신 향기가 좋아요. 당신이 잘 때, 일어날 때 지켜보는 게 정말 좋다고요. 양치질하면서 다리를 꼬는 모습도, 입술을 깨물면서 책을 읽는 모습도, 골똘히 생각에 잠긴 모습도 너무 좋아요. 아, 제길. 당신이 너무 갖고 싶어."

그는 숨을 몰아쉬었다. 충격을 받은 나머지 처음엔 제대로 이해가 되지 않았다. 무슨 말인지 모르겠어. 게다가 아틸라의 혀가 점점 내 피부를 쓸고 내려가자 머릿속이 복잡해졌다.

결국 나는 아틸라를 확 밀쳤다.

"하지만 난 임신했어. 게다가 마피아랑 결혼했단 말이야. 이해가 안 되니? 널 동생이라고 생각했는데, 넌 게이인 척하면서 날 어쩌려고 한 거야? 언젠가 내 방에 몰래 숨어 들어와서 날 덮치려고 했니? 맙소사, 정말 생각이 글렀구나."

말하다 보니 점점 화가 치솟았다. 나는 문을 벌컥 열었다.

"당장 나가!"

하지만 아틸라는 움직이지 않았다. 이젠 나도 고함을 질렀다.

"당장 여기서 꺼져, 아틸라!"

언제나 믿음직한 싸움닭이었던 올가가 나타나서 문가에 섰다.

"무슨 일이야? 왜 소리를 질러?"

"아무 이유 없어. 이제 짐 싸. 떠나자."

올가는 걱정을 감추지 못한 채 나를 슬쩍 쏘아보다가 아틸라를 보았다. 그러나 아무런 설명도 하지 않자, 돌아서서 본인 방으로 떠났다.

두 시간 뒤 우리는 떠날 준비를 마쳤다. 이스트반은 우리가 떠나는 걸 전혀 기뻐하지 않았기에 올가는 그와 오랫동안 작별 인사를 했다. 이토록 너그럽게 우리를 먹여주고 재워준 집주인에게 올가가 어떤 식으로 감사를 표했는지는 모르겠지만, 어쨌든 두 사람이 방에서 나왔을 때 이스트반은 아주 만족한 표정이었다.

나는 그의 뺨에 입을 맞추며 작별 인사를 했고, 그는 아빠처럼 다정한 몸짓으로 나를 오랫동안 안아주었다. 나는 그가 좋았다. 그와 함께 있으면 차분하고 안정감이 느껴졌다. 게다가 아들과 달리 이스트반은 나쁜 꿍꿍이 같은 건 전혀 없었다.

나는 마침내 그의 품에서 벗어나며 말했다.

"고맙습니다."

"폴란드에 도착하면 전화해요."

아까 다투고 난 뒤 아틸라는 집에서 나가 돌아오지 않았다. 내가 너무 심했나 싶었지만, 동시에 견딜 수 없을 정도로 그에게 화가 났기에 그럭저럭 빚진 건 없다는 생각이 들었다. 어쨌든 아틸라가 없는 편이 좋을 수도 있겠지.

폴란드로 가는 길은 멀었다. 참으로 기나긴 여정이었다. 갑자기 떠나는 바람에 어디서 묵을지도 정하지 못했다. 길을 반쯤 지났을 때야 비로소 그 생각이 났다.

문득 올가가 말했다.

"나 좋은 생각이 있어. 뭐게?"

"나도 지금 너랑 같은 생각인 것 같아. 너희 집에 있을 수는 없겠다는 거 아니었니?"

"당연하지. 하지만 그건 이미 생각한 거고, 나한테 또 다른 생각이 있어."

나는 올가를 지그시 바라보았다.

"이제껏 생각한 건데, 계속해서 도망치는 건 우리한테 도움이 안 돼. 네가 원하든 아니든 마시모는 널 찾아낼 거야. 게다가 들어봐. 너희 사이를 정리할 방법이 없는 것도 아니잖아. 마시모는 개자식이 맞지만, 그렇다고 네 인생을 망쳐서 어떡하려고. 지금까지 너는 충분히 쉬면서 회복할 시간이 있었어. 지금 당장 마시모한테 전화하라는 말은 아니지만 마시모가 우리를 찾을 걱정은 하지 말자. 우리는 시칠리아가 아니라 폴란드에 있잖아. 그들은 여기서 힘이 없어. 시칠리아에서는 모두가 비위를 맞추려 드는 마피아 보스일지 몰라도, 폴란드에선 기껏해야 명품이나 걸친 이탈리아 놈이라고."

나는 조용히 올가의 이야기를 들었다. 무슨 말을 하려는 걸까. 그러다 올가의 말이 옳다는 걸 서서히 받아들이게 되었다. 내가 이제까지 완전히 이기적이고 멍청하게 행동했구나. 내가 도망치는 것과 올가는 아무런 상관이 없는데. 올가가 이 모든 상황에 진저리가 나는 것도 당연했다. 나는 고개를 끄덕였다.

"네 말이 맞아. 하지만 내 아파트로 돌아가고 싶지는 않아. 예전에 내가 묵었던 호텔에 있자. 거긴 도심지에 있어. 거기 묵으면서 제대로 된 집을 찾아보자. 돈도 있잖아. 장소를 고르는 게 문제겠네. 나는 빌라노프에 살고 싶어. 물론 신시가지 쪽은 말고. 좀 더 먼 곳으로. 거긴 차분하고 조용하겠지. 도심에서 가깝고 병원도 지척에 있으니까. 파베우 오메 박사에게 부탁하면 좋은 산부인과 의사를 구해줄 거야. 그리고 마법 같은 의학 기술로 내가 출산하는 동안 죽지 않게 해주겠지."

"너는 이미 계획이 다 있었구나."

"응, 당연하지. 1분 전에 생각한 거긴 하지만."

나는 어깨를 으쓱였다.

바르샤바에 도착했을 때는 저녁이 된 지 한참이었다. 나는 예전 직장 동료인 나탈리에게 전화를 걸어 그녀의 이름으로 방을 예약해달라고 부탁했다. 더는 도망치지 않을 생각이었지만, 그렇다고 내 이름으로 떡하니 예약해서 남편이 날 쉽게 찾도록 내버려두지도 않을 작정이었다.

목적지에 가까워질수록 점점 피곤해졌다. 그래서 국경 근처에 다다르자마자 올가와 자리를 바꾸어 운전대를 잡은 즉시 과속을 했다. 가능한 한 빨리 고향에 가서 푹 자고 싶은 마음이 간절했다.

바르샤바 주변 순환도로는 텅 비어 있어서, 나는 제한속도를 초과해 달렸다. 그런데 잠시 후 백미러에 경광등을 번쩍번쩍 빛내며 다가오는 순찰차가 보였다. 경찰이 뒤따라오고 있었다.

"제길, 경찰이야."

올가는 전혀 당황하지 않고 뒤를 슬쩍 돌아보았다.

"얼마나 과속했어?"

"잘 몰라. 빨리 달리긴 했지."

"괜찮아. 이야기를 꾸며내면서 훌쩍거리면 그냥 보내줄 거야."

그래서 울어보았지만 안타깝게도 통하지 않았다. 장장 15분 동안 내가 임신했고, 오랫동안 운전했으며, 그래서 둘 다 기분이 좋지 않았다고 말해봐도 경찰관들은 무거운 벌금에 더해 내 면허에 벌점을 매겼다. 전혀 기분이 나쁘지는 않았지만 경찰이 내 이름을 검색해 데이터베이스를 조회했다는 게 문제였다.

분명히 마시모가 이 정보를 입수하겠지. 그리고 내가 어디 있는지 알아내겠지. 이건 너무 편집증적인 생각일까. 하지만 마시모가 경찰 데이터베이스에 접근하리라는 가정은 해야 했다.

마침내 우리는 호텔에 도착했다. 나는 일주일치 객실료를 미리 지불한 다음 올가와 함께 잠들었다.

도착한 지 사흘째 되는 날엔 우리가 살 집을 구했다. 원하던 지역은 아니었지만, 아주 화려한 아파트라서 보자마자 빌리고 말았다. 집주인은 장기 계약을 권유했지만 그럴 수는 없어서 대신 여섯 달치 방세와 거액의 보증금을 내겠다고 제안했다. 집주인은 만족해하며 합의했다.

그 아파트는 전 남자친구인 마르틴의 집과 가까웠지만, 우연히 마주친다 해도 마르틴이 먼저 나를 피할 것이다.

드디어 우리는 이사를 했다. 길고 긴 몇 주의 떠돌이 생활 끝에 올가와 내가 둘만의 공간을 구한 것이다. 고급스러운 집이었고 우리 둘이 살기에는 너무 크다는 점조차 별문제가 되지 않았다. 주방이 붙은 형태의 거대한 거실이 아파트 절반을 차지했고, 방 세 개와 널찍한 드레스룸, 욕실 두 개에 작은 화장실이 있었다. 파티를 열마음은 아직 없지만 그래도 그럴 만한 공간이 있는 게 없는 것보다는 나으니까. 나중에 넓은 공간이 쓸모가 있을지 누가 알아?

그러던 어느 화요일, 둘이서 거실의 긴 소파에 앉아서 멍하니 TV를 보던 도중에 올가가 불쑥 말했다.

"잠깐 부모님 댁에 다녀와야겠어. 하루 아니면 이틀 내로 돌아올게. 너희 집에도 들러서 네가 아주 잘 있다고 전해드리고 올게. 내일 아침에 떠나려고. 오늘 엄마에게 간다고 전화해놨어. 그러니까 가긴 가야 해."

"그래, 갔다 와. 나는 이제껏처럼 계속 이러고 있을게. 영화나 보면서 누워 있을 거야."

하지만 다음 날 아침 올가가 떠나자 혼자 남은 나는 순식간에 외로움에 휩싸였다. 그래서 노트북을 켜고 요즘 무슨 영화가 상영되는지 뭔지 훑어보았다. 보고 싶은 영화가 많았다. 나는 차례대로 표를 두 장 예매하고 영화관에 가서 다섯 시간을 보냈다. 어차피 집 침대에 누워서 보나, 영화관 좌석에 누워서 보나 가만히 있기는 마찬가지 아니겠는가.

장장 다섯 시간의 영화 감상을 마친 다음, 택시를 타고 빌라노프의 집으로 돌아왔다. 아파트 문을 열려던 순간, 집 안에서 TV 소리가 들렸다. 올가가 벌써 돌아온 걸까? 안으로 들어가서 소리가 나는 쪽으로 다가갔다. 집 안은 어두웠다. TV 화면에서 흘러나오는 희미한 영상의 빛만이 캄캄한 실내를 유일하게 밝히고 있었다. 나는 두리번대다가 결국 화면을 유심히 바라보았다.

순간 온몸이 굳었다. 악몽 같은 장면이 펼쳐지고 있었다. 화면은 2분할로 나뉘어 있었는데. 첫 번째 화면은 마시모가 안나와 잤던 곳에서 찍은 CCTV 영상이었고, 두 번째 화면은 저택의 정원에서 열린 회의 장면이었다.

나는 기절하지 않으려고 마음을 다잡으며 소파에 털썩 쓰러졌다. 그러자 누군가 화면을 정지시켰다. 영상이 멈추자, 심호흡이 절로 삼켜졌다.

그가 여기 왔구나. 나는 눈을 감았다.

"마시모?"

"왼쪽 화면을 자세히 살펴보면, 아드리아노의 엉덩이에 난 반점을 볼 수 있을 거야. 난 엉덩이에 그런 반점 없어."

낭랑한 마시모의 목소리가 방을 울렸다.

"화면 오른쪽을 보면, 같은 시간에 내가 정원에 앉아서 밀라노에서 온 손님과 환담하는 장면이 보일 거야."

눈을 감았다. 눈물이 왈칵 터졌다.

그의 목소리가 들려. 향기가 나……. 하지만 무슨 말을 하는지 모르겠어.

"이제 어디 말해봐! 지난 두 달간 대체 뭘 했는지!"

내가 아무런 반응이 없자 마시모는 버럭 소리를 질렀다.

"나를 떠나고 싶었다면 말을 했어야지! 이런 식으로 도망쳐서 숨는 짓은 용납 못 해! 너는 나를 남편으로 대접해주지 않았어. 최악의 적으로 대했다고. 더 나쁜 게 뭔지 알아? 나를 멍청이로 생각했다는 거야. 진심으로 내가 그토록 증오하는 여자와 바람이나 피우는 남자라고 믿었어?"

조명이 켜졌다. 돈 마시모가 소파에서 일어서서 다가왔다. 나는 고개를 들고 그의 눈빛을 마주했다. 이 세상에서 가장 아름다운 남자. 검은 바지와 짙은 색 터틀넥 스웨터를 입은 모습이 숨 막힐 정도로 매혹적이었다. 그는 가만히 서서 특유의 얼음장 같은 시선으로 나를 쏘아보았다. 얼마 만이던가. 나는 눈길을 돌렸다. 그를 보기만 해도 몸이 아팠다.

그래서 대신 TV를 보았다. 마시모는 재생 버튼을 다시 눌렀다.

그의 말은 모두 사실이었다. 이제 모든 게 분명하게 이해되었다. 다시 영상을 앞으로 되돌리자, 마시모가 정원 테이블에서 일어나 아드리아노와 안나가 있는 서재로 걸어 들어가는 모습이 보였다. 토할 것만 같았다. 평생 이토록 기분이 더러웠던 적이 또 있을까. 내가 다 망쳤구나. 내가 실수를 저질러서, 우리 둘 다 어마어마한 상처를 입었어.

아무 말도 하고 싶지 않았다. 지금 무슨 말을 하겠어? 이 상황을 호전시킬 방법이 있기는 할까?

잠시 후 마시모가 말했다.

"아드리아노는 안나를 데리고 떠났어. 안나는 아드리아노와 함께하는 걸로 만족하는 것 같더군. 가문 간 휴전 협정이 공식적으로 이루어졌으니, 이제 너는 확실히 안전해."

마시모는 다시 소파에 앉았다.

"자, 이제 짐을 싸. 시칠리아로 돌아가자."

"올가를 두고 갈 수는 없어요."

"올가는 지금 도메니코와 있어. 도메니코가 올가의 부모님 댁으로 갔으니까. 그 애들은 한 시간 뒤 여기로 올 거야."

"난 가져갈 거 없어요. 그냥 몸만 가면 돼요."

"그럼 일어나."

그는 냉정하게 말하며 자리에서 일어섰다.

화가 났구나. 정확히 말하자면 깊이 분노하고 있다. 내게 이토록 냉정한 모습을 보인 건 처음이다. 나는 그의 성미를 자극하고 싶지 않아서 시키는 대로 했다.

공항까지는 15분이 걸렸다. 그 15분이 어찌나 길고 견디기 힘들었는지. 잠시 후 제트기에 앉자 마시모는 내게 알약과 물을 건넸다.

"먹어."

그의 목소리는 위압적이었다.

"싫어요. 약 없어도 견딜 수 있어요."

"넌 내 아이를 벌써 위험하게 만들었어. 더는 내 인내심을 시험하지 마."

나는 알약을 삼키고 침실로 들어가서 두꺼운 모직 담요로 몸을 두른 다음 눈을 감았다. 이제껏 마음속에 도사리고 있던 긴장이 서서히 흩어지면서, 차분하고 행복해졌다. 마시모는 나를 두고 바람 피우지 않았구나.

신혼여행 이후로 기분 좋았던 적이 한 번도 없었다. 물론 앞으로 대화를 해야겠지만, 마시모에게 시간이 필요하다면 얼마든지 줄 생각이었다. 중요한 건 이 남자가 다시 내 것이라는 사실이다.

잠들었다 눈을 떴을 때는 아침이었다. 나는 시칠리아에 있는 내 방 침대에 누워 있었다. 미소를 지으며 옆자리에 손을 뻗어보았지만, 남편은 온데간데없었다.

일어나서 목욕 가운을 걸치고 올가의 방으로 갔다. 막 문손잡이를 잡고 돌리려는데, 올가가 혼자가 아닐지도 모른다는 생각이 그제야 들었다. 최대한 조용히 문을 빼꼼 열고 안을 엿보았다. 올가는 침대에 앉아 허벅지에 노트북을 올려놓고 있었다.

"잘 잤어?"

나는 침대 위로 슬그머니 올라가며 올가에게 말을 붙였다.

"마시모가 많이 화났어. 나랑 말도 안 해. 명령만 하고. 그래서 점점 서운해."

"어떻게 마시모를 비난할 수 있겠니? 네 남편은 아무 짓도 안 했는데, 넌 그가 바람피운다며 도망쳤잖아. 마시모는 제일 사랑했던 걸 빼앗겼어. 마시모 편만 들어서 미안하긴 한데, 솔직히 말해서 내가 마시모였다면 넌 벌써 나한테 죽었어."

올가는 노트북을 쾅 닫고는 말을 이어갔다.

"내가 말했잖아. 마시모가 바람피운 거 아니라고 말했다고. 하지만 넌 내 말을 안 들었지. 이제 너도 느끼는 바가 있을 거야. 문제가 생겼을 땐 도망치지 말고 대화로 해결하란 말이야."

나는 얼굴을 베개에 파묻은 채 못마땅한 소리를 흘렸다.

"벌은 기꺼이 받을게. 어쨌든 도메니코는 어때?"

그러자 올가는 미소를 지으며 눈을 감았다. 그리고 나지막한 목소리로 무어라 중얼대더니, 이렇게 말했다.

"어제 부모님 댁에 있는데 도메니코가 찾아왔어. 생각해봐, 내가 얼마나 놀랐겠니? 부모님이 키우는 개를 산책시키고 있는데, 도메니코가 불쑥 나타났어. 마시모의 검은 페라리에 기대 선 모습이 언제나처럼 초연하고도 진지한 게, 세상에, 정말 아름다운 남자야……. 품에 뛰어들고 싶었지만, 그때 강아지가 도망쳐버렸어."

나는 웃음을 터뜨렸다.

"뭐라고? 그게 무슨 소리야?"

"말 그대로야. 그 망할 놈의 개가 도망가는 바람에, 내 남자 품에 안기지도 못하고 개를 쫓아갔다고. 엄마가 세상에서 제일 아끼는 개니 어쩌겠어. 근데 그 똥개가 도망을 쳐서, 한바탕 추격전이 벌어졌지."

"그럼 도메니코는 어떻게 했어?"

"그 자리에 서서 그 꼴을 다 봤어. 그 난장판에도 나름 긍정적인 면은 있더라. 도메니코를 보자마자 엄마 집에 들어가서 거길 빨고 싶은 마음이 간절했는데, 개 때문에 정신이 쏙 빠졌거든. 거의 두 달 동안 섹스를 못 했단 말이야! 아, 인간이란 존재는 대체 얼마나 오래 안 할 수가……."

나는 참지 못하고 끼어들었다.

"그럼 이스트반이랑 한 건 뭐고? 부다페스트에서 둘이서……."

하지만 올가는 자부심 가득한 모습으로 고개를 저었다.

"아무 일도 없었어. 물론 이스트반 옆에서 껴안고 자기는 했지만 섹스하진 않았어. 어쨌든 그놈의 똥개를 잡아서 집에 데려다준 다음 부모님에게 떠나겠다고 말하고 곧바로 도메니코에게 갔지. 도메니코가 차 문을 열어주는데, 내가 타려는 순간 갑자기 밀치더니 키스를 시작했어. 그런데 그 키스가…… 세상에, 나를 집어삼키는 것 같았어. 10대로 돌아간 것처럼, 혀로 섹스하듯이……."

"알았어, 그만해! 잘 알겠어."

나는 얼굴을 찌푸리며 싫은 소리를 냈다.

"그 후엔 길에서 했어. 이번에는 진짜 좆으로. 페라리는 워낙 내부가 이상하게 생겨서 공간이 없더라고. 그래서 차 안에서는 못 했어. 둘 다 너무 흥분해서 바깥이 얼어 죽을 정도로 추운 줄도 몰랐어. 도메니코는 그런 적은 처음이래. 엉덩이에 동상 걸리는 줄 알았어. 물론 예전에도 추워 죽을 것 같은 겨울에 바지를 내린 적이 한두 번 있기는 했는데, 이렇게 오래 벗고 있었던 적은 없거든. 한 번으로는 성에 안 차서 두세 번 더 차를 세우고 하다가 그만 비행기 시간에도 늦어버렸지. 뭐, 전용기에 무슨 정해진 출발 시각이 있겠냐 하겠지만, 그래도 나름의 일정이 있었을 거 아냐? 하여튼 감기에 걸린 것 같아."

"그래서 나랑 같이 비행기를 탄 거야, 안 탄 거야?"

나는 약을 삼키고 10분 뒤에 정신을 잃었기 때문에, 그 후의 일을 알 수가 없었다.

"탔지. 너랑 나랑 도메니코랑 마시모랑 경호원들이랑."

"비행기에 탔을 때 마시모가 너한테 아무 말 안 했어?"

나는 알고 싶었다. 침대 옆의 시계를 슬쩍 보았다.

"안 했어. 마시모는 우리랑 앉지도 않았어. 비행 내내 네가 잠든 모습을 지켜봤으니까. 마치 너한테 기도하듯 말이지. 비행기 객실에 잠깐 들렀는데, 나한테 말을 걸 마음이 없어 보이더라고. 어쨌든 착륙한 다음에는 마시모가 널 제트기에서 내려서 차에 태웠어. 집으로 돌아와서는 침대로 데려가서 옷을 갈아입힌 다음에 한동안 또 애틋하게 쳐다보던데. 나도 네 옷을 갈아입히는 걸 도와주려고 했는데, 나한테는 손 못 대게 하더라고. 그래서 도메니코가 날 데리고 방으로 왔지. 그게 끝이야."

나는 한숨을 쉬었다.

"그럼 한 이틀은 힘들겠네. 알았어. 나는 병원에 가야겠어. 의사에게 전화하고 예약을 잡을게. 조금 이따 보자."

나는 전화기를 들고서 병원 전화번호를 눌렀다. 평소처럼 토리첼리라는 이름은 어딜 가든 환대를 받았다. 내가 가진 선택지는 평범한 시칠리아 주민보다 훨씬 많다고나 할까. 나는 헐렁한 회색 모직 원피스에 가장 아끼는 검은 지방시 부츠, 검은 가죽 재킷을 입었다. 시칠리아의 겨울은 다른 곳만큼 춥지 않았지만, 그렇다고 아주 따뜻하지도 않았다.

올가의 방으로 가자, 올가는 외출 준비를 마치고 날 기다리고 있었다. 올가는 명랑하게 물었다.

"해변에서 아침 먹는 거 어때? 내가 지아르디니 낙소스에 아주 괜찮은 집을 알고 있어. 너랑 마시모가 신혼여행 갔을 때 도메니코랑 갔던 곳이야. 굉장히 맛있는 햄 오믈렛이랑 현지 특산품 치즈를 내오는 식당이지."

"좋아. 나는 두 시간 후에 병원에 가니까 시간이 좀 있겠네."

우리는 아무도 마주치지 않고 저택을 가로질렀다. 올가를 진입로에 세워둔 채 벤틀리를 가지러 저택을 돌아 주차장으로 갔다. 그리고 내 차 키를 보관해두었던 자그마한 벽장을 열었다. 그런데 그 안에는 아무것도 없었다. 하지만 주차장에는 차가 가득했다.

"이건 또 뭐야?"

나는 투덜거리며 다시 왔던 길을 되돌아왔다. 정원 옆에 경호원 한 명이 앉아 있어서, 그에게 다가가 무슨 일인지 물었다.

"있잖아요, 나 병원에 가야 해요. 내 차 키는 어딨죠?"

"부인께서는 이곳을 떠나실 수 없습니다. 돈 토리첼리께서 명령하셨습니다. 의사가 저택으로 왕진을 올 겁니다. 필요한 게 있으면 말씀하십시오. 제가 주문해드리겠습니다."

"지금 장난해요? 마시모는 어딨어요? 내 경호원 파올로는 또 어딨죠?"

"돈 토리첼리께서는 마리오님과 도메니코님을 데리고 떠나셨습니다. 그분들은 내일 돌아오십니다. 저는 오늘 부인의 경호를 맡았습니다."

나는 그를 독기 어린 눈으로 노려보며 씨근댔다.

"망할. 즐거운 나의 집에 돌아왔네……."

나는 돌아오는 길에 올가를 지나쳤다. 올가는 이제껏 참을성 있게 문 옆에서 기다리고 있었다.

"우린 아무 데도 못 가. 외출 금지령이 떨어졌어. 집에서 나가면 안 된대. 차 키는 뺏겼지, 대문은 잠겼지, 선착장도 텅 비었지, 게다가 이 망할 놈의 저택 담장은 뛰어넘기엔 너무 높아."

"진정해, 라우라. 화낼 시간이야 얼마든지 있잖아. 가서 아침 식사나 시키자."

올가는 어깨를 으쓱이고는 나를 두 팔로 안았다.

"다시 생각해보니 그 오믈렛, 엄청 맛있지는 않아."

두 시간 뒤 의사가 왔다. 그는 모든 게 다 괜찮다고 말해주고는 검사용 혈액을 채취해서 저택에서 떠났다. 곧 우리는 지루해졌다가, 엄청나게 좋은 생각이 떠올랐다. 집으로 헤어 디자이너랑 메이크업 아티스트를 부르자! 내 주문에 미용팀이 한 시간 뒤 저택에 집합해서 대기하게 되었다.

기분이 언짢을 때는 손발 관리를 받고 새로운 헤어스타일을 시도해보는 것만큼 좋은 게 없는 법이다. 우리는 네일아트를 받고 나서 머리를 새로 했다. 머리를 하기 전, 혹시 임신했을 때 염색을 하면 태아에게 영향이 있는지 검색해보았다. 별일은 없겠지만 혹시나 하는 마음에. 할머니는 임신한 여자가 염색을 하면 빨간 머리 아기가 태어난다고 항상 말씀하셨다. 알고 보니 임신 중 머리 염색은 태아에게 별 영향을 끼치지 않는단다. 미용사에게 임신 중이라는 사실만 알려주면 된다. 그러면 알아서 전용 제품을 사용하니까.

메이크업을 네 시간 동안 받고 나자 우리는 넋이 나가도록 아름다워졌다. 나에게선 바닐라 향이, 올가에게선 체리 향이 났다. 물론 이렇게 반짝반짝하게 몸을 가꾼 건 별 의미가 없다. 남자들은 내일이나 돌아올 테니까. 하지만 내가 호화롭게 관리를 받겠다는 게 중요한 거지, 이유가 따로 있겠어?

관리를 다 마친 다음 우리는 식당에 가서 저녁을 먹었다. 바깥에 나가 먹기에는 날씨가 좀 안 좋았다. 보통 12월의 시칠리아엔 비가 오는 날이 많지 않은데, 오늘이 하필이면 그날이었다. 올가는 와인 한 병을 다 비우고 완전히 취해서 일찍 자러 갔다.

하지만 나는 전혀 피곤하지 않았다. 그래서 TV를 켜놓고 드레스룸에 가서 마시모의 옷을 뒤지기 시작했다. 그의 향기를 맡고 싶었다. 하지만 옷을 죄다 뒤져도 다 깨끗하고 산뜻한 향기만 났다. 그러다 마침내 찾은 옷이 바로 가죽 재킷이었다. 드디어 마시모의 향기가 나는 옷을 찾았어. 옷걸이에서 재킷을 꺼내고 보송보송한 카펫 위에 주저앉아 옷을 꼭 껴안았다. 마시모는 그간 어떤 마음이었을까. 상상만 해도 눈물이 나. 공포와 절망에 미쳐버릴 지경이었겠지. 내게 전화했을 때, 난 그를 쓰레기처럼 내팽개쳤다. 그 생각에 눈물을 참을 수가 없었다.

"미안해요."

나는 폴란드어로 속삭였다. 굵은 눈물이 뺨 위로 주르르 흘렀다.

"그 말이 무슨 뜻인지는 알아."

뒤에서 목소리가 들려왔다.

고개를 들자 내 옆에 선 마시모가 보였다. 검은 슈트 차림의 그는 차가운 눈빛으로 나를 뚫어질 듯 바라보고 있었다.

"너에게 너무 화가 나, 베이비걸. 나를 이토록 분노하게 만든 사람은 네가 처음이야. 똑똑히 알아둬. 너의 안전을 책임지던 사람을 전부 해고했어. 유럽을 돌아다니며 널 찾느라 수익성 좋은 사업 계약을 놓쳤고. 가문 사이에서 내 권위가 타격을 입었지."

마시모는 옷장으로 걸어가 재킷을 벗어 옷걸이에 걸쳤다.

"지금은 피곤해. 샤워하고 자야겠어."

지금처럼 내게 무관심했던 적은 처음이었다. 이 남자의 사랑을 잃어버리고 있다! 우리 사이에 점점 거리감이 느껴져갔다.

잠시 후 바닥에 쏟아지는 물소리가 들렸다. 난 위험을 감수하기로 마음먹었다. 옷을 전부 벗고서 남편을 따라 욕실로 들어갔다.

마시모는 샤워기 아래에 나체로 서서 살이 델 정도로 뜨거운 물을 조각 같은 몸에 맞고 있었다. 그의 압도적인 나신은 처음 봤던 순간처럼 여전히 찬란했다. 벽에 기대선 채로 벗은 어깨에 물줄기를 맞는 저 관능적인 모습. 나는 슬그머니 그의 곁으로 다가가 넓은 등에 기댔다. 두 손이 본능적으로 그의 것을 찾아 움직였다. 하지만 원하던 걸 잡기도 전에, 마시모는 손가락으로 내 손목을 잡고서 나를 돌려세웠다.

"안 돼."

더없이 확신에 찬 냉정한 목소리가 떨어졌다.

나는 한 발짝 물러섰다. 엉덩이가 유리벽에 닿았지만 상관없었다. 어떻게 나를 이런 식으로 밀어내?

"폴란드로 돌아가고 싶어요. 당신 삐진 거 풀리면 돌아올게요."

나는 화가 난 채 쏘아붙이 돌아서서 나가려 했다.

나의 도발을 마주한 마시모는 야만적인 본성이 솟아오르고 말았는지 그는 내 팔을 잡고서 벽에 밀쳤다. 그의 눈빛이 내 벗은 몸을 한껏 탐색하더니, 이윽고 손으로 내 피부를 쓸어내렸다.

이윽고 마시모는 내 앞에 무릎을 꿇었다.

"배가 많이 나왔군. 내 아들이 점점 자라고 있어."

"얘는 딸이에요, 마시모. 하지만 그 말은 맞아요. 많이 컸어요. 지금은 9센티미터 정도예요."

그는 내 배에 이마를 대고 그대로 있었다. 뜨거운 물이 등에 쏟아지는데도 아랑곳하지 않았다. 다만 두 팔로 내 몸을 끌어안고 내 엉덩이를 꽉 붙잡았다. 그의 손가락이 살갗을 깊숙이 파고들었다.

"너 때문에 얼마나 고통스러웠는지 넌 몰라, 라우라."

"그 이야기를 다 털어놔줘요, 마시모. 제발 부탁이에요."

"지금은 안 돼. 네게 도망친 벌을 줄 때니까."

"그럼 너무 심하게 하지만 말아요."

내 말을 들은 마시모는 다시금 몸이 굳더니 의아한 표정으로 올려다보았다.

"아이가 위험한 적이 있었어요. 나는 고위험군 임신부라고요. 그러니 어쩔 수가……"

나는 그의 머리카락을 쓰다듬으며 조용히 말했다.

하지만 마시모는 내가 말을 채 잇기도 전에 벌떡 일어섰다. 주먹을 꽉 쥐고 이를 악문 채였다.

세찬 호흡으로 그의 가슴이 들썩였다. 쏟아지는 물에 이젠 피부가 붉게 달아오르기 시작했다. 어쩌면 마시모의 분노가 끓어올랐기 때문인지도 모른다. 그는 한 발짝 물러서더니 고함을 지르고는 뒤를 돌아 힘찬 걸음걸이로 욕실을 나갔다.

어쩌면 이렇게 멍청한 짓을 했을까. 내 건강에 이상이 있다고 말하지 말걸. 나는 욕실에 그대로 서서 두 손으로 얼굴을 가리고 스스로를 저주했다. 바깥에서 마시모가 이탈리아어로 무어라 외치는 소리가 들렸다. 얼른 수건을 들고 드레스룸으로 돌아가보니, 마시모가 나오고 있었다. 맨몸에 회색 트레이닝 바지를 걸치고 스니커즈만 신은 채였다. 그는 내게 들고 있던 휴대폰을 던지고는 나를 죽일 듯 노려보았다. 마시모를 막아서고 싶었지만, 그는 나를 살짝 피해 계단을 쿵쿵대며 내려갔다. 나는 그의 셔츠와 내 팬티를 집어 들고 뒤쫓아 갔다.

마시모는 뒤도 돌아보지 않고 복도를 성큼성큼 걸었다. 계속해서 이탈리아어로 무어라 지껄였고, 이따금 주먹으로 벽을 쳤다. 그러고는 지하실로 이어지는 문을 열고 들어갔다. 문이 쾅 닫혔다.

난 지하실에 내려가본 적이 한 번도 없었다. 왜 그런지 몰라도 저 아래에 뭐가 도사리고 있을지 확인해볼 엄두가 나지 않아서였다. 너무나 생생한 장면들이 상상되었고, 머릿속엔 절대로 알고 싶지 않은 장면만 떠올랐다. 예를 들면 냉동고에 들어 있는 시체라든가, 사람들이 의자에 묶인 채로 두목의 수족들에게 끔찍한 일을 당하기를 기다리고 있는 고문실이라든가 하는 이미지가. 아래층으로 내려간다는 생각만 해도 가슴이 뛰었지만 지금은 그것도 앞길을 막지 못했다. 반드시 마시모를 따라가야 했다.

손잡이를 잡고 조용히 문 안으로 들어갔다. 조심스레 계단을 디

디며 아래로 내려갔다. 지하실에서 소리가 새어 나왔다. 비명과 신음, 둔탁하게 몸을 치고받는 폭력의 소리였다. *오, 하느님, 제발 살려주세요.* 나는 속으로 탄식했다. 저 복도 너머에서 일어나고 있을 무서운 일들이 온통 머릿속을 스치고 지나갔다.

정신을 차려보니 계단 아래까지 다 내려와버렸다. 심호흡을 몇 번 하고서 모퉁이를 슬쩍 돌아본 순간, 놀라 입이 쩍 벌어졌다.

고문 받는 사람은 아무도 없었다. 그곳은 체육관이었다. 천장에는 샌드백이 달려 있고 옆으로는 펀칭백과 철봉이 보였다. 레슬링 인형을 비롯해 목적을 알 수 없는 온갖 기구도 수십 개나 있었다.

방 안을 둘러보자 한쪽 벽이 직각으로 꺾인 지점이 보였다. 이 방은 커다란 L자 모양이었다. 나는 조용히 몇 발짝 다가가 그 너머엔 뭐가 있는지 보았다.

그곳에는 옥타곤 링 같은 구조물이 있었다. 링 안에는 마시모와 경호원 하나가 서서, 서로에게 강펀치를 휘두르고 있었다. 음, 정확히 말하자면 마시모가 휘두른다고 해야겠지. 상대인 경호원은 필사적으로 방어만 하고 있을 뿐이니까. 둘의 체구 차이는 확연했지만 마시모는 자기보다 덩치 큰 상대를 전혀 어렵지 않게 철저히 제압했다. 상대가 두 팔을 들어 항복하자 다른 사람이 링 안으로 들어왔다. 마시모는 계속해서 강펀치를 날렸다.

그가 이토록 대단한 격투가일 줄은 몰랐다. 손을 더럽히는 일을 할 때는 부하들을 시킨다고만 생각했는데 이제껏 잘못 알고 있었구나. 마시모의 몸은 극도로 유연하고 민첩했다. 말하자면 불굴의 신체였다. 물론 그 정도는 알고 있었지만, 그런 몸을 가질 수 있었던 이유가 링에서 격투기를 하기 때문인 줄은 꿈에도 몰랐다.

마시모가 킥을 날리자 다리가 머리 위까지 올라갔다. 그는 링 벽을 효율적으로 사용하여 상대를 제압했다. 그 모습이 어찌나 섹시하던지, 마시모가 화를 풀려고 싸운다는 것조차 잊고서 그만 흥분하고 말았다.

새로운 스파링 상대마저 쓰러뜨린 마시모는 동물처럼 포효하더니 마침내 바에 등을 기대고 바닥에 주저앉았다. 경호원 하나가 그에게 물병을 주자 안에 있던 세 명은 모두 링 밖으로 나왔다. 그들은 나가면서 나를 지나쳤지만, 난 그들이 보든 말든 신경 쓰지 않았다. 난 보스의 아내인걸.

그들은 내 옆을 지나면서 정중하게 고개를 끄덕여 인사한 다음 위층으로 올라갔다. 나는 심호흡을 하고서 마시모에게 다가갔다. 내 발소리를 들은 마시모는 고개를 들었다. 날 보고도 별로 놀라지 않았다. 조금도 당황한 기색이 아니었다.

이미 욕실에서 깨달은 바가 있었기에, 이번에는 좀 더 현명하게 행동하기로 했다. 철망 문을 열고 링 안으로 들어가면서 천천히 셔츠 버튼을 풀었다. 그러고는 남편 바로 앞에 서서 셔츠를 펼치고는 부풀어 오른 가슴과 레이스 팬티를 드러냈다.

마시모의 눈빛이 짙어졌다. 그는 입술을 깨물더니 물병에 남은 물을 비우고는 태연하게 던졌다. 나는 아무 말 없이 그에게 가까이 다가가 가슴을 그의 머리 앞에 내밀었다. 그러고는 팬티를 홱 내려 땀으로 흠뻑 젖은 그의 복부에 떨어뜨렸다.

그의 향기가 압도적으로 몰려왔다. 샤워젤 향과 땀내가 섞여 피어오르는 열기……. 세상에서 제일 섹시한 혼합물이 아닐까. 나는 그 향기를 흠뻑 들이켰다.

지금 먼저 다가가는 건 나여야 했다. 아니, 정확히 말하자면 내가 모든 걸 먼저 시작해야 했다. 마시모는 꿈쩍도 하지 않았다.

웅크리고 앉아 그의 트레이닝 바지에 손가락을 걸었다. 나는 마시모를 지그시 바라보며 허락의 표시를 구했다. 그러나 마시모는 아무런 감정을 내비치지 않았다.

"제발요……."

속삭임 끝에 눈물이 차올랐다.

그는 바닥에서 엉덩이를 조금 들어서 내가 바지를 벗기게 해주었다. 나는 바지를 뒤로 던져버리고, 마시모의 다리를 살짝 벌려 우람하게 발기한 그것을 드러냈다.

그가 발기한 건 이상한 일이 아니었지만, 겨우 20분 안에 세 명의 스파링 상대와 싸우고 난 다음에도 이만큼 세울 수 있다니 그저 놀라웠다. 게다가 조금 전까지만 해도 사람 하나 죽일 것 같이 분노한 상태였는데.

나는 그 위에 섰다. 땀으로 흠뻑 젖은 그의 몸 양쪽으로 다리를 벌린 채였다. 한 손을 뻗어 마시모의 입에 손가락 두 개를 넣었다. 손가락이 충분히 젖자 타액을 나의 성기에 발랐다. 손을 뻗어 그의 성기를 잡으려던 순간, 마시모는 내 손목을 잡고서 몸을 일으키더니 클리토리스에 탐욕스럽게 입을 댔다.

황홀한 신음이 흘러나왔다. 나는 엉덩이를 그의 입술에 더 가까이 대며 앞에 보이는 철망을 붙잡았다. 마시모는 나의 중심을 핥고 혀로 깊숙이 침범하며 내 엉덩이를 감싸 쥐었지만 나는 아직 절정에 이르고 싶지 않았다. 지금은 오르가슴을 느낄 때가 아니었다. 바라는 것은 단 하나, 마시모와의 거리감을 없애는 것뿐. 그가 내 안으로 들어와 나시금 완전함을 느끼기를 바라는 마음뿐. 그리고 어쩌면, 그가 나를 용서해주리라는 소망뿐.

나는 마시모의 머리를 붙잡고 철망에 눌렀다. 그리고 천천히 몸을 내렸다. 이윽고 우리의 눈이 동등한 높이에서 마주치자, 나의 젖은 구멍에 발기한 그의 끝이 닿았다. 마시모는 숨을 날카롭게 들이켜며 나를 주시했다. 느껴져. 그도 갈망하고 있어. 나는 더욱 몸을 미끄러뜨려 직접 그의 성기로 내 몸을 꿰뚫었다.

마시모는 내가 주도권을 쥐는 걸 좋아하지 않았다. 하지만 내 말대로 끝내기를 허락하지 않은 걸 보고서 깨달은 점이 있었다. 바로 마시모는 나 같은 여자에게 어떻게 반응해야 하는지 모른다는 것.

허벅지로 그의 허리를 꽉 조이면서, 땀으로 흠뻑 젖은 뜨거운 그의 몸에 온몸을 밀어붙였다. 머릿속엔 한 가지 생각뿐이었다. 내 안에 들어온 그를 어서 느끼고 싶어. 나는 그의 아랫입술을 깨물어 빨았다. 마시모는 내 엉덩이를 두 손으로 부드럽게 쥐고는 위아래로 움직였다. 그의 동작이 시시각각 빠르고 힘차게 변했다. 그러면서도 눈빛으로는 내가 지시를 내려주기를 기다리고 있었다.

"미안해요."

나는 바닥에 무릎을 대고 나직하게 말하며, 두 손으로 그의 등이 닿은 링 벽을 움켜잡았다.

엉덩이가 움직이는 속도가 점점 빨라졌다. 순간 마시모는 공포로 가득한 눈동자를 번뜩였다. 그는 두 팔로 내 등을 감싸고 옆으로 굴러 나를 바닥에 눕혔다. 그러고는 팔꿈치로 몸무게를 지탱하며 내 위에 몸을 드리운 채, 코끝으로 부드럽게 내 입술을 쓸었다.

"사과해야 하는 건 나야."

이렇게 대답하며 그는 안으로 미끄러져 들어왔다.

마시모의 움직임은 조심스럽고 섬세했다. 하마터면 그가 욕망할 때마다 얼마나 짐승 같고 무자비해지는지 잊을 정도였다. 리듬에 맞추어 피스톤 운동을 하는 그의 몸을 느끼자 곧바로 말할 수 없는 행복에 휩싸였다. 이제 알았어. 마시모는 이보다 더한 쾌락이 필요하지 않아. 나 역시 마찬가지야. 지금 그가 원하는 건 오롯이 나뿐이야.

그 순간 마시모는 동작을 멈추더니, 이마를 내 이마에 대고 눈을 꼭 감았다.

"사랑해, 너무나 사랑해……. 네가 도망쳤을 때, 넌 내 심장을 찢어내 같이 가져가버렸어."

나지막한 그의 말소리에 숨이 막혔다. 뺨 위로 나도 모르게 눈물이 흘렀다. 이토록 사랑하는 남편이 마음을 열어주었는데 나는 무슨 짓을 했던가. 결국 내게 줄 마시모의 벌이란, 어쩌면 날 향한 그의 성실한 사랑을 깨닫고 죽도록 후회하는 것이 아닐까. 그의 입술이 내 뺨 위로 흘러내리는 눈물에 하나하나 입 맞추었다.

"네가 없으면 난 죽어."

그 말과 함께 그가 내 안에서 다시 움직이기 시작했다.

벌써 절정에 이르고 싶지 않았다. 아직은 아니야. 이런 말을 듣고

서 곧바로 오르가슴을 느끼고 싶지 않아. 지난 몇 주 동안 내가 이 남자에게서 빼앗아버린 걸 즐기게 해주고 싶어.

"여기서 하지 말자."

그는 거친 목소리로 말하더니 날 들어 올려 품에 안았다.

완전히 벌거벗은 채로, 마시모는 방을 계속 지나갔다. 가는 길에 있던 선반에서 수건을 하나 집었다. 나를 잠시 내려놓고서 수건으로 하반신을 가린 마시모는 나를 다시 안아 들고 이제는 계단을 올라갔다.

우리는 소리 없이 복도를 지나쳤다. 마침내 들어온 곳은 바로 서재였다. 마시모는 벽난로 옆에 깔린 카펫에 나를 내려놓았다. 벽난로에는 아직도 불씨가 부드럽게 빛을 발했다.

"네가 나에게서 도망치려 했던 첫날 밤, 널 여기로 데려왔지. 그땐 내가 성공할 수 없을 거라고만 생각했어."

마시모는 하반신에서 수건을 풀고 천천히 내 몸에 들어왔다.

"네가 입은 목욕 가운이 벗겨지면서 드러난 몸을 봤을 때, 머릿속엔 네 안에 들어가야겠다는 생각뿐이었어."

그의 거대한 성기가 몸속 깊숙한 지점까지 파고들자, 나는 어쩔 수 없이 신음하며 고개를 젖히고 말았다.

"그날부터 너를 너무나 원했어. 그놈을 죽이던 그날도 오로지 너를 갖고픈 생각뿐이었지."

마시모의 몸짓이 점점 빨라지기 시작했다. 내 안에서 긴장하는 그의 몸이 느껴졌다.

"네가 정신을 잃었을 때, 네 옷을 갈아입히면서……."

"그럼 거짓말을 했군요."

나는 숨을 들이켜며 대꾸했다. 그날 마시모는 사촌인 마리아가 내 옷을 갈아입혔다고 말하지 않았던가.

"그때 네 안에 손가락을 넣어보았지. 무척 젖어 있었어. 넌 정신을 차리지 못한 상황에서도 내 손가락을 느끼며 신음을 흘렸어."

"변태로군요."

내가 속삭이자 마시모는 입술로 입을 막았다. 그의 혀가 성기처럼 파고들었다. 순간 그는 갑자기 몸을 빼고서 나를 지그시 바라보았다. 그러고는 두 손으로 내 얼굴을 감싼 채 길게 신음하더니 내 몸 위에 뜨거운 정액을 쏟았다. 엄청난 양에 온몸이 젖을 것 같았다. 이윽고 사정을 끝낸 마시모는 털썩 몸을 떨구고 내 목을 감싸 안았다.

우리는 그대로 잠시 움직이지 않았다. 다시금 제 속도를 찾아가는 마시모의 심장 박동이 느껴졌다.

"수건을 줘, 내 사랑. 그리고 내가 일어나면 하반신에 둘러줘."

그는 몸을 일으키며 말했다. 나는 시키는 대로 했다. 지나가며 누굴 만날 것 같지는 않았지만, 그래도 가리는 편이 나았다. 오직 나만 이 남자의 엉덩이를 볼 수 있단 말이야.

우리는 저택 전체를 가로질러 위층으로 올라가, 처음에 뛰쳐나왔던 욕실로 되돌아갔다. 그는 수건을 팽개치고 내 셔츠를 벗겼다. 그러고는 샤워기를 틀어 뜨거운 물줄기 아래에 나를 세웠다.

20분 후엔 함께 침대에 누웠다. 예전처럼 내가 그의 몸을 껴안는 자세에서, 이제는 그가 내 배에 대고 말하는 자세로 바뀌었다. 마시모는 내 허벅지에 머리를 대고 턱을 내 골반에 얹은 채로 볼록 나온 배를 손으로 쓰다듬었다.

나는 TV 채널을 돌리며 멍하니 물었다.

"이기랑 무슨 대화를 하는 거예요?"

"아들에게 앞으로 이곳에서 보게 될 놀라운 것을 모두 말해주고 있어. 만나지 말아야 할 사람과 무시해도 좋은 사람들에 대해서."

"얘는 딸이 될 거예요, 마시모. 그리고 당신과 아기가 둘 다 조심해야 할 사람은 나뿐이에요."

마시모는 눈을 들어 나를 보았다.

"자, 이제 아까 하려던 말을 계속할게요."

마시모는 뭐라 반박하려 했지만, 나는 손으로 그의 입을 막았다.

"내 말 막지 말아요. 임신은 내 몸에 무리를 줘요. 난 심장 질환이 있으니까. 도망친 날 밤 그 사건 때문에 몸이 아주 힘들었어요. 헝가리에서 진료를 받을 때……."

"어디? 그동안 헝가리에 있었어?"

마시모는 깜짝 놀랐지만, 나는 피식 웃었다.

"왜 놀라요? 그럼 내가 바르샤바의 아파트에서 당신이 오기를 얌전하게 기다리고 있을 줄 알았어요? 그건 됐고요. 어쨌든 몸에 문제가 있었지만 다 이겨냈어요. 몇 주 동안 침대에 누워 있기만 하고 아무것도 안 했거든요. 정말 말 그대로 침대를 벗어나지 않았다고요. 그때는 섹스 생각이 전혀 없었기 때문에, 의사한테 섹스해도 괜찮은지 물어보지도 않았어요."

"너에게 너무 화가 나."

마시모는 으르렁대면서 몸을 돌려 옆에 누웠다.

이러면 내가 감당이 안 되는데. 나는 몸을 일으켜서 베개를 움켜쥐었다.

"그럼 내가 뭘 어떻게 해야 했을까요? 내가 떠나서 화가 났던 거 알아요. 그건 괜찮아요. 하지만 당신이 만약 내 입장이었다면, 그때 내가 본 장면을 봤다면 분명히 누군가를 죽였을 거예요. 게다가 나는 당신이 그 여자를 집에 들였다는 걸 정말이지 용서할 수가 없다고요! 게다가 그 못돼먹은 쌍둥이 형제는 또 어떻고요? 그 남자는 한시도 가만히 못 있고 나를 괴롭히려는 것 같던데. 그러니까 나한테 화 좀 그만 내요, 마시모. 내 사과를 받아들이고 제발 겸허한 기색을 보이란 말이에요!"

마시모는 몸을 돌리더니 혼란스러운 표정으로 얼마간 나를 바라보았다. 그의 세계에선 아내가 가장에게 말대꾸하는 일은 듣지도 보지도 못했겠지. 말을 마치자 배가 찌르듯 쑤셨다. 나는 본능적으로 배에 손을 얹고서 얼굴을 살짝 찌푸렸다.

마시모는 벌떡 일어서더니 내 배를 만지며 물었다.

"왜 그래? 의사를 부를게."

그는 휴대폰을 찾아 방 안을 허둥지둥 돌아다녔다. 나는 그를 바라보았다. 벌거벗은 데다 머리는 헝클어진 내 남자. 바라만 봐도 약에 취한 듯 행복하고 만족스러웠다. 동시에 내가 떠났을 때 그가 얼마나 무서웠을지 절실히 깨달았다.

"당신이 한 시간 전에 벽에다 던져서 박살냈잖아요. 하지만 걱정 말아요, 마시모. 난 괜찮으니까. 그냥 잠깐 이러다 말뿐이에요. 뭘 잘못 먹었나 보죠."

마시모는 휴대폰을 찾다 말고 나를 슬쩍 바라보았다.

"당신은 너무 과민하게 반응해요, 마시모. 긴장을 풀지 않으면 그러다 신장마비가 올지도 몰라요. 몇 달 후에 출산 예정인데, 당신이 느긋해지지 않으면 아이가 태어나는 날까지 과연 살아는 있을지 걱정된다고요. 그럼 우리 아이는 아버지 없이 자라게 되겠죠."

나는 눈썹을 치켜뜨며 미소를 짓고 협탁에 놓인 물병에 손을 뻗었다.

그는 곧바로 물병을 내 손에서 뺏더니 쓰레기통에 던졌다.

"마시지 마. 열어둔 지 사흘이나 됐어. 우유를 주문할게."

그는 내선 전화를 들고서 이탈리아어로 몇 마디 한 다음 끊었다. 그러고는 다시 나를 바라보았다. 난 그만 어안이 벙벙해지고 말았다. 편집증이 도를 넘어서고 있잖아? 이러다 진짜 귀찮아지겠네.

"마시모, 난 임신한 거지, 죽어가고 있는 게 아니거든요?"

하지만 마시모는 무릎을 꿇고 다시 내 허벅지에 머리를 얹었다.

"그냥 무서워서 미칠 것 같아. 그뿐이야. 너나 아이에게 무슨 일이 생길까 봐 걱정돼. 차라리 지금 벌써 아이가 태어나 있다면 얼마나 좋을까. 그럼 내가 이렇게……."

나는 대신 말을 맺어주었다.

"……미쳐가지도 않았겠죠. 하지만 걱정 마요, 여보. 나는 당신 여자예요. 지금은 오롯이 당신만의 것이라고요. 물론 몇 달 뒤에는 아름다운 우리 딸을 키우느라 정신없이 바쁘겠지만요."

그러자 마시모는 눈길을 들더니 나를 묘한 표정으로 바라보았다. 전에는 보지 못했던 새로운 눈빛이 감돌았다.

"그럼 나랑 있을 시간이 없을 거란 말인가?"

그의 말투에는 화가 서려 있었다.

"아니, 생각을 해봐요, 여보. 갓난아이의 엄마가 되는 거라고요. 아이는 온종일 신경 써야 하는 존재예요. 전적으로 나에게 의지할 테니 당신에게 낼 시간은 많지 않겠죠. 그게 당연하고요."

"아이에겐 유모를 붙이면 돼. 내가 너와 몸이 부서져라 자고 싶다면, 누구도, 심지어 아이도 나를 방해해선 안 돼."

마시모는 이렇게 말하며 일어서더니 문을 열었다.

나는 그가 준 우유를 마시다가 문득 밤이 정말 깊었다는 사실을 깨달았다. 피곤해서 더는 눈을 뜨고 있을 수 없었다. 마시모는 침대에 앉아 노트북으로 일하고 있었다. 나는 옆으로 돌아누워 그의 다리에 내 다리를 얹었다. 그러고는 그의 어깨를 꼭 껴안은 채로 잠들었다.

CHAPTER 7

아침에 일어나 언제나처럼 침대 옆으로 손을 뻗었다. 놀랍게도, 마시모는 곁에 있었다. 그는 허벅지 위에 노트북을 올려둔 자세로 잠들어 있었다. 깨면 목이 굉장히 아플 텐데. 이런 생각으로 노트북을 치우려는 순간, 마시모는 눈을 뜨더니 미소를 지었다.

나는 조용히 물었다.

"자기, 잘 잤어요? 등 아프지 않아요?"

"별로 아프진 않아. 내 아름다운 아내의 아래쯤이야 얼마든지 먹을 수 있어."

마시모는 노트북을 바닥에 내려놓고 이불을 걷다 통증을 느꼈는지 결국 신음하며 베개 위로 쓰러졌다.

"돌아 누워요. 내가 안마해줄게요."

나는 이불에서 빠져나와 마시모의 벌거벗은 엉덩이 위에 걸터앉아서 등 근육을 주물렀다.

"어젯밤 스파링은 너무 과했다고 생각하지 않아요?"

"가끔 스트레스를 발산해야 할 때가 있어. 그럴 땐 링에 들어가서 싸우는 게 제일 좋지. 이종격투기는 가장 효율적인 무술이야. 다양한 스타일을 혼합해서 만든 거니까."

그는 고개를 옆으로 돌리며 덧붙였다.

"더 세게."

두 손에 힘을 더욱 실어 안마하자, 그는 만족스러운 신음을 흘렸다. 나는 그의 귓가에 속삭였다.

"그 링 마음에 들어요. 거기서 여러 가지를 해볼 수 있을 것 같더라고요."

마시모는 미소를 지으며 몸을 홱 젖히더니, 옆으로 굴러 두 팔로 내 허리를 감쌌다. 그러더니 무슨 동작인지 알아채지도 못할 정도로 순식간에 몸을 구부리고 굴렸다. 잠시 후, 그는 온몸으로 나를 매트리스에 누른 채 올라탄 자세를 만들어냈다.

"알겠지만, 이게 바로 이종격투기야. 침대에서 아주 쓸모 있는 무술인 만큼 너도 좋아할 거야. 놀랍게도 유럽에서 제일 큰 이종격투기 대회가 바로 너희 나라 폴란드에서 열리지."

그는 내 코끝에 살짝 입을 맞추고는 욕실로 갔다. 15분 후 그는 하반신에 수건을 감은 채로 돌아와 새 휴대폰을 들고 테라스로 나갔다.

"설마 내가 우리 나라에서 열리는 것도 모를까 봐요? 항상 TV에 나와서 알고 있어요. 실제로 가서 본 적은 한 번도 없지만."

나는 쏘아붙였다. 사실 몇 년 전에 올가가 이종격투기 선수를 만난 적이 있었다. 올가는 더블데이트를 하면 좋겠다며 나에게 다미안이라는 섹시한 남자를 소개해줬다. 머리를 완전히 삭발한 데다 덩치가 큰 그는 마치 로마시대 검투사 같았다. 커다랗고 푸른 눈에 살짝 휘고 부러진 콧날, 커다랗고 도톰한 입술은 침대에서 어마어마한 효과를 일으켰다.

우리는 멋진 시간을 보냈다. 다미안은 전반적으로 상당히 괜찮은 남자였다. 마음씨가 착할 뿐 아니라 놀라울 정도로 똑똑했다. 흔히들 격투기 선수라면 머리가 원시인 수준으로 명청할 거라고 생각하지만, 다미안은 지능이 대단히 높았으며 나보다 박식하고 총명했다.

안타깝게도, 사귄 지 두어 달 정도 지났을 때 그는 스페인에서 선수로 뛰어달라는 제의를 받고 폴란드를 떠났다. 그가 함께 가자고 설득했지만, 그때의 난 일이 우선이었다. 다미안이 스페인에 가서 두어 번 전화하고 이메일도 썼지만, 난 한 번도 답장하지 않았다. 장거리 연애는 좋게 끝나는 법이 없기 마련이니까.

순간 마시모의 목소리가 들려와 나는 회상에서 깨어났다.

"무슨 생각 해?"

하지만 이 이야기는 비밀로 할 생각이었다.

"그냥 언젠가 격투기 경기를 봤으면 좋겠다는 생각을 했어요."

마시모는 테라스에서 돌아오더니 눈을 가늘게 떴다.

"그렇다면 대단한 우연의 일치네. 그렇지 않아도 그단스크에서 며칠 후에 경기가 열려. 보고 싶다면 같이 가자. 그러면 네 오빠도 만날 수 있겠지."

순간 나는 기뻐서 눈을 동그랗게 뜨며 활짝 웃었다. 오빠 쿠바가 그리웠으니까. 지난번에도 예상치 못하게 만나긴 했지만, 다시 본다고 생각하니 좋아서 팔짝팔짝 뛰고 싶었다. 마시모는 나를 즐겁다는 듯 바라보았고 나는 벌떡 일어나 그의 품에 안기며 입맞춤을 퍼부었다. 그러자 그는 딱딱한 어조로 말하며 나를 옷장 앞으로 데려갔다.

"임신한 여자는 뛰면 안 돼. 우선 뭘 좀 먹자. 응?"

그는 나를 두툼한 카펫에 앉히고 손을 뻗어 선반에서 트레이닝바지를 꺼냈다.

"날 가져요, 돈 마시모. 여기서 해줘요."

나는 머리 위로 두 팔을 모으고 다리를 넓게 벌렸다.

마시모는 순간 우뚝 멈추더니 천천히, 아주 천천히 고개를 돌렸다. 내 말을 제대로 듣지 못했다는 기색이었다. 그는 다시 바지를 돌려놓고는 가까이 다가왔다. 너무나 가까워서 우리의 다리가 닿았다. 그는 눈을 내리깔고 내 음부를 빤히 쳐다보더니 입술을 깨물었다.

이윽고 말없이 그는 굵은 성기를 잡더니 천천히 쓰다듬기 시작했고, 그것은 순식간에 돌처럼 단단해졌다. 나도 일조하긴 했다. 처음에는 손가락을 입으로 빤 다음 그 손으로 아래를 만지작댔으니까. 마침내 마시모는 무릎을 꿇고 입술로 내 유두를 부드럽게 물고 빨았다.

"더 세게 해줘요."

나는 이렇게 속삭이며 그의 머리카락을 손으로 쓸어 넘겼다.

마시모의 혀가 내 유두 주위를 선회하는 동안, 손가락은 부드러운 클리토리스를 어루만졌다. 하지만 난 그가 안으로 들어오기만을 간절히 기다렸다. 이 느낌이 너무나도 그리웠고, 특히 그의 따스함이 내 속을 물들이는 감각을 느끼고 싶었다.

나는 엉덩이를 들고 준비되었다는 표시를 했지만, 마시모는 못 본 척했다. 대신 몸을 일으켜 내게 입 맞추었다. 두 손으로 내 얼굴을 잡은 마시모는 혀로 나를 온통 헤집었다. 입술을 깨물며 열정적으로 입맞춤을 퍼붓는 바람에 숨조차 제대로 쉴 수가 없었다.

"이게 최대야, 베이비걸. 더 격하게는 안 돼."

그는 다시금 몸을 일으키며 말했다.

왜 그런지는 알고 있다. 아기 때문이다. 마시모의 말이 옳다는 것도 안다. 나의 몸은 격한 섹스를 간절히 원했지만, 결국 난 그의 자상한 태도에 반항하지 않고 부드럽고 섬세한 섹스에 만족하기로 했다.

시간이 좀 지나고 나서 아래층으로 내려왔는데 눈앞에서 도메니코가 올가의 발에 묻은 초콜릿을 핥는 꼴을 보았다. 방금 전 마시모는 내게 오르가슴을 선사하자마자 휴대폰이 울려대서 전화를 받으러 갈 수밖에 없었다. 그래서 나는 옷을 주워 입고 아침을 먹으러 혼자 내려왔는데, 이게 무슨 광경이람.

"재밌니?"

나는 문가에 서서 그들의 유치한 짓거리를 지켜보았다.

하지만 둘은 서로에게 장난을 치는 데 열중한 나머지 내가 온 줄도 모르고 있었다.

"그런 건 방에 들어가서 해!"

나는 소리를 지르고는 식탁으로 걸어가며 말했다.

"그리고 말이지, 도메니코. 네가 그토록 학구적인 줄은 몰랐어. 내가 여기 있는 두 달 동안 넌 항상 내 옷과 신발을 고르느라 정신없었잖아?"

그러자 도메니코는 냅킨으로 입가를 닦고 어리둥절한 눈빛으로 나를 보며 어깨를 으쓱였다.

"전부 사실이라고는 할 수 없어. 실망할지도 모르겠는데, 네 물건 대부분은 마시모가 고른 거야. 난 그냥 스타일별로 정리했을 뿐이고. 마시모는 취향이 확고하거든. 그리고 형은 네가 마음에 든다고 말한 물건은 아주 잘 기억해. 예를 들면 지방시 부츠가 그랬지. 나는 별로 한 게 없어."

이때 올가가 그의 셔츠 깃을 홱 잡으며 말했다.

"겸손 그만 떨어. 나를 그릴 때 내가 입을 옷도 다 골라주면서."

"말은 정확히 하자. 그림을 그리느라 종종 널 벗기는 거겠지."

도메니코는 이렇게 대답하며 올가에게 열렬히 키스했다.

나는 두 팔을 들고 말했다.

"여기 계속 있다가는 토하겠다. 분명히 말하는데 나 임신 중이야. 입덧 때문에 항상 토하고 있으니까 조심해줘. 여기서 토해도 내 잘못 아니야."

이윽고 마시모가 식당에 나타나 자리에 앉았다. 그런데 또 휴대폰이 울려댔고, 그는 다시 전화를 받으며 나갔다.

도메니코는 눈살을 찌푸리며 전화 내용을 듣더니 다시 커피를 마셨다.

"무슨 일이야? 사람들이 계속 전화하네."

"사업 때문에."

도메니코는 내 눈을 피하며 대답했다. 나는 머그잔을 식탁에 내려놓았다.

"거짓말하지 마."

마시모는 나를 쏘아보며 눈을 가늘게 떴다.

"어차피 사실대로 이야기해줄 수 없으니 그만 물어봐."

도메니코는 신문을 들어 얼굴을 가렸다. 난 이제 올가를 바라보며 폴란드어로 말했다.

"대단하시네. 삐질 거면 다른 데 가서 삐지시든가. 가끔 이 사람들을 참고 보기가 너무 벅차."

그러자 올가는 팬케이크를 포크로 찍으며 중얼댔다.

"있잖아…… 넌 무슨 일인지 진심으로 궁금해? 왜? 왜 우리가 알아야 하는데, 라우라? 지금처럼 태평하게 사는 한 난 별 상관없어. 아무것도 몰라도 지금에 만족한다고."

"통화 끝났어."

마시모가 돌아와 식탁에 앉아 커피를 들며 말을 이었다.

"일주일 후에 폴란드에 갈 거야. 가서 격투기 경기를 보고, 내가 카를로와 회의하는 동안 너는 오빠를 보러 가도록 해."

그 말에 올가는 내게 눈짓했고 도메니코는 그걸 놓치지 않았다.

"가기 싫어?"

도메니코가 커피를 마시며 물었다.

"아니, 너무 가고 싶지."

216

올가는 투덜거리며 나에게 언짢은 표정을 지어 보였다.

사랑하는 내 오빠 쿠바는 물건을 수집하듯 여자를 모으곤 했다. 자신의 타고난 외모를 잘 알고, 최대한 활용해 다가오는 여자와 죄다 자는 바람둥이. 특히 내 친구들이 족족 빠져들었다. 안타깝게도 올가 역시…… 오빠의 마수에 걸렸던 적이 있다. 오빠가 올가를 가지겠다는 생각을 품은 건 우리가 열일곱 살때쯤이던가. 둘의 접촉이 한 번뿐이었다고 생각하고 싶지만, 사실은 기회 될 때마다 만났던 게 아닌가 싶다. 만약 멀리 떨어져 살지 않았더라면 연락해서 내킬 때마다 만났겠지. 4백 킬로미터나 떨어져 있었다는 게 어찌나 다행인지. 물론 다 우리가 우여곡절 끝에 시칠리아에 오게 되기 전의 이야기다.

식탁의 분위기가 점점 무거워지고 있다는 걸 이제야 깨달았다. 도메니코가 우리를 예의주시하고 있어서, 나는 화제를 바꾸기로 했다.

"오늘은 뭐 해요? 당신과 도메니코는 우리를 이 감옥에 남겨두고 다시 집에서 나갈 건가요? 아니면 오늘은 신사분들께서 함께 있어주길 기대해도 될까요?"

나는 마시모에게 억지웃음을 보이며 빈정댔다.

그러자 마시모는 나를 바라보며 식탁에 팔꿈치를 괬다.

"만약 얌전하게 굴고 계속 도망 다니지만 않았다면 넌 벤틀리를 타고 언제든 저택 정문을 나설 수 있었을 거야. 자, 어때. 너는 얌전한 여자였나, 라우라?"

잠시 곰곰이 생각한 뒤 위험을 무릅써보기로 했다. 나는 최대한 애교 있는 미소를 지으며 대꾸했다.

"그럼요, 얌전했죠. 나랑 당신 딸이 얼마나 착한데요."

나는 애정 어린 손길로 배를 쓰다듬었다. 이러면 그의 차가운 눈빛을 녹일 수 있을걸.

마시모는 가만히 나를 쳐다보았다. 무슨 생각인지 알 수 없었다.

"적절한 대답이군. 산타클로스가 오늘 방문할 거야."

마시모는 문득 어린 소년처럼 눈빛을 번뜩였다.

"준비해. 우리는 정오가 되기 전에 떠날 거야."

"맞다! 오늘 12월 6일이지! 성 니콜라우스의 날이잖아!"

올가는 도메니코의 입술에 살짝 입 맞추더니 밖으로 달려갔다.

나는 잠시 두 남자와 함께 차를 마시다가 일어나 방으로 향했다.

우리가 뭘 하게 될지 알 길은 없었다. 산더미 같은 옷 가운데 앉아 뭘 입어야 하나 멍해졌다. 옷을 보자 온갖 생각이 들었다. 시간 가는 줄 모르고 여기에 몇 달을 머물렀다. 이 섬에 온 게 8월이었는데 지금은 12월이 됐어. 이제 두어 주만 있으면 올해도 끝나는구나.

그러다 부모님 생각이 났다. 우리는 언제나 크리스마스를 함께 보내왔다. 두 분에게 드릴 선물을 사는 건 항상 나의 몫이었고, 그래서 이 특별한 명절엔 항상 신나고 더없이 즐거웠는데.

순간 전화벨이 시끄럽게 울려서 몽상에서 깨어났다. 옷을 팽개치고 급히 나오자, 마시모가 침대에 앉아 내 아이폰을 들고 있었다. 나는 휴대폰을 받으려 했지만 그는 무음 처리를 하고는 협탁에 놓았다.

"너희 어머니 전화야. 왜 전화하셨는지는 내가 알아."

218

마시모는 미소를 지으며 말했다. 나는 몸이 굳어 대답하지 못했다. 그저 눈살을 찌푸리며 마시모에게 설명해보라는 표정을 지었을 뿐이다.

"내 휴대폰 줘요."

나는 한 발짝 다가서며 말했다.

하지만 마시모는 휴대폰을 주기는커녕 팔을 홱 뻗어 나를 침대 위에 쓰러뜨리더니 키스를 퍼부었다. 그래, 엄마한테 전화야 나중에 얼마든지 하면 되지. 지금은 남편이 더 중요하니까.

"고맙다는 말을 하려고 전화하신 거야. 가방을 선물받으셨으니까. 네 아버지도 새 망원경을 받으셨지."

마시모는 키스하며 말했다. 나는 그를 밀치고 무슨 소리냐는 듯 쳐다보았다.

"뭐라고요?"

마시모는 아랑곳하지 않고 내 얼굴에 계속 키스했다. 나긋한 입술이 부드럽게 내 뺨과 눈가, 코와 귀를 어루만졌다.

"난 선물 주는 걸 좋아해요. 특히 가족 선물은 내가 고른다고요."

"네가 가족과 크리스마스를 보내지 못해서 슬퍼하지 않기를 바랐어. 너희 오빠에게도 맨체스터 유나이티드 경기 입장권을 보내뒀어."

그의 혀가 내 입술을 가르고 슬며시 들어왔지만, 반응이 없자 다시 물러났다. 마시모는 고개를 들고 나를 유심히 보았다.

나는 너무 놀란 채로 침대에 엎드렸다. 지난 2주간 정신없이 지냈는지라 크리스마스가 다가온다는 것도, 선물을 사야 한다는 것도 잊고 지냈는데 어떻게 크리스마스가 내게 아주 중요한 행사라는 걸 알았을까?

"마시모."

나는 남편의 품 안에서 빠져나왔다. 그는 한숨을 쉬면서 몸을 돌렸다.

"크리스마스가 우리 가족에게 의미 있는 행사라는 건 어떻게 알았어요? 가족들이 뭘 원하는지는 또 어떻게 알아냈고요?"

내가 묻자 마시모는 눈을 흘기더니 일부러 크게 한숨을 쉬며 눈을 감았다.

"네가 조금이라도 행복하기를 바라서 그랬어."

"행복해요. 고마워요. 그러니 질문에 답을 해요."

"부하들에게 네 계좌를 조사시켰어. 네 지출 명세서를 봤지."

그는 내가 할 말을 예상하고는 얼굴을 구겼다. 당연히 나는 버럭 소리를 질렀다.

"뭐라고요?"

"맙소사, 또 시작이군."

"당신이 내 삶에 간섭하지 않는 부분이 대체 있기는 해요?"

"제발, 라우라. 지출 내역을 좀 본 것뿐이잖아."

이젠 슬슬 분노가 차올랐다.

"아니! 이건 나한테 중요해요. 그건 내 계좌잖아! 왜 모든 걸 이런 식으로 간섭하는 거예요? 나한테 그냥 물어보면 안 돼요?"

"그러면 깜짝 선물이 아니게 되잖아."

그는 천장을 응시하며 대꾸했다.

순간 내 휴대폰이 다시 울렸다. 나는 협탁에서 얼른 휴대폰을 집어 들었다. 이번에도 엄마였다. 전화를 막 받으려는 찰나 마시모가 말했다.

"가방은 펜디 최신 컬렉션 제품이야. 베이지색이고. 너도 그 가방이 있어. 색만 노란색으로 다르지."

마시모는 어깨를 으쓱였다. 나는 남편을 계속 주시한 채 명랑하게 전화를 받았다.

"엄마, 잘 있었어요?"

"얘, 선물이 정말 화려하더라. 가방 사느라 돈이 엄청나게 들었겠어. 너 미쳤니?"

어휴, 이제 내가 설명해야 하잖아. 나는 마시모의 발을 걷어차는 상상을 했다.

"나 월급 유로화로 받잖아요. 게다가 여기는 폴란드보다 세일 폭이 더 크거든요."

기껏 꾸며내는 소리가 이거라니. 차라리 솔직하게 털어놓을걸. 세일은 무슨 세일? 12월 초라서 세일 시즌이 되려면 한참 멀었는데! 아, 난 왜 이리 멍청할까. 나는 발을 동동 구르며 침대에 주저앉아 엄마의 대답을 기다렸다.

"세일이라고? 지금?"

엄마의 목소리가 들렸다. 라우라, 잘했다, 잘했어. 나는 조용히 자책했다. 휴대폰이 내 손에서 스르르 미끄러져 침대로 떨어지려는데, 마시모가 허공에서 탁 잡아채더니 활짝 웃으며 엄마에게 러시아어로 인사했다.

그걸 보자 누가 머리를 한 대 친 기분이 들었다. 방이 빙글빙글 돌기 시작하면서 무서움이 무럭무럭 자라났다. 엄마한테 말했는데 어떡하지? 마시모가 바람을 피워서 헤어졌다고 말했는데, 지금 이 남자는 휴대폰을 뺏어 들고 아무 일도 없었다는 듯 엄마랑 수다를 떨려고 하네.

"제기랄."

못마땅한 소리를 흘린 순간 갑자기 마시모가 휴대폰을 내게 돌려주었다.

"라우라 비엘! 말조심하랬지!"

엄마가 버럭 소리를 질러 나는 몸이 굳었다.

"미안해요. 말이 헛나왔어요."

나는 중얼거리면서 엄마가 내 모가지를 비틀기를 기다렸다.

"마시모는 정말 좋은 남자야. 너를 진짜 좋아하나봐."

그 말에 나는 입을 떡 벌렸다. 도저히 믿을 수 없는 대답에 나는 되물었다.

"뭐라고요?"

"방금 마시모가 전부 설명해줬어. 외국어도 좀 배우렴. 그럼 마시모 말도 잘 알아들을 수 있을 텐데."

그때 아빠가 수화기 너머로 들릴락 말락 하게 무어라 말했다. 엄마는 한숨을 쉬었다.

"맙소사, 내가 전부 다 해야 하다니. 이젠 끊어야겠다, 딸. 네 아버지가 혼자서는 망원경 조립을 못 하시겠단다. 이 엄마가 도와주지 않으면 아마 망가뜨릴 거야. 사랑한다, 우리 딸. 멋진 선물 보내줘서 고마워. 그럼 잘 있어!"

"나도 사랑해요, 엄마!"

나는 전화를 끊고서 휴대폰을 내려놓고 남편을 노려보았다. 마시모는 활짝 웃으며 자신의 계획이 좋은 결과를 불러왔다는 것에 만족했다.

"엄마한테 뭐라고 한 거예요?"

"내가 네 월급을 올려줘서 다시 내 호텔로 돌아왔다고 했지. 하지만 걱정하지 마. 내가 꾸며낸 이야기에선 네가 평소보다 좀 더 정신없이 소란을 떨었다고 표현했으니까. 그랬더니 어머니께서 웃으면서 넌 원래 그렇다고 하시더군."

마시모는 우리 둘의 몸을 함께 돌렸다. 이제 옆으로 누워 마주 보면서, 그는 내 엉덩이를 다리로 감싸며 말했다.

"그나저나 네가 그토록 질투심이 많을 줄은 몰랐어. 어쨌든 어머니는 우리가 아직 사귀고 있다고 알고 계시니 걱정하지 마."

"고마워요. 날 납치해줘서."

나는 속삭이며 그에게 키스했다. 마시모는 날 감쌌던 다리를 풀더니 이젠 내 위에 올라탔다. 그러고는 내 바지를 벗기며 나지막이 말했다.

"널 지금 가져야겠어. 왜 그런지 알아?"

나는 마시모 밑에서 꿈틀대며 옷을 모두 벗어버리고 그의 바지를 벗기며 말했다.

"왜요?"

"가질 수 있으니까."

그의 혀가 내 입을 부자비하게 파고들었다. 두 손은 내 머리를 움켜잡았다.

마시모의 구릿빛 근육질 몸매는 언제 봐도 감탄이 나왔다. 하지만 내가 걸치고 있던 마시모의 셔츠를 벗다가 문득 내 몸매가 눈에 들어왔다. 자그마한 풍선을 삼킨 듯 볼록해진 배를 보자 한숨이 나왔다. 이 안에 마시모의 아이가 있다는 건 행복했지만, 이런 식으로 몸매가 변해가는 건 싫었다. 다시 눈길을 들고서 마시모를 똑바로 바라보았다. 그러자 그는 내 옆에 무릎을 꿇었다.

"왜 그래?"

그는 나를 일으켜서 무릎에 앉혔다. 나는 그의 몸을 꼭 껴안고 살냄새와 향수 냄새가 뒤섞인 향기를 들이마시며 칭얼댔다.

"나 뚱뚱해지고 있어요. 한 달 있으면 어떤 옷도 안 맞을 거야."

그러자 마시모는 웃으며 내 머리에 입 맞추었다.

"바보 같은 소리. 나보다 뚱뚱해져도 전혀 상관없어. 내 아들이 크고 튼튼하게 자라고 있다는 증거니까. 이제 말도 안 되는 걱정은 그만하고 갈 준비해. 한 시간 뒤에는 목적지에 도착해야 하니까. 데려가고 싶은 곳이 있어."

"어디 가는데요?"

"네가 한 번도 못 가본 곳. 캐주얼하게 입어."

마시모는 낡은 청바지와 긴팔 티셔츠, 검은 군화를 신었다. 그 모습을 보자 탄성이 나왔다. 이 스타일은 또 새롭네. 마시모는 머리를 쓸어 올리고는 내게 입 맞추고 방에서 나갔다. 나는 일어서서 드레스룸으로 들어갔다. 캐주얼하게 입으라고 했지? 물론 캐주얼이란 말은 사람에 따라서 다양한 의미가 있을 수 있겠지만, 우리 식으로 해석하자면 공식적인 회의 일정은 없다는 뜻이다. 그렇다면 창의성을 발휘해도 좋겠지.

나는 옷걸이에서 호랑이 무늬가 있는 검은색 겐조 티셔츠를 골랐다. 바깥 날씨가 덥지도 춥지도 않았기 때문에, 태닝한 다리를 보란 듯이 드러내기로 했다. 그래서 어두운 회색 원티스푼 반바지를 입고, 버버리의 싸이하이 부츠와 긴 양말을 신었다. 마지막으로 보이샤넬 가방에 소지품을 챙겨서 아래층으로 내려갔다.

올가는 문가에 선 채 옆에 있는 도메니코에게 뭔가를 활기차게 설명하며 기다리고 있었다. 마시모가 합류하여 줄지어 기다리고 있던 차 쪽으로 향했다. 다들 자기 차가 있었다. 마시모는 나를 태울 차로 BMW I8을 골라 문을 열었다. 외관은 평범하지만 안에는 온갖 첨단 장비가 장착되어 있었다. 도메니코는 올가를 벤틀리에 태웠다.

"차가 몇 대나 있어요?"

마시모가 시동을 걸 때 나는 물었다.

"솔직히 말하자면 몰라. 몇 대 팔고 또 몇 대 새로 샀어. 게다가 내 것만은 아니야. 이젠 우리 것이지. 나는 혼전계약서를 쓴 기억이 없으니까, 내가 가진 건 다 네 거야."

그는 내 손에 키스했다.

우리 것이라. 하지만 안타깝게도 그 좋은 차를 나는 전혀 몰 수가 없겠지. 내가 몰도록 허락되는 차는 제트기 같은 조종석이 달린 탱크나, 아니면 무척 튼튼한 황소 같은 차겠지.

CHAPTER 8

우리는 고속도로를 벗어나 비포장도로를 달려갔다. 이런 도로는 아무리 봐도 서스펜션이 낮은 BMW에는 어울리지 않았다. 장애물에 걸릴 때마다 차가 이리저리 덜컹거렸다. 이러다 갑자기 차가 쪼개지는 건 아닐까. 주변을 훑어보자 인적이 드물었다. 눈앞에는 돌 투성이 사막 위로 드문드문 흉측한 식물이 보일 뿐. 그렇다면 마시모의 깜짝 선물이 그다지 사치스러운 것은 아니라는 뜻인데.

만약 몇 달 전에 이런 곳에 차를 타고 왔다면, 마시모와 도메니코가 우리를 멀리 데려가서 총으로 쏴 죽이려 한다고 생각했을 것이다. 여기서는 아무도 우리를 찾을 수 없을 테니까. 그런데 갑자기 길이 구부러지면서 커다란 돌벽이 보였다. 돌벽 한가운데에는 거대한 출입문이 있었다.

마시모가 휴대폰을 들고 어디론가 전화를 걸자 육중한 출입문이 열리기 시작했다.

아스팔트 도로는 돌벽 안쪽으로 이어졌다. 길을 따라 야자수가

죽 늘어진 모습이 마치 초록색 터널 같았다. 대체 어딜까. 물어봤자 대답해주지 않겠지. 깜짝 선물이라고 했으니까.

마침내 차가 멈춘 곳은 아름다운 2층짜리 석조 건물이었다. 건물 석재는 이 섬의 주요 저택과 똑같은 재질이었다. 이 섬의 건물들은 대부분 같은 돌을 써서 겉 표면에 살짝 얼룩이 있었다.

BMW에서 내리자 건물 문에서 어떤 노인이 나타나 두 형제를 반갑게 맞아주었다. 적어도 예순은 돼 보이는 남자였다. 그는 마시모의 뺨에 입 맞춘 다음, 굽은 손으로 마시모의 얼굴을 두드리더니 이탈리아어로 몇 마디를 했다. 마시모는 나를 그에게 인사시켰다.

"돈 마테오, 제 아내 라우라입니다."

노인은 내 양쪽 뺨에 입을 맞춰 인사하고는 환하게 웃었다. 그리고 서투른 영어로 말했다.

"드디어 여기 오시다니, 정말 반갑습니다. 남편분이 당신을 아주 오랫동안 찾아다녔거든요."

순간, 어디선가 커다란 폭음이 들렸다. 총성 같았다. 나는 마시모의 옆에 바짝 붙어서 불안한 눈빛으로 주위를 둘러보며 어디서 소리가 났는지 파악하려고 했지만 주위는 황량한 벌판뿐, 아무것도 없었다.

마시모는 한쪽 팔로 내 어깨를 감싸며 말했다.

"걱정하지 마, 베이비. 오늘은 아무도 죽지 않아. 너에게 사격을 알려주려고 데려왔어."

마시모는 아름다운 저택으로 나를 데리고 갔다. 나는 걸으며 그의 말을 이해해보려 했다. 사격이라고? 임신한 나한테 총 쏘는 법을 알려주겠다는 거야?

이윽고 우리는 저택을 가로질러 뒷문으로 나갔다.

"제길, 완전 영화 같아!"

올가는 옆에서 내 손을 잡으며 탄성을 질렀다. 마시모와 도메니코는 웃음을 터뜨렸다.

"우리 폴란드 아가씨들의 용기는 다 어디 갔지?"

"아쉽게도 용기는 집에 두고 왔어요. 여기서 뭘 하는 거죠?"

돌아서서 쏘아붙이자 마시모는 나를 안으며 대답했다.

"너희에게 총 다루는 법을 알려주고 싶어. 필요한 기술일 거야. 필요 없다 하더라도, 꽤 스트레스가 풀려. 일단 보면 알아."

순간 또 다시 총성이 뒤뜰에 울렸다. 나는 놀라 마시모의 품에 파고들며 속삭였다.

"안 하고 싶어요. 무섭단 말이에요."

마시모는 두 손으로 내 얼굴을 잡고 부드럽게 키스했다.

"내 사랑, 새로운 일에 도전하는 건 언제나 무서운 법이지만 걱정하지 마. 네 주치의와 벌써 상담을 마쳤어. 사격은 체스만큼이나 안전한 놀이야. 자, 이리 와."

15분 뒤 나는 마음을 가라앉힌 다음 청력보호용 귀마개를 쓰고 총을 든 마시모를 지켜보았다. 돈 마테오는 옆에 서서 내가 혹시 쓰러질까 봐 걱정된다는 듯 어깨를 잡아주었다.

마시모는 살짝 다리를 벌리고 자세를 잡은 다음 구경 9밀리미터 글록 권총을 장전했다.

그는 귀마개를 끼지 않았다. 포르쉐를 탔을 때 썼던 애비에이터 선글라스만 보호 장비 대신 착용했다. 문득 마시모가 캐주얼한 복장인 게 이해가 되었다. 총을 잡은 모습을 보니 알겠다. 그는 아무것도 두려워하지 않는다. 다시금 몸이 달면서 아득해졌다. 저 위험하고도 오만한 남자가 오롯이 나의 것이다. 이 남자는 참 쉽게 내 마음을 빼앗는구나. 너무 쉽게 내가 그를 간절히 원하게 만들어버리는구나. 그는 아무것도 하지 않았는데 나는 다리가 후들거렸다.

마시모는 노인에게 고개를 끄덕인 다음 심호흡을 하고서 열일곱 발의 총탄을 순식간에 모두 발사했다. 어찌나 빨리 쏘았는지 총성들이 마치 한 번의 긴 폭음처럼 들려왔다. 이윽고 그는 총을 카운터에 놓고서 버튼을 눌러 과녁을 이쪽으로 끌어왔다. 과녁이 가까이서 멈추자, 그는 그제야 미소를 지으며 눈썹을 치켜떴다.

"전부 헤드샷으로 명중했군. 요새 머리를 쏠 일이 많았더니 완벽하게 맞췄어."

그는 어린아이처럼 해맑은 표정으로 말했지만 내 배는 뒤틀렸다. 이런 농담은 너무 섬뜩하잖아.

"명중이라고 말하려면 몸통 한가운데를 맞춰야 하는 거 아닌가요? 점수를 못 받았잖아요."

나는 점수표를 집어 들며 말했다. 마시모는 종이를 보더니 웃으면서 내 귀밑개 하나를 떼어 내고 뺨에 키스하며 말했다.

"하지만 적을 확실하게 죽이겠지. 자, 이젠 네 차례야. 가자. 나는 아마 전문가답지 못하게 굴면서 네 뒤에 서 있겠지만, 그래도 네가 안심했으면 좋겠거든."

그는 나를 데리고 사격 장소로 간 다음, 권총의 발사 원리와 탄

창을 밀어서 꺼내는 법, 재장전하는 법과 연속 사격에서 단발 사격으로 전환하는 법을 간략하게 설명해주었다. 내가 총을 장전하고 시키는 대로 다 하자, 마시모는 뒤로 물러서서 내 등에 몸을 딱 붙였다.

"과녁을 잘 봐. 총구를 뒤쪽 조준경에 맞춰. 이제 심호흡을 하고, 내쉬면서 방아쇠를 당겨. 느리지만 확실하게 해야 해. 손가락을 홱 당기지 마. 단 한 번만 부드럽게 움직이면 돼. 할 수 있어."

체스 같다고 하잖아. 체스랑 다를 거 없어. 나는 머릿속으로 되뇌며 무서워하지 않으려고 애썼다. 마시모의 다리가 뒤에서 나를 단단히 받치며 두 손이 내 골반을 잡는 느낌이 났다.

숨을 들이마시고, 들은 대로 했다. 1초도 되지 않는 찰나 반동에 이어 폭음이 밀려들었다. 아니, 폭음이 먼저고 반동이 나중이었던가. 모르겠다. 총알이 발사되며 손이 위로 밀렸다. 이럴 줄은 몰랐는데, 손에 느껴지는 힘이 어마어마하네. 이걸로 사람을 죽일 수 있는 거야. 몸이 떨리며 눈물이 차올랐다.

마시모는 내 총을 받아서 카운터에 놓았다. 나는 몸을 돌려 마시모를 바라보았다.

"체스라고요? 이게 체스면 난 죽어도 체스 안 해요!"

내가 외치자 마시모는 나를 꼭 끌어안고 머리카락을 쓰다듬었지만 실은 이 남자가 웃지 않으려고 온 힘을 다해 참고 있다는 게 느껴졌다. 고개를 들자 재밌다는 기색이 역력한 그의 눈빛에는 걱정도 살짝 섞여 있었다.

"여보, 괜찮아? 왜 우는 거야?"

나는 입을 삐죽 내밀고 그의 품에 고개를 파묻었다. 부끄러웠다.

"무서웠어요."

"뭐가 무서워? 내가 여기 있는데."

"이건 책임감의 문제잖아요. 이걸로 누굴 죽일 수 있다고 생각하니까 세상이 바뀐 기분이에요. 이런 힘은…… 겁나요."

마시모는 고개를 끄덕였다. 그의 눈빛에서 자부심을 본 것도 같았다.

"현명해, 베이비걸. 자, 그럼 다시 연습해볼까."

마시모는 이렇게 속삭이며 내게 부드럽게 키스했다.

이어서 쏠 때는 좀 더 쉬웠다. 탄창을 몇 번 비우고 나니 아무렇지도 않았다. 벌써 전문가가 된 기분이랄까.

얼마나 시간이 흘렀을까. 돈 마테오가 자리를 뜨더니 이번에는 새로운 장난감을 가지고 돌아왔다.

"마음에 들 거야."

마시모는 노인이 가져온 기관총을 집어 들었다.

"M4 돌격용 자동 소총이야. 아주 멋진 무기지. 가벼우면서도 글록처럼 반동이 세지도 않아서 어깨에 올리고 쏠 수도 있어."

"멋진 무기네요. 한번 해볼래요."

나는 머뭇거리며 마시모의 말을 따라 했다.

M4는 아까 쐈던 권총보다 훨씬 무거운데도, 쏘기는 정말로 더 쉬웠다.

한 시간이나 사격하고 나자 지쳐버렸다. 돈 마테오는 우리를 사격장 옆의 테라스로 안내한 다음 점심을 대접했다. 프루티 디 마레,

파스타, 각종 고기 요리와 안티파스티에 온갖 종류의 디저트까지 차려져 눈이 돌아갈 만큼 화려한 식탁이었다. 나는 웨이터가 앞에 놔주는 음식을 있는 대로 먹어치웠다. 모르는 사람이 봤다면 일주일은 굶은 줄 알았을 것이다.

마시모는 와인을 홀짝이고 올리브 몇 알을 먹으며 이따금 나를 안아주었다. 그는 내 귓가에 속삭였다.

"잘 먹으니 정말 좋아. 내 아들이 잘 자라고 있다는 뜻이니까."

"딸이라니까요? 확인해보고 싶다면, 다음번 진료 때 알아볼 수 있어요."

나는 입 안 가득 음식을 우물거리며 쏘아붙였다. 마시모는 눈을 빛내며 손으로 내 배를 어루만졌다.

"알고 싶지 않아. 깜짝 놀라고 싶거든. 게다가 난 얘가 아들이라고 확신해."

"딸이라니까요."

그때 올가가 사람들에게 와인을 따라주며 끼어들었다.

"혹시나 쌍둥이라면 정말 재미있겠다. 라우라랑 마피아 보스 남편, 빽빽 우는 아이 둘이랑. 그 집에 도메니코까지!"

올가가 이렇게 말하며 도메니코를 바라보자 그는 단호하게 대꾸했다.

"그럼 우리는 그 집에서 나와야겠지."

"고맙지만 쌍둥이는 아니거든?"

나는 어깨를 으쓱이고는 계속 음식을 먹었다.

점심 식사를 마친 다음 나는 올가와 그네 소파에 누웠다. 세 남자는 식탁에 앉아 무언가를 계속 의논했다. 두 달 전까지만 해도 날 임신시킨 마시모를 저주했는데, 지금은 그래주어서 어찌나 고마운지 모르겠다.

나는 문득 올가에게 물었다.

"넌 운명을 믿니?"

"어라? 나도 그 생각 하고 있었는데. 몇 달 전만 해도 인생이 평범하게 정해진 대로 남들과 다를 바 없이 굴러갔는데. 그때를 생각하면 놀랍지 않니? 그런데 지금은 시칠리아의 햇볕을 쬐며 살고 있다니. 우리 애인들은 마피아 보스에 살인을 일삼고 말이지."

올가는 그녀 소파에서 떨어질 뻔했다가 자세를 고쳐 앉으며 말을 이었다.

"이런…… 전부 거지같네. 저 남자들은 나쁜 놈들인데, 우리는 저 모습을 사랑하잖아. 그럼 우리도 나쁜 년인 건가?"

나는 눈살을 찌푸렸다. 솔직히 그 말이 맞긴 했다.

"하지만 나쁜 짓을 하니까 사랑하는 건 아니잖아. 우린 저들의 좋은 면을 사랑하는 거야. 다른 사람을 죽이는 걸 어떻게 사랑할 수 있겠어? 정도의 차이가 있을 뿐, 우리는 다들 나쁜 짓을 해. 5학년 때 내가 라파우의 얼굴을 발로 찼던 거 기억 나? 널 계속 핀으로 찔러대던 금발 남자애 말이야. 그건 좋은 행동이 아니었지만, 그래도 넌 나를 아직도 사랑하잖아."

"세상에. 그게 무슨 말도 안 되는 논리야?"

올가는 눈을 흘겼다. 그때 의자에서 일어나는 소리가 들려 우리는 고개를 돌렸다. 도메니코와 마시모는 머리 위에 뭔가를 올려놓고 아이들처럼 흥겨워했다.

"제길, 저 미소를 볼 때마다 이번엔 대체 어떤 일이 벌어질까 무섭다니까."

올가는 나를 그쪽으로 끌고 가며 말했다.

"와서 영화를 한 편 보시지요, 숙녀분들."

돈 마테오가 저택 입구를 가리키며 갑자기 멈춰 섰고, 우리는 어리둥절해져 마시모와 도메니코에게로 눈길을 돌렸다.

"머리에 단 게 뭐야?"

올가는 도메니코의 이마에 붙은 자그마한 박스를 만지작대며 물었다.

"카메라야. 총에도 하나 더 붙일 거야. 우리랑 같이 있으면 왜 안전한지 똑똑히 보여줄게."

두 남자는 하이파이브를 하고서는 돌로 만든 미로 같은 구조물 쪽으로 향했다.

"숙녀분들, 가실까요?"

돈 마테오가 재차 말했다. 이윽고 우리는 어느 방으로 들어가 푹신한 안락의자에 앉았다. 노인이 커튼을 치자 방은 완전히 캄캄해졌다. 돈 마테오는 거대한 스크린 두 개를 켰다. 화면에는 마시모와 도메니코의 이마에 단 카메라가 촬영하는 장면이 각각 펼쳐졌다.

"이제부터 설명해드리지요. 저 두 신사분은 건물을 습격하는 모의 훈련을 할 겁니다. 특수부대 훈련과 똑같은 과정으로 말입니다."

그는 서투른 영어로 설명했다.

"이 훈련을 통해 반응 속도와 압박감을 견디고 판단을 내리는 능력, 반사 신경, 사격 기술 등을 테스트하게 됩니다. 저 두 분은 이제 껏 내가 가르쳤던 직업 군인들보다 대개는 월등히 뛰어났지만, 한 동안 날 방문한 적이 없으니 실력이 녹슬지 않았는지 두고 보죠."

아니, 직업 군인을 가르치는 사람이 마피아의 훈련도 맡는단 말이야?

순간, 화면에서 무언가 움직였다. 도메니코와 마시모는 문을 통과하면서 테러리스트들을 모방한 마네킹들을 정확하게 쏘았다.

"이건 위선 아니니? 자기들도 나쁜 놈들이면서 나쁜 놈들을 죽이네."

올가가 폴란드어로 말했다. 위선이든 아니든, 두 사람의 훈련 과정은 정말이지 섹시했다. 마시모가 집중하는 표정을 보자 나는 전에 없이 흥분했다. 방에 몰래 침입해 총을 쏘고 서로를 엄호하는 두 사람은 꼭 전쟁놀이를 하는 소년들 같았다. 다만 이 훈련과 전쟁놀이에 큰 차이점이 있다면, 총이 진짜라는 것이겠지.

훈련은 2분 만에 끝났다. 그들은 미국 TV에 나오는 래퍼들처럼 총을 이리저리 흔들면서 소리 지르고 웃어대며 카메라에 우스꽝스러운 표정을 지었다.

"바보짓들 하고 있네."

올가는 투덜대며 일어섰다.

돈 마테오에게 작별 인사를 한 다음, 우리는 차를 타고 집으로 돌아왔다. SF영화에서나 나올 법한 특수 BMW가 조용히 고속도로를 달리는 가운데, 차 안에는 세상에서 제일 남자답지 못한 노래인 라우라 파우지니의 「스트라니 아모리^{Strani amori}」가 흘러나왔다.

마시모는 노래를 따라 부르며 노닥거렸다. 오늘 그는 평범한 남자처럼 행동했고, 그래서 정말로 어디서나 볼 법한, 열정적이고 놀기 좋아하는 서른 살 남자로 보였다. 지금만큼은 나의 안전에 집착하고 누군가 자기 앞길을 가로막을 때마다 짜증을 내는 권위적인 독재자 멍청이가 아니었다.

도메니코와 올가가 탄 벤틀리가 고속도로에서 빠져나갔지만 우리는 그들을 따라가지 않고 계속 달렸다. 나는 마시모에게 의아한 눈빛을 보냈지만, 그는 아무 말도 하지 않았다. 사실 굳이 물어볼 필요도 없다. 내가 질문하고 싶어 한다는 걸 이 남자는 이미 안다. 마시모는 입술에 슬그머니 미소를 띠며 액셀을 밟았다.

50킬로미터쯤 더 가자 메시나에 왔음을 알리는 표지판이 나왔다. 마시모는 아주 오랫동안 구불구불한 미로 같은 골목을 운전한 끝에, 마침내 촘촘하게 돌을 쌓아 만든 높다란 담장 앞에 멈추었다.

그가 주머니에서 작은 리모컨을 꺼내어 누르자 으리으리한 나무 문이 열렸다. 나는 다시금 의아한 눈빛을 보냈지만, 그는 이번에도 눈썹을 치켜뜨며 씩 웃을 뿐, 말없이 경사진 진입로로 차를 몰았다.

이윽고 차가 멈춰선 곳은 가슴 떨릴 만큼 아름다운 이층집이었다. 마시모는 차에서 내린 다음 내게 손을 내밀었다.

"자, 가자."

난 말없이 이 상황에 대한 설명이 나오기를 기다렸다. 마시모는 말로 설명하지 않았다. 대신 집 현관을 열고 나를 안으로 안내했다.

세상에나, 이게 뭐야……. 숨이 턱 막히고 말았다. 거대하고 아늑한 거실에 들어서자 이제껏 본 것 중 단연 가장 아름다운 크리스마스트리가 한눈에 들어왔다. 온통 금색과 붉은색으로 장식된 트리였다. 모닥불이 타닥거리며 타오르는 벽난로 옆에는 하얀 모피 카펫이 깔려 있었다. 다양한 갈색과 베이지색으로 디자인된 소파와 안락의자, 긴 원목 커피 테이블과 커다란 평면 TV도 보였다. 거실 옆에는 거대한 식당이 있었는데, 으리으리한 떡갈나무 식탁 위에 반짝반짝 빛나는 촛대를 놓아두었다. 의자는 암적색 천으로 덮여 있었다. 공간은 전체적으로 따스한 색조로 섬세하게 어우러져 고급스러웠다.

"이게 다 뭐예요, 마시모?"

나는 빙글 돌아서 더없이 놀란 표정으로 그를 바라보았다.

"너에게 주는 선물이야."

"크리스마스트리가요?"

"아니, 내 사랑. 이 집이 선물이라고. 너에게 나와 우리 아기를 떠올리게 해주고 싶어서 샀어. 이 집에서는 좋은 추억만 만들었으면 좋겠어. 이 지구상에서 네가 있을 곳은 여기야. 다시는 도망치지 않기를 바라. 가끔 혼자만의 시간이 필요하다면, 여기에 와 있어."

마시모는 가까이 다가와 두 손으로 내 얼굴을 잡았다.

"저택에서 이사하고 싶다면, 우리가 함께 이곳에서 살 수도 있어. 이 집에는 직원을 많이 두지 않을 거야. 여기는 우리가 함께할 공간이니까. 너와 나, 그리고 우리 아들 말이야."

"딸이라니까요!"

"이 집은 사생활이 보장되는 완전히 안전한 공간이지. 메리 크리스마스, 내 사랑."

마시모의 입술이 내 입술에 닿았다. 그는 내 아랫입술을 치아로 부드럽게 깨물더니, 내 엉덩이를 잡고 들어 올렸다. 나는 그의 허리를 다리로 감고서 그와 마주 입 맞추었다. 마시모는 내 입술을 부드럽게 애무했고, 양손으로 몸을 더듬으며 식당에 있는 커다란 식탁으로 향했다. 이윽고 식탁에 나를 눕힌 마시모는 단번에 티셔츠를 벗었다. 그런 다음 내 바지를 벗기는 그를 보자 웃음이 나왔다.

"부츠도 벗을까요?"

반바지에 이어 레이스 팬티가 바닥 어디론가 떨어지는 모습을 보며 나는 물었다.

"부츠는 신고 있어."

마시모는 내게 팔을 머리 위로 들어 올리라고 손짓했다. 잠시 후, 나는 그의 앞에 나신으로 드러누웠다. 걸친 것이라고는 허벅지 중간까지 올라오는 긴 양말과 검은 부츠뿐이었다. 마시모는 억센 손으로 내 골반을 잡고서 날 일으키더니, 식탁 안쪽으로 밀었다. 좀 놀라운데? 가까이 끌어당겨 당장 내게 넣고 싶어 할 거라 생각했는데, 아니네.

마시모는 욕망에 휩싸인 눈을 반쯤 뜨고서 나를 뚫어져라 쳐다보았다. 나는 식탁 위로 무릎을 굽히고 다리를 활짝 벌린 채, 두 팔을 머리 위로 교차했다. 마시모는 그 모습에 신음했다.

"정말 마음에 들어."

그는 청바지를 벗으며 속삭였다. 그의 눈은 한순간도 나의 젖은 음부에서 떠나지 않았다.

"알아요."

그는 식탁 끝에 나신으로 서서 내 허벅지 안쪽을 쓸었다.

"이 집에는 또 다른 장점이 있지."

마시모는 옆으로 몇 걸음 움직여 벽난로 옆 패널의 버튼을 눌렀다. 그러자 델레리움*의 「사일런스silence」가 온 집에 울려 퍼지기 시작했다.

"바로 음향 시스템이야."

그는 미소 짓고 이내 내 촉촉한 구멍 안으로 혀를 밀어 넣었다.

그가 사격장에서 처음으로 권총을 쏘던 때부터 이 순간만을 기다려왔다. 그가 나를 무자비하게 공격하자, 몸이 뒤틀렸다. 클리토리스 위를 배회하는 혀는 욕망에 그득히 젖어 폭력적이었다. 이윽고 그는 천천히 손가락 두 개를 질에 넣고 피스톤 운동을 시작했다. 안팎으로 움직이는 손길은 느릿했다. 잠시 후면 나는 절정에 이르겠지. 마시모가 바지를 벗을 때부터 이미 절정에 뛰어들 준비가 되어 있었지만, 이토록 빨리 느끼고 싶지는 않았다.

"곧 절정에 도달할 거라는 거 알아."

그는 손가락을 내 엉덩이에 슬며시 넣었다.

그걸로 끝이었다. 나는 곧바로 오르가슴을 느껴버렸다. 활처럼 휘던 몸이 이내 빳빳하게 긴장하며 부들부들 떨렸지만 그는 멈추지 않았다. 오히려 더욱 빨라졌을 뿐.

"다시 할게, 베이비."

뒤쪽으로 손가락 하나가 더 들어왔다.

---

* Delerium, 캐나다의 뉴에이지 앰비언트 일렉트로닉 음악 듀오.

"아! 제발!"

그 느낌이 어찌나 강렬하던지, 나도 모르게 너무 놀라 소리치고 말았다.

두근두근 뛰는 클리토리스 위로 혀 놀림이 점점 빨라졌다. 십여 초 만에 오르가슴이 또 닥치고 말았다. 계속해서 세 번, 또 네 번. 온몸의 힘을 앗아가는 쾌락이 끝없는 파도처럼 밀려오고 덮쳐왔다. 머릿속으로는 그의 모습이 스쳐 갔다. 권총을 든 모습, 집중하는 모습, 이어서 태평하게 웃는 그의 모습들.

눈을 뜨고 마시모를 바라보며 손으로 그의 머리카락을 움켜쥐었다. 마지막 오르가슴이 다시금 파도처럼 온몸을 덮치자, 머리끝에서 발끝까지 근육이 경련을 일으키다 못해 마비되고 말았다. 결국 난 식탁 위로 탁 소리를 내며 쓰러졌다.

"잘했어."

마시모는 나직하게 숨을 쉬며 입술을 깨물더니, 내 발목을 잡아 몸을 식탁 끝으로 거칠게 끌어당겼다.

공기를 울리는 음악이 마치 기도 소리 같았다. 아, 그 어느 때보다 남편을 사랑하는 마음이 커.

그는 내게서 시선을 떼지 않은 채로 발기한 페니스를 잡고서 천천히, 또 부드럽게 밀어 넣으며 나의 반응을 주시했다.

"더 세게."

나는 들릴 듯 말 듯 속삭였다.

"날 자극하지 마, 베이비. 세게 못 한다는 거 알잖아."

하지만 나는 예전의 거칠던 마시모가 그리웠다. 임신해서 안 좋은 게 바로 이 점이었다. 내가 제일 좋아하는 방식으로 격렬한 섹스를 할 수가 없다니. 마시모 역시 완벽하게 만족하지 못하는 게 보였지만 아기의 안전이야말로 중요한 법이다.

마시모는 나지막하게 신음하며 고개를 떨구더니 이윽고 끝까지 안으로 들어왔다. 이어 허리가 리드미컬하게 앞뒤로 오가는 세찬 몸짓으로 사랑을 나누었다. 이 남자가 부드러움과 자상함의 결정체처럼 행동하다니, 이 얼마나 역설적인 순간인가. 그는 내 숨소리 하나하나마다 반응하고 머릿짓 한번 놓치지 않았다. 그는 오른손가락으로 내 유두를 가지고 놀다 이따금 세게 쥐었다. 왼손 엄지로는 두근두근 뛰는 클리토리스를 어루만졌다. 고통과 황홀이 뒤섞여 안에서 펑펑 터지더니, 다시금 온몸을 폭발시킬 것처럼 절정이 위협적으로 다가왔다. 마치 무중력 상태에 둥둥 뜬 것만 같았다.

"날 때려요."

음향 시스템에서 다른 노래가 시작되자 나는 애원했다. 마시모의 움직임이 뚝 멈추었다.

"날 때리라고요, 돈 마시모!"

그가 반응하지 않자, 나는 절박하게 소리쳤다.

마시모의 눈빛이 분노로 이글대더니 한 손이 불쑥 나와 나의 목을 쥐었다. 나는 갈망으로 비명을 지르며 고개를 젖혔다. 그는 언제라도 짐승처럼 할 수 있지만, 그러지는 않을 것이다. 그는 잠시 나의 부탁에 고민하다가, 결국 날 식탁에서 끌어내려 벽에 돌려세우고는 몸을 기대왔다.

"매춘부에게 하듯이 하라 이건가?"

그는 위협적인 목소리로 물으며 성기를 밀어 넣었다. 나는 차가운 돌벽에 이마를 댔다.

"네, 제발요."

다시 섬뜩한 행복이 다가오는 느낌이었다. 그는 한 손으로 내 머리채를, 다른 손으로 내 목덜미를 잡았다.

내 안을 채우는 그의 움직임은 느리고 부드러웠지만, 중요한 건 그게 아니었다. 그가 두 손으로 가하는 폭력에 몸이 달아올랐다. 그는 내 목을 능숙한 솜씨로 졸랐다. 흥분을 간신히 억제하자 어느 순간 그는 내 목에서 손을 떼고 이제는 부어오른 유두를 벌했다. 그의 치아가 처음에는 귀를, 다음으로 목덜미와 어깨를 물었지만 나는 보복할 수가 없었다.

이윽고 절정에 가까워진 마시모는 날 놓아준 다음 돌려세웠다.

"앉아."

그는 낮은 의자를 가리키며 말했다. 그러고는 엄지와 검지로 내 턱을 잡고서 입을 벌리게 했다.

"끝까지 들어갈 거야."

경고와 함께 내 입으로 파고든 성기가 격하게 안쪽을 헤집기 시작했다. 딱 1분 후에 목구멍에 어마어마한 정액이 파도처럼 들이닥쳤다. 숨이 막혀 그의 손을 떼어내려 했지만, 그는 사정을 마칠 때까지 날 놓아주지 않았다.

마침내 그의 허리가 움직임을 멈추었지만, 페니스는 여전히 내 아랫입술에 걸쳐진 채였다.

"삼켜."

그는 차갑게 명령했다.

내가 모두 삼키자 그는 비로소 나를 놓고 소파로 떠밀었다.

"사랑해요!"

마시모가 음악 소리를 낮추려고 패널 쪽으로 돌아서자 나는 활짝 웃으면서 외쳤다.

"그거 알아? 아무리 매춘부라고 해도 너처럼 변태적인 애들은 많지 않아."

그는 내 옆에 누워 부드러운 담요로 우리 몸을 덮으며 말했다. 나는 어깨를 으쓱이고는 그의 유두를 핥으며 대꾸했다.

"그 여자들은 다른 일자리를 알아봐야겠네요. 난 내일 산부인과에 가보려고요. 의사가 평소 하던 대로 섹스해도 괜찮다고 말해주면 좋겠어요."

마시모는 두 팔로 나를 감싸 안았다.

"나도 그래. 네 도발을 언제까지 참을 수 있을지 모르겠어."

"좀 거친 걸 좋아하는 게 잘못이에요?"

마시모는 나를 돌아보며 눈을 지그시 마주쳤다.

"그게 좀이야? 이 여자야, 하마터면 나 때문에 숨 막혀 죽을 뻔했으면서!"

그는 크게 한숨을 쉬고서 천장을 보고 누우며 덧붙였다.

"솔직히 말해서, 난 무서워. 너 때문에 내 감정이 얼마나 요동치는지 생각할수록."

"나는 아닐 것 같나요? 당신 때문에 내가 어떻게 됐나 생각하면 얼마나 무서운지 당신은 모를 거예요."

CHAPTER 9

"잘 잤어?"

내가 눈을 뜨기도 전에 그의 부드러운 목소리가 나를 얼렸다.

나는 부드럽게 칭얼거리며 그의 품속에 얼굴을 파묻었다. 숨을 들이쉬자 그의 향수 내음이 희미하게 났다.

"목 아파요."

나는 여전히 눈을 감은 채 중얼거렸다.

"밤새 소파에서 자서 그래."

그 말에 눈이 반짝 뜨이고 여기가 어딘지 기억나지 않아 겁이 났다. 거대한 크리스마스트리를 보자, 여기가 어디고 우리가 전날 밤 뭘 했는지 비로소 떠올랐다.

"당신은 모를 수도 있지만, 폴란드에서는 보통 크리스마스이브에 트리를 장식해요. 아이들이 못 기다리겠다며 졸라대면 23일쯤에 하죠. 그런데 여기선 12월 6일부터 트리를 장식하나 봐요."

"너만 좋다면 1년 내내 놔둘 수도 있어. 달리 어떻게 크리스마스 선물이라는 걸 표시하겠어? 집 전체를 포장지로 싸야 했나?"

"이 집을 굳이 살 필요까지 있었어요?"

내 말에 마시모는 돌아누우며 나를 팔 아래로 감쌌다.

"아, 그런 말 하지 마. 이건 투자야. 게다가 타오르미나 저택이 과연 아기에게 가장 적합한 곳인지 잘 모르겠어. 나는 널 여기서 살게 하고 싶어. 오로지 나만 볼 수 있게. 그 저택에는 항상 사람이 너무 많아."

"하지만 거기엔 올가도 있잖아요. 나 혼자 여기서 뭘 하라고요?"

나는 팔꿈치로 상반신을 괸 채 그를 바라보았다. 마시모 역시 몸을 일으키고 소파에 누워 나를 마주 보았다.

"나와 아이가 있잖아. 그것만으로도 충분하지 않아?"

그의 눈에 깃든 슬픔이 보였다. 진심으로 슬퍼하는 모습은 처음이었다. 나는 얼른 두 손으로 그의 얼굴을 잡고 이마를 부드럽게 맞댔다.

"여보, 하지만 당신은 언제나 바빠서 집에 있질 않잖아요."

나는 잠시 불안하게 관자놀이를 문지르며 생각에 잠겼다. 이 상황을 어떻게 타개하지?

"알았어요. 일단은 아이가 태어나면 그 저택에서 살아요. 만약 당신 말이 옳다는 게 증명되면, 여기로 이사를 올게요. 하지만 저택에 살아도 괜찮다면 그대로 있는 거예요. 저택에 계속 사는 경우, 이곳을 나의 은신처로 삼을게요. 온갖 방탕한 생활을 하는 곳이 되겠죠. 내가 다시 마음껏 섹스하고 술 마실 수 있게 되면 말이에요."

나는 이불 아래에서 살며시 빠져나와 섹스와 알코올에 중독된 사람처럼 행복한 춤을 추었다. 마시모는 즐거운 눈빛으로 바라보다가 다시 날 품에 안고 집을 돌아다녔다.

"그렇다면 이 집 여기저기에 흔적을 남겨볼까. 나중에 네가 여길 다시 올 때 우리가 한 온갖 일이 떠오르도록."

일을 마친 후, 다시 타오르미나의 저택으로 돌아온 나는 차에서 내리자마자 곧장 식당으로 달려갔다. 당장 음식을 먹어야겠다는 생각밖에 없었다. 새 집이 화려한지는 몰라도, 냉장고는 텅 비어 있었으니까.

"팬케이크 먹을래!"

나는 소리치며 식당으로 들어갔다가 커다란 식탁에 앉아 있는 올가를 보았다.

올가는 나를 슬쩍 보더니 노트북을 탁 닫았다.

"너 음식 생각만 해도 토하던 때가 엊그제 같은데, 지금은 왜 그래? 엉덩이가 시시각각 튀어나오고 있어."

"엉덩이가 아니라 배가 나온 거거든? 그리고, 내 엉덩이는 작아서 살 좀 붙어야 해."

올가는 미소를 지으며 내게 차를 한 잔 따르고 우유를 부어주었다. 거기에 설탕도 두 스푼 넣었다. 그리고는 손목을 내 얼굴 앞에서 흔들며 말했다.

"나 롤렉스 선물받았다? 핑크골드에 자개랑 다이아몬드 장식 있는 거. 넌 뭐 받았어?"

"집."

나는 입 안 가득 음식을 우물거리며 말했다. 그러자 올가의 눈이 휘둥그레지더니 마른침을 삼키는 소리가 났다.

"뭘…… 받았다고?"

"집 받았다고. 갑자기 소리가 안 들려?"

"망할, 난 시계밖에 못 받았는데 넌 집을 받다니. 세상이 이렇게 불공평하다니까."

"그럼 너도 마피아의 아이를 임신하고 결혼해. 베개 밑에 권총을 숨겨두고 자는 머저리 두목이랑 같이 한번 살아봐. 너는 성도 받을 수 있을걸?"

우리는 깔깔 웃으며 하이파이브를 했다. 그때 마시모가 식당으로 들어와 앉았다.

"무슨 이야기가 그리 재미있지?"

그는 검은 슈트에 검은 셔츠를 받쳐 입었다. 그렇다면 오늘 장례식에 가거나 일하러 간다는 뜻이다.

"어디 가요? 나 1시에 병원 가야 하는데."

나는 포크를 내려놓으며 물었다.

"나도 너랑 같이 병원에 갈 거야."

그는 달걀을 먹으며 대답했다.

"장례식에 가서 땅 팔 것 같은 복장으로 병원에 간다고요?"

올가가 묻자 마시모는 냉담한 표정으로 바라보더니 자기 컵에 커피를 따랐다.

"도메니코가 위층에서 혼자 자위하고 있던데 가서 좀 도와주지 그래요?"

그는 태연한 표정으로 올가에게 말했지만 올가는 코웃음을 치며 의자에 몸을 기대고 팔짱을 꼈다.

"그러잖아도 지난 두 시간 동안 나랑 놀면서 백번은 했을걸요? 걸을 수나 있나 몰라. 하지만 동생을 걱정하는 마음씨는 참 갸륵하네요, 마시모."

올가는 그에게 사악한 미소를 지어 보였다. 올가 스스로가 가장 좋아하는 표정이었다.

난 말싸움에 끼어들었다.

"아, 그만하고 둘 다 나 좀 봐요. 그래서 누가 나랑 병원에 같이 갈 거죠?"

"나."

마시모와 올가는 서로를 적개심 어린 눈으로 노려보며 한목소리로 대답했다. 나는 기분 좋게 대꾸했다.

"좋아. 그럼 셋이 함께 가."

올가는 커피를 한 모금 마시더니 일어섰다.

"농담이야. 그냥 마시모를 놀려주고 싶어서 그랬어. 네가 그리웠거든."

이렇게 말하고 내 이마에 입을 맞춘 올가는 식당에서 나갔다.

"둘 다 너무 유치해."

나는 투덜대면서 누텔라 팬케이크를 한 조각 더 먹었다.

****

우리는 병원에서 의사의 소견을 기다리며 안절부절못했다. 물론 의사의 표정까지 따진다면 그가 셋 중 제일 초조해하긴 했다. 그야 마시모가 직접 진료실에 나타났으니 당연히 무척 불안하겠지. 마시모는 정말로 의사가 나에게 아기의 성별을 말해주면 안 되는지를 분명히 확인하려는 생각이었다.

검사가 시작되자 의사가 초음파 검사기 위에 콘돔을 씌우는 모습을 본 남편은 화를 참는 것 같았는데, 그 모습이 그저 재밌기만 했다. 마시모는 초음파 진료 내내 옆에 서서 스크린에서 눈을 떼지 않으면서 이따금 내 얼굴을 살펴보았다.

벤투라 박사는 책상에 앉아서 초음파 영상을 띄웠다.

"토리첼리 부인의 진료를 맡은 헝가리 의사와 통화했습니다. 진단서를 보내주며 소견을 말해주더군요. 그쪽에서 부인을 완벽하게 돌보았지만 다소 위험한 상황이 몇 번 있었습니다. 중요한 점은, 최근 검사 결과가 아주 좋다는 겁니다. 부인께서는 아주 상태가 좋고, 아기도 잘 크고 있습니다. 태아는 몸집이 크고 건강하며 부인의 심장도 새로운 부담을 잘 견디고 있습니다. 전혀 걱정하실 필요가 없습니다."

"벤투라 박사."

마시모는 눈썹을 지그시 모으고 팔짱을 끼자 의사는 더듬거리며 대답했다.

"무엇이 궁금하십니까, 돈 마시모?"

"어째서 나의 아이가 위험했다는 거지?"

"그게······."

의사는 책상 위에 있는 서류를 움켜쥐고 초조하게 넘겼다.

"헝가리 쪽 의사가 부인께서 많은 스트레스를 받으셨다고 했습니다. 그게 하루나 이틀이 넘게 지속되었다고요. 그래서 심장이 몸 상태를 따라가지 못했습니다. 부인의 몸이…… 말하자면 반기를 든 기지요. 단순하게 말하자면, 태아를 생명에 위협이 되는 존재로 여기고 반응했다는 겁니다."

"하지만 지금은 괜찮죠?"

나는 손으로는 마시모의 손을 쓰다듬고 눈으로는 의사를 바라보며 물었다.

"네, 지금은 전혀 문제가 없습니다."

"섹스하는 건 어떤가?"

마시모는 예의 그 냉정한 눈빛으로 보자 벤투라 박사는 꼼짝도 하지 못했다.

불쌍한 의사 선생님은 마시모가 무얼 묻든지 원하는 대로 대답할 것 같았다.

"혹시 성관계가 가능하냐 물으시는 거라면, 하실 수 있습니다."

"그러면 아주…… 격렬한 성관계도 괜찮은가요?"

나는 눈길을 내리깔며 물었다. 다시 고개를 들자 의사의 눈은 나와 마시모 사이를 번갈아가며 흘긋대고 있었다. 휴, 직설적으로 말하지 않으면 제대로 된 대답을 얻을 수 없으니 어떡해. 안 그러면 남편은 앞으로 여섯 달 동안 게으른 코알라처럼 섹스하려 들걸.

나는 심호흡을 했다.

"선생님, 정확히 말씀드릴게요. 우리는 거친 섹스를 좋아해요. 그런 섹스를 해도 괜찮을까요?"

벤투라 박사의 얼굴이 새빨개졌다. 그는 서류 속에 답이 있다는 듯 손에 든 종이를 몇 장 더 훑어보았다. 직업이 산부인과 의사니까 하루에도 이런 질문을 두세 번은 받겠지. 이 지역 마피아 두목에게 똑같은 질문을 받기는 처음이겠지만.

"원하시는 대로 하셔도 좋습니다."

마시모는 우아한 자세로 자리에서 일어나 나를 문으로 안내했다. 나는 의사에게 작별 인사를 할 시간조차 없었다. 둘 다 말 그대로 거리로 뛰쳐나갔던 순간, 마시모는 나를 제일 가까운 벽에 밀치고 속삭였다.

"지금 당장…… 널 갖고 싶어."

그는 내 얼굴 몇 센티미터 앞에서 숨을 내쉬며 말을 이어갔다.

"네 안에 세게 하고 싶어. 그동안 얼마나 그러고 싶었는지 똑똑히 느끼게 해줄게. 가자."

마시모는 내 손을 잡고 차로 데려가 날 조수석에 밀어 넣은 다음 눈 깜짝할 새에 운전석에 앉았다. 내가 안전벨트를 미처 매기도 전에 차는 벌써 고속도로를 향해 질주하고 있었다.

우리는 계속 길을 달려 메시나로 향했다. 날 어디로 데려가는 건지는 뻔했다. 새 집에서 은밀하게 할 생각에 들떴다. 아무도 없는 곳에서, 경호원도 없이, 올가나 도메니코도 근처에 없이, 우리 단둘이 오롯하게 있는 거야.

"깜짝 선물이 하나 더 있어."

마시모가 리모컨으로 원목 정문을 열면서 말했다. 문이 열리기를 기다리며 나를 슬쩍 보는 그의 얼굴에 장난스러운 웃음이 퍼졌다. 그는 운전대를 꽉 잡았다. 마침내 정문이 활짝 열리자 액셀을 밟았다. BMW의 타이어에서 나는 끼익 소리와 함께 현관까지 쭉 달렸다.

마시모는 차에서 뛰어내린 다음 용감한 기사처럼 날 위해 문을 열었지만, 그다음엔 별로 신사답지 못하게 나를 어깨에 들쳐멨다.

그런 채로 열쇠를 돌려 문을 연 다음, 발로 걷어차 닫았다. 그러고는 넓은 계단을 올라 2층으로 갔다.

"일단 너를 씻겨야겠어."

마시모는 아름답고 고풍스러운 욕실 바닥에 나를 내려놓았다.

"네게서 다른 남자 냄새가 나는 건 못 견뎌."

나는 그 말에 웃음을 터뜨렸다. 고무 콘돔이나 초음파 기계에서 무슨 냄새가 난다는 거야?

"그 사람은 의사잖아요."

"의사이기 전에 남자지. 팔 들어."

그는 나의 캐시미어 스웨터를 벗긴 다음 나머지도 죄다 벗겼다. 옷이 바닥에 전부 떨어지자, 벗은 내 몸을 바라보며 말했다.

"이건 내 거야."

"그래요. 당신 거예요."

내 대답과 동시에 그는 나를 샤워기 아래로 밀었다.

"3분 줄게."

마시모는 이 말만 남기고 돌아서서 나갔다.

난 좀 놀랐다. 샤워하면서 섹스할 거라고 생각했는데. 아니면 적어도 거품 갖고 장난이라도 치거나. 좀 실망이네. 나는 샤워젤을 꾹 짜서 몸에 문질렀다.

"시간 다 됐어."

이윽고 마시모가 욕실로 돌아와서 말했다.

3분이라는 말, 진짜였어? 그냥 빨리 끝내고 오라는 뜻인 줄 알았는데. 나는 재빨리 거품을 씻어냈다.

"됐어요!"

나는 팔을 활짝 벌리며 몸을 드러냈다. 마시모가 다가와 셔츠를 벗고서 내 향기를 들이마셨다.

"훨씬 낫군."

그는 나를 다시 품에 안고서 침실로 데려갔다. 한낮인데도 침실은 기분 좋게 어두웠다.

지중해에서 가장 마음에 드는 점은 집마다 설치한 전동식 롤러 블라인드였다. 원할 때마다 실내를 어둡고 쾌적하게 만들 수 있었다. 난 어둠이 좋다. 반대로 마르틴은 어두우면 우울하다면서, 나의 가장 나쁜 점이 바로 어둠을 좋아하는 거라고 했었지.

거대한 침대가 침실을 가득 채웠다. 모퉁이마다 굵은 네 기둥이 있고 그 위에 검은 캐노피가 달렸다. 끝에는 진회색 새틴을 씌운 작은 벤치가 있었다. 침대 양쪽에는 앞면이 고급스럽게 조각된 협탁이 하나씩 놓였고, 방 한구석에는 그보다 큰 캐비닛이 자리 잡았다. 불을 켜놓은 촛대 위로 희미한 빛이 어른거렸다. 어두운색 가구들은 모두 육중하고 감각적인 디자인을 자랑했다.

마시모는 나를 침대 위에 눕히고 매트리스 여기저기에 흩어져 있던 베개 수십 개를 바닥으로 쓸어버렸다.

"깜짝 선물이야."

마시모는 씩 웃으며 기둥 뒤로 손을 뻗더니, 부드러운 수갑이 달린 사슬을 꺼냈다.

그 순간 몇 달 전 그의 호텔을 방문했을 때가 눈앞을 스쳤다. 나를 침대에 묶고서 매춘부 베로니카에게 본인을 애무하도록 시키던 마시모의 모습이.

"아, 안 돼요!"

내가 발끈하자 마시모는 얼빠진 표정을 짓고 말았다.

"감질나게 굴지 마, 베이비걸."

그는 나직하게 말하며 내 발목을 잡았다.

"나한테 아직도 32분 빚졌잖아요. 지금 그걸 쓰겠어요."

내 말에 마시모는 잡고 있던 내 다리를 떨어뜨리며 무슨 소리냐는 듯 쳐다보았다. 나는 눈을 가늘게 뜨고 한 걸음 물러섰다.

"기억 안 나요? 첫날밤에 나한테 한 시간 동안 노예가 되어주겠다고 약속했잖아요. 절반밖에 안 썼단 말이에요. 난 아직 32분의 권리가 있어요. 그러니 엎드려요."

나는 자신만만하게 말하며 내가 조금 전까지 누웠던 지점을 가리켰다.

마시모의 눈빛은 불타올랐고, 턱 근육이 불끈거렸다. 하지만 아랫입술을 깨물고 내가 시키는 대로 하는 게 아닌가? 정말로 넓은 매트리스 한가운데에 누워서 두 팔을 벌렸다. 이 정도로 고분고분할 줄은 몰랐는데. 하지만 언제 마음을 바꿀지 모르는 일이므로 나는 바로 움직였다. 이윽고 족쇄가 그의 손목을 꽉 조였다.

"족쇄 옆에 작은 빗장이 있어. 두 손가락으로 누르면 열 수 있어. 한번 해봐."

마시모는 고개를 돌려 족쇄를 바라보며 말했다. 그가 시키는 대로 해보았다. 이 족쇄는 한 번 잠그면 15분 후에 열 수 있었다. 구조 자체는 아주 간단해서 나도 다룰 수 있었지만, 동시에 침대에 묶여 있는 사람이 푸는 건 전혀 불가능한 방식이었다.

"아주 잘 만든 장치네요."

나는 그의 손목에 족쇄를 채우며 말했다.

"고마워. 내가 직접 만들었거든."

"그럼 혼자서 풀 수도 있나요?"

순간 마시모는 굳더니 불편한 듯 얼굴을 잠시 일그러뜨렸다.

"그런 방법은 없어. 내가 묶이리라고 생각해본 적은 없거든."

사실일까. 잠시 생각해보았지만, 공포가 서린 마시모의 눈을 보자 모든 게 명백해졌다. 정말로 내 멋대로 해도 되는 상태네. 좋은데? 하지만 동시에 무섭기도 했다. 이 남자를 어떻게 하고 싶은지 다 생각해두었지만, 정말로 실행한다면 마시모는 절대 용납하지 않을 테지. 분명 풀어주는 즉시 복수할 거야.

"내가 하면 싫을 게 있나요?"

나는 천천히 그의 바지를 벗기며 물었다. 속으로는, 제발 내가 하려는 짓이 뭔지 예상하지 못하기를 빌면서.

마시모는 잠시 곰곰이 생각하다가, 마침내 그다지 떠오르는 것이 없다는 결론을 내리고 고개를 저었다.

"아주 좋아요."

그의 팬티를 바닥으로 날려 보낸 다음, 나는 그의 위로 몸을 굽혔다.

이윽고 나의 손가락이 그의 성기를 감싸고서 부드럽게 흔들기 시작했다. 마시모는 나직이 신음하며 베개 위로 고개를 떨구고 눈을 감았다. 나는 그가 편안하게 누운 모습이 마음에 들었다. 지금 내가 하려는 건 다소…… 긴장을 푼 상태에서 해야 하니까. 손에 쥔 그의 성기가 단단해지더니, 거칠어지는 숨소리가 들려왔다.

그에게서 눈을 떼지 않으며, 귀두 끝 요도 주위에 혀로 작게 원을 그렸다. 마시모는 숨을 크게 들이쉬더니, 혀가 머무는 내내 숨을 죽였다. 새빨갛게 달아오른 성기를 보자 그가 얼마나 간절히 원하는지 느껴졌다.

서두를 마음은 전혀 없었다. 아직 30분 정도 여유가 있었고, 나는 남은 시간 동안 쾌락을 쥐어짤 마음이었다. 입술로 귀두를 조이면서 천천히 고개를 숙여 입속으로 밀어 넣었다. 그의 모든 부분을 속속들이 느끼고 싶었다. 그는 목구멍까지 더 빨리 닿고 싶은 듯 허리를 들어 올렸지만, 나는 두 손으로 그를 저지했다.

느리고 고통스러운 애무가 진행되는 동안, 그는 알아들을 수 없는 말을 중얼댔다. 그러다 마침내 그가 끝까지 들어와 내 입천장에 닿자, 그는 낮게 신음하며 온몸에 힘을 주었다. 손에 묶은 사슬이 덜커덩거리며 팽팽해졌다. 나는 고개를 들고 이 고문과도 같은 애무를 다시 시작했다. 그는 괴로운 듯이 몸을 비틀며 나를 자극해 속도를 어떻게든 높여보려 했지만, 그럴수록 나는 느려졌다. 나는 두 팔로 상반신을 들고 지탱한 채 그의 유두를 깨물었다. 그의 입술에서 터져 나오는 쇳소리가 어쩌나 듣기 즐겁던지. 그의 상반신에 입 맞추고, 팔을 쓰다듬고, 고동치는 성기를 나의 음부로 문질렀다. 지금쯤 죽을 맛이겠지. 꼭 감은 눈꺼풀 아래 한층 검게 변했을 눈동자를 상상해보았다. 혀로 그의 목덜미를 쓸고 올라가서 꼭 감은 눈 아래에 다다랐다. 조금씩 손가락을 그의 입에 넣고 벌렸다.

"마시모? 날 얼마나 신뢰하죠?"

내 속삭임에 그는 눈을 뜨고서 갈증 어린 눈빛으로 노려보았다.

"마음 다해 신뢰하고 있어. 이제 다시 물어줘."

나는 빈정대듯 웃으며 혀로 그의 메마른 입술을 축여주었다. 그는 내 혀를 물어뜯으려 했지만, 내가 한발 빨리 피했다.

"내가 물어줬으면 좋겠어요?"

오른손으로 그의 성기를, 왼손으로는 그의 턱을 꽉 움켜쥐고서 나는 이를 악물고 명령했다.

"그럼 공손하게 부탁해요."

"건방지게 굴지 마."

마시모는 으르렁댔다. 그는 이를 부딪쳐가며 다시 내 입술을 물어뜯으려 했지만 소용없었다.

"그럼 마음대로 하시죠, 돈 마시모. 하지만 이건 당신이 이제껏 경험하지 못한 최고의 펠라티오가 될 거랍니다."

나는 그를 놓고서 느긋하게 몸을 숙였다. 이제 내 머리는 돌처럼 단단해진 그의 성기 위로 다가갔다. 그를 머금고, 귀두를 입술로 꽉 쥔 상태로 빨기 시작했다. 이토록 다급하게 한 적은 없었다. 마시모는 가슴을 헐떡이며 나지막이 무슨 말을 내뱉고는 사슬을 마구 잡아당섰다.

"진정해요, 여보."

나는 검지를 뺀 다음 그의 엉덩이 사이로 밀어 넣었다.

마시모의 온몸이 경직하더니, 숨소리가 뚝 멈췄다. 순식간의 그의 억센 두 손이 날 잡고서 돌려 눕히는 바람에, 내 손가락은 의도한 지점을 미처 건드리지도 못했다.

난 너무 놀라서 반응조차 하지 못했다. 그는 분노로 나를 꿰뚫을 것처럼 쏘아보았다. 말없이 내 위에 올라탄 남자는 내 몸을 매트리스에 꼼짝도 못 하게 누르고서 이마에 땀방울을 단 채로 거칠게 숨을 몰아쉬었다.

"마음에 안 들었어요?"

나는 짐짓 순진한 표정을 지으며 천진난만하게 물었다.

마시모는 여전히 아무 말 없이 내 팔을 잡은 손에 힘을 줄 뿐이었다.

눈을 감았다. 이 남자가 갑자기 화를 내는 걸 지켜볼 수가 없었다. 이어서 내 손목에 족쇄가 채워지는 느낌이 났다. 매트리스가 움푹 들어가더니 침대가 살짝 삐거덕거렸다. 눈을 뜨자 마시모는 온데간데없었다. 샤워실에서 물 흐르는 소리가 들렸을 뿐이다. *끝내기도 전에 가버렸네. 내가 너무 심했나?* 속상하게 할 생각은 없었다. 단지 뭔가 파격적인 걸 보여주고 싶었을 뿐인데.

언젠가 남성 해부학에 대한 글을 읽은 적이 있는데, 그때 남성에게 대단한 쾌락을 줄 수 있는 실험 몇 가지를 배웠다. 손짓 하나로 여성만큼, 어쩌면 여성보다 더 큰 쾌락을 느낄 수 있다고 했었는데.

하지만 지구에서 제일 남자다운 남자는 그런 걸 별로 안 좋아하는 구나. 그래, 그와 비슷한 지위에 있는 남자들은 대부분 그렇겠지.

한창 생각에 빠져 있던 순간, 마시모의 목소리가 들렸다.

"더는 너에게 주도권을 주지 않겠어."

그는 물을 뚝뚝 떨어뜨리며 문가에 서 있었다. 여전히 가슴은 들썩이고 있었다.

"족쇄를 어떻게 풀었어요? 그리고 샤워는 왜 한 거예요?"

나는 화제를 바꿨다. 마시모는 내게 은은한 미소를 지으며 다가오더니, 내 얼굴에 자신의 성기가 닿을락 말락 하는 지점까지 이르러 멈췄다.

"지금은 다 설명해줄 생각 없어. 왜냐하면 네게 아주 세게 할 작정이니까. 폴란드까지 네 비명이 들릴 정도로."

마시모는 두 손으로 내 머리를 잡고 입속에 성기를 넣고 피스톤 운동을 하며 말했다.

"자, 이제 세게 빨아봐. 그리고 난 샤워하러 갔던 게 아니야. 마음을 진정시키러 간 거지."

그의 굵은 성기가 들어오자 입에 재갈을 문 것만 같았다. 저 깊은 곳까지 닿는 느낌이 너무 강렬해서 목까지 차고 넘칠 것 같았다. 잠시 후 그는 속도를 줄이며 손가락으로 내 볼을 어루만졌지만, 그런 뒤엔 더 세게 몸을 부딪쳐왔다. 지금 나는 그의 매춘부였다.

문득 마시모의 휴대폰이 울렸다. 그는 화면을 슬쩍 보더니 전화를 받지 않았지만 몇 초 후에 휴대폰이 다시 울렸다. 이번에는 이탈리아어로 무어라 투덜대며 받았다. 그러면서도 하반신은 멈추지 않았다.

"마리오야. 받아야 해. 하지만 계속해."

그는 숨을 헐떡이며 내 한쪽 손을 풀었다. 내가 그의 페니스 아래를 잡을 수 있도록.

이 상황이 그에게만이 아니라 나에게도 너무나 자극적이라는 걸, 마시모는 잘 알고 있었다. 나는 그가 전화를 받을 때 그의 몸을 갖고 노는 걸 좋아했다. 나는 그를 단단히 움켜잡고서 더욱 깊이 페니스를 삼켰다.

"오, 맙소사."

그는 나지막이 내뱉으며 숨을 깊이 들이쉬고는 휴대폰을 더욱 귀에 바짝 댔다.

마시모는 말을 많이 하지 않고 듣기만 하면서, 빨라지려는 호흡을 다잡았다. 이제는 그의 무릎이 덜덜 떨리기 시작했고, 온몸에 땀이 송골송골 맺혔다. 그는 휴대폰을 들지 않은 손으로 침대 기둥을 잡고 몸을 지탱했다. 절정이 머지않았구나. 그 뒤 1분간은 주로 마리오가 일방적으로 말했고, 마시모는 이를 악문 채 이탈리아어로 몇 마디 내뱉었다. 이윽고 그는 휴대폰을 던졌다.

마시모는 날 돌려 눕히고 다른 손도 풀어준 다음 침대 끝으로 끌어당겼다. 그러더니 다시 나를 침대에 묶었지만, 이번에는 아까와 달리 엎드린 자세였다.

"내가 하고픈 대로 마음껏 할 시간이 없는 게 다행인 줄 알아."

그는 이렇게 말하며 내 엉덩이를 들어 올렸다. 나는 얼굴을 베개에 파묻은 채 엉덩이만 하늘로 치켜든 자세가 되었다.

260

"여기까진 해야겠어."

그는 내 몸을 자신에게 맞게 조정한 다음 침대 옆 협탁에서 무언가를 집어 들더니 내 다리를 더욱 넓게 벌렸다.

"이제 힘 빼."

마시모는 내 귓가에 몸을 굽혀 속삭이고서 목덜미를 물었다.

그의 몸이 아래로 미끄러지는가 싶더니, 혀가 나의 음부를 파고들었다. 그의 손길에 너무나 굶주려 있던 나의 속살로. 신음이 절로 나오며 온몸이 활짝 열렸다. 이윽고 나는 절정 직전에 이르렀지만, 그 순간 마시모는 뚝 멈추고 몸을 뺐다.

그는 내 뒤에 무릎을 꿇더니 이윽고 한 손으로 나의 엉덩이를 부드럽게 때렸다. 다른 손으로는 내 머리채를 잡고서 사납게 젖혔다. 머리카락을 잡은 손아귀가 점점 억세지는 가운데 나는 가냘프게 비명을 지르며 다시 엉덩이를 내리치는 그의 손길을 느꼈다. 피부에 소름이 돋으면서 맞은 부분이 고통스레 두근거렸다.

"힘 빼라고 했잖아."

단단한 성기가 강타하듯 밀려들어와 기절할 것 같았다. 이제야 실감이 났다. 이렇게 오만한 그를 이제껏 얼마나 그리워했는지. 이윽고 그는 나의 머리를 놓더니 골반을 양손으로 움켜쥐고 훨씬 더 빠르게 움직였다.

"좋아!"

나는 강렬한 감각에 정신이 멍해진 채 정신없이 소리쳤다. 마시모는 거칠게 숨을 내쉬며 손가락으로 내 살갗을 파고들 만큼 힘을 주었다. 그 순간 골반을 잡고 있던 한 손이 떨어지더니 다리 옆에 있던 무언가를 집어 들었다.

바이브레이터의 희미한 소리가 들렸다. 고개를 돌려보려 했지만, 베개에 머리가 파묻혀 있어 그럴 수가 없었다.

"입 벌려."

마시모가 명령했다. 순순히 그 말대로 하자, 마시모는 고무로 된 물건을 내 입속에 넣었다.

손가락보다 살짝 굵은 물체였다. 잠시 후 그는 내 입에서 다시 물건을 빼더니 항문에 부드럽게 문질렀다. 무슨 의도인지 알아챈 나는 긴장을 풀려 했지만, 그의 하반신이 계속 나를 찔러대고 있는 상황에서는 쉽지 않았다.

자그마한 바이브레이터가 내 엉덩이 속으로 들어가는 순간, 온몸에 순수한 쾌락의 파도가 넘실거리며 하릴없이 비명이 터졌다. 바이브레이터의 리드미컬한 움직임과 진동이 나를 한층 더 압도적인 오르가슴으로 이끌었다. 더는 못 참을 것 같아!

마시모는 내 안에 넣은 바이브레이터의 플러그를 쥐고서 내 엉덩이를 다시 후려치면서, 그대로 사정했다. 내 속에서 폭발하는 정액이 느껴지자 나 역시 함께 절정을 맞았다. 이 집에 우리뿐인 게 하느님께 감사하기까지 했다. 텅 빈 공간을 채운 침묵 사이로 신음이 울리고, 나의 골반과 그의 하반신이 부딪치는 원색적인 소리만 뒤섞여 퍼졌다.

우리는 함께 길고 격한 오르가슴을 느꼈다. 이윽고 몸이 축 늘어지자 난 무릎을 벌린 채 침대 위로 쓰러졌다. 마시모 역시 비슷한 과정을 겪으며 내 위로 쓰러졌다. 그래도 팔꿈치로 몸을 지탱한 덕에 날 누르지는 않아 고마웠다.

그는 깔끔한 동작으로 내 손목에 채웠던 족쇄를 풀고 날 돌려 눕혔다. 그러고는 두 다리로 내 허리를 껴안고 옆에 누웠다. 내 얼굴 위에 흩어진 머리카락을 넘겨준 마시모는 입술에 키스를 얹었다.

"이제 빼줄래요?"

아직도 내 안에서 진동하는 바이브레이터가 느껴졌다. 마시모는 웃으며 그 깜찍한 도구를 꺼내주었다. 기구가 몸에서 빠져나가는 느낌에 신음이 나왔다. 이내 바이브레이터의 전원이 꺼지는 소리가 들렸다.

"어땠어?"

그가 물었지만 말은커녕 생각조차 할 수가 없었다. 하지만 배 속 아이도 나도 기분은 아주 좋았다.

"너무 좋았어요."

"너와 하는 게 정말 좋아, 베이비걸."

"방금의 당신이 너무 그리웠어요, 돈 마시모."

나는 샤워를 하고 부드러운 목욕 가운으로 몸을 감싼 채 침대로 뛰어들었다. 마시모 역시 잠시 후 하반신에 수건을 두른 채로 방에 들어왔다. 그는 차가운 코코아 컵을 내게 건네주었다.

"두 달 전만 해도 샴페인을 마셨을 텐데."

나는 실망해서 한숨을 쉬며 컵을 받았다.

마시모는 어깨를 으쓱이며 수건으로 머리를 닦기 시작했다.

아, 하느님 맙소사. 너무 아름다운 남자야. 그의 미모에 코코아를 들이켜다 숨이 멎을 뻔했다. 세상에 이토록 완벽한 남자가 존재

하다니, 불공평하고 무서워. 같이 있은 지 벌써 넉 달이 지났는데도, 나는 아직 이 남자를 너무나 갈망했다.

"돌아가자. 난 오늘 밤 팔레르모에 가야 해."

그가 차가운 목소리로 말했다. 나는 몸을 일으켜 코코아를 한 모금 더 마신 후 입을 삐죽였다.

"그런 눈빛 하지 마, 베이비. 난 일하러 가야 해. 호텔 한 군데에 문제가 생겼지만 해결책이 있어."

그는 내 옆에 앉더니 이렇게 덧붙였다.

"며칠 뒤에 폴란드에서 이종격투기 경기가 열려. 그러니 제트기를 타고 먼저 가 있어. 부모님도 뵙고. 난 최대한 빨리 합류할게."

'부모님' 소리를 듣자 기운이 솟긴 했지만, 나는 이미 불러온 배를 슬쩍 보며 대꾸했다.

"엄마는 내가 살쪘다고 생각하겠네요."

"올가랑 같이 가 있어. 난 여기서 도메니코와 함께 일해야 해. 제트기는 네가 타. 어디든 가고 싶은 곳에 가도 좋아."

나는 어리둥절하고 또 슬프기도 했다. 게다가 정말 재미있게도, 살짝 기분이 좋기까지 했다.

"무슨 일이에요, 마시모?"

내 물음에 그는 묘한 눈빛으로 날 보더니 자리에서 일어섰다. 얼굴에는 아무런 감정이 드러나지 않았다. 다만 손가락을 내 입술에 대며 이렇게 말했다.

"걱정할 필요는 전혀 없어, 베이비걸. 일하러 가는 것뿐이니까. 자, 옷 입어."

그렇게 우리는 저택으로 돌아왔고, 마시모는 내게 열정적으로 입 맞춘 다음 서재로 사라졌다. 나는 홀로 남아 벽에 등을 기댄 채로 문손잡이를 응시했다. 수십 가지 생각이 스쳐가는 와중에 눈물을 글썽이고 말았다. *어떻게 이럴 수가 있지? 조금 전에 헤어졌는데 벌써 보고 싶어!* 나는 손잡이에 손을 올리고 부드럽게 밀어 문을 살짝 열었다.

마시모는 창가에 서서 도메니코를 바라보고 있었다. 정확히 말하자면 도메니코가 손에 든 무언가를 바라보는 중이었다. 나는 자세히 바라보고 깜짝 놀랐다. *저거 약혼반지 아니야? 도메니코가 올가에게 청혼하려는 걸까? 아니면 나에게 숨기는 게 있나?* 새로운 사실을 알게 되자 다리에 힘이 풀렸다. 아니, 아는 게 너무 없어서라고 해야 맞겠지. 나는 형제를 일단 놔두기로 하고 내 방으로 돌아왔다.

담요를 두른 채 테라스에 앉아 저무는 해를 바라보았다. 날씨는 별로 춥지 않았지만 담요의 감촉이 좋았다. 솔직히 폴란드에 가고 싶지 않았다. 이맘때의 폴란드는 몸이 꽁꽁 얼 만큼 춥다. 그리고 마시모 없이는 아무 데도 가고 싶지 않았다. 무엇보다도, 엄마를 보고 싶지 않았다. 부모님을 뵐 생각을 하면 행복하지만, 한편으로는 진실을 밝혀야 할 순간이 빨라지는 것이 전혀 내키지 않았다.

차를 마시며 계획을 세웠다. 우선은 배를 드러내지 않는 옷을 입고 파스타랑 피자를 너무 많이 먹어서 살쪘다고 둘러대야지.

다행스러운 점은 이제 입덧이 끝나서 토하지는 않는다는 것이다. 속이 안 좋다고 말하면 분명히 엄마는 의심했을 것이다. 엄마는 너무 똑똑해서 쉽사리 속지 않는다. 그러다 문득 불러오는 배를 가릴 만한 옷이 아무것도 없다는 사실이 떠올랐다. 순간 피곤해져 고개를 떨구고 앉아 모은 무릎 위로 얼굴을 댔다.

"난 질대로 임신하지 말아야지. 술 안 마시고 대체 어떻게 살아?"

누군가의 목소리가 들렸다. 올가였다.

올가는 술을 끊는다는 생각만으로 치를 떨면서 내 옆에 앉아 탁자 위에 다리를 쭉 뻗고 덧붙였다.

"술 이야기가 나오니까 술 마시고 싶어."

"안 돼. 우리 곧 떠나야 해."

나는 컵을 내려놓으며 대꾸했다.

"또? 이런 망할…… 이번엔 또 어디로? 그리고 왜? 우리 여기 온 지 뭐 얼마나 됐다고."

올가는 못마땅한 소리를 내뱉으며 하늘을 바라보았다.

"폴란드로 가. 우리의 모국. 내일 아침에 떠날 거야. 어때? 좋아?"

내 말을 들은 올가는 잠시 곰곰이 생각하면서 무언가를 찾듯 좌우를 둘러보았다.

"그렇다면 일단 싸움 잘하는 경호원을 데려가야겠네."

고개를 끄덕이며 마음을 굳게 먹는 듯한 올가를 보며 나는 놀리듯 물었다.

"대체 누굴 데려갈 건데?"

도메니코가 마리오와 마시모와 함께 간다는 걸 나는 이미 알고 있었다.

"뭐 하러 물어? 당연히 내 남자를 데려가야지. 낮잠 자는 새에 도

266

메니코가 나가버렸지만 바로 찾아낼 거야."

　나는 일어서서 담요를 개켜 의자 등받이에 걸고 어깨를 으쓱이며 아랫입술을 삐죽 내밀었다.

　"아쉽지만 그렇게는 안 되겠네요. 도메니코도 일하러 간대! 오늘 밤 너한텐 나밖에 없단다."

CHAPTER 10

올가는 짐을 싸러 자기 방으로 갔다. 나도 원래는 짐을 싸려고 했지만, 결국 오늘만 벌써 세 번째인 샤워를 하러 갔다. 몸이 더럽다는 느낌 때문은 아니고 그냥 뜨거운 물을 맞으며 할 일을 최대한 미루고 싶은 마음에서였다.

다양한 워터제트 꼭지를 잔뜩 틀어놓고 커다란 샤워실을 수증기로 잔뜩 채웠다. 화장대에 설치한 스피커에 휴대폰을 연결하고 델레리움의 「사일런스」를 튼 다음 샤워기 아래에 서서 눈을 감았다. 따스한 물이 등줄기를 타고 내려오는 가운데 음악이 들려오니 그저 편안했다. 벽에 손을 짚고서 온수로 몸을 흠뻑 적시며 성가신 생각을 떨치려던 순간.

"보고 싶었어."

뒤에서 목소리가 들려왔다.

누군지 뻔히 아는데도 몸이 움찔했다. 두려워서는 아니었다. 다만 예상치 못한 소리에 놀라 반응했을 뿐이다.

"작별 인사에 애정이 좀 부족했던 것 같아서."

마시모가 다가와 내 허리를 잡았다.

나는 돌아서서 그를 마주 보지 않고 수압 조절 버튼이 달린 바를 움켜쥐었다. 버튼 하나를 누르자, 벽에 달린 워터제트 노즐에서 물줄기가 세차게 뿜어져 나왔다. 마시모는 두 손을 나에게 얹고 어깨와 목덜미에 입 맞추며 입술까지 다다랐다. 입속으로 밀려들어 온 그의 혀는 이내 내 혀와 뒤엉켰다. 그 역시 벌거벗은 몸을 흠뻑 적신 채 나를 위한 준비를 마쳤다.

그는 무릎을 약간 굽히더니 허리를 들어 올리며 거대한 성기로 나를 꿰뚫었다. 머리 뒤로 느껴지는 그의 근육에 신음이 나왔다. 그는 두 손으로 한껏 민감해진 내 가슴을 꼭 쥐고서 느릿하게 주물렀고, 하반신 역시 느리게 나를 찔러댔다. 나는 점차 갈망이 커지면서, 온몸이 긴장과 이완을 반복하며 그의 움직임을 따라 박자를 맞추어갔다.

"내가 네 엉덩이만 문지르러 왔다고 생각하진 않겠지?"

마시모의 치아가 내 귀를 아프게 물었다.

"더한 것을 원해요, 돈 토리첼리."

그는 나를 안아 올리고는 날 샤워장 반대편 커다란 거울로 데려갔다. 억센 팔이 나를 차가운 화장대 위에 내려놓더니, 갑자기 내 머리를 홱 잡아채 거울에 비친 자신을 보도록 했다.

"날 봐."

그가 다시 내 안으로 들어오며 마시모가 으르렁댔다.

그는 다른 손으로는 내 엉덩이를 받친 채, 몸을 내게 부딪치기 시작했다. 미칠 것 같은 속도였다. 나는 황홀해져 눈을 게슴츠레 떴다. 이러다 스르르 녹아내릴 것 같아.

"눈 떠!"

그가 소리지르자, 눈이 반짝 뜨였다. 나는 그를 바라보았다. 광기가 서린 눈동자. 간신히 자신을 다잡고 있는 야수 같은 남자. 그 모습을 보고 흥분한 난 화장대 가장자리를 꽉 쥐고 몸을 가누려 했다. 입술이 제멋대로 벌어지는 바람에 혀로 입술을 축였다.

"더 세게 해줘요, 돈 마시모."

내 속삭임에 그의 몸에 푸른 핏줄이 일어나며 근육이 휘었다. 흠잡을 데 하나 없는 몸에서 한층 찬란한 광채가 나는 것 같았다. 그는 입술을 깨물며 나를 꿰뚫을 듯 쏘아보았다.

"원하는 대로 해주지."

그가 빠르게 움직이자 1분도 채 지나지 않아 배 아래로부터 어마어마하게 감미롭고 치명적인 오르가슴이 일기 시작했다.

"아직 안 돼, 베이비걸."

그가 나지막히 말했지만, 오히려 그 목소리에 정반대의 효과가 났다. 난 거울에 비친 마시모를 바라보며 바로 절정에 도달했다. 신음이 금세 높아지며 비명으로 변했지만 마시모는 한순간도 속도를 늦추지 않았다. 불과 몇 초 뒤 두 번째 오르가슴이 덮쳤다. 몰아쉬는 숨에 가슴이 솟았고, 등줄기에 잔떨림의 여운이 흘렀다.

"무릎 꿇어."

내가 화장대 위로 쓰러지자 마시모가 말했다.

숨 가쁜 상황에서도 고분고분 따랐다. 마시모는 페니스를 나의 입으로 밀어 넣으며 두 손으로 내 머리를 잡았지만 이번에는 피스톤 운동을 하지 않고 섬세한 몸짓으로 파고들었다. 내가 스스로 따라올 수 있도록. 마시모 역시 절정이 멀지 않았음을 알 수 있었다.

나는 굶주린 듯 그를 깊숙이 받아들였다.

마시모의 엉덩이가 빠듯하게 긴장하면서 호흡이 거칠어졌다. 그는 이윽고 크게 신음하며 몸을 빼내 물에 젖은 내 가슴에 사정하면서 나를 주시했다. 나는 몸을 젖히고 가슴을 내민 채 그의 묵직한 고환을 두 손으로 만지며 신음했다.

이윽고 사정을 마친 그는 뒤에 있던 대리석 탁자에 몸을 숙였다.

"너 때문에 난 언젠가 죽고 말 거야, 베이비걸."

그는 거친 숨을 토했다. 나는 끈적한 정액을 가슴에 문지르며 장난스럽게 웃었다.

"죽는 건 쉬울 것 같아요? 당신을 죽이려 한 게 내가 처음도 아니라면서요."

나는 그를 처음 만난 날 밤에 들었던 말을 그대로 들려주었다. 내가 총의 안전장치도 풀지 않고서 그를 쏘려 했던 그 밤에 마시모가 했던 말이었다.

마시모는 능글맞은 미소를 띠며 두 손으로 내 얼굴을 잡았다.

"말을 귀담아들을 줄 아는군. 그렇게 말해주니 듣기 좋지만, 듣기 좋은 말만 듣다 보면 위험해지기도 하지."

나는 벌떡 일어서서 그의 탄탄한 몸을 절박하게 끌어안고 올려다보았다. 순간 눈물이 글썽였다.

"자꾸 헤어지기 싫어요, 마시모."

"그래서 이번에는 작별 인사를 안 하려고, 베이비. 네가 알아차리지도 못하는 새 돌아올게."

그는 수건으로 내 몸을 닦아주며 입술에 부드럽게 키스했다.

"네 비행편 시각은 정오야. 두어 시간이면 도착하겠지. 지난번 네 운전기사였던 세바스티안이 마중 나올 거야. 휴대폰엔 카를로의 번호도 있어. 필요한 게 있으면 카를로에게 전화해. 내가 도착할 때까지 그가 너를 돌봐줄 거야."

나는 그에게 무섭다는 눈빛을 쏘았다. 지시사항마다 불길하게 들렸다. 꼭 내가 위험에 빠질 거라는 듯한 말이네? 이제 보니 마시모의 행동 하나하나가 수상했다. 갑자기 여행을 떠난다질 않나, 나를 폴란드로 보내질 않나. 날 이토록 오랫동안 혼자 두려 하다니, 그답지 않아.

"돈 마시모…… 정말 무슨 일인지 말해주면 안 돼요?"

하지만 그는 대답 없이 내 가슴만 닦았다. 난 소리를 질렀다.

"제기랄, 마시모! 대답해요!"

나는 그의 손에서 거칠게 수건을 빼앗았다.

마시모는 힘없이 손을 늘어뜨리고 이글거리는 시선으로 내 눈을 바라보았다.

"몇 번을 말해야 하지, 라우라 토리첼리? 아무 일도 없어."

그는 두 손으로 내 얼굴을 잡고서 입 맞추며 말했다.

"사랑해, 베이비걸. 사흘 뒤에 돌아올 거야. 약속할게. 그러니 그만 화내. 내 아들이 좋아하지 않을 거야."

그는 내 배를 쓰다듬으면서 미소 지었다.

"딸이라니까요."

"그렇다면 내 딸은 엄마처럼 성깔이 더럽지 않았으면 좋겠어."

이 말을 하며 그는 훌쩍 물러섰다. 내가 한 대 칠 것을 이미 예상했기 때문이다.

나는 여전히 벌거벗은 채로 따라가며 젖은 수건으로 그를 후려치려 했지만, 그가 한발 빨랐다. 그는 침실까지 뒤쫓아 간 나를 덥석 붙잡아 침대 위로 던진 다음 꼼짝 못 하게 제압했다.

"넌 나와 완벽한 짝이야, 내 사랑. 네가 있어서 매일 아침 살아 있음을 느껴. 사경을 헤맬 때 널 꿈속에서 본 그날을 생각하고 매일 하느님께 감사를 드리지."

나를 바라보는 그의 눈빛은 따스하고 자상했다. 그는 내 입술에 입 맞추며 덧붙였다.

"이젠 가야겠어. 무슨 일 생기면 전화해."

마시모는 나와 겨우 떨어져서 드레스룸으로 향했다. 잠시 후 언제나처럼 검은 슈트와 셔츠를 입고 나타난 그는 다시 키스를 남기고 아래층으로 내려갔다.

다음 날 나는 일찍 일어났다. 깨어보니 겨우 7시였다. 그 후로 15분을 침대에 누워 빈둥거리며 TV를 보다가 욕실에 갔고, 어젯밤 세 번째로 샤워한 지도 얼마 되지 않은 상태에서 네 번째 샤워를 했다. 시간이야 차고 넘쳤다. 마시모가 멀리 있으니 누구에게 예쁘게 보일 필요도 없었지만, 어쨌든 화장을 하고 머리를 완벽하게 손질했다.

이제는 정말로 짐을 쌀 시간이 왔다. 대체 어디서부터 시작해야 할지 막막해서 드레스룸 너ㄱ 위에 주저앉았다. 물론 평소처럼 마리아가 와서 짐을 싸줄 수도 있겠지만, 이번 여행에는 목적에 딱 맞는 옷이 필요하다. 난 값비싼 옷의 더미를 마구 파헤치며 옷을 골랐다. 안타깝게도 내가 좋아하는 옷은 대부분 배를 가려주지 않는다. 사실대로 말하자면 죄다 배를 드러내는 스타일이다. 시칠리아에 있을 때는 나 임신했노라며 드러내고 싶었지만, 폴란드에서는 차라리 방수포를 뒤집어쓰는 편이 나았다. 내가 앞으로 낳게 될 아이에 대해 온 세상에 널리 알릴 수 있다면 얼마나 좋았을까. 나는 셔츠와 블라우스, 원피스를 잔뜩 껴안은 채 몸을 웅크렸다.

그때 올가가 한 손에 커피 잔을 들고 문가에 나타났다.

"플리마켓이라도 열게? 그럼 내가 다 사 갈게!"

나는 옷더미 위에 앉아서 소리쳤다.

"빌어먹을, 올가! 나 겨울옷이 하나도 없어! 시칠리아에는 겨울이 없어!"

올가는 단호하게 컵을 탁자에 내려놓고 새된 비명을 질렀다.

"아아, 끔찍해라! 그럼 또 쇼핑하러 가야겠네. 귀찮아서 어쩐담?"

소리 높여 외치던 올가는 내 옆에 털썩 주저앉았다. 나는 화난 눈초리로 올가를 째려보았다. 어쩜 지금 같은 때도 날 놀릴 수가 있어? 옷이 더 필요한 게 아니라고!

나는 이미 골라놓은 물건 몇 가지를 여행 가방에 던지며 씨근대었다.

"됐어! 다 필요 없어! 적어도 신발은 신을 수 있으니까."

나는 지방시 부츠를 꼭 껴안으며 올가에게 물었다.

"떠날 준비 됐니?"

"너보단."

우리는 아침을 먹은 다음 내 짐을 싸느라 또 시간을 보냈다. 그래서 11시 직전에야 차에 앉아 공항으로 향했다. 전용 제트기에 타기 전, 나는 약을 먹었다.

고맙게도 출발 직전에 정신을 잃었다. 속임수 같은 약 기운을 빌린다면, 나에게 여행이란 그저 순간이동에 불과했다.

****

"다시 만나 뵈어 반갑습니다, 부인."

세바스티안이 벤츠의 문을 열어주며 인사했다.

"다시 당신이 있는 곳으로 돌아왔네요."

나는 그에게 환한 미소를 지어주고 리무진 좌석에 앉았다. 잠시 후, 우리는 내 아파트의 지하 주차장에 1분 만에 들어갔다.

"나는 내 집에 가면 안 돼? 나도 내 아파트가 있다고."

올가가 소파에 누워 말했다. 나는 주전자에 물을 올리고 냉장고를 살짝 열어보았다. 놀랍게도 안에는 음식이 터질 듯이 차 있었다.

"마시모는 우리가 같이 있기를 바라. 게다가 왜 혼자 있고 싶은데? 이젠 내가 싫어?"

나는 초콜릿 푸딩 병에 스푼을 푹 담갔다. 올가가 문 근처에서 멈춰 서서 벽에 기댔다.

"이제 우리 뭐 해? 뭐가 뭔지도 모르겠고…… 고립된 기분이야."

올가는 얼굴을 찡그리며 입술을 삐죽 내밀었다.

"알아. 나도 그래. 몇 달 동안 인생이 싹 변했으니 기분이 묘하지? 내일 부모님 댁에 가자. 난 우리 집으로, 넌 너희 집으로. 우리는 이제 각자의 엄마아빠랑 크리스마스를 함께 보낼 수 없으니까 미리 준비해야 해."

부모님을 뵈러 갈 생각을 하자 속이 울렁거렸다. 물론 부모님이 보고 싶었지만, 두 분이 아무것도 모르도록 쇼를 해야 한다고 생각하니 심란했다.

올가는 창문을 내다보며 말했다.

"봐, 빌어먹을 눈이 내리네."

우리는 나란히 서서 겨울날의 눈 내리는 풍경을 멍하니 보았다. 눈 내리는 게 이젠 아주 특이한 현상이라는 듯이. 어느새 꿈처럼, 시칠리아로 돌아가고 싶었다.

나는 창문에 얼굴을 딱 붙이며 중얼거렸다.

"쇼핑하러 가자. 우리 둘 다 기분전환을 해야 해."

그러자 올가가 나를 바라보며 말했다.

"있잖아, 도메니코가 나한테 신용카드 줬어. 내 이름 박힌 거로."

올가는 눈썹을 치켜뜨고 고개를 끄덕였다.

"걔를 보면, 자꾸 마시모를 따라 하려는 것 같달까? 내 말은, 도메니코가 정말로 나한테 이런 걸 해주고 싶은 건지, 아니면 그냥 형을 따라 하는 건지 잘 모르겠어."

어제 서재에서 봤던 장면이 머릿속을 스쳤다. 올가에게 말해줘야 할까. 모르겠다. 결국 혼자만 알고 있기로 마음먹었다. 어쨌든 내가 관여할 바가 아니다. 그리고 누군가가 깜짝 청혼을 계획 중이라면, 그 순간을 망쳐서는 안 되는 법이다.

"네가 너무 생각이 많은 거 아닐까? 차나 마저 다 마시고 나 입을 헐렁한 옷이나 사러 가자."

"생각이 많기는 너도 마찬가지잖아. 배 나온 거 보이지도 않아. 걱정하지 마."

올가는 고개를 저었다. 나는 배에 두 손을 얹고 볼록 나온 부분을 쓰다듬었다.

"모르겠어. 네 말이 맞을 수도 있지만, 난 엄마를 잘 알아. 엄마는 내가 임신한 걸 눈치챌 거야. 진짜야. 나중에 후회하느니 철저히 준비하는 편이 나아."

그 후로 한 시간 동안 차를 마시고 초코바 여섯 개와 누텔라 한 병을 먹어치운 다음 우리는 나의 하얀색 BMW를 쇼핑몰 주차장에 댔다. 나오기 전 폴란드의 차디찬 겨울 날씨에 걸맞는 옷차림으로 갈아입었다. 나는 검은 지방시 부츠를 신고 꽉 끼는 가죽 레깅스에 억지로 몸을 욱여넣은 다음 헐렁한 크림색 튜닉을 입고 회색 여우털 조끼를 걸쳤다. 올가는 제일 좋아하는 옷차림을 고수했다. 반바지에 스튜어트 와이츠먼의 싸이하이 부츠를 신고 신발과 어울리는 헐렁한 스웨터에 가죽 재킷, 올가 특유의 섹시한 스타일이었다.

우리는 상점과 부티크를 돌아다니며 돈을 물 쓰듯 쓰고 겨울옷이 가득한 무거운 쇼핑백 수십 개를 받아 들었다. 사실 겨울옷을 이토록 많이 살 필요는 없었다. 이탈리아에서는 이런 옷이 전혀 필요 없으니까. 결국 우리는 죄책감을 달래면서 옷을 다 폴란드에 두고 가기로 합의했다. 앞으로 입을 일이 있긴 있겠지. 그런 생각에 이르자 남자들이 준 돈을 좀 더 써버리고 말았다.

한창 돈을 물 쓰듯 쓰고서 상점에서 나오려던 순간, 휴대폰이 울렸다. 발신자를 알 수 없는 번호였다. 나는 빙그레 웃었다.

휴대폰에서 섹시한 영국식 발음이 흘러나왔다.

"안녕, 베이비걸. 쇼핑은 재밌어?"

나는 냉소적으로 대꾸했다.

"쇼핑이야 너무 재밌죠. 이젠 헐렁한 옷이 제일 좋아요. 내가 어디 있는지는 어떻게 알았어요?"

말하자마자 얼마나 멍청한 질문이었는지 대번에 깨달았다. 마시모는 웃으며 대답했다.

"내 사랑, 네 휴대폰엔 위치 추적기가 내장되어 있어. 시계도, 차도 마찬가지야. 방금 산 빨간 드레스, 아름답더군. 전혀 헐렁하지 않던데."

등줄기가 오싹해진 나는 불안해져서 주위를 둘러보았다. 내가 뭘 샀는지 어떻게 알았지? 막 물어보려던 순간, 근처에서 어슬렁거리는 커다란 남자 둘이 눈에 들어왔다.

"나한테 왜 경호원이 필요해요, 돈 마시모? 난 폴란드에 있는데. 여긴 위험할 일 전혀 없어요."

나는 말하다 말고 멈칫하며 물었다.

"위험할 일 확실히 없죠?"

"당연하지. 다만 내가 가장 사랑하는 두 사람이 안전하게 다니도록 하고 싶을 뿐이야."

마시모는 곧바로 대답했다. 나는 웃으며 벤치에 앉았다.

"설마 그 두 사람이 나랑 올가인가요?"

마시모는 뜻을 알 수 없는 이탈리아어로 무어라 투덜댔다.

"너랑 내 아들, 그렇게 둘이지."

"딸이라니까요!"

나는 대번에 쏘아붙였다. 그는 다시 더없이 권위적으로 말했다.

"내 앞에서 직접 입을 때까지는, 그 빨간 드레스 입지 마. 이제 다시 쇼핑하러 가. 부모님께 안부 전해 드려."

이 말을 하는 마시모의 모습이 눈앞에 생생히 떠올랐다. 나는 한숨을 쉬면서 전화를 끊고 휴대폰을 핸드백에 넣은 뒤 올가를 슬쩍 바라보았다. 올가는 두 손가락을 입에 넣고 재갈을 무는 시늉을 하며 눈을 흘겼다.

"토할 것 같아."

"야, 질투하지 마."

나는 얼굴을 찡그리며 일어선 다음 올가의 손을 잡으며 근처에 있던 경호원을 가리켰다.

"우리를 따라다니고 있어. 우리가 뭘 샀는지 다 기록하나 봐."

"씨발, 마시모는 너희 어머니보다 더 심하네."

올가의 욕설을 듣자 웃음이 터졌다.

"맞아, 사실이야. 이제 가자."

다음 날 나는 가슴만 딱 맞는 헐렁한 튜닉에 레깅스를 입고 코트를 걸친 차림으로 부모님 댁에 갔다. 내가 간다는 소식은 일부러 전하지 않기로 했다. 이건 깜짝 방문이 될 테니까. 올가는 나와 같이 가서 자기 부모님이 사는 아파트 단지에서 내렸다.

부모님 집은 내가 이제껏 진정한 집이라고 생각해온 유일한 곳이었다. 오래전부터 오빠와 난 더는 그곳에서 살지 않기로 마음먹었지만, 그 집을 물려받는다고 해도 팔지는 않을 마음이었다. 쿠바는 이곳에서 480킬로미터나 떨어진 곳에 살았고, 나는 오빠에 비해서는 가까운 240킬로미터 정도 떨어진 곳에 살았다. 물론 내가 바르샤바에 살 때의 이야기고, 지금은 아니다.

어쨌든 내 가장 행복한 추억이 부모님 댁에서 비롯되었다는 사실은 변함이 없다.

엄마가 정원을 아름답게 꾸미는 데 공을 많이 들여서 집은 지난 2년 새에 엄청나게 변했다. 이런 집에 우리 말고 또 누가 살까.

이윽고 나는 현관 앞에 서서 초인종을 눌렀다. 문이 열리더니 아빠가 나왔다.

"오, 세상에! 우리 딸 왔구나!"

아빠는 환하게 웃으며 나를 안으로 들였다.

"여긴 어떻게 왔니? 딸, 아주 놀랍도록 예뻐졌구나!"

아빠의 눈가가 촉촉해지는 게 보여서 아빠를 와락 안아주었다.

"깜짝 방문이에요."

나는 아빠의 넓은 가슴에 안기며 속삭였다.

언제 보아도 감탄이 나올 만큼 아름다운 엄마가 문에서 나왔다. 여전히 흠잡을 데 없는 옷차림에 메이크업을 완벽히 하고 있었다.

"우리 딸 왔구나."

엄마는 소리치며 두 팔을 활짝 벌렸다.

난 엄마의 품에 안겨 울기 시작했다. 왜 우는지는 알 수 없었다. 내가 올 때마다 마음 다해 반겨주는 엄마를 보면 어느새 눈물이 차오르곤 한다.

"엄마."

"아가, 왜 울어? 무슨 일 있어? 집엔 갑자기 왜 왔어?"

엄마가 내 머리카락을 쓰다듬으며 물었다. 만사를 비관적으로 염려하는 게 엄마의 특징이다. 엄마는 아무 문제가 없는 상황에서도 온갖 것을 들먹이며 걱정하기를 좋아했다.

"괜찮아요. 그냥, 감정이 격해져서 그래요."

훌쩍이며 말을 더듬자 엄마는 내 등을 두드려주었다.

"자, 딸, 이제 그만 울어. 여보, 우리 차 좀 끓여줄래요?"

이제 내가 얼마나 창의적으로 거짓말을 하는지 시험대에 오를 시간이었다. 나는 부모님에게 부다페스트에서 교육을 받고 있으며 지금 하는 일이 좋다고 말했다. 그리고 이제껏 수많은 파티를 주관했다는 길고 장황한 이야기를 꾸며냈다. 이탈리아어를 배우는 건 어찌 되었느냐는 질문이 나오자, 나는 어쩔 수 없이 아는 단어 서너 개를 동원한 뒤 화제를 돌렸다.

한 시간 반쯤 혼자서 떠들다 보니, 아빠가 선물받은 망원경을 확인할 차례였다. 공식적으로야 내가 선물한 척했지만, 사실은 마시모가 준 선물이다. 나는 아빠가 둥근 원통형 상자를 부스럭대면서 망원경을 꺼내다 혼자 투덜대는 모습을 지켜보았다.

"저거 설치하는 데 시간이 좀 걸릴 거야."

엄마가 레드와인 한 병과 와인 잔 두 개를 가져오며 말했다.

"젠장."

나는 나직하게 욕설을 내뱉었다. 이건 예상 못 했네. 생각해뒀어야 했는데.

엄마는 내 잔에 와인을 부어주며 건배할 준비를 했다. 나는 겁에 질린 채로 잔을 들고 검붉은 술로 입술을 살짝 적셨다. 아, 너무 맛있어. 술맛이 얼마나 그리웠던가. 할 수만 있다면 한 병 통째로 들이킬 텐데.

아빠는 여전히 망원경과 씨름하며 초점을 맞추려고 애썼다. 그동안 엄마는 자기 잔에 와인을 더 따르다가, 내가 술을 입에 대지 않는 걸 의아해했다.

"맘에 안 드니? 이거 네가 제일 좋아하는 몰도바 피노 누아인데."

"나…… 이제 술 끊었어요."

나는 더듬거렸다. 엄마의 눈빛에서는 좋은 예감을 전혀 감지할 수 없었다. 나는 거짓말을 꾸며내느라 재빨리 머리를 굴렸다.

"있죠, 엄마. 이탈리아에서는 사람들이 언제나 술을 마셔요. 그래서 자꾸 살이 찌더라고요!"

나는 머리를 짜내 겨우 생각한 말과 함께 머뭇머뭇 미소 지었다.

"맞아, 보니까 너 좀……."

엄마는 말하다 말고 적당한 단어를 찾았다.

"……통통해졌더라. 이젠 운동 안 하니?"

아뇨. 사실은 나, 재수 없게 임신했어요. 난 말을 삼키며 억지 미소를 지었다.

"최근에 운동할 시간이 없었어요. 안타깝게도 계속 먹기만 했어요. 특히 근무 시간에 피자니 파스타를 항상 달고 사는 거 있죠? 지난 몇 주간 살이 쪄버렸어요."

제발 엄마가 이 거짓말에 넘어가주길 빌면서 더 많은 거짓말로 진실을 묻으려 애썼다.

"그래서 술을 끊었어요. 몸을 디톡스하고 깨끗이 비우려고요."

하지만 엄마가 쉽사리 넘어갈 것 같지는 않다. 난 와인을 너무 좋아해서 이제껏 한 번도 거절한 적이 없으니까. 차라리 음식을 끊으면 끊었지 좋은 술을 마다할 인간은 아니었다.

엄마는 한동안 가만히 나를 바라보았다. 와인 잔을 손가락으로 빙빙 돌리는 걸 보니 분명히 수상쩍어하는 중이구나. 가늘게 뜬 눈매 봐. 내 말을 한마디도 믿지 않는다는 증거야.

천만다행히도, 사랑하는 아빠가 날 구해주었다.

"됐다! 와서 보렴, 라우라."

아빠가 나를 망원경 쪽으로 불렀다. 나는 벌떡 일어나서 아빠 쪽으로 달려가 재빨리 망원경에 눈을 댔다. 저기 보이네. 아빠는 벌써 달을 찾아놓았다. 렌즈를 통해 확대해본 달은 참 아름다웠다. 나는 실제 느낌보다 과장을 더해 은빛 달이 얼마나 아름다운지 미사여구를 장황하게 늘어놓았다. 다행히도 아빠는 원래 약간 괴짜 기질이 있다. 아빠가 특유의 열정을 발휘해 천문학에 대한 지식을 늘어놓기 시작하자, 결국 지루해진 엄마는 방에서 나갔다. 나는 얌전히 듣는 척했지만, 속으로는 앞으로 다가올 또 다른 고비를 어떻게 넘길지 궁리 중이었다. 아빠의 천문학적 지식이 넓은 덕에, 적어도 한 시간은 딴생각을 할 수 있었다.

결국은 졸음과 싸우다 지쳐 아빠 옆에서 넋을 놓고 말았다. 눈꺼풀이 감기려던 순간 엄마가 날 아빠에게서 구해주었다.

"저녁 먹으렴."

엄마는 주방에서 손짓해 우리를 불렀다.

내일 떠나야겠어. 안 그러면 미쳐버릴 거야. 아깐 아빠가 날 엄마한테서 구해주었는데, 이제는 엄마가 날 아빠에게서 구해주네. 게다가 이제껏 한 거짓말 때문에 정신이 혼미해질 지경이었다. 마지막으로 이렇게 열심히 머리를 짜낸 게 언제였는지 기억나지 않았다.

급기야 두통으로 머리가 욱신댔다.

엄마가 식탁에 차려준 맛있는 음식을 보자 배가 고팠다. 나는 모든 음식을 조금씩 먹다가, 자제하지 못하고 끊임없이 퍼 담았다. 저녁을 먹는 게 아니라 배 속에 쓸어 담는 수준이었다. 20분 동안 정신없이 폭식하고 나서 슬그머니 눈을 드니 그제야 부모님의 경악한 눈빛이 보였다. 제길, 어쩌면 오늘 떠나야 할지도 모르겠다. 엄마는 음식을 씹으면서도 내 얼굴과 빈 접시를 번갈아 바라봤다.

나는 입 안 가득 음식을 우물거리면서 물었다.

"왜요? 그간 나 위가 좀 늘어났거든요. 말했잖아요. 파스타 잔뜩 먹어서 이렇게 됐다고요."

"그런 것 같구나."

엄마는 못마땅하다는 듯 고개를 저었다.

마음 같아서는 애플파이를 한 조각 더 입속에 욱여넣고 싶었지만 그만두기로 했다. 더 먹었다가는 우리 집 어르신들이 너무 놀랄 것 같네. 아무도 날 막아서거나 노려보지 않는 한밤중에 다시 주방에 와야겠어.

저녁 식사를 마치고선 다 함께 영화를 보았다. 나는 피곤하다며 내가 쓰던 방으로 갔다.

아래층 거실에서 잘 수도 있지만, 부모님 방이 바로 옆에 있다. 그건 별로 좋은 생각이 아니다.

다음 날 아침 일어나자 엄마와 아빠는 모두 안 계셨다. 나는 한 시간 동안 혼자서 빈둥빈둥 TV를 보다가 마침내 샤워하기로 했다. 물을 틀어놓고 물줄기 안에 들어서서 눈을 감은 채, 마시모와 했던 마지막 샤워를 떠올렸다. 문득 그가 보고 싶었다. 순간 그의 손길을 느낀 듯 살갗에 소름이 일었다. 머릿속으로 마시모의 감촉을 상상하며 몸을 쓰다듬기 시작했다. 그를 떠올리며 클리토리스를 문지르고 부풀어 오른 가슴을 쥐자, 빠르게 절정에 이르고 말았다……. 임신해서 가장 좋은 점이 바로 이거다. 몸이 민감해져서 전에는 한 번도 없었던 방식으로 반응하게 된다.

마시모가 얼마나 거칠었는지, 또 자신의 손길에 아파하는 나를 보며 얼마나 기분 좋아했는지 떠올렸다. 그 순간 마시모의 두 손이 내 몸에 닿은 것만 같았다. 나는 다리를 벌리고 부풀어 오른 클리토리스를 좀 더 세게, 빠르게 자극했다. 머릿속에 영화처럼 장면들이 스쳐 갔다. 마시모가 내 골반을 잡고 빠르게 치는 모습, 굵은 성기로 꿰뚫는 모습. 오르가슴이 밀려오자 나지막이 비명이 흘러나왔다. 이내 나는 숨을 내쉬며 몸에서 빠져나가는 긴장감을 느꼈다. 그래, 내가 바랐던 게 정확히 이거였어.

오늘

온수를 끄고 샤워 부스에서 나왔지만 주위를 둘러봐도 욕실에는 수건 한 장 없었다. 어쩔 수 없이 방에 들어가서 목욕 가운을 찾아야겠네.

"어휴, 짜증 나."

투덜대며 문을 열고 방으로 향하는데 문 앞에 선 순간, 갑자기 누군가의 인기척이 느껴졌다.

엄마가 나를 뚫어질 듯 쏘아보고 있었다. 눈길이 내 배를 향해 있었다. 나는 꼼짝 못 한 채 그 자리에서 얼어붙고 말았다. 엄마는 아무 말도 하지 않은 채 고개만 저었다. 마치 성가신 생각을 떨쳐 버리고 싶다는 듯, 악몽에서 깨어나고 싶다는 듯. 엄마의 눈빛은 한 점 흔들림이 없었다.

마침내 엄마는 한숨을 쉬며 앉더니 내 눈을 똑바로 바라보았다. 나는 그만 현기증이 나 기절할 뻔했다. 숨이 모자라 호흡이 가빠지기 시작했다. 격하고 빠르게 숨을 들이쉬는 동안, 귀에서 새된 이명이 울렸다.

나는 소파에 있던 목욕 가운을 간신히 찾아서 몸에 걸친 다음, 하릴없이 소파에 주저앉았다. 그러고는 눈을 감으며 호흡을 진정해보려고 애썼다.

"먹으렴."

엄마는 내 입술에 알약을 밀어 넣었다.

"이건 못 먹어요. 내 가방 속에 약 있어요."

나는 간신히 말했다. 엄마가 가방을 뒤지는 소리가 들리더니, 마침내 알약이 든 작은 병이 흔들리는 소리가 났다. 나는 약 한 알을 받아 혀 아래 넣고서 약효가 돌기를 기다렸다. 가슴뼈 아래로 타는 듯한 감각이 지나가더니, 두근대는 심장 소리에 다른 소리가 묻혀 버렸다. 죽고 싶었다. 엄마에게 사실대로 털어놓으니 그편이 쉽다.

"구급차를 부를게."

엄마가 일어서서 말했다. 나는 눈을 번쩍 뜨고 휘둥그레진 눈으로 엄마를 바라보았다.

"안 돼, 그러지 말아요. 곧 나을 거예요."

엄마는 바닥에 앉아서 나를 마주 보고 맥박을 쟀다. 그동안 나는 제발 시칠리아로 순간이동하게 해달라고 하느님께 빌었다. 몇 분이나 흘렀을까. 눈을 감고 있는데도 엄마가 꾸짖는 눈빛으로 날 바라보는 게 생생하게 느껴졌다. 나는 본능적으로 배에 손을 얹고서 심호흡을 한 후, 엄마를 마주 보았다.

엄마는 실망한 표정이었지만, 동시에 날 걱정하고 슬퍼하는 듯했다. 어쩌다가 이렇게 되었을까? 나름대로 준비를 해 왔는데. 이야기도 꾸며내고 옷도 헐렁하게 입고 왔건만.

"엄마, 갑자기 집에 왜 돌아왔어요?"

"너랑 오늘 하루종일 있고 싶어서, 약속을 다 취소했지."

엄마는 이렇게 대답하고는 일어서서 맞은편 소파에 앉았다.

"좀 어떠니?"

뭐라고 대답해야 할까. 몸 상태라면 나쁘지 않다. 하지만 마음은…… 결코 좋다고 할 수 없다.

"지금은 괜찮아졌어요. 잠깐 긴장해서 그랬어요."

엄마는 대답하지 않았지만, 난 알고 있다. 내게 더 이상 스트레스

주고 싶지 않아서 아무 말도 안 하는 것이다. 그렇다고 현실이 변하지는 않는다. 우리는 이 대화를 해야만 했다.

나는 엄마와 눈을 마주치지도 못하고 속삭였다.

"4개월째예요. 무슨 말씀 하실지는 알겠는데, 제발 하지 마세요."

엄마는 손을 들어 얼굴을 가리며 말했다.

"뭐라고 해야 할지 모르겠구나. 모든 일이 너무 빨리 벌어졌잖니, 라우라. 넌 한 번도 이런 적이 없는데, 처음 해외에 나간 뒤로, 갑자기 그 이상한 남자가 나타나더니…… 그런데도 넌 솔직하게 말한 적이 한 번도 없어. 그런데 지금은 아이를 가졌다는 거니?"

엄마의 말은 틀린 데 하나 없었다. 내가 무슨 말을 하든, 아무것도 변하지 않을 것이다.

"그이를 사랑해요, 엄마."

나는 애처롭게 말했지만, 엄마는 벌떡 일어서서 소리쳤다.

"하지만 아이는 어떡할 건데? 아무리 사랑에 빠졌다 해도 그렇지, 덜컥 아이까지 가질 필요는 없잖니! 그 남자와 만난 지 얼마 되지도 않았는데……."

엄마는 말을 잇지 못했다. 나는 가방을 뒤져서 옷을 아무거나 움켜쥐었다. 엄마가 마음을 진정시키려 조용히 숫자를 세는 동안, 나는 옷을 입었다.

"라우라 비엘! 망할, 대체 며칠이나 그 남자를 만나고 아이를 가진 거니, 응?"

나는 주먹을 불끈 쥐었다. 화가 났지만, 내가 화를 내야 하는 대상은 나 자신이었다.

"며칠인지 아신다고 해서 뭐가 달라지는데요?"

"난 너를 이렇게 키우지 않았어! 어디서 말대답이니! 얼마나 됐냐고 묻잖아!"

"계획에 없던 아이였어요. 어쩌다 보니 생겼다고요. 제가 그렇게 멍청한 줄 아세요?"

나는 가방을 집어 들며 대꾸했다.

"그리고 정 아셔야겠다면, 만난 지 3주 만에 임신했어요."

이렇게 내뱉고 나자, 이 상황이 얼마나 터무니없는지 서서히 실감이 났다. 내가 들어도 이해가 안 되는 이야기를 하면서 엄마에게 이해해달라고 하다니.

엄마는 창백한 얼굴로 굳어버렸다. 내가 엄마의 마음을 아프게 했구나. 그건 분명해. 사실 이럴 줄 알았다. 하지만 내가 납치되었다는 건 죽어도 말할 수 없다. 마시모의 이상한 꿈이나, 그가 마피아라는 사실이나, 시칠리아에서 벌어진 대소동 같은 걸 어떻게 말한단 말인가.

엄마는 목소리를 높여 물었다.

"그러다 그 남자가 너한테 싫증나면 어떡할 건데? 그땐 너랑 아이는 버림받을 거야. 난 널 이렇게 키우지 않았어! 가족이란 셋이서 만드는 거야. 엄마, 아빠, 아이가 다 있어야 한다고. 너 어쩜 이렇게 무책임할 수가 있니?"

엄마는 애써 마음을 추스르려 했지만, 점점 자제심을 잃어가고 있었다.

"여자 혼자 아이 키우기가 얼마나 힘든지 알아? 이제 이건 너만의 문제가 아니란 말이야!"

나는 엄마에게 버럭 소리를 지르기 시작했다.

"마지막으로 폴란드에서 떠난 지 일주일 만에 결혼했어요. 혼전 계약서도 안 썼으니 그 사람 돈은 다 내 거예요! 돈이 엄청나게 많아요! 돈으로 아기 똥을 닦아도 될 정도로! 그는 날 사랑하고 아기를 사랑해요. 우리를 버리느니 차라리 본인이 죽을 정도로 사랑한단 말이에요."

엄마가 말하려 했지만, 나는 손을 들어 제지했다.

"됐어요. 나도 다 알아요. 벌써 노력해봤어요. 나를 판단하지 말아요, 엄마. 엄마는 내 삶이 어떤지, 지금 내가 무슨 상황에 처해 있는지 아무것도 모르잖아요!"

나는 그대로 엄마를 내버려둔 채, 울면서 계단을 뛰어 내려갔다.

나오는 길에 걸려 있던 코트를 챙기고 재빨리 부츠를 신었다. 말 그대로 집에서 뛰쳐나온 것이다. 바깥에는 눈이 내렸다. 살을 에는 바람이 얼굴에 스쳤다. 나는 심호흡을 하고 자동차 리모컨을 눌러 문을 연 다음, 뒷좌석에 가방을 던지고 차에 올라타 문을 쾅 닫았다. 뺨 위로 눈물이 하염없이 흘렀다. 나 자신에게 어찌나 분노가 치밀었는지 모른다. 비명을 지르고 싶었다. 토하고 싶었다. 죽고 싶었다.

잠시 후, 나는 차를 몰고 마을을 떠나 숲속 길로 들어섰다.

숲속 길로 몇 미터 들어온 다음 BMW를 세우고 내려서 고래고래 소리를 질렀다. 폐에 공기가 하나도 남지 않을 때까지, 계속 그렇게 비명을 터트렸다. 엄청나게 비싼 지방시 부츠를 신은 발로 자동차 타이어를 걷어차기도 했다. 지금 그 어느 때보다도 마시모가 절실하게 필요했다.

한참 뒤에 마음이 가라앉자 다시 차에 탔다. 그리고 남편의 전화번호를 눌렀다.

벨이 세 번 울리자 마시모가 받았다. 나는 훌쩍이면서 입을 열어 말하려 했지만 아무런 말도 내뱉지 못했다. 그가 입을 열자마자, 나는 정신을 놓고 울음을 터뜨렸다. 영어와 폴란드어를 섞어가며 무슨 일이 일어났는지 간신히 설명했고, 그동안 운전대를 내려치고 고함을 지르며 온갖 이상한 소리를 냈다. 그러자 마시모가 이탈리아어로 뭐라고 말하는 소리가 들리더니, 잠시 후 백미러에 검은색 폭스바겐 파사트가 비쳤다. 차에서 건장한 남자 두 명이 뛰어내렸다. 쇼핑몰에서 본 경호원들이었다. 그중 한 명이 달려와서 내 BMW 문을 열고 안을 살펴보았다. 누가 또 있는지 보는 것이다.

"대체 뭘 찾는 거예요? 나란 사람은 한순간도 좀 혼자 있으면 안 되나요?"

나는 소리 지르며 그 앞에서 문을 쾅 닫았다.

그는 휴대폰을 꺼내서 귀에 대더니, 자기 동료를 데리고 떠났다. 이윽고 차의 스피커에서 부드럽고 차분한 목소리가 들렸다.

"내 사랑, 진정하고 다시 말해봐. 영어로. 무슨 일이야?"

나는 이야기를 모두 들려주고 나서 운전대에 머리를 쿵 박았다.

"난 지쳤어요, 마시모. 날 사랑해주는 사람들에게 언제나 상처만 주고 살아요. 너무 슬프고 화가 나요. 게다가 당신은 내 옆에 있지도 않고."

갑자기 분노가 치밀어 몸이 부들부들 떨렸다. 나는 증오를 담아 씩씩댔다.

"그거 알아요, 마시모? 당신 때문에 내 삶이 꼬였어요. 다 당신 탓이야! 당신 때문에 모든 게 엉망이 됐다고! 이제 끊을게요. 다시 울어야 하니까!"

나는 전화를 끊고서 휴대폰을 꺼버렸다. 마시모는 절대로 그런 짓을 하지 말라고 일러두었지만, 어쨌든 뒤에서 파사트가 따라오고 있으니 그는 모든 상황을 다 알 수 있을 것이다. 그는 언제나 나를 감시하고 있다. 나는 차를 돌려 검은 파사트를 탄 남자들 옆을 지나쳐 길을 되돌아갔다.

계속 달리다 올가의 집에 도착해 차에서 내렸다. 그러고는 인터폰으로 올가를 불렀다. 올가가 인터폰을 받자 나는 시칠리아로 돌아가자고 말했다. 그러자 올가는 신난 기색이었다.

이윽고 올가는 BMW에 올라타며 물었다.

"무슨 일이야?"

"말도 마. 엄마랑 싸웠어. 내가 결혼하고 애도 생긴 걸 아셨거든. 그래서 이번엔 마시모랑 싸웠어. 엄마랑 싸운 것 때문에 그에게 너무 화가 나서. 나 더는 못 견디겠어!"

나는 다시 눈물을 왈칵 터뜨리며 친구의 품에 안겼다. 올가는 놀라서 입을 딱 벌렸다.

"우리 자리 바꾸자."

올가는 안전벨트를 풀고 차에서 내려 운전석 문을 열었다.

"내려. 어서. 너 이 상태로는 운전 못 해."

올가는 내 코트를 잡아당기며 으름장을 놓았다.

우리 꼴이 얼마나 우스웠을까. 나는 계속 악을 쓰고 눈물을 흘리면서 운전대를 놓지 않았다. 그 와중에 올가는 날 차에서 끌어 내리려고 계속 잡아당겼다. 하지만 내가 꿈쩍도 하지 않자, 올가가 순간 목을 쭉 빼더니 내 손을 물었다.

"아악!"

나는 비명을 지르며 운전대를 놓았다. 올가의 의도가 바로 이거였다. 그 틈을 타서 차에서 날 확 끌어 내렸으니까.

"네가 임신만 안 했어도 널 먼지 나게 패줬을 거야! 어서 조수석에 타!"

우리는 오랫동안 말없이 드라이브했다. 분노가 가라앉자, 혼란과 죄책감이 찾아왔다. 나는 애써 미소를 지으며 기어들어 가는 목소리로 말을 걸었다.

"미안해. 임신하니까 약간 미쳐가나 봐."

"그래, 네 꼴이 딱 그런 것 같다. 이제 집에서 무슨 일이 있었는지 말해봐."

나는 다시 모든 이야기를 늘어놓은 다음 반응을 기다렸다. 올가는 고개를 끄덕이며 욕을 했다.

"망할, 너희 어머니는 지금 정신이 쏙 빠지셨을 거야."

"분명 나랑 연을 끊겠다고 하겠지."

내가 어깨를 으쓱이자 올가는 잠시 생각에 잠겼다.

"아니, 잘 이겨내실 거야. 딸이 부모 몰래 결혼하고 임신하는 일이 매일 다시 일어나는 건 아니잖아. 게다가 별로 나쁜 상황도 아니야. 마시모가 마피아라는 것도, 마시모 때문에 매번 죽을 고비를 넘기는 것도 모르시잖아. 그러니까 긍정적으로 생각해."

나는 기가 막힌 표정으로 올가를 바라보았다. 이걸 위로라고 하는 거야?

올가는 마침내 수그러들었다.

"알았어, 알았다고. 농담이야. 어쨌든 이제 걱정 마, 라우라. 그래도 한고비 넘겼잖아? 네가 원하는 방식대로 소식을 전하지는 못했겠지만, 적어도 이젠 더는 거짓말하지 않아도 돼."

올가의 말이 맞았다. 하지만 그렇다고 무엇이 달라질까? 복잡했던 상황이 조금 풀리기는 했지만, 그래도 엄마가 내게 먼저 전화할 것 같지는 않았다. 우리는 둘 다 고집이 무척 셌고 엄마는 절대로 굽히고 들어오지 않을 것이다. 나 역시 그럴 생각은 없었다.

두 시간 뒤 아파트로 돌아왔다. 아직 오후 2시밖에 되지 않았지만 온몸의 힘이 다 빠져나갔다. 임신했지, 심장에는 꾸준히 무리가 오지, 거기다 엄마랑 싸우기까지. 당장 잠들어 다음 날 아침까지 깨고 싶지 않았다.

올가는 내게 차를 한잔 끓여주고 폴란드에 있는 남자친구랑 헤어지러 나갔다. 그 애에겐 몇 주 전에 미처 처리하지 못한 일들이 아주 많았다. 나는 고개를 끄덕이며 올가가 나갈 때까지 기다렸다가 TV를 켜놓고 꾸벅꾸벅 졸기 시작했다.

CHAPTER 11

"왜 옷을 입고 있지?"

귓가에 조용한 속삭임이 들려왔다.

눈을 뜨자 침실과 거실은 온통 캄캄했다. 시계는 11시를 가리키고 있었다. 나는 몸을 빙글 돌려 남편의 몸을 껴안았다.

"당신이 내 옆에서 잘 줄 몰랐거든요. 그리고 당신 냄새를 맡고 싶었어요."

나는 입고 있던 마시모의 셔츠를 벗어서 바닥에 던졌다.

마시모는 나를 가슴에 꼭 안았다가 떼어내고 바라보았다.

"전화할 때는 별로 그리워하는 것 같지 않던데. 어제부터 내내 휴대폰도 꺼놓았으면서."

나는 겁먹고 고개를 들어 그를 마주 보았다. 어제 온갖 일로 정신없었던 나머지 전화기를 꺼놓고서 다시 켠다는 걸 잊었네. 만약 지금 그가 나를 혼내려 한다면, 순순히 혼나야겠지.

하지만 마시모의 눈빛은 놀라우리만큼 부드러웠고, 내 머리카락을 쓰다듬는 손길에는 타박하는 구석이 느껴지지 않았다.

"그러는 당신은 여기서 뭐 해요? 내일 오기로 하지 않았어요? 혹시 무슨 일 있어요?"

나는 눈썹을 지그시 찌푸리며 물었다. 마시모는 내 이마에 키스하며 속삭였다.

"내 사랑, 어제 전화 받고서 무서웠어. 걱정했다고. 네 어머니가 아기 소식을 듣는 자리에 나도 있었어야 했는데."

그는 한숨을 쉬며 나를 꼭 끌어안았다. 나는 등을 돌려 누웠다.

"어제 소리 질러서 미안해요. 가끔 자제가 안 돼요. 그리고 엄마는 아기 소식만 아는 게 아니에요. 결혼했다고도 말했어요. 전부 다 이야기했어요."

마시모는 우아하게 일어서더니 리모컨을 눌렀다. 방 조명이 켜졌다. 그는 입술을 깨물며 곰곰이 생각에 잠겼다. 아름답고 탄탄한 몸매가 긴장한 듯 힘이 들어갔지만 이내 느긋하게 풀렸다. 그는 혼란스러운 표정으로 창밖을 바라보았다. 이 남자를 밤새 바라볼 수도 있을 것 같았지만, 그때 내 배가 꼬르륵거렸다.

"라우라, 나는 몇 가지 업무를 처리해야 해."

마시모는 욕실로 가서 이를 닦은 다음 드레스룸으로 들어갔다. 다시 나온 그는 검은 슈트 차림이었다.

"다시 떠날 준비를 해. 그단스크에 갈 거야. 도메니코와 올가는 지금 올가네 집에 있어. 난 4시 전에 돌아올게."

나는 황당한 표정으로 침대에 누워서 방금 지나간 일을 생각했다. 대체 무슨 생각을 했기에 30초 만에 옷을 갈아입고 말없이 떠나는 걸까?

"마시모, 당신 방금 도착했잖아요! 나랑 아침도 안 먹으려고요?"

그는 침대 끝에 앉아 내 입술에 부드럽게 입 맞췄다.

"난 어제 저녁에 와서 밤새도록 네 곁에 있었어. 일은 금방 마치고 올게. 그런 다음에는 쭉 같이 있자."

나는 팔짱을 끼고 입을 삐죽 내밀며 불평을 늘어놓았다.

"최근 내가 욕구불만이라는 걸 알아줬으면 좋겠네요. 남편으로서 아내를 즐겁게 해줄 의무를 다해야 하는 거 아닌가요? 서운하고, 지치고, 슬프고 배도 고파요."

다시금 절망이 슬금슬금 올라오면서 입에서 말이 되는대로 흘러나왔다.

그러자 마시모의 눈빛이 어두워지며 눈을 가늘게 떴다. 난 그 시선을 무시했지만, 그러지 말았어야 했다. 그가 재킷을 벗어 던지고 슬그머니 웃는가 싶더니, 어느새 다가왔다. 마시모는 두 팔로 날 들어 올려 식당으로 데려가 내려놓았다. 나는 커다란 식탁을 마주 본채 섰고, 그는 내 뒤에 자리 잡았다.

"예전처럼 할 거야."

마시모는 차가운 어조로 내 팬티를 내리고서 무릎으로 내 다리를 벌렸다.

이윽고 그는 무릎을 꿇으면서 날 식탁 위로 밀었다. 따스하고 축축한 혀가 길게 타액을 남기며 음부를 쓸었다. 살갗 위로 원을 그리는 혀의 자취를 느끼자 신음이 커다랗게 흘러나왔다. 나는 차가운 식탁 상판에 엎드려 몸을 찰싹 붙였다. 마시모는 굶주린 듯 나의 중심을 훑으며 쾌락의 절정을 향해 급히 몰아갔다.

이윽고 그는 몸을 일으키더니 내 다리 사이로 손가락 두 개를 넣어 길들이기 시작했다. 오른손으로 그곳을 문지르면서, 왼손으로는 허리띠를 풀었다.

"빠르고 세게 해줄게."

귓가에 나직한 속삭임이 들리더니 바지가 바닥으로 떨어졌다.

"널 욕구불만으로 만들었다라······."

이제 손가락 대신 성기가 들어왔다. 그는 손을 뻗어 내 머리채를 잡고 뒤로 끌어당겼다.

"······다시는 그런 소리 마."

마시모의 하반신이 뒤에서 세차게 나를 쳤다. 마치 땅바닥을 뚫는 거대한 드릴 같은 압력에 비명이 흘러나왔다.

마시모는 내 머리카락을 놓아주고 하반신으로 나를 꿰뚫으면서, 이제는 손가락으로 엉덩이를 파고들기 시작했다.

"날 도발하는 게 그렇게 재미있어, 응?"

그는 무섭게 속삭이며 다른 손으로 클리토리스를 문질렀다. 돌처럼 단단한 성기가 빠르게 피스톤 운동을 하자, 오래가지는 못하리라는 생각이 들었다. 마시모는 동작을 멈추지 않은 채 몸을 숙여 나를 식탁으로 밀었다. 왼손은 내 가슴을 쥐고, 가슴을 내 등에 얹은 자세였다. 그의 손가락이 내 유두를 비틀어 꼬집자, 견딜 수 없는 감각이 밀려들었다.

나는 크게 신음하며 절정에 이르렀다. 차가운 식탁 위에 땀으로 젖은 몸이 축 늘어졌다. 그가 선사한 오르가슴을 느낀 질이 페니스를 중심으로 수축하자, 그는 내 어깨를 물며 함께 절정에 도달했다. 내 안에 정액이 거대한 흐름을 이루며 솟구쳐 흘렀다.

"정말 좋아."

그는 숨을 헐떡이며 말했다. 우리는 꼭 껴안은 채로 호흡을 가다듬었다.

이윽고 마시모는 몸을 일으키고서 내 등이 식탁 위에 닿도록 돌렸다. 그러고는 여전히 단단한 페니스를 슬쩍 바라보더니 씩 웃으며 파고들었다. 어마어마한 오르가슴을 겪은 뒤라 반쯤 정신이 나간 나는 다시 빠르게 꿰뚫는 그에게 저항할 힘이 없었다.

"내가 남편의 의무를 다하지 못했다고?"

그는 힘없이 늘어진 내 다리를 들어 올려 탁자 끝에 세웠다.

"다시 해보자고, 베이비걸."

그는 빨갛게 부풀어 오른 클리토리스를 엄지로 문질렀다.

그 후로 15분 동안 그는 마치 기계처럼 움직였다. 제발 끝나기를 속으로 빌어야 했다. 어떻게 30대 남자가 10대처럼 할 수 있지? 이해가 되지 않을 따름이었다.

이윽고 마시모는 바지를 추스르고 만족스럽게 미소를 지으며 힘이 빠져나간 내 몸을 바라보았다. 그러고는 두 팔로 나를 안고 소파로 데려가 담요를 둘러주었다.

"아까 말했던 대로 4시쯤 돌아올게."

그는 내 입술에 키스한 다음 검은 코트를 들고 집에서 나갔다.

문이 닫히자 난 생각했다. *정말 좋은 섹스였어. 좋아도 너무 좋았지. 기대보다 훨씬 좋네. 하지만 다음번에 그를 자극하고 싶을 때*

는 한번 더 생각하고 행동하도록 하자.

****

그 후로도 30분 동안 나는 그저 누워서 창밖의 눈을 바라본 다음, 느릿느릿 샤워하러 갔다. 평소보다 조금 더 공들여 머리를 손질하고 화장도 했다. 이탈리아에서 완벽하게 태닝했던 피부가 원래대로 되돌아와서 얼굴이 창백하긴 해도 근사했다. 드레스룸에서 옷을 고르고 있는데 우당탕 소리가 들렸다.

"나 배고파! 뭐 좀 먹자!"

올가가 바깥에서 소리쳤다.

거실을 들여다봐도 올가는 보이지 않았다. 주방에 가자 엉덩이를 쭉 빼고 냉장고를 뒤지고 있는 올가가 보였다.

"사탕, 무알코올 와인, 주스밖에 없네."

올가는 냉장고를 계속 뒤지다가 한 걸음 물러섰다.

"지금은 스테이크나 파스타가 먹고 싶어⋯⋯. 그래, 그거지. 스테이크, 감자, 샐러드에 맥주를 곁들여서. 자, 어서 나가자. 나 굶어 죽기 전에."

하지만 나는 벽에 기댄 채로 움직이지 않고 올가의 눈에 깃든 광기를 차분히 바라보았다.

"너 아직도 식사 안 했어?"

"휴, 먹는 것보다 더 중요한 일이 있었단 말이야. 가자. 도메니코는 처리할 일이 있다고 갔어. 우리 지금 시간 없어."

순간 문이 활짝 열리더니 도메니코가 불쑥 들어왔다. 난 당황해서 바라보았다. 무슨 일이지?

"준비 안 하고 뭐 해?"

도메니코가 물었다. 나는 고개를 내저으며 둘을 남겨두고 다시 옷을 고르러 갔다. 준비가 끝났다. 남편에게 예쁘게 보일 준비는 다 했다고. 블랙 스웨이드 카사데이 부츠와 짧은 회색 빅토리아 베컴 원피스, 그리고 검은색 샤넬 반코트.

가방을 들고 주방으로 가니 도메니코와 올가는 서로의 몸에 묻은 누텔라를 핥아대는 중이었다.

"너희 진짜 역겨워."

이윽고 우리는 엘리베이터를 타고 내려가 검은 SUV를 탔다. 도메니코는 경호원 옆자리에, 올가와 나는 뒷좌석에 앉았다.

"남친이랑 만나서 잘 해결했어?"

나는 올가에게 소곤거렸다. 폴란드어를 아는 건 우리밖에 없으니 굳이 목소리를 낮출 필요가 없다는 사실을 잠시 잊었다. 올가는 한숨을 쉬었다.

"아니, 다 망했어. 아담을 만나기 전에 도메니코가 먼저 도착했거든. 그래서 어쩔 수 없었지."

나는 얼굴을 찌푸리며 어깨를 으쓱였다. 올가는 이어서 말했다.

"어쨌든, 아담은 내가 하려던 말이 뭐였는지 알아들었을 거야."

우리가 탄 차는 유명한 폴란드 셰프가 운영하는 인기 레스토랑에 도착했다. 이거 좀 놀라운데? 이탈리아인이 어떻게 바르샤바에 이런 데가 있는 줄 다 알았지?

레스토랑은 만석이었다. 예상했던 일이기도 했다. 지금은 한낮이니까. 도메니코가 매니저에게 다가가 작은 꾸러미를 내밀면서 뭐라고 속삭이자 매니저는 재빨리 우리를 메인 식당이 아닌 작은 별실로 안내했다. 우리는 둥근 테이블에 앉아서 메뉴판을 넘기며 뭘 주문할지 얘기했다. 주문을 마치고 메인메뉴를 기다리는 동안, 웨이터가 폴란드의 식전 별미를 가져다주었다.

우리가 버터에 빵을 발라 피클과 함께 허기를 달래는 동안, 올가는 내 쪽으로 몸을 숙이고 말했다.

"나 화장실 좀 가야겠어."

우리는 잠시 자리를 뜨겠다고 말하고 메인 홀로 갔다.

인테리어는 미니멀했다. 군데군데 원목으로 강조점을 주고 흑백 초상화로 벽을 장식한 취향이 고상했다. 벽을 따라 하얀 칼라를 꽂은 기다란 꽃병이 놓였고, 홀 안의 스피커에서 은은한 음악이 흘러나왔다. 홀에 가득한 맛있는 음식 냄새를 맡자 배가 고파졌다.

순간 올가가 멈칫하더니 테이블에 앉은 남자를 노려보았다.

"망할, 재수가 없으려니까."

올가는 욕설을 내뱉으며 주먹을 불끈 쥐었다.

나도 그쪽을 바라보았다.

올가가 갑자기 굳어버린 이유가 똑똑히 보였다. 잘생긴 금발 남자가 의자에서 일어서고 있었다. 바로 올가의 전 남친 아담이었다. 딱 벌어진 몸에 완벽하게 들어맞는 값비싼 재킷, 부드러워 보이는 입술까지, 아담은 섹시한 남자의 전형이 무엇인지 보여주었다. 부유하고 매력적이며 지적이기도 했다. 올가와 시선을 마주하며 일어선 아담이 결국 다가오기 시작했다.

아담은 자신만만한 걸음걸이로 우리 바로 앞까지 와서는, 올가의 뺨에 입 맞춰 인사하고 나에겐 간단히 고개를 끄덕였다.

"보고 싶었어."

그는 이렇게 중얼거리며 내 친구를 주시한 채 입맛을 다셨다.

두 손을 주머니에 슬쩍 꽂은 채 태연하게 다리를 벌리고 서서 턱을 살짝 치켜든 모습. 부유한 남자의 공통적인 특징이기도 하다. 다시 말해, 특이한 무심함, 권위적인 풍모, 흔들리지 않는 자신감이랄까. 사실 올가와 나는 이런 특징이 있는 남자와 사귀고 싶어 했고, 아담은 세 가지 다 넘치도록 갖고 있었다.

올가는 그의 뒤로 불안한 눈빛을 보내며 더듬더듬 말했다.

"안녕, 아담. 대화하고 싶지만, 지금은 그럴 때가 아니야. 장소도 적당하지 않고."

나는 이 불편한 자리를 피하고 싶었지만, 올가가 내 손목을 꽉 잡으며 제발 가지 말라고 말없이 애원했다.

"언제 네가 시간과 장소를 가린 적이 있던가?"

그는 도발적으로 눈썹을 치켜뜨며 매력적인 미소를 지었다.

"나중에 전화할게. 알았지?"

올가는 그에게 약속하고는 한 걸음 물러서며 나를 잡아당겼다.

하지만 천사 같은 스폰서를 떼어내기란 그리 간단하지 않았다. 아담은 두 팔을 뻗어 올가를 끌어안더니, 그녀의 입술을 혀로 파고들었다. 발정난 연상의 파트너에게 끌려가버린 올가는 그만 내 손을 놓쳤지만, 주저없이 몸을 빼더니 엄청난 힘으로 아담의 뺨을 후

려쳤다. 그 소리가 어찌나 크던지 음악을 압도했다. 주변 시선이 모두 두 사람에게 향했다. 올가가 두어 걸음 물러서자, 도메니코가 두 눈에 살기를 띠고 걸어오는 모습이 보였다.

"도, 도메니코……."

내가 미처 말을 꺼내기도 전에 도메니코의 주먹이 아담의 얼굴을 쳤다. 아담은 바닥에 쓰러졌지만, 도메니코는 멈추지 않고 계속 주먹을 휘둘렀고, 급기야 레스토랑 경호원 둘이 저지해야만 했다.

레스토랑 매니저가 새된 비명을 질렀고, 손님들은 급히 자리를 피했다. 도메니코는 분노로 시뻘게진 채 경호원 둘에게 잡혀 있었다. 도메니코의 경호원들이 중재하려 했지만, 이제는 레스토랑 문을 지키는 경비원들까지 안으로 몰려들었다. 놀랍게도, 순간 문이 활짝 열리더니 경찰이 들이닥쳐 순식간에 도메니코에게 수갑을 채우는 게 아니겠는가. 이제 아담은 바닥에서 일어서서 뱃사람처럼 험한 욕설과 위협을 퍼붓고 있었고, 올가는 뺨 위로 하염없이 눈물을 흘리면서 엉엉 울었다. *아, 내 인생엔 왜 이리 주말연속극 같은 일만 일어날까? 이 연속극은 대체 언제 끝나는 건데?*

잠시 후 두 남자는 모두 자리를 떴고, 우리는 레스토랑 한가운데 덩그러니 남아 다른 손님들의 시선을 한 몸에 받게 되었다. 올가는 빈정대듯 우아하게 절하는 시늉을 한 다음 우리 테이블로 향했다. 그런데 자리에 도착하기도 전에 핸드백에서 휴대폰이 진동했다.

당연히 마시모였다.

"괜찮아?"

"경찰이 도메니코를 잡아갔어요."

"알아. 넌 괜찮아?"

"네."

"집에 가서 기다려."

그는 이 말을 남기고 끊었다.

"무슨 대화가 이래."

나는 투덜대면서 코트를 집어 올가에게 나가자고 손짓했다.

우리는 SUV에 올라탔다. 지금껏 울던 올가는 이제 격노하기 시작했다.

"어떻게 날 이토록 망신 줄 수가 있지? 머저리 새끼!"

올가는 소리 지르며 두 손으로 운전석 뒤편을 마구 쳤다. 나는 코트 단추를 여미며 대꾸했다.

"진정해."

"둘 다 아주 쌤통이야. 그 금발 변태 자식은 이제 아무 여자한테나 키스하고 다니진 못하겠지. 그리고 도메니코는 자기가 하고 싶은 대로 할 수 없을 때도 있다는 걸 좀 깨달아야 해."

우리는 한동안 아무 말도 없었다. 그러다 올가가 버럭 소리쳤다.

"근데 나 아직도 배고파 죽겠어!"

나는 키득키득 웃으며 운전사에게 지시했다. 내가 제일 좋아하는 중국 음식 포장 전문점으로 가자고.

****

우리는 음식 상자를 바닥에 놓고 카펫에 앉았다. 냉장고에서 와인 한 병을 꺼내 올가에게 따라주었다. 그 애는 잔을 비운 다음 한 잔 더 따라달라고 내밀었다. 그렇게 석 잔을 연거푸 마시고 난 다음, 올가는 벌렁 드러누워 두 손으로 얼굴을 가렸다.

"도메니코에게 무슨 일이 생기면 어떡하지?"

올가는 다시 눈물을 글썽이며 물었다.

"보니까 도메니코가 아담의 코뼈를 부러뜨린 것 같던데."

"그 자식 코가 부러지든 말든 무슨 상관이야! 난 도메니코가 걱정돼."

"그래. 지금이야 코가 부서지든 말든 상관없겠지만 너도 한때는 아담이 코가 크니까 거기도 크다며 좋아했잖아?"

나는 잠자코 올가의 푸념을 들어주다 포크로 국수를 감아 후루룩 먹으며 대꾸했다. 올가는 손가락 사이로 날 빼꼼 바라보며 못마땅한 표정을 지었지만 분명 눈이 살짝 웃고 있던 것도 같았다.

"너 진짜 나쁘다."

"응, 맞아. 배고프다며. 어서 먹어."

올가는 와인 한 병을 다 비우더니 또 다른 병을 땄다. 난 친구가 계속 혼자 마시기를 바라지 않아서 내가 마실 음료도 가져왔다. 벽난로 스위치를 켜고 올가가 앉은 소파 옆자리에 앉았다. 우리는 담요를 폭 뒤집어쓰고 아무 말 없이 TV를 보았다. 진정한 친구가 있어서 좋은 점은 굳이 말을 하지 않아도 서로 편안하다는 거 아닐까.

12시가 넘어가는데 마시모는 아직도 전화하지 않았다. 올가를 슬쩍 보자, 화장이 다 번지고 옷도 갈아입지 않고 잠들어 있었다. 옷을 벗겨주려 했지만, 몸에 손을 대자마자 올가는 잠결에도 마구 짜증을 내면서 담요로 몸을 감쌌다.

"음, 싫다는 거겠지?"

나는 투덜대면서 친구의 이마에 입 맞춘 다음 욕실로 갔다.

샤워한 다음 곧바로 거실로 돌아왔다. 혹시나 올가가 잠에서 깼을 때 혼자 있게 두고 싶지 않았다. 나는 아무 생각 없이 TV 화면을 바라보며 무심하게 채널을 돌렸다. 마시모에게 전화할걸 그랬나? 잘 있는지 확인해볼까? 아니야. 나랑 통화하고 싶었다면 먼저 전화했겠지. 이런저런 생각 끝에 나는 2시쯤 꾸벅꾸벅 졸고 말았다.

그렇게 선잠이 든 가운데, 누군가 나를 침실로 옮기는 게 느껴졌다. 눈을 깜빡이자, 남편의 얼굴이 보였다. 무척 지친 표정이었다.

"몇 시예요?"

그가 나를 침대에 내려놓자 나는 물었다.

"5시야. 더 자."

"도메니코는 어떻게 됐어요?"

나는 고개를 흔들어 정신을 차렸다. 당장 사정을 알고 싶은 마음이 굴뚝같았다.

마시모는 매트리스 끝에 털썩 주저앉아 재킷을 벗고 셔츠 단추를 풀기 시작했다.

"도메니코는 체포됐어. 보아하니 얼마간은 구치소에 있어야 할 것 같아."

그는 고개를 숙이고 한숨을 푹 쉬며 설명을 이었다.

"여기는 시칠리아가 아니라고 말해뒀어. 평범한 놈을 때렸다면 별문제 없었겠지만, 하필이면 폴란드 쪽 유력자를 때렸더군. 네 친구는 무슨 국보라도 되는 모양이지. 남자들이 사족을 못 쓰고 달려 드니."

그는 고개를 절레절레 저으며 벽을 노려보더니 덧붙였다.

"카를로 말로는 도메니코가 당분간 나오지 못할지도 모른다고 하더군."

"그게 무슨 뜻이에요?"

"석 달간 구치소에 있어야 할 수도 있어. '수사 방해'나 국외 도주 를 방지하기 위해서. 도메니코가 때린 놈이 이곳에서 제일 돈 많은 사람이 아니었더라면 어떻게든 해결할 수 있었을 거야. 게다가 도 메니코가 그놈 코뼈를 부러뜨렸어. 전치 1주 이상 나올 테니 기소 될 수 있어. 고소도 필요 없이 검사가 직권 상정할 수 있지."

순간 정신이 번쩍 들었다. 나는 눈을 휘둥그레 뜨고 마시모를 바 라보다가, 그의 등을 껴안고 훌쩍였다.

"마시모, 그럼 이제 어떻게 되는 거예요?"

그는 미동도 하지 않았지만, 심장박동이 느껴졌다.

"아무 일도 없을 거야. 내일 우리 변호사들을 만나볼 예정이야. 그리고 그 개자식을 직접 만나야겠지. 어쩌면 쏴 죽인 다음 숲속에 묻어버릴 수도 있고. 어떻게 될지는 아무도 모르지."

"그런 농담하지 말아요. 재미없어요."

나는 진지하게 말했다.

"우리는 내일 그단스크에 갈 거야. 난 여기 있을 필요가 없으니 까. 첫날 격투기 경기를 보러 갈 거고. 참석해야 할 회의도 있어. 그 런 다음에 집에 돌아가자."

마시모는 한숨을 쉬더니 나와 이마를 맞댔다.

"카를로가 다 알아서 해줄 거야. 걱정하지 마, 베이비걸."

그는 내 코에 가볍게 키스했다.

"도메니코가 소동을 벌인 게 처음도 아니야. 그 애 성격 알잖아. 교도소에 몇 번은 들어가고도 남을 만하지."

마시모는 미소를 지으며 나를 침대에 눕힌 다음 옆에 누워 나를 껴안았다.

"너도 이미 알겠지만 동생은 성격이 불같아. 그리고 겉보기와는 달리 감수성이 예민해. 한번은 밀라노에 있는 우리 소유 클럽의 매니저와 사랑에 빠진 적이 있었는데 안타깝게도 유부녀였지. 게다가 남편이 고릴라처럼 덩치가 컸어. 도메니코는 경솔한 편이라, 결국 남편이 불륜을 알아챘어."

마시모는 웃으면서 내 목덜미에 키스했다.

"도메니코를 말릴 수도 있었지만, 일부러 그러지 않았어. 걔도 자기가 어떤 상황인지 알고 있었으니까. 결국 남편과 대면하는 상황이 닥치자, 도메니코는 살아남기 위해 안간힘을 써야 했지. 걔는 남편과 15분을 싸웠고, 마침내 상대의 무릎을 총으로 쏴버렸어."

"뭐, 뭐라고요?"

너무 충격을 받아 말이 제대로 나오지 않았다. 마시모는 씩 웃었지만, 나는 어안이 벙벙할 뿐이었다.

"총으로 쐈다고. 주먹으로 싸워서는 이길 수 없다는 걸 알았거든. 문제는 그 남자가 경찰 아들이었다는 거야. 그래서 도메니코는 잠시 감옥에 갔고, 난 그 지역 경찰에게 돈을 먹여야 했어."

오늘

마시모는 어깨를 으쓱이며 덧붙였다.

"너무 걱정하진 마. 물론 도메니코가 한번 한 실수에서 배우지 못하고 같은 실수를 반복하는 놈이긴 하지만."

그는 등을 대고 누워 천장을 바라보았다. 웃음기는 이내 사라지고 없었다.

"문제는 도메니코가 아주 돈 많고 자부심 강한 놈을 때렸다는 거야. 꼭 자기 같은 놈을. 이번에는 돈이 통하지 않을 거야. 아담이란 놈, 마음을 바꾸지 않을 것 같더군."

문득 거실이 시끄러워졌다. 우리는 둘 다 팔꿈치를 대고 몸을 일으켰다. 문가에 올가가 겁먹은 얼굴로 눈물을 글썽이며 서 있었다.

"어디부터 들었어?"

나는 일어서며 물었다.

"다 들었냐고 묻는 거야? 그래, 다 들었어, 망할."

올가는 벽에 기댄 채 바닥에 주저앉더니 손에 얼굴을 파묻었다.

"다 내 잘못이야! 어쩜 이토록 멍청하지?"

올가는 부들부들 떨다가 급기야 오열했다.

나는 올가에게 다가가 안아주었다.

"올가, 네 잘못 아니야. 넌 잘못한 거 없어."

올가는 이제 진짜로 울기 시작했다. 큰 소리로 흐느끼는 친구를 보자 마음이 찢어졌다.

마시모가 한 발짝 다가와 말했다.

"잘못을 따지자면, 내 동생이 잘못했죠. 그쪽이 우리 대화를 엿들은 게 이번이 처음이 아니라는 것도 압니다."

그는 올가의 어깨를 잡아 일으켰다.

"도메니코를 보고 싶다면, 나랑 같이 갑시다. 하지만 히스테리를 부려 봤자 도움 될 건 없어요. 난 오랫동안 잠을 못 잤으니 특히 밤 늦은 시각에는 이러지 말죠. 이제 둘은 가서 자요. 아침에 다시 이야기합시다."

마시모는 올가를 돌려세워 방에서 내보냈다.

"잘 자."

나는 그를 째려보며 올가를 따라 손님용 침실로 갔다. 그리고 친구에게 수면제 한 알을 주었다. 올가는 곧바로 잠들었다.

다시 침대로 돌아오자, 마시모는 벌써 잠들어 있었다. 그게 왜 그리 놀라웠을까. 그가 분명 아까도 피곤하다고 말했는데. 그는 벌거벗은 채로 하얀 리넨 시트 위에 누워 있었다. 입을 살짝 벌린 채, 아름답고 편안한 얼굴로. 한쪽 팔 위에 머리를 괴고, 다른 쪽 팔은 쭉 뻗은 자세로. 꼭 내가 안기기를 기다리고 있는 듯했다.

나는 눈으로 그의 탄탄한 가슴과 복부를 쭉 훑다가 배꼽 아래로 내려가 멈추었다.

"여기 있네……."

중얼대며 입맛을 다셨다. 오른쪽 허벅지 위에 놓인 성기가 어서 나에게 움직이라 손짓하는 것만 같았다.

"꿈도 꾸지 마. 어서 자."

마시모는 눈도 뜨지 않고서 말했다. 나는 못마땅한 소리를 내뱉으며 한숨을 쉬고 몇 번 투덜댔지만, 결국 얌전한 소녀처럼 고분고분 잠이 들었다.

****

정오쯤에 일어나보니 마시모는 벌써 사라지고 없었다. 전혀 놀랍지 않다. 주방으로 가서 차를 끓이고 우유를 넣은 뒤 거실에 있는 TV를 켰다. 1시가 지나도록 올가가 보이지 않아서, 대체 얼마나 오래 자는 건지 걱정이 되었다. 살짝 엿보려고 최대한 조용히 그 애의 방문을 연 순간…… 그 자리에 얼어붙고 말았다. 침대가 텅 비어 있었다.

"이건 또 뭐야?"

나는 투덜대며 아래층으로 내려가 휴대폰을 찾았다.

올가의 번호를 누르고 받기를 기다렸지만, 전화는 연결되지 않았다. 다시 해보고, 두 번을 더 해도 받지 않자 이번에는 마시모에게 걸었다. 하지만 마시모는 별 이야기를 하지 않았다. 대화를 제대로 할 수 없는 상황이었고, 옆에 올가가 있지도 않다고 했다. 나는 어리둥절해져 소파에 앉아 지끈거리는 관자놀이를 문질렀다. 얘가 대체 어딜 간 거야? 전화는 왜 또 안 받고?

이런저런 생각을 하다가 문득 배가 꼬르륵대기에 현실로 돌아왔다. 슬쩍 내려다보자 그제야 내가 임신 중이라는 게 떠올랐다. 입덧이 없어지고 나선 임신했다는 사실을 종종 잊어버리네. 나는 TV를 켜 채널을 이리저리 돌리다 음악 채널을 틀어놓고 주방으로 가 아침을 차리기로 했다. 냉장고를 열고 시계를 슬쩍 보니 오후 2시가 되어갔다. 그래, 아침 먹기 딱 좋은 시간이지.

나는 리한나의 「돈 스톱 더 뮤직 Don't Stop The Music」에 맞춰 몸을 흔들면서 달걀 프라이를 만들었다. 춤을 추며 주방을 돌아다 닌 끝에 5인분의 식사를 만들어서 거실로 가져왔다.

그런데 주방에서 나와 거실로 들어선 순간, 숨이 탁 멎고 말았다. 소파에 누가 앉아 있었다. 죽은 듯이 으스스한 침묵이 흐르는 가운 데, 올가가 멍한 눈동자로 나를 바라보았다. 나는 TV 소리를 줄이 고 탁자에 음식 접시를 내려놓았다.

"그런 옷은 왜 입었어?"

나는 올가를 위아래로 훑어보며 물었다. 올가가 입은 드레스는 평일 한낮이 아니라 토요일 밤에나 어울릴 옷이었다. 하늘 높은 줄 모르는 힐은 차라리 포르노 영화에 나올 법했다. 가슴에 달린 검은 금속 장식 덕분에 둥근 가슴이 돋보였고, 원피스는 너무 짧아 엉덩 이도 다 가려지지 않았다.

올가는 회색 모피 재킷을 벗어 바닥에 던졌다. 그러고는 하이힐 을 내팽개치고 찢어진 팬티스타킹을 벗으며 눈물을 터뜨렸다.

"나, 나 이럴 수밖에 없었어. 다른 방법이 없었다고."

올가는 흐느끼며 더듬더듬 말했다.

친구가 완전히 무너지는 모습을 보자 심장이 찢어지는 것 같았 다. 나는 올가의 발치 옆 러그에 앉아 그 애의 무릎을 팔로 감싸고 물었다.

"너, 무슨 짓 했니?"

인조 속눈썹 위로 눈물이 타고 흘러내려 짙은 화장이 번졌다. 그 모습이 비참해 보였다.

"술 있니?"

"우리 집에서 술을 찾는 거야?"

나는 얼굴을 찌푸리며 물었다. 올가는 고개를 끄덕였다.

"냉장고에 보드카가 한 병 있을 거야. 있나 보고 올게."

나는 잔과 다이어트 콜라 한 캔, 벨베데레* 한 병을 가져왔다. 나는 올가에게 잔을 주고 보드카를 따라주었다. 올가는 단숨에 잔을 비우고 곧바로 다이어트 콜라를 땄다.

"아, 진짜."

나는 혀를 찼지만 더는 아무 말도 하지 않았다. 그저 보드카를 한 잔 더 따라주었을 뿐이다. 올가는 연거푸 석 잔을 마시더니 눈물을 훔치고 무슨 일이 있었는지 말하기 시작했다.

"나, 오랫동안 생각했어. 난 아담을 잘 알아. 절대로 물러서지 않을 거란 확신이 들었어."

올가는 다이어트 콜라를 한 모금 마시고서 말을 이었다.

"그놈이 사랑 때문에 고집 부리는 건 아니야. 아담은 날 사랑하지 않아. 이건 그 알량한 자존심 문제야. 도메니코가 아담의 자존심에 상처를 낸 거야. 그 자리에 아담이랑 누가 앉아 있었는지 알아?"

올가의 물음에 나는 고개를 저었다.

"아담의 친구들이었어. 부자 새끼들 말이야. 빌어먹을 마피아가 되고 싶어서 안달 난 클럽 주인들이지. 그러니 친구들 다 보는 앞에서 그런 식으로 얻어맞은 게 얼마나 쪽팔렸겠어. 도메니코가 아담의 코와 턱을 부러뜨려서 그 망할 새끼는 지금 눈에 뵈는 게 없어."

---

* 폴란드산 보드카.

올가는 턱짓으로 술을 한잔 더 따르라 했다.

"어쨌든, 아담의 집에 이야기하러 갔어."

"뭘 하러 가?"

나는 버럭 소리를 지르다가 그만 보드카를 흘렸다.

"그럼 어떻게 해? 이 사건이 끝나기를 가만히 앉아서 기다리라고? 망할, 라우라, 우리 남자들은 적어도 여기서는 무적의 마피아가 아니야. 마시모가 직접 말했잖아. 해결하기 쉽지 않을 거라고."

"그래서 무슨 짓 했어?"

나는 목청을 높이며 다시 물었다. 올가는 술을 한 잔 더 비우고 몸을 부르르 떨었다.

"입 다물고 일단 들어봐. 아침에 일어나서 마시모가 떠나기를 기다렸다가 내 집으로 가서 옷을 갈아입었어. 아담은 언제나 고급 매춘부를 좋아하거든. 차려입은 다음 아담의 집으로 갔어. 그놈은 날 보고도 놀라지 않더라. 들어오라고 하더니 거실로 가는 거 있지? 나도 거실에 따라가 앉아서 종이를 내밀었어. 그리고 그건 폭행이 아니었다고 써달라고 요구했어. 도메니코는 그저 정당방위를 했다는 걸 확인해달라고."

이 무슨 말도 안 되는 소리인가. 나는 헛웃음을 꾹 억누르며 소리쳤다.

"뭐? 너 지금 장난하니?"

"아담도 그렇게 말하더라. 그래서 내가 그랬어. 내가 하라는 대로 써주고 이 사건을 종결시키면 나도 아담이 시키는 대로 다 하겠다고."

"그래서?"

"아담이 자기 변호사에게 전화해서 이것저것 묻더라. 아무런 뒤탈 없이 교도소에서 풀려나게 하려면 뭐라고 써야 하는지 말이야. 그런 다음 서류를 써줬어. 종이에 적고 서명했어."

올가는 가방에서 봉투를 꺼내 탁자에 던졌다.

"경찰한테 가서도 다시 말해주기로 했어. 그렇게 하고, 아담은 서류를 봉투에 넣어서 내 가방에 넣었어."

나는 그 봉투를 바라보았다. 앞으로 나올 이야기가 정말 듣고 싶은지 알 수가 없었다.

올가는 심호흡을 하고는 슬픈 눈으로 나를 바라보았다.

"그다음엔 어떻게 됐는데?"

"아담이 나더러 기다리라고 하고 거실에서 나갔어. 나는 그동안 가방을 꼭 끌어안고 있었어. 잠시 후 돌아와서는 준비가 다 되었다면서, 나한테 욕실에 가보라는 거야. 그러고는 5분을 주겠대. 시키는 대로 했어. 욕실에 가니까 가죽 의상이랑 하이힐, 채찍이 있더라…… 옷을 갈아입고 다시 거실로 왔어…… 달리 어떡하겠어? 그놈이 날 매춘부처럼 덮치게 두는 수밖에. 게다가 한 번으로 끝나지 않았어. 본인이 지루해질 때까지 장장 30분이나 하더라. 다 끝나고 내가 떠나려니까, 웃으면서 한번 매춘부는 평생 매춘부라고 말하더라고."

충격받았다는 말로는 지금 심정을 표현하기 부족했다. 무슨 스릴러 영화 등장인물이 된 것 같은 기분이었다. 하지만 모두 현실이었다.

나는 고개를 저으며 속삭였다.

"망할, 올가. 그래서 지금은? 그놈들이 도메니코를 놓아줄까? 그렇게 쉽게 끝날 리 없잖아."

"나도 생각해봤어. 아마 아담의 변호사는 전화를 걸어서 이 일을 묻어주겠다며 돈을 요구하겠지. 아담은 분명 공식적인 사과를 원할 거야. 그러면 마시모는 사과하라며 도메니코를 몰아붙일 거고. 일은 우리가 모르는 새 처리될 거야. 진짜 웃긴 게 뭔 줄 아니…….. 경찰이 그날 왜 그토록 빨리 왔게?"

올가의 물음에 나는 모른다며 고개를 저었다.

"그 자식들은 아담의 친구한테 뇌물을 받으러 와 있었던 거야. 믿어져? 그 미친놈이 나에게 자기 인맥을 과시했거든."

나는 두 손으로 얼굴을 가리고 한숨을 쉬었다. 하지만 이내 정신을 차리고 올가의 어두운 얼굴을 슬쩍 바라보며 물었다.

"기분은 좀 어때?"

올가는 어깨를 으쓱이며 대답했다.

"이젠 괜찮아졌어. 최악이었던 게 뭔지 알아? 화장실에 들어가기 전에 아담이 자기는 인형이랑 하고 싶지 않으니 나도 즐기는 척하라고 했어. 진짜 느끼는 것처럼 연기하라는 거야. 그리고 그동안 영어로 말하랬어. 도메니코랑 영어로 대화했으니까, 자기랑도 그래달라고."

나는 그만 눈이 휘둥그레졌다.

"있잖아, 죽이고 싶은 생각밖에 들지 않는 놈이랑 자면서 오르가슴 따위를 느끼는 연기를 하려니까 아무리 나라도 쉽지 않았어. 게

다가 우리말도 아닌 영어로 대화하려니 죽겠는 거야. 그래서 도메니코랑 하고 있다고 상상했어. 그 쓰레기 같은 놈한테 30분이나 당하는 상황만 아니었다면 기분 좋았을 거야. 괜찮은 섹스를 하면 기분이 좋잖아. 하지만 상대가 아담이라니 정말 거지 같았어. 여섯 번이나 받아내야 했어. 그래, 사랑하는 남자를 두고 바람을 피운 거나 마찬가지야."

올가는 고개를 저으며 덧붙였다.

"샤워해야겠어. 아직도 그 개자식 냄새가 나는 것 같아."

나는 가만히 앉아서 곰곰이 생각했다. 어떻게 봐야 할까. 한편으로는 올가의 완고함과 희생정신에 감탄이 나왔지만, 다른 한편으로는 왜 마시모가 알아서 하도록 내버려두지 않은 건지 화가 났다. 내가 올가였다면 과연 어떻게 했을까 생각하다가, 나 역시 같은 결정을 내렸을 거라고 결론지었다.

그러자 올가가 성급한 결정을 한 게 용서되었다.

슬쩍 보자, 내가 직접 만든 음식은 이미 다 식어버렸다. 싱숭생숭해져서 별로 배가 고프지도 않았다. 하지만 불쌍한 아기에겐 잘못이 없으니 태아를 위해서라도 뭘 좀 먹어야 했다. 그래서 주방으로 가서 남은 음식을 전자레인지에 돌려 그 자리에 서서 먹었다.

식사를 마치고 오자 올가는 목욕 가운을 입고 소파에 앉아 멍하니 TV를 바라보고 있었다. 그런데 현관이 열리더니 마시모가 안으로 들어왔다. 뒤에는 도메니코가 있었다. 올가는 곧바로 울음을 터뜨리며 도메니코의 품에 달려들어 흐느꼈다.

도메니코는 올가를 끌어안고 속삭였다.

"자, 괜찮아. 나 왔어. 다 끝났어. 우리는 토리첼리 가문이고 우릴 어쩌기는 그리 쉽지 않아."

도메니코는 소파에 앉아 올가의 머리카락을 쓰다듬으며 말했다.

나는 마시모에게 다가가 그의 허리를 안았다. 그는 내 이마에 부드럽게 입 맞추고 미소를 지었다.

"두 시간 후에 떠날 거야. 우리 아들은 잘 크고 있어?"

그는 내 배에 손을 얹으며 물었다.

"딸이라니까요!"

올가가 저쪽에서 소리를 질렀다.

마시모는 다시 내 이마에 입을 맞추고 코트를 벗더니 탁자 앞에 앉아 노트북을 켰다. 나는 그에게 다가가 등을 감싸안은 채로 도메니코와 올가를 바라보았다. 올가는 울음을 그치더니 불쌍한 도메니코에게 소리 지르기 시작한 것도 모자라 주먹으로 때리면서 욕설을 퍼붓고 있었다. 도메니코는 씩 웃으면서 피하더니, 결국 그녀의 팔을 잡고 바닥에 넘어뜨렸다. 이윽고 그들은 키스를 시작했다. 나는 잘못 끼어든 사람 같은 기분을 느끼며 눈길을 돌렸다. 잠시 후, 마시모가 이탈리아어로 도메니코에게 무어라 말하자 도메니코는 일어서서 다시 올가에게 입 맞추었고, 함께 위층으로 사라졌다.

나는 드레스룸으로 가서 짐을 싸기 시작했다. 잠시 후 올가가 문가에 나타나더니 내 옆에 앉았다.

"도메니코가 섹스하자고 하면 어떡해? 남자들은 혹시 잘 알아챌까? 자기 여자가 다른 남자랑 잤다는 걸?"

나는 원피스를 접다 말고 얼빠진 얼굴로 올가를 바라보았다.

"전혀 모르겠어. 음, 뭐라고 핑계 대면 안 할 수 있지? 설사? 두통? 생리 중?"

올가는 눈살을 찌푸렸다.

"도메니코는 안 속을 거 같아. 그냥 살살 달래면서 좀 안아주면 되지 않을까?

나는 그게 좋겠다는 뜻으로 올가에게 손짓했다. 나도 일전에 마시모에게 아기가 생겼다는 사실을 밝히지 못하고 고민하던 때, 그런 식으로 넘긴 적이 있었다.

한 시간 만에 준비를 마쳤다. 경호원들이 짐을 가져간 뒤 우리도 공항으로 향했다. 난 기분이 괜찮았기 때문에 탑승하기 전 약을 먹지 않았지만 막상 고철덩이 비행기에 타니 기분이 금세 저조해졌다. 가방 속에서 약을 꺼내려던 순간, 마시모가 내 손목을 잡고 기내 침실로 데려갔다.

"비행은 30분밖에 안 걸려. 그동안 딴생각 안 나게 해줄게."

그는 이렇게 말하며 나를 매트리스 위에 밀치고 셔츠를 벗었다.

비행은 아주 짧았다. 마시모의 입술에 다리 사이를 맡기고 있느라 이륙과 착륙조차 알아차리지 못했다.

그단스크에 내리자 경호원들이 짐을 가져온 다음 마시모에게 검은 페라리 키를 주었다. 세상에, 이 남자는 이 북쪽에서도 슈퍼카를 타고 백마 탄 왕자님 행세를 하려는 걸까? 어떤 불쌍한 사람이 이 차를 폴란드 북쪽까지 몰고 왔고? 나는 고개를 절레절레 저으며 차에 탔다. 만약 정신을 차렸더라면, 인테리어가 예전 차와는 다르다는 걸 알았겠지만, 난 눈치채지 못했다.

"바르샤바에 있던 차를 여기까지 누가 몰고 온 건가요?"

시동이 걸릴 때쯤 내가 물었다. 마시모는 웃으면서 페라리를 몰기 시작했다. 그 뒤로 다른 차들이 따라왔다.

"이건 새 차야, 베이비. 우리가 타던 페라리 이탈리아는 집에 있어. 후륜구동이라 겨울에 타기에 좋은 차가 아니거든. 하지만 이건 사륜구동인 페라리FF야. 눈길에서 달리기 훨씬 좋지."

오늘

나는 멍해졌다. 어떻게 다른 차인 것도 몰랐지? 아무리 어두워서 비슷하게 보였다 해도 그렇지. 나는 창밖을 바라보며 스스로를 꾸짖었다. 바르샤바를 급히 떠나느라 도메니코가 곧바로 풀려난 경위에 대해서 미처 묻지 못했던 게 떠올랐다. 나는 남편의 무릎에 손을 얹으며 바라보았다.

"어떻게 이토록 빨리 도메니코를 꺼낸 거예요?"

"내가 한 게 아니야. 그 개새끼가 아주 욕심이 많더라고. 그쪽 변호사가 전화했기에 액수만 합의했고 그렇게 해결됐어."

"아, 그렇군요."

나는 깊이 파고들 생각이 없어서 이렇게만 대답했다. 마시모는 나를 슬쩍 바라보며 말을 이었다.

"하지만 좀 이상해. 돈 많은 녀석이니 합의는 안 할 거라고 생각했거든. 그쪽 사업에 대해 깊이 알아보는 중이었는데, 캐낸 정보를 쓸 굳이 필요도 없었어."

"그게 무슨 말이에요?"

마시모는 순환도로를 돌며 키득키득 웃었다.

"엄밀히 말하자면, 이 지구상에는 법을 철저하게 지켜가며 부자가 되는 사람은 하나도 없어. 아담도 예외는 아니지. 네 생각보다 그놈은 나와 공통점이 많아."

"그러니 어찌 됐든 도메니코는 결국 빠져나올 수 있었을 거라는 뜻인가요?"

나는 혼란스럽고 불안해진 채로 물었다. 그렇다면 올가의 희생이 헛된 것이었을까?

"내가 정말 잘하는 게 두 가지 있어, 베이비걸. 돈 버는 것과 사람 협박하는 거."

올가가 겪어야 했던 일을 생각하자 갑자기 구토가 나왔다. 올가는 다른 방법이 없다고 생각해서 철저히 이타적인 마음으로 자기 할 일을 했던 것뿐인데.

"다 왔어."

마시모는 이렇게 말하며 소포트 셰라턴 호텔 앞에 섰다.

새롭게 알게 된 사실에 마음이 무거웠지만, 어쨌든 그를 따라 호텔 로비로 들어가 엘리베이터를 탔다.

객실은 아주 넓었다. 꼭대기 층을 상당 부분 차지한 객실에선 바다가 보였다. 하지만 밤늦은 시각이라 바다는 별로 볼만한 풍경이 아니었다. 게다가 눈까지 내렸다. 나는 눈 덮인 베란다 소파에 앉아 멍하니 바깥을 바라보았다. 어떡하지? 걱정해야 하나? 아니면 그냥 무시해야 하나? 다행히도 이젠 다 끝난 일이긴 했다.

"무슨 생각 해? 고민 있는 거 다 티나. 그것도 심각한 고민. 몇 시간째 생각하고 있잖아."

마시모는 내 뒤로 다가와 등을 주물러주며 물었다. 재빨리 머리를 굴려보았지만, 아무것도 지어낼 수 없었다.

"엄마 생각하고 있었어요."

난 결국 엄마 핑계를 대면서, 며칠 전 부모님 댁에서 있었던 일을 떠올리고는 눈살을 찌푸렸다.

마시모가 소파 앞으로 오더니, 내 다리를 살짝 벌리고 무릎을 꿇고 마주 보았다. 그의 몸이 조금씩 다가오더니, 입술이 내 입술 바

오늘

로 앞을 맴돌았다. 눈을 반쯤 감은 채로 날 바라보며, 그는 엄지로 내 턱을 어루만졌다.

"왜 나의 아내가 거짓말을 할까?"

그의 눈빛이 어두워지더니 눈썹이 지그시 찌푸려졌다.

나는 한숨을 쉬면서 항복하고 말았다.

"말할 수 없는 일도 있어요. 지금은 말하고 싶지 않아요. 음, 우리 딸이 배고프대요."

나는 그의 얼굴을 두 손으로 잡고 키스한 다음 물러섰다. 화제를 바꾸면 이 남자도 더는 신경 쓰지 않기를 바라며.

하지만 마시모는 두 손으로 내 허리를 잡아당겼다.

"저녁 식사는 벌써 주문했어. 여기서 먹을 거야. 자, 이제 말해. 대체 무슨 일이야?"

제길! 이 남자는 왜 이렇게 궁금한 게 많지? 나는 속으로 욕을 퍼부었다. 마시모가 순순히 물러서지 않을 거란 생각에 진이 빠졌지만 잠자코 입을 다물기로 했다. 그래봤자 나한테는 좋을 게 없지만, 그가 억지로 대답을 짜내지는 못할 것이다. 아니, 그러려나?

마시모는 꼼짝 않고 계속 나를 주시했다. 결국 눈빛에 분노가 차오르는 게 보였다.

그는 벌떡 일어서더니 창문을 바라보며 위압적으로 말했다.

"네가 말을 않겠다니, 그럼 내가 하지. 올가 때문이지?"

이제 마시모는 돌아서서 분노한 눈으로 나를 쏘아보며 팔짱 낀 채로 말을 이었다.

"말이 없으면 그렇다는 뜻으로 받아들이지. 내가 이미 다 알고 있다면, 네 기분이 좀 나아질까?"

아니야, 저건 허세야. 그냥 날 떠보는 거야. 아니면 뭐겠어. 하지만 마시모가 이미 안다 해도 대체 뭐가 달라지지?

나는 태연한 척 물었다.

"내가 뭐라고 말했으면 좋겠어요? 이번에는 올가가 당신에게 무슨 짓을 했나요?"

거짓말 한번 더 한다고 별 탈은 없을 거야. 마시모가 내 속임수를 간파해도, 언제나처럼 아무것도 모르는 척하면 되니까.

마시모는 키득키득 웃으며 주머니에 두 손을 넣더니, 창가에 기댔다.

"나에게 무슨 짓을 했냐고? 아무 짓도 안 했어. 하지만 올가가 내 동생을 위해 희생했다면…… 이야기가 다르지. 유감스럽게도 전혀 그럴 필요가 없었지만 말이야."

그의 목소리에는 빈정대는 어조가 역력히 드러났다. 나는 그만 눈을 휘둥그레 떴다.

"아, 그래. 내 사랑. 올가가 그 망할 고소를 취하시키려고 무슨 짓을 했는지 알아. 처음에는 화가 났지. 내가 알아서 하겠다고 했는데 듣지 않았으니까. 하지만 그러다 깨달았어. 그 여자가 도메니코를 위해서 어디까지 할 수 있는지. 그게 어땠냐고?"

마시모는 한 발짝 다가와 내가 앉은 소파에 팔걸이에 두 손을 짚은 채 나를 내려다보았다.

"그 희생정신이야말로 내가 여자들에게서 추구하는 점이지. 특히 우리 가족이 되려는 여자에게 필요한 자질이야. 감동적이었어."

노크 소리가 들려오자, 그는 내 이마에 입을 맞추고는 문으로 다가갔다.

나는 꼼짝 못 한 채 소파에 몸을 깊게 파묻으며 생각했다. 세상에, 앞으로도 이런 식으로 매일매일 깜짝 놀라야 하나? 내막 폭로 따위 없이 평안하게 보낼 날이 오기는 올까?

웨이터가 카트를 밀고 방으로 들어와 음식과 와인 쿨러를 테이블에 놓았다. 순식간에 식사가 준비되었다. 나는 테이블에 앉아 리넨 냅킨을 무릎에 덮었다. 그동안 마시모는 재킷을 벗고 셔츠 단추를 풀었고, 신발까지 벗어 던진 다음 함께 테이블에 앉았다. 나는 무슨 말이라도 하고 싶었지만, 머릿속이 텅 빈 나머지 아무 말도 떠올리지 못했다.

"내가 거위고기를 주문했……."

"나라도 그렇게 했을 거예요."

나는 마시모의 말을 끊으며 말했다. 그의 포크가 접시에 쩽그랑 부딪혔다.

"사랑하는 사람을 위해서라면, 희생하는 게 당연하잖아요."

"됐어! 다시는 그런 말 하지 마, 라우라."

마시모는 언성을 높였다.

"왜요, 감동적이었다면서요?"

내가 묻자, 마시모는 믿을 수 없다는 얼굴로 나를 빤히 보았다.

"그래, 올가를 보니 그랬다는 거야. 이제껏 변덕스러운 수다쟁이인 줄로만 알았으니까. 내 동생을 과연 사랑하는 게 맞는지 의심스러웠는데 이제 의심이 풀렸어."

"아하, 올가가 자기 남자를 구하기 위해 몸을 던지는 건 좋은 거고, 내가 그러면 나쁜 거란 뜻인가요?"

마시모는 테이블을 성큼성큼 돌아와 앞에 서서 내 어깨를 잡더니, 나를 자리에서 일으켰다.

"넌 내 아내야. 내 아이를 낳을 여자란 말이야. 네가 그런 희생을 해야 한다면, 그놈을 죽이고 나도 자살하겠어."

마시모의 두 손이 내 어깨를 꽉 붙잡았다. 허공에 발이 동동 뜰 지경이었다. 숨도 쉴 수 없었다.

"다시는 그런 생각하지 마. 제길!"

그는 버럭 소리를 지르며 날 놔주더니 이탈리아어로 중얼대며 방 안을 이리저리 걸었다.

보아하니 이런 말을 하지 말았어야 했나 보다. 하지만 그렇다 해서 내 마음이 바뀌지는 않았다. 필요하다면 나 역시 올가처럼 할 것이다.

"대체 어떻게 알아냈어요?"

나는 자리에 앉아서 부드러운 고기를 포크로 즐겁게 찌르며 물었다.

마시모는 걸음을 멈추고 날 슬쩍 보았다. 내가 예상치 못하게 침착하자 놀란 것이다.

"영상을 촬영했더군."

이젠 내가 포크를 떨어뜨리고 말았다.

"뭐라고요?"

나는 마시모를 돌아보며 말했다. 이제 그는 자리로 돌아오고 있었다.

"일단 먹자. 식사 끝나고 전부 설명해줄게."

여기서 항의하고 토라져 봤자 소용없다. 그래서 음식을 먹기 시작했다. 거위 요리와 감자, 샐러드와 맛도 안 나고 모양도 알아볼수 없는 비트 퓌레를 먹고 디저트로 배를 채웠다. 그리고 마지막으로 차 한 잔을 마셨다.

마시모는 미소를 지으며 날 바라보더니 와인을 마셨다.

"다 먹었어요. 어서 말해봐요."

나는 테이블에 팔꿈치를 괴고 말했다.

"처음에는 올가가 즐기는 것처럼 보여서 이게 뭔가 싶었지."

그는 심호흡한 다음 와인을 한 잔 더 따르고 말을 이었다.

"내가 본 건 올가가 그놈의 집에 야하게 옷을 입고 도착한 장면이었어. 그리고 그 후 두 시간 동안 섹스 장면이 나왔지. 올가가 떠난 시각을 보니 그쯤 되더군. 그게 전부야."

"그게 어제 촬영한 건지 어떻게 알았어요?"

"아담의 얼굴이 부어 있었거든. 어제자 신문이 테이블에 있고."

마시모는 팔을 벌리고는 어깨를 으쓱였다.

"애초에 그 영상은 어떻게 입수한 거예요?"

"그건 내가 보라고 만든 게 아니었어. 도메니코에게 보내기로 되어 있었지. 그 개새끼는 내 동생에게 수치심을 주고 올가의 인생을 망치고 싶어 했어. 그놈의 변호사가 구치소 경찰관에게 CD를 주면서 내 동생에게 전달하라고 시켰는데, 멍청한 경찰이 나에게 주라는 말로 착각한 거지."

그러자 이해가 되었다. 마시모의 이야기도, 올가의 이야기도 전부 다. 아담은 처음부터 도메니코에게 수치심을 주고 연인관계를 파멸시키려고 계략을 꾸민 것이다. 왜 올가에게 오르가슴을 느끼는 척하라고 했는지, 왜 굳이 영어로 말하라고 했는지 이해가 되었다. 그는 올가에게 화장실에 가서 옷을 갈아입으라고 시킨 다음 거실에 카메라를 설치했던 것이다. 그렇게 생각하니 말이 됐다. 마시모의 말에 따르면, 촬영은 아담이 도메니코를 석방해달라는 서류에 서명하고 나서야 시작되었다. 그래서 영상에는 길고 멋진 섹스 장면만이 담겨 있었다.

"올가가 도메니코를 배신하고 바람피운 게 아니라는 사실은 어떻게 알았어요?"

그러자 마시모는 자리에서 일어서며 말했다.

"그건 몰랐어. 그냥 널 떠본 거야. 네 행동을 보니 아니라는 확신이 들었고. 어제 차 안에서 이야기하려고 했지만, 비행기에서 내린 뒤로 넌 정신을 아예 딴 데 두고 있더군."

"그럼 이제 어쩌죠?"

나는 그에게 다가가 허리를 꼭 껴안았다.

"아무 일 없을 거야. 영상은 파기했어. 도메니코는 풀려났고, 우리는 내일 밤 경기를 보러 갈 거야."

마시모는 미소를 지으며 몸을 약간 뺐다.

"오늘 밤 일정을 묻는 거라면, 난 임신한 미모의 아내와 함께 밤을 즐길 예정이니 알아둬."

＊＊＊＊

다음 날 아침에 나는 마시모의 곁에서 일어났다. 이 남자가 어딜 가지 않고 내 옆에 있다니, 어찌나 놀랍던지 나는 혹시 무슨 문제라도 생겼냐고 물었고, 그래서 남편을 한바탕 웃기고 말았다.

우리는 아래층으로 내려가 아침을 먹었다. 그것 역시 충격이었다. 왜 방에서 식사하지 않지? 게다가 마시모는 서두르는 기색도 아니었다. 호텔 레스토랑에 내려가자 올가와 도메니코가 있었다. 나는 살짝 주저했다. 마시모는 내 손을 꽉 잡고서 나를 그들 쪽으로 이끌었다.

우리는 한 테이블에 앉아 30분 동안 식사를 했다. 그러자 단란한 가족 모임 자리가 드디어 끝났다.

"우리는 정오에 회의가 있어. 그 후에도 또 있고. 4시쯤 돌아올게. 세바스티안이 그동안 너희를 돌봐줄 거야. 차가 필요하면 리셉션에 전화해서 달라고 해."

마시모는 이렇게 말하고 내 머리에 키스한 다음 올가의 어깨를 두드리고는 자리를 떴다.

그의 다정한 손짓에 올가가 어찌나 우스꽝스러운 표정을 지었던지, 정말 혼자 보기 아까울 정도였다. 공포와 극도의 불안이 뒤섞인데다 혐오를 약간 더한 표정이랄까.

"저건 또 뭐 하는 수작이래?"

올가가 마시모가 두드린 어깨를 문지르며 물었다.

나는 친구의 시선을 피했다. 과연 진실을 말해줘도 되는 걸까 고민하다가, 결국 비밀을 지키기로 했다. 하지만 올가는 어떤 면에서 마시모와 상당히 닮은 데가 있었다. 거침없고 끈질긴 데다 호기심이 말도 못 하게 강했다.

"내가 묻잖아, 라우라."

올가는 급기야 날 협박했다. *아, 세상에. 또 시작이네.* 오늘도 너무 많은 정보와 호기심과 피하고 싶은 상황이 가득한 하루가 되겠구나.

"그, 있잖아, 마시모가, 음, 알고 있어."

나는 더듬대며 올가를 슬쩍 쳐다보았다.

"마시모가 아담 일을 알아. 하지만 소리 지르지 말고 일단 들어. 내가 이야기한 거 아니야."

올가의 얼굴이 새빨개졌다가 그다음엔 창백해졌다.

"올가, 진정하고 호흡해. 내가 다 이야기해줄게."

올가가 테이블에 머리를 찧기 시작했다. 식기가 달그락댔다. 나는 친구의 이마가 테이블에 닿기 전에 재빨리 손을 뻗었다.

"제발 지랄은 그만 떨어. 다 괜찮으니까."

나는 주변을 둘러보고 목소리를 낮추어 속삭였다.

"일단 너의 망할 전 남친이 무슨 짓을 꾸몄는지 들어봐."

올가는 고개를 들고는 얼굴을 있는 대로 구기며 온몸을 축 늘어뜨렸다.

"그래, 다 말해봐. 여기서 더 나빠질 게 뭐가 있겠니."

나는 마시모가 전날 밤 해준 이야기를 올가에게 전하며, 조금 전 마시모의 이상한 행동을 설명했다. 도메니코의 형인 마시모는 올가를 좋게 생각한 적이 한 번도 없었다. 물론 그녀에게 장점이 있다는 것을 인정하고, 내가 올가 없이 못 산다는 것도 알기는 했지만 난 그가 이성적이지 못하게 올가를 질투한다고 확신했었다. 그래서 내심 그가 올가를 진심으로 좋아할 일은 절대 없으리라고 여겼다. 그런데 올가가 도메니코를 위해 희생하자, 이젠 그의 미움도 싹 사라지고 내 친구를 바라보는 마시모의 평가가 후해진 것이다.

"안녕?"

뒤에서 누군가의 목소리가 들렸다. 동시에 올가의 겁먹은 눈빛이 보였다.

"지금 나랑 장난하는 거야?"

올가는 잘생긴 내 오빠를 보면서 씩씩댔다. 나는 벌떡 일어나서 오빠를 안아주다가, 오빠가 내 절친과 잤던 사이라는 걸 잠시 깜빡했음을 깨달았다.

"안녕, 내 동생. 한밤중에 네 남편이 날 깨웠어. 그의 부하 하나가 눈길을 뚫고 날 여기까지 데려왔지."

오빠는 날 안아주고는 내 옆에 앉아서 올가를 슬쩍 바라보았다.

"안녕, 귀염둥이. 그간 잘 지냈어?"

그러면서 꼴 보기 싫은 미소를 지으며 올가의 허벅지를 쓸어 올리는 게 아닌가.

"그만두지 못해?"

오빠를 꾸짖자 그는 눈길을 내려 내 배를 보더니 천천히 말했다.

"야, 이게 뭐야? 엄마 말이 맞았네? 내가 삼촌이 되는구나. 넌 애 엄마가 되고. 말도 안 돼!"

오빠가 어딜 보는지 보자 내 꼭 끼는 셔츠 아래로 원래는 납작했던 내 배가 볼록 나와 있었다.

"난 운동하러 갈게."

올가는 떠나려 했다. 오빠는 슬며시 웃으며 올가에게 물었다.

"왜 거짓말을 해? 그냥 솔직히 말하지 그래. 언제나 그랬듯이 또 어떤 놈 빨아주러 가는 거지?"

또 시작이군. 이 둘은 만나면 항상 으르렁댄다.

"그래, 잘 아네. 안타깝게도, 그게 어떤 느낌인지 넌 앞으로도 절대 알 일 없어."

올가는 얼굴을 찌푸리며 쏘아붙이고는 운동하러 떠났다. 사실 정말로 운동하러 헬스장에 가는 건지는 알 수 없었다. 이제 쿠바는 나를 빤히 바라보았다.

"자, 임신하고, 남편도 생기고, 시칠리아로 이사했다 이거지……. 내가 또 모르는 게 있어?"

오빠는 커피를 저으며 물었다. 나는 눈살을 찌푸리며 배를 문질렀다.

"맞다. 네 남편 코사 노스트라지. 가장 중요한 부분을 깜빡했네."

나는 깜짝 놀라 오빠를 쳐다보았다. 쿠바는 대답 대신 천진난만하게 미소를 지었다. 그러다 커다란 몸집을 흔들며 웃더니, 커피 잔을 내려놓고서는 머리 뒤로 손깍지를 꼈다.

"동생아, 왜 그래? 네 남편이 별 볼 일 없는 사람도 아니고. 구글에 검색하면 나와."

나는 두 손으로 얼굴을 가리며 한숨을 쉬었다.

"세상에. 그거 혹시 부모님도 알아?"

"바보냐? 당연히 말씀 안 드렸지. 음, 어쩌면 미심쩍어하실 수는 있겠지만. 그런데, 내가 마시모의 회사 중 하나를 골라서 재정 상태를 조사해봤는데 말이야……. 뭔가 안 맞는 게 빤히 보이더라고."

"뭐?"

그만 목소리가 높아지고 말았다. 다른 손님들이 우리 쪽으로 고개를 돌렸다.

"지금 내 남편이랑 일하고 있어?"

"내가 자문을 봐주고 있어. 하지만 그 이야기는 나중에 하자. 너는 어떻게 지내는지나 말해봐. 집에서 무슨 일이 있었는지도."

우리는 오랫동안 이야기를 했다. 중간에 내가 묵는 곳으로 자리를 옮겼다. 이야기할 건 너무 많은데, 시간이 모자랐다. 게다가 오빠는 생각보다 사랑스럽고 자상하게 굴었다.

"점심 먹으러 갈래?"

시간이 늦어지자 내가 물었다.

"점심이 아니라 저녁이겠지. 먼저 예쁘게 꾸며야 하지 않겠어? 7시에 데리러 올게. 경기는 8시에 시작하니까."

오빠의 말에 나는 눈을 휘둥그레 떴다.

"마시모가 아니라 오빠가 우릴 데리고 가는 거야?"

"마시모가 널 데리고 오라고 했어. 자기는 회의 끝나면 오겠대."

그저 슬펐다. 이러는 게 처음도 아니고, 앞으로도 많겠지. 그는 회의에 참석해야 하고, 그러면 나는 남편과 가야 할 자리에 다른 남자와 함께 가겠지. 솔직히 경기를 보고 싶은 마음은 별로 없었다.

마시모가 없다면 싫었다. 애초에 이 경기에 가고 싶게 마음을 흔든 사람이 마시모였으니까.

쿠바가 떠나자, 나는 올가에게 전화를 걸었다. 올가는 이미 미용사와 메이크업 아티스트를 예약해두었다. 난 한 시간 동안 목욕을 하고 가방을 뒤져 저녁에 입을 옷을 찾았다. 여행 가방 앞에 앉아 안에 든 걸 죄다 꺼내 바닥에 늘어놓았지만, 격투기 경기에 가본 적이 없어서 뭘 입어야 할지 알 수가 없었다. 우아한 이브닝드레스? 아니면 청바지?

순간 정답이 떠올랐다. 검은색 옷을 입자. 그러면 뭘 입어도 상관없을 거야. 검은색이면 어디에서나 적당하겠지.

나는 마놀로 블라닉 부츠에 딱 달라붙는 검은 가죽 바지와 헐렁한 샤넬 셔츠를 입기로 했다. 그러면 임신한 티가 전혀 나지 않겠지. 옷을 고르고 만족스럽게 샤워를 한 다음 검은 레이스 속옷을 걸치고 목욕 가운을 입었다.

메이크업과 머리는 6시에 완성되었다. 거울에 비춰본 모습은 무척 근사했다. 붙인 머리를 두툼하고 길게 땋은 헤어스타일에 그레이 톤의 스모키 메이크업이 골라놓은 옷과 완벽하게 어울렸다. 나는 하얀 목욕가운을 벗고 셔츠를 입기 시작했다.

올가는 방을 나서며 말했다.

"징그러운 너희 오빠 도착하면 전화해. 그리고 옷 좀 입어. 화려한 란제리 쇼는 집어치우고."

"지금 입고 있잖아. 게다가 난 임신해서 뭘 입어도 섹시하지 않단 말이야!"

내가 소리치자, 올가는 경멸을 한껏 담은 눈초리를 쏘았다.

"멍청아, 임신한 거 티 안 나거든? 난 임신도 안 했는데 너보다 통통해. 어서 옷 입고 준비되면 전화해."

나는 문을 닫고서 조명을 껐다. 그러고는 휴대폰에서 델레리움의「사일런스」를 찾아 튼 다음 무선 이어폰을 꼈다. 시간이 많으니 서두를 필요는 없었다. 눈 내린 부두의 새하얀 바깥 풍경이 보였다. 나는 어두운 방 안에서 폭풍이 치는 광경을 감상했다.

노래가 두 번째로 반복되기 시작했을 때, 누군가 내 이어폰을 뺐다. 남편의 영국식 억양이 들렸다.

"넌 내 거야."

마시모가 귓가에 속삭이며 두 팔로 내 옆구리와 배를 쓸었다.

"음악은 계속 들어도 좋아."

그는 내 귀에 이어폰을 꽂아주었다.

보컬의 아름다운 음색이 울려 퍼졌지만, 더는 음악에 집중할 수가 없었다. 순간 부드러운 스카프가 내 눈 위를 두르는 게 느껴졌다. 나는 창문에 손을 뻗어 기댔다. 이젠 아무것도 보이지도 들리지도 않았다. 다만 온전히 그의 손에 나를 맡길 뿐.

뒤에 선 마시모는 내 손에서 휴대폰을 빼앗아 가슴에 넣었다. 그는 내 휴대폰을 브래지어에 꽂은 다음, 나를 돌려세워 두 손목을 한 손에 잡고 머리 위로 올렸다. 그는 부드럽게 내 입술을 깨물고 혀로 입 안을 탐색했다. 나는 입술을 벌리고 그가 들어오기를 기다렸지만, 그런 일은 벌어지지 않았다. 그의 이가 내 턱과 목덜미, 쇄골에 이어 유두에 닿았다. 마시모는 가느다란 레이스 브래지어 위로 유두를 물고 장난쳤다.

나는 신음을 흘리며 벗어나려 했지만, 그의 손아귀가 손목을 더욱 죄어왔다. 그는 다른 손으로 내 몸을 훑더니 허벅지 사이를 파고들어 다리를 벌렸다. 음악이 이어지는 가운데, 브래지어 안에 슬며시 들어와 만지작대는 손가락에 정신이 그만 아득해졌다.

결국 나의 모든 감각은 그가 어루만지고 있는, 부풀어오른 클리토리스에 집중되고 말았다. 순간 잡힌 두 팔이 풀리며 혀가 내 입술을 가르고 들어왔다. 열정적인 키스가 이어졌고, 나는 갈급하게 내 얼굴을 그에게 밀어붙였다. 혀가 함께 얽히며 춤추는 동안, 두 손으로 그의 어깨를 잡았다. 쭉 쓸어내려보니 이미 그도 옷을 벗어 던진 후였다. 그는 두 손으로 내 엉덩이를 쥐더니 가뿐하게 날 들고 방을 걷기 시작했다.

"마시모, 나……."

이어폰을 끼고 있어서 내 목소리가 들리지 않았다. 마시모는 이어폰 한쪽을 빼고서 내 귓가에 나직하게 속삭였다.

"뭘 해주었으면 하는지 알아. 하지만 안 해줄 거야. 그러니 요구하지 마."

그는 다시 이어폰을 끼워준 다음 나를 부드러운 침대에 눕혔다.

내 가슴에서 휴대폰을 꺼내는 느낌이 났다. 이윽고 그의 손가락이 어깨끈을 차례차례 풀어내 가슴을 드러냈다. 유두를 깨무는 이와 가슴을 더듬는 입술, 절묘한 손가락의 움직임이 주는 자극에 몸이 떨려왔다. 음악에 귀가 먹먹할 지경이었지만, 어쩐지 그 소리가 감각을 백배는 증폭시킨 것 같았다.

나는 평소보다 거칠게 숨을 내쉬고 신음했지만, 음악에 묻혀 들리지 않아서 신경 쓰이지 않았다. 마시모의 입술은 이제 내 복부로 내려가서 마침내 중심부를 간신히 가린 레이스 팬티에 닿았다.

나는 다리를 벌렸다. 이제 전희는 끝났다. 본게임으로 들어가달라는 신호였다.

하지만 마시모는 움직이지 않았다. 살갗에 뜨거운 숨결만 닿더니, 매트리스가 다시 출렁였다. 그가 일어서고 있었다.

눈을 가린 스카프를 떼어버리고, 이어폰도 빼버리고픈 충동이 들었지만, 재빨리 마음을 다잡았다. 그랬다간 후회할 거야. 남편이 나중에 벌줄까 봐 두려워서가 아니라 앞으로 주어질 깜짝 선물을 망치고 싶지 않아서였다.

그래서 가만히 있었다. 머리가 복잡하고 초조했지만 꾹 참고 기다렸다. 마침내 내 고개를 돌리는 마시모의 손길이 느껴졌다.

제대로 반응하기도 전에, 마시모의 위풍당당한 성기가 입속으로 파고들었다.

난 기쁜 마음에 숨을 내쉬며 손으로 기둥을 잡고 미친 듯 핥았다. 이 맛은 어쩜 이렇게 완벽할까. 목구멍을 가득 채운 피부 내음에 숨이 막혔다. 하지만 마시모도 즐기고 있는지는 알 길이 전혀 없었다.

마침내 그의 손이 내 머리에 닿았다.

내게 어떻게 해달라고 지시하는 게 좋다. 그가 좋아하는 대로 내 입에 들어올 때가 좋다. 내가 이 남자를 절정까지 몰고 갈 수 있다는 확신이 들 때가 정말 만족스럽다.

잠시 후 마시모는 나를 침대 위에 완전히 평평하게 눕혔다. 이윽고 머리 양옆에 그의 무릎이 느껴지더니, 성기가 부드럽게 내 입에 내려앉았다. 나는 입을 벌리고 고분고분 받아들였다. 마시모는 피스톤 운동을 시작하면서 입술로 내 배를 천천히 훑어 내려가 마침내 두근두근 뛰는 중심부에 이르렀다.

그의 억센 팔이 내 티팬티를 잡아당겨 발목까지 벗겼다. 나는 팬티를 걷어찬 다음 두 팔로 내 다리를 잡아서 확 벌렸다. 굵게 발기된 성기에 목이 막혔지만, 그의 혀가 클리토리스를 헤집는 순간 비명이 나오면서, 동시에 손가락이 내 안으로 들어왔다.

그 순간, 마시모는 몸을 휙 움직이더니 나와 함께 한 바퀴 굴렀고, 이제는 내가 위에 앉은 자세가 되었다. 나는 곧바로 그의 허벅지 위에 팔꿈치를 괸 다음 성기를 단단히 잡았다. 빠르고 세차게 손을 움직이자, 그의 것이 더욱 단단해졌다. 그 역시 뒤처지지 않았다. 그는 나를 물면서 손가락을 하나 더 집어넣어 압박감을 늘렸다. 파고드는 혀는 나를 쾌락의 절정으로 이끌었다. 69체위는 주도권을 쥔 기분이 들면서도 진정한 절정의 끝까지 볼 수 있어서 좋다.

이윽고 배 아래에 익숙한 느낌이 났다. 따스하고 강렬한 전율이 느껴지자 근육이 수축하며 호흡이 빨라졌다. 내가 절정에 다가가는 걸 느낀 마시모는 점점 강도를 높였다.

"안 돼!"

나는 소리 지르며 스카프와 이어폰을 빼버렸다. 오르가슴이 서서히 가라앉자, 놀란 눈으로 보는 마시모가 보였다. 그는 미소를 지었고, 나는 나직하게 속삭였다.

"당신이 느끼는 걸 보고 싶어요."

두 번 말할 필요도 없었다. 마시모는 나를 밀치더니, 곧바로 내 위에 올라탔다. 촉촉하고 뜨거워진 채 고동치는 음부 사이로 그의 페니스가 밀려들어왔다.

"세게 해줘요, 부탁이야."

나는 속삭이며 그의 머리카락을 잡고 끌어당겨 진하게 입 맞추었다.

마시모는 좋아했다. 분명히 알 수 있다. 거친 섹스를 좋아하는 남자니까. 그는 내가 천박하고 음란하게 구는 걸 즐긴다. 그는 무릎을 꿇은 자세로 일어나 앉더니, 내 다리를 자신의 어깨 위로 올리고는 내 몸을 비스듬하게 돌려 어마어마한 힘으로 쳐댔다. 기다란 성기가 전보다 훨씬 더 깊이 파고들어 가장 깊은 곳에 닿았다. 두 손으로 천천히 내 목을 조르던 손가락 중 검지가 내 입속에 들어오자, 나는 그 손가락을 빨았다. 마시모는 눈을 크게 뜨고 포효하며 짐승 같은 힘으로 파고들었다.

몇 분 지나지 않아, 반갑고 익숙한 전율이 다시 다가왔다. 점점 오르가슴이 다가와 곧 폭발할 지경이었다. 바깥에 눈이 내리는 가운데, 방은 더없이 어두웠다. 들리는 소리라고는 나의 숨소리와 이어폰에서 아직도 흘러나오는 델레리움의 나지막한 노랫소리뿐이었다.

마침내 나는 절정에 도달했다. 아주 강렬하고 오랫동안 이어지는 오르가슴이었다. 마시모의 허벅지에 손톱을 박으며 이제 끝났다는 느낌을 받을 무렵, 마시모 역시 절정을 느끼며 내 위로 쓰러졌다. 내 안에서 고동치는 성기가 느껴지자, 다시금 자극을 받은 나는 다시 한번 거대한 오르가슴의 물결에 휩싸였다.

우리는 오랫동안 움직이지 않은 채, 한 몸이 된 순간을 즐겼다. 둘 다 땀에 흠뻑 젖고 기진맥진한 상태로, 드디어 섹스가 끝났다.

"나 머리 다 했는데. 화장도 마친 상태였는데……."

마침내 내가 정신을 차리고 말하자, 마시모는 내 이마에 입을 맞추고는 여전히 가쁜 숨소리를 섞어가며 대꾸했다.

"하지만 만족스럽지는 못했잖아. 게다가 지금 아주 예뻐. 이제 가자. 시간 다 됐어."

그는 일어서서 휙 욕실로 들어갔다.

저 좋을 대로 구는 사람. 난 생각하며 일어났다. 거울까지 걸어가기조차 힘들었다. 어쨌든 간신히 거울 앞에 서자 다시 짜증이 났다. 화장은 그럭저럭 괜찮았지만, 머리는 완전히 산발이 돼버렸다. 나는 휴대폰을 들며 호텔 미용사가 다른 손님을 받고 있지 않기를 간절히 빌었다. 다행히도 미용사는 시간이 있었다. 5분 뒤에, 미용사는 재미있다는 눈빛으로 내 머리를 다시 땋아주었다.

그동안 마시모는 샤워한 뒤 방 안을 서성대며 이탈리아어로 휴대폰에 명령을 퍼붓고 있었다. 나는 미용사에게 고맙다고 말했고, 남편은 통화하면서 불쌍한 미용사에게 고액권 지폐를 쥐여주고는 복도로 내보낸 뒤 앞에서 문을 쾅 닫아버렸다.

CHAPTER 13

"여기예요!"

홀의 옆쪽 출입구에서 젊은 여자 하나가 팔을 들며 소리쳤다.

눈보라가 심하게 몰아쳐 그녀의 모습이 거의 보이지 않았다. 운동복 위에 캐주얼 재킷을 걸친 여자는 무전기와 연결된 이어폰을 끼고 이따금 무어라 외쳤다. 나는 주변을 둘러보며 주 출입구를 향해 이어진 어마어마하게 긴 줄의 끝은 과연 어디일까 찾아보았다. 적어도 우리는 저 사람들과 함께 밖에서 기다릴 필요는 없겠구나.

마시모는 내 손을 잡고 출입구로 데려갔다. 도메니코와 올가, 오빠도 눈보라를 뚫고 우리를 따라왔다. 올가 커플은 쿠바의 존재 때문에 짜증이 나는 모양이었다.

옆쪽 출입구에 섰던 젊은 여자는 능숙한 솜씨로 내 손목에 VIP 밴드를 감은 다음, 가야 할 방향을 알려주었다. 좁은 복도를 따라가자 곧이어 커다란 방이 나왔는데, 안에는 웨이터들이 샴페인 잔이 가득한 쟁반을 들고 서 있었다. 탁자마다 쿨러가 담긴 술병이 많았고, 다양한 음료와 핑거푸드, 식사와 디저트가 가득했다. 잠시 격투기 경기가 아닌 파티장에 온 건가 착각했지만, 누군가가 내게 재빨리 오늘의 선수 명단을 넘겨주었다.

올가는 자신만만한 걸음걸이로 샴페인 있는 곳에 다가가 잔 두 개를 들더니, 그 자리에서 한 잔을 쭉 비웠다. 그리고 내 손에 들린 브로슈어를 엿보며 물었다.

"누구누구 나온대? 오늘의 몸 좋은 선수는 누가 있는지 볼까?"

올가는 잔을 내려놓고 팸플릿을 훑어보았고, 몇몇 선수의 사진을 보면서 만족한 듯 중얼거렸다. 옆을 보자 마시모는 쿠바와 도메니코와 이야기 중이었다. 무슨 말을 하는지 엿들어볼까 싶었지만, 주변이 시끄러워서 제대로 들리지 않았다.

그런데 순간 올가가 꺅 소리를 질렀다. 나는 물론이고 모든 사람이 그쪽으로 고개를 돌렸다. 올가는 테이블 곁에 서서 세상 다시없을 이상한 표정으로 그녀답지 않게 큰 소리를 계속 질러댔다.

"뭐요! 왜요? 선수들 자질이 뛰어나서 좀 흥분했을 뿐이에요."

올가는 둘러대며 어깨를 으쓱이더니, 나를 한쪽으로 끌고 갔다.

"이것 좀 봐!"

올가는 끝에서 두 번째 선수를 손가락으로 가리켰다.

진짜일까. 믿을 수가 없었다. 전 남자친구 다미안이었다. 나는 올가의 손에서 브로슈어를 낚아챈 다음 그 페이지를 뚫어지라 보았다. 좋든 싫든, 오늘 밤 전 남자친구의 경기를 본다. 올가의 찌르는 듯한 시선이 느껴져서, 나는 마른침을 삼키며 마주 보았다.

그러고는 브로슈어로 올가를 때리면서 날카롭게 물었다.

"야, 이게 재밌니? 이 나쁜 계집애야! 너 알고 있었지? 솔직하게 말해!"

올가는 한 걸음 물러서 테이블 뒤로 가더니 샴페인을 한 모금 마시고 빙그레 웃었다.

"이런저런 얘기를 들었던 것도 같고."

"왜 나한테 말 안 했어?"

나는 눈을 가늘게 뜨고 죽일 듯이 노려보았다. 올가는 다가와 내 어깨에 손을 얹었다.

"말했으면 넌 절대 여기 오지 않았을 테니까. 있지, 라우라, 여기엔 사람이 천 명이나 돼. 너랑 다미안이 만날 일은 없어."

나는 고개를 숙이고 이번에는 다미안의 사진 아래에 있는 정보와 도표, 그래프까지 자세히 살펴보았다. 그의 전적과 기록, 국제대회 성적 등이 적혀 있었다. 어쩔 수 없이 그와 함께했던 시간이 떠오르면서 몸이 뜨거워졌다. 그에 대한 나쁜 기억이 있다면 좋았겠지만 안타깝게도 전혀 없다. 우리 사이는 좋았다. 그건 안타까운 일이다. 안 그랬다면 지금 다미안을 쉽게 미워할 수 있을 텐데.

귓가에 목소리가 들렸다.

"그 선수가 이길 것 같아? 그의 상대 선수가 그라운드 기술이 아주 훌륭해."

그라운드 기술이라고? 다미안의 그라운드 기술도 뛰어났던 걸로 기억하는데. 적어도 우리 둘이 있었을 때는. 나는 고개를 흔들어 머릿속을 자꾸 헤집는 생각을 떨쳐버렸다. 그러고는 빙글 돌아서 바보 같은 미소를 지으며 마시모에게 짧게 키스했다.

"그래요, 이길 것 같아요. 길로틴 초크나 암바 중 하나로요. 이 선수는 그래플러*거든요. 그러니 그라운드에서도 어떻게든 이길 방법을 찾겠죠."

나는 미소를 유지하며 어깨를 으쓱였다.

마시모는 입을 벌리고 멍한 표정으로 나를 바라보더니, 불안하게 웃으며 물었다.

"지금 뭐라고 했어? 내가 모르는 뭔가가 있나?"

나는 잠시 그의 얼굴을 바라보다 나름의 기지를 발휘해서 브로슈어에 있는 선수 설명을 가리키며 말했다.

"나도 글씨 읽을 줄 알거든요? 여기에 자주 그렇게 한다고 쓰여 있잖아요."

"흐음, 이 남자가 너한테 그 기술을 썼나 보지?"

올가가 폴란드어로 말했다. 무표정했지만 눈빛은 강렬했다.

나는 올가를 무시한 채 마시모가 옆 테이블에 놓아둔 주스 잔을 집었다. 그러고는 별 관심 없는 척 주스를 홀짝였지만, 사실은 오늘 밤 옥타곤에서 보게 될 옛 애인 생각을 떨칠 수가 없었다.

****

직원 하나가 다가와 자신을 따라오라고 했다. 우리는 그녀를 따

---

* 유도, 주짓수, 레슬링, 씨름처럼 상대를 붙잡아서 메치거나 비틀고 꺾고 조르는 류의 무술가를 이르는 말.

라 커다란 문과 넓은 복도를 거쳐 경기장으로 들어갔다. 나는 눈을 휘둥그레 뜨고 주위를 둘러보았다.

건물의 내부는 거대했다. 사방을 높이 둘러싼 스탠드 아래로 수백 개의 좌석이 구역별로 나뉘어 있었다. 한가운데에는 철망을 두른 옥타곤이 자리 잡았다. 나는 순간 목이 메어 마시모의 손을 잡았다. 철망 옥타곤은 저택 지하실에 있는 것보다 훨씬 컸지만 별로 달라 보이지는 않았다. 갑자기 지하실 경기장을 어떻게 활용하면 좋을까 고심했던 게 떠오르면서 급기야 당장 거칠고 폭력적인 섹스를 하고픈 충동이 치밀었다. 임신으로 몰아치는 호르몬이 뇌에 이토록 강력하게 작용하다니, 이러다간 조만간 섹스하다 죽을지도 몰라.

남편은 무표정했지만, 분명히 내 마음을 눈치챘을 것이다. 그는 텔레파시라도 통했다는 듯 빙긋 웃으며 입술을 깨물었다. 안내 직원이 여전히 앞에 서 있었지만, 마시모는 전혀 아랑곳 않고 내게 입맞추며 혀로 입술을 파고들었다. 나는 두 팔로 그를 감싸 안고 그 키스를 받아들였다.

얼마나 그러고 있었을까. 결국 오빠가 눈을 흘기더니, 직원에게 나중에 우리 자리를 알려주라고 지시하고는 사라졌다.

갑자기 몰아친 갈망이 수그러지자 우리는 경기장으로 다가갔다.

좌석은 첫 번째 줄이었다. 별로 놀랍지는 않았다. 이 이탈리아 마피아들께서 뒷줄을 예약했더라면 그게 더 놀라웠을 것이다. 정말 놀라운 점은 올가가 내 옆에 앉았다는 것이다. 마시모 옆에는 도메니코와 쿠바가 앉아서 다시 이야기를 시작했다. 아마 사업 이야기겠지. 이 자리는 엄밀히 말해서 단순한 사교 모임은 아닌 것 같았다. 나는 그들끼리 계략을 짜게 내버려두기로 했다.

이윽고 경기가 시작되었다. 처음 두 번의 경기는 길고 무척 흥미로웠다. MMA(이종격투기)의 잔인함과 폭력성은 사람을 자극하는 맛이 있었다. 사실 이 경기에는 일련의 엄격한 규칙이 있지만, 내가 보기엔 아무런 규칙도 없어 보였다.

세 번째 시합이 끝나자 15분간의 휴식 시간이 주어졌다. 나는 화장실에 가려고 올가와 함께 일어섰다. 마시모에게 잠깐 다녀오겠다고 이야기했더니, 그는 처음엔 같이 가려고 했다. 그런데 그때 마침 MMA 연맹 회장이 갑자기 나타나서 마시모에게 일 이야기를 꺼냈고, 덕분에 자유로워진 우리는 인사를 나누고 원하던 대로 자리를 떴다.

우리 손목 밴드의 색상을 본 보안 요원들이 출입구와 문이 일제히 닫힌 복도를 가리키며 들어가게 해주었다. 그러나 올가와 나는 복도를 얼마간 지나다 그만 길을 잃고 말았다.

올가는 주변을 두리번거리며 물었다.

"대체 어디로 가는 거야, 올가? 여긴 화장실이 없는 것 같은데?"

나도 주위를 둘러보고 눈살을 찌푸리며 그 말에 동의했다. 지금 우리는 텅 빈 복도 한가운데 서 있었다. 어떻게 길을 물어볼 사람이 아무도 없을 수가 있지? 조금 전에 지나쳤던 문으로 되돌아가 손잡이를 잡아보았지만, 잠겨 있었다. 열려면 밖에서 마그네틱 카드를 대야 하는 문이었다.

나는 앞장을 서며 올가를 불렀다.

"일단 가자, 계속 가다 보면 어딘가 나오겠지."

몇 분간 정처 없이 복도를 방황하다가 우연히 경기장 뒤편에 들어갔다. 그곳에서는 헤드폰을 쓴 수십 명의 사람이 이리 뛰고 저리 뛰면서 서로 소리를 질러대고 있었다. 어떤 남자는 바닥에 앉아 모니터를 들여다보며 샌드위치를 먹는가 하면, 어떤 사람은 빈둥대며 담배를 피웠다. 나는 천천히 걸으며 아수라장 같은 백스테이지를 넋을 잃고 구경했다. 그러다 주최 측 로고가 찍힌 티셔츠를 입은 남자 두어 명을 지나쳤다. 그들은 코치인 것 같았다. 몇 발짝 더 가자, 라운드걸과 함께 본경기가 시작되기 전에 공연했던 연예인들이 사용하는 탈의실이 있었다.

일명 '옥타곤걸'이라 불리는 여자들은 가까이서 보니 숨 막힐 정도로 아름다웠다. 다들 늘씬하고 탄탄한 체격에 긴 머리카락을 자랑하는 미녀였다. 그들이 잠깐의 휴식 시간 동안 웃으면서 화장을 하고 긴장을 푸는 모습도 볼만했다. 매니저로 보이는 여자가 그녀들에게 고함을 지르고 욕설을 내뱉느라 정신이 없었지만, 그녀들은 아랑곳하지 않았다. 나는 매니저를 바라보며 생각했다. 비열한 인간이네. 저 여자들이 들고일어나야 하지 않을까.

"저기 있다!"

순간 올가가 소리를 지르며 '화장실'이라고 쓰인 문을 가리켰다.

"나 먼저 들어갈게. 샴페인을 너무 많이 마셨어!"

둘 다 볼일을 마치고 나자, 직원을 불러 우리를 주경기장으로 데려다달라고 하는 편이 낫겠다 싶었다. 주위를 둘러보며 주최 측 사무실을 나타내는 표지판을 찾았다. 누군가는 분명 알고 있을 텐데.

나는 뒤돌아 한발짝 내딛었다가, 열린 문을 보고 곧장 들어갔다. 거기에는 턱수염이 덥수룩한 덩치 큰 남자가 있었다.

우리는 서로를 보자마자 깜짝 놀라 물러섰다. 탈의실 문이 휙 닫히면서 나타난 얼굴은 분명 낯이 익었다.

나는 그만 그 자리에 얼어붙었다.

"이런 제길, 이건⋯⋯."

나는 당황해서 중얼거렸다.

돌아선 다미안이 나를 처음으로 알아본 순간, 나는 그만 주저앉았다.

"꿈은 아니겠지⋯⋯. 마침내 네가 왔네."

다미안은 고개를 젓더니 두 팔로 나를 안아 바닥에서 일으켰다. 올가 역시 완전히 얼빠진 표정이기는 마찬가지였다. 거대한 그의 품에서 나를 떼어낼 생각은 하지 않고 그저 멍하니 바라만 보았다.

그동안 나는 부디 마시모가 따라오지 않았기만을 빌었다.

"너에게 편지를 수도 없이 썼는데! 보고 싶었어. 그런데 결국 네가 여기 왔네."

다미안은 고개를 저으며 숨을 깊이 들이쉬었다.

"많이 변했네⋯⋯. 머리카락도 그렇고."

그는 붕대 감은 두 손을 내 얼굴에 댔다.

"안녕, 너 정말 멋있다."

나는 더듬더듬 말했다. 떠오르는 대사가 그뿐이었다.

아니, 내가 방금 뭐라고 한 거지? 세상에, 속으로 생각만 한다는 게 입 밖으로 나와버렸어! 하지만 솔직히 말해서, 다미안은 정말로 멋있었다. 올가는 키득키득 웃다가 자신의 전 남자친구였던 카츠페르가 문간에 나타나자 입을 꾹 다물고 못마땅한 소리를 냈다.

"이런 제길."

우리 넷은 탈의실 입구에 멍하니 섰다. 이 자리에서 확 죽어버릴까. 아니면 올가를 죽여버릴까. 그런 생각을 하던 순간, 다행히도 헤드폰을 쓴 젊은 남자가 와서 어색한 침묵을 깼다.

"3분 뒤에 경기 시작합니다!"

"우리 가야 해."

올가가 나를 잡아끌었다.

다미안의 친구가 그의 어깨에 손을 올리고 방으로 이끌었다.

"경기 잘해."

나는 방으로 들어가는 다미안에게 속삭였다.

우리는 곧바로 달렸다. 애초에 찾던 사무실을 찾을 마음은 싹 사라졌다. 우연한 만남에 충격받아 복도를 달리다 보니 엉겁결에 다시 경기장에 들어서 있었다.

벽에 기대어 숨을 돌리던 나는 옆에 선 올가를 노려보았다.

"사람이 천 명이나 있으니 만날 일 없다면서?"

올가는 미안한 표정을 지으려 했지만 결국 실패하고 마구 웃음을 터뜨렸다.

"야, 그래도 다미안 있잖아, 엄청 멋지더라. 안 그래? 카츠페르는 어떻고? 걔도 근사한 거 봤지?"

올가가 입맛을 다시자 나도 그만 웃고 말았다.

"제길, 우리 그 뒤에서 정말 바보 같았어."

방금 일어난 일이 현실이었을까. 한편으로는 올가에게 고개를 끄덕여줄 수밖에 없었다. 둘 다 정말 섹시한 남자들이었다.

우리는 자리로 돌아가 앉으며 마시모의 못마땅한 눈초리를 애써 외면했다.

"이제껏 어디에 있었어? 경호원들이 찾아다녔다고."

그는 이를 악물고 물었다. 나는 순진한 눈빛으로 그의 뺨에 입 맞추었다.

"여기 진짜 넓더라고요. 길을 잃었어요. 당신 딸이 화장실에 가고 싶다고 해서요."

나는 그의 손을 잡아 내 배에 얹었다.

이러면 마시모의 터무니없는 성질머리가 단박에 누그러지곤 했다. 아이를 내세우는 건 이제 내 비장의 무기가 되었다. 내가 아이를 품고 있는 한, 그는 차분해지며 분노를 빠르게 잊었다. 이번에도 내 전략이 통했다. 마시모의 얼굴에서 분노가 사라지더니 입술에 부드러운 미소가 떠올랐다.

나는 이어지는 몇 회를 보는 둥 마는 둥 흘려보냈다. 배가 뒤틀리는 느낌뿐이었다.

내가 기다리는 건 끝에서 두 번째 경기였다. 드디어 장내 아나운서가 다미안의 이름을 부르자, 하마터면 자리에서 벌떡 일어날 뻔했다. 이윽고 조명이 꺼지고, 스피커에서 내가 아는 클래식이 우렁차게 울려 퍼졌다. 바로 칼 오르프의 칸타타, '카르미나 부라나'의 「오 운명의 여신이여O fortuna」다. 등골이 오싹해지며 배 근육이 빠듯하게 긴장했다. 이 곡 알아. 이 곡이 울려 퍼졌던 시절의 기억이 아직 전부 생생해.

곁눈질로 마시모를 바라보자, 그는 다행히도 내가 전전긍긍하는 걸 전혀 모른 채, 선수들이 입장하는 모습을 지켜보고 있었다. 올가는 내게 재밌다는 눈짓을 했다. 저 표정의 의미가 뭔지 너무 잘 알고 있다. 올가는 내 마음을 읽고서 지금 내가 떠올린 온갖 지저분한 생각에 방긋 웃어주었다.

이윽고 조명이 켜지면서 다미안이 입구에 나타났다. 그는 당당한 걸음걸이로 옥타곤 링에 나오면서, 몇 걸음마다 어깨를 으쓱여 긴장한 근육을 풀었다. 카츠페르와 나머지 코치들은 그의 뒤를 따랐다. 그들은 다미안의 셔츠를 벗겼다. 그가 검투사처럼 옥타곤 링을 돌고 관중에게 팔을 들어 인사한 다음 한쪽 구석에 자리 잡는 모습에서 눈을 뗄 수가 없었다.

올가는 내 손을 꼭 잡았다. 나는 거대한 근육질의 다미안이 선 곳과 불과 몇 미터 떨어지지 않은 자리에 앉아, 아무렇지 않은 표정을 유지하려고 안간힘을 쓰고 있었다.

이윽고 조명이 다시 어두워지더니 다른 노래가 흘러나왔다. 다미안은 그동안 자리에서 몸을 풀면서 상대가 링에 들어오기를 기다렸다. 혹시 관중 속에서 나를 찾고 있는 건 아닐까. 내가 여기 왜 왔는지 설명하지도 못했는데.

내가 결혼해서 남편이 있고, 임신 중이라는 사실을 다미안은 모르겠지.

잠시 후 아름다운 옥타곤걸이 제1라운드를 알리는 플래카드를 들고 옥타곤 주위를 돌았다. 징이 울리자 경기가 시작되었다. 나는 점점 초조해졌다. 티가 났는지, 마시모가 내 허벅지를 부드럽게 어루만졌다. 두 선수는 초반에 서로 주먹을 주고받았지만, 곧 다미안이 상대를 붙잡아 바닥에 내리쳤다. 관중이 환호하는 가운데 그는 상대의 몸에 올라타 엄청난 속도로 타격하기 시작했다. 잠시 후, 상대 선수의 머리가 바닥에 백 번도 더 튕겨졌겠다고 생각했을 즈음, 심판이 다미안의 펀치를 가로막고 경기를 끝냈다. 관중이 일제히 일어나 승자에게 박수를 보냈고, 다미안은 링 위에 걸터앉은 다음 의기양양하게 두 팔을 들어 올렸다.

그 순간 다미안의 시선이 나를 찾아내더니 아주 잠깐 멈췄다. 나는 온몸이 마비된 기분으로 그와 눈을 마주쳤다. 다미안이 자리에서 뛰어내려 링 밖으로 문을 열고 나오더니 내 바로 앞에 멈춰 섰다. 마시모는 녹아웃 상황에 관해 이야기를 한창 나누고 있었던지라, 거대한 격투기 선수가 이리로 달려오는 것을 눈치채지 못했다.

다미안은 몸통을 들썩이며 멈추어 섰고, 나는 자리에서 등을 더 똘똘 말았다. 그제야 마시모가 고개를 돌리더니 벌떡 일어섰다. 도메니코와 쿠바도 따라서 몸을 일으켰다. 다미안은 누가 봐도 혼란스러운 눈빛으로 나와 마시모를 바라보았다.

몇 시간처럼 느껴진 찰나가 지나자, 보안요원으로 보이는 사람이 다가오더니 다미안에게 링 안으로 들어와 승자 발표를 들으라고 손짓했다. 다미안은 나를 똑바로 보며 글러브 낀 손에 키스를 날리고는 고함을 지르며 의기양양하게 팔을 들었다. 사람들은 귀가 먹먹해질 정도로 함성을 질렀고, 다미안은 거대한 근육질 몸을 이끌고 옥타곤 링 안으로 들어갔다. 그러는 내내 시선은 나를 향했다.

나는 꼼짝 못 하고 앉아만 있었다. 남편의 이글거리는 시선이 느껴지는 바람에 오른쪽을 돌아보기가 무서웠다.

"이게 무슨 일인지 설명해보겠어?"

마시모는 자리에 앉아 으르렁댔지만 나는 짧게 대답했다.

"아뇨. 피곤해요. 이제 가도 될까요?"

"안 돼."

마시모가 도메니코에게 고개를 돌리고 뭐라고 말하자 도메니코는 출구를 향해 떠났다.

나는 몸을 돌려 올가에게 도움을 청했지만, 친구라는 애는 웃음을 참느라 바보 같은 표정을 짓고 있었다.

"아, 이러지 마, 올가!"

그러자 올가는 더는 참지 못하고 마구 웃기 시작했다.

"뭘그러지 말라는 거야? 우리가 첫째 줄에 앉은 게 내 잘못이니? 남편 바로 옆에 앉은 너한테 네 전 남친이 키스하려고 한 게 내 잘못이야? 어쨌든 완전 흥미진진해지겠는데!"

그러면서 더 크게 웃는 게 아닌가. 나는 올가를 째려보았지만, 올가의 시선은 내 뒤를 향했다.

"네 남편이 눈빛으로 날 죽이려고 해. 애, 어떻게 좀 해봐."

나는 고개를 돌려 마시모를 보았다. 그는 분노를 간신히 참고 있었다. 떠들썩한 관중 가운데서도 그가 마른침을 삼키는 소리가 또렷이 들렸다. 턱 근육을 움찔거리는 모습 하며, 주먹은 또 어찌나 세게 쥐었던지 손마디가 새하앴다.

나는 마시모의 허벅지에 손을 얹고 달랬다.

"당신이 화나면 섹시하긴 하지만 그런 모습으로는 날 감동시킬 수 없거든요. 이제 더 이상 당신이 두렵지 않으니 그만했으면 좋겠어요."

내가 눈썹을 치켜뜨며 고개를 끄덕이자, 마시모는 나를 잠시 노려보더니 고개 숙여 속삭였다.

"저놈 왼팔을 잘라다가 널 주면 어떨까. 그럼 감동하겠어?"

그 말에 나는 바싹 굳어버렸다. 그는 내게 자신만만한 미소를 짓더니, 뺨을 쓰다듬었다.

"예상대로군, 베이비걸. 자, 이제 마지막 경기가 진행될 거야. 그 뒤에 애프터 파티가 이어지겠지. 더는 이런 일이 없었으면 좋겠어."

그는 몸을 다시 의자에 기댄 다음 옥타곤 링을 떠나는 다미안을 빤히 바라보았다.

나는 관자놀이를 문지르며 생각했다. 진심일까, 아니면 그냥 나를 겁주는 걸까. 하지만 남편의 인내심을 한계까지 시험해보는 건 현명하지 못한 짓이다. 그래서 나는 다미안 쪽을 조금도 쳐다보지 않았다.

마지막 경기는 눈에 들어오지 않았다. 온통 오늘 저녁에 어떻게 처신해야 할지 머리가 복잡했다. 정말이지 파티에 가고 싶지 않네. 그렇다고 달리 피할 방법이 떠오르지 않던 차에, 갑자기 좋은 생각이 났다.

나는 경기가 끝나고 출구로 나가는 동안 마시모에게 말했다.

"여보, 나 몸이 별로 안 좋아요."

마시모는 걸음을 멈추더니 걱정스러운 눈빛을 했다.

"어디가?"

"아, 심각한 건 아니에요. 그냥 현기증이 좀 나서요. 잠깐 누워서 쉬고 싶어요."

나는 배에 손을 얹고 말했다. 그는 고개를 끄덕이고는 내 팔을 잡아 차로 데려다주었다.

차 안에 타자, 잠시 후 도메니코가 타더니 특유의 스스럼없는 태도로 올가 옆에 앉았다.

도메니코는 마시모와 대화하기 시작했다. 마시모는 지금 듣는 이야기를 반기지 않는 기색이 역력했다. 고함을 지르더니 시트를 내려치는 바람에 리무진이 흔들릴 지경이었다. 하지만 도메니코도 수그러들지 않는 태도로 마시모에게 뭔가를 분명히 요구하고 있었다.

이윽고 차가 출발하자 마시모가 말했다.

"좋아. 난 잠시 자리를 비워야 해. 올가가 함께 있을 거야. 도메니코가 벌써 의사를 불러뒀어."

그러자 올가가 폴란드어로 나에게 물었다.

"갑자기 의사는 왜 불렀대? 너 몸 안 좋아? 무슨 일이야?"

"휴, 나 지금 아픈 척하고 있잖아. 파티에 가서 다미안을 보고 싶지 않단 말이야."

나는 눈을 흘기며 폴란드어로 대답했다. 마시모와 도메니코는 알아듣지 못할 것이다. 이때 쿠바가 빙긋 웃으며 끼어들었다.

"그래, 그 선수 어디선가 봤다 싶었지. 너는 파티에 가지 않는 편이 낫겠네."

"알아주니 고맙네."

나는 볼멘소리로 대꾸했다. 그때 마시모가 휴대폰에서 눈을 떼지 않은 채로 말했다.

"영어로 대화해줬으면 좋겠군. 한 시간 뒤에 돌아올게. 내가 돌아올 때까지 올가가 같이 있어줄 거야. 무슨 일 생기면 연락해."

그는 올가를 바라보았고, 그녀는 진지하게 고개를 끄덕였다.

이게 다 뭐 하는 짓인지. 난 속으로 한숨을 쉬었지만 따지고 보면 나의 잘못도 없다고는 할 수 없었다.

우리는 클럽이 즐비한 도심에 있는 좁은 골목 끝으로 차를 몰았다. 마시모는 걱정스러운 얼굴로 내게 입 맞추고서, 두 남자와 함께 내렸다.

올가는 내 옆좌석에 등을 기대고 앉아 운전기사에게 말했다.

"세바스티안, 맥도널드로 가줘요. 정크푸드를 먹고 싶네요."

나도 고개를 끄덕였다.

"그래요. 나도요."

식당에서 30분 동안 얼마나 많이 먹었는지는 모르겠지만, 확실히 예전 양의 세 배는 주문했던 듯하다. 계산대 뒤에서 주문받던 여자가 나의 식욕에 감탄하는 것 같았다. 물론 내 옷차림 덕에 임신한 티가 전혀 나지 않아서 더 그랬을 것이다.

운전기사는 우리를 호텔로 데리고 가 차 문을 열어주었다. 로비를 지나자 마시모의 경호원이 벌떡 일어서서 다가왔다. 그에게 손을 흔들어주는 동시에 잘 자라고 말하자, 그는 다시 자리에 앉아서 노트북으로 하던 일을 계속했다.

엘리베이터 앞에 서서 버튼을 누른 다음, 나는 피곤하고 배부른 데다 잠기운이 밀려와서 벽에 머리를 기댄 채 기다렸다.

　이윽고 엘리베이터 문이 열리는 순간 고개를 들었는데 안에서 카츠페르가 나왔고, 그 뒤로 다미안이 보였다. 나를 알아본 다미안은 멍한 표정을 짓고 있는카츠페르를 확 밀쳤다. 카츠페르는 밀려나다가 공교롭게도 올가 쪽으로 갔다. 다미안은 나를 품에 끌어안았다.

　엘리베이터 문이 닫히고 올라가기 시작했다.

　"안녕."

　다미안은 내 머리를 두 손으로 잡고 가까이서 속삭였다.

　"안녕."

　나는 어쩔 줄을 몰라 더듬더듬 뱉었다.

　"보고 싶었어."

　다미안의 손이 내 얼굴을 꼭 쥐더니, 입술로 내 숨을 앗아가기 시작했다.

　나는 팔을 휘저으며 그의 무쇠 같은 손아귀에서 필사적으로 벗어나려 했지만 가망 없는 일이었다. 그는 아무리 밀어내도 꿈쩍도 하지 않았다.

　이윽고 그의 혀가 내 입술을 갈랐다.

　익숙한 느낌이었다. 지금 이 행동은 폭력적이지만, 다미안은 부드럽고 열정적이었다. 나는 키스에 빠져들지 않기 위해 안간힘을 썼다. 이윽고 다시 엘리베이터 문이 열린 순간, 나를 잡고 있던 남자가 확 끌려 나가더니 바닥에 쿵 소리를 내며 쓰러졌다. 돌아서자 마시모가 보였다. 그는 엘리베이터 내부 손잡이를 잡고서 엎어진 다미안에게 가혹하리만치 발길질해댔다.

이윽고 다미안은 일어서더니 몸을 날려 마시모를 엘리베이터 밖으로 던져버렸다. 나는 겁에 질린 채로 따라 나왔다. 두 남자 모두 내게 관심이 없었다. 그들은 서로 주먹질과 발길질을 날리다가 결국 땅에 쓰러져 엎치락뒤치락 했다. 체급 차가 많이 나는데도 우열을 가리기가 힘들 정도로 대등했다.

화가 나기도 하고 또 그만큼 두렵기도 했지만 끼어들 수가 없었다. 저 싸움에 말려들었다가는 자칫 나나 아기가 다칠지도 모른다.

이윽고 도메니코가 소리를 지르며 경호원들을 끌고 왔다. 경호원들이 싸우던 두 남자를 떼어놓았다. 마시모는 분노에 휩싸여 소리를 질렀고, 도메니코는 앞에 버티고 서서 차분하게 무언가를 설명했다. 잠시 후 호텔 보안요원들이 도착한 가운데, 호텔 객실에 묵던 손님들이 문에서 빼꼼 고개를 내밀고 엿보기 시작했다.

경호원들은 다미안을 놓아주었다. 다미안은 나를 분노 어린 눈길로 쏘아본 다음 엘리베이터를 타고 사라졌다.

도메니코가 나에게 방으로 들어가라 손짓하며 살짝 밀었다. 나는 자리를 떠났고, 뒤이어 남편도 따라왔다.

문을 쾅 닫은 마시모는 고함을 질렀다.

"저놈은 대체 뭐지? 나한텐 몸이 안 좋다고 하더니!"

그는 방 안을 이리저리 돌아다니며 얼굴에 묻은 피를 닦았다.

"네가 아프다기에 중요한 회의도 제쳐두고 왔는데…… 임신한 내 아내가 다른 새끼랑 망할 엘리베이터에서 키스를 해?"

그는 급기야 방금 싸우다 흐른 피가 하얀 벽에 묻을 때까지 주먹을 휘둘렀다.

"그 새끼 누구야? 어서 말해!"

마시모는 돌아서서 한 손으로 내 턱을 움켜잡았다.

무서웠다. 몇 달 만에 처음으로 이 남자가 정말로 무서워졌다. 순간 그가 누구인지 또렷하게 깨달았다. 얼마나 위험하고 통제 불가능한 사람인지. 심장이 마구 뛰기 시작했다. 숨이 가빠져왔다. 귓가에 가느다랗고 새된 이명이 울리더니, 눈앞이 빙빙 돌았다. 나는 그가 입은 검은 슈트 재킷의 깃을 잡은 채 바닥으로 쓰러졌다. 날 붙잡는 그의 손길을 느끼며, 그대로 기절하고 말았다.

****

눈을 떴다. 마시모는 침대 옆 의자에 앉아 있었다. 창문 밖은 환했다. 아직도 눈이 오는 게 보였다.

마시모는 내 옆에 무릎을 꿇고서 속삭였다.

"미안해. 올가가 전부 이야기해줬어."

"당신은 괜찮아요?"

나는 자줏빛 멍이 들고 부어오른 마시모의 뺨과 이마의 상처를 바라보며 물었다.

그는 고개를 끄덕이며 얼굴을 만지려는 내 손을 잡고 손에 키스했지만, 나와 눈을 마주치지는 못했다.

"그 사람은 내가 결혼한 줄 몰랐어요. 나도 미안해요. 어쩌다 이런 일이 일어난 건지 모르겠어요."

나는 일어나 앉으려다가 눈을 감고서 다시 베개 위로 털썩 쓰러졌다.

"그런데 호텔에 왜 그렇게 일찍 왔어요?"

내뱉자마자 잘못 말했다는 생각이 퍼뜩 들었다. 마시모는 날카로운 눈매로 나를 보았다.

"만약 어제 일의 진상을 듣지 못했더라면, 방금 그 질문에 숨은 의도가 있다고 오해했겠지."

그는 숨을 들이쉬고는 머리를 쓸어 올리며 말을 이었다.

"클럽에 가서 만나기로 한 사람을 만났는데, 온통 네 걱정뿐이었어. 그래서 차를 타고 돌아왔는데 네가 방에 없더군. 네가 전화를 받지 않아서 기사에게 전화했어. 기사는 네가 저녁을 먹은 뒤 호텔에 내려주었다고 했고. 그래서 널 데리러 가다가 엘리베이터에서 마주친 거야."

마시모는 멍든 주먹을 다시 쥐었다.

"왜 내게 거짓말을 했지?"

나는 핑계를 찾았지만 아무것도 떠오르지 않았다. 솔직하게 말하는 수밖에. 나는 어깨를 으쓱였다.

"파티에 가지 않으려면 그 수밖에 없었어요. 거기 가면 어쩔 수 없이 다미안을 만나잖아요. 난 위험을 감수하고 싶지 않았다고요."

나는 이불을 머리끝까지 뒤집어썼지만, 마시모가 이불을 다시 걷어냈다.

"실수였어요. 그 사람 죽이지 말아요, 부탁이에요."

나는 그렁그렁한 눈으로 애원했다. 마시모는 짜증을 숨기지도 않은 채 나를 보았다. 그러고는 내 뺨을 쓰다듬으며 대답했다.

"의사가 근처에 있어서 다행이었어. 차라리 24시간 의사를 고용하는 게 낫겠군."

"약속해요!"

마시모는 화제를 돌리려 했지만 내가 고집을 부렸다. 그는 일어서며 말했다.

"약속할게. 어차피 그놈을 죽일 수는 없어. 카를로 측 사람이더군. 그의 사촌이더라고."

마시모는 아쉬운 기색으로 고개를 저으며 방을 나섰다.

나는 기지개를 켜고 시계를 슬쩍 보았다. 정오가 다 된 시각이었다. 마시모는 노트북을 가지고 돌아와 내 옆에 누워 다리를 내 다리에 얹었다.

"어제 잠 못 잤어요? 안색이 별로 안 좋아요."

그는 모니터에서 눈을 떼지 않은 채로 고개를 끄덕였다.

"왜 못 잤어요?"

나는 마시모를 그러안으며 물었다. 그는 눈을 내리깔고 한숨을 쉬더니 짜증스러운 기색으로 노트북을 덮었다.

"왜냐고 묻는다면, 임신한 아내가 기절하는 바람에 걱정되어서라고 대답하겠어."

그는 나를 노려보더니 덧붙였다.

"아니면 아내가 다른 놈과 키스하는 걸 보니 화나서 다음 주말까지 잠이 안 올 것 같다고 말하면 대답이 되나? 계속 듣고 싶어?"

"당신 화나니까 정말 섹시하더라고요."

나의 손이 그의 회색 트레이닝 바지 속으로 슬그머니 들어갔다.

"당신 애무해주고 싶어요."

내 말에 그의 근육이 움찔거렸다. 그는 입술을 깨물었다.

"하게 해줘요, 돈 마시모."

나는 그의 성기를 감싸 쥐면서, 그의 멍든 어깨에 입을 맞추었다.

"몇 시간 전만 해도 거의 죽어가더니, 지금은 왜 이리 기운이 솟구치지?"

나는 트레이닝복을 홱 내리면서 즐거운 기색으로 답했다.

"좋은 약을 먹었거든요. 당신 왜 이리 비협조적이죠?"

나는 입을 삐죽이면서 무릎을 꿇고 팔을 내렸다.

마시모의 엉덩이가 살짝 올라갔지만, 시선은 여전히 모니터에 머물렀다. 일부러 나를 무시하는구나. 그래도 상관없었다. 이제 그는 나체가 되었고, 완전히 발기되어 나에게 어서 다음 행동을 해달라며 까닥거렸다. 제아무리 태연한 척해도, 본능을 거스를 수는 없는 법이다.

나는 오럴 섹스를 할 마음으로 그의 다리 사이로 기어들어갔다. 마시모는 이탈리아어로 몇 마디 하더니, 갑자기 노트북을 내려놓고 침대에서 일어났다. 나는 입을 벌린 채 그의 뒷모습을 바라보았지만, 일어서지는 않았다. 마시모는 내가 보는 앞에서 의자에 걸쳐둔 검은 셔츠를 입었다.

"영상 통화를 해야 해."

그는 노트북 스탠드를 침대로 가져오며 말했다.

이윽고 셔츠 단추를 채우고 편안한 자세로 앉은 마시모는 상반신만 나오도록 모니터에 달린 카메라를 조정했다. 준비를 마치자, 손가락을 잠시 키보드 위에 두었다가 버튼을 눌렀다.

곧이어 스피커에서 어떤 남자의 목소리가 흘러나왔다. 그동안 나는 침대에 앉아 남편이 벌이는 심상찮은 도발을 지켜보았다. 시칠리아 마피아의 수장인 돈 마시모가, 침대에 누워 셔츠만 걸치고 화상 회의를 하다니. 어서 머금어주기만을 기다리는 농익은 성기를 세운 채로.

마시모는 협탁에 둔 서류 더미를 넘겨 화상 회의 속 상대방에게 보여주었다.

나는 고양이처럼 엉덩이를 쭉 빼고 등을 구부린 채로, 마시모의 사타구니에 살금살금 다가가기 시작했다. 그는 내 엉덩이를 흘깃 보더니 목을 가다듬고 통화에 집중했다. 나는 천천히 다가가 그의 발가락을 핥으며, 그가 내 엉덩이를 볼 수 있게끔 자세를 바꾸었다. 그러고는 엉덩이를 내밀어 그의 얼굴에서 겨우 몇 센티미터 떨어진 곳까지 휙 돌렸다. 이제 발가락을 핥던 입술은 점점 위쪽으로 올라가 종아리 안쪽을 핥았다. 그렇게 조금씩 그의 다리를 핥으며 위로 올라갔다. 이제 그는 나를 볼 수 없었다. 노트북 화면이 시야를 가리기 때문이다. 반면 나는 그의 하반신 전체를 마음껏 갖고 놀 수 있었다.

마침내 툭 불거진 성기에 이르러, 그 위에 부드러운 입김을 불어 여기까지 왔다는, 곧 시작하겠다는 신호를 주었다. 그는 자유로운 손으로 아직 시작되지 않은 공격에 대비해 시트를 그러쥐었다. 나는 페니스 끝을 혀로 간질이면서 부드럽게 귀두를 감싸 쥐었다. 마시모는 서류를 협탁에 돌려놓더니, 곁눈질로 나를 볼 수 있도록 노트북을 조금 조절했다.

나는 발기한 페니스 위로 몸을 굽히고 마시모와 눈을 마주쳤다. 그러고는 그 상태로 꼼짝 않고 기다렸다. 마시모 역시 이렇다 할 움직임은 없었지만, 점점 초조해하고 있었다. 다음 단계가 이어지기를 기다리고 있구나. 나는 살짝 물러서서 자세를 바꾸었다. 카메라는 방 안을 아주 조금밖에 찍지 않았지만, 나는 카메라의 촬영 범위에 들어가지 않으려 조심하면서 마시모 옆에 누웠다.

그런 다음 그의 손을 잡았다. 아직도 시트를 그러쥐고 있는 그 손을 가만히 내 속옷 안으로 넣었다. 마시모는 여전히 화면 속 상대를 바라보고 있었지만, 내가 얼마나 젖었는지 느낀 순간 눈을 크게 떴다. 그의 손가락을 더 아래로 끌어당겼다. 처음에는 내 클리토리스를 문지르고, 다음으로는 질 속으로 깊숙이 이끌었다. 그러다 손가락을 꺼내 깨끗이 핥아준 다음, 다시 넣으면서 그의 손으로 자위를 시작했다.

마시모의 가슴이 점점 격하게 오르내리기 시작했다. 호흡이 깊어지며 힘이 들어갔다. 마침내 그는 손을 자유롭게 놀려 음부에 빠른 속도로 밀고 들어오기 시작했다. 나는 베개에 머리를 대고 눈을 감으며, 몸을 장악하는 쾌감을 온전히 느꼈다. 참아야 했지만 이대로라면 신음 소리가 나는 건 시간문제였다. 그의 손목을 붙잡아 치우자, 이내 쾌감이 사라졌다. 물론 곧 다시 이어질 것이다.

마시모는 화상 회의를 문제없이 이어갔다. 그는 날 만지던 손가락으로 입술을 비비면서 상대방의 말에 대해 생각하는 척했다. 맛을 느낀 뒤 그는 짧게 혀를 찼다. 성기가 어찌나 단단해지던지 반으로 부러질 것만 같았다. 그의 입가를 맴돌던 손이 이제는 내 머리채를 잡았다. 그 손이 부드럽게 내 머리를 그의 다리 사이로 이끌었다. 이 고문을 더는 견딜 수 없었을 것이다. 나는 그가 이끄는 대로 갔다. 나 역시 이곳에서 끝낼 참이었다. 입을 벌리자 성기 앞부분이 확 밀고 들어왔다. 오만한 남편의 향기를 맡자 미칠 것 같았다. 끝까지 삼키고 두 손으로 아랫부분을 잡은 채로 피스톤 운동을 시작했다. 나의 입술도 손을 따라 움직였다. 마시모는 내 머리카락을 잡은 손에 힘을 주어 속도를 늦추려 했지만, 두 가지 일을 동시에 해내느라 날 제어하지 못했다. 나는 온 힘을 다해 빨면서, 이따금 입으로 부드러운 고환을 힘차게 머금었다.

이제 마시모는 엉덩이를 들썩이면서 안절부절못했다. 온몸에 긴장이 흘렀고, 목소리가 갈라졌다. 눈을 들어보니, 땀을 흘리고 힘든 기색을 역력히 풍기며 얼굴을 일그러뜨리고 있었다. 순간 그를 맘껏 놀려주자는 게 그다지 좋은 생각이 아니었다는 걸 깨달았다. 중요한 회의일 텐데. 중요하지 않았다면 벌써 끝냈겠지. 하지만 마시모를 이런 식으로 괴롭히는 게 좋았다. 어느 때보다도 짜릿한 흥분이 몰려왔다.

마시모는 다시 서류를 들춰보는 척했지만 사실은 나를 노려보고 있었다. 그의 눈빛이 갈망으로 짙어지면서 살짝 벌어진 입술 사이에서 가쁘게 숨이 새어 나왔다.

그때였다. 첫 방울이 느껴지더니, 이어서 목구멍에서 거대한 파도가 밀려들었다. 마시모는 여전히 노트북 너머의 남자가 하는 말을 듣고 있었고, 사정하면서도 필사적으로 서류를 읽는 척했다. 양도 평소보다 훨씬 많았다. 여느 때와는 달리 지금은 이 놀이를 별로 즐기지 못하는 것 같았다. 마침내 사정이 끝나고 몸에서 긴장이 빠져나가자, 그는 목을 가다듬고는 다시 모니터에 집중했다. 나는 입술을 핥고 몸을 일으켜 욕실로 갔다.

샤워하고 방으로 돌아왔을 때도 마시모는 여전히 회의 중이었다. 나는 커다란 창문으로 가서 수건으로 머리를 말리며 바다를 바라보았다. 남편이 회의를 끝냈는지 아닌지 차마 돌아볼 수 없었던 순간, 그의 손이 나를 유리창으로 밀어붙였다.

마시모는 내 목욕 가운을 잡아당겨 바닥에 내팽개쳤다.

"정말이지 널 가만둘 수가 없어. 그 자그마한 엉덩이에 벌을 줘야겠어."

그러더니 나를 번쩍 들어 소파에 내동댕이쳤다.

"그렇게 내 한계를 시험하고 싶어? 좋아. 무릎 꿇어."

나는 가슴이 소파 등받이에 눌린 채로 마시모의 무릎이 찔러오는 바람에 다리를 벌리고 말았다. 나는 소파를 그러쥐고 다가올 상황을 기다렸다. 마시모는 뒤에 선 채, 미끈한 엄지를 내 엉덩이에 문질렀다. 그러고는 나를 소파에 깊숙이 누르며 말했다.

"이 자세가 마음에 들어. 이제 힘 빼."

시키는 대로 하자 손가락이 사정없이 안으로 파고들었다. 나는 비명을 질렀다.

"말을 안 듣는군, 라우라."

그는 손가락을 하나 더 넣었다. 몸을 빼고 싶었지만, 그가 내 손목을 움켜쥐고 꼼짝 못 하게 눌렀다.

"이거 좋아하잖아. 우리 둘 다 알지. 시키는 대로 해."

마시모의 입술이 등에 닿자, 등줄기에 짜릿한 감각이 돌았다. 이윽고 그는 내 손을 놓더니 부풀어 오른 클리토리스를 둥그렇게 어루만지기 시작했다. 나는 한쪽 뺨을 소파 등받이에 대고서 신음을 흘렸다.

그는 손을 더욱 힘차고 빠르게 놀리며 말했다.

"자, 지금 멈추는 건 싫겠지?"

"들어와줘요."

나직하게 말하자 그는 손에 더욱 힘을 주었다.

"안 들려. 다시 말해봐."

"들어와줘요, 돈 마시모!"

"원하는 대로 해주지."

그는 익숙한 동작으로 손가락을 뺀 자리에 성기를 넣고 움직이기 시작했다.

마시모의 하반신은 계속해서 나의 엉덩이에 세차게 부딪혔다. 그동안 클리토리스를 쓰다듬는 손은 한순간도 떨어지지 않았다.

머지않아 나는 절정을 느끼겠지. 지금껏 그를 애무하면서 이미 몸이 달아올랐던 상태였다. 문득 마시모는 멈추더니, 내 손목을 잡고 몸을 돌렸다. 이제 나는 그에게 올라앉은 자세가 되었다. 그는 내 다리를 벌리고 손가락을 젖은 질 속에 넣었다.

난 그만 크게 비명을 지르고 말았다. 누가 듣든 상관없었다. 마시모는 다른 손으로 내 가슴을 움켜쥐더니 한껏 민감해진 유두를 비틀었다.

내가 올라탄 체위라, 주도권은 나에게 있었다. 이 섹스의 리듬은 내가 통제하는 것이었다. 그의 머리 양옆에 팔을 뻗어 등받이를 잡은 채로, 나는 시시각각 속도를 높이며 절정을 향해 나아갔다. 하지만 팔 힘이 모자라 오래 버틸 수 없었다. 결국 몇 분 만에 두 팔이 부들부들 떨리는 바람에, 대신 마시모가 내 골반을 잡고서 나를 꿰뚫었다.

"네가 직접 해봐."

그는 내 귓가에 속삭였다. 내가 클리토리스를 둥그렇게 문지르자, 근육이 긴장하고 가빠오는 호흡에 목소리가 파묻혀갔다. 마시모는 계속 위아래로 나를 움직였고, 결국 나는 절정에 도달했다. 그야말로 완벽하고 압도적인 오르가슴이었다. 곧이어 마시모 역시 포효하며 정액을 토해내자 오르가슴은 배가 되었다. 쾌락의 극한을 함께 만끽한 다음, 마시모는 나를 조심스럽게 소파에 눕혔다.

한참 나란히 누워 호흡을 가다듬고 있는데, 전화벨이 울렸다. 마시모는 숨을 가다듬고 전화를 받았다. 그는 잠시 듣기만 하더니 웃음을 터뜨렸다.

"객실 소음으로 항의가 들어왔다고요?"

그는 더없이 멋진 영국식 악센트로 되물었다.

"그렇다면 주변 객실을 모두 빌리죠. 손님들을 다른 데로 보내고 알아서 보상해요. 금액은 내게 달아놓도록. 고맙습니다."

그는 전화를 끊고서 나를 껴안고 키득키득 웃었다.

"고리타분한 인간들. 이탈리아였다면 타의 모범이라는 평가를

받았을 텐데 여기서는 객실 소음으로 항의를 받는군. 하지만 내가
아내와 하겠다는데 이런저런 소리 듣고 싶지 않아."

CHAPTER 14

마시모가 방을 여러 개 빌렸지만, 우리는 그걸 활용할 시간이 전혀 없었다. 오후 5시에 쿠바를 보내고 늦은 점심을 먹은 다음 시칠리아에 가기 위해 공항으로 차를 몰아야 했다.

시칠리아에 도착하자, 갑자기 일주일 뒤가 크리스마스라는 게 떠올랐다. 이미 저택 고용인들은 집 안 정리를 마치고 장식해두었다. 정원에는 수백 개의 전구가 반짝이는 커다란 크리스마스트리가 섰고, 집 안 곳곳에 꽃 대신 크리스마스 리스를 걸어두었다. 하지만 정말로 크리스마스 분위기를 내려면 내게는 단 두 가지만 있으면 된다. 바로 눈 내리는 풍경과 부모님이다.

마시모는 테이블 위에 커피 잔을 내려놓으며 말했다.

"크리스마스는 가족과 함께 보낼 거야. 네게 물어볼 것들이 있어. 네가 원하는 대로 모든 게 준비됐으면 좋겠거든. 폴란드 음식도 있으면 좋겠다 싶어 폴란드 셰프를 고용했지. 사흘 뒤에 올 거야."

올가는 신문을 내려놓고서 마시모를 슬쩍 바라보더니, 내가 묻

오늘

고 싶던 말을 먼저 물었다.

"지금 말하는 가족이 대체 어떤 가족이에요? 마피아 가족?"

마시모는 시니컬하게 웃으며 노트북 모니터로 눈길을 돌렸다. 나는 의자에 앉아 팬케이크를 우물거리며 그를 지켜보았다. 폴란드에서 돌아온 뒤로 그의 행동이 좀 이상했다. 조용하고 차분하게 무언가에 열중한 기색이었다. 내가 아무리 도발해도 절대 말려들지 않는 것은 물론이고, 올가와 대화할 때도 정중했다. 분명히 무슨 일이 있었던 것 같은데, 뭔지 전혀 짐작이 가지 않았다.

오후가 되자 도메니코와 마시모는 다시 서재에 틀어박혀서 회의를 했다. 나는 노트북을 가지고 테라스로 나갔다. 그동안 올가는 어느새 와인 한 병과 주스 한 잔을 가지고 다가왔다.

"뭐 해?"

올가가 옆에 와서 앉으며 물었다. 나는 그녀가 손에 든 와인을 보고 고갯짓했다.

"항상 하던 일 하지 뭐 하겠니. 사실은 부모님에게 연락하고 싶은데 어떻게 해야 할지 모르겠어. 가만히 생각하면 엄마 말이 옳지만, 솔직히 어떻게 나한테 그렇게 말할 수 있느냔 생각도 들거든."

나는 노트북 전원을 켜면서 말을 이었다.

"엄마도 휴대폰이 있으니까 원하면 먼저 전화하겠지. 아니야?"

"너나 어머니나 고집 진짜 세다."

올가는 와인을 홀짝이더니 입맛을 다셨다.

"와우, 젠장, 이거 너무 맛있어. 도메니코가 크리스마스 파티용으로 고른 와인이야."

나는 주스를 홀짝이며 올가에게 짜증을 냈다.

"열받게 하지 말아줄래? 요즘 페이스북에 무슨 소식 떴는지나 보자."

그 후로 한 시간이나 부모님과 오빠, 친구들의 프로필을 살펴보았다. 직장 동료들의 소식을 확인하고 몇 주 전에 받았던 메시지에 답을 했다.

한때 SNS가 내 세상이던 때가 있었지. 그땐 중독되어 살았는데, 지금은 더 중요하고 만족스러운 일들이 생겨서 SNS는 거의 잊어 버렸다.

일을 마치고 노트북을 막 끄려던 순간, 친구가 올린 새 글이 불쑥 떴다. 그래서 링크를 누른 순간, 나는 숨을 헉 들이켜고 말았다.

나는 올가를 바라보며 쌔근거렸다.

"죽어버릴 거야. 정말로 죽일 거야. 이것 좀 들어봐. 다미안 이야기야. 사고가 났대."

올가의 눈이 휘둥그레졌다.

"바르샤바 출신의 젊은 격투기 선수 다미안은 MMA 경기에서 이긴 다음 날 밤 교통사고를 당해 심각한 부상을 입었다. 목숨에는 지장이 없지만, 팔과 다리에 다발성 골절을 입었기 때문에 몇 달간은 경기에 나갈 수 없게 되었다."

나는 노트북을 쾅 닫았다.

"다미안이 혼자 호텔을 떠나는 걸 내가 똑똑히 봤는데! 이젠 정말 지긋지긋해!"

버럭 소리 지른 나는 테라스에서 나와서 경고도 없이 곧장 서재로 불쑥 들어갔다. 마시모가 누구랑 있든 중요하지 않다. 나와는 상관없는 일이니까.

"대체 이게 무슨 짓이에요?"

나는 분을 이기지 못하고 성큼성큼 걸어갔지만 마시모에게 다다르기도 전에 마리오가 나를 막아섰다.

"이거 놔! 이런 망할, 마시모, 내 팔 놓으라고 해요!"

테이블에 앉은 사람들은 재미있다는 표정으로 나를 관찰하고 있었다. 마시모가 무어라 말하자, 그들은 밖으로 나가고 방에는 나와 마시모, 마리오 이렇게 셋만 남았다. 마리오는 나를 의자에 앉힌 다음 문을 닫고 나갔다.

마시모가 팔짱을 낀 채로 벽에 기대섰다. 두 눈에서 분노를 읽을 수 있었다.

"대체 내가 무슨 짓을 했기에 이 소란이지?"

"다미안이 왜 병원에 입원했죠?"

그는 어깨를 으쓱였다.

"나야 모르지. 혹시 그 자식이 어디 아픈가?"

"내가 바보인 줄 알아요? 팔다리가 부러져서 입원했다는 뉴스를 봤어요."

내가 으르렁대자 마시모의 입가에 교활한 미소가 떠올랐다.

"내가 보기엔 사고를 당한 것 같군."

"그래서 당신은 모르는 일이다?"

마시모는 천천히 내 쪽으로 고개를 돌렸다. 그는 여전히 화를 참는 눈빛으로 내 어깨를 움켜쥐고 소파에 밀친 다음 이를 악물었다.

374

"약속했잖아. 죽이지는 않겠다고. 게다가 우리가 약속한 건 이미 사고가 일어난 뒤였어. 겉으로 보이는 게 다는 아니야."

일어서려 했지만, 그가 내 위에 올라타 꼼짝 못 하게 만들었다.

"우선 진정해. 안 그럼 의사를 부르는 수가 있어. 자, 내 말 들어."

나는 최대한 침착함을 발휘하여 대답했다.

"더는 당신과 이야기 안 할 거예요. 이거 놔요."

마시모는 잠시 나를 바라보다가 몸을 일으켰다.

나는 일어서서 그를 잠깐 노려본 다음 문을 쾅 닫고 서재를 떠났다. 그러고는 내 방에 가서 가방에 새로 산 집 열쇠를 넣은 다음 뛰쳐나와 차고로 향했다. 다행히 자동차 열쇠는 모두 제자리에 있었다. 화가 머리끝까지 난 상태만 아니었어도 방긋 웃음이 나왔을 테지. 나는 벤틀리 열쇠를 낚아채 저택을 떠났다.

하지만 지금은 도망치는 게 아니다. 마시모는 내가 어디로 갈지 알고 있으니까. 그 점만큼은 분명하다. 벤틀리를 타고 저택에서 나오자마자 검은색 경호용 SUV가 나를 따라오기 시작했다. 지금 내게 필요한 건 마시모와 멀리 떨어져서, 고독하게 생각에 잠길 수 있는 곳에서 보내는 혼자만의 시간이다.

길은 멀지 않았다. 나는 중간에 주유소에 들러 탄산음료와 과자, 쿠키와 아이스크림 같은 정크푸드를 산더미처럼 샀다. 내 집으로 들어가 주차한 다음, 무거운 비닐봉지를 양손에 바리바리 들고 차에서 내렸다. 이윽고 검은 SUV에서 남자 하나가 뛰어내리더니 재빨리 손에서 봉지를 받아들었다. 차마 말릴 새도 없었다. 이 남자를 제지하거나 꺼지라고 말해봤자 내 말은 듣지 않을 것이다. 그래서

오늘

난 잠자코 그를 따라 들어갔다.

"바깥에서 대기하고 있을 테니 필요하시면 부르십시오."

경호원은 먹거리를 주방 조리대에 올려놓고 나갔다.

나는 물건을 전부 꺼낸 다음 스푼과 4리터 가까이 되는 아이스 크림 통과 과자와 쿠키를 두 팔 가득 안고 거실로 가서 벽난로에 불을 붙였다. 그런 다음에야 휴대폰으로 올가에게 전화했다. 올가는 벨이 몇 번 울리지 않아 전화를 받았다.

"라우라, 대체 어디야?"

"새 집에 왔어. 화가 나서 마시모랑 말도 섞고 싶지 않거든."

그러자 올가는 짜증을 냈다.

"그럼 나는? 나랑도 말 안 섞고 싶어?"

"혼자 있고 싶어. 그래도 될까?"

내 대답에 올가는 잠깐 침묵하더니 더듬더듬 말했다.

"괜찮아? 몸 상태는 어때?"

"괜찮아. 약도 갖고 있고 전혀 문제없어. 바깥에 경호원들도 있고. 내일 돌아갈게."

나는 전화를 끊고서 벽난로를 바라보았다. 다미안에게 전화해서 사과해야 하나? 하지만 애초에 내가 미안해야 할 게 있나?

분노가 가라앉자 마시모와의 말다툼을 조목조목 돌이켜보았다. 그러자 마시모가 미처 뭐라 말하기도 전에 내가 자리를 떴다는 걸 깨달았다. 아, 나는 내막을 전부 알지도 못하지. 내 생각은 전부 추측에 불과해. 내가 이렇지, 뭐. 나는 충동적이고 감정적이다. 그나마 변명해보자면 임신 중이라 주체할 수가 없는 걸 어떡하라고.

다음 날 일어나보니 아침 9시쯤 되었다. 휴대폰을 확인해보았지만 마시모에게 온 전화는 없었다. 침대에 누워 어제 내가 한 행동을 되짚어보았다. 하지만 죄책감이 든 것도 잠시, 남편이 이런 반응을 보인다는 데 화가 나기 시작했다. 어떻게 지금 내게 이렇게 무심할 수가 있지? 난 심장도 약한 데다 임신한 몸인데! 적어도 내가 잘 있는지 확인은 해야 할 거 아니야? 바깥에서 경호원들이 기다리고 있다지만, 내 상태가 괜찮은지 아닌지 저들이 어떻게 알아?

나는 주방으로 내려가 차를 끓였다. 우유를 깜빡 잊고 안 사는 바람에 차는 그냥 마셔야 했다. 마지막 남은 초콜릿 쿠키 포장을 까서 입에 넣으려던 순간, 천장 근처에서 무언가를 발견했다. 빨간 불빛이었다. 몇 걸음 다가가 가까이서 바라보자, 그럼 그렇지, 하고 고개를 끄덕일 수밖에 없었다.

"이래서 전화를 안 했군요."

감시 카메라였다. 이제야 알아챘지만, 말 그대로 온 집 안에 카메라가 설치되어 있었다. 심지어 욕실에도 있었다. 마시모는 그동안 내내 나를 지켜보고 있었던 것이다. 아마 지금도 보고 있겠지.

나는 쿠키를 마저 먹고 욕실로 가서 소지품을 챙겼다. 이제는 저택에 돌아갈 생각이었다.

저택으로 돌아가 현관 앞에 차를 세웠다. 그런데 그 앞에 주차된 BMW 창문이 부서져 있는 게 아닌가. 나는 머뭇거리며 벤틀리에서 나와 주위를 둘러보았다. 순간 섬뜩한 공포가 덮쳐왔다. 집으로 몇 발짝 다가가자, 체육관으로 가는 문이 열려 있는 게 보였다. 아래층에서 소음이 들리는 걸 보니 소동이 벌어지고 있는 듯했다. 나는 체육관으로 두어 걸음 들어가 벽에 바짝 붙어 선 채, 모퉁이 너머로 고개를 빼꼼 내밀었다.

소동의 주인공은 도메니코였다. 그는 헐벗은 채 분노를 못 이겨 가구를 때려 부수고 있었다. 마시모는 한쪽에 서서 양옆에 부하들을 대동한 채로 그를 지켜보았다. 도메니코는 방에서 나오려고 했지만, 다른 남자들의 저지를 받았다. 그러자 몸부림치며 목이 터져라 소리를 지르고 주먹으로 벽을 쳐댔다. 도메니코가 저러는 모습을 본 적은 한 번도 없는데. 심지어 내가 고속도로를 달리다가 도둑맞은 경호 차량에 들이받혀 죽을 뻔했던 날도, 도메니코는 경호원을 때려서 반쯤 죽여놓긴 했지만, 저 정도로 이성을 잃지는 않았다.

내 모습이 보이자, 날 알아본 도메니코는 더욱 맹렬하게 분노했다. 마시모는 나를 흘깃 보더니 급히 뛰어왔다.

"위층으로 올라가!"

그는 나를 계단으로 밀며 명령했다.

"무슨 일이에요?"

"올라가라고!"

그는 내 얼굴에 대고 소리를 질렀다. 나는 놀라 움찔했고, 눈물이 핑 돌았다.

곧바로 올가의 방으로 뛰어갔지만, 들어서자마자 또 충격을 받았다. 방은 그야말로 난장판이었다. 침대가 산산이 조각나고, 장식장은 죄다 엎어지고 창문은 박살났다. 급히 휴대폰을 꺼내 덜덜 떨리는 손으로 올가에게 전화했다. 엉망진창이 된 방 안 어딘가에서 벨소리가 울렸다. 다시 방을 둘러보며 올가가 정말로 없는지 확인한 다음 서재로 갔다. 내가 올가의 방에서 나오자마자 경호원 하나가 나타나서 나를 호위했다.

"왜 따라오는 거예요?"

경호원이 15분이 지나도록 내 곁에서 떠날 생각을 하지 않았기 때문에 결국 나는 그에게 물었다.

"따라가는 것이 아닙니다, 부인. 안전하신지 확인하는 겁니다."

그의 대답에 나는 눈살을 찌푸렸지만 침묵했다.

한참 뒤에 문이 열리더니 마시모가 서재로 들어왔다. 그의 손은 온통 긁혀 있었다. 꼭 침대에서 자다가 누군가에게 억지로 끌려 나온 듯한 모습이었다.

마시모는 내 앞에 멈춰 섰다. 그러자 나도 모르게 눈물이 차올랐다. 어쩔 수 없었다. 마시모는 자리에 앉은 다음 나를 품에 끌어당겼다.

"괜찮아. 울지 마."

나는 눈물을 흘리면서 그의 품에서 벗어나 눈을 마주했다.

"괜찮다고요? 올가의 방이 완전히 엉망이 되었잖아요. 도메니코는 정신이 나간 것 같고요. 그런데 뭐가 괜찮다는 거예요?"

마시모는 심호흡하더니 나를 소파에 두고 벽난로로 걸어가 두 손을 뻗어 기댔다.

"도메니코가 그 영상을 봤어."

처음에는 무슨 말인지 이해하지 못했다.

"말 그대로 미쳐버리고 말았지. 둘은 말다툼을 했고 도메니코는 올가가 설명하기를 기다리지도 않고 방을 완전히 부숴버렸어. 올

오늘

가가 내 방으로 도망쳐 왔어. 도메니코를 진정시키려고 가보니, 자살을 시도하고 있더군."

"뭐라고요?"

"겉으로야 그렇게 안 보여도 그 애는 감수성이 너무 예민해. 예술가 기질이 있거든. 여자에게 또 배신당했으니 살기 힘들겠다고 생각했겠지."

"세상에…… 그 영상을 봤다고요. 올가는 어디 있나요?"

마침내 서서히 이해가 되자, 나는 두 손에 얼굴을 파묻었다.

"떠났어."

"그럼 진입로에 있던 BMW는 어떻게 된 거예요?"

"원래 올가가 그 차를 타려고 했는데, 도메니코가 그걸 보고 더 폭발해서 차 앞을 막아서서 앞유리를 박살냈어. 그래서 부하들이 지하실로 도메니코를 데리고 갔어. 지하실엔 방음 시설이 되어 있으니 거기에 가둬두려고. 올가는 이제 안전해. 걱정하지 마. 여기 상황이 진정되는 대로 올가에게 데려다줄게."

나는 고개를 저으며 마시모의 이야기를 들었다. 어떻게 이런 일이 일어날 수가 있지?

"처음부터 다시 한번 설명을 해주겠어요?"

나는 눈물을 닦으며 부탁했다. 이제는 오롯이 남편의 이야기에 집중했다.

"도메니코는 오늘 아침에 소포 하나를 받아. 올가는 아직 자고 있었지. 도메니코는 항상 새벽 6시에 일어나기 때문에 소포를 직접 받아. 서재에서 영상을 틀어보고 난동을 부린 거야. 도메니코는 올가의 방으로 달려갔고, 올가는 내 방으로 달려왔지. 내가 아래층으로 달려가 도메니코와 몸싸움을 벌인 끝에, 그 자식의 총을 빼앗았어."

마시모는 고개를 절레절레 저었다.

"그때 올가가 들어와서 다 그를 위해서였다며 소리쳤지만 도메니코는 무슨 말인지 전혀 이해하지 못하고 더 화를 냈어. 올가가 도망치자, 도메니코는 뒤따라갔어. 잠시 집 안에서 추격전을 벌였지. 도메니코가 물건을 닥치는 대로 던져서 우리 것까지 망가뜨렸어. 올가는 진입로로 달려가서 내가 오늘 쓰려고 주차해둔 BMW에 탔어. 난 오늘 그 차를 타고 말 안 듣는 아내가 일어나자마자 데리고 올 계획이었거든."

마시모는 말을 잠시 멈추고 나를 실망스럽다는 눈초리로 바라보았다.

"어쨌든, 올가가 저택을 떠나려고 하자 도메니코가 보닛에 올라가서 주먹으로 앞 유리를 내리쳤지. 결국 발로 차서 깨뜨리더군. 안 되겠다 싶어서 지하실로 그 애를 끌고 갔어. 올가는 다른 차에 태워서 네가 시칠리아에 처음 왔을 때 머물던 호텔로 보냈어. 부하도 몇 사람 딸려서."

나는 어리둥절한 채로 끼어들었다.

"잠깐만요, 도메니코가 '여자에게 또 배신을 당했다'라는 게 무슨 뜻이에요?"

마시모는 소파에 앉아서 기지개를 켜더니 등을 털썩 대고 눈을 가린 채 하품을 했다.

"정말 진 빠지는 아침이네. 일단 식사를 좀 하자. 이야기는 먹으면서 마저 들려줄게. 네가 몸에 좋은 음식을 먹었으면 좋겠어. 어제처럼 아이스크림이며 싸구려 과자나 쿠키를 달고 살면 안 돼. 내 아들에게 좋지 않단 말이야."

마시모는 내 손을 잡고 식당으로 데려갔다.

음식이 가득 차려진 거대한 식탁에 앉았지만, 식탁이 텅 빈 느낌이었다. 올가와 도메니코 없이 아침 식사를 한 적은 없었다.

"두 사람, 화해할까요?"

나는 베이컨을 썹으면서 물었다. 마시모는 고개를 들더니 어깨를 으쓱였다.

"도메니코가 이야기를 들어준다면, 그래서 올가가 전부 설명할 수만 있다면 화해할 거라고 장담했어. 하지만 도메니코가 벌인 짓을 보고도 올가가 과연 그 애를 받아주겠어?"

그는 의자를 식탁에서 쭉 밀고는 나를 바라보았다.

"정신이 제대로 박힌 여자라면 물건을 마구 부수면서 너도 나도 죽자고 달려드는 남자를 받아줄 리 없잖아."

나는 빈정대며 대꾸했다.

"아, 그래요? 그럼, 사람을 죽이고 남의 손에 총을 쏘고, 질투에 눈이 멀어 누군가의 팔다리를 부러뜨리는 남자는 괜찮고요?"

마시모는 고개를 저으며 대답했다.

"그건 완전히 다른 문제야. 지금은 우선 도메니코 이야기를 하자. 그 애는 전에 사랑했던 여자가 있었어. 당연히 올가가 첫사랑은 아니야. 첫사랑은 카탸라는 여자였지.

몇 년 전 사업차 스페인에 갔을 때, 우리는 그 지역 보스 소유의 호텔에 묵었어. 떠나기 전날, 그 보스는 우리를 자기 집으로 초대해 극진히 대접했어. 코카인과 술, 여자들이 잔뜩 있었는데 거기 있던 여자가 바로 카탸였어. 우크라이나 출신이고 금발에다 아주 아름다웠지. 카탸는 그 스페인 보스가 가장 총애하던 여자였지만, 그는 총애를 아주 이상한 방식으로 표현했어. 그녀에게 함부로 대했던 거야. 난 카탸에게서 그다지 특별한 점을 찾을 수가 없었지만, 도메니코는 돌아버릴 정도로 반하고 말았지. 그래서 그 애는 참다못해 카탸에게 가서, 왜 보스가 그토록 그녀를 부당하게 대하는지 물었어. 자기가 갈 곳이 없어서 그러는 거라고 카탸가 대답하자, 언제나 기사도 정신이 투철했던 도메니코는 손을 내밀면서 자기와 같이 떠나면 어떻겠느냐고 말했던 거야. 그 자리에서 바로 말이야. 카탸는 감동했지만, 결국 그 제안을 받아들이지는 않았어. 우리는 다음 날 시칠리아로 돌아왔지. 그런데 몇 주 후에, 카탸가 도메니코에게 전화를 걸어서 보스가 자신을 죽이려 한다고, 싫다는데도 놓아주지 않고 폭행을 휘두르는 바람에 이가 부러졌다고 말했어. 그런데 전화할 사람이 도메니코밖에 없었다고."

마시모는 한숨을 쉬며 키득키득 웃었다.

"멍청한 내 동생은 비행기를 타고 스페인 보스의 집으로 쳐들어갔어. 혼자서 말이야. 보스는 도메니코를 흔쾌히 맞이했지. 아는 사람이니까. 그런데 내 동생이란 놈은 안으로 들어가자마자 총 손잡이로 그 보스를 때려서 이를 부러뜨린 다음 그를 꽁꽁 묶어놓고 굴욕적인 사진을 열 장 넘게 찍은 거야."

"굴욕적이라는 게 무슨 소리예요?"

내가 끼어들자 마시모는 내 무릎에 손을 얹으며 웃었다.

"라우라, 말로 하기가 민망한 내용이야."

그는 잠시 망설이다가, 미소를 빛내며 대답했다.

"음, 그냥 있는 그대로 말할게. 도메니코는 자기 물건을 꺼내서 그 남자 입에 물렸어. 그러니까, 자기 좆을 빠는 것처럼 설정해놓고 사진을 찍었다고. 도메니코는 스페인 보스에게 자신을 추적하면 이 사진을 출력해서 전국의 가로등에다 하나씩 매달아두겠다고 말했어. 그러고는 카탸를 데리고 시칠리아로 왔지. 나는 무척 화가 났지만, 딱히 조처할 수는 없었어. 스페인 보스는 더 이상 우리와 거래하고 싶어 하지 않았지만, 그렇다고 도메니코를 죽이려고 하지도 않았어. 하지만 그해 여름에 모든 게 끝나버렸지. 파리에서 벌어지는 연회에 참석했는데, 그 스페인 보스도 거기 온 거야."

마시모는 고개를 숙이고 피식 웃으며 못마땅하다는 기색으로 고개를 저었다.

"한번 매춘부는 평생 매춘부다, 라던가. 카탸가 옛 애인과 화장실에서 섹스하는 장면을 도메니코가 목격하고 말았어. 그 장면을 발견한 게 전적으로 우연도 아니었지만, 지금은 그런 게 중요한 게 아니니까 넘어가지. 어쨌든 요점은, 카탸가 그런 짓을 저질렀다는 거야. 도메니코는 그때 나락으로 떨어져서 마약과 술, 섹스를 마구잡이로 해댔어. 그러면 카탸가 알아주기라도 할 것처럼."

"카탸는 다시 마음을 돌렸나요?"

"스페인 보스는 다시 카탸를 데리고 돌아갔어. 그러고서 일주일 후에 그녀는 죽었어. 약물 과다 복용으로."

마시모는 한숨을 쉬면서 말을 이었다.

"이 상황은 보기보다 복잡해, 베이비걸."

"도메니코와 이야기해볼래요. 내가 직접 설명하겠어요."

내 말에 마시모의 눈이 휘둥그레졌다.

"좋아. 하지만 도메니코를 풀어줄 수는 없어."

"뭐라고요? 지금 묶어놨어요?"

마시모는 웃으면서 고개를 끄덕였다.

"당신도 제정신이 아니네요. 어쨌든, 가요."

우리는 지하실로 내려갔다. 나는 마시모에게 1층에 있으라고 부탁했지만 그는 무슨 일이 벌어지는지 듣고 싶다면서 중간층에 머물렀다.

나는 엉망으로 망가진 체육관에 들어가서 사방을 둘러보았다. 도메니코는 방 한가운데 있는 철제 의자에 묶여 있었다. 그 모습을 보자 마음이 아팠다. 나는 다가가 두 손으로 그의 얼굴을 감싸 쥐었다. 지금 도메니코는 차분해진 상태였다. 아니, 기운이 다 빠져 있다고 해야 할까. 눈시울이 붉어진 그는 고개를 들었지만 아무 말이 없었다.

나는 그의 뺨을 쓰다듬으며 속삭였다.

"세상에, 도메니코, 무슨 짓을 한 거야? 내 말을 들으면 진실을 이해할 거야. 부탁이니까 잠자코 내 말 들어."

"그녀가 바람을 피웠어! 난 또 배신당했다고!"

도메니코가 눈을 번뜩이는 바람에 나는 놀라 물러섰다. 그는 버둥대며 의자에 묶인 몸을 풀려고 했지만, 마시모는 사람을 묶는 데 명수였다. 그 점은 나도 경험으로 잘 알고 있다.

"이런, 망할! 도메니코, 이 이기적인 새끼야! 넌 천하의 바보야! 하지만 다른 사람들도 너처럼 바보인 줄 알아?"

나 역시 불쑥 소리를 질렀다.

"이제부터 5분만 참고 내 이야기 들어. 그러면 풀어줄게."

그는 잠시 나를 노려보았다. 이제 이야기해도 되겠다 싶었던 순간, 그가 다시 분을 못 이겨 괴성을 질렀다. 하도 발버둥 쳐서 그가 묶여 있던 의자가 통째로 쓰러지고 말았다.

이윽고 마시모가 나타나 도메니코를 일으켰다. 그러고는 아직 부서지지 않은 캐비닛에서 검은색 절연 테이프를 가지고 오더니, 동생의 입에 붙였다.

"이제 조용히 하고 라우라가 하는 말 들어. 그런 다음 같이 점심을 먹자."

마시모는 냉정하게 말하고는 도메니코가 난동을 부려 천장에서 떨어진 샌드백 위에 앉았다.

나는 의자를 가져다가 도메니코 앞에 앉아 이야기를 시작했다.

올가의 희생과 아담의 계략, 복수를 위해 제작된 소포 이야기를 처음부터 끝까지 들려주는 데 20분이 걸렸다. 마시모는 내 이야기가 진실임을 확인해주고, 도메니코의 입에서 테이프를 떼어냈다. 몸을 묶은 끈도 풀어주자, 도메니코는 바닥으로 쓰러지더니 울기 시작했다.

마시모는 동생 옆에 무릎을 꿇고 그를 일으켜 안아주었다. 지금껏 본 형제의 모습 중에서 가장 다정했다. 나는 자리를 뜨기로 마음 먹었다. 시간이 지날수록 어쩐지 내가 여기 있으면 안 될 존재처럼 느껴졌다. 계단을 올라가 내 모습이 보이지 않게 되는 지점에서 멈춰 선 다음 안쪽을 엿보자 마시모와 도메니코는 여전히 서로를 안고 가만히 있었다. 그들은 이탈리아어로 대화했지만, 알아들을 수 없었다.

이윽고 도메니코가 일어서면서 말했다.

"가자. 올가를 당장 봐야겠어."

"샤워부터 해. 그리고 의사를 불러올 테니까 멍든 곳과 상처도 치료해. 의사가 벌써 한 시간째 대기 중이야. 솔직히 말하자면 너에게 진정제를 투여할까 생각했었어."

마시모가 미소를 지으며 말했다. 도메니코는 고개를 떨구고 울먹였다.

"정말 미안해. 올가는 날 용서하지 않을 거야."

비로소 나는 도메니코에게 말을 건네며 위층으로 올라갔다.

"아니, 용서할 거야. 걔는 그보다 더한 꼴도 본 적 있으니까."

****

나는 올가가 묵는 객실 문 앞에 멈춰서 문을 열었다. 도메니코와 함께 차를 타고 오면서, 먼저 내가 올가와 단둘이 이야기하기로 했다. 입구를 통과하여 짧은 복도를 지나자 거실이 나왔다. 하지만 올가는 온데간데없었다. 더 깊이 들어가자, 테라스에서 보드카 병을 들고 있는 올가가 보였다.

"보드카 맛있어?"

곁에 가서 앉자, 올가는 나를 보지도 않고 대답했다.

"엿 같아."

"도메니코가 왔어. 아래층에 있어."

"가서 뒈지라 해. 난 폴란드로 돌아갈래."

올가는 날 돌아보면서 술병을 탁 내려놓고는 소리쳤다.

"그 새끼가 나한테 꽃병을 던졌어."

나는 초조한 가운데서도 자꾸만 나오는 웃음을 참느라 힘들었다. 올가는 나를 노려보았다.

"제길, 미안해."

나는 손으로 입을 막고 더듬더듬 사과했다. 올가는 당황해서 가만히 앉아 있었지만, 내가 웃음을 참는 모습을 지켜보다 점차 화가 나는 모양이었다.

"그놈이 날 죽이려고 했다고!"

"뭘로? 꽃병으로? 미안한데, 너무 웃겨!"

결국 나는 걷잡을 수 없이 크게 웃고 말았다. 손사래치며 웃는 내 모습을 보자, 결국 올가의 표정도 천천히 풀렸다. 잠시 후, 우리는 함께 깔깔 웃었다.

"좀 닥쳐. 꽃병을 들었어도 살인미수는 살인미수야."

올가는 웃음을 주체하지 못하면서도 간신히 말했다.

"도메니코가 차니 체육관이니 방이니 죄다 부숴서 결국 마시모가 지하실에 꽁꽁 묶어놨어."

내 말에 올가는 팔짱을 꼈다.

"잘됐네. 거기서 평생 썩으라고 해."

나는 올가의 어깨에 손을 얹었다.

"있지, 도메니코가 그렇게 반응한 건 어떤 면에선 당연해."

올가는 여전히 나를 바라보며 눈을 가늘게 떴다.

"영상이 어떻게 찍혔을지 너도 알잖아. 달리 어떻게 생각을 하겠어? 그러니 이제 둘이 이야기해서 풀어, 당장."

내가 마시모에게 막 전화하려던 찰나, 형제가 쾅 소리를 내며 문을 열어젖히고 객실로 뛰쳐 들어왔다. 나는 이제 모르겠다는 듯 두손을 들었다. 올가는 테라스로 나가더니 마찬가지로 문을 쾅 닫았다. 바보처럼 구는 두 남자에게 내가 뭐라고 소리치려는 순간, 마시모가 나를 어깨에 둘러메고 거실로 갔다. 동생이 알아서 할 기회를 주라는 뜻이었다. 도메니코는 돌진해 올가 앞에 무릎을 꿇었다.

"둘이서 이야기하게 둬."

마시모는 내게 키스하며 장난스럽게 웃었다.

테라스를 내다본 나는 어안이 벙벙해져 그 자리에 섰다. 도메니코가 무릎을 꿇고 손에 반지를 들고 있었다. 올가는 놀라다 못해 아연실색한 표정으로 두 손으로 얼굴을 가리고 선베드에 앉아 있었다. 도메니코가 무언가를 말했다. 몇 초에 불과했지만, 지켜보는 내게는 몇 시간처럼 아득하게만 느껴졌다.

순간 올가는 전혀 예상치 못하게 행동했다. 그녀는 일어서서 방을 나오더니 말없이 복도로 사라졌다. 나는 마시모에게서 놓여나 올가를 따라갔다.

우리는 엘리베이터 앞에서 만나 함께 1층으로 내려갔다.

"나, 떠날래. 감당이 안 돼. 그만할래."

올가는 눈물이 그렁그렁한 얼굴로 말했다. 나는 친구를 꼭 안고서 울음을 터뜨렸다. 이 애를 잡아둘 수는 없었다. 이제껏 날 위해 너무나 많은 일을 해주었으니까.

우리는 차에 타서 저택으로 돌아갔다. 올가는 재빨리 짐을 챙겼다. 한 시간 뒤 마시모가 문간에 나타나서 폴란드로 떠나는 비행기가 공항에서 대기 중이라고 알렸다.

나는 공항까지 엉엉 울며 올가를 따라갔다. 이제 나는 완전히 혼자가 되는구나. 앞으로 내 인생은 또 어떻게 되는 걸까.

그렇게 올가는 떠났다.

CHAPTER 15

크리스마스가 이틀 뒤로 다가왔지만 가족도 친구도, 특히 올가가 없어서 연휴가 오든 말든 신경 쓰이지 않았다. 올가가 떠나자마자 도메니코도 모습을 감췄지만, 마시모는 전혀 아랑곳하지 않는 것 같았다. 그는 계속 일을 했고, 온갖 손님을 접대했으며, 내가 외로움을 느끼지 않게 해주려고 별별 기상천외한 일을 벌였다. 나는 마시모의 사촌 마리아와 함께 집 안을 장식하고 새로 고용한 셰프가 만든 크리스마스 만찬을 점검했다. 심지어 마시모는 쇼핑하라며 나를 팔레르모에 보내주기도 했다. 하지만 어느 것 하나 올가를 잃은 나의 마음을 달래주지 못했다. 그러면 마음에 위안이 되리라는 듯, 매일 밤낮을 가리지 않고 사랑을 나누었지만 그조차 위로가 되지 못했다.

결국 나는 내가 어떤 상황에 처했는지 느리지만 확실하게 깨달았다. 나는 전적으로 완벽하게 혼자였다. 일반적으로 사람들이 결혼을 하면서 잃어버리는 건 다른 사람과 잘 수 있는 자유 정도.

오늘

하지만 나는 결혼한 뒤 그보다 훨씬 큰 것을 잃었다. 바로 나의 삶을 통째로 잃어버렸다.

올가와는 자주 통화를 했지만 올가는 좀비처럼 멍한 반응만 보였다. 어쩌면 술에 취해서 그런지도 모른다. 쿠바와 잡담이나 해볼까 연락해봐도, 오빠는 나랑 도통 통화할 시간이 없었다. 지금은 배속 아기가 건강하게 무럭무럭 자라나고 있다는 사실만이 내 기분을 달래주었다. 겉보기에 내 삶은 여유로웠지만, 나는 진정한 행복을 누리지 못했다. 그래서 크리스마스이브 전날, 나는 혼자만의 시간을 갖기로 했다.

"나 하루 동안 메시나에 있다 올 거예요."

나는 아침을 먹으면서 마시모에게 말했다. 그는 포크를 내려놓더니 속을 읽겠다는 듯 내 얼굴을 빤히 바라보았다.

"언제 떠날 거지?"

그 질문에 난 깜짝 놀랐다. 분노와 당황, 만족 등 상반된 감정이 동시에 뇌리를 스쳐 갔다. 이렇게 선언하면 말다툼을 하게 될 줄 알았는데. 아니면 그가 꼬치꼬치 캐묻거나, 걱정스러운 표정을 지을 줄 알았는데. 남편이 내 의견을 순순히 존중해주다니.

"지금 당장 갈 거예요."

나는 툴툴거리며 일어섰다.

"마리아에게 음식을 좀 포장해주라고 할게. 내 아들이 쿠키나 아이스크림만 먹게 둘 수는 없으니까."

나는 벤틀리 운전석에 앉아서 음식을 산더미처럼 SUV에 싣는 경호원들을 지켜보았다. 음식이 많아도 너무 많았다.

＊＊＊＊

한 시간 뒤 내 집에 도착했다. 내가 거실 소파에 앉아 있는 동안 경호원들이 음식을 주방에 정리해두고 갔다. 천장도 봤다가, 벽난로도 봤다가, 크리스마스트리까지 봤지만 속에서 분노가 치밀어 오르는 걸 어쩔 수 없었다. 누군가와 이야기해야겠어. 그게 누구든. 나는 노트북을 켜고 페이스북 친구 목록을 쭉 훑어보았다. 하지만 떠오르는 사람이 없었다.

노트북을 덮으려던 순간, 갑자기 누군가가 떠올랐다. 내가 이야기할 수 있고, 또 해야만 하는 사람이 한 명 있었다. 페이스북 검색창에 그의 이름을 입력하자, 즉시 프로필 아이콘이 떴다. 알고 보니 우리는 친구 상태였다. 우리가 언제 친구를 맺었더라? 잠시 기억을 되짚어보았지만 생각나지 않아서, 그냥 메시지 보내기 버튼을 눌렀다. 하지만 뭐라고 보내지? 아니, 애초에 내가 왜 연락을 하려는 거지? 남편을 자극하고 싶은 잠재적인 욕구 때문에? 아니면 정말로 다미안과 이야기하고 싶은 거야?

그러다 손가락이 미끄러지는 바람에, 키보드에서 뜻 모를 글자가 입력되어 보내지고 말았다.

"제길."

투덜대기를 잠시, 몇 초 뒤에 다미안에게서 전화가 걸려왔다는 알림이 떴다. 앱이 계속 울려댔다. 나는 당황해서 윈도우 창을 닫으려고 클릭하다가 전화를 받아버렸다.

"잘 지내고 있어? 괜찮아?"

다미안이 나를 똑바로 바라보며 물었다.

나는 멍한 표정으로 그를 보았을 뿐 대답하지 않았다. 아니, 괜찮으냐는 질문은 오히려 내가 해야 하는 거 아닐까?

다미안은 얼굴이 멍투성이긴 했어도 여전히 멋졌다. 두툼한 입술은 부은 탓에 더욱 도드라졌다. 그는 하얀색 베개에 기대 누운 채 나를 유심히 보았다.

"안녕, 잘 지냈어?"

내가 대답하지 않자, 그가 다시 물었다.

"안녕, 선수님. 너는 요즘 잘 지내?"

내가 더듬대자, 그는 미소를 지으며 어깨를 으쓱였다.

"경기를 했더라면 잘 지내고 있었겠지만…… 알다시피."

그는 한숨을 쉬면서 눈길을 돌렸다.

"어떻게 된 거야?"

"말 못 해."

그는 다시 나와 눈을 마주치더니, 입을 다물었다. 나는 짜증이 나서 못마땅한 소리로 외쳤다.

"제길, 다미안. 그게 무슨 뜻이야? 내 남편이 너한테 무슨 짓을 저질렀는지 알고 싶어!"

"남편이라니? 마시모 토리첼리가 네 남편이야?"

다미안이 불쑥 물었다. 내가 고개를 끄덕이자 그는 멈칫하더니 말을 잇지 못했다.

"이 여자야, 대체 어쩌다 그렇게 된 거야? 그 남자가 뭐 하는 사람인지 알고는 있어?"

그는 이제 베개에서 몸을 일으켰다. 이젠 내가 대답할 차례였다.

"알아도 아주 잘 알아. 정말이지 도덕적인 설교 따윈 듣고 싶지 않아. 특히 너한테는. 너도 성자처럼 사는 건 아니던데. 게다가 난 이 삶에 이미 들어와버렸어. 이미 결혼했고 임신 중이야. 네가 경기 하기 전에 말하려고 했는데, 그럴 시간이 없었어."

다미안은 눈이 휘둥그레지다 못해 입을 벌렸다. 그 상태로 침묵이 흘렀다. 이제 뭐라고 말해야 할까? 이만 전화를 끊어야 할까? 그 것도 아니면 모니터를 내 머리로 내려칠까?

마침내 다미안이 입을 열었다.

"아기를 낳을 거라고?"

나는 미소를 지으며 고개를 끄덕였다.

"이제야 이해가 가네."

다미안의 말에 나는 무슨 뜻이냐는 눈길을 보냈다. 그는 무언의 질문에 답했다.

"알았더라면 절대로 그런 짓 하지 않았을 거야. 알다시피 난 자 살 따윈 하고 싶은 마음이 없거든. 내가 이렇게 된 건 다 내가 자초 한 거야. 다른 사람 탓할 게 없어."

나는 그를 빤히 보며 설명을 기다렸다.

"내가 호텔 로비로 내려가자마자 카롤의 부하들이 나타났어. 네 남편이 카를로라고 부르는 내 사촌 말이야. 카롤이 나랑 대화하고 싶어 해서, 난 내가 호텔에서 누굴 때렸는지도 모르는 채 따라갔어. 그래서 마시모를 또 만나자 다시 한번 싸움을 걸었지. 카롤도 그때 거기 있었어. 카롤이 마시모를 불러 무척 화를 냈거든. 네 남편은 내 도전을 받아들여서 우리는 싸움을 끝맺기로 했어. 카롤의 저택으로 가서 멍청한 꼬맹이들처럼 바깥에서 싸웠지."

다미안은 한숨을 쉬면서 고개를 저었다.

"눈이 많이 와서 바닥이 미끄러웠고 나는 넘어져서 다리와 팔이 부러졌어. 굴욕적이었지. 네 남편은 내가 건 싸움에서 이겼고, 내 나머지 다리 한쪽과 팔을 부러뜨렸지만 날 죽이지는 않았어. 난 평생 그 점을 고맙게 생각할 거야. 그땐 내가 누구와 맞붙었는지 모르고 있었으니까. 나중에 사람들이 그가 누군지 말해주었을 때, 내가 얼마나 운이 좋았는지 깨닫고 하느님께 감사할 지경이었어. 보통 그는 이런 상황에서 총을 쏴서 상대를 죽이니까."

나는 의자에 기대앉아 다미안의 이야기를 듣고 곰곰이 생각에 잠겼다. 마시모가 며칠 전에 했던 말이 떠올랐다. 겉으로 보이는 게 다 진실은 아니라고 했던가. 갑자기 그 말이 이해가 갔다. 내가 마시모에게 화난 건지, 아니면 다미안에게 화난 건지 알 수가 없었다. 어쩌면 애초에 화를 낼 이유가 없었는지도 모르지.

이런 생각을 하다가 다시 다미안의 목소리가 들려와 퍼뜩 정신이 들었다.

"그래서 넌 어떻게 지내고 있어?"

"아주 잘 지내. 남편이 폭군 같아서 나 때문에 누굴 죽이려고 했던 일만 빼면 말이지."

우리는 둘 다 웃었다.

"난 시칠리아 타오르미나에 살고 있는데, 지금은 하루이틀 정도 살던 동네를 벗어나 다른 데 와 있어. 숨을 좀 돌려야 했거든. 방금 전까지 혼자 있다가 누구랑 대화를 하고 싶었어."

나는 어깨를 으쓱였다.

"네가 사는 곳을 좀 보여줄래?"

다미안은 머리 뒤에 손을 받치고는 씩 웃으며 물었다. 부탁을 거절하기에 다미안은 너무 잘생겼다. 나는 노트북을 들고 한 바퀴 돌려서 집을 보여주었다.

방을 하나씩 보여주면서 집 안을 돈 다음에는 정원에 나갔다. 나는 정원의 커다랗고 하얀 소파에 앉았다. 그러고는 선글라스를 낀 채로 주방에서 가져온 무알코올 스파클링 와인을 한 병 땄다.

"자, 이게 내 보잘것없는 집의 전부야. 혼자 있고 싶을 때 오는 자그마한 안식처랄까. 하지만⋯⋯."

"그거 술이야?"

다미안은 내가 들어 올린 술잔을 보며 못마땅한 목소리로 말을 끊었다. 나는 웃고 말았다.

"백 퍼센트 무알콜이야. 하지만 진짜 술 같은 맛이 나. 안타깝게도 취하지는 않아. 내가 술 마시는 걸 마시모에게 들키면 아마 날 지하실에 가둘걸."

이윽고 다미안은 망설이다 물었다.

"그 삶이 지겹지 않아? 다시 원래의 삶으로 돌아가고픈 마음은 없어? 폴란드로?"

잠시 생각해보았다. 사실 지난 이틀간이 불쾌하긴 했다. 솔직히 다시 예전으로 돌아가는 삶은 어떨까 상상해보기도 했지만 내 진짜 기분이 어떤지, 내가 진정으로 뭘 원하는지 따져보라는 질문을 받자, 확신이 서지 않았다.

"그리 간단한 문제가 아니야. 내 남편은 대단한 권력이 있는 사람이고 그의 아이를 가진 나를 놓아줄 리 없어. 게다가 나는 어차피 평범한 사람과 절대로 함께 살 수 없을걸. 나에겐 너무나 많은 일이 생긴단 말이야."

"그래, 네 말대로 평범한 사람은 안 되겠지. 하지만 널 위해서 그의 팔을 부러뜨릴 수 있는 사람이라면 어떨까……."

다미안은 말꼬리를 흐렸다. 한동안 어색한 침묵이 흘렀다.

"네가 들으면 놀랄 거 아는데……."

다미안이 이상한 말을 더 잇기 전에 나는 불쑥 대답했다.

"난 그이를 사랑해. 미친 듯이 사랑하고 있어. 바로 그게 제일 큰 문제야. 아무튼 지금은 네 이야기나 좀 해볼래? 아니, 정확히 말하자면 네가 카롤 밑에서 무슨 일을 하고 있는지 말이야."

나는 팔짱을 낀 채로 다미안을 빤히 보며 대답을 기다렸다. 시간이 흘렀지만, 다미안은 침대에 누워 불편한 듯 시트를 만지작거릴 뿐 말이 없었다. 한참 뒤에 그는 눈살을 찌푸리며 입을 열었다.

"솔직하게 말하자면 그때는 내막을 다 알지 못했어. 너도 알겠지만 난 젊었고, 운동을 열심히 하던 덩치만 큰 촌놈이었지. 카롤이 자기 클럽에서 보디가드로 일해달라고 부탁하기에 승낙했어. 돈은 괜찮게 벌었고 일이 힘들지도 않았어. 일하다 보니 내가 멍청이는 아니라는 걸 인정받아서 승진도 했지. 스페인에서 선수 계약 제의를 받지만 않았더라면, 그쪽 세계를 통해 마시모와 알고 지내게 됐을지도 몰라."

나는 그의 말을 가로막았다.

"잠깐만…… 그렇다면 우리가 사귀고 있을 때도 이미 넌……."

"그래, 소위 말하는 '불한당'이었지."

"왜 나는 전혀 몰랐지?"

다미안은 웃다가 무심코 깁스한 팔로 자기 머리를 쳤다. 그는 윽, 하고 아픈 내색을 하며 맞은 곳을 문질렀다.

"왜 그래. 그럼 너한테 이렇게 말했어야 할까? 안녕, 난 다미안이라고 해. 지금은 갱단에서 일하고 있지만 마음씨는 착한 놈이야."

"잠깐만."

나는 그의 말을 가로막았다. 경호원인 쌍둥이 형제 로코와 마르코가 정원을 가로질러 오고 있었다. 그들은 불안한 눈으로 주위를 살폈고, 나는 눈썹을 치켜뜬 채 와인을 홀짝거리며 그들을 보았다.

"잠깐 아무 말도 하지 말아봐."

나는 다미안에게 경고한 다음 노트북 카메라를 돌려서 당황한 경호원들을 슬쩍 비추었다.

"내가 어떻게 지내고 있는지 봤지?"

나는 속삭이고는 영어로 경호원들에게 말을 건넸다.

"여러분, 무슨 일인가요? 길이라도 잃어버렸어요?"

빈정대는 내 목소리를 들은 다미안이 피식 웃었다.

"부인, 정원에는 아직 보안 카메라를 설치하지 않았습니다. 안으로 들어가시겠습니까?"

나는 무슨 소리냐는 눈빛으로 그들을 노려보며 코웃음 쳤다.

"내 남편 좀 바꿔봐요. 당장."

나는 로코가 든 휴대폰을 턱짓으로 가리키며 명령했다. 로코는 고개를 숙였다. 나는 그의 휴대폰을 받아들고 말했다.

"마시모, 너무 과민반응 하는 거 아니에요? 날씨가 따뜻해서 내가 햇볕 좀 쬐겠다는데. 당신 아들은 맑은 공기를 마셔야 한다고요. 그러니 부하들에게 저리 좀 가라고 해요."

나는 마시모가 뭐라 말하기도 전에 선수를 쳤다. 전화기 너머로 침묵이 전해져왔다. 마시모는 오랫동안 아무 말이 없다가 결국 이렇게 말했다.

"정원에 있으면 경호원이 널 볼 수가 없어. 로코만 남겨두면 안 되나?"

나는 모니터를 슬쩍 쳐다보았다. CCTV 영상에서 다미안의 모습은 아주 작게밖에 보이지 않겠지만, 경호원이 분명히 마시모에게 우리의 대화를 보고할 것이다.

나는 마시모의 마음을 바꾸는 데 뭐가 제일 효과적일지 알았기에 부드럽게 말했다.

"여보, 누군가 내 옆에 있어야 한다면 그건 바로 당신인걸요. 날 믿고 혼자 좀 내버려둬요. 난 지금 기분이 아주 좋고 아무 이상 없어요. 어차피 곧 점심 먹으러 들어갈 거예요. 원한다면 한 시간에 한 번씩 당신에게 연락할게요."

"나는 곧 회의에 들어가야 해. 회의는 저녁까지 쭉 이어질 거야."

그는 잠시 말을 멈추더니 한숨을 쉬었다.

"경호원들을 치워줄게. 하지만 자주 확인해볼 거야."

기뻐서 하마터면 손뼉을 칠 뻔했다. 나는 마시모에게 속삭였다.

"사랑해요."

"나도 사랑해. 내일 보자. 이제 로코를 바꿔줘."

나는 안도의 한숨을 내쉬고는 경호원에게 활짝 미소 지으며 휴대폰을 넘겨주었다. 그는 냉담한 시선으로 날 보더니, 휴대폰에 대고 뭐라고 말하며 자리를 떴다.

나는 다시 윈도우창을 열고 대화를 시작했다.

"나 왔어. 내 삶이 이래. 언제나 감시받고 있지."

다미안은 믿을 수 없다는 듯 고개를 저으며 웃었다.

우리는 그 뒤로 한두 시간 동안 좋았던 추억에 대해 떠들어댔다. 다미안은 내게 스페인에서의 삶과 성공한 이종격투기 선수로 활약하며 방문했던 곳들에 대해 이야기해주었다. 그동안 만났던 사람이며, 태국과 브라질, 미국에서 받은 훈련에 대해서도 이야기해주었다. 나는 귀담아 들으며 내심 기뻐했다. 역시 무작정 메시지를 보내보길 잘했네. 한편으로는 그가 나 때문에 다쳤다는 사실에 미안하기도 했다. 그래도 이렇게 대화할 수 있어서 다행이었다.

그러다 다미안의 방에서 나는 소음이 마이크를 타고 들려왔다.

"나 그만 끊어야겠어. 세바스티안이 먹을 걸 가져왔어."

나는 그를 애틋한 눈빛으로 보며 미소지었다. 그때, 다미안이 머뭇거리더니 이렇게 물었다.

"뭐 하나만 약속해줄래?"

"그런 말 싫어하는 거 알잖아. 네가 무슨 부탁을 할지도 모르고."

"약속해줘. 가끔 전화 주겠다고. 난 너한테 전화할 수 없으니까."

그는 눈살을 찌푸리며 고개를 젓더니 덧붙였다.

"내가 너한테 먼저 전화했다가는 카롤이 내 남은 뼈까지 부러뜨
릴걸. 아니면 네 남편이 날 쏴 죽이던지."

나는 미소를 지으며 대답했다.

"귀엽네, 선수님. 그래. 가끔 연락할게. 식사 맛있게 해."

다미안은 카메라에 키스를 날리고는 전화를 끊었다.

스파클링 와인 한 병을 다 비우고 나니 속이 약간 울렁거렸다.
실은 아침부터 아무것도 먹지 못했다. 집으로 돌아가서 15분 동안
푸짐한 식사를 준비한 다음, 음식을 다시 정원으로 가져갔다. 그렇
게 상을 차려놓고 올리브를 씹으면서 인터넷에 푹 빠져 있던 순간
이었다.

"토리첼리 부인?"

갑자기 들려온 소리에 어찌나 놀랐는지, 나는 가슴을 부여잡은
채 벌떡 일어섰다.

"죄송합니다. 놀라게 할 의도는 아니었어요."

한 손으로 햇빛을 가리며 고개를 들자, 어떤 남자가 보였다. 그는
그늘에 발을 들여놓더니 상냥한 미소를 띤 채 조금씩 다가왔다. 싹
민 머리와 각진 두상이 마치 정육면체처럼 보였고, 커다란 입 주변
턱선을 따라 짧은 수염이 나 있었다. 그는 초록색 눈동자로 나를 빤
히 보며 손을 내밀었다.

"이 집 정원사 나초라고 합니다. 만나 뵙게 되어 반갑습니다."

"이탈리아식 이름이 아니네요?"

나는 멍하니 대답하며 그와 악수했다. 그의 손 힘은 강했다.

"스페인 사람입니다."

나초는 눈썹을 치켜뜨며 활짝 웃었다. 그가 그늘 안으로 깊숙이 들어오자 전체적인 외모가 제대로 보였다.

그의 몸을 처음 본 순간 나는 소리를 지를 뻔했다. 마치 긴소매 옷을 입은 것처럼 온몸이 화려한 문신으로 덮여 있었다. 손목에서부터 시작해서 목까지 이어지는 문신은 대단했지만 그게 끝이 아니었다. 구석구석 육체노동으로 단련되어 군살이 전혀 없는 몸매에, 피부는 완벽한 구릿빛이었다. 근육이 과하지 않은 탄탄한 체격은 축구선수나 여타 운동선수처럼 건강했다. 매끈하게 제모한 몸이 짧은 셔츠에 겨우 가려졌고, 엉덩이에 헐렁하게 걸쳐진 밝은 색 청바지 아래로 흰 속옷이 살짝 보였다. 허리에 찬 공구 벨트가 아니었다면 바지가 더 내려가서 흥미로운 부분도 보였을 텐데. 나는 나초를 멍하니 바라보았다. 어쩌면 넋을 잃었는지도 모르겠다. 하지만 속으로는 뺨을 찰싹 쳤다. 어서 멍한 기분을 털어버려.

"목 안 말라요?"

나는 지그시 눈짓했다가, 방금 무심코 던져버린 노골적인 추파에 화들짝 놀랐다. 미쳤구나, 라우라! 목 안 마르냐니, 그게 무슨 소리야! 말 같지도 않은 질문이나 던지고…….

스스로에게 화가 난 나는 고개를 흔들었다. *목마른 사람이 있다면 바로 나겠지……. 어휴.*

그는 허리춤에서 검은 반다나를 꺼내어 머리에 묶더니, 내 옆에 와서 앉았다.

"네, 그럼 물 한잔 마시겠습니다. 고맙습니다."

그는 물을 따르며 말했다. 그의 스스럼없는 행동이 놀라웠다. 보통 저택에서 고용한 직원들은 나와 거리를 두는 편을 선호했기 때문이다.

"내 남편 밑에서 일한 지 얼마나 되었죠?"

나는 올리브를 한 알 집어 먹으며 접시를 그의 앞으로 밀었다. 그는 멜론 한 조각을 집으며 대답했다.

"이제 막 들어온 신입입니다. 이 집 정원에서만 일할 예정입니다. 돈 토리첼리께서는 이 정원을 특별하게 꾸미길 바라셨죠. 거기에 대해 오늘 그분과 상의할 수 있을까요?"

나는 체념 어린 한숨을 쉬며 어깨를 으쓱였다.

"안 될걸요. 보통 늦게까지 일하니까요. 게다가 나는 남편한테서 도망쳐서 여기 온 거라서요."

나는 빈정대듯 와인잔을 들어 올리며 물었다.

"무알코올 샴페인이라도 한잔하겠어요?"

내 말에 나초는 기분이 좋아진 것 같았다. 어쩌면 나만의 생각일지도 모르지만. 어쨌든 그는 긴장을 풀고 멜론을 하나 더 집으며 시계를 슬쩍 보았다.

"괜찮습니다. 그분께는 다음에 말씀드리면 됩니다."

그는 일어서서 공구 벨트를 두드리더니 무언가를 찾으며 나를 바라보지 않은 채로 물었다.

"그런데 왜 무알코올 와인을 드십니까?"

"임신했거든요."

내가 곧바로 대답하자, 나초는 하마터면 멜론을 뱉을 뻔했다. 눈이 커진 모습으로 보아 충격을 받은 모양이었다. 그는 재빨리 벨트에 달린 주머니의 지퍼를 올리더니, 두 손을 늘어뜨렸다.

"마시모 토리첼리에게 아이가 생긴다는 말인가요?"

그는 불안해 보였다. 그가 대뜸 던진 질문에 나도 불안해졌다.

"그게 왜요? 그에게 아이가 생기면 정원 일에 지장이라도 생기나요?"

"정원 말입니까? 라우라, 그건 아니지만 당신에게 문제가 생깁니다. 그리고 제게도요. 제 여동생도 임신했는데, 상황이 많이 달라지더군요. 그래요. 그럼 오후 시간 즐겁게 보내시기 바라요."

그는 내 손에 입을 맞춘 다음 현관을 슬쩍 바라보더니 떠났다.

잠시 후 로코가 문가에 나타났다. 그는 묘한 눈초리로 나를 보더니 주위를 둘러보고 고개를 끄덕이며 사라졌다.

정말 이상한 사람이네. 나는 신입 정원사에 대해 잠시 생각하다가 다시 점심을 먹으며 페이스북을 보았다. 분명히 마약 중독자일 거야. 아니면 식물을 돌보다 열매나 꽃에서 나오는 성분에 취해서 정신이 이상해졌거나. 보통 사람은 저런 식으로 행동하지 않는데. 뜻 모를 헛소리도 하지 않고 말이야.

CHAPTER 16

크리스마스이브 아침, 나는 오전 11시에 일어났다. 창문을 통해 햇살이 침실을 밝게 비추었다. 블라인드를 쳐놓을걸. 나는 스스로를 꾸짖으며 몇 시인지도 모른 채 침대에서 기어 나왔다. 이탈리아에선 크리스마스이브를 성대하게 지내지 않는다. 그들의 연휴는 크리스마스 당일부터 시작된다. 하지만 마시모는 나를 위해 그 전통을 바꾸기로 했다.

아래층으로 내려가자 주방 식탁에 놓인 커다란 상자가 눈에 들어와 놀랐다. 나는 상자를 열고 안을 살펴보았다. 먼저 보이는 빨간 봉투를 열자 짧은 편지가 나왔다. *오후 3시에 차가 널 데리러 갈 거야.* 나는 고개를 저으며 상자 안을 마저 뒤졌다.

상자 맨 위에 '샤넬'이라고 써 있었다. 그렇다면 안에 든 게 뭔지 알겠군. 검은색 새틴과 벨벳으로 만든 점프슈트, 그리고 아름다운 블랙 라운드토 스틸레토 힐이었다.

나는 두 손을 모으고 팔짝 뛰면서 새 옷과 신발을 가슴에 꼭 껴안았다. 점프슈트는 네크라인이 넓어서 어깨가 다 드러났지만, 끝단이 신축성 있는 벨트로 처리되어 옷매무새를 단정하게 잡아주었다. 상체는 몸에 딱 붙지 않는, 오히려 헐렁한 재질이었지만 허리선 자체는 조여서 하의가 엉덩이를 펑퍼짐하게 덮지 않고 섹시하게 흘러내렸다. 몸매의 곡선을 아름답게 강조하는, 내게 완벽하게 오울리는 옷이었다.

나는 휴대폰을 급히 집어 들고 미용사에게 전화해서 1시 예약을 잡았다. 그러고는 점프슈트를 옷걸이에 걸어놓고 아침을 먹은 뒤 샤워를 했다.

약속 시각을 15분 남겨놓고 준비를 마쳤다. 알고 보니 차가 이미 도착해서 내가 나오기를 기다리고 있었다. 나는 리무진에 타서 클러치백에서 휴대폰을 꺼냈다. 오늘은 엄마에게 전화할 생각이었지만 막상 휴대폰을 드니 고민이 되었다. 뭐라고 말씀드리지? 사과드려야겠지. 아니면 엄마가 먼저 말을 걸기를 조용히 기다려볼까. 나는 액정을 바라보며 망설이다가, 결국 휴대폰을 다시 백에 넣었다.

이윽고 리무진은 저택 진입로에서 멈췄다. 마시모가 문가에 기대 나를 기다리고 있었다. 날씨는 화창했지만 어제만큼 따뜻하지는 않았다. 사실 추웠다. 아침에 온도계를 봤을 땐 영상 10도였다.

차를 본 마시모가 걸어와 문을 열고 손을 내밀었다. 순간 왜 감정이 복받쳐 올랐는지 모르겠지만 나는 그의 품에 뛰어들었다. 그러고는 마시모의 스웨터에 얼굴을 묻었다. 그가 내 머리카락을 쓰다듬고 목덜미에 키스하는 동안, 보지 않아도 그의 미소를 느낄 수 있었다.

이윽고 마시모는 나를 품에서 떼어내 속삭였다.

"메리 크리스마스, 내 사랑. 들어가자. 이러다 네 몸이 얼겠어."

눈길을 들어 그를 보자 다리가 풀렸다. 아, 남편은 어쩜 이토록 아름다울까. 나는 느릿하고 은근한 손길로 그의 머리카락을 쓸어 올리며 열정적인 키스를 퍼부었다. 지금이 꼭 우리의 마지막 순간 인 것처럼, 몸이 반응했다.

"저녁은 건너뛰어요."

나는 그의 입술을 깨물며 사타구니를 움켜잡았다. 그는 이미 대 포처럼 단단하게 발기했지만, 그 점이 전혀 놀랍지는 않았다.

"크리스마스 기념 섹스 어떠신가요, 돈 토리첼리?"

마시모는 나직하게 신음을 흘리면서 내 품에서 벗어났다.

"나도 그러고 싶지만, 손님들이 벌써 기다리고 있거든. 이리 와."

그는 발기해서 구겨진 바지를 매만지며 나를 데리고 들어갔다.

식당에서 목소리가 들려왔다. 대화와 웃음, 그리고 폴란드 캐럴 소리가 들려왔다. 예상하지 못했지만 기분은 좋았다. 이탈리아 친 지들을 초대하긴 했어도, 내가 폴란드식 연휴 분위기를 느낄 수 있 게 해주고 싶었구나. 나는 그의 손을 꼭 잡고 고맙다는 표정을 지었 다. 그는 걸음을 멈추고 식당 문 앞에서 뒤돌아 내 이마에 부드럽게 입 맞춘 다음 문을 열었다.

제일 먼저 보인 건 화려하게 포장된 선물 더미 위로 솟아오른 거 대한 크리스마스트리였다. 그다음으로는 초와 성탄 장식이 가득한 긴 테이블이 보였다. 마침내 나는 고개를 돌려 말소리가 들려오는 쪽을 바라보았고 그 자리에서 굳어버렸다.

"메리 크리스마스, 내 사랑."

마시모는 나를 꼭 안아주며 내 머리에 입 맞추었다.

난 마시모를 흘깃 보았다. 지금 보이는 광경이 현실일까. 식당 안에 있는 사람들 쪽과 남편과 크리스마스 식탁을 계속 번갈아 쳐다보다가 눈시울을 붉히고 말았다.

엄마가 내 반응을 보고 다가와 날 품에 안았다.

"우리 딸, 정말 미안해."

엄마의 속삭임에 목이 콱 메어왔다. 난 아무 말도 못 한 채 몸을 떨며 흐느꼈다. 아빠도 다가와 안아주었지만, 그럴수록 흐느낌이 더 커졌다. 이러다 숨도 못 쉬겠어! 우리는 오랫동안 서로 부둥켜안고 있었다. 기껏 예쁘게 화장했는데, 뺨 위로 마스카라가 눈물을 타고 검게 번져갔다.

"울지 마. 울면 태어날 아이가 울보가 돼. 자, 내 동생 잘 있었냐."

이번에는 오빠가 다가와서 부모님을 제치고 한 손으로 내 어깨를 감쌌다. 그는 다른 손에는 와인잔을 들고 있었다.

세상에, 감당이 안 되네.

"너 얼굴 닦아야겠다."

또 다른 익숙한 목소리가 들려왔다. 바로 올가였다.

멍하니 고개를 끄덕이자, 모두들 내 반응에 요란하게 웃음을 터트렸다. 나는 올가와 함께 화장실에 가다가 마시모 옆을 지나며 그의 손을 쓰다듬었다. 눈이 마주치자 그는 윙크했다.

"깜짝 선물이었어."

화장실에 가서 눈가와 뺨뿐 아니라 얼굴 전체를 닦아낸 다음, 소

파에 앉아 올가를 바라보았다. 대체 어디서부터 질문을 시작해야
하는지 알 수가 없었다.

"다들 여기서 대체 뭐 하는 거야?"

"너희 가족은 어떻게 왔는지 모르겠는데, 나는 납치당했어."

올가가 깔깔 웃더니, 이번에는 제대로 대답했다.

"농담이고. 도메니코가 부모님 댁에 와서 울고불고 난리 치며 빌
었어. 내가 꺼지라고 했는데 글쎄, 도메니코가 아빠한테 뇌물을 준
거 있지. 어렵지 않게 자기 편으로 만들더라고. 알잖아, 우리 아빠
는 그저 평범한 영어 선생님이신 거. 죽을 때까지 내가 화려하게 살
수 있게 호강시켜주겠다고 하니까 아빠가 홀라당 넘어가버렸어.
그러고는 나를 영원히 사랑할 거라면서, 우리 가족더러 시칠리아
에서 몸만 와서 휴가를 보내라고 은근슬쩍 흘리더라. 뭐, 부모님한
텐 나쁜 조건이 아니지. 심지어 도메니코는 거기서 그치지 않았어.
아빠를 설득해서 같이 내 차가운 태도를 녹일 계획을 세웠거든."

"맙소사, 대체 뭘 했어?"

"극장을 빌렸어."

올가의 말에 나는 무슨 소리냐는 듯 쳐다봤다. 올가는 내 귀가
어둡다는 듯 목소리를 높여 되풀이했다.

"진짜로 극장을 빌렸다니까. 무대 있고 좌석 있는 극장 말이야,
극장! 비록 관객까지 동원하진 않았지만. 아무튼 아빠가 날 그 극장
에 데려갔어. 들어가는 순간 망할 놈의 합창단이랑 오케스트라가
기다리고 있더라고! 오케스트라는 건즈 앤 로지스의 「디스 아이 러
브This I Love」를 연주했어. 그 웃기는 쇼의 주인공이 누구였는지 알

아? 그래, 바로 도메니코였어. 강하고 아름다운 모습으로, 죽여주게 차려입고 무대에 나타났지."

이야기하는 올가의 눈망울이 반짝였다.

"그러더니 노래를 부르는 거야. 와, 노래도 잘 부르는 줄은 몰랐어. 눈을 믿을 수 없을 만큼 멋져서 거절할 수가 없었어."

이제 올가는 손을 내밀었다. 손가락에 낀 반지가 보였다.

"그래서 프러포즈를 받아들였어."

나는 가만히 거대한 다이아몬드와 올가의 얼굴을 번갈아 보았다. 내게 침실에서 청혼했던 마시모가 떠올랐다. 나야말로 절대 거절할 수 없는 으리으리한 프러포즈를 꿈꿔왔는데, 막상 그런 청혼을 받은 건 올가네. 다시 정신을 차리기까지 오래 걸렸지만, 일단 제정신으로 돌아온 나는 올가를 덥석 안고 놓아주지 않았다.

"와, 계략과 술수가 난무해서 정신을 못 차리겠네. 도메니코는 너희 부모님에게 자기가 마피아라고 말했어?"

올가는 깔깔 웃었다.

"응, 집에 들이닥치자마자 밝히더라. 원래는 날 죽여버리고 집을 죄다 불태우려 했다고, 엄청나게 비싼 차를 망가뜨렸다고 솔직하게 말했어. 하지만 우리 아빠 알지? 만사에 융통성이 있으시잖아. 그러니까 넌 바보같이 걱정하지 않아도 돼."

올가는 말을 멈추더니 코웃음을 쳤다.

"설마 내 말을 정말로 믿는 건 아니지? 아빠는 도메니코가 예술가라고 믿고 계셔. 이탈리아 신사 예술가."

나는 천천히 일어나서 올가에게 손을 내밀었다.

"뭐, 틀린 말은 아니네. 재밌어. 이제 다들 있는 곳으로 가자."

식당으로 돌아가니, 우리 가족은 한창 대화중이었다. 내가 문가에 나타나자마자 엄마는 다시 비명을 지르면서 눈시울이 붉어졌다. 나는 엄마에게 다가가 울지 말라고, 안 그러면 나도 따라 울게 된다고 부탁했다. 그러자 엄마는 아빠의 품에서 마음을 가라앉히며 냅킨으로 눈물을 닦았다.

마시모가 웨이터에게 고갯짓하자 식탁 위에 음식이 놓였다. 폴란드 전통 요리에 이탈리아식을 가미한 주방장의 기발한 솜씨에 놀라고 말았다. 산해진미가 연달아 나오며 분위기가 느긋해졌다. 훌륭한 와인 덕분일까, 아니면 시간이 지나며 서로의 존재를 점점 편안하게 여기게 되어서일까.

쿠바와 아빠, 마시모는 옆방으로 자리를 옮겼다. 잠시 후 시가 향이 여기까지 풍겨왔다. 식사 후 즐기는 시가 한 모금과 독주라니, 꼭 영화 같네.

올가는 엄마를 모시고 저택을 구경시켜주었다. 그동안 나는 남자들과 아직 합류하지 않은 도메니코의 팔을 얼른 붙잡아 세웠다.

"나랑 이야기 좀 해."

나는 진지한 태도로 그를 소파에 앉히고 낮은 목소리로 물었다.

"도메니코, 너 진심이야?"

그는 무심하고 냉정하게 나를 바라보더니, 우울한 기색으로 입을 가늘게 다물고서 말했다.

"네가 이러는 건 좀 웃기다고 생각하지 않아? 너는 되고 다른 사람은 안 돼? 너 형이랑 만난 지 한 달 만에 결혼한 거 그새 잊었어?"

나는 눈을 내리깔고 못마땅한 목소리로 대답했다.

"정확히 한 달 반이야. 그리고 난 어쩔 수 없었잖아. 마시모가 날 납치한 거 너야말로 그새 잊었어?"

"하지만 형이랑 억지로 결혼한 건 아니잖아. 형이 강제로 임신시킨 것도 아니고."

내가 경멸 어린 눈길을 보내자, 도메니코는 한발 물러섰다.

"아, 그래. 아기가 생긴 건 형 때문이라고 봐야 할지도 모르겠네. 하지만 잘 생각해봐. 내가 뭐 하러 결혼을 미루겠어? 난 사랑에 빠졌어. 올가와 평생 함께하고 싶어. 난 아무것도 잃어버리지 않을 거야. 서로가 싫어지면 그때 가서 이혼해도 돼. 지금 중요한 건 그게 아니야. 난 올가야말로 내가 찾던 여자라는 걸 확신해."

도메니코는 주먹을 쥐더니 단호한 눈동자로 날 보며 덧붙였다.

"올가는 날 위해 희생했어. 그거야말로 올가도 나랑 같은 마음이라는 증거야."

적어도 그 말에는 동의했기에 난 고개를 끄덕였다. 솔직히 말해서 어딜 보나 나는 도메니코에게 이래라저래라 할 자격이 못 된다. 팔을 벌려 도메니코를 안아주려던 순간, 뒤에서 누군가 내 어깨에 손을 얹으며 소리쳤다.

"야! 내 약혼자거든?"

올가가 옆에 우리 엄마를 떡하니 세워둔 채, 도메니코의 무릎 위에 앉아 뜨거운 키스를 퍼부었다.

"너희 부모님은 어디 계셔?"

내가 묻자 올가는 어깨를 으쓱였다.

"여기 오실 수는 없었어. 할머니랑 크리스마스를 보내시니까."

이제 우리는 다시 벽난로 앞에 모여 캐럴을 불렀다. 나와 우리 가족은 폴란드어로, 마시모 형제는 이탈리아어로. 그리고 선물을 풀어볼 시간이 되었다.

올가는 차를 받았다. 빨간색 컨버터블 알파로메오 스파이더였다. 올가는 이 차를 처음 타고 나가는 날 사고가 나서 폐차하게 될 거라며 입방정을 떨었다. 나는 그 애의 뒤통수를 때렸다.

이제 우리 가족이 선물을 뜯어볼 차례였다. 당연히 마시모가 싸구려 선물을 드리지 않으리라는 건 예상하긴 했지만, 막상 뭘 준비했는지 알자 말문이 턱 막혔다.

엄마는 러시아산 흑담비 모피 코트를 받았다. 머릿속이 새하얘졌다. 아마 엄마도 그랬겠지. 놀라는 동안 아빠의 선물이 밝혀졌다. 폴란드의 마수리안 호수 지역에 아빠 명의로 된 범선 한 척이 준비되어 있다는 것이었다. 범선을 가져보는 게 평생의 로망이었던 아빠는 그만 울먹거리실 뻔했다. 나는 고개를 살짝 저으며 못마땅한 표정으로 마시모를 바라보았다.

"좀 지나치지 않나요? 두 분 중 누구도 이렇게까지 비싼 선물을 기대하지는 않으셨을 텐데. 우리 가족은 보답으로 줄 게 없어요."

내가 귓가에 속삭이자 마시모는 가볍게 웃으며 내 이마에 키스한 다음 꼭 끌어안았다.

"그럼 내가 가족에게 선물을 하지, 달리 누구에게 뭘 사드리겠어? 게다가 난 어떤 보답도 필요 없어. 자, 이제 네 선물을 열어봐."

마시모는 크리스마스트리 쪽으로 나를 살짝 밀었다. 나는 선물

414

더미를 뒤져 내 이름이 적힌 상자를 찾아보았다.

하지만 트리 가지 사이까지 찾아도 아무것도 나오지 않았다. 마침내 나는 바닥에 앉아 입을 삐죽였다. 마시모는 즐거운 표정으로 일어서더니 내 위에 있는 트리 가지에 매달린 검은 봉투에 손을 뻗었다. 그는 내게 봉투를 내밀고 반응을 기다렸다.

봉투를 받아들고 좀 놀랐다. 아니, 사실은 무서울 지경이었다. 난 봉투가 싫다. 특히 마시모가 주는 봉투가. 나에게 절대 떠날 수 없다고 말하던 첫 만남의 밤이 떠오르니까.

나는 봉투를 이리저리 돌려보며 마시모의 눈동자를 마주 보고 이게 뭐냐고 눈빛으로 물었다. 그는 내 마음을 읽었는지, 고개를 살짝 저었다.

"열어봐. 겁내지 말고."

그의 입가에 미소가 슬며시 피어올랐다.

봉투를 뜯고 얇은 서류를 꺼냈다. 자세히 보니 죄다 이탈리아어였다.

"이게 뭐예요?"

눈썹을 찌푸리고 묻자, 마시모가 내 옆에 무릎 꿇고서 손을 잡으며 말했다.

"회사야. 네 힘으로 할 수 있고 네가 좋아하는 일을 하면 좋겠다 싶었어. 그래서 널 위한 의류 브랜드를 만들려고 해."

나는 아무 말도 못 한 채 그의 말을 들었다.

"타오르미나에 부티크를 내줄게. 디자이너를 고용하는 건 에미가 도와줄 거야. 그러면 넌……."

마시모는 말을 잇지 못했다. 내가 달려들어 그를 바닥에 쓰러뜨리고 말문을 막아버렸기 때문이다. 나는 마시모 위에 올라타 길고 뜨거운 키스를 퍼부었다. 마시모의 손은 내 엉덩이를 쥐었다. 옆에서 엄마가 못마땅한 듯 목을 가다듬었지만 아랑곳하지 않았다. 지금껏 받은 선물 중 단연 제일가는 선물이었다. 생각하지도 못했던 직업이 생기다니!

"사랑해요."

나는 마침내 그에게서 몸을 일으키며 나지막이 말했다.

"알아."

마시모는 두 팔로 나를 안았고, 우리는 함께 일어섰다.

부모님은 이 모든 모습을 빠짐없이 지켜보았고 즐거워하는 것 같았다. 모든 게 순조롭게 흘러가네. 예상 밖의 불행 따위는 전혀 일어나지 않아. 그게 어찌나 감사한지 몰라.

하지만 크리스마스의 행복도 오래 가지 않겠지. 내가 제아무리 운이 좋아도, 곧 무슨 일이 닥치겠지. 그래도 지금은 그런 생각을 하고 싶지 않았다. 다만 연휴를 보내고 있는 이 저택을 무장한 마피아 수십 명이 지키고 있다는 사실을 부모님이 몰라서 다행일 따름이다. 남편이 몇 달 전에 저택 진입로에서 사람을 총으로 쏴 죽였다는 사실도 전혀 모르시겠지.

"나도 선물을 줄게요."

내가 한 발짝 물러서서 말하자, 모두들 나를 보았다.

"이미 모든 걸 가진 사람을 위한 선물을 고르는 건 어려워요."

나는 폴란드어로 말한 다음, 배를 쓰다듬으며 영어로 반복했다.

416

마시모의 눈이 동그래지면서 눈빛이 짙어졌다.

"당신이 무엇보다도 원하는 걸 줄게요."

목소리가 갈라졌다. 나는 심호흡을 하고 말했다.

"아들을 낳아줄게요."

그 순간 마시모는 굳어버렸다.

"아들이에요, 여보. 원래는 감별하지 않기로 했지만……."

마시모가 억센 팔로 나를 번쩍 들어 올렸다. 나는 꺅 소리치며 남편에게 안긴 채 가족들 주위를 한 바퀴 빙 돌았다. 마시모는 의기 양양하게 웃으며 나를 내려놓고 입 맞추었다.

"내가 말했지! 후계자가 생길 거라고! 루카 토리첼리가 태어날 거야!"

그는 도메니코와 하이파이브를 했다. 나는 그를 쩨려보았지만, 마시모는 꿈쩍도 않고서 축하받기에 여념이 없었다.

후계자? 내 아들이 마피아가 된다고? 내 눈에 흙이 들어가기 전엔 어림없어!

어느덧 모두들 배가 불러진 가운데 하품을 참지 못하는 시간이 왔다. 나는 이제 자기로 마음먹었다. 마시모는 부모님이 머물 방을 준비해놓았다. 우리의 침실에서 제일 멀리 떨어져 있음은 물론, 마시모의 비밀스러운 삶을 엿볼 수 있는 공간에서도 멀찍이 떨어진 방이었다.

나는 예복을 벗기 위해 마시모와 함께 드레스룸으로 들어가면서 그의 빰을 손으로 어루만졌다.

"여보, 어떻게 한 거예요?"

그가 무슨 말인지 이해하지 못한 듯해서, 나는 다시 설명했다.

"우리 부모님요, 대체 어떻게 모셔왔어요?"

마시모는 나를 안고 크게 웃었다.

"도메니코가 체포됐을 때 내가 이것저것 처리했던 거 기억나?"

나는 고개를 끄덕였다.

"그때 너희 부모님을 뵀어. 우리 상황이 좀 어려워졌다고 설명하고 내가 널 얼마나 사랑하는지 말씀드렸지. 그간의 일을 사과드리고 싫은 소리도 들어드렸어. 장모님께는 다시 결혼식을 열겠다고 약속했어. 물론 내 직업이 뭔지는 말씀드리지 않았으니 안심해."

"당신은 세상 최고의 남편이에요."

나는 마시모의 입술 사이에 혀를 넣으려 했지만, 그는 입을 다물더니 내 이마에 입 맞추며 말했다.

"도메니코와 이야기 좀 하고 올게. 내가 올 때까지 샤워하고 기다리고 있어."

얼굴이 찌푸려졌다. 나랑 있을 줄 알았는데. 하지만 욕구를 자제하며 기다려야겠지. 마시모는 이번에는 뺨에 키스했다. 그러고는 계단을 내려가 사라졌다.

나는 한 발자국도 움직이지 않은 채 그 자리에 서서 분을 삭였다. 분통을 터뜨려 봤자 나만 손해라는 걸 잘 안다. 문이 닫히자 나는 투덜거리며 발을 굴렀다. 그러고는 어쩔 수 없이 샤워하러 갔다.

서두를 이유는 없다. 정말 싫지만 다리를 면도하고 머리를 감았다. 헤어스프레이를 얼마나 뿌려놨던지 감당이 되지 않았다. 상한 머릿결에 오랫동안 집중 관리를 해야겠다 싶어서, 온갖 종류의 트리트먼트를 가져다가 두피와 머리카락을 마사지했다. 이런저런 관리를 하다 보니 샤워하는 데만 한 시간이 걸렸지만, 그 결과 몸이 산뜻해지고 티 없이 부드러워졌다.

머리에서 물을 뚝뚝 떨어뜨리며 마시모의 검은 목욕 가운으로 몸을 감싼 채 밖으로 나왔다. 그러다 계단 위에서 멈추어 섰다. 통나무를 벽난로에 던져 넣으며 호박색 술을 마시는 남편이 보였다.

내가 나오는 소리를 들은 마시모는 고개를 돌려 욕망에 홀린 표정으로 나를 바라보았다. 우리는 잠시 그렇게 서서 최면에 걸린 듯 서로를 바라보았다. 그는 맨발로 다리를 살짝 벌리고, 셔츠 단추를 반쯤 풀어 헤친 모습이었다.

나는 목욕 가운 허리띠를 끌렀다. 마시모는 입술을 깨물며 몸을 곧추세웠다. 검은 가운이 스르르 흘러내려 바닥에 떨어지자, 나는 그에게 한 발짝 다가섰다. 눈을 가늘게 뜬 마시모의 하반신을 보자, 불룩 튀어나온 사타구니가 똑똑히 보였다.

"잔 내려놔요."

나는 걸음을 멈추며 말했다.

허리를 굽힌 그는 시키는 대로 커피 테이블 위에 천천히 크리스털 잔을 내려놓았다. 나는 그의 몇 센티미터 앞에 멈추어 섰다. 그러고는 느릿느릿 조심스레 사랑하는 내 남자의 셔츠 단추와 커프스링크를 풀어 셔츠를 벗기고 맨살을 쓰다듬었다. 마시모는 입술을 살짝 벌린 채로 가만히 서서 내가 어깨 흉터와 가슴, 복부에 하는 키스를 받아들였다. 입술은 아래로 내려가며 궤적을 그렸다. 마지막으로 무릎 꿇고 바지 지퍼에 얼굴을 댔다. 벨트를 당기는 손길에 그는 마른침을 삼키더니 두 손을 내 얼굴에 댔다. 나는 버클을 풀고 지퍼를 내리느라 안간힘을 썼다. 그는 흥분하고 있었다.

지퍼가 미처 다 내려가기도 전에, 마시모의 커다란 성기가 먼저 발기해 미끄러지듯 솟아올랐다. 그는 재빨리 내 머리를 잡고서 곧추선 성기로 내 입을 꿰뚫었다.

내가 저항하자, 마시모는 놀란 듯했다. 그는 내 머리를 놓고 내가 바지를 끝까지 내리게 해주었다.

"팬티 안 입고 있었어요?"

나는 짐짓 퉁명스러운 척하며 몸을 일으켰다.

그는 재밌다는 표정으로 어깨를 으쓱이고는 테이블에 놓았던 술잔을 집어 들었다. 나는 고개를 돌리고 소파로 천천히 걸어가 앉은 다음 다리를 벌렸다. 아주 활짝.

"이리 와요."

나는 다리 사이 바닥을 가리키며 그에게 명령했다.

마시모의 얼굴에 음흉한 미소가 떠올랐다. 그는 술잔을 비우더니 무릎걸음으로 다가왔다. 나는 그의 머리채를 단단히 잡고 눈을 지그시 들여다본 다음 젖은 음부 사이로 끌어당겼다. 마시모는 눈을 번뜩이더니, 바짝 마른 입술을 벌렸다. 그는 조바심으로 안절부절못했지만, 나는 감히 아내를 혼자 샤워하게 내버려두고 간 그에게 벌을 줄 마음이었다. 엄지로 그의 입술을 쓸다가 손가락을 입에 넣었다. 그는 부드럽게 고개를 돌렸다. 이미 그는 내게 들어올 준비가 되어 있었지만, 나는 순순히 허락할 마음이 없었다.

그 순간 마시모는 한계에 다다르고 말았다. 그는 내 허벅지를 꽉 쥐고 소파 위로 나를 끌어당겼다. 이제 나의 속살이 그의 입 바로 앞까지 와 닿았다. 내가 저항하리라고 예상한 마시모는 내 목을 소파에 눌렀다. 그러고는 유려하게 움직이는 혀로 촉촉하게 젖어 반짝이는 통통한 음순을 헤집고서 클리토리스를 입술로 물었다.

비명이 절로 나왔다. 나는 소파를 손톱으로 긁기 시작했다. 마시모는 은밀하고 달콤한 중심부를 물고 빨았다. 아직 본격적으로 시작하지도 않았건만, 절정을 느낄 뻔했다.

마시모는 음순을 벌리고 가장 민감한 부분을 공략하며, 내가 꿈틀대고 절정에 빠져드는 모습을 즐겼다. 눈을 마주치고 싶었지만, 날 자극하는 그의 모습이 너무 관능적이라 차마 보지 못하고 눈을 감은 채 머리 밑 푹신한 베개를 물어뜯었다. 혀에 이어 손가락까지 합세해 단번에 들어오자, 고문 같은 쾌락이 더 커졌다. 손가락이 혀의 리듬에 맞추어 안을 침범했다. 늘씬한 손가락이 세차게 꿰뚫으며 능숙하게 몸을 사로잡자, 신음이 흘러나오며 몸이 뒤틀리고 등이 휘었다. 이윽고 열기의 파도가 고조되더니, 어마어마한 전율이 덮쳤다. 오르가슴이 급격하게 찾아온 나머지 숨 돌릴 겨를이 없었다. 절정에 오르자 질이 수축하며 그의 손가락을 조였지만, 그럴수록 손은 더욱 빨라졌다.

첫 번째 오르가슴이 사라지기가 무섭게 두 번째가 휩쓸었다. 연이어 세 번째까지 느끼자 나는 결국 마시모를 밀어냈다. 이 고통스러운 쾌락을 더 이상 한순간도 견딜 수 없었다.

마시모는 나를 끌어당기더니 내 발을 바닥에 닿게 한 다음 성기를 밀어 넣었다. 그는 아무런 마찰 없이 내 안으로 들어왔다. 흥건히 젖어 있었기에 페니스는 손쉽게 내 안을 가르고 꿰뚫었다. 그때 나는 이미 반쯤 정신을 잃은 상태였다. 마시모의 하반신이 느릿느릿 리듬을 타기 시작하더니 점점 속도를 높여갔다. 여전히 흠뻑 젖은 손가락은 내 유두를 꼬집었다.

"더 섬세하게 느끼고 싶어."

그는 나지막이 말하고서 높은 베개를 내 허리 밑에 넣었다.

"이제 완벽하게 느껴져."

그는 만족스러운 기색을 보이더니 엄청나게 빠른 속도로 피스톤 운동을 시작했다. 내 입에선 비명도 나오지 못했다.

사그라져가던 오르가슴의 불씨는 그의 하반신이 지분대면서 다시 타올랐다. 눈을 번쩍 뜨자 광란에 빠진 마시모의 눈이 보였다. 벌어진 입술과 악문 턱의 힘줄. 짐승 같았다. 숨을 몰아쉴 때마다 가슴팍에 굵은 땀방울이 맺혀 반짝였다. 이 모습, 향기, 그리고 몸짓. 나는 그만 충동에 함락되고 말았다.

"더 세게 해줘요!"

나는 소리 지르며 마시모의 뺨을 힘껏 내리쳤다. 근육이 극한까지 긴장하더니, 엄청난 절정이 머리부터 발끝까지 몰아쳤다.

뺨을 맞은 마시모는 야수처럼 포효했다. 폭발하듯 사정했지만 하반신의 움직임은 그칠 줄을 몰랐다. 괴성을 지르며 몸을 흔들던 마시모는 결국 마지막 힘까지 소진하고 나서야 내 위에서 잠잠해졌다.

우리는 숨을 가다듬으며 가슴을 들썩였다. 땀에 흠뻑 젖은 그의 폐에 공기가 차오르는 것이 느껴졌다. 나는 그의 머리카락을 쓸어 올려주고 얼굴에 입 맞추면서, 깎은 듯한 턱선을 입술로 쓸었다. 그러고는 흠잡을 데 없이 완벽한 그의 살결을 바라보았다.

"당신은 왜 문신이 하나도 없어요?"

등을 대고 누워 묻자, 마시모는 이상하다는 눈빛을 했다.

"난 문신이 싫어. 뭐 하러 몸에 흉터를 내지? 난 거기에 대해서는 보수적이야. 범죄자나 하는 거라고. 거울을 볼 때마다 감옥에 가는 상상을 하고 싶지는 않아."

"그러면 왜 온몸에 문신을 덮은 사람을 정원사로 고용했어요?"

"정원사라니?"

순간 마시모의 눈빛에서 웃음기가 싹 가셨다. 나는 갑자기 정색하는 그의 모습에 어리둥절해져 눈살을 찌푸렸다.

"나초 말이에요. 머리 싹 밀고 온몸에 문신한 스페인 남자요. 새로 산 집 정원사로 당신이 고용했잖아요. 어제 당신을 찾던데요."

순간 마시모는 숨을 헉 들이켰다. 그러고는 일어나 내 어깨를 잡더니 돌렸다.

"무슨 일이 있었는지 전부 말해. 하나도 빼놓지 말고 전부."

차분했지만 목소리에 긴장감이 짙게 서려 있었다.

난 겁이 나서 그의 손을 뿌리치고 방 안을 천천히 서성였다.

"당신이 먼저 대답해봐요. 대체 무슨 일인데요?"

마시모는 잠시 말없이 눈빛으로 내 뒤를 좇았다. 결국 그는 입술을 깨물더니 일어서서 침울한 목소리로 말했다.

"난 정원사를 고용한 적이 없어. 그러니 그 남자를 어떻게 만났는지 전부 말해줘."

순간 다리가 풀렸다. 정원사를 고용한 적이 없다니, 그게 무슨 소리지? 난 그 남자와 대화까지 했다! 상냥하고 잘생겼지만 약간 괴짜고, 문신이 있긴 하지만 아무리 생각해도 날 해칠 기색은 전혀 없었는걸?

나는 소파에 앉아서 어제 있었던 일을 이야기했다. 마시모는 내 앞에 무릎을 꿇은 채 들었다. 이윽고 이야기를 마치자 그는 어딘가로 전화를 걸었다.

몇 분간 이탈리아어로 통화하면서도 그는 나를 불안한 눈빛으로 지켜보았다. 그러더니 갑자기 엄청난 힘으로 휴대폰을 벽에 던져 산산조각냈다.

"젠장!"

급기야 그는 영어로 욕설을 내뱉었다. 예상치 못한 분노에 나는 소파에 앉은 채 몸을 움츠렸다. 마시모는 몸을 떨면서 격노했다. 나는 일어서서 그에게 다가갔다.

"무슨 일이에요, 마시모?"

그의 어깨에 손을 얹었지만 그는 숨을 몰아쉴 뿐 대답하지 않았다. 나에게 겁주지 않고 차근차근 설명하려 노력하는 듯했다.

"그자는 마르셀로 나초 마토스야. 스페인 마피아이자……."

마시모는 잠시 말을 멈추고 적당한 말을 골랐다. 대체 무슨 말을 하려는 건지는 몰라도 별로 듣고 싶지 않았다.

"라우라, 내 사랑. 네가 어제 만났던 자는 킬러야."

"그게 무슨 소리예요?"

그는 이를 악물고 말했다.

"암살자라고. 대체 왜 그자가 너에게 말을 걸었는지 모르겠어. 어째서⋯⋯."

그는 말을 잇지 못했고 나는 몸을 부르르 떨었다. 한숨이 나왔다.

"어째서 살아 있는지 모르겠다, 이 말을 하고 싶은 거죠? 어떻게 내가 아직 살아 있는지 놀랍다는 거죠?"

결국 크리스마스의 행복은 싹 사라졌다. 마시모가 결국 분노를 터뜨리고 말겠구나. 그는 아무 말 없이 나를 지나쳐 드레스룸으로 걸어갔다.

잠시 후 돌아온 그는 검은색 트레이닝복 차림이었다. 나는 담요를 칭칭 두르고 소파에 앉아 벽난로의 불꽃을 바라보았다. 마시모가 다가와 부드러운 눈빛으로 옆에 앉더니, 나를 무릎에 앉혔다. 그의 억센 팔 안에 파고들자 안정감이 느껴졌다.

"왜 그자가 날 죽이려고 해요?"

나는 눈을 꼭 감았다.

"만약 그자가 널 죽일 마음이었다면 넌 벌써 죽었을 거야. 내가 보기엔 뭔가 바라는 다른 게 있는 것 같아."

그가 나를 세게 껴안는 바람에 아파서 비명이 나왔다. 마시모는 얼른 팔을 느슨히 했다.

"미안해. 두어 달 전에 그쪽 부하들과 폭력 사태가 있었어⋯⋯."

그는 잠깐 생각에 잠겼다.

"앞으로 절대로 어디서든 혼자 있어서는 안 돼. 상황이 심각해, 라우라. 넌 철저한 경호를 받게 될 거야. 이제는 나 없이 메시나에 가지 마. 솔직히 널 어딘가로 멀리 보내버리고 싶지만⋯⋯."

난 버럭 소리를 질렀다.

"지금 그걸 말이라고 해요? 당신 부하들은 날 안전하게 지킬 수 없지만, 당신과 함께 있으면 아무 일도 없다고요. 당신이 날 떠날 때마다 안 좋은 일이 생겨요. 난 아무 데도 안 갈 거야!"

마시모의 품에서 벗어나려고 했지만, 그가 나를 더욱 단단하게 끌어안았다. 나는 그만 눈시울을 붉혔다.

"부모님은 어쩌죠?"

마시모는 심호흡하고는 심각한 목소리로 말했다.

"우리는 내일 타이탄을 타고 떠날 거야. 모두. 두 분이 폴란드에 돌아가면 카를로가 보호하도록 조치할게. 내가 두 분을 잘 돌볼 테니 걱정하지 마. 무사하실 거야. 그자들은 너를 죽이려는 게 아니야. 그 스페인 놈들이 해치려는 사람은 나뿐이야. 하지만 나를 해치려면 너를 이용하는 수밖에 없겠지."

그는 내 고개를 돌려 두 눈을 똑바로 마주 보았다.

"내가 가진 걸 모두 포기하고 목숨을 버리는 한이 있어도 너와 내 아들을 다치게 두지 않아. 약속해."

그 말을 듣자 조금 안심이 되었다. 이윽고 도메니코가 방문을 두드리며 이탈리아어로 무어라 말하자, 마시모는 방에서 나갔다. 나는 침대로 가 잠에 들었지만, 섹시한 스페인 마피아가 나타나는 꿈을 꾸었다. 정원에서 대화할 때만 해도 착한 남자라고 생각했는데, 알고 보니 킬러라니, 이해할 수 없다. 반짝이는 눈동자에는 생동감과 즐거움이 가득했는데. 그자와의 만남을 샅샅이 복기하며 분석했지만, 어떤 결론도 나지 않았다. 다만 계속 질문이 떠올랐다. *왜*

나를 죽이지 않았지? 우리가 대화하는 동안 적어도 두 번은 날 죽일 기회가 있었는데. 왜 나에게 얼굴을 보여주었지? 혹시 내가 남편에게 말도 못 전할 바보처럼 보였나? 아니면 사실 날 죽이고 싶었는데, 무슨 이유에서인지 그럴 수 없었을 수도 있다. 혹시 양심의 가책을 느꼈나? 아니면 나한테 반해서 못 죽였나?

온갖 생각이 드는 데다 자꾸만 있지도 않은 환청이 들리는 느낌에 시달려 피곤해진 채로 마침내 잠들었다.

크리스마스 아침에 깨어나보니 나는 혼자 침대에 누워 있었다. 평소와 다를 것이 없었다. 다만 마시모가 누웠어야 할 침대 옆자리에 자고 일어난 흔적이 없었다. 침대에 눕지 않았다는 뜻이다. 아니면 더는 나와 같은 침대를 쓰고 싶지 않았을지도.

아침 먹을 준비를 하고 아래층으로 가려는데, 계단을 내려가기 전에 침실 문이 열리더니 마시모가 들어왔다. 기진맥진한 모습이었다. 나는 멈춰 서서 그를 빤히 바라보았다.

"새로운 경호 절차를 짜고 저택을 전체적으로 점검하느라 밤을 샜어."

마시모가 중얼거렸다.

"그걸 직접 했어요?"

"너의 안전에 관한 사항은 뭐든 내가 직접 해. 30분만 기다려. 먼저 아침 먹고 있으면 곧 갈게."

그는 나를 지나쳐 위층으로 올라갔다.

식당으로 내려가자 가족들은 식탁에 모여 앉아 있었다. 다들 행복한 표정으로 세 개가 넘는 언어를 써가며 열띤 대화 중이었다. 내가 들어서자 관심이 나에게로 쏠렸다. 엄마는 내 접시에 음식을 듬뿍 담아주었고, 아빠는 엄마가 나를 임신했을 때의 이야기를 시작했다. 벌써 70번도 넘게 들은 이야기지만 이번에도 잠자코 들어야했다. 그 옛날 엄마가 한밤중에 초콜릿을 너무 먹고 싶어 했는데, 당시는 폴란드가 공산주의 치하였어서 초콜릿을 구하기가 하늘의 별따기였다. 아빠가 온갖 기상천외한 거래를 해서 초콜릿을 구해왔는데, 엄마가 한 입 먹자마자 토하면서 애초에 초콜릿이 먹고 싶은 게 아니었다는 소리를 했다는 이야기였다. 아빠는 폴란드어로 말했기 때문에 올가가 도메니코의 팔에 찰싹 달라붙어서 통역해주었다.

"잠깐 엄마랑 얘기 좀 할래?"

엄마가 식탁에서 일어나더니 넓은 식당 반대쪽으로 향했다.

나는 엄마를 따라가서 멈춰 섰다. 엄마는 담배를 꺼내더니 테라스로 이어지는 높은 창문 밖을 바라보았다.

"저 사람들은 누구니?"

엄마가 가리키는 곳을 보자 해변으로 향하는 길을 순찰하는 경호원 두 명이 보였다. 정원에도 두 명이 더 배치되어 있었다.

"경호원이에요."

"왜 이렇게 경호원이 많아?"

나는 엄마의 눈을 피하며 거짓말을 했다.

"언제나 저만큼은 있어요. 마시모는 약간 편집증적이라서요. 게다가 저택이 무척 넓어서, 저 정도면 많은 것도 아니에요."

이러다가 엄마가 질문을 계속 퍼부으면 어쩔 수 없이 사실대로 대답할 수밖에 없겠지. 덜컥 걱정된 나는 엄마의 등을 토닥이며 다시 엄마를 식탁으로 데리고 갔다.

맙소사, 이틀 동안 죽어나겠네. 자리에 앉으며 이런 생각을 했다. 혹시나 부모님이 이런저런 상황으로 미루어 짐작해 마시모의 정체를 알아낼까 봐 겁이 났다.

마시모는 어쩌자고 부모님을 초대했을까? 폴란드에서 크리스마스 파티를 열 수도 있었을 텐데. 그러면 훨씬 내 마음이 편했을 게 뻔한데. 나는 제발 마시모가 빨리 식당에 돌아와주기를, 그래서 어서 모두들 타이탄을 타고 먼 바다로 떠나기를 빌었다. 날씨가 아주 좋지는 않았지만, 저택에서 끊임없이 불안감에 시달리느니 차라리 요트 위에서 꽁꽁 얼어버리는 편이 낫다. 날씨가 마냥 나쁘다고만 볼 수도 없다. 폴란드는 지금쯤 눈이 내리고 있을 테니, 그에 비하면 영상 15도에 구름 한 점 없는 이곳의 날씨는 비교적 괜찮은 편이다.

드디어 마시모가 식당에 들어오더니 입을 열었다.

"여러분, 드릴 말씀이 있습니다."

그 말에 어찌나 안도가 되던지, 의자에 앉은 채로 맥이 탁 풀렸다. 마침내 왔구나. 이제 마시모가 우리 모두를 안전한 곳으로 데려가주겠지. 그의 영어를 통역하려던 순간이었다.

"우리는 팔레르모에서 열리는 크리스마스 무도회에 갈 겁니다."

"이런 제길."

나는 고개를 떨구고 못마땅한 소리를 내뱉었지만 엄마는 놀라서 기절할 뻔했다. 아빠가 초조한 듯 엄마의 어깨를 잡아주었다. 나는 당황스럽다는 뜻의 억지웃음을 지으며 눈을 부릅뜨고 물었다.

"우리 요트 타기로 하지 않았나요?"

"계획이 바뀌었어."

그는 내 코끝에 살짝 입을 맞추었다.

아, 차분하고 정돈된 삶은 이제 물 건너갔구나.

이럴 바에야 차라리 지겨운 크리스마스가 낫겠어! 거실 소파에 앉아서 휴일 음식을 잔뜩 먹고 와인이나 마실 수 있다면 얼마나 좋을까. 「나 홀로 집에」 같은 크리스마스 특집 영화를 보면서 단거나 잔뜩 먹고 싶다고.

그때 어색한 침묵을 가르고 엄마의 새된 목소리가 들려왔다.

"아니, 이게 대체 무슨 소리니? 나는 그런 자리에 입고 갈 옷이 하나도 없는데. 게다가 너무 갑작스러워."

"내 삶이 이래요. 알아두세요."

나는 두 팔을 벌리고 어깨를 으쓱이면서 엄마에게 시니컬한 미소를 지었다.

마시모는 엄마의 걱정을 알아챈 듯했다. 바로 옆에서 보고 들었으니 당연히 그랬겠지. 마시모는 유창한 러시아어로 엄마와 대화하기 시작했다. 얼마나 감미로운 미소를 지으며 엄마를 바라보던지, 내 마음이 다 녹아내릴 정도였다. 나의 엄마 클라라 비엘은 마시모에게 우아한 미소로 화답했다. 대체 저 남자는 엄마를 어떤 거짓말로 구워삶고 있는 걸까.

그런데 잠시 후 엄마가 정신이 나간 사람처럼 활짝 웃으며 무심결에 아빠의 어깨를 어루만졌다.

"이야기는 잘 끝났어. 가자."

마시모가 내 귓가에 속삭이더니 일어서서 나를 데리고 방을 나섰다. 그 모습을 보고 모두 좀 놀랐다.

"여러분, 금방 돌아올게요!"

나는 어정쩡한 미소를 지으며 소리쳤다.

마시모가 날 끌고 거대한 저택 안을 어찌나 빠르게 가로질러 가던지, 대체 무슨 일이냐고 물어볼 겨를이 없었다.

이윽고 서재 문이 열리자, 마시모는 안으로 들어가 문을 닫자마자 뜨거운 키스를 오랫동안 퍼부었다. 그의 입술과 이와 혀가 한꺼번에 몰려들어 입안을 헤집었다.

"아드레날린이 필요해. 하지만 코카인을 할 수는 없어⋯⋯."

그는 나지막이 속삭이며 내 긴 치맛자락 아래로 두 손을 넣고 엉덩이를 들어 올렸다. 그 상태로 성큼성큼 걸어간 다음 나를 책상에 내려놓고 엎드리게 했다. 이게 무슨 일인가 당황한 채로 그를 슬쩍 보면서도 내 심장은 가파르게 고동치기 시작했다. 마시모는 벨트를 풀고 바지 지퍼를 내렸다. 이어서 엄지로 바지 윗단과 속옷을 급히 끌어내리자 발기한 성기가 불쑥 드러났다.

"무릎 꿇어."

그는 두 팔을 책상 위에 얹어 지탱하고 나를 가두며 으르렁댔다.

"당장 빨아!"

그의 명령에 따라 나는 바닥에 무릎을 꿇었다.

놀랍고도 멍한 마음에 올려다보자, 그의 검은 눈에는 갈망이 가득했다. 나는 천천히 페니스를 손가락으로 감고 느긋하게 입술을 끝에 댔다. 마시모의 가슴이 들썩이면서 입술이 벌어지더니 나지막한 신음이 흘러나왔다. 나는 남편의 얼굴을 바라보며 바닥부터 귀두까지 한 손으로 부드럽게 쓸어 올렸다.

"어떻게 해드릴까요, 돈 토리첼리?"

나는 교태 가득한 목소리로 물었지만 그는 무시했다.

"빨리 해. 세게."

사정없는 명령이 떨어졌다. 그의 이마에 송골송골 땀방울이 맺혔고, 다리는 심지어 조금 떨렸다.

침을 모아 굵은 선단에 뱉자, 화답하듯 두께가 더욱 굵어졌다. 마시모는 목멘 소리로 괴성을 지르며 내 뒷머리를 잡더니 맥동하는 성기를 내 입에 찔렀다. 그래, 이 순간을 기다렸어. 목구멍까지 미끄러져 들어오는 이 순간을.

나는 구역질도 없이 그를 끝까지 받아들였고, 마시모는 잘했다는 듯 다른 손을 내 머리에 얹고 세게 밀었다. 이윽고 그의 성기가 휙 올라오면서 나의 펠라티오가 그치고 자연스레 피스톤 운동이 시작되었다.

마시모는 다시 신음하더니 더 깊이 파고들며 나지막한 이탈리아어를 뱉었다. 나는 그의 엉덩이를 꽉 잡고 손톱을 세웠다. 이러면 그는 좋아했다. 남편은 침대에서 상대에게만 고통을 주지 않았다. 본인도 거칠게 다뤄지기를 즐겼다. 고통은 우리의 성생활에 없어서는 안 될 부분이자 우리를 같은 방식으로 자극하는 요소였다.

그가 목구멍 깊숙이 날 한계까지 밀어붙이자, 나도 그의 아랫배를 물어뜯었다. 그러다 결국 목이 막혀 그를 밀어내려 했지만, 그럴

수록 무지막지한 손아귀가 내 머리를 죄었다. 눈물이 핑 돌면서 숨을 쉴 수가 없었다. 손톱으로 마시모의 엉덩이를 사납고 깊게 할퀴어 상처를 낸 순간, 뜨거운 정액이 목구멍으로 흘렀다.

이윽고 그는 내 머리를 놓아주었지만, 맥동하는 성기는 여전히 목구멍 깊숙이 박혀 있었다. 삼키고 싶어도 넘길 수가 없었다. 그가 천천히 몇 센티미터 물러섰을 때야, 마침내 숨을 쉴 수 있었다. 잠시 후 피스톤 운동을 멈추면서 그는 다시 책상 끝을 잡았다. 나는 여전히 단단한 그것을 천천히 빼내고서 뺨에 흐른 눈물을 닦았다. 그러고는 그를 주시하면서 잽싸게 오른손을 뻗어 고환을 잡아 남은 얼룩을 깨끗하게 핥았다.

그의 팬티와 바지를 올려주는 동안, 그는 엄지로 내 얼굴을 쓰다듬었다. 지퍼와 벨트 버클까지 채워준 다음에는 일어서서 그의 하얀 셔츠 자락을 펴주었다.

"이제 아드레날린이 충분히 솟았어요?"

나는 눈썹을 치켜뜨며 시커멓게 번진 마스카라 자국을 닦았다.

"일단은."

그는 나지막이 대답하고 내 이마에 키스했다. 그는 자기 정액 맛을 그리 좋아하지 않는다. 물론 그쯤이야 얼마든지 이해하지만, 그에게 반항하며 그의 한계를 시험하는 게 재미있다. 그래서 그가 입 맞추고 물러선 순간 그의 턱을 잡고 진하게 키스했다. 나의 혀가 입을 파고들자, 마시모는 순간 움찔했지만 밀어내지는 않았다. 내가 그에게 맛을 보여주는 동안, 잠자코 키스가 끝나기를 기다렸다.

"당신 때문에 눈 화장이 망가진 데 대한 복수예요."

나는 씩씩대며 다시 한번 키스했다. 마시모는 재미있다는 듯 슬며시 미소를 지었다.

우리는 마음을 가다듬고 오전을 가족과 함께 보냈다. 정원을 거닐며 주로 우리의, 그러니까 나의 어린 시절 이야기를 나눴다. 부모님은 내가 어릴 적 저질렀던 온갖 이상한 짓을 그에게 일러바쳤다. 한번은 내가 어렸을 때 모래를 먹은 적도 있다는 이야기가 나오자, 마시모는 자기 소유의 어느 땅에 자갈 구덩이가 있다면서, 점심으로 자갈을 먹으러 잠깐 들를 수 있다고 나를 놀려댔다.

엄마는 산책하는 동안에도 왜 내 뒤를 항상 네 명의 경호원이 따라다니는지 이해하지 못했다. 하지만 나는 엄마의 질문을 무시하며 너무 많은 말을 하지 않으려고 조심했다. 경호가 더욱 삼엄해지지 않았다면 '정원사'를 만난 일조차 잊어버렸을지도 모른다. 내가 위험해졌다는 근거 역시 결국 남편이 하는 말밖에 없지 않은가? 아무리 생각해도 그 스페인 남자가 날 위협할 것 같지는 않았다. 나를 보던 눈빛은 전혀 공격적이지도, 위협적이지도 않았는걸.

이번에는 마시모의 의심을 무턱대고 믿지는 않을 마음이었다.

　오후 3시 경, 미용사 세 명과 스타일리스트 팀이 저택에 도착했다. 아빠와 마시모는 안도의 한숨을 쉬면서 낮잠을 자러 들어갔고, 나는 엄마와 올가와 함께 미용사의 손에서 새롭게 태어날 준비를 했다. 엄마는 마시모가 아침 식사 때 한 말을 일러주었다. 오늘 같은 특별한 날을 위해 엄마에게 맞는 수십 벌의 드레스를 개인 드레스룸에 준비해놓았다고 했다. 아니, 그렇다면 남편이 나에게 거짓말을 한 걸까? 아니면 어제 하루 사이 순식간에 그걸 준비할 만큼 능력이 출중한 걸까? 그렇다면 이제는 미래도 예측할 수 있으려나? 우리는 원래 어제 타이탄을 타고 바다를 항해할 예정이었는데, 갑자기 막판에 무도회 계획이 등장하더니, 그걸 위한 만반의 준비가 되어 있다니? 이상하잖아. 생각하면 할수록 어젯밤 요트를 타자던 말은 내 마음을 가라앉히려고 둘러댄 말인 것 같았다. 하지만 남편에게 계속 화내고 싶지는 않다. 이제는 파티에 참석해야 하고, 그곳에서 다시 트로피 와이프로 변신할 시간이니까. 나는 애써 마음

오늘

을 다잡았다.

드레스룸에 가자 보타이와 씨름하고 있는 마시모가 보였다. 나는 목욕 가운만 걸친 채로 문가에 멈춰 서서 그를 지켜보았다. 회색 바지와 흰색 셔츠 차림에 머리카락을 뒤로 빗어 넘긴 내 남자의 모습은 참으로 시칠리아인다웠다.

마시모는 보타이를 매고 돌아서서 나를 보았다. 거울에 비친 내 모습을 보더니 부드럽게 입술을 깨물었다. 팔을 돌려 재킷을 걸치고 소맷단을 정리하면서도 내게서 시선을 떼지 않았다.

"네가 입을 드레스를 골랐어."

마시모가 통보했다. 그의 압도적인 향기를 들이마시자 머릿속이 어지러웠다. 어떡하면 그를 설득할 수 있을까. 어떡하면 무도회에 가지 말고 나와 함께 침실에 있자고 설득할 수 있을까. 쓸데없이 이런 생각만 하고 있다.

"그냥 이렇게 입고 가면 안 되나요?"

나는 목욕 가운을 벗어던졌다. 가장 좋아하는 빨간 레이스속옷 차림을 본 그는 이를 앙다물었다. 나는 그의 재킷 단추를 끄르며 말했다.

"제안할 게 있어요. 날 세면대 옆에 눕히고 빨아주는 거 어때요."

이어서 재킷을 벗겨 옷걸이에 걸었다. 그의 입술이 슬며시 벌어졌다.

"내가 절정을 느끼면 몸을 돌려요. 거울을 보면서 당신을……."

이렇게 말하며 벨트에 손을 댔지만, 그가 내 손목을 잡고 막았다.

"너의 어디에? 어디에 넣어줘?"

436

날카로운 목소리에 나는 나지막이 대답했다.

"엉덩이요."

대답과 함께 그의 턱과 입술을 핥았다. 내 혀가 그의 입술 사이로 미끄러져 들어갔다. 마시모는 신음을 흘리며 날 끌어안고 진하게 키스했다. 손가락이 들어와 온통 촉촉하게 젖은 클리토리스를 문질렀다.

"안 돼."

순간 복부를 강타하듯 거절이 들려왔다. 그는 나를 밀어내더니 슬그머니 빠져나가며 내 엉덩이를 톡 쳤다.

"빨간 레이스는 안 될 거야. 다른 걸로 갈아입고 드레스 입어. 30분 뒤에 출발할 거야."

그는 방금까지 내 아래에 넣었던 손가락을 핥았다.

뭐 하자는 건지는 알고 있다. 전에도 이런 적이 있으니까. 정말 잔인하네. 나는 주먹을 쥐고서 몸을 떨었다. 속으로 남편 욕을 했지만, 결국 심호흡하고 그가 골라준 드레스로 다가갔다.

옷 커버를 열자 숨 막힐 정도로 아름다운 드레스가 있었다. 폴란드 브랜드 라 마니라였다. 밝은 크림색 천 위에 은사로 자수를 놓은 드레스는 마치 거미줄로 만든 것처럼 가벼워 보였다. 섬세하고 섹시한 디자인은 몸을 감싸기보다 드러내는 형태였다. 목 위로 고정된 천 아래로 등과 옆면이 훤히 보였다. 은빛 꽃무늬를 모티프로 한 드레스는 군데군데 반투명한 재질이었다. 상체는 딱 달라붙고 허리 밑은 나풀나풀하게 부풀린, 전형적인 피트 앤드 플레어 스타일. 그 찬란한 디자인을 보자마자 마음을 빼앗겼다.

속옷을 갈아입어야 한다던 말이 이제야 이해가 갔다. 이 드레스는 브래지어를 착용할 수가 없고, 팬티 역시 입으면 티가 날 디자인이다. 백번 양보해서 티팬티를 입는다고 해도 피부색과 똑같이 얇은 재질을 골라야 할 수준이다.

드레스를 꺼내자 또 다른 옷 커버가 보였다. 그 안에는 은회색 망토가 들어 있었다. 톰 포드가 2012년 컬렉션에서 선보이며 유행시킨 망토네. 이 고혹적인 옷을 처음 봤을 땐 언젠가 걸치게 될 거라고는 꿈에도 생각하지 않았는데, 오늘 입게 되네.

"차가 기다리고 있어."

20분 뒤에 마시모가 들어왔다. 드레스와 망토가 기가 막히게 잘 어울리는 내 모습을 보자 그는 눈을 크게 뜨며 나직하게 속삭였다.

"가시죠, 나의 여왕님."

마시모는 내 손을 잡고 입을 맞추며 너무도 즐겁다는 눈빛으로 바라보았다.

그의 반응이 당연하게 여겨질 만큼 내 모습은 오늘 아름다웠다. 헤어 디자이너가 산뜻하게 손질해준 단발은 완벽한 모양을 자랑했고, 그레이톤 스모키 메이크업은 드레스에 포인트를 준 짙은 장식과 놀라운 조화를 이루었다. 마놀로 블라닉 힐의 뾰족한 앞코는 스타일에 정점을 찍었다.

나는 발렌티노 미니백을 들고 마시모를 마주 보며 도도하게 말했다.

"가실까요?"

그는 하얗고 완벽한 치열을 드러내며 싱긋 웃었다. 그러고는 말없이 내 손을 잡고 계단을 내려갔다. 나는 현관으로 가면서 물었다.

"차로 얼마나 걸리나요?"

"우선 공항에 갈 거야. 비행기를 타면 15분밖에 안 걸려."

'비행기'라는 소리를 듣자마자 손에 힘이 꽉 들어갔다. 어쩔 수 없는 반사적인 행동이었다. 하지만 마시모의 엄지가 내 손바닥 윗부분을 어루만지는 순간, 어쩐지 전용 제트기 안에서 내가 딴생각을 못 하도록 이 남자가 수를 쓸 것 같다는 예감이 들었다. 심지어 우리 가족도 다 타고 있을 비행기에서 이런저런 짓을 하겠지.

현관으로 나가보니 일행이 기다리고 있었다. 다들 기분 좋게 약간씩 취했고, 아주 화려했다. 남자들은 영화배우처럼 턱시도를 빼입었다. 가장 눈길을 끈 사람은 바로 올가였다. 올가가 언제나 고수하던 '고급 콜걸' 스타일로 차려입지 않은 건 이번이 처음일 것이다. 혹시 도메니코가 옷을 골라줬나? 올가는 기다랗고 꼭 끼는 블랙 방도 드레스를 입어 볼륨감 있는 몸매를 강조했다. 어깨에는 모피 볼레로를 걸쳤다.

"드디어 왔구나."

엄마의 태연한 목소리가 들렸다.

뒤를 돌아본 순간 입이 떡 벌어졌다. 어찌나 놀랍던지 말이 나오지 않았다. 한쪽 어깨를 드러낸 누드톤 드레스를 입은 사람은 엄마가 분명했다. 나는 충격받은 표정으로 엄마를 빤히 바라보았다. 엄마한테 저 드레스를 사준 게 바로 내 남편이다. 나는 살짝 비난하는 눈빛으로 그를 쏘아보았지만, 마시모는 어깨를 으쓱이며 미소를 짓더니 사람들을 차로 안내했다.

오늘

이윽고 팔레르모의 유서 깊은 호텔에 도착했다. 리무진에서 내리며 올가는 내게 조용히 말했다.

"너희 부모님이랑 있으니까 꼭 고등학교 시절로 돌아간 것 같아. 단정하고 얌전하게 굴면서 욕도 못 하고. 제길, 폴란드어로 욕하면 너희 부모님이 듣고, 영어로 욕하면 온 세상 사람이 들으니!"

나는 깔깔 웃으며 올가의 손을 잡았다.

"두 분은 내일이면 폴란드로 돌아가실 거야. 사실은 나도 지금 너무 힘들어. 긴장의 연속인 데다가 혹시 무슨 일이라도 터져서 마시모의 정체가 탄로나면 어쩌나 무섭단 말이야."

문득 올가가 목소리를 낮추고 물었다.

"맞다. 너한테 물어볼 게 있어. 왜 집 주변 경호가 심해진 거야? 도메니코한테 물어봐도 대답을 안 해주더라고."

"아, 그거……"

내가 입을 열려는 순간 마시모가 나타나 내 어깨에 손을 얹었다.

"준비됐어?"

그가 호텔 입구에 쭉 늘어선 파파라치들을 훑어보며 물었다.

이런 상황에는 아무래도 적응이 되지 않았다. 이토록 많은 시선을 받는데 어떻게 마음이 편할 수 있을까. 나는 마시모의 팔을 꼭 잡았고, 그는 나의 손을 감쌌다. 이윽고 사람들이 소리치기 시작했다. 기자들과 사진사들이 밀려와 맨 앞자리를 차지하고 좋은 사진을 찍으려고 난리를 쳤다. 마시모는 가만히 서서 차분하고 무심한 태도를 풍겼다. 나는 번쩍이는 카메라 플래시에 눈을 감지 않으려고 필사적으로 노력했다.

"토리첼리 부인!"

사람들은 소리를 질렀고, 나는 당당하게 고개를 들어 더없이 매력적인 미소를 지어 보였다. 잠시 후 마시모가 고개를 끄덕이자 우리는 호텔 안으로 들어갔다.

"점점 능숙해지고 있군."

그는 내 손에 입을 맞추고는 무도회장으로 안내하며 말했다.

우리는 테이블에 자리를 잡았다. 이번에는 낯선 이들과 함께 앉지 않아 다행이었다. 하지만 곧 경호원들이 합류할 거라는 사실을 떠올리자 마냥 웃을 수만은 없었다. 으리으리한 무도회장은 천장이 어찌나 높던지 3층 높이는 훌쩍 넘어 보였다. 화려하게 꾸민 실내는 환상적인 조각으로 가득했다. 눈부시게 아름다운 비잔틴 양식 아치와 거대한 기둥이 천장을 떠받쳤고, 사방에는 은은한 촛불이 가득했다. 내부에는 커다란 크리스마스트리가 줄지어 있었다. 테이블 식기는 모두 은이었고, 열두 섹션 이상 돼 보이는 뷔페에는 산해진미가 그득했다. 하얀 턱시도를 차려입은 웨이터들이 안티파스티를 날랐다. 이런 광경을 볼 때마다 내가 대체 어떻게 이토록 화려한 세상에 들어서게 됐는지 실감이 나지 않았지만, 엄마는 그런 생각 따윈 하지 않는 것 같았다. 엄마는 불편한 기색 하나 없이 자연스럽게 근처 남자들의 시선을 한 몸에 받고 있었다. 엄마는 이곳에 들어온 뒤로 최소 다섯 번은 춤 신청을 받았는데, 그때마다 아빠는 전혀 당황하지 않고 몸을 꼿꼿이 세운 채 자랑스럽다는 태도를 유지했다.

"이 무도회는 뭐예요?"

나는 마시모의 허벅지를 부드럽게 쓰다듬었다.

"자선 무도회야. 그리고 나 안달 나게 하지 마."

그는 내 손을 자신의 사타구니에 갖다 댔다. 발기해 있었다.

"나 속옷 아예 안 입었어요."

이렇게 속삭이던 나는 우리를 보는 엄마의 시선을 눈치챘다. 그래서 일부러 더없이 천진난만한 미소를 지어 보였다.

마시모의 손이 내 손을 으스러뜨리듯 쥐었다. 검은 눈은 나를 꿰뚫듯 쏘아보았다.

"거짓말 마."

그는 목을 가다듬으며 잔을 들어 올리더니 엄마를 바라보며 고개를 끄덕였다.

"거짓말 같으면 직접 확인해보지 그래요? 내 등 밑쪽 쓸어봐요."

나는 눈썹을 올리며 활짝 웃었다.

그의 손이 내 등 드레스 천에 닿더니 이내 미끄러져 내려갔다. 이윽고 손이 우뚝 멈췄다. 사실이었으니까. 사실 집에서 속옷을 입은 뒤 드레스를 입어보았지만, 투명한 드레스 안으로 속옷이 비쳐서 그냥 입지 않고 나왔다.

마시모는 엉덩이가 시작하는 지점을 부드럽게 어루만지며 긴장했다. 그리고 심호흡하더니 두 손을 테이블 아래로 내렸다. *봐, 내 말이 맞죠?*

나는 손을 내리고 구두를 만지는 척하다가 슬며시 치마 속에 손을 넣었다. 그러고는 한껏 젖은 중심에 손가락을 넣고 잠시 휘저어 촉촉이 적셨다. 손가락을 빼 마시모에게 내밀고 귓가에 속삭였다.

"내 손에 키스하면서 맛봐요."

지그시 그의 귓불을 물자 그는 나의 젖은 손가락에 부드럽게 입술을 대고 빨았다. 그렇게 향과 맛을 느낀 순간, 그의 동공이 넓어지면서 숨결이 가빠졌다.

"당신은, 날, 거부할 수 없어요."

말 한마디마다 힘주어 나직하게 도발하고서 손을 빼냈다.

마시모는 이제 활활 타올랐지만, 부모님을 슬쩍 본 다음 와인을 한 모금 마시면서 의자에 등을 기댔다. 이제 그는 차분한 호흡을 되찾았고, 꾹 다문 입술에 미소 비슷한 것도 띠었다. 자제력과 인내심이 이렇게 뛰어난 줄은 몰랐네. 그가 힘겨워하고 있다는 증거는 오로지 바지 위로 불룩 튀어나온 단단한 성기뿐이었다.

그렇게 세 시간이 흘렀다. 올가는 의자에 털썩 앉아 불평을 늘어놓았다.

"이놈의 루부탱 스틸레토 때문에 죽겠네. 도메니코는 춤을 잘 못 춰. 나도 잘 추는 건 아닌데 도메니코가 계속 날 데리고 플로어에 나가려고 해. 이게 무슨 「댄싱 위드 더 스타」인 줄 아나 봐."

나 역시 올가의 심정을 알기에, 동정 어린 눈으로 친구를 보았다. 베니스국제영화제 무도회에서 도메니코와 두 곡 추고 나서 그가 얼마나 춤을 사랑하는지 지겹게 깨달은 바 있다. 마시모를 흘깃 보니, 그는 쿠바와의 대화에 푹 빠져 있었다. 마시모는 춤을 정말 잘 추긴 하지. 무도회 내내 마시모는 내 곁을 떠나지 않았다. 부모님 때문인지, 아니면 내가 속옷을 안 입었기 때문인지는 모르겠지만.

＊＊＊＊

새벽 1시가 되었다. 엄마와 아빠는 먼저 가보겠다며 경호원의 안내를 받아 객실에 올라갔다. 잠시 후 어떤 노인이 테이블에 합석했다. 그는 오빠를 포함한 모두에게 정중하게 인사를 건넨 다음 남자들끼리 이야기를 시작했다.

"또 시작이네."

나는 투덜대며 아직도 아픈 발을 주무르는 올가를 슬쩍 바라보았다. 올가는 어깨를 으쓱였다.

"그럼 뭘 기대했니? 우리도 올라가서 자자."

내가 생각해도 그게 가장 나을 것 같았다. 마시모에게 이제 자리를 떠도 되겠냐고 물었다. 그는 짜증스러운 눈으로 답하더니 다시금 대화에 열중했다.

"그럼 갈게요."

나는 일어섰다. 마시모는 벽 근처에서 대기 중이던 경호원 두 명에게 무표정하게 고개를 까닥였다. 그들이 얼른 와서 내 뒤에 섰다. 나는 고개를 저으며 얼굴을 찌푸리고는 자리를 떴다.

경호원들은 나보다 길을 더 잘 알아서 곧 나를 앞서가기 시작했다. 나는 잠자코 그들을 따라가다가 문득 놓고 온 물건이 떠올랐다. 내 휴대폰이 마시모의 재킷 주머니에 들어 있었다. 클러치가 너무 작아서 휴대폰을 넣을 수가 없었다.

"가서 휴대폰 좀 가져올게요."

경호원에게 소리치자, 그들은 걸음을 멈추고 돌아섰다. 그중 하나가 내 뒤를 쫓아왔지만, 나는 손을 저어 그러지 말라고 했다.

"금방 갔다 올 테니 따라오지 말아요!"

하지만 다시 돌아온 무도회장의 테이블에는 아무도 없었다. 나는 잠시 서성이면서 주위를 둘러보다가 우리 테이블을 시중들던 웨이터를 찾아냈다. 그에게 여기 있던 남자들이 어디로 갔느냐고 묻자, 그는 무도회장 반대편에 난 문을 가리켰다. 나는 고맙다고 말하고 그곳으로 갔다.

커다란 나무문을 열자 완전히 어두운 복도가 나왔다. 그곳엔 몇 미터마다 자그마한 램프만 드문드문 달려 있었다. 복도를 쭉 따라가자 또 다른 문이 있었다. 누군가의 말소리가 들려오자, 그 문을 열어봐야겠다는 생각이 들었다. 손잡이를 잡고 벌컥 문을 여니, 안은 자그마한 방이었다. 안쪽 테이블에 앉은 남자들 중에 남편이 있었다.

"제길."

못마땅한 소리가 절로 나왔다. 마시모가 테이블 위로 몸을 숙이고 코카인 한 줄을 길게 흡입하는 모습이 보였기 때문이다. 그는 일어서서 둥글게 만 지폐를 테이블 위에 차분하게 놓은 다음 차가운 눈으로 나를 보았다. 다른 남자들도 내 쪽으로 고개를 돌렸다.

"길을 잃었나, 베이비걸?"

그가 이를 악물고 읊조렸다. 순간 구역질이 치밀었다.

남자들이 웃음을 터뜨리는 가운데, 나는 그에게 다가가서 손을 내밀었다.

"내 휴대폰 찾으러 왔어요."

쏘아붙이자 마시모는 안주머니에서 휴대폰을 꺼내주었다.

"돈 마시모, 이 개자식."

휴대폰을 받는 내 입에서 욕설이 튀어나왔다. 순간 분위기가 싸늘해졌다. 테이블에 앉은 남자들은 흥미로운 눈초리로 마시모의 반응을 지켜보았다.

"나가."

그는 문을 가리키며 내게 으르렁댔다. 경호원 한 명이 냉큼 문을 열어주었다.

나는 잠시 혐오감 가득한 눈길로 마시모를 노려보았다. 눈물이 나올 것 같았지만 이를 악물고 참았다. 결국 빳빳하게 고개를 들고서 뒤돌아선 나는 방을 뛰쳐나갔고, 마시모가 이탈리아어로 뭐라고 말하자 테이블에선 다시 웃음이 터졌다.

너무 화가 났다. 그래, 마피아 남자들끼리 모여서 노는 것까진 좋아. 꼭 코카인까지 해야 해? 나는 흐느낌을 참으며 무도회장을 가로질러 달렸다. 어서 올가가 기다리는 곳으로 가고 싶었다.

그러다 문득 길을 잘못 들어버렸다는 걸 깨달았다.

"망할."

나는 심통난 어린애처럼 발을 구르며 욕을 지껄였다. 살면서 방향 감각이 좋았던 적은 단 한 번도 없지만, 화가 났을 때면 특히 길치가 되는 것 같다.

그래서 다시 왔던 곳으로 돌아가려던 순간, 무언가 입에 달콤한 맛이 느껴졌다.

CHAPTER 18

머리가 아팠다. 숙취인가 싶었지만 아니었다. 몇 달 동안 술을 마신 적이 없는데 무슨 숙취란 말이야? 천천히 눈을 떴다. 지금 눈을 뜬 방은 불쾌할 정도로 환했다. 이런 빛은 전혀 달갑지 않다. 편두통으로 지끈거리게 할 뿐이니까.

내가 또 기절했었나? 어젯밤 일이 하나도 기억나지 않았다. 신음을 흘리며 몸을 돌려 이불을 뒤집어썼다. 이불로 몸을 여미면서 한 손으로 옆구리를 쓸다가 흠칫 놀라고 말았다. 내가 왜 면 팬티를 입고 있지? 면 소재 속옷이라고는 하나도 없는데?

두통으로 머리가 마구 울려대는 와중에 눈을 부릅떴다. 이불을 걷어차고 몸을 살펴본 나는 또다시 당황했다.

"이건 또 뭐야?"

혼잣말을 중얼거리는 순간, 어떤 남자의 목소리가 들렸다.

"난 폴란드어를 모릅니다. 혹시 몸이 좋지 않다면 침대 옆에 약을 두었으니 드세요."

오늘

순간 심장이 멈추었다. 맥박이 미친 듯이 뛰면서 호흡이 가빠졌다. 나는 몸을 돌린 채로 눈을 질끈 감고 심호흡을 했다.

"안녕. 그런데 비명은 지르지 말아요."

나초가 쾌활한 미소를 지으며 말했다.

숨을 쉬어보려 했지만 몸이 굳고 폐가 꽉 막힌 느낌이라 잘 되지 않았다.

나초가 침대 끝에 앉아 내 손을 잡았다.

"라우라, 당신을 해치지 않아요. 무서워하지 말아요."

그는 내게 알약을 내밀었다.

"입 벌려요."

나는 눈을 휘둥그레 뜬 채로 그를 보았다. 칭얼거리는 내 목소리가 들려와서 굴욕적이었다. 그는 손가락으로 내 입을 벌리고 혀 아래 알약을 넣어준 다음 머리카락을 쓰다듬었다. 나는 고개를 홱 돌렸다.

"당신이 이런 반응을 보일 거란 이야기는 들었어요."

그의 목소리는 차분하고도 쾌활했다.

나는 눈을 감고 애써 긴장을 풀었다. 이윽고 시간관념이 싹 사라졌다. 다시 눈을 떴을 땐 잠들었다 깬 건지 아니면 그저 눈을 감았다 뜬 건지 알 수 없었지만, 여전히 내 옆에 있는 나초가 보였다. 나는 가냘프게 속삭였다.

"나초, 날 죽일 건가요?"

"내 이름은 마르셀로입니다. 하지만 나초라고 불러도 돼요. 그리고 당신을 죽이지는 않을 겁니다. 그럴 마음은 없어요."

그는 내 맥박을 확인하더니 덧붙였다.

"기껏 당신을 구해놨는데, 왜 죽이겠어요?"

"여기가 어디죠?"

나초는 계속 내 심박수를 확인하며 대답했다.

"이 세상에서 가장 아름다운 곳이죠. 당신이 살 곳이기도 하고."

그의 눈빛이 반짝였다. 더는 이 남자가 무섭지 않았다.

"마시모는 어디 있어요?"

내 질문에 나초는 웃더니 내가 고개를 들자 내 입에 물 잔을 대주었다. 그러고는 씩 웃으며 기지개를 켰다.

"화가 잔뜩 났겠지만 어쩔 수 없이 시칠리아로 돌아갔겠죠. 그나저나 기분은 좀 어때요?"

이 남자가 하는 질문들은 어쩐지…… 이상하다. 왜 그런 걸 묻는지 종잡을 수가 없네. 나는 그의 손에서 물 잔을 받아서 치웠다.

"당신은 킬러잖아요. 그런데 나는 아직 살아 있네요."

"상당히 정곡을 찌르는 발언이군요."

그는 팔꿈치로 몸을 받치고 누워 다른 팔을 내게 얹었다.

"자, 그럼 당신이 묻기 전에 대답할게요. 난 당신을 납치했어요. 하지만 전에도 납치당한 경험이 있죠? 당신을 해칠 마음은 없어요. 나는 그저 내 일을 하는 것뿐이니까. 모든 게 계획대로 진행된다면, 당신은 2주 후엔 남편 곁으로 돌아가 있을 겁니다."

그는 진지한 표정이었지만 눈빛만은 즐거운 기색을 잃지 않았다. 설명을 마친 그는 일어서서 손목시계를 보았다.

"또 궁금한 것 있어요?"

나는 그를 뚫어져라 보았다. 지금 나랑 장난하나? 하얀 탱크톱 차림의 남자는 아무리 봐도 마시모가 말한 무자비한 살인자 같지 않았다. 나초는 헐렁한 청바지를 끌어 올리고 미소를 지으며 슬리 퍼를 신었다.

"질문이 없나 보죠? 좋아요. 그럼 난 수영하러 갈게요."

"잠깐만요, 여기가 어디냐고 물었잖아요. 그리고 내가 얼마나 여 기에 있었던 거죠?"

"당신은 이틀 전에 실종됐어요. 오늘은 12월 27일입니다. 지금 있는 곳은 카나리아 제도고요. 정확히 말하자면 테네리페죠."

그는 선글라스를 쓰고 문으로 향하며 말을 이었다.

"내 이름은 마르셀로 나초 마토스고, 아버지는 페르난도 마토스 입니다. 당신을 데려오라고 명령한 분이 아버지죠. 다시 말하는데, 당신은 아주 안전합니다. 아무도 당신을 죽이지 않을 거예요. 우리 는 그저 당신 남편과 몇 가지 문제를 해결하고 싶을 뿐이고, 그게 잘 처리되면 눈 깜짝할 새에 다시 집에 돌아가게 될 겁니다."

그는 문을 닫고 떠나기 전에 나를 마지막으로 바라보았다.

"혹시라도 탈출하고 싶은 마음이 든다면, 이곳이 섬이라는 걸 잊 지 말아요. 육지와 아주 멀리 떨어진 섬이죠. 그리고 당신 발목에 채워진 팔찌는 위치 추적기예요."

발목을 보니 고무와 플라스틱으로 된 밴드가 채워져 있었다.

"난 당신이 어디 있는지 늘 알 수 있어요. 내 허락 없이 가족과 연 락하려고 하면, 그들을 죽여버릴 겁니다."

나초는 문을 닫고 사라졌다.

충격을 받은 나는 움직이지도 못하고 침대에 누웠다. 결혼하고 임신한 몸으로 이런 상황에 처하다니. 내 인생 돌아가는 꼴이 신물이 났다. 천장을 응시하며 나초의 말을 되짚어볼수록 피곤하기만 하고 울고 싶었다. 설상가상으로 납치되기 직전에 남편에게 쓰레기 같은 취급까지 당하지 않았나. 그 순간이 떠오르자 기분이 더 나빠졌다. 나는 하릴없이 몸을 돌려 베개를 껴안고 곧바로 잠들었다.

****

배가 고파 한밤중에 깼다. 배에서 꼬르륵 소리가 울렸다. 오랫동안 굶으면 안 돼. 임신 중이잖아. 나는 침대에서 일어나 등을 켰다.

방은 현대적이고 밝은 톤의 소박한 침실이었다. 하얀 벽면은 원목과 직물, 유리 소품으로 꾸며져 있었다. 입을 것을 찾아 방을 뒤지다가 미닫이문 장을 발견했다. 열어보니 자그마한 옷장이 있었다. 안에는 트레이닝복과 슬리퍼, 반바지와 티셔츠, 속옷과 수영복이 정리되어 있었다. 헐렁한 후드티와 반바지를 골랐지만 치수가 너무 작았다.

열어둔 창문으로 따스한 바람이 밀려들었다. 단조로운 속삭임 같은 파도 소리가 들려왔다. 테라스는 바다 쪽으로 나 있었다. 검은 바다는 잔잔했다. 놀랍게도 내가 갇힌 곳은 집이 아니라 아파트였다. 테라스 아래로 보이는 자그마한 정원에는 자쿠지도 있었다.

문으로 가서 손잡이를 잡아보았다. 문은 자연스럽게 열렸다. 예전에 납치됐을 때보다는 훨씬 낫네. 그때는 도메니코가 와서 나를 꺼내줄 때까지 기다려야 했는데. 유리 바닥의 서늘한 느낌이 발에 닿자 몸에 살짝 생기가 돌았다. 방 맞은편에 나 있는 계단을 따라 아래층으로 내려간 다음 문을 두어 개 지나자 주방이 나왔다.

"냉장고 저기 있네."

나는 신음을 흘리며 달려가 냉장고 문을 열었다. 안에 가득 든 음식들을 보자 웃음이 활짝 피어났다. 치즈와 요구르트, 온갖 과일과 스페인산 고기와 음료수가 보였다. 이것저것 뒤져 원하는 대로 조리대에 쌓아놓고 롤빵에 손을 뻗는 순간,

"배고프면 파에야를 데워줄게요."

깜짝 놀라 뒤돌아보다 그만 접시를 놓쳤다. 접시가 산산조각으로 바닥에 흩어졌다.

"움직이지 말아요."

나초가 내 발치에서 무릎을 굽히고 조각을 주워 쓰레기통에 넣었지만 너무 많았다. 그는 두 팔로 나를 번쩍 들어 주방에서 내보낸 다음, 돌아와 흩어진 조각을 빗자루로 쓸었다. 나는 멍하니 그를 바라보았다.

"이해가 안 돼요. 당신이 나를 돌봐주고 있고 내가 잘 지내지 못할까 봐 걱정한다는 건 알겠어요. 그런데 애초에 왜 날 납치했죠?"

나는 팔짱을 끼고서 물었다. 나초는 일어서서 나를 바라보았다.

"당신은 임신했고, 잘못된 남자와 결혼했다는 게 문제예요."

나는 그의 눈을 피했지만, 나초가 엄지와 검지로 내 턱을 잡아 억지로 시선을 마주했다.

"당신은 아무것도 잘못한 게 없어요. 무고한 사람이죠. 게다가

아름다운 여자고요. 그러니 잘해주는 게 뭐가 이상하죠?"

그는 조리대에 앉았다. 문득 이 분위기가 불편해졌다. 그러고 보니 그는 팬티 외에 아무것도 입고 있지 않았다.

"당신은 그저 목적을 달성하기 위한 수단이에요. 목표가 아니라고요."

나초는 한숨을 쉬면서 두 손을 조리대에 대고 몸을 쭉 폈다.

"당신이 남자였다면 아마 홀딱 벗겨서 아버지 집 지하실 의자에 묶어놨겠지만 당신은 임신 중이니까 여기로 데려와 직접 돌봐야겠다고 생각했어요. 게다가…… 우리는 토리첼리와 전쟁을 하고 싶은 게 아니에요. 그저 그가 우리와 대화를 좀 하기를 바라는 거죠."

그는 조리대에서 뛰어내렸다.

"자, 그럼 파에야 먹을래요?"

"이 상황이 지랄맞게 이상하네요."

나는 식탁 의자에 앉으며 말했다.

"맞아요. 두말하면 잔소리죠. 나도 사람들 머리를 쏘아 죽이는 일보다는 카이트 서핑 학원 운영을 하고 싶었으니까요."

나초는 내가 야식으로 먹으려고 꺼내둔 음식을 모두 냉장고에 도로 집어넣더니, 커다란 냄비를 꺼냈다.

"해산물에 쌀이랑 샤프런을 넣은 음식이에요. 내가 직접 만들었어요."

그는 다시 미소를 지었다. 보는 이의 마음을 사르르 녹일 만큼 반짝이는 미소였다.

나는 그의 화려한 문신을 찬찬히 바라보았다. 등이나 팔은 물론 다른 모든 곳이 문신으로 덮여 있었다. 아마 엉덩이에도 있을 것이다. 다만 다리에는 문신이 없었다.

"당신 여자친구는 이 문신 보고 뭐라고 해요?"

이런 질문은 안 하느니만 못하다는 걸 알면서도 나는 불쑥 묻고 말았다. 나초는 스토브 위에 냄비를 올려둔 다음 나를 보지도 않고 대답했다.

"모르죠. 여자친구가 없거든요. 눈이 워낙 높아서요. 내 여자는 지적이고 똑똑한 건 물론이고 예쁘고 날씬해야 해요. 내 아버지를 모르는 여자라면 더 좋죠. 하지만 이 섬은 워낙 작아서 다들 내 정체를 알아요. 그리고 육지 여자들은 하나같이⋯⋯."

그는 잠시 말을 멈추었다가 이렇게 대답했다.

"Loco(머리가 돌았죠). 이게 무슨 뜻인지 아나요?"

나는 몰랐지만 그냥 고개를 끄덕였다. 요리하는 모습이 매혹적이어서 솔직히 그가 무슨 말을 하는지 귀에 잘 들어오지도 않았다.

나를 위해 식사를 만드는 모습을 보고 있노라니, 어느덧 그가 전혀 무섭지 않았다. 어쩌면 그게 이 남자의 노림수인지도 모른다. 친절하게 행동하는 데는 다 이유가 있지 않을까. 나는 긴장을 풀고 경계심을 늦추려고 해봤다. 머릿속에 여러 시나리오가 펼쳐졌지만 하나같이 이 남자가 날 공격하는 결말로 끝났다.

어느덧 맛있는 냄새가 솔솔 풍기는 음식이 접시 한가득 담겨 내 앞에 나타났다.

"먹어요."

나초는 내 옆에 앉아서 포크를 들었다.

어쩌나 맛있던지 정신없이 2인분을 먹어버렸다. 배가 불러서야 내가 얼마나 많이 먹었는지 비로소 깨달았다. 나는 식탁에서 일어나 개수대에 접시를 놓고 나초에게 고맙다고 말한 다음 위층으로 올라갔다.

"아직 저녁 8시밖에 안 됐는데, 벌써 자려고요?"

계단을 오르는 내게 나초가 물었다. 나는 눈을 휘둥그레 떴다.

"네?"

"아래에서 영화 같이 봐요."

그는 거실 소파를 가리켰다. 난 당황한 눈으로 그를 보았다. 대체 이 상황에서 내가 해야 할 역할이 뭐지?

"나초, 당신은 나를 납치했잖아요. 우리 가족을 위협하고 있고요. 내가 이런 처지에서 당신이랑 영화를 볼 수 있을 것 같아요?"

내 목소리가 좀 과격해졌나 싶었다. 난 대답을 들을 생각 없이 돌아섰다.

"음, 사실을 말하자면 당신 남편도 마찬가지 아니었나요? 당신을 납치하고 가족을 위협한 남자가 바로 배 속 아기의 아빠잖아요?"

나초는 자기 접시를 바라보며 중얼거렸다.

나는 굳은 채로 뭐라 쏘아붙이려다 말았다. 솔직히 다 맞는 말이다. 그래서 입을 꾹 다물고 내 방으로 올라갔다. 이 상황이 너무 이상했다. 난 침대 속으로 파고든 다음 TV를 켰다.

그러다 어느새 잠이 들었고, 다시 눈을 떴을 땐 사방이 여전히 캄캄했다. 혹시 벌써 다음 날 밤이 되었나? 또 하루를 자느라 날려 보냈을지도 모른다는 생각에 벌떡 일어났다. 아기를 너무 오래 굶기면 안 된다. 침대 맞은편 벽에 걸린 하얀색 평면 TV를 보자 지금이 오전 7시 반이라는 걸 알 수 있었다. 폴란드도 이 시간엔 환한데, 여기는 해가 유독 늦게 뜨는 걸까. 나는 침대에 다시 털썩 누워 이불을 덮었다. 아직 아침이라 다행이야.

한숨 자다가 또 눈을 떴을 때는 따스한 햇살이 온 방에 가득했다. 나는 기지개를 켜고 이불을 걷어찼다.

"정말 임신한 거 맞아요? 너무 말랐는데."

남자의 목소리가 들렸다. 나는 깜짝 놀라 벌떡 일어났다.

나초가 침대 옆 소파에 앉아 컵에 든 무언가를 마시고 있었다. 혹시 이 남자, 여기서 잤던 걸까?

나는 자리에서 일어나며 대꾸했다.

"4개월째고 남자아이예요. 자, 이제 설명을 좀 해봐요."

나는 그에게 다가가 섰다. 그는 나의 배를 바라보았다.

"그때 메시나에 나를 왜 보러 왔죠? 정원에 왔을 때 말이에요."

나는 팔짱을 끼고서 그의 대답을 기다렸다. 나초는 키득키득 웃었다.

"팔레르모와 같은 목적이었죠. 당신을 납치하기 위해서요. 마시모가 경호원이라고 부르는 멍청이들은 내가 코앞에 앉아 있는데도 눈치를 못 채더군요. 그때 난 당신이 임신한 줄 몰랐어요. 임신했다는 말을 듣고 진정제를 쓰면 다칠 수도 있겠다 싶었죠. 아니, 당신은 괜찮겠지만 아이에게 해로울 테니까."

그는 내 배에 고갯짓하며 말을 이었다.

"잡담은 이쯤 하죠. 이제 마시모에게 전화해볼까요. 그를 바꿔줄 테니 당신은 잘 있고 안전하다고 말해요. 다른 말은 하지 말고."

나초는 일어서서 휴대폰으로 전화를 걸었다. 이윽고 상대가 전화를 받자마자 유창한 이탈리아어로 이야기를 시작했다. 그는 차분하고 조용하게 말하다가 내게 휴대폰을 넘겨주었다. 나는 받자마자 방 반대편으로 달려가 속삭였다.

"마시모?"

"괜찮아?"

마시모의 목소리는 겉으로야 차분했지만, 그는 걱정으로 정신이 나가 있었다. 수천 킬로미터 떨어져 있어도 내가 그의 불안을 못 알아볼 수는 없다. 나는 심호흡하고서 나초를 반항적인 눈초리로 쏘아보았다. 그러고는 위험을 무릅쓰고 외쳤다.

"나 테네리페의 아파트 단지에 있어요! 바다가 보여요!"

최대한 빠르게 말을 뱉은 순간, 나초가 내 손에서 휴대폰을 빼앗아 끊었다.

"마시모는 당신이 어디에 있는지 이미 알고 있어요. 하지만 우리 아버지 허락 없이 여기에 올 수 없기 때문에 안 오는 거예요. 당신은 지금 하마터면 죽을 뻔한 짓을 한 거고요, 라우라. 이제 만족스러운가요? 그럼, 즐거운 하루 보내요."

그는 뒤돌아 문을 쾅 닫고 떠났다.

나는 잠시 꼼짝 않고 그 자리에 서 있었다. 분노가 치밀어 올랐다. 이제껏 느껴 온 무력감이 거센 증오로 변했다. 이렇게 감정이 격해질 때면 항상 결과가 좋지 않았다. 나는 문을 열고 복도를 내달려 아래층으로 내려갔다.

오늘

그러고는 나초의 모습이 보이기도 전에 숨을 힘껏 들이쉬고 소리를 질렀다.

"대체 네가 뭔데 그딴 소릴 해? 누가 가만히 앉아서 기다릴 줄 알고? 내가……."

혹여 미끄러져 넘어지지 않으려고 조심하면서, 한 번에 계단을 두 단씩 내려가다가 나는 그만 입을 다물고 말았다. 나초 옆에 선 젊은 여자가 눈에 들어왔다. 그녀는 입을 반쯤 벌리고 나를 멍하니 보았다.

여자는 이내 그에게 돌아서며 스페인어로 무어라 말했다. 두 사람은 짧은 대화를 나누었고, 나는 층계를 내려오다 말고 가만히 지켜보았다. 대체 그녀는 누구일까.

나초가 나를 한쪽 팔로 감싸더니 끌어당기며 이렇게 말했다.

"아멜리아, 여긴 내 여자친구 라우라야. 이틀 전에 여기 왔어. 그래서 내가 연락이 잘 안 됐던 거야."

그는 다짜고짜 내 이마에 입을 맞추었다. 내가 품에서 벗어나려 하자 그는 덧붙였다.

"우리 사실 싸우는 중이었어. 잠깐 라우라랑 이야기 좀 할 테니 기다릴래?"

나초는 문신이 가득한 기다란 팔로 나를 공중에 번쩍 들더니 그대로 2층으로 올라갔다.

"나는 아멜리아예요!"

그녀는 나초에게 짐짝처럼 실려 가는 날 보며 환한 미소와 함께 손을 흔들었다.

몸을 버둥거렸지만, 그는 너무 힘이 셌다. 그는 2층에 올라가면 바로 나오는 방에 들어간 다음, 문을 닫고 나를 바닥에 내려놓았다. 나는 발이 땅에 닿자마자 손을 휘둘러 그의 얼굴을 힘껏 때리려 했다. 하지만 나초가 잽싸게 고개 숙여 피하는 바람에 목표에 닿지 못했다. 난 더 화가 나서 미친 망아지처럼 팔을 휘두르며 돌진했지만, 그는 번번이 날 피했다. 결국 방 끝까지 다다른 순간, 나초는 번개처럼 빠른 동작으로 내 두 손목을 한꺼번에 잡고 벽에 날 밀어붙였다. 움직일 수가 없었다. 그는 순식간에 옆에 있던 캐비닛으로 손을 뻗어 무언가를 집어 들었다. 정신을 차리고 보니 나초는 내 머리에 총을 겨눈 채였다.

"당신은 날 죽일 수 없어. 당신도 나도 잘 알잖아."

나는 이를 악물고 씩씩거렸다. 있는 대로 증오심을 긁어모은 눈으로 그를 노려보자, 그는 총의 안전장치를 풀면서 말했다.

"그야 그렇죠. 하지만 세상에 백 퍼센트가 어디 있겠어요?"

상황을 곰곰이 따져본 나는 재빨리 패배를 인정했다. 내 팔에 힘이 풀리자, 나초는 날 놓아주고 다시 총을 서랍에 넣었다. 그러고는 뒤로 물러서며 말했다.

"저 아래에서 만난 사람은 내 여동생이에요. 그 애는 내 정체를 몰라요. 계속 모르게 두고 싶어요. 동생은 내가 아빠의 회사 중 하나를 물려받아 경영하는 걸로 알고 있어요. 당신은 내가 사귄 폴란드인 여자친구라고 말해뒀고요. 몇 달 전에 바르샤바에 출장 갔다가 파티에서 만났다고 말이죠."

"미쳤어요?"

나는 말을 끊으며 버럭했다. 그는 한 걸음 더 뒤로 물러섰다.

"당신 장단에 맞춰줄 생각 없어! 여자친구라니!"

내가 문으로 달려갔지만, 나초가 날 잡아 침대에 털썩 던지더니 다리 위에 올라탔다. 그는 전혀 당황하지 않은 목소리로 말했다.

"누가 물어보면, 우리가 자는 사이고, 당신이 내 아이를 임신한 상태로 해두자고요. 우리 관계는 다소 정략적인 면이 있긴 해도, 서로 아주 사랑하고 있다고도요. 알겠죠?"

나는 웃음을 터뜨렸다. 나초는 그제야 당황하며 내 손을 놓아주었다. 나는 팔짱을 낀 채로 계속해서 웃다가, 갑자기 정색한 얼굴로 대답했다.

"아니, 싫어요. 난 당신 도와줄 생각 전혀 없어요."

그러자 나초는 두 팔을 내 양옆에 짚은 채로 마치 키스할 것처럼 몸을 숙였다. 나는 와락 겁이 났지만 도망갈 수도 없어서 굳어버렸다. 벌어진 내 입술 사이로 그의 숨결이 닿자 등골이 오싹해졌다. 그가 씹던 민트 껌과 향수인지 샤워젤인지 모를 상큼한 향기가 뒤섞여 풍겼다. 나는 마른침을 삼키며 머뭇머뭇 그를 응시했다.

"내가 알기로, 당신 부모님은 마시모가 뭐 하는 사람인지 전혀 모르는 것 같던데요."

나초는 초록색 눈동자로 나를 빤히 보며 슬며시 미소를 지었다.

"그러니 우리는 비슷한 처지죠. 어쩌면 당신 처지가 더 힘들지도 모르고요. 그러니 거래를 하는 게 어때요? 난 당신 부모님에게 사위가 마피아란 걸 말하지 않을 테니, 당신은 아멜리아에게 친오빠가 사람을 납치하고 살해한다는 소리를 하지 말도록 해요."

그는 살짝 몸을 든 채 멈추었다 일어나 내게 손을 내밀었다.

"그럼 거래하는 겁니다."

나는 하릴없이 체념 어린 눈으로 그를 쏘아보고 손을 맞잡았다.

"알았어요."

나초는 나를 일으켰다. 티셔츠 자락을 펴는 그의 눈빛은 어린아이가 보일 법한 천진난만한 즐거움으로 반짝였다.

"아주 좋아요. 자, 그럼 자기, 갈까? 아멜리아가 아침을 먹고 싶어 할 거야."

그는 내 손을 잡고 문으로 데려갔다. 나는 팔을 빼내려고 했지만, 그럴수록 그는 손아귀에 힘을 주었다.

"연인이니 알콩달콩한 모습을 보여줘야죠."

우리는 손을 잡고 아래층으로 내려갔다. 아멜리아가 우리를 본 순간, 나초가 내게 키스를 퍼부었다. 화가 났지만 장단을 맞출 수밖에 없었다. 부모님에게 어떻게 진실을 알리겠는가? 그것 때문에라도 이 거래를 때려치울 수가 없다. 키스를 마친 나는 푸른 눈동자를 지닌 아름다운 여자에게 악수를 청했다.

아멜리아는 식탁에 앉아 있었다. 나는 상냥한 미소를 지으며 자기소개를 했다.

"라우라라고 해요. 그런데 말이죠, 당신 오빠는 천하의 개새끼랍니다."

아멜리아가 활짝 웃으며 고개를 끄덕이는 걸 보니 내 말에 동의하는 것 같았다. 웃는 얼굴은 나초와 똑같네. 차이점이 있다면 아멜리아는 머리숱이 풍성하고 문신은 하나도 없었다. 날렵한 턱선과 조각 같은 이목구비만 보면 오만하고 말이 안 통할 것 같은 인상을 줄 수도 있었겠지만, 명랑하게 반짝이는 눈빛 덕분에 그런 느낌은 들지 않았다.

"맞아요, 오빠는 아주 이기적인 남자예요. 라우라도 잘 아네요?"

아멜리아는 일어서서 나초의 등을 두드렸다.

"오빠는 아빠랑 무척 닮았거든요. 하지만 요리를 아주 잘해요."

그녀는 오빠의 뺨에 입을 맞추었다. 두 사람이 같이 있는 모습은 매우 사랑스러웠다. 그리고 둘은 평소 알던 스페인 사람과 전혀 다르게 생겼다. 나는 약간 당황해서 물었다.

"그런데 둘 다 정말 스페인 사람 맞아요? 그렇게 안 보여요."

"엄마가 스웨덴 분이에요. 외모는 엄마 유전자를 진하게 물려받았어요."

"엄밀히 말하자면 우린 스페인 사람도 아니야. 카나리아 제도 사람이라고. 자, 아가씨들, 뭘 드시고 싶으신가?"

나초는 명랑하게 냉장고로 가더니 식탁에 앉으라고 손짓했다.

남매는 나와 상관없는 내용도 모두 영어로 얘기했기 때문에 내가 알아듣지 못하는 말은 없었다. 화제는 지난 크리스마스 연휴 이야기와 새해 연휴에 놀러 올 친구들에 대한 것이었다. 둘이 어찌나 느긋하던지, 어느새 긴장감은 싹 사라지고 없었다.

어느덧 나도 빈정거리는 목소리를 지우고 대화에 끼어들었다.

"자기, 이탈리아어도 하는 거 듣고 정말 놀라웠어. 할 줄 아는 언어가 얼마나 돼?"

"그냥 몇 개 해."

나초는 냄비에 뭔가를 넣고 휘저으며 대답했다. 그러자 아멜리아가 날 보았다.

"아, 오빠, 겸손도 정도껏 떨어. 있죠, 마르셀로는 이탈리아어랑 영어, 독일어, 프랑스어, 러시아어를 해요."

"지금은 일본어도 할 줄 알아."

나초는 냉장고를 뒤지며 대꾸했다.

대단하네. 하지만 감탄했다는 내색을 보여줄 마음이 없어서 나는 그저 고개를 끄덕이고 두 사람의 대화를 잠자코 들었다.

아멜리아의 말은 옳았다. 나초는 요리를 무척 잘했다. 10분 후 식탁에 음식이 한가득 차려졌다. 우리는 둘 다 허겁지겁 식사를 시작했다. 아멜리아가 엄청나게 먹는 모습과 볼록 나온 배를 보고, 나는 그제야 그녀도 임신 중이라는 사실을 알아챘다.

"아기는 몇 주예요?"

아멜리아의 배를 보며 묻자, 그녀는 배를 부드럽게 쓰다듬으며 환하게 웃었다.

"예정일까지 한 달 반 남았어요. 아기 이름은 파블로라고 지을 거예요."

나도 내 아기 이야기를 해주고 싶었지만, 나초가 살짝 고개를 젓는 모습이 보였다. 그는 토마토를 한 입 베어물며 말했다.

"엄마를 닮았으면 좋겠어. 애기 아빠는 완전 얼간이에다 은둔형 외톨이라고. 생긴 것도 이상해."

나는 웃음을 터뜨렸다가 곧바로 정신을 차리고 아멜리아에게 사과했다. 하지만 나초는 한술 더 떴다.

"뭐 하러 사과해? 틀린 말이 아니야. 얘는 깡마른 얼간이랑 사랑에 빠졌다고. 게다가 이탈리아인이야. 아버지가 왜 그렇게 그놈을 아끼시는지 난 아직도 모르겠어."

순간 난 움찔했다. 이 남매와 함께 지내는 건 어렵지 않다. 아니, 어렵지 않은 정도가 아니라 휴가 온 기분마저 든다. 하지만 나초의 말을 들으니 내가 어쩌다 여기 있게 됐는지 떠올랐다. 나는 포크를 내려놓고 그를 바라보았다.

"난 이탈리아 사람들이 좋아요. 훌륭한 사람들이에요."

내 말에 아멜리아는 힘차게 고개를 끄덕였다.

나초는 식탁 위로 몸을 숙이더니 나를 노려보았다.

"아, 내 사랑. 그래, 당신은 시칠리아 사람들을 좋아하지."

나초가 히죽 웃자 나도 재치 있게 받아치고 싶었다. 나 역시 슬며시 웃으며 쏘아붙였다.

"그 말이 백번 천번 맞아. 좋아하는 정도가 아니라 아주 사랑해."

아멜리아는 우리를 번갈아 흘깃거리다가, 결국 어색한 침묵을 이기지 못하고 말을 꺼냈다.

"수영하러 갈래?"

그녀는 먼저 나초에게 물었고, 그가 고개를 끄덕이자 이젠 나에게 물었다.

"같이 해변에 갈래요? 날이 그렇게 덥지는 않거든요. 우리는 일광욕을 하면서 마르셀로가 서핑하는 걸 구경하면 돼요."

"서핑요?"

아멜리아의 말에 나는 놀랐다.

"네, 서핑요. 오빠는 서핑 세계 챔피언이에요. 못 들었어요?"

내가 고개를 젓자 그녀는 손뼉을 치면서 이야기했다.

"그렇다면 오빠가 실력을 뽐낼 기회겠네요. 파도가 높이 치고 바람도 완벽하게 불어요. 좋아! 저녁은 해변에서 먹어요. 난 3시에 올게요."

그녀는 내 뺨에 입을 맞추고 오빠를 꼭 껴안았다.

"아디오스!"

그리고 인사를 남긴 채 문밖으로 사라졌다.

아멜리아가 떠나자, 나초는 빈 접시를 나이프로 두드리면서 곰곰이 생각에 잠겼다. 귓가에 거슬리는 식기 소리를 들으며 나는 입을 열었다.

"우리 이야기 좀 해요. 나 여기 언제까지 있어야 해요? 당신 아버지를 기다려야 한다고 듣긴 했지만, 언제 돌아오시는지는 말 안 해줬잖아요. 아니, 애초에 왜 기다려야 하는지도 모르겠고요."

그는 대답이 없었다. 그저 눈길을 들어 진지한 눈빛으로 날 가만히 바라보았다.

"제발 말해줘요, 마르셀로."

눈물이 핑 돌았다. 울지 않으려고 입술을 꾹 깨물었다. 그러자 나초는 손으로 얼굴을 가리고 한숨을 쉬었다.

"모르겠어요. 당신을 얼마나 오랫동안 데리고 있어야 할지 전혀 알 수가 없어요. 아버지가 크리스마스 전에 당신을 데려오라고 명령했지만, 내가 그러지 못했다는 걸 알잖아요."

그는 내 배로 고갯짓을 했다.

"그래서 아버지는 떠나야 했어요. 유감스럽게도 아버지는 본인 계획을 남에게 이야기하는 분이 아닙니다. 난 당신을 여기 가둬두고 아버지가 돌아오실 때까지 안전하게 지키는 임무를 맡았어요. 내가 아는 건 그뿐이에요."

나는 눈을 내리깔고 두 손을 하릴없이 꼼지락대다가, 방금 들은 말에 짜증이 났다.

"안전하게 지킨다고요? 솔직히 지금 이 세상에서 나에게 가장 위험한 사람은 당신이에요. 당신을 유일하게 위협할 수 있는 사람은 날 여기 와서 구출해줄 마시모고요."

"당신 남편이 말을 안 해서 그렇지, 그는 적이 생각보다 훨씬 많아요."

나초는 일어서서 그릇을 싱크대로 가져갔다.

결국 대화에는 아무런 진전이 없었다. 방으로 돌아온 다음, 나는 아멜리아의 말을 떠올리며 옷장으로 갔다. 뭘 입어야 할지는 답이 딱 나왔다. 시칠리아의 내 드레스룸에는 온갖 명품이 가득했지만, 이 옷장에는 알록달록한 티셔츠와 슬리퍼, 후드티와 반바지가 있다. 물론 해변에서 서핑하려면 이런 옷이 낫겠지. 게다가 나초가 서퍼다운 취향으로 내 옷을 마음대로 골랐을 게 뻔하다.

만사에 반항해봤자 좋을 게 하나 없다는 생각에 한숨이 나왔다. 전에도 변한 상황을 운명으로 받아들이니 내 삶이 편해지지 않았던가. 나는 회색 데님 반바지와 무지갯빛 비키니, 해가 뜨는 이미지가 박힌 하얀 티셔츠를 골라 침대에 던지고는 욕실로 들어갔다.

이 집에 욕실은 하나뿐이라 나초와 같이 써야 한다는 사실은 진작 알고 있었다. 나초는 나름대로 나를 편안하게 해주기 위해 최선을 다했다. 내 소지품은 세면대 한쪽에 정리되어 있고, 그의 물건은 다른 한쪽에 있었다. 세면용품은 많지 않지만 기본적인 건 다 있었다. 페이셜 크림과 보디로션, 칫솔에 더해 놀랍게도 내가 제일 좋아하는 향수가 있었다. 나는 랑콤의 '미드나이트 로즈' 병을 들고 거울에 비친 내 모습을 힐끔 보았다. 이 남자가 어떻게 알았지?

일단 이를 닦고 샤워를 했다. 그런 다음 머리를 땋고 얼굴에 크림을 발랐다. 화장은 생각할 수도 없었다. 일단 화장품이 하나도 없을 뿐더러, 이곳은 화장이 아니라 선탠을 할 만한 곳이었다.

순간 문을 두드리는 소리가 들려서 정신이 퍼뜩 들었다. 나는 거울 옆에 걸린 목욕 가운을 입고 문으로 다가가서는, 살짝 열린 문틈으로 나초를 보았다.

"이 집에는 욕실이 하나뿐이네요. 목욕 가운도 하나뿐이고."

그는 싱긋 웃었다.

"그러니 빨리 마쳐요."

나는 문을 도로 닫고 단장을 시작했지만 서두르지는 않았다. 할 일을 다 마치고 나온 다음 침대에 가서 골라둔 옷을 입고 내려와 거실로 향했다.

거실에는 TV가 켜져 있었다. 커피 테이블 위에는 열어놓은 노트북이 보였다. 나는 잠시 숨을 죽이고 귀를 쫑긋 세웠다. 위층 욕실에서 샤워기 소리가 들렸다. 그렇다면 시간이 있다. 나는 슬그머니 노트북에 다가가 스위치를 켰다. 전원이 들어오는 동안, 손가락으로 탁자를 초조하게 두드렸다. 그래봤자 기계가 더 빨리 작동하는 것도 아닌데. 하지만 화면이 켜지자 비밀번호를 입력하라는 메시지가 떴다.

"씨발!"

나는 소리를 지르며 노트북을 쾅 닫았다.

"조심해요. 그거 예민한 기계라고요."

뒤편에서 목소리가 들려와 나는 욕설을 삼켰다.

"필요한 게 있어서 왔어요."

고개를 돌린 나는 그 자리에서 굳고 말았다. 완전한 나체가 물방울을 뚝뚝 떨어뜨리며 내 앞에 서 있었다. 눈길을 돌려야 했건만, 그럴 수 없었다. 목구멍이 바짝 말라오는 느낌에 마른침을 삼켰다. 나초는 오른손으로 페니스를 가리고 있었다. 왼손은 유리 파티션에 기댄 채였다. 필요한 게 있어서 왔다고? 그게 뭔데? 그의 말이 머릿속에 맴돌았다.

이제 무슨 일이 일어날까? 가까이 다가와서 그곳을 드러낼까? 내 입에 밀어 넣을까? 아니면 주방 식탁으로 데려가 날 덮칠지도 몰라. 날 식탁에 눕히고 저 화려한 문신을 드러내면서…….

"당신이 내 목욕 가운을 가져가서요."

뭐? 순간, 나는 정신을 있는 대로 끌어 모아 내 뺨을 때리는 상상을 했다. 남편을 두고 대체 무슨 생각이야? 아무리 상상이라도 그렇지, 바람피운 거나 마찬가지 아니야?

하지만 어떡하라고? 나는 성욕이 왕성하고 건강한 젊은 여자다. 게다가 임신 중이라서 항상 욕구가 충만하고 기회가 되면 누구와도 섹스할 준비가 된 몸이라고.

나는 대답하지 않은 채로 그저 그의 눈을 빤히 보았다. 나초는 키득키득 웃으며 돌아서더니 올라갔다. 역시, 엉덩이에도 문신을 새겼네. 자제하려고 했지만 입에서 나지막한 신음이 흘러나오고 말았다.

"다 들려요."

나초는 올라가며 소리쳤다.

나는 푹신한 소파에 털썩 앉아 쿠션에 얼굴을 파묻었다. 왜 이렇게 매력적인 남자들이 인생에 한꺼번에 나타나서 정신을 사납게 하는 거지? 아니면 임신해서 호르몬이 널을 뛰어 이러나? 그래서 사실은 별로 매력 없는 남자한테도 민감하게 반응하나? 왜 갑자기 내 세상이 이렇게 섹시한 근육질 남자들로 바글대는 세상이 되었지? 잠시 말없이 자책하던 나는 결국 일어나 앉아 리모컨을 집어 들었다.

아무 생각 없이 채널을 이리저리 돌리다가 문득 이런 생각이 들었다. 부모님은 이미 마시모의 정체를 알게 되었을 거야! 내가 실종된 것도 그렇고, 마시모가 분노하는 걸 봤을 테니 모르실 리 없다. 나는 벌떡 일어섰다. 그렇다면 내가 유리한 상황이니 협상의 여지가 생길 터다. 그래서 계획을 세우는데, 다시 위층에서 내려오는 소리가 들렸다. 나는 혹시나 나초가 여전히 벌거벗고 있을까 봐 다른 곳을 바라보았다. 아래층으로 내려온 나초는 내 옆에 앉았다. 다행히 반바지에 후드 집업 차림이었다.

"우리 이야기 좀 하죠."

내 말에 그는 고개를 떨구고 두 손으로 얼굴을 가렸다.

"정말요? 또? 아직 못다 한 말이 남았어요?"

그는 손가락 사이로 재미있어하는 표정을 드러냈다.

"내 부모님은 이제 마시모의 정체를 알고 있을 거예요. 당신이 나를 납치했으니 진실이 밝혀졌겠죠."

나는 소파에서 일어서서 그에게 손가락을 흔들었다.

"자, 이제 당신이 킬러라는 걸 내가 아멜리아에게 말하지 말아야 할 이유를 대봐요. 당신이 말한 이유는 효력을 잃었으니까."

그러나 나초는 소파에 등을 기대고 머리 뒤로 느긋이 손을 받치 더니, 터지려는 웃음을 간신히 참았다.

"시도는 좋네요. 하지만 아직도 내가 더 유리한데요."

그는 커피 테이블에서 노트북을 들어 올렸다. 어찌나 비밀번호 를 빨리 입력하던지, 알아볼 겨를이 없었다.

"당신 어머니에게 전화해보죠."

나초는 내 앞으로 모니터 화면을 돌렸다. 화면 위로 페이스북 로 그인 페이지가 보였다. 내게 몸을 숙이는 남자의 몸에서 환상적이 고 상큼한 향기가 훅 끼쳐왔다.

"로그인해서 직접 확인해봐요. 부모님이 아시나 모르시나. 결과 를 감당할 수 있겠어요?"

허세를 부리는 걸까? 확신할 수 없지만 그래도 이 기회를 이용해 서 엄마에게 내가 잘 있다고 전할 수 있겠지. 나는 비밀번호를 입력 했지만 엄마는 오프라인 상태였다.

"내가 아는 내용을 들려줄게요. 사실인지 아닌지는 당신이 판단 해요. 당신 남편은 두 분을 공항으로 보내면서, 왜 당신이 배웅 나오지 않았는지에 대해 거짓말을 했어요. 당신 어머니 클라라 비엘이 경찰에 신고하면 일이 복잡해지기만 하니까요."

나초는 노트북을 다시 가져가 전원을 껐다. 그러고는 내게 윙크하며 말했다.

"이야기 즐거웠어요. 난 이제 가봐야 해요. 내 동생에게 우리 삶에 대해 너무 많이 이야기하면 안 돼요. 알았죠?"

"아멜리아는 얼마나 알고 있나요?"

"대부분 알고 있어요. 당신이 임신한 건 모르고요. 아마 걔는 눈치 못 챌 거예요. 하지만 만약 내가 모르는 사이에 아멜리아가 눈썰미 좋게 티도 안 나는 당신의 임신을 눈치채면, 우리가 합의한 내용대로 말해요. 계획에 없던 아이가 생겨서 임신한 걸 알자마자 여기로 온 거라고요. 그럼, 나중에 봐요."

그는 테라스에서 서프보드를 가지고 나왔다.

"잠깐만요. 나중에 내가 여기를 떠날 때, 내가 갑자기 사라진 걸 아멜리아에게 어떻게 설명할 거예요?"

그는 나가던 중에 멈추더니, 무지갯빛 선글라스를 쓰며 말했다.

"당신이 유산해서 떠났다고 말할게요."

이윽고 더플백을 집어든 채 나초는 떠났다.

나는 소파에 앉아서 턱을 등받이에 괸 채 곰곰이 생각했다. 정말 묘하네. 나초는 내 질문에 모두 대답했고 그의 계획은 흠이 없었다. 얼마나 오랫동안 준비했던 걸까? 아마 오래전부터 구상했겠지. 그러자 내가 이곳, 바로 나초의 집에 있게 된 이유가 무엇이었는지 떠올랐다. 나는 한숨을 푹 쉬면서 등을 기댔다.

지금쯤 마시모는 뭐 하고 있을까? 나를 또 잃어버렸으니 경호원 절반을 죽였을 것이다. 그 생각에 한동안 심장이 뛰었지만, 하도 이상한 일을 연속으로 겪으니 이제 웬만한 일은 놀랍지도 무섭지도 않았다. 앞으로 또 얼마나 자주 납치될까? 살면서 또 이상한 남자들을 얼마나 많이 만나게 될까?

나는 배를 쓰다듬었다. 적어도 내가 보기에는 심하게 나왔다.

"루카, 아빠가 곧 우리를 구하러 올 거야. 집에 갈 때까지는 당분간 휴가 왔다고 생각하자."

아이에게 속삭이는 순간, 누군가 문을 두드렸다. 잠시 후 열쇠를 돌리는 소리가 났다. 문이 열리자 아멜리아가 들어왔다.

"내가 왜 노크를 했을까요? 열쇠가 있는데. 물건은 다 챙겼어요? 이제 가요!"

나는 얼굴을 찡그리며 어깨를 으쓱였다.

"챙길 물건은 아무것도 없어요. 여기에 올 때…… 별로 가져온 게 없어서요."

"그렇군요. 자, 그럼 어서 가요."

그녀는 내 손을 잡고 밖으로 이끌며 덧붙였다.

"차에 선글라스가 있어요. 일단 도착하면 뭐든 다 사줄게요."

CHAPTER 19

우리는 아파트에서 나와 유리 엘리베이터를 타고 1층으로 내려 갔다. 1층은 엘리베이터처럼 온통 유리로 지어진 으리으리한 로비 였다. 아파트 안내데스크를 지나 밖으로 나가 포장도로에서 기다 리니, 잠시 후 젊은 발렛파킹 직원이 하얀색 BMW M6를 몰고 입 구로 다가왔다. 직원이 내려서 문을 열어주자 아멜리아는 운전석 에 탔다. 내부의 체리색 가죽이 하얀 외관과 완벽하게 어울렸다.

아멜리아는 액셀을 밟으며 투덜댔다.

"나는 이 차가 싫어요. 과시하는 것 같잖아요. 물론 이곳 코스타 아데헤에는 이보다 더 요란한 슈퍼카도 많죠. 오빠도 그런 차가 있 고요."

그녀는 깔깔 웃으며 나를 슬쩍 보았다.

코스타 아데헤라고? 그건 또 어디야? 우리가 탄 차는 그림 같은 산책로를 달렸고, 나는 창밖을 바라보았다. 아멜리아는 가족 이야 기를 늘어놓았다. 어머니는 교통사고를 당해 돌아가셨고, 아멜리아

오늘

는 스물다섯 살, 마르셀로는 그보다 열 살 많은 서른다섯 살이라고 했다. 아버지가 정확히 무슨 일을 하는지, 그녀는 정말로 모른다는 것도 확인했다. 어느 정도는 안다 해도 정확하게는 모르고 있었다. 그리고 자기 오빠의 진짜 직업에 대해서는 전혀 몰랐다.

아멜리아는 솔직하고 수다스러웠다. 게다가 나를 나초가 진심으로 사랑하는 연인이라고 생각하는 모양이었다. 그녀는 차를 타고 이동하는 짧은 시간 동안 최선을 다해서 가족 이야기를 해주었다. 아버지가 유럽 대륙에서 일을 마치고 돌아와 친구와 가족을 모아놓고 함께 새해를 맞이할 거라는 이야기를 하면서 어쩔 줄 모르고 신나했다. 그 말을 듣자 나는 깨달았다. 아멜리아는 아버지가 언제 돌아오는지 알고 있잖아? 그렇다면 나초가 거짓말을 했구나. 나는 예의 바르게 고개를 끄덕이면서 아멜리아의 이야기를 잠자코 들었다. 어쩌면 스페인 마피아에 대한 흥미로운 소식을 파악할 수도 있겠다 싶었다.

이윽고 아멜리아는 호텔 앞에 차를 대며 말했다.

"다 왔어요. 플라비오가 집을 비울 때면 난 여기 살아요."

나는 무슨 뜻이냐는 의미로 이맛살을 지그시 모으며 그녀를 바라보았다.

"남편은 아빠랑 해외 출장을 다니거든요. 그러면 나는 마르셀로랑 가까이 있으려고 이곳에 머물러요."

아멜리아는 호텔 입구로 걸어가며 계속 말했다.

"해변에 시설이 거의 없다시피 해서, 직원들에게 우리가 쓸 선베드랑 이것저것을 갖다줘달라고 부탁했어요. 남들 보기에는 뜨내기

관광객처럼 보이겠지만 뭐 어때요. 모래 위에서 아기에게 편안한 자세를 잡으려고 안절부절못하다가 척추가 부러지고 싶은 마음은 없거든요."

우리는 호텔로 들어가 뒤편 정원으로 다시 나간 다음, 산책로를 통해 해변에 도착했다. 앞에 펼쳐진 광경은 정말 신기했다. 해안을 따라 펼쳐진 바다는 대부분 고요하게 물결쳤지만, 그중 몇십 미터 구간에서는 파도가 2층 높이만큼 어마어마하게 밀려왔다. 그 구간에는 수십 명의 사람이 바닷물에 들어가, 서프보드 위에서 완벽한 파도가 오기를 기다리는 중이었다. 한쪽은 고요하고 다른 한쪽은 파도가 엄청나다니, 참으로 신비로운 광경이었다. 마치 한쪽 산등성이에는 햇빛이 쨍쨍한데 반대편엔 눈이 덮여 있는 테이데 활화산을 보는 것 같달까. 해변에 사람들이 삼삼오오 모여 와인을 마시고 웃으며 마리화나를 피우고 있었다. 적어도 내가 맡기에는 마리화나의 냄새였다.

우리를 위해 준비된 장소는 금방 찾을 수 있었다. 커다랗고 푹신한 선베드 두 개가 비스듬히 놓인 곳이 보였다. 그 옆에 아직 펼치지 않은 거대한 파라솔과 음식 바구니, 담요와 웨이터가 있었다. 어쩌면 웨이터가 아니라 경호원일지도 몰랐다. 경호원이라 해도 나름 예를 갖춘 모양인지, 몇 걸음 떨어진 곳에 자그마한 접이식 의자를 두고 앉아 있었다. 시칠리아에서 내가 달고 다니던 경호원처럼 공식 복장을 갖춰 입지는 않았다. 가벼운 면바지에 단추를 풀어 놓은 셔츠 차림이었다. 그는 우리에게 손짓하면서, 앉은 자리에서 움직이지 않은 채 그저 바다를 응시했다. 아니, 우리를 보고 있는지도. 선글라스를 쓰고 있어서 눈이 보이지 않았다.

"아, 좋다."

아멜리아는 한숨을 쉬더니 옷을 벗고 비키니 차림으로 선베드에
누웠다.

"임신하면 햇빛을 피해야 하지 않아요?"

나는 반바지를 벗으며 물었다. 그녀는 얇은 숄로 몸을 가리면서
선글라스 너머로 나를 슬쩍 바라보았다.

"아뇨. 그냥 배만 그늘에 잘 두면 돼요. 임신은 그리 나쁘지 않더
라고요. 최악의 경우라 해봤자 배에 흉터나 생기겠죠. 그런데 그 이
상한 발찌는 뭐예요?"

아멜리아는 내 발목에 걸린 위치 추적기를 가리키며 물었다.

"아, 설명하자면 길어요. 별로 재미없는 이야기고요."

나는 손을 내저으며 선베드에 누웠다. 아멜리아와 눈이 살짝 마
주치자 속으로 욕이 나오고 말았다. 그녀는 나를 빤히 바라보고 있
었다. 눈치챘구나.

"당신도 임신했어요?"

나는 대답하지 않았다.

"마르셀로 아이예요?"

나는 손가락을 입으로 가져가 하릴없이 손톱을 물어뜯었다. 그
러다 결국 못마땅한 소리를 내며 눈을 감았다. 그나마 선글라스를
쓰고 있어서 천만다행이었다.

"그래서 여기 온 거예요. 폴란드에서 덜컥 애가 생겨버렸거든요.
마르셀로에게 말했더니 나를 납치해다가 여기 데려왔네요. 나랑

아기를 돌봐주겠다면서요."

토할 것 같았다. 거짓말이라기엔 너무 진실에 가까웠다. 나는 물병을 집어 들었다.

아멜리아는 놀라 입을 벌린 채로 앉아 있더니, 잠시 후 입에 함박웃음을 지으며 소리쳤다.

"세상에! 너무 잘됐다! 우리 아기들은 동갑으로 크겠네요! 얼마나 됐어요? 4개월?"

나는 듣지도 않고 고개를 끄덕였다.

"아! 정말 마르셀로다운 행동이네요! 오빠는 항상 책임감이 강하고 자상하거든요! 어렸을 때 말이죠, 오빠는 항상……."

이제 난 아멜리아의 이야기에 전혀 귀를 기울이지 않고 그저 부서지는 파도 소리만 들으며 바다를 바라보았다. 눈물이 핑 돌았지만 필사적으로 참았다. 마시모가 보고 싶었다. 그의 품에 안겨서 온몸으로 그를 받아들이고 영원히 그 품에 갇히고 싶었다. 그의 곁에 있을 때만 안정감이 느껴지는데 어떡하란 말인가. 아기를 가졌다는 행복을 같이 나누고 싶은 사람은 마시모뿐이다. 그런데 지금은 남의 애인인 척해야 하니 어찌나 역겹고 혐오감이 들던지. 게다가 더 화가 나는 건 따로 있다. 누군가의 더러운 비밀을 지키기 위해서 아멜리아처럼 상냥하고 순수한 사람에게 거짓말을 해야 한다는 걸 참을 수가 없다.

"저기 마르셀로가 있어요!"

아멜리아가 바다에 있는 사람을 가리키며 소리쳤다. 서퍼들은 대부분 긴소매 회색 전신 수영복 차림이었지만 나초는 웃통을 드러내고 하반신엔 화려한 수영복만 걸쳤다. 그는 손을 뻗어 균형을 잡으며 파도를 타고 질주했다. 머리 위로 부서지는 거대한 파도에도 전혀 흔들림 없이, 자그마한 보드 위에서 무릎을 굽혀 자세를 조절하는 모습은 매혹적이었다.

나초가 갑자기 공중에서 휙 회전하더니, 이내 서프보드를 머리 위로 들어 올려 한 손으로 잡았다. 그 모습에 모두가 감탄하며 손뼉 치고 환호성을 질렀다.

"와, 나도 어떻게 하는 건지 배우고 싶어요."

그 묘기에 놀란 나는 나직하게 감탄했다.

"오늘은 파도가 너무 높아요. 게다가 마르셀로는 임신한 여자에게 서핑을 가르쳐주지 않을 거예요. 하지만 패들보드는 언제든 해볼 수 있어요. 나도 가끔 하거든요. 바닷물 소금기는 싫지만요."

바다로 눈길을 돌리자 문신 가득한 몸으로 서프보드를 겨드랑이에 끼고 걸어오는 나초가 보였다. 물을 뚝뚝 흘리고 착 달라붙는 수영복 바지를 입은 모습이 섹시해 숨이 막혔다. 만약 나초가 납치범에 킬러만 아니었다면, 내가 유부녀에 임신 중만 아니었더라면, 저 모습을 본 순간 사랑에 빠졌을 텐데.

"왔구나!"

그는 서프보드를 놔두고 나에게 다가왔다. 뭘 하려는 건지는 뻔했다. 나는 몽롱해진 마음을 다잡고 고개를 옆으로 돌렸고, 입술에 내려앉으려던 그의 키스는 뺨에 닿고 말았다. 나초는 슬쩍 웃으며 내 귓가에 속삭였다.

"제법인데요."

아멜리아를 바라본 순간, 그녀는 오빠를 덥석 안고 소리쳤다.

"축하해! 오빠도 이제 아빠가 되는구나!"

나초는 나를 쏘아보았다. 나는 그저 어깨를 으쓱이며 말했다.

"말했잖아. 임신한 거 티 난다고. 근데 자기는 절대 티 안 난다고, 내 말 안 믿었지."

나는 한숨을 쉬며 물을 한 모금 마셨다. 아멜리아는 나초에게 키스를 퍼부으며 재잘재잘 수다를 떨었다.

"우리 아이들이 동갑이라 정말 좋아! 아빠가 돌아오시면 파티를 열자! 아니, 새해에 발표하는 건 어때? 내가 다 알아서 할게! 시간이 많지는 않지만, 어떻게든 될 거야. 아, 너무 기쁘다!"

그녀는 가방에서 휴대폰을 꺼내더니 몇 발짝 물러나 누군가에게 전화했다.

나는 선글라스를 벗고 선베드에서 몸을 돌려 나초에게 말했다.

"내가 폭로할까요? 아니면 당신이 솔직하게 고백할래요? 이건 엄밀히 따져서 당신 문제예요. 나는 더 관여하지 않겠어요. 어떻게 동생의 마음을 이런 식으로 아프게 할 수 있죠?"

내 말에 나초는 이해가 안 된다는 표정을 지었다.

"무슨 말인지 이해가 안 가요? 당신은 동생의 마음을 아프게 할 거라고요. 내가…… 유산했다고 말하면 아멜리아가 얼마나 속상해할지 생각 안 해봤어요? 내가 싹 사라져버리면 아멜리아 마음이 어떻겠어요? 벌써 나를 가족으로 여기고 있잖아요. 당신은 정말 매정한 사람이에요."

나초는 냉정하고 차분하게 내 귓가에 속삭였다.

"나는 돈을 받고 사람을 죽입니다. 냉혈한이 맞아요, 라우라."

나는 고개를 홱 돌려 그를 똑바로 보았다. 얼음장처럼 냉랭한 눈은 사람의 마음을 불안하게 만들었다. 이제 나는 마시모의 말이 틀리지 않았다는 걸 깨달았다. 모래 위에 무릎을 꿇고 내 옆에 앉은 이 남자는 냉정하고 무자비하며 잔인한 킬러다.

"일광욕을 좀 더 해요. 나는 수영하러 갈 테니까. 그런 다음 집에 가죠. 당신은 다시는 아멜리아를 볼 일 없을 겁니다."

그는 서프보드를 집어 들더니 나를 내버려둔 채 바다로 갔다.

이윽고 아멜리아가 다시 나타났다. 나는 그녀에게 계획을 잠시 미루는 게 좋겠다고 제안하며, 내가 심장 질환이 있는 고위험군 임신부라 언제든 아기를 잃을 수 있다고 설명했다. 아멜리아는 무척 걱정했고, 살짝 화가 난 것 같았지만 내가 어째서 임신을 밝히지 않았는지 이해해주었다. 이런 설명을 한 건 나초를 위해서가 아니라 그저 아멜리아가 마음 아플 일이 없기만을 바라서였다. 그녀는 정말로 솔직하고 좋은 사람 같았다.

나초는 그 후로도 두 시간 동안 서핑을 했다. 이윽고 해가 뉘엿뉘엿 저물기 시작하자, 그는 우리의 선베드 옆에 서프보드를 세워놓고 수건으로 몸을 말렸다.

"다 같이 저녁 먹을까?"

아멜리아가 나초를 바라보며 물었다.

"우리는 벌써 일정이 있어."

나초가 대답하자, 아멜리아는 얇은 담요를 칭칭 두른 채 실망한 표정으로 그를 보았다. 나는 잠자코 옷을 입었다. 그녀가 실망한 건 내 잘못이 아니야. 죄책감을 느껴 마땅한 사람은 바로 저 남자란 말이야. 나초는 아멜리아의 뾰로통한 표정을 무시하고 내게 후드티 셔츠를 던졌다.

"입어. 차 타면 추울 테니까."

우리는 작별 인사를 하고 아멜리아를 보낸 다음 해변 옆 주차장으로 갔다. 나초는 서프보드를 친구 차에 실은 다음, 내 손목을 잡고 산책로로 끌고 갔다.

"보드는 집에 안 가져가요?"

"보드를 실으면 당신을 못 데려가요. 어서 와요."

그는 소리를 지르며 차 문을 열었다.

"이건 뭐예요?"

나는 입을 딱 벌렸다. 이토록 괴상하게 생긴 차는 처음 보네.

"1969년식 셰보레 코르벳 스팅레이죠."

이 남자, 짜증났구나. 목소리에서 티가 났다. 나는 아름다운 검은색 차에 탔다. 희귀해 보이는 차는 반짝반짝 광택이 흘렀고 타이어에 하얀 글씨가 새겨져 있었다. 오빠가 비싼 슈퍼카를 가졌다던 아멜리아의 말이 맞았다. 시동을 켜자마자 굉음이 울렸다. 진동이 느껴지자 나는 어쩔 수 없이 웃었다. 나초는 내 미소를 알아보았다.

"시칠리아에선 남편이 페라리를 몰았겠죠? 진정한 남자는 페라리 따윈 몰지 않아요."

그는 눈썹을 치켜뜨며 슬쩍 웃더니, 액셀을 밟았다.

거대한 V8 엔진의 굉음을 울려대며 우리는 산책로를 따라 달렸다. 해가 저무는 섬은 정말로 아름다웠다. 여기가 전혀 모르는 나라

오늘

가 아니었다면, 내가 전혀 좋아하지 않는 남자와 같이 있지만 않았더라면 이 행복을 만끽할 수 있었을 텐데. 나는 나초를 흘깃 보았다. 그는 디에고 미란다의 「아이 원트 투 리브 인 이비자I Want to Live in Ibiza」에 맞춰 고개를 까닥거리고 있었다. 그는 부드러운 선율에 따라 나지막이 노래를 따라 부르며 손가락으로 운전대를 두드렸다. 이 사람이 납치범이라니. 납치범이자 킬러라니. 지금 부르는 노래는 아무리 생각해도 흉악범이 부를 법하지 않았다. 하지만 가장 기묘한 점은 따로 있다. 나는 어째서 이 남자가 무섭지 않은 걸까. 그가 제아무리 무례하게 행동하고 나를 겁주어도, 내 잠재의식은 나초를 비웃을 뿐이었다.

****

아파트에 들어서자 나초는 가방을 문 옆에 던져놓고 수건을 집더니 테라스로 나갔다. 나는 어떡해야 할지 몰라서 주방 식탁에 앉아 포도를 조금 떼어 먹었다. 해변에 머무는 동안 아멜리아는 계속 뭔가를 먹었고, 나 역시 마찬가지라서 지금은 저녁밥이 들어갈 배가 없었다.

"당신은 내게 거짓말을 했더군요. 왜 그랬어요?"

아멜리아가 운전하면서 들려준 이야기가 떠올라서 나는 결국 물었다. 나초는 방으로 돌아와 조리대에 눕다시피 기대더니, 미소를 지었다.

"어떤 거짓말을 묻는 겁니까?"

"나한테 한 거짓말이 그렇게 많나 보죠?"

나는 포도 먹기를 그만두었다.

"대단히 많긴 하죠. 상황이 이렇다 보니 어쩔 수 없었고요."

"아멜리아가 언제 당신 아버지가 돌아오시는지 말해줬어요. 그렇지 않아도 좀 이상하더라고요. 당신이 모른다는 게 말이 되나요? 정말로 아버지 밑에서 일하는 거 맞아요? 왜 나에게 거짓말을 했나요, 마르셀로?"

그는 나를 보고 빙긋 웃었다.

"그런데 말이죠, 나는 당신이 나초라고 불러줄 때가 더 좋아요."

나초는 뒤돌아서 냉장고를 열다가 덧붙였다.

"이틀 후면 당신은 풀려날 겁니다. 일단은 그렇게 알아둬요."

"일단이라뇨?"

"그야 언제든 예상치 못한 일이 벌어질 가능성은 있으니까요. 화산이 폭발하면 당신의 시칠리아 왕자님이 못 올 거 아닙니까?"

나초는 냉장고에서 맥주를 꺼내면서 한마디 덧붙였다.

"아니면 내가 그자를 죽이고 당신이랑 평생 살 수도 있고."

그 말에 얼떨떨해진 나는 아무 말도 못 했다. 나초 역시 침묵을 지켰다. 아주 오랫동안 정적이 흐르는 가운데, 그는 맥주를 마시며 나를 유심히 뜯어보았다.

"잘 자요."

나는 간신히 대답했다.

"아니라고 하지는 않네요?"

그는 계단을 올라가는 내 뒤에 대고 소리쳤다.

"잘 자요!"

방문을 쾅 닫고 기대 아무도 들어오지 못하게 막았다. 심장이 두
근대고 손끝이 저릿저릿거렸다. 나한테 무슨 일이 일어난 거지? 두
손으로 얼굴을 가리고 마음을 가라앉혔다. 울고 싶지만 눈물조차
나오지 않았다. 몇 분이나 꼼짝 못 하고 있다가, 겨우 용기를 그러
모아 방에서 나가 샤워를 했다. 찬물을 틀어놓고 그 아래 서서 진정
될 때까지 꾹 참았다. 몸의 떨림이 멈춘 후에야 제대로 씻고 로션을
발랐다. 샤워는 급하게 했다. 언제든 나초가 불쑥 들어올까 봐 두려
웠으니까. 다행히도 그와 마주치지 않고 샤워를 마쳤다.

나는 침대에 들어가 베개를 꼭 껴안고 가만히 누워서 남편을 생
각했다. 마시모와 보낸 좋았던 순간들이 뇌리를 스쳤다. 그의 꿈을
꾸고 싶었다. 눈을 떴을 때 다시 그의 곁에서 깨어나고 싶었다.

저벅저벅. 문밖에서 들려오는 발소리에 잠에서 깼다. 눈 뜨기가
두려웠지만, 밖에 있는 사람이 나초고, 그가 내 방으로 몰래 들어오
려 한다는 생각이 들었다. 자기 전에 블라인드를 쳐놓았는지라 방
은 아주 어두웠다. 마룻바닥이 다시 한번 나지막한 끼익 소리를 내
자 나는 굳은 채 나초의 움직임을 기다렸다. 어젯밤 그의 솔직한 고
백을 듣자, 그가 내게 원하는 게 어디까지일지 알 수 없었다. 나는
비몽사몽한 채 잠시 후 벌어질 상황에 어떻게 대처할지 미친 듯이
생각했다. 근육을 한껏 긴장하고 있노라니, 쥐 죽은 듯한 침묵 속에
서 나초의 숨소리가 들려왔다. 그가 가까이 있었다. 마치 무언가를
기다리는 듯, 아무런 움직임 없이. 그러다 이어서 몸싸움 소리가 들
렸다.

난 겁먹고 침대에서 벌떡 일어났다. 소리가 나는 곳에서 최대한 몸을 멀리한 채 스탠드를 켜려고 했지만 스위치를 눌러도 켜지지 않자, 심장이 빠르게 뛰기 시작했다. 나는 침대 뒤로 기어가다가 벽에 부딪혔다. 몸싸움 소리는 계속 이어졌다. 이제 죽는 건가? 손을 더듬어 옷장 문을 찾아보았다. 그러고는 작은 드레스룸 안에 들어가 옷걸이 아래 다리를 모아 가슴에 안았다. 너무 무서웠다. 가장 무서운 건, 대체 무슨 일이 벌어지고 있는지 알 수 없다는 점이었다. 이마를 무릎에 대고 수그렸지만 몸이 덜덜 떨리던 순간, 갑자기 소리가 잦아들었다. 이윽고 희미한 손전등 빛이 보이자 속이 메스꺼워졌다.

"라우라! 라우라!"

나초의 외침을 듣자 눈물이 돌았다.

대답하려고 했지만 목소리가 나오지 않았다. 소리 내고 싶어도 목이 꽉 막혔다. 그때 옷장 문이 스르르 열리면서 나를 안아 올리는 팔이 느껴졌다. 나는 몸을 떨면서 나초의 목을 그러안고 훅 끼쳐오는 그의 향기를 맡았다.

"심장약 먹을래요?"

그는 나를 침대에 앉히고서 물었다.

나는 고개를 저으며 방을 둘러보았다. 손전등 빛 아래 살펴본 방은 난장판이었다. 스탠드는 부서져 바닥에 쓰러져 있고, 촛불은 흩어지고 러그는 구겨졌다. 커튼은 모두 찢어진 채였다. 바닥에 시체가 보였다. 그 순간 머리가 핑 돌았다. 나는 고개를 돌려 토했다. 이러다 죽겠어. 잠시 후 경련이 멈추자 힘이 빠져 침대에 쓰러졌다.

나초는 이불을 내 몸에 둘둘 말고서 내 손목을 잡고 맥박을 확인했다. 그러고는 나를 아래층으로 데려가 불을 켰다.

"이제 괜찮아요."

그는 튼튼한 팔로 나를 감싸 안았다. 그러자 적어도 안정감 비슷한 마음이 들었다. 나는 흐느끼며 더듬더듬 입을 열었다.

"그 사람…… 죽었어요. 죽었다고요."

소파에 앉아 천천히 몸을 흔들며, 나초는 내 머리카락을 쓰다듬고 정수리에 입을 맞추었다.

"그자는 당신을 죽이려고 했어요. 일행이 더 있는지는 모르겠어요. 경보 장치가 고장 났거든요. 당신을 여기서 내보내야겠어요. 아멜리아에게 데려다줄게요. 나하고 싸워서 집을 나왔다고 둘러대요. 일이 어떻게 된 건지 알아본 다음에 당신을 데리러 갈게요."

그는 나를 일으켜 주방 식탁 위에 앉혔다.

"아버지의 경호원들이 아멜리아의 아파트를 항상 감시 중이에요. 아무도 거기까지 당신을 찾아오지는 못할 겁니다. 내가 말했잖아요. 난 당신을 안전하게 지켜주러 왔다고. 잠깐만 기다려요."

그를 말리고 싶었지만, 목소리가 나오지 않았다. 가지 말아달라고 말할 힘조차 없었다. 아직도 잠에서 깨지 못한 기분이었고, 지금껏 일어난 일이 그저 악몽 같았다. 나는 옆으로 누워서 차가운 식탁에 머리를 댔다. 뺨 위로 눈물이 흘렀다. 잠시 후 머리가 맑아지면서 호흡이 차분해졌다.

잠시 후 나초가 짙은색 트레이닝 복을 입고 돌아왔다. 그가 후드 지퍼를 올리는데 그 사이로 가슴에 찬 하네스에 꽂은 권총 두 자루가 보였다. 그가 내게 무언가를 물어보려 했지만, 나는 움직이지도 말을 하지도 않았다.

나초는 무기력하게 말했다.

"당신은 지금 쇼크 상태라 그래요, 라우라. 곧 괜찮아질 겁니다. 하지만 이 상태로 내 동생에게 갈 수는 없어요. 자, 어서 가요."

그는 아까 내 몸에 둘렀던 담요를 다시 내게 단단히 감싸고서 나를 안아 들었다. 그러고는 아파트를 나서며 문을 쾅 닫았다.

엘리베이터를 타고 주차장으로 가기 전 그는 나를 내려주었다. 그러고는 후드 지퍼를 열고 총을 하나 꺼내 해머를 뒤로 당겼다. 탈출로에는 아무도 없었다. 나초는 나를 안고 차로 데려간 다음 안전벨트를 채웠다. 코르벳 스팅레이의 엔진이 굉음을 내며 주차장을 쏜살같이 빠져나갔다.

얼마나 달렸을까. 나초가 휴대폰으로 몇 번인가 통화하는 소리를 들었지만, 이탈리아어는 물론이고 스페인어 역시 알아들을 수가 없었다. 이따금 그가 내 맥박을 확인하거나 이마의 머리카락을 넘겨주며 내가 살아 있는지 확인하는 손길이 느껴졌다. 아마 죽은 것처럼 보였나 보다. 완전히 무감각해져 눈도 깜빡이지 않고 앞만 응시하고 있으니.

"나에게 와요."

차가 드디어 멈추자, 그는 나를 다시 품에 안고 걷기 시작하며 말했다.

처음에는 눈앞에 모래만 보였다. 그다음엔 바다가 나타났다. 마지막으로 해변에 있는 작은 집이 눈에 들어왔다. 나초는 세 걸음 올라가 베란다를 가로질러 집으로 들어갔다. 눈을 감고 있자니 등 아래 부드러운 매트리스의 감촉이 느껴지더니 나초의 팔이 내 몸을 감쌌다. 그대로 나는 잠들었다.

"나와 자요."

남자의 목소리가 유혹하듯 아스라이 들려왔다.

"나와 자요, 라우라."

새벽녘 햇살이 방 안을 비추기 시작할 무렵이었다. 화려하게 문신을 새긴 손이 나의 벗은 몸을 탐험하기 시작했다. 반쯤 감긴 눈꺼풀 사이로 내 가슴을 움켜쥔 늘씬한 손가락이 보였다. 그가 내 다리 사이로 가만히 밀고 들어오자 나는 신음을 흘리며 다리를 벌렸다. 우리의 입술이 맞닿았다. 부드럽고 섬세한 그의 입술이 내 입술을 쓸었다. 그는 혀를 사용하지 않았다. 다만 입술로 내 입술을 머금고 음미하며 즐겼을 뿐이다. 어쩌면 더 느릿하고 감질나는 고문 같았지만, 그래서 나는 달아올랐다. 결국 아랫배가 흥분으로 부르르 떨리자, 난 마음을 놓았다. 지금은 내 안의 긴장을 풀어야 했다. 그의 엉덩이가 내 허벅지에 닿는 순간, 이미 준비를 마친 단단한 성기가 느껴졌다. 맞잡아 깍지 낀 손가락에 힘이 들어갔다. 나는 그의 입에 혀를 밀어 넣었고, 그는 나의 키스에 응답했다.

이 남자는 섬세하고 부드럽고 예민했다. 살짝 엉덩이를 들자, 그는 주저하지 않고 나의 신호를 곧바로 받아들였다. 흠뻑 젖은 음부 속으로 그가 들어오는 느낌에 비명이 나왔다. 하지만 키스가 곧바로 목소리를 막았다. 그는 한껏 긴장한 채였다. 나초의 성기는 속에서 느긋하게 움직였고, 얼굴은 나의 목덜미 위를 배회하며 살갗을 깨물고 물고 입 맞추었다⋯⋯. 아, 나초⋯⋯.

"악몽을 꾸나 보군요. 아니면 아주 좋은 꿈이거나."

따스한 목소리가 들려와 나는 반짝 눈을 떴다.

나초는 잠이 덜 깬 채 내 옆에 누워 매력적인 미소를 지었다. 그는 눈을 감더니 등을 대고 누우며 내 몸에서 손을 뗐다.

"자, 그래서 좋은 꿈이었나요, 나쁜 꿈이었나요?"

나는 대답하지 않았다.

"내기할까요? 좋은 꿈이었죠? 내가 나왔나요? 아니면 마시모?"

그는 초록색 눈 한쪽을 슬며시 뜨더니, 지그시 내 반응을 살폈다.

"당신요."

나지막이 대답하자, 그는 깜짝 놀라 잠시 멈칫했다. 그러다 입가에 미소를 띄우며 물었다.

"내가 잘하던가요?"

"부드러웠어요. 아주 부드럽게 하더라고요."

나는 등을 대고 누우며 속삭였다. 기지개를 켜자 한동안 침묵이 이어졌다. 나는 눈을 감고 꿈의 잔상을 천천히 떨쳐내려 했다. 그러자 기분 좋은 이미지들이 싹 사라지더니 어젯밤 일어났던 일들이 연속적으로 떠올랐다. 누군가에게 주먹으로 배를 맞은 느낌이었다. 숨이 목에서 탁 걸렸다. 내 방에 시체가 있었다. 마른침이 삼켜졌다. 그러다 다시 눈을 떴을 땐 나초가 나를 내려다보고 있었다.

"괜찮아요?"

그는 내 손목을 잡으며 물었다.

"그 남자가 나를 죽이려 했는 줄은 어떻게 알아요?"

나는 맥박을 세고 있는 나초의 눈을 똑바로 바라보며 물었다.

"당신 침대 옆에서 심장마비를 일으키는 약물 주사기를 들고 있더라고요. 그러니 죽이려던 게 맞겠죠? 자연스러운 죽음으로 위장하려던 거였어요."

그는 내 손을 놓더니 앞머리를 쓸어주며 물었다.

"아는 남자예요?"

"어두운데 어떻게 얼굴을 제대로 봤겠어요? 그리고 당신은 내 방에 왜 들어왔나요?"

나초는 고개를 절레절레 저었다.

"그 멍청한 놈들이 내 방에 먼저 들어왔거든요. 아마추어같이. 나를 죽이지도 않고 내 방을 떠났을 때 알았죠. 목표는 당신이라는 걸. 야간 투시경을 쓰고 그놈을 따라갔어요. 그 남자 알아볼 수 있겠어요?"

"아뇨, 기억 안 나요."

나초가 휴대폰을 꺼내 시체 사진을 보여준 순간, 난 기절할 뻔했다. 놀라 입을 가린 채로 나는 더듬더듬 대답했다.

"이 사람, 로코예요. 마시모의 경호원요. 그럼 내 남편이 나를 죽이려고 했던 건가요?"

눈물이 핑 돌았다. 믿을 수가 없었다. 아니, 믿고 싶지 않았다.

"내 마음 같아서는 솔직히 그랬으면 좋겠지만, 아닐걸요. 이놈이 누군가에게 뇌물을 받고 배신한 거죠. 내가 진상을 밝혀낼게요."

나초는 침대에서 일어나 기지개를 켠 다음 창문을 열어 신선한 바닷바람으로 환기를 시켰다.

"만약 당신이 죽었다면 마시모와 우리 가문 사이에 전면전이 일어났을 거예요. 그러니 당신을 죽이라고 로코에게 명령을 내린 사람은 내 아버지의 적일 겁니다."

나는 벌떡 일어나 그를 마주 보았다. 갑자기 분노가 치솟았다.

"당신 아버지 허락 없이는 아무도 여기 오지 못한다면서요! 그러면 여기서 일어나는 일은 뭐든 당신이 알고 있었어야죠! 왜 아무것도 모르는 거죠!"

나는 씩씩거리며 주먹을 쥐고 방에서 나가 아예 집 밖으로 달려갔다.

그러고는 해변으로 이어지는 계단에 앉아서 엉엉 울었다.

너무나 절망적이다.

나는 상처 입은 짐승처럼 목 놓아 울며 주먹으로 판자를 내리치다 손이 아파졌다.

잠시 후 나초가 나타났다. 그는 수영복 차림에 서프보드를 들고 있었다. 그러고는 한마디도 없이 내 옆을 지나 곧장 바다로 향했다. 나는 울음을 그치고 파도에 풍덩 빠지는 남자의 뒷모습을 멍하니 바라보았다.

어쩜 저렇게 뻔뻔할 수가!

저 남자는 대화가 어그러질 때마다 도망치네. 어쩌면 나에게 알려주지 않고 싶은 게 있는지도.

나는 집으로 들어가서 차를 한잔 내리고 눈물 젖은 눈으로 집 안을 둘러보았다.

거실은 넓었다. 한쪽에 주방이 달린 거실에는 커다란 벽난로가 있고, 벽난로 위에 평면 TV를 달아놓았다. 공간은 미니멀하긴 해도 브라운 톤으로 맞춰놓아 편안하고 가정적인 느낌을 주었다. 문 옆 벽에 서프보드가 세워져 있고 식당 구석에도 보드가 있었다. 주위를 둘러보자 서프보드가 한두 개가 아니었다. 벽에도 걸려 있고, 선반에도 늘어서 있다. 낡은 서프보드를 이용해서 만든 가구도 있었다. 바닥에는 알록달록한 러그를 깔아 텅 빈 공간에 생동감을 주었고, 커다랗고 부드러운 소파는 당장 달려가 앉고 싶을 만큼 폭신했다. 3면에 난 모든 창문을 통해 바다가 보였고, 사방에 널따란 테라스가 딸렸다.

나는 주방으로 가 냉장고를 열어보았다.

안에는 음식이 가득했다.

이 상황, 혹시 모두 나초의 계획 아닐까?

차가운 햄과 치즈, 달걀과 재료 이것저것을 꺼내 푸짐한 아침 식사를 차려 먹었다. 먹고 난 다음 곧바로 화장실을 찾았다. 우리가 잔 방 옆이 화장실이었다. 샤워한 다음 몸에 타월을 감고 침대 옆 옷장을 확인해보았다. 단정하게 정리된 옷들이 있어서, 나는 나초의 화려한 티셔츠를 하나 골라 입고서 다시 화장실에 갔다. 이를 닦으려는데 세면대에 놓인 칫솔이 하나뿐이었다. 둘러봐도 여분은 보이지 않았다.

"하나밖에 없어요."

돌아보자 나초가 온몸에 물을 뚝뚝 떨어뜨리며 팬티만 입고 문간에 서 있었다. 팬티는 하얀색에 흠뻑 젖기까지 했다. 그러니 투명하게 비칠 수밖에. 내가 다시 뒤돌자 그는 내 바로 뒤에 와서 섰다.

"같이 써야 해요."

나초는 명랑한 목소리로 대꾸했다. 강렬한 초록색 눈동자가 거울에 비치자, 나는 그제야 그의 사타구니를 바라보던 시선을 마지못해 거두었다.

난 그의 눈을 피하며 수도꼭지를 틀고 이를 닦기 시작했다.

"이러니까 꼭 부부 같네요."

그는 즐거운 기색으로 덧붙였다. 다시 눈을 들자 이제 그가 샤워 부스에 들어가는 모습이 보였다. 당연히 나신이었다.

멍하니 벌어진 입에서 칫솔이 빠져나와 세면대에 부딪혔다. 민트 맛 거품이 턱에서 뚝뚝 떨어졌다. 나는 검은 화강암 세면대를 보며 입을 헹궜다. 속으로는 이 황당한 상황에서 어떡하면 우아하게 벗어날 수 있을지 머리를 굴리다가, 칫솔을 제자리에 놓자마자 문으로 향했다. 그런데 문손잡이를 잡은 순간 샤워기 물소리가 뚝 그쳤다.

"당신은 왜 나한테서 도망가려는 걸까요?"

나초가 불쑥 물었다. 그가 밖으로 나오는 발자국 소리가 들렸다.

"무서워서겠죠?"

이어지는 말에 나는 코웃음을 치며 그를 마주 보았다. 그는 바로 내 앞에, 몇 센티미터도 떨어지지 않은 지점에 서 있었다.

"당신을 무서워한다고요?"

나는 슬쩍 웃으며 그의 눈을 똑바로 바라보았다. 그는 하반신을 타월로 두른 채였다. 드디어 가려주어 속으로 어찌나 고마웠는지.

그는 묘한 눈을 하며 내게 고개를 숙였다.

"아뇨. 스스로가 무서워서죠. 스스로를 믿지 못해서, 내가 점점 유혹적으로 느껴지니 피하고 싶은 거겠죠."

나는 한 발짝 물러섰지만, 그 역시 한 발짝 다가왔다. 물러설수록 공포가 커져만 갔다. 두어 발짝 더 물러서면 등이 문에 닿을 것이다. 이윽고 등이 원목 문에 닿았다. 이젠 꼼짝없이 갇혔네. 우리는 움직이지 않은 채, 둘 다 숨이 거칠어지는 가운데 마주 보았다.

"난 임신했어요."

내가 멍하니 말하자 그는 어깨를 으쓱였다.

나초의 두 팔이 내 옆 벽을 짚었다. 그의 얼굴이 점점 가까이 다가왔다. 화사한 녹색 눈동자가 내 마음마저 꿰뚫을 것 같아서, 몸이 떨려왔다.

불편한 침묵을 깨트린 건 어디선가 울려오는 휴대폰 소리였다. 나는 살짝 움직여 나초가 전화를 받으러 나가게 길을 비켜주었다. 그는 나가서 문 옆 소파에 앉아 서핑용 반바지를 입으며 전화를 받았다.

잠시 후 그는 휴대폰을 내던졌다. 이제까지 명랑했던 기색은 싹 사라지고, 험상궂은 얼굴로 내게 나지막이 말했다.

"내일이군요. 시칠리아 사람들은 내일 올 겁니다."

그는 잠시 말이 없다가 이내 손바닥을 위로 하고 손을 뻗었다.

"요구르트 좀 줘요."

내가 하얀 요구르트 그릇을 건네자, 그는 말없이 받아들었다.

난 멍하니 의자에 앉았다. 내색은 안 했어도 속으로는 얼마나 놀랐는지 모른다. 너무 신나고 아찔했다. 내일이면 마시모를 볼 수 있어! 남편은 나를 품에 안고 여기서 멀리멀리 떠나겠지! 실감이 나자, 나는 그제야 기쁨에 겨워 벌떡 일어나 잠시 나초를 안아주고는 미친 사람처럼 방 안을 뛰어다녔다. 나초는 시리얼 그릇에 요구르트를 부으며 고개를 저었다. 이어서 난 집 밖으로 뛰어나가 시원한 모래 위를 달리며 정신 나간 사람처럼 폴짝폴짝 뛰다가 결국 해변에 털썩 앉아 구름 한 점 없는 하늘을 바라보았다.

마시모가 나를 찾으러 올 거야. 그러면 이 모든 게 없던 일이 될 거야. 하지만 정말로 그렇게 쉽게 해결이 될까? 앉아서 집을 바라보자 나초가 아침 식사를 하는 모습이 보였다. 그는 서핑용 반바지 차림으로 문틀에 기대앉아, 느긋한 자세로 천천히 음식을 씹으며 나를 줄곧 바라보고 있었다. 내가 정말로…… 아무 일 없다는 듯 곧바로 원래 삶으로 돌아갈 수 있을까? 몸은 어른인데 마음은 아직 어린애인 이 남자를 만나버렸는데?

우리는 서로를 마주 보았다. 나도, 그도 서로의 모습에서 눈을 뗄 수 없었다. 문득 태동이 느껴졌다. 나는 두 손으로 배를 감싸고 쓰다듬으며 아이를 진정시켰다. 아들이 배 속에서 움직이는 느낌은 처음이었다. 나는 일어서서 살갗에 묻은 모래를 턴 다음 베란다로 다가갔다.

"수영할래요? 패들보드 타는 법 가르쳐줄게요. 아멜리아가 그러는데, 당신이 해보고 싶다고 말했다면서요?"

나초는 그릇을 내려놓고 미소 짓더니, 내 어깨를 꼭 쥐었다.

"전혀 위험하지 않아요. 걱정할 필요 없어요. 당신과 아기가 다칠 일은 없어요."

그가 아기에 대해 언급한 건 이번이 처음이었다. 나는 그를 지그시 바라보았다. 그는 얼굴에 미소를 띤 채 천천히 고개를 끄덕였다.

난 미안하다는 듯 어깨를 으쓱였다.

"난 수영복이 없어요."

"그건 상관없어요. 여긴 아무도 없잖아요."

나는 얼굴을 찌푸리며 고개를 저었다.

"패들보드는 평상복을 입고서도 탈 수 있어요. 아니면 잠수부용 복장도 괜찮죠. 내가 하나 갖다줄게요. 그리고 말이죠, 이미 당신 벗은 몸도 봤어요!"

그는 이렇게 말하며 집 안으로 들어갔다.

나는 황당한 나머지 그 자리에 꼼짝 못 한 채 섰다. 대체 언제 봤지? 내가 벗은 걸 저 남자가 언제 봤을까? 나는 관자놀이를 문지르며 곰곰이 생각에 잠긴 채 안으로 들어갔다.

나초는 내 마음을 읽었다는 듯 먼저 대답했다.

"당신을 납치한 첫날밤에 봤죠. 세상에, 속옷을 안 입고 있을 줄이야!"

그는 잠수복을 꺼내 내 옆 의자에 걸더니 덧붙였다.

"다리 사이가 아주 향긋하던데요."

그는 내 얼굴 앞에 고개를 불쑥 숙이고는 미소 짓더니 이내 주방으로 향했다. 나는 손가락질하며 쏘아붙였다.

"재미없어요. 하나도 안 웃기다고요, 마르셀로."

그는 싱크대에 그릇을 쌓아둔 다음, 나를 향해 돌아서서 팔짱을 꼈다.

"재미있으라고 한 말 아닌데요?"

나초는 눈을 가늘게 뜨고 잠시 멈췄다가 갑자기 내 앞으로 성큼 다가왔다. 그러고는 내가 미처 반응하기도 전에 와락 껴안았다.

"안 볼 수가 없었어. 당신은 의식을 잃고도 무척 젖어 있었거든."

그의 초록색 눈동자가 내 얼굴을 낱낱이 살폈다. 입술이 나의 코끝을 살며시 쓸었다.

"내가 흡입시킨 약을 먹고 잠든 상태로도, 당신은 내 손에서 오르가슴을 느꼈어. 아침까지 당신과 섹스했지. 아주 조이던데."

그는 내 몸을 밀어붙였고, 결국 냉장고에 내 등이 닿았다.

"천천히 당신 안에 내 걸 넣었어. 부드럽게. 그래서 내가 당신 꿈속에서 부드럽게 했던 거야."

나초는 내 엉덩이에 다리 사이를 문댔다.

나는 말없이 들었지만, 무시무시한 공포가 밀려들었다. 그의 말 하나하나가 너무나 충격적이었다. 손 하나 까딱할 수가 없었다. 눈물이 차올랐다. 나는 남편을 배신하고 말았구나. 물론 의식적인 건 아니었지만, 그 사실은 변함이 없어. 정절을 깨트린 거야. 남편의 아들은…… 더럽혀졌어. 마시모가 이 사실을 알면 난 죽을 거야.

다시 공포가 나를 엄습해 사그라지지 않고 점점 심해졌고, 결국 힘이 풀려 기절 직전에 이르렀다. 내 상태를 알아차린 나초는 몸을 놓아준 다음 한발짝 물러섰다.

"나 거짓말 잘하죠?"

그는 씩 웃었다. 나는 욕설을 퍼부으며 그를 죽여버리겠다고 소리쳤다. 내 손이 허공을 가르고 그의 뺨을 쳤다. 이번에는 잽싸게 피할 수 없었나 보다. 그의 고개가 홱 돌아갔다.

"그래, 이 거짓말쟁이야."

나는 으르렁대며 잠수복을 들고서 욕실로 성큼성큼 갔다.

민소매 셔츠를 입은 다음 몸에 딱 달라붙는 잠수복을 입었다. 이
토록 쉽게 거짓말에 속다니, 믿을 수가 없어. 나는 닥치는 대로 물
건을 던지며 나직하게 욕설을 지껄였다.

아직도 믿을 수 없는 마음에 고개를 젓다가, 거울 앞에서 잠수복
지퍼를 내리고 상반신을 벗었다. 안에 받쳐 입은 셔츠가 땀으로 흠
뻑 젖어 있었다. 머리를 양갈래로 땋고 얼굴에 크림을 바르며 생각
했다. *나한테 왜 이 지랄이야.* 코웃음이 절로 나왔다.

나초는 베란다에서 서프보드 두 개에 왁스를 바르고 있었다. 몸
에는 요란한 청록색 잠수복을 입었다. 그의 자그마한 엉덩이를 보
자 진심으로 냅다 걷어차주고 싶었다. 벌받아 마땅한 놈 아니야?

"꿈도 꾸지 마시죠. 와서 왁스 칠해요."

내가 다리를 들어 내지르려던 순간, 그가 대뜸 말했다. 나는 어정
쩡하게 다리를 내리는 수밖에 없었다.

나는 그의 옆에 쪼그려 앉아 자그마한 왁스 통을 받아들고 그가
하는 대로 따라 했다.

"이건 왜 칠하는 거예요?"

"그래야 보드에서 미끄러지지 않거든요. 당신은 서핑 슈즈가 없
으니까, 위험 요인을 최소한으로 줄이기 위해서죠."

그는 잠시 말을 멈추고 나를 바라보며 물었다.

"수영은 할 줄 알죠?"

내가 얼굴을 찡그리자 그는 웃었다. 나는 고개를 자랑스레 들고 말했다.

"수상인명구조원이 되려고 훈련받은 적이 있어요."

"여기서 구조받아야 할 사람은 당신밖에 없어요. 일단은 그 정도면 됐네요. 그럼 배우러 가볼까요?"

그는 대꾸하더니 보드 두 개를 들고 바다로 향했다. 잠시 후 바다에 도착하자 그는 설명을 시작했다.

"몇 가지 알아둘 사항이 있어요."

패들보드는 크게 복잡한 기술이 없기 때문에 이론은 별로 많지 않았다.

바다는 고요했지만 나초의 말에 따르면 난데없이 큰 파도가 밀려올 수 있고, 또 예상치 못하게 사라질 수도 있다고 했다. 바람도 마찬가지라나. 하지만 카나리아 제도 조류는 충분히 예상할 수 있어서 나는 금방 배우리라 생각했다. 나초는 어떨지 몰라도 난 잘할 수 있을걸.

어쨌든 몇 번 실수하면서 바다에 빠지고 나자, 마침내 요령을 터득했다. 눈이 따끔거리고 입 안 가득 바닷물을 마셔서 토할 것 같았지만, 타게 되자 자랑스럽고 기분이 좋았다. 나초는 나를 재촉하지 않았다. 옆에서 같이 노를 저어주었을 뿐이다. 그의 근육이 꿈틀대는 움직임을 난 지켜보았다.

"무릎을 구부리고 보드가 파도와 나란해지지 않도록 조절해요."

나초가 말하던 순간, 예상치 못했던 파도가 갑자기 밀려와 내가 탄 보드 옆을 휩쓸고 지나갔다. 나는 물에 풍덩 빠지고 말았다.

이번엔 정말로 겁이 났다. 너무 깊이 빠지는 바람에 방향 감각이 사라져버렸다. 어디가 위쪽이지? 수영하려고 했지만 파도가 다시금 위를 덮쳐 몸이 빙글 돌았다.

그때였다. 억센 손이 내 가슴으로 스르르 미끄러져 내려오더니 나를 수면으로 끌어올렸다. 나초가 보드 위에 나를 올려주자 기침이 마구 나왔다.

"괜찮아요?"

진심으로 걱정스러운 목소리였다. 나는 힘없이 끄덕였다.

"이제 해변으로 돌아가죠."

나초가 말했지만 나는 기침하면서도 간신히 내뱉었다.

"아뇨, 싫어요. 여기 있을래요. 패들보드 마음에 들어요. 예전부터 타보고 싶었단 말이에요."

나는 보드 위로 기어올라 걸터앉은 채 나초를 바라보았다. 그는 미심쩍은 눈빛으로 내 옆에 둥둥 떠 있었다. 태양은 따스하게 빛났고, 저 멀리 펼쳐진 길고 검은 모래 해변은 더없이 아름다워 보기만 해도 마음이 편안해졌다.

"제발 부탁이에요. 네?"

나는 최대한 애교스러운 표정을 지어보았지만 별 효과가 없는 것 같았다.

"당신은 나한테 되도 않는 거짓말도 했잖아요! 그러니 나한테 좀 져줘야 하는 거 아니에요?"

결국 나는 벌떡 일어서서 그를 노로 후려쳤다. 나초는 웃으면서 자신의 보드에 올라 도망가기 시작했다. 내가 노로 때릴 수 없을 만큼 멀리 가더니, 이렇게 말했다.

"거짓말이라고 생각해요? 당신 오른쪽 엉덩이에 작은 상처가 있던데요. 화상 자국 같은데, 어쩌다 생겼어요?"

나는 보드 위에서 비틀거리다가 하마터면 또 빠질 뻔했다. 어떻게 알았지? 그에게 보여준 적이 없는데. 난 언제나 남자용 면 팬티를 입고 있었단 말이야. 나초의 옷장에는 그것밖에 없으니까.

나는 화가 나서 노를 저어 나초를 따라잡으려 했지만 그는 재빨리 도망쳤다. 우리는 그런 식으로 계속 보드를 타고 어린아이들처럼 신나게 바다 위에서 술래잡기를 했다. 그러다 정신을 차려보니 패들보드가 얼마나 힘든 운동인지 실감이 났다. 결국 힘이 빠진 나는 해변으로 돌아가기로 했다.

보드를 발목과 연결한 끈을 풀고서 물에 보드를 버려두고 나왔다. 잠수복 지퍼를 열고 상체 부분을 내렸다. 베란다에 가서는 완전히 벗어 벽에 걸어두었다.

나초는 내 보드까지 두 개를 들고 날 따라온 다음, 집 옆 난간에 보드를 세워두었다. 그런데 고개를 든 나초의 얼굴에서 미소가 싹 사라지더니, 처음 보는 표정이 떠올랐다. 대체 무엇 때문에 저토록 놀라는지 궁금해서 주변을 둘러보다가, 아래를 내려다보고 아차 싶었다. 잠수복 안에 하얀 민소매 셔츠만 입었는데, 물에 젖은 하얀 천에 내 몸이 완전히 비쳐 보였던 것이다.

"어디 한번 도망쳐봐."

나초는 차가운 목소리로 말했다. 그의 초록색 눈동자는 발딱 선 나의 유두를 이글거리는 눈빛으로 노려보았다.

내가 한 걸음 물러서자, 나초가 달려들었다. 난 모퉁이를 돌아 도망쳤지만 그도 잠시, 그는 내 손목을 홱 잡고 품으로 끌어당겼다. 미처 밀어내기도 전에 그의 혀가 내 입술을 가르고 들어왔다. 내 손을 놓고서 두 손으로 내 뺨을 감싸 쥔 나초는 깊이 키스했다.

어째서 나는 저항하지 않았을까? 실은 그러고 싶지 않았다. 그럴 수 없었다. 어쩌면 나초가 나를 원하듯, 나 역시 그를 원하고 있어서였을까. 나는 두 손을 하릴없이 떨구었다. 어느새 혀가 그의 입술에 반응했고, 입술도 그랬다. 몇 초가 지나도록 나는 물러서지 않았다. 고개를 들고 선 채로 입맞춤을 받으며, 깊은 곳에서부터 솟구치는 욕망이 넘실대도록 마음을 놓았다.

그러다 마침내 정신이 들었다. 나는 이를 악물었다. 나초는 키스를 멈추었지만, 우리는 여전히 이마를 맞댄 채였다. 그는 눈을 질끈 감고서 가쁜 숨을 내쉬며 나직하게 말했다.

"미안해요. 어쩔 수 없었어요."

어쩔 수 없었다는 그 말에 너무나 화가 났다.

"알겠어요. 이제 놔줘요."

그가 손을 내리자 나는 돌아서서 집으로 향했다. 무릎이 후들거리면서 곧바로 죄책감에 숨이 막힐 것 같았다. 내가 지금 뭘 한 거야? 어딘지도 모를 곳에 킬러와 둘이 있으면서 사랑하는 남편을 배신하다니. 마시모는 지금쯤 걱정에 미쳐버렸을 텐데.

방에 들어가 문부터 닫고서, 옷장에서 남자 반바지와 셔츠를 찾아 갈아입었다. 그리고 침대에 누워 이불로 머리끝까지 덮었다. 머리에 묻은 소금물이 얼굴에 뚝뚝 떨어지는 느낌이 들었다. 이윽고 문이 열리는 소리가 들려와 나는 숨을 죽이고 귀를 기울였다.

"괜찮아요?"

나초가 문가에 서서 물었다.

괜찮다고 대충 중얼거리자 다시 문이 닫히는 소리가 들렸다. 난 그대로 잠들었다.

다시 일어나니 해 질 녘이었다. 나는 담요로 몸을 감싼 채 방에서 나왔다. 집에는 아무도 없었지만, 바깥에서 기타 소리가 조용히 들리는 것도 같았다. 현관 밖으로 나가보니 나초가 그릴 옆에서 맥주를 마시고 있었다. 헐렁하고 찢어진 청바지 차림이었다. 엉덩이에서 자꾸 흘러내리는 청바지 밑으로 하얀색 캘빈 클라인 팬티 로고가 보였다. 옆에는 작은 모닥불이 너울거렸고, 블루투스 스피커에서 에드 시런의 「아이 시 파이어I See Fire」가 흘러나왔다.

"막 깨우려던 참이었어요. 저녁 다 됐어요."

나초는 맥주병을 내려놓으며 말했다.

지금 이 남자와 이야기할 마음이 과연 있는지는 모르겠으나, 배가 꼬르륵거리는 바람에 어쩔 수 없었다. 나는 옆에 둔 소파에 앉아 무릎을 그러모으고 이불을 둘렀다.

나초는 자그마한 테이블과 의자를 가져왔고 우리는 얼굴을 마주 보고 앉았다. 주위를 둘러보자 고개가 끄덕여졌다. 나름 낭만적인 저녁 식사 분위기가 났다. 모닥불로 살짝 구운 빵과 올리브, 토마토와 절인 양파가 보였다. 테이블 위에는 촛불도 은은히 빛났다. 나초는 내 앞에 요리를 담은 접시를 놓은 다음 자기 앞에도 하나 놓으며 말했다.

"맛있게 드시죠."

구운 생선과 오징어를 비롯한 맛있는 음식 냄새에 허기가 괴물처럼 날뛰었다. 나는 우아한 식탁 예절 따위는 잊어버리고 음식을 먹었다. 빵을 뭉텅이로 뜯어서 크게 베어 물 때마다 올리브를 몇 개씩 같이 씹었다.

나초는 게걸스레 먹는 나를 슬쩍 보며 말했다.

"이곳은 내 개인 별장이에요. 세상에서 벗어나고 싶을 때마다 오는 곳이죠. 가능하면 여기서 살고 싶어요."

그는 잠시 침묵을 지키다 덧붙였다.

"누군가와……."

나는 눈을 들어 나초를 가만히 관찰했다. 내가 응시하는 가운데 그의 눈빛이 점점 변했다.

"마시모는 절대로 모를 겁니다."

나초는 가만히 말했다. 의자에 기댄 그의 얼굴에서 미소가 사라졌다.

"당신과 나만 둘이서 조용히 산다면요."

나는 손을 들어 말을 끊었다.

"난 그럴 마음 없어요."

아니, 거짓말이다. 하지만 어떻게든 진심을 담아 말했다.

"나는 마시모를 사랑해요. 그는 내가 평생을 다해 사랑할 남자고, 누구도 그를 대신할 수 없어요. 난 어서 루카가 태어나기를 바라고 있어요. 당신이 나를 빼앗으면 마시모는 당신을 죽일걸요."

나는 있는 힘껏 고개를 끄덕이며 말했지만, 그럴수록 나초는 웃기만 했다.

"그렇다면 말해봐요. 지금 그는 어디 있지요?"

나초는 지그시 눈썹을 모으며 내가 대답하기를 기다렸다. 하지만 내가 대꾸하지 않자 다시 말을 이었다.

"당신이 사랑하는 남편이 어디 있는지, 내가 대신 알려드리죠. 그는 지금 돈을 벌러 떠났어요. 왜냐하면 당신도 알겠지만 마시모 토리첼리가 가장 좋아하는 건 돈이거든요. 당신이 아니라고요, 불쌍하고 순진한 아가씨. 마시모는 그 말 같지도 않은 꿈을 꾸고서, 순전히 이기적인 마음 때문에 당신을 난장판 같은 자신의 삶에 끌어들인 거예요. 납치가 흔한 일 같습니까? 마시모를 만나기 전에 납치 같은 걸 당한 적이 있어요?"

그는 내게 몸을 숙이고 반응을 기다렸지만 이번에도 아무런 대답을 듣지 못했다.

"당연히 납치 같은 걸 당했을 리가 없죠. 게다가 마시모는 책임져야 할 일조차 제대로 신경 쓰지 못했습니다. 내 말을 못 믿겠나요? 원한다면 당신의 의심을 없애줄 수도 있어요."

나초는 눈을 가늘게 뜨고 덧붙였다.

"선택은 당신 몫입니다. 내가 가지고 있는 자료를 보면 남편을 다른 시각으로 보게 될 겁니다. 더는 스스로에게 거짓말을 하지 못하게 될 거라고요. 마시모와 살면 당신의 삶도 거대한 거짓말이 되는 겁니다. 내가 진실을 전부 보여줄 수 있어요. 말만 해요."

나는 일어서면서 그에게 사납게 대꾸했다.

"그런 얘기를 들으니 토할 것 같네요. 내게 뭘 보여주든 소용없어요. 난 마시모를 앞으로도 사랑할 거예요."

나는 휙 돌아서서 현관으로 저벅저벅 걸어갔다. 그리고 집에 들어가기 전에 고개를 돌려 찌푸린 얼굴로 소리쳤다.

"따져보면 당신도 마찬가지 아닌가요? 날 납치하고 협박했으면서! 그런데 이제 와서 뭘 바라는 거예요? 설마 내가 당신과 사랑에라도 빠지기를 바라나요?"

그는 아무 말 없이 한동안 나를 보았다. 그러다 갑자기 표정이 변하더니, 예의 그 친근한 미소를 지었다. 그는 머리 뒤로 깍지를 끼고서 태평스럽게 말했다.

"당신에게 뭘 바라냐고요? 없어요, 그런 건. 그냥 당신과 한번 하고 싶긴 해요."

그는 야릇하게 눈짓했다.

나는 그에게 가운뎃손가락을 펴 보이고 집으로 들어갔다. 그러고는 폴란드어로 욕을 했다.

"씨발놈, 쓰레기 같은 자식."

욕설을 몇 마디 더 내뱉자 잠시 후 마음이 진정되었다. 나는 샤워를 하고 방으로 들어가 문을 잠갔다.

CHAPTER 20

다음 날 우리는 아침을 먹고 시내로 돌아갔다. 나초는 전화를 수십 통 받았지만 나에게는 단 한마디도 하지 않았다. 다만 떠날 준비를 마치고서 "이제 가요"라고 소리쳤을 뿐이다. 이윽고 아파트 단지의 지하 주차장으로 들어가자, 습격당했던 밤이 떠올랐다.

나는 차에 앉은 채로 물었다.

"로코는 어떻게 됐죠?"

"내가 그 방에 시체를 그대로 두고 왔을까봐서요?"

그는 문을 쾅 닫고 엘리베이터로 향했다.

그가 열쇠로 문을 열고 들어설 때쯤, 나는 속이 메스꺼웠다. 숨쉬기가 힘들어져서 안으로 따라 들어갈 수가 없었다. 나초는 고개를 홱 돌려 문 앞에 선 나를 보았다. 그는 내 팔을 잡고 안으로 끌어당겼다.

"이 집은 안전해요. 부하들이 다 청소해놨어요. 난 옷을 갈아입어야겠어요. 그런 다음 아버지에게 같이 가는 겁니다. 당신도 옷을 갈아입는 게 좋겠군요."

그는 위층으로 사라졌다.

나는 그를 따라 올라갔지만, 한 번에 한 계단씩 천천히 갈 수밖에 없었다. 위층이 어떤 모습일지 불안했다. 설마 나초가 내 방에 시체를 남겨둔 건 아니겠지? 그럴 만큼 잔인한 남자는 아니겠지?

문손잡이를 잡자 배가 뒤틀렸다. 하지만 빼꼼 열린 문틈으로 안을 들여다보자, 모든 건 가지런히 정리되어 있었고, 목 졸려 죽은 로코의 시체는 없었다.

이윽고 옷장으로 가서 적당한 옷을 찾아 뒤졌다. 일주일 만에 다시 사랑하는 마시모를 보게 되니까. 온몸에 문신한 서퍼의 여자친구가 아니라, 돈 토리첼리의 아내다운, 품위 있는 여자처럼 보이고 싶었다. 하지만 그러기란 쉽지 않았다. 있는 옷이라고는…… 반바지뿐인걸. 결국 나는 그나마 덜 야한 옷을 골랐다. 연한 회색 청바지와 하얀 긴소매 셔츠였다. 그리고 로퍼 한 켤레를 꺼낸 다음 머리를 단장했다. 솔직히 이걸 단장이라고 볼 수 있을지는 모르겠지만. 욕실에는 다행히 마스카라가 있었다. 햇볕에 얼굴이 살짝 태닝된 것도 좋다. 파운데이션을 바를 필요가 없으니까.

"갑시다. 어서 서둘러요!"

아래층에서 나초의 목소리가 들려왔다.

나는 놓고 가는 물건이 없는지 확인차 마지막으로 방을 훑어보았다. 생각해보면 바보 같은 짓이다. 여기는 놀러 온 게 아니라 납치되어 끌려온 거다. 그러니 애초에 갖고 온 물건이 하나도 없지.

나는 내려가다가 계단 중간에서 우뚝 멈춰 섰다. 거실 한가운데에 나초가 슈트 차림으로 서 있었다. 구릿빛 피부가 하얀 셔츠와 검은 재킷에 아주 잘 어울렸다. 그는 한 손을 주머니에 넣은 채로 전화를 받다가, 나를 위아래로 훑어보았다. 어쩐지 어색하긴 해도, 차려입은 모습은 보기 좋았다. 이런 말을 해도 되는지 모르겠지만 이제껏 오만한 괴짜 같기만 하던 남자가 너무나 멋있어졌는걸.

"예쁘네요."

그는 미소를 짓지 않으려고 애썼지만, 웃고 말았다.

"당신도 멋져요."

나 역시 그에게 웃어주며 대답했다.

"그럼 어서 가죠. 당신을 하루빨리 내 삶에서 지워야 하니까."

그는 억지로 무표정한 얼굴로 대꾸했다.

나는 얼굴을 구겼다. 진심이 아니란 건 알지만, 그래도 머릿속에 맴돌아서 우울해졌다.

나초의 진심은 그렇지 않겠지만, 그는 우리가 보냈던 일주일이 자신에게 그저 사업의 일환일 뿐이었다고, 내가 오해해주기를 바라고 있구나.

그 순간 나는 깨달았다. 결국 이 남자를 좋아하게 되었어. 결점이 너무 많은 남자인데, 심지어 그중 가장 큰 결점이 킬러라는 것인데도, 나는 이 남자를 좋아한다.

물론 마시모가 날 데리고 간다는 사실은 다행이다. 하지만 나초를 다시는 볼 수 없을 거라 생각하니 견딜 수가 없다. 사소한 사실하나만 모른 척 넘기면, 그러니까 나를 납치했다는 사실만 용서하면 이 남자는 내 친구나 마찬가지였는데. 그런데 이제 친구를 잃어

오늘

버리는 거구나. 내 마음을 뒤흔들고, 나와 공통점이 많은 남자. 화가 머리끝까지 났을 때도 결국 웃어버리게 만드는 남자. 무엇보다도 같이 시간을 보내고 싶은 남자. 겨우 일주일 같이 지냈을 뿐인데 이만큼이나 친해지다니. 물론 일주일 내내 붙어 있으면 누군들 그렇지 않을까마는.

코르벳은 고속도로를 엄청난 속도로 달렸다. 다행히도 나초는 카브리올레의 지붕을 닫아두었다. 만약 바람을 맞으며 달렸으면 벌써 산발이 되었을 것이다. 우리는 산등성이를 따라 점점 높이 올라갔다. 도로는 차츰 좁아지고 구불구불해졌다. 그러다 문득 차가 멈췄다.

"내려요. 보여줄 게 있어요."

나초는 차에서 내리며 말했다. 그는 내 손을 잡고 도로 가장자리로 다가갔다.

"저 절벽 보이죠? 로스 기간테스라고 해요. 이름을 딴 마을도 있죠. 해발 1천 8백 미터가 넘는 지점도 있어요. 아래에서 수영하면서 보면 얼마나 거대한 절벽인지 더욱 생생하게 느낄 수 있죠."

나는 장엄한 풍경에 넋을 잃고 이야기를 들었다.

"저 아래에는 고래와 돌고래들이 살아요. 원래는 테이데 화산도 보여주고 싶었지만……."

"당신이 그리울 거예요."

나는 그의 말을 가로막고 속삭였다. 나초는 흠칫 놀랐다.

"이런 상황에서 만나다니 너무해요. 우리는 친구가 될 수도 있었을 텐데."

이렇게 말했지만 후회는 없었다. 나초가 가까이 다가왔다. 그의 심장이 마구 뛰는 소리가 들릴 만큼 가까이.

"그럼 가지 말아요."

나초가 속삭였다. 그는 내 턱을 들고 내가 자신을 바라보게 했다. 나는 눈을 감았다.

"날 봐요, 베이비걸."

그 말에 가슴이 찢어지는 것만 같았다. 마시모가 불러주던 애칭인데. 눈물이 뺨을 타고 흘러내렸다. 나는 나초의 주머니에 손을 넣어 선글라스를 꺼냈다. 그러고는 렌즈로 눈을 가린 다음 말없이 차로 돌아갔다.

페르난도 마토스의 저택은 요새 같았다. 바다가 내려다보이는 바위 위에 지어진 집이라 위치는 난공불락이었다. 높다란 담 뒤로 넓은 정원이 펼쳐졌는데, 거대한 규모라서 정원이 아니라 공원 같았다. 알록달록한 앵무새들이 나뭇가지에 앉아 꽥꽥 소리를 질렀고, 호수에는 물고기가 가득했다. 얼마나 큰지 가늠이 되지는 않지만, 타오르미나의 저택이 제아무리 크다 해도 이곳이 훨씬 컸다.

나초는 진입로를 따라 차를 몰았고, 곳곳에 배치된 무장 경호원을 지나 입구에 차를 세웠다. 나는 망설이며 차에서 내렸다. 어떻게 해야 할지 몰라서 나초의 뒤를 따라갔다. 나초는 경호원들에게 짜증난 말투로 뭐라고 말하더니 고함을 지르기 시작했다. 두 명의 경호원은 고개를 숙였지만 물러서지 않았다. 나초는 나의 팔을 잡고서 거대한 저택으로 데리고 들어갔다.

"무슨 일이에요?"

나는 어리둥절한 채로 물었다.

"저놈들이 당신을 데려가려고 해요. 내 일은 여기까지라면서요."

그는 심각한 기색으로 화내고 있었다. 나는 속이 뒤틀렸다.

"당신을 다른 사람 손에 맡기지 않을 겁니다. 내가 아버지에게 직접 데리고 갈 거라고요."

우리는 저택 안으로 들어가 거대한 입구를 지났다. 입구 끝에 커다란 문이 있었다. 안쪽 방도 마찬가지로 거대했다. 높다란 창문은 바다가 훤히 내려다보였고, 아무것도 시야를 가리지 않았다. 저택의 이 부분은 마치 공중에 뜬 것처럼 절벽 돌출부에 자리 잡고 있었다. 경치는 숨 막히도록 멋있었지만 동시에 아찔했다.

문득 뒤에서 이 지역 억양이 심하게 들어간 영어가 들려왔다. 이제껏 이 방에 사람이 있는 줄도 모르고 있었네.

"당신이군!"

뒤를 돌아보자 나초 옆에 긴 머리의 노인이 있었다. 그는 나초보다 훨씬 더 스페인 사람 같았다. 아니, 이 동네 사람들 말마따나 카나리아 제도 사람이라고 해야 할까. 피부색과 눈동자가 모두 짙었다. 크림색 바지와 같은 톤의 셔츠를 입은 남자는 나이가 많지만 젊었을 때는 무척 미남이었을 얼굴이었다.

그는 내 손등에 입을 맞추며 말했다.

"페르난도 마토스라고 하오. 당신이 바로 야수를 길들인 라우라 토리첼리로군. 자, 자리에 앉으시오."

그는 소파를 가리키고 자신도 맞은 편에 앉았다. 나초는 불안한 기색으로 책상에 있던 술병에서 투명한 술을 잔에 따른 다음 재킷

512

을 벗었다. 그러자 하네스에 찬 권총 두 자루가 보였다. 나초는 잔을 비우고 한잔 더 따랐다. 그러고는 소파에 앉아 손가락으로 잔을 돌리기 시작했다.

나는 차분하고 교양 있는 목소리로 말했다.

"환영해주셔서 대단히 감사합니다, 선생님. 하지만 저는 이제 집에 가고 싶군요. 나초는 저에게 무척 잘 대해주었답니다. 하지만 이제 볼일이 끝나셨다면 저는……."

순간 페르난도가 내 말을 끊더니 자리에서 일어섰다.

"당신 입이 아주 험하다고 들었는데 아닌가 보군. 참으로 안타깝게도 당신 남편은 이 자리에 오기를 거절했소, 부인. 듣기로 비행기가 뜨지 않았다고 하던데."

그는 팔을 벌리고 아들을 바라보았다.

"이제 나가거라, 마르셀로."

나초는 술잔을 비운 다음 책상에 올려놓고 재킷을 들었다. 그러고는 고분고분한 태도로 그 커다란 방에서 나가면서 나를 전혀 쳐다보지 않았다. 이제 홀로 남겨진 나는 두려워졌다. 지금 앞에 있는 노인은 날 어떻게 대할지 알 수 없다. 적어도 나초와 있으면 안전하다는 생각은 들었는데. 그게 비록 거짓이라고 해도.

"네 남편은 우리를 싸그리 무시했어!"

문이 닫히자마자 노인이 고함을 질렀다. 심지어 내 어깨를 두 손으로 눌렀다.

"그러니 너나 그놈이나 둘 중 하나는 대가를 치러야지!"

그 순간 문이 다시 열렸다. 하지만 돌아볼 수가 없었다. 그저 겁에 질려 그 자리에서 꼼짝 못 하고 있었을 뿐이다. 페르난도는 내 시야에서 벗어나 누군가에게 인사하더니, 스페인어로 대화를 시작했다. 나는 단 한 단어만 알아들을 수 있었다.

"토리첼리."

이윽고 목소리가 사라지고 문이 덜컹 닫히는 소리가 들렸다. 이제 혼자가 되었구나, 하고 안도의 한숨을 쉬던 그때였다.

"이 멍청한 년!"

커다랗고 두툼한 손이 내 머리채를 잡더니 날 바닥으로 내동댕이쳤다.

나는 쓰러지며 커피 테이블에 머리를 찧고 말았다. 얼굴 위로 피가 주르르 흘렀다. 나는 관자놀이를 만지며 고개를 들었다.

나초 또래로 보이는 남자가 앞에 서 있었다. 두 눈에 혐오를 담은 남자는 이상하게 뻣뻣한 손으로 자기 머리카락을 쓰다듬더니 나에게 한 걸음 다가왔다. 나는 다리를 버둥대며 도망치려고 했지만, 그럴 새도 없이 남자의 세찬 발길질에 얻어맞고 말았다.

그의 발끝이 내 옆구리를 쿡 찔렀다.

나는 두 손으로 배를 감싼 채, 미친 공격에서 어떻게든 아기를 보호하려고 애썼다. 머릿속이 빙빙 돌고 이명이 울렸지만, 여기서 기절할 수는 없었다.

나한테 왜 이러지? 내가 이 남자에게 무슨 짓을 했기에?

"일어나, 이년아!"

그는 소파에 앉으며 고함을 질렀다.

나는 침을 꿀꺽 삼키고 덜덜 떨리는 손을 바닥에 짚었다. 그러고는 그가 시키는 대로 일어섰다. 남자는 나에게 소파를 가리키며 앉으라고 했다.

"날 기억하나?"

내가 의자에 앉자, 그가 물었다. 나는 얼굴에서 피를 닦으며 중얼거렸다.

"안 나요."

"그럼 노스트로는 기억나나?"

그 말에 나는 얼굴을 찌푸렸다.

"로마에 있는 클럽이지, 몇 달 전 일이야. 네가 기억이 안 날 거라 예상했어. 다른 매춘부들처럼 너도 술에 취해 있었으니까."

그날 밤의 기억이 흐릿하게 머릿속을 스쳤다.

"이제 기억이 나나 보지, 이년아?"

그는 일어서더니 주먹으로 내 얼굴을 쳤다. 내 눈앞에 손을 올리더니, 다른 손으로 내 머리채를 잡아채 당겼다.

"네년 남편이 내 손을 쐈다고!"

그의 양 손바닥에 난 둥그런 흉터가 보였다.

그래, 내가 그날을 기억하는 이유도 이 일 때문이다. 클럽 노스트로. 늦은 밤에 갔지. 거기서 폴댄스를 췄고, 그 자리에 있던 남자 중 한 명이 날 매춘부라고 여겼다. 그래서 내게 손을 댔고, 그걸 본 마시모가…… 나는 두 손으로 입을 가렸다. 마시모가 이 남자의 양손을 총으로 쏴버렸던 거야.

"내 오른손은 다시는 제 기능을 하지 못하게 됐어. 왼손은 아무 짝에도 쓸모가 없고."

그는 잠시 자신의 손을 돌리며 보더니 버럭 소리쳤다.

"고작 매춘부 하나 때문에 이런 수치를 당하다니! 널 어떻게 할까 오랫동안 생각했지. 하지만 대신 그놈을 처리하기로 했어. 바로 네 남편 말이야."

그는 다시 나를 때렸다. 입술이 터지는 느낌이 났다. 피가 턱에 번져나갔다. 이 남자가 나를 죽일 거야! 나는 소파에 웅크렸다.

남자는 내게 몸을 숙이며 말을 이었다.

"처음에는 안나 그 멍청한 계집에게 널 죽이라고 시켰지만 그년은 운전을 잘한다더니 널 도로에서 밀쳐 죽이지도 못하더군. 이 일에 마토스 씨를 끌어들일 마음은 없었어. 내가 직접 너를 처리하고 싶었는데, 그 망할 년이 토리첼리 가문에게 넘어갈 줄이야."

그는 내가 앉은 소파 등받이를 손으로 내리쳤다. 나는 무서워서 눈을 질끈 감았다.

"운 좋게도, 그년이 토리첼리가에 넘어가기 전에 그년의 오빠를 꼬드겨서 마시모의 가문과 척을 지게 했지. 마시모가 안나의 배 속 아이를 죽였다고 안나가 자기 오빠에게 말했거든. 나는 에밀리오를 직접 만나서 네 사랑하는 남편이 안나를 낙태시킨 일을 술에 취한 자리에서 떠벌렸다고 찔렀지. 그랬더니 상황이 적절하게 고조되더군."

그는 만족스럽게 미소 띤 얼굴로 방을 서성이며, 마치 저녁 식사 자리에서 친구들에게 재미있는 이야기를 들려주듯이 말했다.

"상황은 점점 좋아졌지. 둘이 서로를 죽이지 못해 안달했으니까. 그런데 안타깝게도 마시모는 이번에도 운이 좋았어. 그래도 그가

에밀리오를 없애주어 난 고마웠지. 그 덕에 마토스 가문이 나폴리 일부를 차지할 수 있었거든."

그는 걸음을 멈추고 나초가 마셨던 무색의 술을 따랐다. 하지만 손이 뜻대로 움직이지 않아 잔을 채우는 데 시간이 걸렸다.

머리가 아팠지만 이제 피는 그쳐서 얼굴에 흘러내리지 않았다. 입술이 부은 느낌도 들었다. 하지만 지금 나는 온통 아기 걱정뿐이었다.

"그래서 나를 어쩔 셈이죠?"

난 최대한 겁먹지 않은 듯한 목소리를 짜내 물었다.

그는 자리에서 천천히 일어서 다가오더니, 예상치 못하게 때렸던 곳을 또 때렸다. 내 입에서 피가 줄줄 흘러내렸고, 고통에 겨운 비명이 나왔다.

"내 말 끊지 마, 쌍년아!"

그는 손에 묻은 피를 내 셔츠에 닦은 다음 다시 자리에 앉았다.

"어디 한번 마음껏 소리 질러보시지. 이 방에는 방음 시설이 되어 있어. 내가 널 쏴 죽여도 아무도 못 듣는다고."

그의 얼굴에 의기양양한 미소가 떠올랐다. 그는 잠시 승리감을 만끽한 다음 말을 이었다.

"난 마시모를 쭉 지켜보다가 깨달았지. 너를 없애면 그놈이 가장 큰 타격을 입을 거란 사실을. 차라리 잘된 일이었어. 바로 너 때문에 내가 물 한잔 제대로 들지도 못하게 됐으니까."

그는 뻣뻣한 오른손을 들어 보였다.

"난 이 손으로도 살아갈 방법을 배워야 했어. 하지만 도와주지 않으면 할 수 없는 일이 많아. 그래서 특수 개조된 총을 주문해서 써야 하지. 하지만 너도 알다시피, 이 손으로도 잘할 수 있는 일이 있거든.”

그는 음침하게 웃었다.

“널 죽이기 전에 지독하게 괴롭혀줄게. 네 배 속에 든 개자식이 빠져나오게 해줄게.”

이명이 한층 심해졌다. 제발 이 순간을 버틸 힘이 생기기를 간절히 빌었다. 갈비뼈 아래가 아팠다. 너무나 두렵고 아파서 맑은 정신을 유지하기 힘들었다.

“네 남편은 목숨을 잃을까 봐 무서워서 오지 않기로 했으니, 오늘 밤 우리 모습을 촬영해서 보내주어야겠군.”

그는 내 다리를 쓰다듬었다. 나는 질겁해서 뒤로 물러났다.

“그리고 네 배 속 애를 꺼내서 고급 상자에 넣어 보내줄 거야.”

그는 소름 끼치게 웃으면서 내 배를 향해 고갯짓했다.

“어쨌든 마르셀로가 이토록 쉽게 널 납치해 올 줄은 몰랐어. 전에도 널 납치하려고 했었는데 그때마다 마시모의 경비가 삼엄했거든. 내 부하들이 클럽과 호텔에서 싸움을 일으켜서 수없이 네 남편의 눈길을 딴 데로 돌리려고 했지. 다른 가문들을 설득해서 마시모와 등을 돌리게 하기도 했지만, 그때마다 놈은 널 지켜냈어.”

그는 손가락을 들고 말을 멈추었다. 경멸 어린 그의 말투를 계속 들어야 하다니 미칠 것 같았다.

“그때 마르셀로가 떠올랐어. 이쪽 분야에는 최고거든. 아버지의 명령에는 뭐든 복종하는 무자비한 인물이지. 게다가 아무 생각도 없고 몸에 문신이나 잔뜩 칠한 철부지 애송이지! 그놈은 시키는 대로 일을 해냈어."

"마시모가 널 찾아낼 거야, 이 쓰레기 같은 새끼야!"

내가 으르렁대자 그는 슬쩍 웃으며 대꾸했다.

"과연 그럴까? 마시모는 분노를 모두 마르셀로에게 퍼부을 거야. 널 납치한 건 내가 아니니까. 토리첼리는 마르셀로를 먼저 잡겠지. 그다음에는 그의 아버지일 테고. 그동안 나는 마토스 가문의 사위로서 가주가 되는 거지."

그 순간 나는 히스테리컬하게 웃기 시작했다. 웃음을 멈출 수 없었다. 그러자 그는 벽에 술잔을 던져 박살내버렸다.

"이년아, 뭐가 그리 웃겨?"

나는 나초가 설명한 아멜리아의 남편을 떠올렸다.

"멍청한 새끼. 그래, 플라비오. 이제 기억나네. 어떻게 잊을 수가 있겠어?"

그러자 플라비오는 다시 내 얼굴을 때렸다. 맞은 자리가 부어올라 이제 한쪽 눈이 보이지 않았다.

그때 플라비오의 주머니 안에서 휴대폰이 울렸다. 그는 전화를 받아 잠시 듣더니, 이내 끊고 다시 휴대폰을 주머니에 넣고서 씨근거렸다.

"상황이 좀 복잡해졌군. 네 남편이 여기 온 모양이야."

가슴이 철렁했다. 눈물이 줄줄 흘렀다. 나는 눈을 감았다. *마시모가 왔어. 날 구하러 왔다고.* 나는 미소 지었지만 플라비오는 알아채지 못했다. 그는 책상에서 무언가를 찾고 있었다.

잠시 후 문에서 쾅 소리가 들리더니, 마시모가 뛰어들어왔다. 그 뒤로 도메니코와 열두어 명의 남자가 들어왔다. 아, 드디어. 마시모가 왔어. 아름답고 강인한 내 남편. 눈물이 왈칵 터졌다. 마시모가 나를 본 순간, 두 눈에 번뜩이는 아득한 분노를 느낄 수 있었다. 그는 몇 미터 앞에 서서, 고통이 서린 검은 눈으로 나의 피 묻은 얼굴을 보았다. 그는 포효하면서 총을 뽑아 플라비오를 겨누었다.

그 순간 있는지도 몰랐던 비밀 문이 두 군데나 열리더니 수십 명의 남자가 방으로 들이닥쳤다. 그중에는 나초도 있었다. 그는 내가 처한 상황을 파악하고는 놀라 그 자리에 멈추어 섰다.

마지막으로 들어온 사람은 페르난도 마토스였다.

"마시모 토리첼리."

그는 차분하게 말했다. 두 무리는 서로를 향해 총을 겨누었다.

"나의 초대를 수락해주어 참으로 기쁘다오."

누군가의 시선이 느껴졌다. 나는 미친 듯이 주위를 둘러보았다. 그러자 양손에 총을 든 채 나를 응시하는 나초가 보였다. 그의 눈에 고통과 절망이 가득했다. 이게 다 자신의 잘못이라고 느끼는구나. 그때 마토스의 부하 하나가 내 머리에 총을 겨누었다.

"총을 내려놓으시오. 아니면 당신 아내의 머리를 산산이 부숴버릴 테니."

페르난도가 말하자 마시모는 부하들에게 나지막이 명령했다. 그들은 모두 무기를 내렸다. 그러자 내 뒤에 있던 스페인 마피아들도 일제히 총을 내렸다.

페르난도 마토스가 명령하자 모든 경호원과 마시모의 부하들은 방에서 나갔다. 나초는 애써 무표정한 얼굴로 다가오더니, 내 뒤에 서 있던 남자의 어깨를 가볍게 두드렸다. 이윽고 둘은 교대했다.

나초는 내 머리 옆에 총을 겨누며 속삭였다.

"미안해요, 라우라."

뺨 위로 눈물이 줄줄 흐르고 목이 막혔다. 마시모와 도메니코는 플라비오와 페르난도를 마주 보고 앉았다. 어쩌면 오늘 나는 죽을 지도 몰라.

네 사람은 각자의 자리에 앉아 이야기를 나누었다. 일종의 합의를 내린 것 같았다. 이윽고 마시모의 차분한 목소리가 들렸다.

"라우라, 이리 와."

넷의 대화를 알아들은 나초는 총을 내렸다. 나는 제대로 걷지도 못하고 마시모에게 비틀거리며 다가갔다. 그 모습을 본 나초가 성큼 나서 날 도와주려 하자, 마시모는 이를 악물었다.

"손대지 마, 개새끼야."

그는 나초를 쏘아보며 위협했다. 나초는 손을 떼고 한 걸음 물러섰다.

그렇게 마시모에게 다가가려던 순간, 엄청난 소동이 벌어졌다. 저편에서 플라비오가 총을 꺼내 페르난도 마토스에게 겨누더니, 그대로 쏘아 죽였다. 동시에 또 한 발의 총성이 울렸다. 이제는 플라비오가 바닥에 쓰러졌다. 그 순간 마시모가 나를 자기 뒤로 끌어당겨 가린 다음 총을 뻗어 나초를 겨누었다.

플라비오가 나초의 아버지를 죽였고, 나초는 곧바로 처남인 플라비오를 죽였던 것이다.

나는 마시모 뒤에 서 있었다. 온몸에서 아드레날린이 빠져나가며 무릎이 후들거렸다. 이제 난 안전해. 죽지 않게 됐어. 더는 싸울 필요 없어. 그대로 난 바닥으로 쓰러졌다. 돌아선 마시모는 날 두 팔로 받았다. 그리고 도메니코와 나초를 두고 그 자리에서 나왔다.

다시금 총성이 한 발 울렸다. 무언가가 나를 친 느낌이 들면서 어마어마한 열기가 몸에 퍼졌다. 숨을 쉴 수 없었다. 마시모의 얼굴이 흐릿했다. 근육에 힘이 빠지면서, 나는 바닥으로 스르르 미끄러졌다.

마시모의 얼굴이 공포로 일그러졌다. 그가 무어라 말했지만 소리가 들리지 않았다.

그의 입술이 움직이고 있었다. 얼굴 앞에 피 묻은 손이 보였다. 그런데 눈꺼풀이 너무 무거워서 못 뜨겠어……. 힘이 하나도 없어. 너무 지쳤어. 나른하고 행복해. 지금 마시모가 나한테 키스한 건가? 소리 지르고 있나? 주변의 소리가 잦아들면서 완벽한 침묵에 갇혔다. 이젠 아무 소리도 들리지 않아. 나는 눈을 감았다…….

****

"마시모!"

도메니코의 목소리에 나는 퍼뜩 정신을 차렸다.

"더는 못 기다린다고."

그의 목소리는 차분하고 절제되어 있었지만, 어쩐지 비명처럼 들렸다.

난 뒤편에 난 창문에서 돌아섰다. 밖에는 의사들이 여럿 서서 기다리는 눈빛으로 나를 바라보았다.

"둘 다 살려내!"

나는 이를 악물고 분노에 떨었다. 눈물이 나오려 했지만 죽도록 참았다.

"둘 다 살려내지 못하면 너희 전부 죽여버릴 거야."

피 묻은 손으로 권총을 더듬어 뽑으려 했지만, 동생이 나를 막아섰다. 그 애는 눈물을 흘리며 속삭였다.

"형, 시간을 너무 오래 끌었어. 아무리 의사여도 라우라와 아이를 둘 다 살릴 수는 없어. 더는 시간이 없어⋯⋯."

나는 손을 들어 도메니코의 말을 막았다. 그러고는 두 손으로 얼굴을 가린 채 무릎을 꿇었다.

라우라 없이 아들을 키울 수 있을까? 내가 라우라 없이 살 수 있을까? 내 아이⋯⋯ 나의 분신과도 같은 아들. 나의 후계자. 수백만 가지 생각이 스쳐 갔지만, 그 어떤 것도 해답이 되어주지 못했다.

나는 눈을 들고 심호흡을 했다.

"살려야 할 쪽은⋯⋯."

옮긴이 **심연희**

연세대학교와 동 대학원에서 영문학을 전공하고 독일 뮌헨대학교에서 언어학과 미국학을 전공했다. 현재 영어와 독일어 전문 번역가로 활동 중이며 다수의 저서를 옮겼다. 그중 대표적인 것으로 『365일』『어둠의 눈』『빅 엔젤의 마지막 토요일』『퍼펙트 마더』『어른이 되기는 글렀어』『고양이는 내게 행복하라고 말했다』『마쉬왕의 딸』『이사도라 문』 시리즈, 『캡틴 언더팬츠』 시리즈 등이 있다.

오늘

초판 1쇄 인쇄 2021년 12월 1일
초판 1쇄 발행 2021년 12월 8일

지은이 블란카 리핀스카
옮긴이 심연희
펴낸이 김선식

경영총괄 김은영
편집 이상화 **디자인** 이은혜 **크로스교정** 백설희 **책임마케터** 이미진
콘텐츠사업2팀장 김보람 **콘텐츠사업2팀** 이은혜, 박하빈, 이상화
마케팅본부장 권장규 **마케팅3팀** 이미진, 배한진
미디어홍보본부장 정명찬 **홍보팀** 안지혜, 김민정, 이소영, 김은지, 박재연, 오수미, 이예주
뉴미디어팀 허지호, 임유나, 송희진, 홍수경
리드카펫팀 김선욱, 염아라, 김혜원, 이수인, 석찬미, 백지은
저작권팀 한승빈, 김재원 **편집관리팀** 조세현, 백설희
경영관리본부 허대우, 하미선, 박상민, 윤이경, 김소영, 이소희, 이우철, 김재경, 최완규, 이지우, 김혜진, 오지영

펴낸곳 다산북스 **출판등록** 2005년 12월 23일 제313-2005-00277호
주소 경기도 파주시 회동길 490
대표전화 02-704-1724 **팩스** 02-703-2219 **이메일** dasanbooks@dasanbooks.com
홈페이지 www.dasanbooks.com **블로그** blog.naver.com/dasan_books
종이 iPP **인쇄·제본** 갑우문화사 **후가공** 평창피앤지
ISBN 979-11-306-7884-9 (04890)
　　　　 979-11-306-7883-2 (set)